Le Codex de Syracuse

Du même auteur
chez le même éditeur

Les damnés ne meurent jamais
Injection mortelle
Le Démon dans ma tête
Le Chien d'Ulysse
Sous le signe du rasoir
Prélude à un crime
Sombre complice
Comment j'ai trouvé un job

Jim Nisbet

Le Codex de Syracuse

Traduit de l'anglais (États-Unis)
par Freddy Michalski

Collection dirigée par
François Guérif

Rivages/noir

Retrouvez l'ensemble des parutions
des Éditions Payot & Rivages sur
www.payot-rivages.fr

Titre original : *The Bottomfeeders*

106, boulevard Saint-Germain – 75006 Paris

ISBN : 978-2-7436-2020-2

Mes remerciements les plus chaleureux à Jean-Pierre Deloux, dont l'hospitalité et l'intelligence ont nourri la force d'âme grâce à laquelle ce livre a commencé ; à Emmanuelle Lavoix : *formidable* ; à David Koepcke, pour être lui-même ; à Tom Goldwasser, Sydna Jones et Bruce Richman, pour leur expertise opportune ; aux éditeurs de *Pangolin Papers, Gaté,* et *Polar*, les revues dans lesquelles des extraits du présent roman sont apparus pour la première fois ; et à Carol, pour mille félicités.

Pour une large part des détails historiques assénés au lecteur à l'intérieur du présent roman, l'auteur a outrageusement pillé un certain nombre de livres. Il se hâte de donner l'assurance à leurs auteurs respectifs, comme à leurs lecteurs, que rien dans le récit qui suit n'entend dénigrer la qualité ou l'intégrité de ces entreprises lettrées aussi diverses que variées.

Anthony Bridge : *Theodora, Portrait in a Byzantine Landscape.*

Robert Browning : *Justinian and Theodora.*

Charles Diehl : *Theodora, Empress of Byzanthium.*

Edward Gibbon : *Decline and Fall of the Roman Empire* (*Histoire de la décadence et de la chute de l'Empire romain*).

Robert Graves : *Count Belisarius.*

Harold Lamb : *Theodora and the Emperor.*

Procope : *Secret History*, traduit par Richard Atwater (*Histoire secrète*).

Procope : *The Secret History*, traduit par G.A. Williamson (*L'Histoire secrète*).

En outre, je tiens à remercier M. Bernard Knox pour l'introduction si précise et détaillée qu'il a faite à la traduction de l'*Odyssée* d'Homère, pp. 3-67, par Robert Fagles.

À la mémoire de Michel Lebrun.

« Mais quelle vérité douloureuse prenaient pour lui ces lignes du *Journal d'un Poète* d'Alfred de Vigny qu'il avait lues avec indifférence autrefois : " Quand on se sent pris d'amour pour une femme, on devrait se dire : Comment est-elle entourée ? Quelle a été sa vie ? " Tout le bonheur de la vie est appuyé là-dessus. »

Marcel Proust
Du côté de chez Swann

« L'on ne se sent guère enclin à demander à un condamné la raison de sa condamnation ; et de la même manière, il est malaisé de demander aux gens très riches les raisons pour lesquelles ils tiennent tant à se tracasser, pourquoi ils font un si piètre usage de leurs richesses, pourquoi ils ne s'en défont pas, même lorsqu'ils voient en elles la cause de leur malheur ; et s'ils entament délibérément une conversation sur le sujet, celle-ci est habituellement embarrassante, maladroite, et longue. »

Anton Tchekhov
La Visite du médecin

« J'ai un lieu où il faut que je sois, mais je ne sais pas où il se trouve. »

John Borland (1946-1994)

Toutes les notes sont du traducteur.

I

Rencontre

1

La première fois que je la vis, Renée Knowles tentait obstinément de ne pas se séparer des quatre-vingt-dix centimètres de tissu qui lui tenaient lieu de robe. Les bretelles du petit bout de chiffon noir, aussi fines que deux spaghettini – qu'en jargon yuppie choisi, tout à fait dans l'air du temps, il serait plus juste de qualifier de linguine à l'encre de seiche –, ne cessaient de glisser de l'une ou l'autre de ses épaules. Immanquablement, elle réalignait la bretelle fautive d'un bout d'ongle délibérément glissé sous le tissu et, la remontant, la replaçait juste sur la peau nue, de la même façon, ou presque, qu'on traiterait une courroie de ventilateur sortie de sa gorge. Les épaules étaient hâlées, souples et racées, tout comme le haut des bras, tandis que les avant-bras s'ornaient d'un délicat duvet de brune typée, pareils à deux andains de blé couchés par la pluie et ombrés par les nuages de passage, vous pouvez me croire. Et de la même manière que lesdits blés, sa peau avait bien pris le hâle. Elle serait de toutes les façons restée fauve et douce, sans brûler ni se dessécher que très rarement : il y avait là de bons gènes pour la protéger ; de sorte que son ventre, que l'on pouvait imaginer tout aussi lanugineux, devait bronzer jusqu'à la couleur du chocolat torréfié, pour ensuite changer doucement aux rayons du soleil, sous un œil inquisiteur, à la manière d'un paysage de Mandlebrot qui irait s'obscurcissant.

La séparation entre corps et robe n'avait rien à voir avec une quelconque obstination délibérée des bretelles. En revanche elle avait tout à voir avec l'état d'imprégnation alcoolique avancé de la dame. Rouge à lèvres barbouillé et genoux flageolants, elle n'en restait pas moins séduisante. Jolie à la manière d'une femme qui aurait toujours pris grand soin d'elle – ou dont on aurait pris grand soin, à en juger par le caillou qui ornait son annulaire – mais jolie d'une façon rare que le destin accordait peu souvent. On ne discernait, par exemple, rien du souci que les enfants sont à même d'inscrire au teint d'une femme, ni guère de la dureté que leur absence est susceptible de faire naître. Selon l'adage classique, les enfants ne lui avaient pas montré d'elle-même plus qu'elle n'avait jamais voulu en savoir. Ce savoir, elle l'avait appris de quelque autre manière. La tristesse du regard commandait un temps d'arrêt, suspendu, dissocié, devant l'abîme qu'il faudrait combler dès lors que débuterait le voyage dans le monde que cachait ce visage sans rides ni marques.

Qu'elle fût consciente ou non de cet état de choses, le fait de rester vêtue n'était pas sans lui poser de problème, bien que la robe, à vrai dire, fût réduite à sa plus simple expression. La dame en mettait en forme le contenu au gymnase, avec mesure, car point trop n'en fallait. Et la robe affichait le résultat escompté. Nombre des hommes présents à la soirée regardaient la jeune femme, ou essayaient de ne pas la regarder, ou détournaient les yeux, ou ne parvenaient pas à les détourner, très semblables en cela à la limaille qui vacille dans l'incertitude à l'approche de l'aimant.

Il existait une autre raison évidente à cet intérêt sans fard. Deux toiles, parmi la douzaine qui se trouvaient suspendues aux murs autour de nous, étaient des portraits somptueux de la dame, tout à fait nue. Par somptueux, j'entends non seulement le format très substantiel – approximativement cent sur cent cinquante – et un rendu de matière exquis, mais chaque coup de brosse y était donné de telle façon qu'on sentait littéralement le poil de martre tirer les pigments à la surface des membres de la jeune femme. Qui plus est, les toiles étaient superbement encadrées, non parce que c'était moi qui avais effectué le travail, mais parce que l'acheteur n'avait pas lésiné sur la qualité du matériau pour cette touche finale. C'est ce que je faisais à cette époque, j'encadrais des tableaux. Certains étaient des œuvres de prix. Ces deux portraits, par exemple, avaient atteint soixante-quinze mille dollars, chacun. Et les cadres avaient coûté cinq mille dollars pièce. Sculptés main, légèrement vieillis, patinés par un procédé de dorure secret, pour une allure très *quattrocento*... allez, arrêtons là le baratin de spécialiste. Lorsque j'avais encadré ces toiles, ma curiosité avait été éveillée quant à leur luxuriant modèle. Et voilà que je l'avais devant les yeux.

Je présentais mes respects à John Plenty, l'artiste dont c'était le vernissage, lorsque la dame manifesta sa présence. Comme il se doit, John était bien entouré, clients, propriétaires d'œuvres prêtées pour l'exposition, amis, un ou deux marchands.

– John.

Elle ne dit rien d'autre en faisant irruption au milieu de la coterie qui entourait le peintre, interrompant par la même occasion diverses fadaises. Le maître de céans, lui aussi ivre comme le seigneur qu'il était, se contenta de la regarder sans ciller. S'il était envisageable de concevoir qu'à un moment donné ses yeux avaient scintillé, en cet instant précis ils se contentaient de luire ; deux lanternes sourdes suspendues au-dessus du radeau de son intelligence, en train de dériver dans une mer d'alcool.

Je connaissais Plenty depuis quelques années. En dépit des strates de la société au sein desquelles il avait pris coutume de graviter, et des prix substantiels qu'affichaient de facto ses œuvres, sans oublier les smokings et la loge à l'Opéra que la force des choses le contraignait à afficher comme signes obligés, il ne s'en laissait pas conter facilement. Lorsque la jeune femme en petite robe noire l'appela par son nom, il se tourna automatiquement vers elle, attiré de toute évidence par le son de la voix. Mais au croisement des deux regards, les choses virèrent à l'aigre. Il enveloppa d'un bras d'ours les frêles épaules de la femme qu'il tira maladroitement à l'écart. S'ensuivit une brève conversation avant qu'elle ne rompe l'échange. John la regarda s'éloigner en affichant une expression étrange où se mêlaient bizarrement désir et résignation.

Girly Renquist, la propriétaire de la galerie, apparut à son tour, fendant l'espace de son étrave aux proportions impressionnantes pour venir s'interposer entre l'artiste et celle qui l'avait distrait. Intervention toute professionnelle. Avec un regard sur ses arrières, Plenty se laissa entraîner afin d'être présenté à un M. Kahane de Beverly Hills, qui était « dans le marché de l'art ».

La petite troupe se dispersa. La femme en robe noire se rabattit sur moi, faute de mieux.

J'étais curieux.

– Venez, dit-elle brusquement.

Elle glissa son bras sous le mien et nous tira jusqu'à une fenêtre sol-plafond.

– Regardez-moi cette vue, déclara-t-elle. Ça ne vous donne pas envie de sauter et de vous y perdre ?

Sa voix légèrement crispée transformait la question en défi, en la teintant d'un parfum de vérité.

Il était indéniable que la vue était belle entre toutes. Si les tours jumelles du Golden Gate Bridge avaient été livrées avec une longueur suffisante de chambre à air, on aurait pu, d'un coup de lance-pierre, réexpédier le soleil jusqu'à New York. Les choses étant ce qu'elles étaient, le soleil était suspendu dans l'atmosphère frissonnante qu'on apercevait au-delà d'elles, pareil à une boule de billard numéro cinq plongée dans la glycérine et en train de visiblement descendre, la lumière s'épaississant tandis que ses tangentes à la caustique du globe de feu se dispersaient magistralement au travers de ce que les cinéastes appellent l'heure magique. Ses pénultièmes rayons diffusés en gerbe à notre entour faisaient reluire les tiges de cristal des verres posés sur les plateaux d'argent comme autant de bouquets de minéraux verticaux. La scène attirait l'œil autant qu'elle le repoussait, pareille à quelque vestibule d'accès à la caverne platonicienne transformé en Merzbau[1]. Sur le plan sonore, les mécaniques associées du cocktail mondain et de son accompagnement de bavardages n'étaient pas sans rappeler un carillon de verre que seraient venus érafler des maillets de vélin, étouffés et incohérents. Peut-être que j'exagère ; mais il est un fait certain, lorsque j'y repense, que c'était là le moment charnière entre un monde et non pas simplement un autre, mais le suivant.

Le vernissage en question était du dernier chic, ce qui se voyait au fait que les carafes étaient en verre,

1. Concept architectural créé par l'artiste Kurt Schwitters et qu'il expérimenta en 1924 dans sa propre maison de Hanovre. Le principe consistait à recouvrir murs et plafonds de divers matériaux de toutes origines jusqu'à former un dédale de niches et grottes superposées les unes aux autres.

et non en plastique, et qu'on y hurlait fort peu. Tout ce qui était discernable de l'événement se résumait au babil étouffé qui, très précisément, définit un moment donné dans le cours de pratiquement toute soirée du genre, cette accalmie soudaine qui monte comme une houle entre le deuxième cocktail et le suivant, avant de s'éteindre. La femme en robe noire avait l'air d'avoir bu toute la journée, et elle se comportait comme telle. Et maintenant qu'elle se sentait remplie des bonnes et douces chaleurs de l'alcool, elle ne manifestait plus que deux désirs : sortir de ladite robe et plonger dans le crépuscule.

À l'endroit où elle touchait la mienne, sa peau était plus chaude que la température ambiante en dégageant une fragrance de fleurs de nuit épanouies. Je lui demandai son nom.

– Renée.

Elle resserra sa prise sur mon bras et répéta son nom comme après réflexion, en oubliant de me demander le mien. Même en talons, elle était plus petite que moi, de quelques centimètres, aussi profitai-je par inadvertance de l'odeur de sa chevelure. Quelques soupçons de lavande, de tabac, de gin parfumé au citron vert ; plus un relent de cuir neuf ; et d'électronique qui aurait grillé. Une brise d'un autre monde.

Quel homme n'aime pas se voir prendre le bras par une femme, même lorsque celle-ci ne se soucie en rien de celui qu'il est ? Cela l'autorise à commettre une seconde erreur sans même y réfléchir, à savoir qu'il commence à lui faire confiance. Elle est capable d'occasionner des dégâts collatéraux avec son seul regard, si elle le désire. Mais ce petit coup du bras saisi à l'improviste est indéniablement redoutable.

– Si la chute n'était pas mortelle, dit-elle, on pourrait nager jusqu'au Japon, et commettre un *seppuku.*

Avant d'ajouter, comme pour elle-même :

– *Ku*, abdomen, *seppu*, couper. J'ai vérifié le sens.

D'une voix plus affirmée, elle poursuivit :

– Cela au cas où l'on ne voudrait pas se voir entraîner dans les abysses par un calamar géant, naturellement. Avant que l'on en arrive à l'endroit où...

– En parlant de sushi, intervins-je en surveillant la fenêtre, il y a un restaurant à Japantown. Peut-être y êtes-vous déjà allée ? Les chefs cuisiniers préparent les plats à l'intérieur de la circonférence délimitée par le bar, entourés par une douve.

La dame ne répondit pas.

– Les plats sont placés sur de petites péniches, vous voyez ? dis-je en dessinant un cercle avec le majeur de ma main libre.

– Dans l'enceinte circulaire du bar ?

Elle me serra le bras.

– Les clients picorent le ou les plats selon l'inspiration du moment. Et dans la mesure où je suis membre fondateur du club appelé « Le Sushi-n'Est-il-Pas-au-Bas-de-la-Chaîne-Alimentaire-Là-où-les-Métaux-Lourds-Remontant-Rencontrent-les-Poussières-Fécales-Descendant ? » – je haussai les épaules. Ce que j'apprécie sans réserve dans cet endroit, c'est la bière brune Sapporo. Servie mousseuse à la pression, elle est totalement végétarienne. Je peux rester assis là, la lèvre supérieure pleine de levure, et contempler le manège des assiettes de gonades d'oursins se violaçant tour à tour sans avoir à payer pour qu'elles colonisent mon cæcum.

Elle fit la grimace, avant de sourire malgré elle.

– Le foie, conclus-je, c'est une tout autre histoire. C'est un organe nécessaire. C'est toujours une bonne chose de disposer d'un foie supplémentaire entre soi-même et la chaîne alimentaire. Deux foies valant mieux qu'un est la meilleure objection que l'on puisse opposer aux végétariens. En conséquence, puis-je vous offrir un steak en quelque autre endroit ?

Elle posa ses yeux sur mes yeux à l'instant où je posais les miens sur les siens. Et je n'y vis pas trace de l'éventualité qu'elle pût me prendre pour un fou. Non seulement ils étaient de ce bleu gris de nacre que l'on voit ganser les rosaces de guitare, couleur surprenante quand on la voit s'enchâsser dans un visage profondément hâlé, mais ils étaient sur le point d'éclater en sanglots. De toute évidence, l'esquisse de sourire qu'elle avait si péniblement réussi à afficher l'avait apparemment laissée à un cheveu de la crise d'hystérie.

– À vous voir, je crois que cela vous ferait le plus grand bien, ajoutai-je doucement.

– Je hais les sushis, dit-elle d'une voix rauque, ses larmes à peine contenues.

– Les sushis, ce n'est pas le bout du monde, m'empressai-je de lui assurer, ma voix pratiquement vidée de toute sa légèreté devant le précipice vertigineux affiché soudain par son regard, c'est la télévision. Mais pour ce qui est du repas version bout du monde, rien de tel qu'une belle tranche de gibier, accompagnée de moelle chaude sur des crackers tout frais et d'un cabernet bien ambré. Néanmoins – j'indiquai la vue – que diriez-vous de sortir par la porte plutôt que par la fenêtre ?

La pression qu'elle exerçait sur mon bras indiquait clairement qu'elle dépendait tout entière de son élan pour pouvoir franchir les quelques moments de lucidité suivants ; d'un lampadaire, pour ainsi dire, au suivant.

– Peut-être que si vous vous entraîniez à porter cette robe chez vous avant de vous en revêtir pour les soirées mondaines, suggérai-je en prenant la liberté de remettre en place sur l'épaule, d'un petit pincement du tissu, une des bretelles en berne, les inconnus de sexe masculin vous laisseraient, qui sait, tranquille.

Le lustre chatoyant qu'offrait sa peau était tel qu'on avait envie de s'y laisser lézarder. Et je n'offre pas ce concept à la légère – pas plus que sa peau ne rayonnait de ce chatoiement de manière consciente. Il est sidérant de constater ce qu'un peu d'argent et de temps, un peu de plage et de soleil accompagnés d'une huile de noix de coco de qualité peuvent accomplir, sans même parler d'un teint d'une splendeur naturelle aussi considérable. Enchaînement de réflexions qui me ramena à l'une des toutes premières auxquelles je m'étais laissé aller en la repérant au tout début, en train de rire trop fort à quelque chose qu'un bêta en beau costard avait dit ; un rire, c'était clair, qu'elle servait au monsieur pour lui donner congé ; un crescendo trialectique qui s'ordonnait comme suit : elle est belle ; non, elle est très belle ; et, oui, je ne peux pas me la permettre.

– Il suffit d'un seul, dit-elle.

J'essayais, sans y parvenir, de faire la part de vérité dans sa petite saillie, lorsque le fils de la propriétaire de la galerie passa tout près de nous, et Renée intervint ex abrupto en déclarant que, bien que n'étant guère « amoureuse » du sushi à proprement parler, elle n'en avait pas moins fréquenté ce restaurant précis à de nombreuses reprises, habituellement à la période où se tenait le festival du film. Elle regrettait de devoir préciser qu'il existait un bien meilleur restaurant à sushis à St. John's. St. John's, m'enquis-je, perplexe. N'est-ce pas cette petite communauté en bordure de fleuve près de Benicia[1] ? Ce sur quoi, avec un regard dont la grati-

1. Ville de Californie, dans une anse de la baie de San Francisco, au nord/nord-est de Oakland.

tude manifeste faillit presque à elle seule lui assécher les yeux de leurs larmes, elle me répondit, d'une voix aussi glacée qu'il se peut trouver, que St. John's est la capitale d'Antigua, île d'Antigua, population 72 000. Et, ajouta-t-elle, au contraire de Japantown, on y sert d'excellents beignets de conque.

Le fils avait poursuivi son chemin.

– Dans le genre remise à sa place socialement parlant, la répartie n'est pas mauvaise pour une fille avec des larmes plein les yeux, dis-je avec rudesse. De quoi s'agissait-il déjà ? Seriez-vous également capable de prendre un brunch en plein sommeil ? Ou griffez-vous avec moins d'intensité quand vous usez de vos ongles plutôt que de votre langue ?

Elle me frôla les lèvres de deux doigts, geste qui me surprit totalement. Sincèrement, et non sans passion, elle dit :

– Si je vous griffe avec mes ongles, vous resterez griffé.

Elle prononça ces mots avec une tendresse telle que je la fermai. Elle m'avait surpris en train de la juger à l'aune de la compagnie que nous fréquentions l'un et l'autre. Mais au moins John Plenty ne feignait pas d'étaler des merdes pour combler l'abominable solitude séparant son Irish coffee matinal de son *apéritif*[1] de midi, au cours de laquelle il se laissait aller à concocter des titres comme « Septicité Huit » et « Plage de Tristesse ». Et au moins ce n'était pas ce que j'encadrais – pas ces temps derniers, en tout cas. Je pris la main dans la mienne.

Elle se dégagea. Je me dis : elle a perdu suffisamment de temps à une conquête uniquement destinée à lui redonner confiance. Et à ce stade, je m'étais déjà presque convaincu qu'un peu moins de sa

1. *Les mots ou expressions en italique et suivis d'un astérisque sont en français dans le texte original.*

compagnie me conviendrait parfaitement. Plutôt que plus.

À l'autre extrémité de la salle, Mme Renquist tapota d'un bord de couteau un verre à champagne afin d'attirer l'attention des personnes assemblées, fournissant ainsi l'occasion d'une interruption fatidique. Sous le coup apparent d'une surprise soudaine, Renée se défit de son opprobre. Elle s'écarta de moi, ajusta ses minces bretelles et me remercia avec froideur comme si c'était moi qui les avais déplacées – c'est-à-dire qu'elle me remercia pour moins que rien, en marmonnant quelque autre chose. Que je ne compris pas. Mais vu l'ivresse qui la tenait, afin de rester verticale, elle se trouva contrainte d'imposer un certain écart à ses pieds, obligeant ainsi l'étroite petite robe noire, déjà au départ suffisamment courte, à remonter sur ses cuisses hâlées, qui présumaient ainsi d'attraper les derniers rayons dorés encore disponibles sur la côte Ouest ce soir-là.

Lanugineuse, me disais-je, et embarrassante. Le duvet d'un visage de bébé, sur quelqu'un qui n'avait pourtant rien de rien d'un bébé. Qu'est-ce que Jason cherchait déjà en Colchide ? Peut-être que je me trompais d'histoire. Mais avant que j'aie pu rectifier la chose, Renée s'assit par terre.

Cela aussi méritait le coup d'œil, et je n'en décrirai rien, ayant foi dans l'imagination du lecteur, et ne trouvant nulle délectation à l'humiliation de cette femme. Elle était ivre. Nous avons tous connu cela. Mais elle était également jolie, et les deux sont pour l'essentiel irréconciliables. Ce que nous pourrions éventuellement pardonner à un ami proche ou ne jamais pardonner du tout chez un membre de la famille perd toute pertinence lorsqu'on en est témoin chez certains autres individus, dont elle faisait partie. Mais voilà où elle en était, un point, c'est tout. Elle avait derrière elle une vie entière, qui, en cet instant, concourait à la mettre au sol, son rouge à lèvres de travers, et une traînée délicate d'eye-liner entraînée sur une joue par une unique larme.

La foule fit mine de ne rien remarquer. Mais le fils de Mme Renquist, répondant au prénom de Gerald, homosexuel courtois dans son adorable costume, refit son apparition pour se perdre en murmures tatillons et empruntés sur le fait que Renée n'aurait pas dû en afficher autant pour en accomplir si peu. Il la tança avec gentillesse, à ses petits soins, tandis qu'il l'aidait à se remettre sur ses pieds ; mais ni l'un ni l'autre ne parvinrent à maîtriser suffisamment la situation pour empêcher Renée de contenir un sanglot qui parut dramatiquement sans prétentions. J'en acquis la conviction, immédiate, que Renée avait peur.

Gerald l'enlaça avec tendresse, et son regard croisa le mien. Nous nous connaissions de vue. Je ne lus aucun reproche dans ses yeux. J'étais à même de deviner qu'il la plaignait, voire peut-être qu'il avait connu par le passé des situations semblables avec elle ; pas en nombre assez substantiel cependant pour qu'il s'en trouvât lassé au-delà de toute rémission, mais suffisamment pour ne manifester aucune part de responsabilité fâcheuse alors qu'il essayait de minimiser la gêne de la dame. Les faits importaient peu, il était soucieux et désireux d'offrir son aide. Il n'avait nul besoin d'offrir une scène à la galerie mais, d'un autre côté, il ne pourrait consacrer à la chose qu'une énergie limitée, dans la mesure où il était là pour prendre en charge les infrastructures, traiteurs, parking et Dieu sait quoi d'autre, des corvées qui, selon toute vraisemblance, n'incluaient que de façon très accessoire les ivrognesses turbulentes, pendant que sa mère vendait des peintures. Il se mit à roucouler – des mots de réconfort, imaginai-je, dont certains arrivèrent jusqu'à mes oreilles.

– Allons, allons, ma chérie. Contente-toi de me donner les clés. C'est tout ce qui importe, le reste suivra. Les clés, ma chérie. Voilà, brave petite. Tout va très bien se passer...

Je regardai alentour. Pour ne voir surtout que des dos tournés, les gens prêtant ostensiblement attention à ce que l'hôtesse avait à dire sur ce que l'artiste avait à dire sur ce que son art avait à dire sur ce que le monde se refusait à reconnaître ; grâce au ciel, il existe des artistes tels que John Plenty, suffisamment talentueux et toujours prêts à prendre suffisamment de risques pour résoudre ce dilemme ; et ainsi de suite. Jusqu'à ce jour, le reste d'entre nous le jugeait simplement talentueux.

Gerald emmena Renée dans la cuisine et je suivis. Ladite cuisine était un ensemble de métal en feuille brillant au sol carrelé dont la finalité première était une alimentation à échelle industrielle. Des gens en veste blanche rechargeaient des batteries de verres à champagne, se préparant à en faire une nouvelle distribution pour donner un peu de corps aux espoirs de Mme Renquist : les chéquiers sortiraient plus aisément des poches. Soixante-quinze plaques, ça faisait bonbon, et John Plenty aimait à vivre sur un grand pied. Mais à ce prix-là, une peinture était susceptible de rester au mur de sa galerie, lointaine et distante, en jetant au monde des regards noirs, un long long moment.

Juste derrière la porte se trouvait une chaise. Gerald y assit Renée, hors d'atteinte des allers retours incessants du battant à chaque entrée et sortie des extras affairés. Il me demanda de tenir la dame droite pendant qu'il allait chercher eau, café, aspirine. Dès qu'il eut le dos tourné, Renée, avec adresse, escamota un verre plein à ras bord sur un plateau de passage et le sécha aussi vite. Vin blanc pour dame en colère. Un spectacle à vous dessoûler immédiatement.

À l'instant où j'acceptais le verre vide que m'offrait la main de Renée, Gerald réapparut et, pour la première fois, manifesta son exaspération en tapotant délicatement le sol du pied, à croire qu'il avait senti une coccinelle remonter son mollet sous le pantalon et désirait à ces fins la faire tomber à force de secousses.

Je lui dis de ne pas s'en faire, j'avais une journée chargée le lendemain. Je me préparais à partir. Et je serais parfaitement heureux de raccompagner la dame chez elle.

2

Gerald ne me demanda même pas si je la connaissais, mais les traits de son visage laissèrent transparaître un soulagement absolu. Ce fut comme d'observer un caméléon passer de vert chartreuse à bleu cobalt. Seules les veines de son cou palpitaient. Maintenant qu'il commençait à entrevoir la fin de cet épisode affligeant, il pouvait envisager de satisfaire à la priorité de sa mère : retourner vendre des peintures à des ivrognes.

Une fois encore, une petite bretelle noire vint se draper à l'entour du triceps, tel un ruban de Möbius de mode et de chair, sauf qu'apparaissait maintenant une aréole mamelonnée à la couture supérieure du décolleté, elle aussi dorée. Gerald eut la délicatesse insigne de rectifier cette petite entorse au contrat social sans apparemment rien toucher de la peau, ni révéler son dégoût pour la suavité de l'épiderme, tandis qu'il réalignait la bretelle d'une main experte ; mais là aussi le geste fut plein de tendresse.

Un membre du personnel de service apparut, chargé du vêtement de Renée. Gerald aida cette dernière à enfiler la petite veste sans manches qui n'aurait su réchauffer même un chihuahua. Il me prit ensuite des mains le sac de la dame et y farfouilla à la recherche des clés de voiture, s'autorisant, en guise de sursaut de délicatesse, un léger haussement de sourcil lorsqu'il repoussa d'un doigt une flasque d'une demi-pinte.

À ce stade, les paupières de Renée étaient en berne.

– Le mois dernier, me confia Gerald en me montrant les clés, nous avons appelé un taxi pour ramener Mme Knowles chez elle après une belle pagaille lors d'un dîner chez Postrio[1]. Mais nous avions négligé, ajouta-t-il d'une voix chantonnante, de récupérer ses clés de voiture.

Il se pencha négligemment vers Renée, au visage de laquelle il se mit à agiter le trousseau.

– N'avions-nous pas négligé de les prendre, nos méchantes petites clés de voiture ? dit-il en se redressant avec un semblant de sévérité soudaine. Une fois rentrée à son domicile, notre charmante et malicieuse petite personne serait-elle allée au lit immédiatement ? Que *nooon* ! Elle a donné un billet de vingt dollars au chauffeur du taxi en lui demandant d'attendre et elle en a profité pour s'envoyer quelques doses. C'était quoi, déjà ? De la vodka ? Du schnaps ?

Il se pencha à nouveau vers elle.

– De la grappa ?

– De l'héroïne, marmonna Renée, les yeux presque clos.

– Je n'en doute pas un instant.

Gerald renifla et se redressa.

– Cet imbécile de chauffeur de taxi l'a ramenée droit chez Postrio. Et cet imbécile de valet de parking s'est dépêché de lui récupérer sa voiture – avec, je n'en doute pas un instant, tout le respect dû à la dame au vu du pourboire offert ; ça lui a coûté son

1. Restaurant chic tendance nouvelle cuisine du centre de San Francisco.

boulot. Renée a parcouru une dizaine de blocs avant de littéralement *détruire* sa voiture, en allant emplafonner un autocar scolaire des Deadheads[1] garé sur Grove Street.

Il agita un doigt sous le nez de Renée.

– Tout à côté du Symphony Hall Louise Davies, à l'instant *précis* où un entracte venait de déverser, sur le trottoir opposé, à quinze mètres à peine, deux ou trois cents fumeurs de cigarette socialement très en vue. Comment a-t-elle pu rouler jusque-là ? C'est un mystère que personne n'a pu élucider.

Nous entendîmes claquer les mâchoires de Renée tentant de mordre le doigt qui s'agitait, à la manière d'un chien devant une mouche qui lui empoisonne la vie. Mais Gerald l'avait déjà retiré, et m'en touchait le bras pour faire bonne mesure.

– La police se trouvait déjà sur les lieux, naturellement, et donc les policiers, et pratiquement la moitié des amis de Renée – la moitié qui fume – eurent l'honneur et l'avantage de la voir sortir de son tas de ferraille d'un pas mal assuré, aussi ivre et déplacée que Truman Capote aux funérailles de Bob Kennedy. Vous imaginez ?

Il détacha de l'anneau une clé avec contacteur d'alarme sous capuchon caoutchouté et les montra à la jeune femme.

– Peu importe la question, la conduite en état d'ivresse n'est pas la solution.

Renée lança la main pour se saisir de la clé, à peu près de la manière dont elle s'était saisie du verre dans la cuisine sur un plateau de passage. Gerald

1. Les fans du groupe psychédélique Grateful Dead habitaient dans des autobus peints de couleurs vives et suivaient ainsi les concerts de leur groupe favori. Le premier bus du genre est dû à Ken Kesey et ses Merry Pranksters, dans les années soixante, et les Grateful Dead jouaient souvent sur le toit.

plaça l'objet de sa convoitise à bonne distance, avec un sourire peu avenant.

– De l'héroïne. Ce n'est pas une mauvaise idée. Cela pourrait peut-être nous rendre un peu moins *active*.

Il empocha la clé de la voiture et laissa tomber le reste du trousseau dans le sac, qu'il me tendit.

– Lorsque vous l'aurez livrée chez elle, dit-il, prévenez son mari que je ferai déposer les clés de voiture par porteur demain matin.

Ah, me dis-je. Un mari.

– Je vous les laisserais bien, ajouta-t-il d'une voix sombre, mais sans elles, vous serez moins exposé aux *tentacules* des *stratagèmes* de cette jeune dame.

– Ce calamar-là a fait surface à deux reprises ce soir, dis-je.

Gerald ne rata pas la mesure.

– Habituellement, ils restent dans les grandes profondeurs, fit-il remarquer d'un ton lugubre. Là où est leur vraie place.

Maintenant stabilisée entre nous deux, Renée se laissa guider parmi les tables en acier inoxydable pavées de plateaux garnis de melon cantaloup enveloppé de jambon de Parme et de pâtés en forme d'escargot – câpres en guise d'yeux, et persil pour les sourcils –, en laissant au passage un téléviseur portable dévider son écran silencieux, pour rejoindre l'entrée de service au fond de la cuisine. Gerald donna une adresse tout au bout de Broadway, juste à l'est du Presidio. Il mit poliment l'accent sur le fait que ce serait une bonne idée que d'accompagner Renée jusqu'au-delà du seuil de sa porte pour la déposer directement entre les bras de son époux ou au moins du maître d'hôtel, et se dépêcha de refermer la porte de service derrière nous dès que nous l'eûmes franchie. Il était clair qu'il était heureux de se voir débarrassé de Renée Knowles une bonne fois pour toutes.

Je laissai tomber le sac à main au pied du siège passager en me disant que Renée devait très vraisemblablement consacrer chaque semaine trois ou quatre de ses soirées à ce genre de petite fiesta. Une telle absorption d'alcool impliquait un équivalent réciproque au gymnase afin de conserver une ligne de corps aussi splendide. Pas un gramme qui ne soit à sa place, remarquai-je en l'aidant à s'installer sur son siège ; et rayonnant de chaleur, qui plus est. Minuscule paquet d'énergie, peut-être énergique à l'excès, tout agité en vérité de tressautements convulsifs destinés à canaliser ses nerfs voire son intelligence vers quelque chose d'utile, ou même de significatif, ou au moins dissipateur du trop-plein qui la tenait. En pur et plein état d'ivresse, même aux prémices d'un long somme, elle brûlait littéralement.

Le camion démarra. Les signes bénis du destin vous viennent comme ils le peuvent. À mi-chemin de la sortie du parking, elle tapota d'un ongle la vitre côté passager en indiquant une BMW noire, une de ces machines modèle panthère agressive avec vitres teintées, jantes ventilées turbo, gros pneus taille basse collant à la route, et une antenne facilitant, entre autres choses, accès et demandes au système GPS. Elle avait l'air flambant neuve.

– Elle ressemble exactement à la mienne, dit Renée Knowles d'une voix presque désespérée. Sauf, ajouta-t-elle en se tournant vers moi, que la mienne a un petit autocollant de pare-chocs. Vous savez ce qu'il dit, mon autocollant ? « Regardez-moi quand je vous rentre dedans. »

Elle se mit à rire. J'essayais de conduire, mais cela ne m'empêcha pas de me tourner vers elle.

– Une petite étiquette bleue, dit-elle en définissant un rectangle entre pouce et majeur de chaque main. Comme ça.

– Bien sûr, dis-je.

Elle pivota sur son siège pour regarder par la lunette arrière.

– Elle vous plaît, ma voiture ? demanda-t-elle en la voyant disparaître dans les ténèbres. Ça vous dirait de la conduire ?

– Je croyais vous avoir entendu dire que ce n'était pas la vôtre ?

Elle se retourna et posa une main sur mon bras.

– S'il vous plaît ?

Je terminai de longer une file de véhicules garés et haussai poliment les épaules.

– C'est Gerald qui a les clés. Vous l'avez vu les prendre. Vous récupérerez votre voiture au matin, lorsque vous serez en état de la conduire.

Elle ignora mes paroles.

– Pas demain. Maintenant. Tout de suite. Et pas juste pour faire le tour du bloc. Mais direction Tahoe – ou Reno. Et que diriez-vous de Malibu ? Ou Palm Springs ?

– Naturellement, répondis-je pour ne pas la contredire. Mais attendons si vous le voulez bien que tous les phares pointent dans la même direction. Ce soir, nous prenons le pick-up. Essayez de voir ça comme une expérience unique en son genre.

Elle cligna des paupières. Puis, s'appuyant contre la portière passager, elle m'observa.

– Oh, vraiment ? Vous en êtes sûr ?

– Peut-être que ça vous rappelle le lycée, non ?

– Le lycée ! lâcha-t-elle avec un rire trop fort. Le lycée...

– Votre petit ami ne conduisait donc pas une camionnette à plateau ? Vous n'avez toujours roulé qu'en BMW ?

– J'avais quatorze ans ! s'écria-t-elle. Quatorze putains d'années !

Elle s'interrompit.

– Le lycée, répéta-t-elle en resserrant sur elle les revers de sa petite veste. Mais bon Dieu, qu'est-ce que vous fichiez à une soirée comme celle-là ?

Le camion rebondit au passage du trottoir entre parking et chaussée. La radio, qui souffrait de courts-circuits intempestifs, entama brusquement le tout début du récitatif de John Coltrane interprétant *Don't Take Your Love Away*.

– John Plenty est un ami et un client, dis-je en baissant le volume. Et donc j'ai fait une apparition.

Elle ne répondit rien.

– L'artiste ? Le mec qui a peint toutes les toiles qu'il y avait là-bas ?

Silence.

– Les murs, dis-je en lui jetant un œil. Il y avait bien des toiles sur les murs, non ?

Renée se contenta de me regarder.

– Deux étaient des portraits de vous ?

Pas de réaction.

– Toujours est-il, précisai-je en haussant les épaules, que c'est moi qui les ai encadrées.

– Ah, c'est vous, le mec ?

Je ne sus pas très bien ce que je devais entendre par ces mots, mais j'étais fin prêt à accepter l'idée que son commentaire était péjoratif, aussi décidai-je de la boucler. Après deux minutes de silence, elle toucha un trou dans le vinyle du tableau de bord et demanda :

– Elle a combien de kilomètres au compteur, cette chose ?

– Cent quarante-sept mille, dis-je fièrement avec un œil sur le compteur, huit cent deux. Je l'ai payée six cents dollars il y a huit ans. Elle en avait quatre-vingt-seize mille alors. Je n'ai jamais eu à faire la moindre réparation. Je roule au super, je change régulièrement l'huile et les filtres, et de temps à autre je m'offre une petite pointe sur l'autoroute pour décrasser les hauts de cylindre. Fiable, la caisse, ajoutai-je en tapotant le tableau de bord.

– Six cents dollars.

Elle n'aurait pu être plus impressionnée si je lui avais dit que la lumière de la tête d'Orion avait commencé son parcours vers sa tête à elle l'année où le Christ était né.

– En y réfléchissant bien, précisai-je, arrêté à un carrefour, ça doit correspondre à un remboursement mensuel de cette BMW noire.

– Un remboursement ? s'étonna-t-elle en inclinant le rétroviseur pour s'y contempler un instant. Je l'ai payée comptant.

Elle se toucha les cheveux, une fois, une seule, et se laissa retomber dans son siège.

– Un de ces jours, dis-je en remettant le rétroviseur en position, un calamar géant va se lever au sortir de la chaussée et...

– ... et il fera du sushi avec les classes aisées, dit-elle en riant.

– Est-ce que vous aviez également payé comptant celle que vous avez démolie ?

– Cette espèce de petit pédé et ses commérages, lâcha-t-elle sèchement. Bien sûr que je l'avais payée cash.

Elle se tourna vers moi.

– Au pied levé, je dirais qu'un homme capable de garder le tas de ferraille qui lui sert de camion huit ans durant devrait également pouvoir garder la même femme.

– Et qu'est-ce qui vous fait croire que ce n'est pas le cas ?

– Vous cherchez les ennuis.

– Et dans quelle mesure un coup de main implique-t-il qu'on cherche les ennuis ?

– Dans la mesure où vous ne donnez votre coup de main que pour épater le monde.

Je n'avais pas eu l'intention de prendre par Lombard, mais je m'aperçus pourtant que c'était bien ce que j'avais fait.

– Vous parlez en experte. Dans le genre, vous avez fait ça très bien.

– Ce qui veut dire ?

– Que je suis épaté. Tout le monde a été épaté.

– Ha. Ces gens n'en ont strictement rien à branler de ce qui m'arrive – à moi comme à n'importe qui d'autre, d'ailleurs. Ils sont tout bonnement contents que je sois partie. Plus là. Disparue. Terminé.

Je la regardai. Elle se tenait aussi loin de moi qu'il lui était possible, engoncée en coin à l'oblique entre siège et portière, sans me quitter des yeux. Les lumières glissaient sur son visage mais ses yeux restaient dans la pénombre.

– Je croyais que vous étiez ivre.

– Peut-être bien. Mais pas vous. Vous auriez pu rester. Qui sait ? Vous auriez peut-être même pu acheter une toile.

J'éclatai de rire en détournant la tête, pour constater que j'avais raté l'embranchement avec Divisadero.

– Je ne dispose pas d'assez de place sur mes murs.

– Occupée, je présume, par des photos de votre mère, sans aucun doute.

– N'oubliez pas ma sœur.

– Ce sont mes toiles, vous savez.

– J'ai remarqué qu'elles étaient vendues.

– Elles n'ont jamais été à vendre. Elles sont *de* moi, et elles *m'appartiennent*.

– Ces toiles sont des portraits de vous ? fis-je d'un ton légèrement déçu, car il n'y avait pas cinq minutes que je lui avais appris que c'était moi qui les avais encadrées. Vous avez posé ?

– Oui.

– Je ne le crois pas. Plenty aurait pu faire un meilleur travail par simple télépathie.

Elle gloussa.

– *Au contraire**, ç'a été une expérience interactive de première main. Et puis, qu'est-ce que vous voulez dire ? demanda-t-elle avec condescendance. Ce sont des portraits *tout à fait* excellents.

– Là, nous parlons du Plenty que je croyais connaître.

– Vous savez que dalle sur lui, dit-elle, d'une voix plus sèche.

Je me tournai vers elle. Elle m'offrit en retour un regard noir.

Le feu à l'intersection avec Broderick passa au vert et je pris à gauche.

– Broadway à Baker ? demandai-je, un peu à bout de patience.

Elle ne répondit pas. À l'entrée du Presidio, je m'engageai sur Lyon, et nous nous retrouvâmes derrière un bus de la ligne 41. Mais il tourna plein est sur Union, et je tournai aussi vers l'est un bloc plus loin, sur Green. Nous quittâmes Cow Hollow par la côte qui longe le vieux consulat russe où ne brillait plus qu'une ampoule dans une pièce du deuxième étage. Nous prîmes à droite sur Divisadero en gravissant péniblement la colline abrupte jusqu'à Broadway, où je tournai à droite. Un bloc et demi plus loin, elle m'indiqua l'allée à voitures d'une résidence pas tout à fait assez vaste pour servir de hangar à dirigeable, mais beaucoup plus jolie.

– Écoutez, dit-elle brusquement, sans bouger, les yeux fixés sur la maison. Vous entrez prendre un petit dernier ?

Sa proposition me surprit.

– Mon mari vous sera très reconnaissant de m'avoir raccompagnée, ajouta-t-elle.

– Un mari, dis-je.

– Reconnaissant, répéta-t-elle.

– Peut-être une autre...

– Je vous en prie, dit-elle en posant sa main sur mon avant-bras. Je me suis montrée très grossière.

Mon regard passa de la grande maison à la dame.

– Vous avez une sœur ?

Elle sourit.

– Garez-vous sous le cyprès.

Le cyprès était immense, à mi-chemin d'une rangée de ses semblables bordant l'allée. On ne laissait guère le temps aux aiguilles qui en tombaient de se morfondre sur place. Un quidam muni d'un aspirateur souffleur apparaissait une fois par semaine pour les expédier aussi vite un peu plus loin, avant de consacrer beaucoup de temps au reste de l'ensemble paysagé. À trente mètres de distance, je sentais les fleurs des jasmins de nuit qui couvraient tout le coin est de la résidence sur trois niveaux. Une explosion de bougainvillées tout en hauteur drapait le coin ouest.

À ce stade, j'aurais dû bâiller, ou feuilleter les pages jaunes en quête d'un nouveau coiffeur, ou redisposer la terre dans mon cercueil en préparation d'un long sommeil après cette journée difficile – tout, sauf me garer dans l'ombre de la villa d'un homme riche en compagnie de son épouse. Mais le camion se rangea de lui-même, ainsi qu'il est capable de le faire. Qu'est-ce qui pourrait être plus naturel ? Je coupai le moteur. Le silence devint tel qu'on entendit le brouillard se mouvoir dans les ramures des cyprès, à la recherche, près de deux cents kilomètres à l'intérieur des terres, de la chaleur du désert dont les mouvements ascendants par convection naturelle avaient attiré la couche d'air marin froid au travers des arroyos des chaînes rocheuses de la côte. Qu'est-ce qui pourrait être plus naturel ? Je pris soudainement conscience des relents de moisi qui montaient des tapis de sol. Sans oublier l'odeur musquée d'huile de moteur en train de terminer sa cuisson sur le collecteur d'échappement juste en dessous d'une fuite du joint de culasse. J'étais crispé et agacé par le sentiment retors, inhérent à ce genre de situation, qui s'en vient recoudre comme d'un fil la prémonition des instants à venir, cette anticipation qui vous coupe le souffle aux abords de l'inconnu. J'aurais pu souhaiter me trouver ailleurs, comme de bien entendu. Mais vous savez comment se passent les choses quand vous êtes un solitaire. Il vous arrive de vous sentir seul.

J'actionnai la poignée de la portière.

– Attendez, me dit-elle.

Je la regardai.

Elle me tira contre elle. L'instant suivant, j'avais la tête dans ses cuisses et elle m'embrassait.

Je ne pouvais plus décemment me redresser sur mon siège. Je reconnais avoir envisagé d'hésiter ; mais je ne disposais même pas du temps suffisant pour reconnaître à mes propres yeux que j'allais hésiter juste l'espace de cet instant que je jugerais nécessaire, afin de sonder en profondeur peut-être les intentions de cette beauté, ses instincts, ses émotions, ses capacités à parler, son empressement à partager encore quelques secondes la cabine odoriférante d'une camionnette à plateau vieille de onze ans qui avait pu, ou pas du tout, lui remémorer un mec qui avait été son petit ami au lycée – de qui je me moque, là ?

Elle me sauta dessus tandis que mon esprit hésitait, par paquets confus d'impulsions neuronales, oscillant entre rester avec elle et la quitter en lui souhaitant bonne nuit. Il était vain que je me pose même la question – je n'en eus jamais l'occasion, et jamais je n'aurais pu deviner. Elle m'avait fait saigner la lèvre inférieure avant même que je sache ce qui m'avait mordu, avant même que je comprenne qu'un bras avait complètement échappé à sa petite bretelle, avant que je comprenne que, dans ma bouche, ne se trouvait plus sa langue, mais un téton. Seul le plafond de la cabine du camion arrêta l'escalade de Renée, oblique et ascendante, pareille à une moraine latérale de chair et de soie, une géologie de femme, à la vêture réduite à quelques gravats pris entre nos deux corps. Dans l'obscurité, son sein se déplaça au-dessus mon visage, son aréole maintenant zébrée par le sang de ma lèvre, et elle gémit. Trop tôt, songeai-je, pour qu'un potentiel aussi contenu que le mien pût accepter de se joindre au mouvement. Bien qu'étant tout à fait prêt à le laisser tenter l'expérience. Aussi floue à mes yeux qu'à l'instant où elle avait entamé sa montée, avec la même fougue, elle descendit, et avant que j'aie pu arrêter son accélération, d'un geste impérieux, elle avait désengagé de leur logement trois des cinq boutons sous ma ceinture, en émettant, ce faisant, un bruit de triomphe, de frustration, d'urgence, d'exigence. Et donc, lorsque j'attrapai ses deux poignets, alors même qu'une de ses mains m'agrippait – déjà, il était très facile de m'agripper, je dois l'admettre : mettez donc les mains sur un solitaire, et vous obtiendrez une réaction de solitaire ; qui n'est pas très précisément conscient de cet état de fait ? Qui ne se repose pas dessus ? Qui ne veille pas à ce que l'effet se produise quand le besoin s'en fait sentir ? Mais, en ce bas monde, il est si peu de choses sur lesquelles se reposer en toute confiance, celle-ci étant justement du nombre, qu'elle fut très surprise lorsque je me saisis d'un poignet dans chaque main, arrêtant leurs mouvements d'une intention mi-délibérée, avant de lui replier les bras dans le dos, l'écrasant contre moi de manière à pouvoir dire non. Arrêtez. Je vous en prie.

L'urgence lui donna de la force. Ce que l'on obtient lorsqu'on boit tous les soirs et qu'on fait quotidiennement du sport en infusant le tout d'un désespoir prolongé, c'est de la force. La mienne, en revanche, s'érodait. Renée sentait merveilleusement bon, au cœur et aux narines, comme la beauté, comme le péché, comme des coins d'enfer que je n'ai pas habituellement l'occasion de visiter, comme un élixir de cigarettes, de parfum, de talc, de transpiration, de chardonnay et de cuir tanné. Mon impulsion première fut de couvrir sa bouche de la mienne. Au lieu de quoi je murmurai :

– C'est une chose que je ne fais plus.

– Faire quoi ? dit-elle à bout de souffle, la voix rauque. Vous ne faites rien du tout. Vous n'avez rien à faire. C'est moi qui fais, et moi seule. Allongez-vous et jouissez de l'instant.

Et ses mains reprirent leur avancée. Elles étaient fortes. Et j'étais faible. Agrippant ses poignets, j'obligeai ses doigts à se poser sur mes cuisses. Elle les étala bien à plat et ses ongles s'enfoncèrent dans ma chair. En me regardant droit dans les yeux.

– Est-ce que vous n'avez pas envie de moi ?

Ses yeux brillaient, en amande si délicatement légère, chose que je n'avais pas remarquée précédemment. Les cheveux à ses tempes venaient mourir le long de chaque maxillaire à l'avant des oreilles, et si ma bouche disait une chose, le reste de ma personne en disait une autre.

– Oh, bon sang, murmura-t-elle, les yeux toujours verrouillés aux miens.

C'était une femme, après tout. J'étais un homme. Ça, au moins, nous le savions. Elle me prit le bout du nez dans la bouche et le toucha du bout de sa langue.

– Non, chuchotai-je, en m'efforçant de ne pas rire ni éternuer. J'essaie de me tenir. Je ne suis plus d'âge.

– Se tenir, dit-elle, puisque nous parlons d'âge, c'est pour plus tard, beaucoup plus tard.

– Je n'aurais pu être plus d'accord – avant. Mais plus tard c'est maintenant.

– Maintenant, c'est maintenant, dit-elle farouchement, et elle me força à la forcer à bouger ses mains. Est-ce que vous aimez mes seins ?

– Il n'est pas question d'aimer ou de ne pas aimer, dis-je.

Et je les regardai, pour ainsi dire, des mains, les miennes, guidées par ses mains. La robe avait disparu.

– Ce n'est pas...

Brutalement, elle arracha un poignet à ma prise et présenta un sein à mon inspection, quelque part entre ma lèvre supérieure, la pointe de mon nez et mes yeux.

– Vous ne les trouvez pas trop petits ?

– Seigneur Jésus, Renée...

J'aurais dû garder bouche close. Si vous prononcez son nom à haute voix, vous comprendrez pourquoi. Elle me présenta le téton comme une nourrice à l'enfant qu'elle allaite.

– C'est ça, c'est bien ça, murmura-t-elle.

Soudainement, je me sentis aussi apaisé, à l'aise, résolu, en repos, autonome, habité, nécessaire, que... Quoi ? Une force de la nature ? Une cataracte ? Un coffre-fort en chute libre ? Je suppose qu'on pourrait dire n'importe quoi pour éviter de s'appesantir sur la question. Laquelle se résumait maintenant à son sein dans ma bouche, à ma braguette ouverte, et à elle, qui, petite et agile, était parvenue à se ranger en quelque sorte entre moi et le volant du camion, et me chevauchait. Et si, dans un passé proche, son désespoir me l'avait rendue repoussante, maintenant, il la changeait en pesanteur incarnée. Elle laissa échapper un souffle aigu entre ses lèvres tandis que ses hanches s'expliquaient à l'entour des miennes. Une de ses mains se saisit d'une poignée de mes cheveux, l'autre agrippant dans son dos le bord du volant. Je laissai retomber la main gauche le long de son mollet jusqu'au levier de réglage de l'assise, et le siège, pareil à un ressort, s'éloigna du volant aussi loin qu'il lui était possible.

Puisque c'était la guerre, nous prîmes notre temps. Un temps très long. Il y eut beaucoup de morts. À un moment donné, je me sentis perturbé. Une sensation curieuse. Mais pour lui donner un nom, ce qui commença à me perturber, à mesure que progressait l'expérience, c'était la manière dont nous allions si bien l'un avec l'autre. En parfaite correspondance. Pas une parole ne s'échangeait. Un geste, un frôlement, un regard, même dans cette semi-obscurité, suffisaient à compiler, au travers d'une anthologie de vignettes, un album de désir. D'une poussée brutale de ses hanches, elle vint à ma rencontre de cette façon dont j'avais toujours désiré être rencontré, sans jamais m'en rendre compte jusqu'à cet instant. La façon dont elle me guida de sa main, la façon dont ma main se plaça en coupe au bas de son échine, la façon dont son pouce me laissa une meurtrissure juste au-dessus de la hanche, points de suspension... rien de tout cela n'était chose commune. La petite robe devint un mince cumulus voilant sans grand effet une présence lunaire. Gestes, frôlements, signes, murmures, tous venaient s'engranger à l'unisson de la conspiration qui nous unissait. De sorte qu'à la fin, dans l'intimité gagnée m'autorisant à dire « Renée » au creux de son oreille, la seule chose qui m'ait réellement manqué fut un plaisir de réciprocité : entendre mon propre nom au creux de ma propre oreille, prononcé par ses lèvres. Mais comment l'aurait-elle pu ? Jamais elle ne l'apprit.

3

– Tu devrais entrer et rencontrer mon époux.

– Quoi, de manière à pouvoir nous comparer l'un avec l'autre, test à l'appui ?

– Ça, ce n'est pas gentil.

Je grognai, agacé.

– Je n'ai pas les nerfs câblés pour ça. Pourquoi voudrais-je le rencontrer ? Pour dire les choses autrement, hormis pour se voir balancer au visage le détail de tes indiscrétions, pourquoi voudrait-il me rencontrer ?

Elle toucha d'une pointe de langue une coulée de sueur à la base de mon oreille.

– Comment sais-tu qu'il a un visage ?

Je lui frôlai le nez.

– Ne pourrions-nous pas garder ça entre nous ? demandai-je en contemplant la maison. J'imagine que le mec qui est propriétaire de ce bâtiment a bien un visage.

– Suppose que tu te trompes ?

– Moi ? Me tromper ?

Ses yeux brillaient dans la pénombre. Un léger gonflement accentuait la courbure de ses lèvres.

– Non, dit-elle d'une voix douce. Jusqu'ici, pas d'erreur, tout va bien.

– Je me rends, dis-je.

Elle couvrit mes lèvres de ses doigts. Je lui touchai les cheveux et, de mes yeux incrédules, observai ma main faire le geste. Elle m'observa en retour.

– Non, non, dit-elle presque en un souffle. C'est moi qui me rends.

Hommes et femmes étant ce qu'ils sont, le moment aurait pu être choisi pour des confidences sur l'oreiller – les plans d'architecte pour une nouvelle extension de la maison, l'étrange remarque d'une nièce lors d'un dîner de famille, un ou deux secrets atomiques –, le tout aussi naturel, aussi peu réfléchi que le flux d'un ruisseau sans barrage, dont le cours suivrait le simple relief des terres. Mais nous étions l'un pour l'autre des inconnus. Le seul savoir que nous avions en partage se limitait à notre appétit mutuel de la chair de l'autre, et au fait qu'elle avait un époux qui l'attendait au foyer.

Elle se blottit contre moi et je réagis sans hésitation.

– Si nous poursuivons ce que nous sommes en train de faire...

– Oui ? s'enquit-elle.

– L'un de nous va appuyer sur l'avertisseur.

– Cette chose a un avertisseur ?

Nous étions comme deux gamins cachés dans un fourré, occupés à observer le monde et les comportements des adultes derrière leur rideau de feuilles, en faisant semblant de ne pas remarquer que nous nous tenions les mains. Intimité ténue, et délicieuse. Mais pris sous le feu d'une réflexion plutôt trop simpliste, ce petit jeu plutôt trop adulte devenait : j'aurais pu être à la maison, « en sécurité devant la télévision » – si j'avais possédé une télévision.

Renée me prit une main, la posa bien à plat sur le centre de la colonne de direction derrière elle, et la couvrit d'une des siennes. Une petite pression, et l'avertisseur cornerait. Elle verrouilla ses yeux aux miens. Elle se plaça tout contre moi. Et l'embouchure moite de ses lèvres laissa échapper un souffle aussi bref que soudain.

– Non, suggérai-je. N'interromps pas ça.

– Oh chéri, dit-elle, tu dis toujours la chose juste.

– Oui, lui concédai-je, les trois fois où tu m'as entendu parler.

Nous nous embrassâmes.

Le désir d'aller plus loin nous enveloppait. À l'instant de la pénétration, elle ferma les yeux et se mordit la lèvre, image parfaite de la concentration, à croire que nul détail fâcheux ne saurait la distraire de la délicatesse de cet instant hors du temps, à croire, assurément, que rien d'autre n'avait d'importance. Moment volé classique. Les petits tamias psychiatriques en résidence dans le grenier de mon esprit furent d'avis que c'était là une femme prise dans un mariage sans amour qui avait beaucoup à donner, refoulée à l'excès, sans personne pour prendre ce qu'elle offrait – et tout à fait accoutumée à faire ce qu'il fallait à ce sujet. Je n'avais nul besoin des mêmes tamias pour conclure que mes propres attentes venaient d'un individu par trop solitaire, qui, ayant exprimé une réticence de pure forme, avait cessé d'hésiter pour prendre lui aussi ce dont il avait besoin. Quel que fût l'élan qui la portait, la fusion nous mena une heure durant, de crescendo en crescendo. Arrivés au stade des paroles, de la reprise des souffles, de la conclusion, ou de Dieu sait quoi d'autre, les trois heures du matin étaient passées depuis longtemps.

Nous avions émigré vers le siège passager pour nous y envelopper dans une bâche d'ameublement capitonnée : deux gamins qui, pour l'instant du moins, ne se souciaient plus de rien en ce bas monde.

– On chasse les gens de l'armée pour des trucs comme ça[1].

– Ils feraient peut-être mieux d'équiper tous les véhicules du gouvernement de couvertures capitonnées.

– Cela épargnerait aux contribuables des tonnes d'honoraires d'avocat.

– Et les mecs en uniforme auraient quelque chose à défendre.

– Mais qu'est-ce que feraient les hommes politiques ?

Le lustre-lanterne brillait toujours, ainsi que deux fenêtres du premier étage. Je dis lustre-lanterne, mais on pourrait appeler ça un éclairage de perron. Sauf qu'il ressemblait bien à une lanterne, suspendu à deux chaînes perpendiculaires faisant office de caténaires, et aussi imposant qu'une moto accrochée à l'envers. Des ampoules effilées de couleur ocre y jetaient des éclats instables comme des flammes de brûleur à gaz. Et je dis aussi perron parce que je ne sais de quel autre nom qualifier cette chose, à moins que portique puisse également évoquer taille et grandeur substantielles. Un mari affichant un tel désir ostentatoire de reconnaissance, voyant son épouse désirée par un autre, ne serait-il pas capable soudain de redécouvrir la beauté de sa moitié, et de vouloir la récupérer ? Qu'est-ce qui pourrait bien étayer son désir revendicatif ? Un fusil à éléphant ? Un tueur à gages ? Un dégonflement des pneus de camion du soupirant ?

Renée avait fermé les yeux et elle somnolait presque, peut-être. Des mèches folles de cheveux moites collaient à ses tempes. Je les frôlai doucement. Elle ouvrit les yeux, me vit, me sourit, et les referma à nouveau. Il était difficile de faire s'accorder cet adorable moment de repos si plein de

1. L'adultère est un motif de renvoi de l'armée.

confiance avec l'état d'ivresse dont j'avais été le témoin si récemment. Mais qu'y avait-il à accorder ? L'alcool est capable de transformer n'importe qui en singe. La question était de toute façon hors de propos. J'aimais cette sensation d'être enveloppé dans une couverture capitonnée en mouvement sur la banquette avant de mon pick-up, à trois heures du matin, au côté de cette femme précisément, endormie sur mon épaule, cette femme qui n'affichait, en l'instant présent, pas la moindre préoccupation de l'endroit où ses vêtements étaient susceptibles de se trouver. Comparé à cela, qu'est-ce que quelques verres un peu plus tôt, ou une gueule de bois un peu plus tard ?

– En avons-nous terminé de nous battre ? murmura-t-elle sans ouvrir les paupières.

Quelle question. Et si je répondais oui ? Allait-elle se rhabiller, remonter son allée, et disparaître à jamais ? Et cela ne serait-il pas préférable ? C'est une chose que de passer quelques heures à l'intérieur d'une couverture en mouvement en compagnie de l'épouse d'un autre. Mais poursuivre au-delà ? Pour tomber dans « deux sonneries-je raccroche », les chambres d'hôtel anonymes, les « ne m'appelle pas ici », les « je t'appellerai quand j'aurai besoin de toi » – je veux dire, quand j'en aurai l'occasion –, bref, toutes les clandestinités claustrophobes de l'adultère ? Étions-nous donc l'un comme l'autre désespérés à ce point ? Ce pour quoi nous avions si admirablement fait la preuve de nos talents pourrait peut-être suffire à tenir le feu d'une liaison six mois durant, voire un an, mais toute autre chose se révélerait très vite impossible. Je me verrais, par exemple, dans l'incapacité d'offrir un troisième, voire un deuxième dîner digne de ceux dont elle faisait son ordinaire – sans même parler de la facture d'électricité relative à toutes les ampoules de son lustre-lanterne. Au départ, elle dirait : pas de problème, et sortirait la carte de crédit de son mari pour régler l'addition. J'anticiperais comme de bien entendu son geste, refusant de cocufier un homme et de le voir payer son cocufiage. Je décompterais le montant total à régler de mes maigres richesses pour m'apercevoir qu'elles ne couvraient pas tout à fait l'addition, sans même parler du pourboire, et je me verrais donc contraint de la laisser mener la transaction par carte plastifiée jusqu'à son terme. D'un air gêné, j'insisterais pour qu'elle accepte néanmoins tout mon liquide, qu'elle laisserait tomber à contrecœur, sans vouloir se montrer dépitée ou insultante, et sans même le décompter, dans son sac à main. Ensuite, dans quelque bar, pelotonnés que nous serions l'un contre l'autre sur deux tabourets adjacents pour un dernier verre, il lui faudrait sortir le liquide pour régler les boissons. Ce qui ne saurait que plaire on ne peut mieux à un ruffian de bas étage. Mais pour la plupart des gens, en l'espace d'un mois ou deux, cette belle histoire serait devenue un entrelacs confus de gêne et de désir, d'absence de thune et de compréhension crispée, de fierté, d'adultère et de luxure, sans oublier les petites excuses du dernier chic comme, oh, je n'avais plus de batterie sur mon portable, sur mon camion, sur mon pacemaker...

Aussi répondis-je :

– Nous avons gagné tous les deux. Avant d'ajouter : Tu veux mettre un terme au combat ?

Les yeux fermés, elle sourit, et se nicha tout contre moi.

– Non, répondit-elle simplement. J'aime me battre avec toi. C'était quoi, ton nom ?

Comme j'ouvrais la bouche pour lui répondre, elle dit :

– Ou ton numéro de téléphone ? Est-ce que tu as un téléphone à l'intérieur de cette chose ? Assorti à la couverture, je veux dire ?

– Si j'avais un téléphone ici, je serais forcé de l'entendre ne pas sonner tout le temps.

– Oh, monsieur Cœur solitaire, dit-elle en rouvrant les yeux. Tu croules sous les femmes.

– Est-ce que c'est censé être un compliment ? Ou est-ce la raison pour laquelle les femmes ne m'appellent jamais sur mon téléphone de voiture virtuel ? Mon téléphone de camion. Parce qu'elles sont trop occupées à me faire crouler sous elles ?

Elle secoua la tête.

– Les filles sont bonnes avec toi.

Je réfrénais l'envie soudaine d'énoncer une évidence, à savoir qu'elle ne savait rien de moi.

– Bien sûr, dis-je avec douceur. Elles m'appellent de la Société Cousteau, de Greenpeace, du Sierra Club, du Quartier général du Parti démocrate... Elles donneraient n'importe quoi pour me parler, et elles ne me factureront que trente ou quarante dollars par an pour ce privilège.

Elle me regarda. Je me détournai.

– C'est pathétique, dit-elle.

Je haussai les épaules.

– Hé, mais je leur parle. Invariablement, ces filles sont toutes très gentilles. Les femmes aussi. De véritables militantes libérales. Et, oserais-je ajouter, elles ne craignent rien, tant elles sont loin, à Washington, D.C., pour la plupart, là où je ne peux pas aller les violer en m'insinuant chez elles le long du câble téléphonique.

– Elles ne savent pas ce qu'elles ratent.

– C'est du sadisme, ça ? Ou du masochisme ?

– Et de quoi discutes-tu avec elles ?

– De l'environnement, puisqu'on parle de sadisme, des nouveaux forages pétroliers d'exploration dans Golden Gate Park autorisés par une nouvelle loi de la Chambre. Le sujet n'a aucune importance. L'astuce consiste à transformer l'entretien en métaphore sexuelle.

– Tu n'es pas sérieux.

– Pas très souvent. Mais si. Ces dames naviguent entre le Scylla du devoir et le Charybde de la curiosité. Dans un brouillard de faux numéros, de répondeurs, de méchantes gueules de bois – bref, l'ennui absolu – et enhardies par l'anonymat.

– Tu me racontes tout ça uniquement dans le but de passer pour le dernier des tarés.

– Non, je te raconte tout ça pour que tu comprennes à quel point je suis réellement désespéré.

– Oh, pauvre chou, dit-elle en m'embrassant sur le front.

– Crois-tu vraiment qu'un individu normal et moral, bien adapté à la société où il vit, qui se contente de se satisfaire par téléphone de volontaires femmes, pleines de bonnes intentions et chargées de recruter des sympathisants au lieu de les séduire, t'aurait autorisée à lui sauter au paf comme tu viens de le faire ?

– C'est un argument qui se défend, dit-elle, songeuse. Mais tu as omis de préciser un individu hétérosexuel.

Je grognai de contentement.

– La radio devrait nous offrir *Let's Get Lost*[1] à peu près là maintenant. Mais qui est-ce qui a parlé d'hétérosexuel ?

Elle se nicha plus près.

– Personne.

– *Ou-tiz.*

Elle s'écarta avec brusquerie, pour me contempler à deux reprises.

1. *Allez, on se tire.*

– Qu'est-ce que tu as dit ?
– Pardon ?
– Pourquoi as-tu dit ça ?
Son regard était des plus sérieux.
– C'est du grec, dis-je simplement. Ça signifie *personne*.
– Ça, je le sais, rétorqua-t-elle aussi vite.
Je fronçai le sourcil, sidéré.
– Vraiment ? Oserais-je nourrir l'espoir que tu as lu Homère ? Ou Ezra Pound ?
Elle fronça le sourcil à son tour, dans l'incertitude.
– Homère ? Non. C'est là que tu l'as appris ?
– Ouais. Je veux dire, non. Le seul endroit où j'aie jamais vu ce mot, c'est dans les *Cantos* d'Ezra Pound, mais c'est Homère qu'il cite, Homère que je n'ai lu, bien sûr, qu'en traduction. Mais toi... ? Très certainement... ? Je ne veux pas être blessant, mais...
– Tu as raison, dit-elle en hochant la tête. Je suis pratiquement illettrée.
Je n'en crus rien.
– Il y a lire et lire. Alors où as-tu appris *outiz* ?
– Laisse tomber, dit-elle sèchement. *Otiz*, c'est de toute façon un nom foireux. Qui ne te va pas du tout. Il conviendrait beaucoup mieux à un gamin de dix-neuf ans qui emballe les courses pour les clients au supermarché.
– Hé, dis-je avec aigreur. Il y a quoi dans un nom ?
– Des lunettes, peut-être. Un pantalon de toile à plis et une ceinture fine. De bonnes chaussures de bateau. Une plaquette d'identité sur la poitrine.
– N'oublie pas les brassards de chemise.
– Des brassards de chemise !
– Et des cheveux coiffés à la verticale.
– Une voix couinante qui n'a pas fini de muer.
– Tu ferais perdre son couinement à la voix de n'importe quel homme.

– Oh, quelle chose gentille à dire à une fille.

Elle me refit le coup de la pointe de nez, en y ajoutant cette fois les dents.

– *Yum*, dis-je en frottant avec vigueur mon appendice nasal. Rhinophagie.

Elle eut un mouvement de recul en feignant l'horreur.

– C'est aussi dans Homère ?

– Non, c'est le fait d'aimer manger les nez.

– Quel soulagement.

Elle se rapprocha à nouveau.

– Mmmm...

– Et si on passait au latin ?

Elle se blottit contre moi avec un air rêveur.

– Tu peux faire tout ce que tu veux.

– Du latin comme qui dirait moderne. En caló, qui est le dialecte que parlent certaines tribus de gitans et de Latinos amateurs de grosses bagnoles surbaissées, quand elles ne parlent pas le spanglish, il existe un *mordisuerbe*, qui est justement ton baiser à pleine bouche, passionné, tonitruant et mouillé.

Je lui embrassai le nez.

– Belle onomatopée, non ? Ensuite vient le *mordibeso*, qui est ton baiser passionné avec morsure.

– Aïe !

Elle s'écarta en gigotant et frotta le bout mordillé de son nez du dos du poignet, à la manière d'une chatte.

– Donnant, donnant, suggérai-je.

Elle éternua avec délicatesse. J'essayai de *mordibeser* son nez une fois encore, et elle se cacha la figure au creux de mon épaule. Après un long moment, elle soupira.

– Merci, dit-elle.

– De quoi ?

– De me faire me sentir chez moi.

– Vraiment ?

– Vraiment.
– En ce cas...
Je la maintins à bout de bras en prenant un air grave.
– Accepterais-tu de me repasser mes brassards de chemise ?
Elle se choisit un repli de chair au-dessus de ma troisième côte et le pinça.
– Aïe !
– Tu as un nom latin pour ça ?
– Oui ! Douleur !
– C'est déjà mieux.
– Douleur domestique, ajoutai-je, quand elle me relâcha.
– C'est quand tu veux. Remarque bien que je ne t'ai pas renversé une casserole de friture de maïs sur la tête.
– Je t'en remercie.
Je fis un geste en direction de la maison.
– L'idée t'est-elle venue que tu te trouvais effectivement déjà chez toi ?
Elle se tourna vers le portique illuminé.
– Non, l'idée ne m'est pas venue.
Le lustre-lanterne se balançait doucement dans le brouillard, sous une brise sombre et froide qui ne nous incitait guère à nous dégager de la couverture mouvante, comme si l'heure était venue de nous lever et d'aller au travail par un lundi matin d'hiver.
– C'est bien ta maison, ici, non ?
– Oh, répondit-elle, j'habite ici – là.
Elle se tourna vers moi.
– Mais ce n'est pas ma maison.
À nouveau, elle couvrit ma bouche du bout de ses doigts.
– Suffit.
Ses yeux affichaient toujours l'expression légèrement surprise de la personne qui a bu, mais elle était

sortie pour une bonne part de ses vapeurs d'alcool. Et cette sobriété recouvrée ajoutée à son épuisement s'accompagnait d'une franche clarté de propos, à laquelle se mêlait notre intimité. Que je fusse ou non en mesure de faire confiance à cette nouvelle situation, à elle, je voulais lui faire confiance. En lui confiant quoi, cependant ? Mon délabrement, je suppose. Les traits marquants de mon humilité, à prendre avec l'individu, à savoir mon camion, mon petit appartement, mon boulot. Par la suite, je lui confierais mes problèmes de dos, mes longs silences, mes cauchemars, et les une ou deux autres faiblesses susceptibles, le temps passant, de me différencier d'un millier d'autres hommes. Peut-être pourrais-je compter sur elle pour veiller sur ce dos et mes arrières pendant que j'affronterais les prédateurs de mes rêves. Et dans un éclair, j'eus l'intuition qu'elle resterait jusqu'au jour où elle se mourrait d'ennui. Et en partant, plutôt que de me dire la vérité, elle me concocterait une belle excuse. « Oh, pourrait-elle me dire, tu as besoin de quelqu'un qui sera capable de vraiment veiller sur toi. »

Fais bien attention, dit la petite voix, et peut-être que tu trouveras la réponse. En outre, qu'est-ce que tu as d'autre sur le feu pour ce soir ou la semaine à venir – ou le mois, ou l'année à venir ?

– Otis, est-ce que tu veux me ramener à la maison ?

Je sus ce qu'elle entendait par là et faillis répondre oui. Elle voulait parler de mon petit appartement. Elle savait que je savais. Quoi qui eût cours au-delà de ce lustre-lanterne, elle était prête à le jeter à l'encan. Mais mon instinct me poussa à masquer ce que je ressentais. Non parce que je n'étais pas assez stupide pour dire oui, je vais te ramener à la maison. Parce que, oui, j'étais assez stupide pour ça. Simplement, je n'avais pas atteint le niveau de stupidité requis pour me laisser prendre au jeu. Ce qui est différent du passage à l'acte. D'accord, bien sûr, j'avais déjà connu ça. Des femmes que je ne pouvais pas me permettre, des femmes qui vivaient dans des mondes tout à fait distincts du mien, des femmes qui... J'avais rejoué jusqu'à leur terme tous les scénarios possibles avec leurs sous-programmes dans l'air du temps, cartes de crédit et accession au beau monde. Inéluctablement, la fin ne pouvait être que sinistre, avec du sexe à l'envi en chemin – du sexe, et une intimité inévitable à laquelle je me laisserais prendre, au point qu'au terme sinistre de l'histoire, je nierais qu'il fût déjà là. Imbécile. Adiós. Prends-toi un ou deux mois de congé, et remets-toi. Peut-être six mois. Mais chérie, il faut absolument que je travaille, que j'aie du sexe ou non ; que tu t'ennuies ou non ; que ce soit ou non l'argent de ton mari qui ait payé le dîner d'hier soir. Est-ce que tu ne peux pas tout bonnement te terrer avec moi, ici, en toute pauvreté, désespérée mais pleine de mots d'esprit, et *vivre avec ça* ?

– Ha !

– Est-ce que tu te moquerais de moi ?

– Non. Je me moque de ce que serait, j'imagine, l'expression de ton visage lorsque tu franchirais le seuil de mon *portique*.

– C'est beaucoup présumer, déclara-t-elle, et singulièrement peu romanesque.

Elle prenait tout cela bien trop au sérieux.

– Oui. Je *présume* que ta réaction non romanesque serait analogue à celle d'une femme marchant pieds nus sur un serpent dans l'obscurité.

Elle ne riait plus.

– Il y a des choses bien pires que les serpents, dit-elle.

– Tu devrais siffler quand tu dis ça. Mais c'est vrai. Et la vie avec moi pourrait en être une.

– Et que dirais-tu d'une vie avec moi ?

– Toutes choses égales, d'ailleurs, ce pourrait être l'enfer.

– L'enfer ?

Sa lèvre supérieure se mit à trembloter.

– Je... Je ne comprends plus tout à coup, dis-je.

– Je songeais à quitter l'enfer, Otis. Pas à y entrer.

– Excuse-moi, Renée, mais l'enfer, mis à part dans le cas de Sartre et de la guerre, est habituellement taillé par l'individu à la mesure de ses besoins d'individu.

Elle pleurait.

– Hé, m'empressai-je d'ajouter, je n'ai pas la moindre idée de ce que je raconte.

Je fermai mon clapet et la serrai dans mes bras. Elle pleurait à chaudes larmes.

Deux individus esseulés avec chacun ses propres raisons de se raccrocher à l'autre, et juste assez d'humanité en partage pour tenir le coup momentanément. Ce qui revient à dire pratiquement que je continuais à la serrer dans mes bras, à lui caresser les cheveux, et à m'interroger en silence pour savoir si j'avais le plus petit espoir de lui venir en aide. Elle continuait à sangloter. Nous n'échangeâmes plus une parole. Au bout d'un moment, ses larmes s'apaisèrent. Nous fîmes l'amour pour la dernière fois.

Beaucoup plus tard, nous fûmes plutôt mignons l'un et l'autre, à nous passer des fragments d'habits disparates dans le noir, ainsi que la demi-pinte de cognac extraite de son sac. Elle en but une gorgée pendant que j'enfilais une chaussette. J'en bus une gorgée pendant qu'elle farfouillait en quête d'une chaussure.

Tout cela prit du temps. Quant à d'éventuelles retrouvailles, pas un mot. Mais nous allions nous revoir. Cela allait sans dire. Nous griffonnâmes des numéros de téléphone au dos d'une facture de station-service partagée en deux. Elle me dit que le sien correspondait au téléphone portable qu'elle avait dans son sac. Sous le mien, elle nota mon nom : « Otis ». Et avant même de comprendre, je me retrouvai là, à suivre des yeux Renée dans ce qui restait de la robe noire, remontant son allée pieds nus, chaussures et sac à la main, les cheveux complètement défaits. Et déjà, j'étais tout juste capable de prêter foi à mes souvenirs de la soirée.

Nous avons à San Francisco un phénomène intéressant. Un nombre substantiel de perroquets, cacatoès et perruches se sont échappés de quelque part ou ont été libérés, de sorte que les volatiles se sont retrouvés entre congénères de la même variété, certains se croisant même avec d'autres espèces, avec, pour résultat, des colonies entières qui ont élu résidence en divers lieux de la ville. Il est tout à fait courant de les voir dans les palmiers qui bordent Dolores Street, par exemple, ou le long des marches de Filbert Steps sous Coit Tower, ou encore perchés sur les ramures des pins de Monterey encadrant la partie de Washington Square Park qui donne sur Stockton Street. Ces colonies se rassemblent bruyamment au sommet de certains arbres au crépuscule, et se préparent pour la nuit, avant de s'envoler gaiement au-dessus de la cité juste avant l'aube. Ils génèrent un niveau de bruit surprenant. Clameur aussi étrange qu'étrangère, foisonnement de cris aigus et perçants et de caquetages en fanfare habituellement réservé aux habitats de jungle de l'Amérique du Sud et de l'Équateur, et tout à fait différent, disons, du sifflement unique d'un faucon à queue rouge solitaire, natif des falaises arides de la côte californienne.

Ce fut par une vaste colonie matutinale de perroquets tapageurs, en train de quitter bruyamment les eucalyptus les plus à l'est du Presidio, à moins d'un bloc de distance, que je me laissai distraire, alors que, frein à main desserré, mon camion redescendait silencieusement l'allée en roue libre. Une fois dans la rue, je démarrai le moteur. Puis je m'arrêtai et observai le nuage de volatiles se mettre en cercle, afin de rassembler de nouveaux participants, avant de repartir en droite ligne au-dessus de la ville vers quelques amas de feuillage où ils trouveraient la nourriture convenant à leur nouvel écosystème adapté. Les perroquets en question étaient d'un vert chartreuse éclatant, les mâles arborant un flamboiement fuchsia sur la gorge, tous avec bec orange vif, pattes noires et griffes jaunes, une explosion de couleurs sur fond de brouillard gris, tandis qu'ils narguaient de leur tintamarre le silence de l'aube. C'est cette commotion des sens, agrémentée du cliquetis agaçant d'une tige de soupape grippée dans le moteur du camion, qui m'empêcha d'entendre le coup de feu qui tua Renée Knowles.

II

Les endeuillés

4

– J'ai reconstitué la scène du mieux que je le pouvais, pour autant que je me souvienne. Il y a combien de temps que je suis ici ? N'importe qui disposant d'un cerveau devrait être capable de comprendre que Renée et moi, nous nous sommes offert notre petit divertissement en toute honnêteté, avant de nous séparer en bons termes. C'est le moins qu'on puisse dire.

– Raconte ça à d'autres, Cacahuète.

Le grand flic fatigué dégageait une odeur de problème de santé. Il avait écouté toute l'histoire en fumant à la chaîne, sans dire un mot. Ayant interrompu ma coda, il alluma une nouvelle cigarette et s'assit un instant face à moi, à califourchon sur une chaise, les bras sur le dossier. Alors même que le filtre de cigarette les empêchait de passer, de temps à autre, il ôtait un brin de tabac imaginaire du bout de sa langue, avant de l'examiner et de le rejeter comme s'il s'agissait de l'équivalent à un détail peu plausible de mon récit.

Il se résolut à se lever. Déposant précautionneusement la chaise de côté, il fit un tour de la pièce, le regard plongé dans celui de trois ou quatre de ses acolytes, en jetant un œil par-dessus l'épaule de la sténographe.

Finalement, il se mit à aboyer et à siffler, mi-chien, mi-vipère, en une expectoration de calomnies tour à tour dénonciatrice et grossière, insidieuse et intelligente, et directement, par quelque hasard mystérieux, à mon adresse, comme si j'étais un crachoir posé en coin.

– *Putain* qu'elle est vraisemblable, ton histoire, Kestrel. Tu crois qu'un mec qui a un teint de bébé n'a jamais mangé de cacahuètes sorties de son Coca-Cola ?

Avant que j'aie pu réagir à cette absurdité, il s'écria :

– La ferme ! Je ne suis pas né de la dernière pluie. T'as jamais visité une plantation de cacahuètes, pas vrai, mon pote ? Et tu les as encore moins sorties de terre, hein ? T'as jamais déterré de cacahuètes ! Mais moi ! De mon temps ? C'est que j'en ai déterré, des cacahuètes. Jusqu'à plus ample informé, considère-toi comme appartenant à l'espèce. Une parmi des milliers. Le résultat d'un instant de récolte. Il y a de quoi te donner des ambitions, sortir des cacahuètes à la fourche.

Il pivota brusquement et demanda :

– Tu connais l'histoire d'Ulysse et de sa dernière tâche ?

Otis, me rappelai-je soudain, en me redressant sur mon siège.

– À vrai dire, je...

– Panique pas, s'écria Bowditch. Je ne la connaissais pas non plus. Jusqu'à ce que le sergent Maysle, assise là-bas, me mette au parfum. Ulysse a été obligé de marcher vers l'intérieur des terres avec un aviron sur l'épaule, tu vois, et il a dû marcher jusqu'à ce qu'il tombe sur quelqu'un qui ne savait pas à quoi servait l'aviron. Ça fait un peu loin de la plage, cacahuète. Toujours un peu secoué par la tournure des événements ? Capturé aussi vite et tout ça ? Relax. Tu vas pouvoir relire *L'Odyssée* dans le Couloir de la mort. Te rafraîchir la mémoire, qui va tout bientôt être effacée à jamais. Excellent projet. Une relecture en grec, peut-être. Les mises à mort sous contrôle de l'État prennent du temps. Beaucoup de temps. Des tas de roues qui tournent à l'intérieur d'autres roues. Nos libéraux de service te laminent les souffrances en très fines particules, mais l'État reste inexorable. Après dix ou douze années, toutes ces roues se réduisent à quatre, celles qui feront rouler ton dernier chariot.

– *Otis*, repris-je.

– La ferme. Mais la cacahuète est un Nouveau Monde. Et donc – il ouvrit une main – nous avons la fourche à cacahuètes. Même topo qu'avec l'aviron. Un mec – moi – s'engage dans les terres avec une fourche à cacahuètes sur l'épaule jusqu'à ce qu'il tombe sur un autre mec – toi – qui ne sait pas à quoi sert l'instrument. Excellente question, je dis, t'es juste l'enfoiré d'enfourcheur que je dois trouver. Tu enfonces les fourchons dans la terre juste devant la plante, bien profond, dans les racines. Des criquets, des sauterelles, peut-être même une luciole, se carapatent vite fait des feuilles et plongent dans le crépuscule aux relents de moisi. Tu fais levier et tu soulèves toute la plante avant de la retourner, racines en l'air et tout le tintouin. Et les voilà : tous les petits nodules sales de la vérité. Sales, mais nutritifs. La vérité est bonne pour nous.

– Est-ce que c'est mon tour maintenant ? demandai-je.

– Non, dit Bowditch en soufflant sur la braise de sa cigarette pour me la montrer. Tu vois ça ? Tu colles une cigarette allumée au cul d'une tique, et la bestiole bat en retraite aussitôt. C'est la même chose avec la vérité. C'est là que je veux en venir.

Je regardai la pièce avant de revenir sur lui.

– Je n'y crois pas.

– Oh, bon, c'est une *insalata mista* métaphorique, c'est tout. Une nouvelle technique d'interrogatoire. Une torture, tu pourrais dire. Qui ne laisse des marques que sur la psyché. Continuer à mélanger les métaphores jusqu'à ce que le sujet perde ses repères et dégueule – c'est ça, mon boulot. *Métaphore*, ça signifie transporter, et ce qui se transporte, c'est le sens. Je vais pas à proprement parler te coller une vraie allumette au cul, mais c'est pourtant ce que tu croiras qui se passe.

Il tira bruyamment sur sa cigarette.

– Ne me laisse pas te mélanger les pédales. T'as quelque chose à dire, alors crache. Quand il s'agit de vérité, on a tout le temps du monde.

Avant que je puisse parler, il dit :

– La ferme. Nous discutions de cacahuètes. Image banale pour petit, minuscule, étriqué, nul : et c'est bien ce que t'es, Cacahuète : Personne.

Otis, essayai-je à nouveau.

– On a fait des vérifications sur toi. Tu sers tellement à rien à personne que tu dois aimer ça. Tous autant qu'on est ici, on est surpris qu'un « personne » comme toi, un rien du tout, puisse encore se permettre de même vivre dans cette ville. Vu les loyers. Vu l'embourgeoisement de rigueur. Les « personnes » étant l'exception. Les temps changent, Cacahuète. *Tsk.* Mais débarque alors quelqu'un d'aussi cacahuète que toi qui, de temps à autre, offre à un vieux récolteur de cacahuètes comme moi un petit quelque chose à déterrer de l'infrastructure. Et c'est ici que je me colle la figure en plein dans la tienne et que je dis (il colle sa figure en plein dans la mienne) : Voici un nodule sale à déterrer et à dévorer *tout vert et tout cru* si l'envie m'en prend. Et elle me prend. Je pense que t'es plutôt vert, Cacahuète : aussi vert que la bite d'une grenouille arboricole.

Il s'éloigna, revint.

– Tu t'enfonces suffisamment dans les bois, mon gars, et ça devient une friandise.

Il s'éloigna, pivota.

– T'es plutôt au fin fond des bois.

Puis il dit :

– Cigarette ? Que ça te gêne pas si je m'en grille une.

Qu'il alluma sur ces mots.

– Ces policiers se moquent de toi, Cacahuète. Pas de moi. De toi. T'as jamais vu le film, *Sailor et Lula* ? Cacahuète est un terme d'affection dans ce film. Dans le roman aussi, à ce qu'on dit, mais il n'y a que le sergent Maysle à l'avoir lu. En français, on l'a traduit par Crevette. Le sergent ici présent, c'est notre Agent culturel, elle fait la liaison entre le quartier général et toutes les conneries là-dehors. Les quatre-vingt-dix pour cent du cerveau humain que personne n'est capable d'expliquer ? C'est un filtre à conneries. Tu peux me croire. Sauf que ça ne suffit plus. Dans la mesure où quatre-vingt-dix pour cent de tout ce qui se passe est de la connerie, il est logique que le cerveau ne puisse plus assurer. La ferme. En ce qui me concerne – et si on fabriquait un filtre que tu pourrais porter sur la tête ? Comme un auxiliaire, dirons-nous ? Je serais totalement partant. Mais même dans cette éventualité, nous devons nous tenir un minimum au courant. Et donc, bien que son C.V. indique que le sergent est une sténographe, une anthropologue de police scientifique avec option philosophie, ce qu'elle est en réalité, c'est notre Filtre à Conneries auxiliaire. S'il s'agit d'un film, elle l'a vu. S'il s'agit d'un livre, elle l'a lu. S'il s'agit de musique, elle l'a entendue. Si c'est Camille Paglia[1] qui l'a dit, le

1. Féministe engagée, reine de la provocation, grande intellectuelle « pop » américaine, auteur de *Sexual Personae*, où elle confesse, entre autres, une admiration sans fard pour Keith Richards.

sergent est capable de citer. Et c'est très bien, question culture. Ici, « culture », ça signifie autre chose. Ici, « culture », c'est une chose qui permet de mettre la voiture sur cales, quand on fait une rotation de pneus. Tu vois ?

Il se rapprocha très près de moi.

– Pardonne mon haleine cigarette et salami, mais je suis sur le point de faire une rotation de tes pneus.

– Plutôt couches de bébés, dis-je. Une haleine de couches de bébés.

Bowditch laissa les petits gloussements alentour mourir d'eux-mêmes avant de se pencher très en avant, le visage à quinze centimètres du mien, et de poursuivre tranquillement :

– Je sens que je vais t'aimer d'amour jusqu'à la mort, tête de nœud. Je vais t'aimer jusque sur ton dernier chariot. Je sens l'odeur du tampon d'alcool en cet instant précis. Pas toi ? C'est plus frais au creux de ton coude, pas vrai ? Mec, oh mec, question injections, y a rien de tel qu'une injection mortelle. Ça te dégage le smog libéral comme un F-103 en post-combustion.

Lorsqu'il se redressa, une vertèbre au sommet de son échine craqua avec netteté, comme un nœud de pin sous les flammes.

– Merde ! lâcha-t-il en s'empoignant le cou. Toutes choses bien considérées ? cria-t-il presque. Putain qu'elle est vraisemblable, ton histoire, Cacahuète. Tu ramènes la femme chez elle. Elle est ivre. T'es un parfait inconnu. C'est un service que tu rends à plusieurs autres inconnus. Et malgré ça, la salope te laisse goûter le morceau. C'est difficile à avaler.

Il se massa le cou.

– Voyons voir. Ils t'invitent à leur soirée chicos ? Et alors ? Tu fais des encadrements pour eux ? Et alors ? En aucun cas ça veut dire qu'ils vont te donner une de leurs femmes. C'est une affaire de classe, Cacahuète. Eux, ils l'ont, et pas nous. Le fait que tu sois sorti avec elle est à peu près aussi vraisemblable que moi sortant avec elle, ce qui est à peu près aussi vraisemblable que Roland Kirk jouant de trois saxophones sur le *Love Boat*[1] – si je peux me permettre deux petites références culturelles qui risquent de passer au-dessus de ta petite tête. Oui, Cacahuète, le sergent Maysle, là-bas, le jazz, elle adore. Elle nous emmène à des séminaires. Une *insalata mista* culturelle détraque le suspect et lui coupe tout appétit, tu piges ? Et lui emmêle les pinceaux de son récit. Lui étant toi. On s'est trouvé ici, au quartier général, deux-trois techniques, vois-tu, dont l'une consiste en ceci : on te foire complètement tes métaphores culturelles au cours de ton interrogatoire, et finalement, toi, tu disjonctes, et tu nous balances à travers toute la pièce de petites pépites de vérité bien sale. Alors pourquoi ne pas cracher le morceau, Cacahuète ? Sinon on va t'aimer d'amour toute la nuit. Et, Cacahuète ? Avant que tu revoies la lumière du jour, je te promets que tu vas couiner comme un ressort de lit dans un hôtel minable. Tout ça parce que dans ce poste de police de quartier, amour égale putain de vérité. Et, hé, Cacahuète ? Tout comme le quotidien, le normal, le jour le jour, ces concepts sont *irréfutables*. Sans même mentionner le fait qu'ils sont abominables et brillants. Maintenant, si tu voulais bien condescendre, t'écrouler, t'effondrer, ou tout bonnement disjoncter, et avouer le meurtre de Mme Knowles, cela épargnerait à tout le monde

1. Roland Kirk : célèbre et talentueux saxophoniste capable de jouer de trois saxos à la fois. Le *Love Boat* est une mauvaise série télé à rallonges sur les amours en croisière de luxe. L'association des deux est totalement incongrue, comme le talent avec la médiocrité.

une grande quantité de tabagie passive. On a trouvé le numéro de téléphone de la dame dans ta poche, et ton foutre dans sa craquette, si tu veux bien pardonner la franchise de mes termes cliniques de médecine légale. Il faudra six semaines avant que revienne le test ADN, et puis après ? On t'a cadré comme étant le tueur, coco. Ton numéro de téléphone portait *Otis* écrit tout à côté, mais c'était bien le tien, malgré tout. Tu pourras expliquer cette merde une fois que tu auras avoué.

Otis, me dis-je. *Otis*.

Bowditch fit un geste à l'adresse de la sténographe.

– Regarde comme le sergent s'énerve. Cette façon dont ses ongles laqués dansent sur les touches ! Elle est nerveuse. Parce qu'elle sait que si, un seul instant, je croyais qu'elle était soupçonnée de ce crime, je la plaquerais au sol et je ferais la prise de sang moi-même. Elle me respecte parce que j'ai cette devise gravée sur le canon de mon pistolet, juste avant que la balle n'en jaillisse : *Justice servie, craquante à souhait*. J'ai un long canon, sourit-il.

Il s'écarta de deux pas, remonta son pantalon, pivota et dit :

– Deux sacs que l'ADN, c'est bien le tien.

Il sortit plusieurs autres billets de sa poche et les montra à la salle.

– Des candidats au pari ?

Je ne courus pas le risque.

– Pas contre vous, Chef, dit une voix.

– Le Chef a toujours raison, dit une autre.

– Avoue, Cacahuète, et fais perpète, dit Bowditch.

Je n'avouai rien du tout. Bowditch haussa les épaules et remit l'argent dans sa poche.

– C'est presque aussi bon que d'échapper aux circonstances aggravantes, hein, Cacahuète ? C'est pas un problème, ricana-t-il. Ce petit oubli se rectifiera de lui-même dans les douches de San Quentin.

Il pointa le doigt sur moi.

– Ce qui me rappelle. J'aimerais te remercier d'avoir opposé une résistance purement théorique à la prise d'un échantillon d'ADN, de sorte qu'il n'a fallu que quatre hommes pour te coller au sol et un cinquième pour tirer deux seringues de sang. Des seringues éléphantesques, c'est vrai.

Il sourit.

– Ton bras sera cicatrisé pour le procès.

Le sourire disparut.

– En parlant de contusions, tu portes un bleu au-dessus de ta hanche gauche qui correspond très précisément à l'empreinte du pouce droit de Mme Knowles.

Ce qui se passait était bien vrai.

Bowditch soupira.

– Nous nous porterions tous bien mieux, Cacahuète, si tu voulais bien abandonner tout simplement. Je suis fatigué, mais pas au point où l'*insalata mista* métaphorique ne te donne la nausée avant moi. Je suis un professionnel. J'ai l'esprit affûté et l'estomac plein d'aigreur. Mes synapses crachotent comme un piège à mouches dans une arrière-cour. Ma langue a le goût d'un paillasson de bienvenue dans un salon de massage. Mais la vérité est plus glissante que le bouton de porte d'un box porno de sex-shop, Cacahuète. Une fois que tu as posé la main dessus (il frotta trois doigts contre le pouce), ça colle.

Il renifla ses doigts, puis me les mit sous le nez. Ils sentaient effectivement cette odeur-là.

– Même l'arôme le plus subtil stimule la meute de mes neurones qui s'égaillent en tous sens, comme des boules de billard sur leur table flottant sur la houle en haute mer. Mais la vérité ? Rien n'éclaircit l'esprit comme la vérité – hormis la sensation de la veine qui vient enchâsser une aiguille : en soi, c'est une forme de vérité.

Il se frotta le creux du coude d'un air songeur.

– Rien que d'y penser, ça suffit pour te donner envie de dégueuler.

Il haussa la voix.

– Tu as chopé la nana Knowles en *embuscade*, Cacahuète. Elle aurait pu prendre un tacot. Mais en faux jeton que tu es, t'as réussi à te mettre de la partie sous prétexte que tu rendais service. Tu as dégagé la poivrote de leur horizon pour la placer sur ton petit carré de skaï. La galerie a été distraite, reconnaissante, et soulagée. En fait, pour autant que je puisse en juger, ils n'en ont rien à foutre qu'elle soit morte. Mais ça, c'est une autre histoire, Cacahuète. Ton histoire à toi, c'est que, une demi-heure plus tard, dans sa propre allée à voitures, la dame a dit oui. Mon histoire à moi, c'est : elle a dit non, donc tu l'as violée. C'est simple. Dans les brumes de ta *tristesse* post-coïtale, la nana tente de se faire la malle. Tu la rattrapes juste au moment où elle ouvre la porte d'entrée. Tu lui colles quelques baffes. Tu la re-violes. Et ensuite tu lui colles une balle pour une raison quelconque. L'autopsie nous dira si tu l'as tuée après l'avoir violée.

J'essayai de me lever.

– Tu ne sais pas de quoi tu parles, tête de gland.

Bowditch afficha un large sourire.

– Tête de gland ? Oh, bon sang de bonsoir. Est-ce que nous ferions la gueule ?

Et il éclata d'un rire presque authentique.

– Tête de gland...

Des mains jaillirent des ténèbres et m'obligèrent à me rasseoir.

– La nécrophilie ! Enfoiré de malade ! Nous sommes en train de faire diffuser ton profil dans des affaires similaires non résolues.

Il s'interrompit pour allumer une nouvelle cigarette.

– Je te rentre dans le lard, Cacahuète, pour connaître la *vérité*. Tu comprends ? Tu n'échapperas jamais à mon affection pour la vérité. T'es de la bidoche morte, et moi, une mouche à viande bleue. Je me *développe* dans la matière en décomposition. Pour moi, c'est comme un aimant. Je vais te déposer des *œufs* dans les *yeux*. Et aussi sûr qu'il y a des cerises à la liqueur dans un assortiment de chocolats, la vérité est quelque part à l'intérieur de toi.

Il me souffla sa fumée dans la figure.

– Et je vais y arriver même si je dois bouffer toute la putain de boîte.

Il s'éloigna.

– Le profil psychologique établi par l'adjoint du procureur dit que si on creuse suffisamment profond, il y en aura d'autres. Tu as déjà fait ça par le passé. C'est un modèle qui se répète. Et c'est là notre coup de veine. Cette étudiante de Berkeley l'année dernière ? En toi, nous voyons un mec que nous serons capables *d'aimer jusqu'à la mort*.

Il s'éclaircit la gorge, y décrocha quelque chose et faillit avoir un haut-le-cœur.

– Une cigarette.

Il crocheta une corbeille à papier sous un bureau de la pointe de sa chaussure.

– Seigneur.

Il cracha dans la corbeille et la chassa d'un coup de pied.

– Bobonne a essayé de me les faire abandonner. Elle voulait aussi que je quitte la police. L'idée lui est venue à force de regarder cette émission à la télé, *Columbo*. Tu regardes la télé, Kestrel ?

Je l'ignorai.

Il m'ignora.

– Ce mec, j'oublie son nom. Y fait un bon Columbo. Son identité personnelle est complètement dans le personnage. Il a encaissé, professionnellement parlant. Et dans ce film de Vim Wenders ? Complètement dans le personnage. Même s'il joue une sorte d'ange.

Bowditch s'essuya les lèvres d'un mouchoir blanc sale.

– Mais tu sais, c'est un bon exemple de la raison pour laquelle ces métaphores culturelles résolvent tant de crimes. Prends *Columbo*. Tu regardes suffisamment de films – tu me suis, Cacahuète ? Fais attention. Tu regardes suffisamment de films ? Alors, un beau jour, tôt ou tard, tu tombes sur *Les Diaboliques*.

« Est-ce que je me trompe ? demanda-t-il à la salle.

La salle murmura son assentiment.

– Hein ? Tôt ou tard ? *Les Diaboliques* ? Est-ce que je me trompe ? Tôt ou tard, tu te fatigues de la World Music, de la masturbation, des romans de Paul Auster, tout ce que tu veux, et tu jettes un œil à un véritable classique. On appelle ça de la thérapie par réversion. Et si c'est pas ce nom-là, ça devrait l'être. Et le voilà ! Notre Columbo – dans *Les Diaboliques* ! Le mec a tout volé ! L'imperméable, le comportement lugubre et désarmant, même le cigare ! De manière à pouvoir jouer ce parangon d'intégrité ! Est-ce que le monde est tordu ?

Il décrivit un tour complet jusqu'à me refaire face, une main sur la joue.

– Ou est-ce que c'est juste moi ? Ce mec dans *Les Diaboliques* ? Cet acteur français ?

– Charles Vanel, dit une voix.

– Oh, ouah ! intervint un autre flic. *Le Salaire de la peur*.

– Impossible, poursuivit Bowditch, impossible que Vanel ait vu la couleur de royalties pour la rediffusion de ce film – oublie la télé ! Est-ce que c'est juste ? Il est probablement mort fauché dans un brouillard d'absinthe et d'héroïne, torturé par son talent prisonnier ; à chanter des duos larmoyants avec l'Hirondelle. *Où sont tous mes... ?* Boulevard de Montmartre. *Le Sirop de la rue.*

Il écrasa sa cigarette sous sa semelle.

– Les artistes souffrent. C'est quoi, ton excuse ? Là n'est pas la question. La question est – culturellement parlant ? Tu creuses suffisamment profond ? Le mec qui a volé le rôle est mis au jour. *Pas de problème.* Si tu aimes avec suffisamment de force, Cacahuète, tu donnes naissance à la vérité. C'est là la question. C'est là le véritable contrat. C'est ça, le sexe, ici, au quartier général. Rien à voir avec la promiscuité. Mais tout à voir avec la vérité.

Il se pencha à nouveau sur moi. Les plis de ses bajoues luisaient de sueur.

– L'adjoint du procureur dit : tu plaides coupable pour viol et meurtre au second degré, nous laissons tomber la préméditation avec arme mortelle, appelons ça un crime d'occasion. Je suis personnellement contre.

Il haussa les épaules avec philosophie.

– Tu devrais être pour. Pas de préméditation et pas d'arme signifient pas de circonstances aggravantes : *ergo*, pas d'injection mortelle. Ça se règle par vingt-cinq ans à perpète. D'ici à ce que tu ressortes, tes érections ne seront plus le problème de personne.

Son sourire toutes dents dehors était étayé par sa mâchoire inférieure, pareille au godet d'une pelleteuse.

Je me contentai de le regarder. Comment tout ceci pouvait-il arriver à quiconque, de toute façon ?

– Non ? dit Bowditch. Refus absolu de dire quoi que ce soit ? T'aurais pas dû dire non à l'avocat.

Il se colla une cigarette dans la bouche directement du paquet.

– Une allumette, quelqu'un.

Quelqu'un lui donna une allumette. Bowditch inhala la fumée.

– Non ? Rien du tout ?

Il exhala la fumée bruyamment et dit, à personne en particulier :

– Appelez le légiste de service. Dites-lui de nous retrouver au rez-de-chaussée.

5

Sa peau dorée avait viré au gris rosé d'un coucher de soleil hivernal. Sa lèvre supérieure, déformée par un rictus asymétrique, laissait entrevoir une canine et des gencives marbrées brun grisâtre couleur du bacon avarié. Du lobe délicat de son oreille, parfaitement en son centre, jaillissait la seule touche éclatante de la pièce, un minuscule grenat serti dans un cercle de perles d'or encore plus minuscule. L'autre boucle, m'apprit Bowditch, constituait une pièce à conviction.

Il était debout, les mains dans les poches, les pans de sa veste tout en plis sur ses avant-bras. Un revers du veston de guingois révélait la courroie marron d'un étui d'épaule.

– On l'a trouvée enfoncée dans un des tapis du vestibule. Celui qui l'a tuée a marché dessus.

Voilà pourquoi ils avaient pris mes chaussures.

– Il manque plusieurs perles à cette boucle-ci.

Il la montra de la pointe de son stylo et aspira l'air entre deux dents. Puis il se tourna vers moi, mais je ne lus qu'épuisement dans son regard. Toute menace en avait disparu. Il était resté debout toute la nuit. Il n'avait carburé qu'au café, et à l'heure qu'il était, son estomac était plus noué qu'un double huit sur une corde de rappel. Un coup de rasoir n'aurait pas été de trop. Il s'était laissé pousser les quelques cheveux qui lui restaient jusqu'à une longueur grotesque et les peignait latéralement, d'un côté à l'autre de son crâne nu comme le cercle arctique, comme autant de pistes susceptibles d'être empruntées par des caribous en migration. Il se les lissait machinalement. Lorsque, comme maintenant, il affichait un de ses rares sourires, ses dents jaunies offraient le nuancier d'ocres d'un filtre à cigarette usagé.

– Une perle en or, une toute petite perle, pas plus grosse qu'un zob de pou circoncis, incrustée dans la semelle d'une chaussure, et tu l'as dans le cul, lâcha-t-il brutalement avec geste à l'appui, l'ongle du pouce prenant la mesure d'un iota à la pointe de son stylo.

J'étais donc en chaussettes, debout sur le carrelage glacial de la morgue municipale, à quatre heures et demie du matin, et j'affrontais les saillies abrasives et fleuries de Bowditch, sans pourtant lui prêter trop d'attention. Il n'avait pas de preuves suffisantes pour m'inculper, quoi qu'il en dise. S'il était convaincu du contraire, c'était son problème. Devant nous, étendu sous un drap grossier qui le couvrait jusqu'au menton, gisait le cadavre de la seule femme qui eût pris la peine de me toucher depuis longtemps.

– Supposez que vous ne trouviez pas de petites perles, lui demandai-je distraitement, que se passera-t-il alors ?

Il écarta cette possibilité.

– Tu restes quand même le suspect numéro un.

Dans les profondeurs du bâtiment, une porte claqua. De loin en loin, arrivait un éclat de voix, encore plus éloigné, probablement en provenance des cellules de dégrisement de la nouvelle prison municipale, deux étages plus haut.

– Rien d'autre à nous dire, Kestrel?

Dire quoi? Je regardai le visage de Renée, déformé par la mort. Au plafond, un tube fluorescent bourdonnait comme une machine à dessiner des tatouages. A l'autre bout de la pièce, derrière un rideau en tissu, un couvert métallique tomba sur le carrelage. Il faisait froid dans la pièce, dont l'air filtré laissait flotter par intermittence les relents improbables d'un caillou de cocaïne enflammé par un briquet à gaz. La chasse d'une cuvette de toilettes lointaine gronda avec un bruit étouffé. Un drap vert pâle couleur de mer malfaisante coulait sur les frêles reliefs de son corps qui ne respirait plus. Un gond couina. Une voix caqueta dans un poste de radio. Une de mes chaussettes était trouée.

La présence de Renée s'inscrivait en négatif, son visage soumis à une lumière qu'aucun teint de peau n'irait courtiser délibérément. Des cadavres, j'en avais déjà vu. Le destin appuie sur un bouton, et ce qui a été jadis un dépositaire de sens et de sensations devient une chose totalement différente. Un fait.

– Et un gâchis, dis-je à haute voix.

– Tu aurais dû réfléchir à ça avant de la gâcher, suggéra Bowditch.

– Vous savez, dis-je avec lassitude, je trouve que vos conneries, vous les poussez un peu loin.

Il dressa une oreille intéressée.

– Tu vas craquer?

Elle n'était pas belle dans la mort, mais on voyait clairement qu'elle avait pu l'être dans la vie. De tous ses traits remarquables, c'était sa chevelure qui restait vivante. Brune, bouclée, bien coupée, au lustre toujours brillant, elle restait étonnamment tangible.

– Est-ce que j'ai utilisé ce mot?

– Quel mot? Aveux?

– Belle.

– Oh, Seigneur, Kestrel, elle est morte ! C'est ce qui arrive quand on tue quelqu'un. Ce quelqu'un meurt. Et au cas où tu l'aurais oublié...

Sans un mot, Bowditch tira le drap vert, exposant le corps nu jusqu'aux hanches.

Éviscéré.

– Cette incision est naturellement le résultat de l'autopsie, dit brutalement Bowditch, en observant ma réaction. Elle n'y était pas au départ.

Il la recouvrit.

J'étais totalement incapable de voir clair en mes sentiments. Je dois l'admettre. Je savais qu'il valait mieux ne pas essayer, à un moment comme celui-ci, mais je voulais rester maître de mes émotions. J'avais besoin de comprendre. Des vagues de sensations me balayaient par tout le corps. J'avais fait la guerre. J'avais même déjà mis les pieds dans une morgue. Mes parents – eh bien, les parents, ça meurt. J'avais dégagé d'une voiture accidentée une femme qui n'était pas morte depuis cinq minutes. Sous les tropiques, j'étais tombé sur trois cadavres dans un tank calciné, morts depuis une semaine. Dans les deux cas, à des années d'intervalle, la radio marchait toujours. Dans les deux cas, le soleil brillait. Renversée sur le toit, encore fumante, la voiture avait un de ses clignotants qui clignotait encore. Les vêtements de toute la famille jonchaient la route déserte. Le cran de sûreté sur le pistolet du chef de tank était ôté, mais l'arme était toujours dans son étui. Dans son paquet de cigarettes, il y avait un joint.

Ce que j'avais devant les yeux n'était pas très différent. Renée était morte. Un simple corps, plus une personne. Après cela, viendraient des tas de détails stupides, figés comme au flash à l'instant de la mort, sans rapport aucun avec la femme que j'avais brièvement connue. Même sans elle, de tels détails continueraient à partager notre continuum pendant un temps, pareils aux étincelles tombant de l'enveloppe d'une étoile. Avant qu'elles ne s'éteignent, elles aussi.

Mais c'était également différent. La plupart de ces autres personnes, je ne les avais que trop bien connues, ou c'était de parfaits étrangers. Jamais je ne les avais touchées, jamais elles ne m'avaient touché, ou alors, nous nous étions beaucoup touchés, je vous remercie. Cela ne ressemblait en rien à ce dont Renée et moi avions fait l'expérience, ou dont nous aurions éventuellement pu faire l'expérience. Il y avait eu une ancienne petite amie, qui s'était suicidée des années après notre séparation, et avait laissé derrière elle les habituelles questions sans réponses. Des amis, des connaissances avaient trouvé la mort, au cours de poursuites de voitures, en s'injectant des drogues, en combattant pendant la guerre, ou en franchissant la chaussée au feu vert. Des hommes et des femmes que j'avais bien connus, ou pas du tout, étaient morts brutalement, ou à petit feu, ou ils avaient tout bonnement disparu. Différent. C'était différent. Renée, je ne l'avais pas connue. Le temps d'un soir, nous avions fait l'amour, et échangé quelques paroles. Elle n'avait même jamais su mon véritable nom. Peut-être...

– Hé, dit Bowditch, Cacahuète.

Il claqua des doigts devant mon visage.

– T'es en train de fixer un peu trop d'azote.

J'arrachai mon regard à la table et me tournai vers lui.

– Tu ferais bien de faire un test HIV.

Je me mis à trembler, chose qui ne m'était pas arrivée depuis bien longtemps. Je dus batailler pour recouvrer un minimum de sang-froid et laisser Bowditch tranquille – physiquement, s'entend. Mais ma langue ne m'avait pas encore quitté.

– Cent dix kilos de petite merde, fis-je remarquer, qui se cachent derrière un insigne.

Bowditch ne cilla même pas.

– Bien avant que tu débarques, dit-il avec un filet de sourire, j'ai été traité de tous les noms d'oiseau possibles, depuis porc jusqu'à plérocercoïde. Mais les noms, vois-tu, je m'en fiche complètement. Ce dont je ne me fiche pas, en revanche, c'est de te faire craquer. Vous autres, les Cacahuètes, vous êtes tous pareils, ajouta-t-il sans passion. Vous flinguez une femme dans le dos, vous allez même jusqu'à lui entailler un peu la viande ; mais les flics qui vous tombent sur le paletot, c'est que des petites merdes. Ne me fais pas rigoler. Je pourrais te coller un coup de matraque en pleine tronche comme si c'était une tranche d'ormier. D'habitude, un seul coup suffit (il claqua des mains) et une fiotte comme ta pomme se lâche tout de suite, comme un étron de cinq centimètres dans une descente de dix. Et ça gueule, ça supplie, ça demande son avocat, ça veut mam-man. Naturellement, je ne suis pas autorisé à faire une chose pareille, même si ce ne sont pas l'envie et les mobiles qui me manquent. Mais tôt ou tard, pour toi, Cacahuète, le tuyau de descente, c'est tout bon, et tu dégringoles. Une empreinte digitale derrière la porte d'entrée du domicile de la dame, un fragment de sa boucle d'oreille dans la semelle de ta chaussure, ce pistolet spécial dont tu ne peux pas supporter de te séparer, le couteau qui ne t'a pas quitté depuis les boy-scouts...

Il claqua des doigts.

– Et te voilà sur le chariot, destination Shangri-la. Et quand tu seras au paradis, assure-toi de bien dire à tout le monde qu'on n'est tous que des petites merdes, et rien d'autre.

Une porte s'ouvrit derrière nous, et apparut un des inspecteurs de Bowditch, tenant délicatement pincés, entre pouce et index, les dessus de mes chaussures.

– Alors, Evans ? demanda Bowditch sans me quitter des yeux.

– Que dalle, répondit Evans en secouant la tête.

Bowditch fit la grimace.

– Dis à Clarence...

– Clarence a passé les grolles au peigne fin, annonça une voix dans le dos d'Evans. Il a trouvé du vin blanc qui détrempait le creux d'usure laissé par un orteil – là.

Clarence montra l'endroit d'une cigarette non allumée.

– Sur les deux cambrures, des fibres de tapis provenant d'une Toyota, milieu des années quatre-vingt, j'ai pas encore l'année ni le modèle exacts...

– Quatre-vingt-quatre, cabine rallongée, dis-je.

– Merci. De l'antigel, de la limaille d'aluminium, un brin d'herbe et du sable de plage enchâssés dans les coutures et les semelles de l'une ou des deux chaussures. Mais pas de trace de la boucle d'oreille.

– On croirait entendre une petite annonce de célibataire, dit Bowditch.

– Le radiateur du camion fuit, proposai-je.

Bowditch m'ignora.

– Pas de fibres du tapis de l'entrée ?

Clarence secoua la tête. C'était un fumeur invétéré, usé, portant lunettes, déjà bien sur le retour, l'air décharné dans sa blouse blanche de laborantin et son pantalon trop grand.

– T'es sûr que t'as fouillé suffisamment profond ? demanda Bowditch.

Clarence fit remonter sa manchette avec lassitude. Il n'avait pas de montre au poignet.

– Putain, mais quelle heure est-il ?

Bowditch se renfrogna.

– Quoi, l'ex-épouse a eu aussi droit à la montre ?

Le visage de Clarence se crispa.

– Le formaldéhyde dissout la teinture du cuir.

Il tapota sa cigarette sur l'intérieur de son poignet.

– Comme quand on distille une dissolution.

Il cala sa cigarette sur sa lèvre inférieure.

– Je veux ficher le camp d'ici.

Bowditch sortit une Vantage.

– Rends-lui ses godasses, au mec.

Il alluma la cigarette de Clarence, puis la sienne.

– Elles sentent la pisse de chat, dit Evans en tendant les chaussures à bout de bras.

– Et les vôtres, non ? demandai-je en les prenant.

– C'est pas de la pisse de chat, dit Clarence, c'est l'adrénaline pompée jusqu'à l'extrême par une peur abjecte.

Il inclina la tête de côté et, d'une succion, donna vie à sa clope.

– Merde, dit Evans.

– Non, mais vraiment, poursuivit Clarence en lâchant sa fumée, les yeux plissés dans ma direction. Regarde-le donc. Il est terrifié, poursuivit-il, avant d'ajouter, l'air de rien : Est-ce que t'as pris la peine de vérifier ses antécédents ?

Evans se tourna vers moi avec un intérêt tout nouveau.

– Ce mec a des antécédents ?

– Si tu regardes où il faut, confirma Clarence en opinant du chef.

Je laissai tomber mes chaussures devant une chaise pliable et m'assis. Les pieds métalliques de la chaise résonnèrent d'échos dans la vaste salle carrelée.

– Ça suffit, Clarence, dis-je en croisant une cheville sur le genou opposé avant de lisser le talon de ma chaussette. Comment va ?

Le regard d'Evans passa de moi à Clarence, puis retour. Bowditch se contenta de ne pas quitter Clarence des yeux.

– Je ne sais pas, répondit Clarence. Où est-ce qu'ils gardent le matos, Danny ?

J'enfilai une chaussure.

– Alors ça, j'en sais rien.

– Quel matos ? demanda Evans, passant de Clarence à Bowditch. De quel matos parlent-ils ?

– Un paquet de beignets qu'ils discutent de pêche à la mouche, répondit un Bowditch furibard.

– La pêche à la mouche ? s'enquit Evans, le front soucieux.

– Le péché préféré des yuppies, cracha Bowditch.

– Jolie allitération en P, Charlie, sourit Clarence. Mais tu la fais trop plosive.

Bowditch se tourna vers moi.

– La pêche à la mouche, c'est à peu près le seul et unique foutu truc que Clarence fasse en dehors de cette pièce.

Evans agita l'avant-bras d'avant en arrière.

– Dans les mares prévues à cette effet ? Dans le jardin public ?

– Il s'agit d'un club, déclara Bowditch. Ils essaient de faire atterrir une mouche montée au milieu d'une chambre à air. Ensuite, ils se prennent quelques cocktails et discutent du Montana. C'est un effort louable et bien paisible dans un monde frénétique. Sans mentionner le fait qu'il s'agit aussi d'un substitut au sexe.

Evans plissa le front.

– Il faudrait que quelqu'un en cause à ma fille.

– Je ne t'y ai pas beaucoup vu, fit gentiment remarquer Clarence.

– Ça a fini par m'ennuyer, répondis-je simplement.

Bowditch hocha la tête à mon adresse.

– Le meurtre au premier degré, ça présente plus d'attraits ?

– Pas autant que la boisson, dis-je.

– Reste à l'écart de mon fils, dit Evans.

J'avais mes chaussures aux pieds.

– Vous avez encore des raisons de me garder ?

Bowditch contempla le cadavre.

– Tu devrais faire ta petite enquête sur lui si tu ne veux pas gaspiller plus de temps, insista Clarence, qui, de toute évidence, prenait plaisir à ce petit hic dans le programme de Bowditch.

Il tapota un doigt de cendres dans la paume de sa main et l'étala sur le tablier de sa tenue de laborantin.

– Danny est ancien combattant, et médaillé avec ça. Deux périodes de service, une citation, une Purple Heart. Outre ce petit détail, il est son propre patron, depuis vingt ans, il est inscrit au registre du commerce, et il paie même des impôts.

La nouvelle ennuya profondément Bowditch.

– Tu ne m'avais pas dit que tu étais ancien combattant.

– Ç'a été suffisamment pénible de me farcir ça à l'époque. Et il faudrait que je me le re-farcisse avec vous aujourd'hui ?

Je rabattis un revers de pantalon sur ma chaussure et me levai.

– Non, merci.

– Tu nous aurais fait gagner un temps précieux, connard.

– Quoi ? Vous voulez dire que dans la mesure où j'ai été assez stupide pour aller au Viêt-Nam, je n'ai pas assez de jugeote pour tuer quelqu'un et m'en tirer blanc comme neige ?

– Les Marines ? demanda Evans avec espoir.

– Oh, Seigneur, dis-je, laissez-moi sortir d'ici.

Clarence gloussa.

– Tu devrais voir Danny faire atterrir ces larves de mites, Charlie. Elles sont vraiment légères, tu comprends, et leur garniture en duvet les rend particulièrement non aérodynamiques. Seul l'hameçon a un poids digne de ce nom et...

Bowditch lança à Evans un regard qui arrêta son adjoint avant qu'il pouffe complètement.

– Écoutez voir, dit-il. On a ici une nana, éliminée dans la force de l'âge. On a ce mec qui a eu avec elle des rapports sexuels cinq minutes avant qu'elle meure. Si ce n'est pas lui qui l'a tuée en personne, il a très certainement vu l'assassin, et s'il ne l'a pas vu, alors, il a dû le sentir. Il doit bien avoir quelque chose qu'on peut utiliser : une marque de voiture, une tignasse, un pan de chemise, une radio, une odeur d'after-shave, d'ail...

– Ce n'est pas le cas, dis-je. J'étais occupé. Et maintenant quoi ? Vous en avez terminé ?

Bowditch ne bougeait pas d'un pouce. Ses yeux donnaient l'impression d'être deux fusibles fatigués.

– À vrai dire, je suis à deux doigts d'en avoir terminé. Mais pas avec toi.

Je me massai le cou.

– Bowditch, cette femme, je ne l'ai pas tuée. C'est tout juste si je la connaissais. Nous sommes restés garés dans son allée l'espace de quelques heures, d'accord ? Bien sûr qu'on a passé un bon moment. Bien sûr que j'y ai pris du plaisir. Et elle aussi, peut-être. On aurait pu lâcher des obus de mortier sur le capot du camion, pour autant que je m'en souvienne – vous pigez ? Mais en fait, tout était parfaitement tranquille. Personne n'a pris de photo à travers le pare-brise. Pas de véhicule qui soit entré ou sorti. Je n'ai vu personne, pas même un chat. Vous avez retrouvé mon numéro de téléphone dans la poche de Renée. Accompagné d'un petit nom affectueux qu'elle m'a donné. En quoi cela contredit-il ce que je vous dis ? C'est tout à fait logique. Vous êtes incapable de trouver quelqu'un pour vous confirmer que je connaissais Renée Knowles de quelque manière, et seules une ou deux personnes vous diront nous avoir vus ensemble.

Je regardai le cadavre.

– Je voudrais qu'elle soit encore en vie.

Clarence avança jusqu'à la table et, tenant sa cigarette aussi loin d'elle que possible, il tira le drap pour en recouvrir le visage de Renée.

– Mais pourquoi, nom d'un chien, serais-je allé la tuer ? dis-je doucement. C'est tout juste si je la connaissais. Le peu que je savais d'elle me plaisait bien. Je ne l'ai même jamais vue à la lumière du jour, pour l'amour du ciel...

Bowditch hocha la tête, les yeux fermés comme pour lutter contre une éventuelle distraction.

– Je sais, dit-il soudain, avec lassitude. Je l'ai compris à la minute où je t'ai montré sa plaie au ventre.

Je cillai.

– Ç'a t'a pris complètement par surprise, soupira-t-il.

– Il a des tas d'arguments en sa faveur, avança Clarence.

– Ouais, dit Evans. Et on n'en a aucun.

– La ferme, lui dit Bowditch avant de rouvrir les yeux. Et toi, fous-moi le camp d'ici.

6

Colma se situe au sud de San Francisco, et des tas de gens y sont enterrés. Wyatt Earp, par exemple, ainsi que Joe DiMaggio. Actuellement, on parle de transférer quelques hectares de tombeaux ailleurs pour faire de la place à un casino. Les lobbies des jeux d'argent ont convaincu les représentants des citoyens de la ville qu'après cent cinquante années passées à veiller au bien-être des morts, la municipalité pourrait vouloir tenter une autre aventure. Les survivants des enterrés sont tout marris. Et dans la mesure où les sommes d'argent impliquées dans l'affaire sont substantielles, lesdits survivants resteront probablement marris pour longtemps.

Les présents aux funérailles avaient peine à faire foule. Certains avaient revêtu la tenue de circonstance, quelques-uns même y avaient mis le prix ; mais ici, c'est l'Ouest, où la vêture n'est pratiquement jamais de mise en quasiment aucune circonstance. John Plenty, par exemple, était présent. Tout entier à son chagrin, il portait un jean zébré de traînées de peinture et une veste en crépon de coton qui n'aurait pas déparé une fête en plein air. Sans compter qu'il était ivre. Gerald Renquist était là lui aussi, en costume superbement coupé dans un tissu anthracite foncé à très discrètes rayures mauves. Sur son bras, il portait sa mère, ou vice versa, laquelle arborait de très grandes lunettes sombres et un tailleur-jupe bleu très marine et très classique. Elle et son fils paraissaient réservés : en état de choc, peut-être. Nous sous saluâmes tous d'un léger signe de tête, mais sans nul doute par respect pour le voile de suspicion qui flottait au-dessus de toute l'affaire, personne ne s'approcha de moi.

> « L'homme, né de la femme, n'a qu'un temps court à vivre, et le malheur est son lot... »

Le prêtre de l'Église épiscopale lisait dans son *Book of Common Prayer* à couverture écarlate, tandis qu'une brise légère faisait voleter les pans de son aube achromatique. On entendait bruisser les feuilles persistantes d'un chêne voisin, et je perçus soudain dans l'air ambiant un mordant un peu vif digne de l'Alaska, ce goût d'automne qu'un Californien apprend à anticiper, car il apporte avec lui l'espoir qu'après quatre ou cinq mois de sécheresse estivale, un peu de pluie va peut-être finalement tomber. Et la pluie doit délaver le cortège des compagnons de route de la sécheresse : les odeurs de mixtion dans les rues et les allées, les beiges et orangés ternes des herbes desséchées, les touristes qui encombrent l'autoroute de la côte Pacifique, et la terre qui ne reste stable qu'aussi longtemps qu'elle reste sèche. L'invasion de nos latitudes méridionales par cette fraîcheur de toundra s'accompagne également de la reprise de la pêche au saumon, des vernissages de galeries, de la réouverture de l'Opéra, des élections. Néanmoins le soleil continue à darder ses violents rayons depuis son firmament d'un bleu éclatant qui, une fois rafraîchi ne fût-ce que par un seul et unique orage, renouvelle à l'avenant l'espoir qui se voit quotidiennement et méticuleusement trahi par la scélératesse grouillante en contrebas.

« Il s'est levé, et on l'a tranché, comme une fleur ; il a fui comme s'il était une ombre, et jamais n'a poursuivi d'un seul allant... »

Il ne faisait pas de doute que nombre des présents devant la tombe étaient dans l'affliction ; qu'ils eussent porté leurs lunettes sombres pour cause de chagrin ou pour se prémunir du soleil était impossible à déterminer. Une certitude : le soleil brillait avec éclat. Avec pour pendant une incertitude : on voyait peu les manifestations extérieures du chagrin qu'après de nombreuses années passées à enterrer ceux que la vie avait tranché dans la fleur de l'âge on se serait attendu à voir.

« Au milieu de la vie, nous sommes dans la mort. Auprès de qui pouvons-nous chercher quelque secours, sinon toi, Seigneur, auquel nos péchés, si justement, déplaisent tant ? »

Le Seigneur n'était pas le seul auquel les péchés de cette pécheresse particulière déplaisaient si justement. Deux ou trois membres de l'assistance veillaient de tous leurs yeux à ce que Renée Knowles ne s'échappât pas de son cercueil à tire d'ailes afin de perpétrer quelque impiété de dernière minute. Il n'y avait non plus rien de timide dans leur maintien : ils se tenaient près de la tombe, en toute rigueur, comme il sied, sans perdre une miette du déroulement des opérations.

« Pourtant, ô Seigneur Dieu, saint entre les saints, ô Seigneur, puissant entre les puissants, ô Sauveur saint dans ta grande pitié, ne nous livre pas aux affres amères de la mort éternelle. »

– *Au contraire**, murmura une voix dans mon dos, juste assez discrètement pour ne déranger personne, mais d'un ton *sotto voce* suffisamment théâtral pour être entendu dans un rayon de trois mètres. Qu'elle soit bien éternelle.

C'était une voix de femme, et si j'étais curieux de savoir qui cela pouvait être, je manquais de la grossièreté nécessaire pour me retourner. Dans le tremblement de ses inflexions, résonnaient à l'unisson une désespérance certaine, un désespoir certain, une irrésolution certaine et une impuissance certaine.

– Allons, Ruthie, dit fermement une autre femme, également dans mon dos. La volonté de Dieu se fera.

– *A-putain-de-men*, déclara la première voix, *mais elle ne s'est jamais bien comportée à mon égard.*

Je jetai un œil. La femme avait les cheveux gris coupés court, pas même un mètre soixante, très proprette sur elle, même si le temps avait fait son œuvre sur ses soixante-cinq à soixante-dix printemps. Elle portait un foulard rouge noué à la gorge, des chaussures plates à ses pieds de petite taille, une chemise en toile bleue et un jean, un gilet doublé de peau de mouton. Un insigne émaillé épinglé à son revers déclarait : HORS DE MON SEIN, L'ÉTAT AMÉRICAIN.

Le visage était hanté par une forte ressemblance avec la morte. La mère de Renée, vraisemblablement.

– Ruthie, dit sa compagne. La petite n'est plus.

« Tu sais, Seigneur, les secrets de nos cœurs... »

– *Y a pas de cœur enterré là*, lâcha Ruthie d'une voix sifflante.

Son amie lui agrippa l'épaule.

– Reprends-toi !

Au contraire de Ruthie, l'amie en question était vêtue à la manière d'une bourgeoise de la ville, long manteau en toile, talons classieux mais raisonnables, sac à main en cuir. Les deux femmes avaient à peu près le même âge. Ruthie n'avait pas de maquillage, pas d'alliance, pas le moindre bijou. Son amie, en revanche, n'avait pas lésiné sur les cosmétiques, sans oublier des boucles d'oreilles en diamant, un lourd collier en or, et un anneau en or à l'annulaire de la main qu'elle posait sur l'épaule de Ruhtie.

– Ruthie est mal, dit-elle, à personne en particulier.

« ... épargne-nous, à notre heure dernière, les douleurs de la mort... »

Dans la foule, quelqu'un lâcha un petit hennissement, avant de faire aussi vite silence.

Confrontés à la mort, les gens ont des comportements imprévisibles. Rires ou pleurs, peu importe, cela ne fait pas de différence. Mais il est un moment au cours de la cérémonie où il est plus ou moins assuré que jaillira de la foule le sentiment authentique qui l'anime, juste au cas où les esprits des présents auraient eu tendance à s'égarer loin de la procédure en cours. Et ce moment était arrivé. Le prêtre referma son livre sur son index, et, raccourcissant la longueur de sa chasuble avec un luxe de précautions digne d'une princesse affrontant le passage du ruisseau, il fit un pas en arrière, redistribuant ses jupes avec soin, et un geste à l'adresse des spectateurs.

Le cercueil avait été déposé dans la fosse avant le début de la cérémonie. D'un pas peu assuré, au départ, puis plus ferme, les gens commencèrent à défiler devant le tas de terre empilé sur une bâche d'un vert éclatant au pied de la tombe. Chacun en prit une poignée qu'il jeta sur la défunte. Une femme se saisit d'une pincée entre deux doigts et la sema timidement, d'avant en arrière, comme si elle rectifiait l'assaisonnement d'un bouillon. Un autre enfonça la main d'un geste décidé dans le flanc du monticule, pareil à un chef cuisinier plongeant sa spatule à l'oblique dans un saladier plein d'une mirepoix de poivrons. Mais la quantité importait peu, ces quelques poignées de terre et de cailloux résonnèrent avec force sur le couvercle du cercueil, en faisant sursauter certains parmi les spectateurs, déclenchant chez d'autres une satisfaction non dissimulée. Huit ou dix personnes, y compris un jeune garçon et une fillette encore plus jeune, tous deux fascinés, participèrent au rituel.

Lorsque tous furent passés, le prêtre s'avança, ouvrit son livre écarlate, et ajusta ses lunettes, noires elles aussi.

> « À Dieu tout-puissant nous recommandons l'âme de notre sœur défunte, et nous rendons son corps à la terre... »

Et moi qui, en dépit, ou à cause, de ma familiarité certaine avec elle conservais un minimum de respect pour la mort, même moi, je commis mon propre petit sacrilège, entamant une rêverie sur ce même corps maintenant enchâssé sous un gâchis de laiton et de désinfectants malodorants, de velours déjà en train de pourrir et de teck à décomposition lente. Je vis des ombres différentes de celles dont Renée était susceptible d'avoir fait la rencontre à ce stade, des ombres mouvantes parce que nous nous mouvions, ou parce que l'arbre qui nous protégeait avait frémi sous le vent d'ouest, ou parce qu'une mouette s'était laissée dériver entre la tombe et le soleil ; des ombres vivantes.

> « ... de la terre à la terre, de cendres en cendres, de poussière en poussière ; dans l'espoir assuré

d'une Résurrection à la vie éternelle, par notre Seigneur Jésus-Christ ; au jour de la venue duquel, en toute majesté, pour juger le monde, la terre et les mers rendront leurs morts ; et les corps corruptibles de ceux qui dorment en lui en seront changés, et se changeront à l'image de son propre corps glorieux ; selon la toute-puissance de son œuvre par laquelle il est capable de fondre toutes choses en lui-même. »

La bonne vieille arnaque anti-entropique, selon laquelle l'amour perdu revient parce qu'il en redemande ; par laquelle les glaçons transmettent leur froid au whisky, plutôt que ce soient les calories du whisky qui gagnent leur guerre incessante contre la glace ; par laquelle un corps transformé en chair à pâté par des insectes calibre cinquante se réorganise pour atteindre au sublime éblouissant d'un Caravage ; par laquelle le temps marche à rebours, comme dans un rêve, et emporte avec lui le cœur du rêveur. L'ancienne persévérance de l'espoir aveugle à la face d'une puanteur fétide. L'ancien stratagème visant à récolter plus encore de pesetas pour dorer davantage encore les ornements de l'église. Qu'est-ce qu'il devait penser, ce prêtre, en train d'articuler ces paroles, en train de les émettre comme autant de phonèmes gentillets choisis de manière aléatoire afin de combattre les cruautés de ce monde ? Et ces gens, que devaient-ils penser, si tant est qu'ils écoutaient le prêtre, de la pusillanimité de ces mêmes syllabes, venant s'inscrire au plastron de leur chemise comme autant de chatons de pollen stérile au crépuscule ?

Je me souvins de ses tétons griffant mon visage ; effaçant des semaines, des mois, voire des années de désuétude, pareils à deux beaux pédagogues supprimant du tableau l'orthographe grossière d'un argot dévoyé, redonnant, à chaque passe de leurs feutres légers comme l'air, un peu de virginité à une *tabula* pleine de balafres. Ou de quelque autre réflexion impie du même genre...

« J'ai entendu une voix venue des cieux, qui me disait : Écris. Dès alors, que soient bénis les morts qui meurent dans le Seigneur ; ce que dit aussi l'Esprit Saint ; car ils se reposent de leur ouvrage. »

À ces mots, un soupir collectif s'échappa de la foule, cette foule de branchés urbains qui, s'ils étaient toujours prêts, le cas échéant, à reconnaître la lassitude singulièrement policée de leur urbanité, ne confessaient en revanche jamais le moindre ennui. Car, lorsque le prêtre les invita à participer, même de façon si limitée, à sa liturgie,

« Le Seigneur soit avec vous »,

ils ne furent que deux ou trois à répondre :

« Et avec votre esprit »,

même si, lorsqu'il leva les mains, et dit :

« Prions »,

nombre des personnes présentes baissèrent en fait la tête ; sans omettre, néanmoins, de toucher d'abord de l'index le pontet de chaque paire de lunettes, pour, ce faisant, entraver leur décollage du nez afin qu'elles ne suivent pas la chère disparue dans la tombe. Et ils écoutèrent quand le prêtre se mit à psalmodier :

« Seigneur, ayez pitié »,

avant de se surprendre eux-mêmes, et tout le reste d'entre nous par la même occasion, en répondant, comme par quelque réflexe commun ethno-génétique :

« Christ, ayez pitié »,

autorisant le prêtre, et le reste d'entre nous, à prononcer notre première, et aussi sincère que des représailles, antienne :

« Seigneur, ayez pitié de nous »,

laquelle, cependant, se réduisit vite à un murmure étouffé au cours de la phase suivante, appelée la Prière du Seigneur, pour se changer en numéro mal dirigé et pitoyable, plein de blancs et d'arrêts intempestifs, qui ne fut pas sans rappeler un buggy tracté par deux chevaux désassortis et mené par un cocher incompétent, tous trois ne sachant trop que faire de l'usage du fouet, un cheval tirant pendant que le second lambine, alors qu'à d'autres moments ni l'un ni l'autre ne tirent plus rien, laissant le soin à l'élan du véhicule de les pousser dans la descente.

Un téléphone portable trilla. Girly Renquist se faufila entre les pierres tombales, loin de la foule, le téléphone collé à l'oreille. Un homme debout à la tête de la tombe lui lança un regard noir. Je me dis qu'il s'agissait peut-être du mari.

« Ô Seigneur Jésus-Christ, qui par ta mort as fait disparaître la morsure de la mort... »

Isolé parmi la foule, l'homme paraissait quelque peu étrange et déplacé, distrait, sans chagrin particulier, mais tour à tour songeur et exaspéré. Si personne ne semblait l'accompagner, la plupart des membres de l'assistance donnaient l'impression de le connaître. Ils avaient été plusieurs à lui adresser la parole au début du service funéraire.

> « À nous, tes serviteurs, accorde de suivre dans la foi le chemin que tu as tracé, que nous puissions à notre terme nous endormir paisiblement en toi... »

Je regardai dans la tombe ouverte. Je ne l'avais pas encore remarquée, mais je vis maintenant la strate de quinze centimètres de déchets compactés qui serpentait sur un des flancs de l'excavation, à soixante centimètres sous l'herbe. Ce qui me rappela qu'en arrière-plan, grondait le ronflement régulier d'une masse d'équipements lourds – niveleuses et tracteurs à chenilles – occupés à déplacer et étaler des bennes entières d'ordures ménagères sur le quart ou le cinquième de ce qui avait jadis été un arroyo profond de trois cents mètres. À moins de quatre cents mètres de l'endroit où nous nous tenions, un radeau permanent de mouettes ondulait au-dessus de la décharge, juste en surplomb de l'extrémité est du cimetière, délimitée par un haut rideau coupe-vent d'eucalyptus miroitant au soleil.

Au coin de l'excavation, la strate se poursuivait pour remonter à l'oblique sur son flanc est, à la tête du cercueil; et je me rendis compte que si je me tenais du côté opposé de la tombe, en compagnie du prêtre et du mari, je verrais cette même strate passant sous le sol sur lequel j'étais debout en cet instant. Ce site, comme la plupart des tombes qui nous environnaient, sinon le cimetière tout entier, conservait son altitude au-dessus du niveau de la mer, pour l'essentiel parce qu'il occupait la surface aplanie d'une énorme décharge d'ordures ménagères.

« ... et nous réveiller à ton image... »

La femme qui arborait un badge anti-avortement sur son gilet en fourrure se mit à pleurer. Elle ne fit aucun effort pour masquer son émotion, ni même pour en étouffer les bruits, et cette explosion sans retenue parut déranger quelque ordre établi chez l'homme dont je présumais qu'il était le mari de Renée ; ce dernier, maintenant, laissait couler de son œil une larme solitaire qui s'en fut librement glisser sur sa joue. La mère de Renée, puisque c'est en ces termes que j'en étais venu à penser à la femme au gilet doublé de peau de mouton, afficha un panachage complexe d'émotions peu courant, livré au grand jour à tous ceux qui se souciaient d'y prêter quelque attention. Colère et aspiration violente, amour et frustration, soulagement et désespoir, et bien plus encore, bataillaient à l'envi. Le désir de rappeler sa fille était en guerre avec le besoin de toute une vie peut-être de se voir débarrassée de Renée pour de bon. Manifestement, quelque chose qui allait bien au-delà du simple fait qu'elles n'avaient pu se faire leurs adieux restait irrésolu entre mère et fille, avec pour conséquence que leur dialogue resterait suspendu, en stase, non résolu, à tout jamais.

« ... à travers ta pitié ; toi qui as vécu auprès du Père et du Saint Esprit, un seul Dieu, un monde sans fin. Amen. »

Diverses voix dans la foule répétèrent par à-coups la formule d'assentiment, toutes sans conviction. Lorsque le prêtre se tourna de côté pour nous englober dans sa bénédiction, son profil laissa apparaître derrière lui Bowditch, que je n'avais pas encore remarqué. L'inspecteur avait les mains serrées devant lui, comme le bon petit enfant de chœur qu'il avait pu être jadis, et me contemplait tout en articulant le mot *Amen*.

Immédiatement, la foule commença à se disperser parmi les tombes. Juste à l'intérieur de la grille du cimetière, deux hommes en salopette étaient assis côte à côte dans le godet d'une pelleteuse. L'un contemplait la foule, l'autre avait la bouche déformée par l'extrémité d'un très gros *burrito*. Ils pouvaient très bien laisser s'écouler un moment décent pour nous laisser le temps de nous disperser, tout dépendait de la vitesse à laquelle ils en auraient fini de leur déjeuner, avant de pousser la mesure de terre finale sur la dépouille de Renée Knowles. Ou peut-être pas.

Bowditch se pencha en avant et dit quelque chose au mari. Surpris, ce dernier regarda par-dessus son épaule. Bowditch m'observait, et, au bout d'un moment, le mari pivota pour me regarder à son tour.

Il cilla, avant de secouer la tête.

Bowditch se redressa, en opinant du chef d'un air sinistre.

Le mari s'excusa – un peu sèchement, me sembla-t-il – et s'avança vers moi.

Ce qui lui prit quelques minutes. Il dut contourner la tombe béante. J'attendis. Pratiquement tous ceux qu'il croisa en chemin s'arrêtèrent pour lui serrer la main, l'embrasser sur la joue, ou lui donner l'accolade. Courtoisement, il offrit à chacun d'eux quelques paroles en retour.

Bowditch observa la scène avec un intérêt non déguisé, et bien vite j'en vins à éprouver quelque effroi quant à ce qu'il avait pu dire au mari. Vu son amour de la provocation, il était certain qu'une bassesse n'aurait su l'arrêter. Mais même s'il en avait peu dit, il fallait que ce fût un coup du sort ; il était certain, et bien malheureux, que le mari soit déjà au courant de toute l'histoire, des dernières heures de la dernière soirée vécue par son épouse, de ce qu'elle avait fait, en quel endroit, et avec qui.

Et maintenant, grâce à quelque encouragement de la part de Bowditch, il avait un visage à mettre sur l'histoire en question.

– Kestrel ?

Il était petit, trapu, replet. Et aussi plus âgé que Renée. Il était vêtu d'un complet western de week-end, au tissu d'un beige jaunâtre garni d'un cordon tissé de couleur marron en forme de joug sur le dos de la veste, aussi bien que sur la pochette de poitrine, sans oublier la cravate *bolo* comme touche ultime. La pince en or qui maintenait les deux brins de ladite cravate ressemblait à une marque de bétail, deux K en capitale au-dessus d'un arc de cercle. Le mouchoir noir dont un coin ressortait en triangle de la poche de poitrine était le symbole vestimentaire de mise pour la circonstance.

J'acquiesçai à l'énoncé de mon nom, pas du tout sûr de savoir s'il fallait me préparer à recevoir un coup, mais certain que, si cela devait arriver, je n'avais aucun droit de tenter de le contrer.

Il me tendit la main.

– Je suis Kramer Knowles.

Je fus suffisamment surpris par son accueil courtois pour être lent à serrer la main qu'il me tendait, de sorte qu'il ajouta, avec modestie, d'un signe de la tête en direction de la tombe béante derrière lui :

– Je suis – enfin, j'étais – le mari de Renée.

Nous nous serrâmes la main. Il avait au moins vingt ans de plus qu'elle.

– Monsieur Knowles... commençai-je.

– Kramer, répondit-il, sans lâcher ma main.

– Kramer, repris-je. Je suis... profondément désolé pour vous et votre épouse, monsieur.

– Merci, dit-il avec sincérité.

Il jeta un œil vers la tombe, pivota et dit :

– Elle va me manquer.

Qu'est-ce que je pouvais ajouter à ça ?

– Vous étiez mariés depuis longtemps ?

– Oui.

À ce stade de la conversation, il se rendit compte qu'il serrait toujours ma main dans la sienne, aussi, légèrement gêné, la relâcha-t-il.

– Dites-moi une chose.

– Oui, monsieur ? répondis-je, non sans une vive inquiétude.

– Accepteriez-vous de venir chez moi ?

– Accepterais-je... quoi ?

– Venez me rendre visite. Demain, si vous avez le temps. Oui, demain. À quatorze heures, vous voulez bien ?

Il retint un petit sourire.

– Je crois que vous connaissez l'adresse.

Pas le moins du monde amusé, je n'avais aucune idée de la manière dont je devais réagir à cette invitation.

– J'aimerais... bavarder, ajouta-t-il. Et partager un verre, qui sait.

– Bavarder ?

– Bavarder. C'est une chose qui se fait. Vous en avez entendu parler ?

– J'en ai effectivement entendu parler.

– Vous viendrez, en ce cas ? Demain, à quatorze heures ?

Je regardais derrière lui. Bowditch nous surveillait, le visage quelque peu perplexe, comme si on venait de l'informer de la présence de sélénium dans l'anguille qu'il avait engloutie pour le déjeuner. De mon côté, je devais avoir un air un peu étrange moi aussi. De toute évidence, Bowditch n'avait, pas plus que moi, la moindre idée des intentions de Knowles ; et j'avais l'avantage d'entendre ce que cet homme avait à me dire. Je reportai mon regard sur Knowles et dis :

– Naturellement. Je passe vous voir demain.

Il me prit à nouveau la main et la serra.

– Merci, dit-il, avec sincérité, ainsi que je le pensais. Merci beaucoup.

Il se détourna bien vite. Non sans que je remarque qu'une larme avait perlé au coin d'une paupière.

Knowles avança vers la grille du cimetière entre la mère de Renée et la compagne de cette dernière, qui lui prirent chacune un bras. Personne ne se retourna.

7

Après-midi aux lumières mouchetées. Le ciel était blanc sur fond de bleu céruléen et avançait rapidement, surplombant les tours de brouillard qui se dressaient au-dessus des limites est du Presidio. Le long de Divisadero, entre Broderick et Baker, un vecteur-phase de lumière solaire suivait à la trace la feuille d'or couvrant des colonnes du portique de ce qui, aux dires des gens avertis, est une copie à échelle réduite du Petit Trianon, modeste palais que Louis XIV fit bâtir sur quelques hectares à l'arrière de Versailles, triomphe de l'absolutisme laïque.

Deux portes plus à l'ouest se trouvait le gîte bourgeois auquel Knowles donnait le nom de domicile. Caractéristique de tout quartier né des fruits de l'ambition, l'édifice en question s'imposait de lui-même à la rue comme la paroi d'une falaise des Channeled Scablands[1], mais n'avait plus en commun avec ses voisins que l'échelle de son opulence. Petit signe convenu, mais incontestablement distant, en guise de concession à la politesse citoyenne, la négligence étudiée des cyprès qui bor-

1. Lieu géologique célèbre, sans guère de végétation, correspondant au cours sud de la Columbia River, dont les canyons portent des stries, restes de l'abrasion de la roche par une masse d'eau phénoménale qui a défini le lit de la rivière.

daient l'allée de part et d'autre allait jusqu'à des andains marron d'aiguilles soufflées par les vents et amassées en tas dans les angles formés par les plats et contremarches de l'escalier en granit. Le lustre-lanterne extérieur restait allumé même en plein jour. Deux ou trois de ses ampoules avaient grillé. Il ne s'était écoulé qu'une semaine depuis le décès de Renée Knowles, mais déjà, des signes de négligence commençaient à s'installer.

Les odeurs de jasmin et de genièvre libérèrent naturellement tout un flot de souvenirs. Seul un coup d'œil prétendument banal par-dessus mon épaule pouvait laisser accroire que j'avais pu venir ici par le passé. Cela, et mon regard vide devant la vaste porte d'entrée. Resterait-il des signes de la tragédie qui avait eu lieu au-delà de son seuil ?

Kramer Knowles, disait le *Chronicle*, avait bâti sa fortune sur une seule et unique idée. Il avait fait breveter le procédé grâce auquel une épaisseur de carton se trouve enchâssée dans pratiquement toutes les minisavonnettes de motels vendues aux États-Unis. Dans le cadre de ses fonctions de vendeur-représentant en fournitures de motels, sillonnant un vaste territoire s'étendant depuis le nord de la Humboldt River jusqu'à la Snake, depuis les versants des Cascades Est et de la Sierra Madre jusqu'à la Green River dans l'est de l'Utah, Knowles s'était rendu compte qu'aucun client n'utilisait jamais un minisavon de motel dans son intégralité. Le savon de motel, ça ne s'utilise qu'une fois, ensuite, ça se remplace. Même si un client n'a pas poursuivi sa route, la direction fait remplacer l'objet quotidiennement, ne serait-ce que parce que chaque savonnette est enveloppée dans le beau logo du motel d'accueil. Si un pain de savon était utilisé jusqu'au bout, c'était parce que le client était suffisamment mesquin pour l'emporter avec lui, ou que le motel était suffisamment mesquin pour ne pas le remplacer en temps et heure, comme il se devait.

Le client qui emporte la petite savonnette avec lui ? Oubliez-le. L'établissement qui recommande expressément à ses femmes de chambre de ne pas remplacer le savon lors d'un séjour prolongé ? Cela ne vaut pas la peine de l'envisager. Mais dans les tours hôtels de Reno, comme dans les stations-services-cafés-motels-casinos-bars et leurs six chambres, loin de tout, en plein désert, à l'intersection de deux grandes routes, et qui font si justement la célébrité du Great Basin, dans ces commerces qui se font un point d'honneur de traiter leurs clients de façon honorable, Knowles perçut le marché potentiel.

À Carson City, il transforma un appentis sur l'arrière de sa « ranchette » de location en laboratoire. Carson City était un point d'ancrage au sud-ouest de son secteur de ventes, sans qu'il fût pour autant forcé de vivre effectivement dans son périmètre. Il n'abritait en fait que les deux jours par mois qu'il passait là dans une sorte de pureté mercantile, à partir de laquelle il pouvait contempler en toute sérénité ses plus-values. Les prostituées y étaient facilement disponibles, à des prix raisonnables ; tout comme la nourriture basque. Knowles aimait les racoleuses et le mouton. Les racoleuses, ses absences pendant vingt-huit jours d'affilée, ses deux ou trois autres jours passés dans son labo, c'était tout ce cinéma qui lui avait coûté son premier mariage. Mais c'était aussi ce qui avait fait sa fortune.

– Bon débarras, et ça en valait la peine, jusqu'à la plus petite minute, me dit soudain Knowles, plutôt dix fois qu'une.

Il ne lui avait pas fallu dix fois une minute pour se lancer dans l'histoire de sa vie. Il était clair qu'il me la racontait parce qu'il n'avait personne d'autre à qui le faire. C'était, après tout, le premier mercredi de son veuvage.

Nous étions installés face à face, sur deux canapés séparés par une table basse en verre. Prêt à servir, sur un dessous de verre en cuir marqué du logo double K à bascule, était posé un gobelet en cristal rempli au tiers de whisky single malt et de deux glaçons. Non que j'aie une prédilection particulière pour le whisky d'après déjeuner ; mais on me l'avait offert, et j'avais accepté. Knowles ne trouva apparemment rien à redire à ma demande de compléter mon verre avec de la glace, mais son maître d'hôtel fut plus tatillon et fit la grimace.

– Je commencerai à m'organiser, dit Knowles en regardant la porte se refermer sur le serviteur, dès que ce salopard prétentieux aura été remplacé par une jolie poulette.

Il fit tournoyer son propre verre, lui aussi avec glace flottant dans un Seven and Seven.

– Avec l'uniforme et tout.

Il avala bruyamment un centimètre de son cocktail.

– Bas résille noirs. Avec couture.

Il mâchonna un peu de glace et leva son verre.

– Et plus rectiligne qu'une piste de décollage militaire.

Un exemplaire de *Design Unlimited*, épaisse revue sur papier glacé visant les décorateurs d'intérieur et leurs clients, était posé de mon côté de la table basse. Sa couverture était illustrée par un cliché de la façade de la maison Knowles. Au-delà de la revue, au beau milieu du rectangle de la table, une petite botte de cow-boy en argent offrait une poignée de cigarettes avec filtre. Tout à côté se trouvait un briquet en forme de pistolet à silex, dont la base en bois était surmontée d'une plaque en laiton gravée. Puis venait un téléphone avec afficheur à cristaux liquides, sa console pleine de boutons orientée vers Knowles. Entre ces deux objets et le rebord de la table s'étalaient en désordre un assortiment de revues financières, dont une pile ressemblait à des rapports d'activité annuels ou des bilans, un bloc-notes dont le haut des feuillets s'ornait de la marque double K à bascule, des stylos, des crayons, des trombones, un demi-bol de noix de cajou, et une disquette de trois pouces et demi que Knowles utilisait comme dessous de verre.

Il contemplait Alcatraz dont le phare était visible au-delà du mur nord de la pièce. Ce mur se dressait sur trois mètres de haut, depuis un canapé capitonné jusqu'à un plafond à poutres, et il était pratiquement tout entier en verre. Au travers, on apercevait également les cimes des cyprès de l'allée avec un mur d'eucalyptus en arrière-plan qui délimitait la frontière est du Presidio, au-delà duquel était visible le tiers supérieur de la tour nord du Golden Gate Bridge, ainsi que les collines du Cap de Marin à peut-être cinq kilomètres. Le feuillage des arbres se gonflait en silence sous le vent d'ouest de l'après-midi.

– Dropsy était une gentille fille, poursuivit Knowles. Mais elle ne croyait pas à la science. Et elle n'avait pas non plus... ce qu'on appelle – il déplaça son verre, en montrant notre environnement immédiat – la classe.

Un glaçon claqua dans mon gobelet en cristal, éclaboussant ma joue de coûteux whisky.

– Pas comme Renée, ajouta Knowles. Chez Renée, c'était naturel.

Quelque part dans les profondeurs de la maison, un carillon de porte tinta.

S'ensuivit un temps de silence au cours duquel nous n'échangeâmes pas un regard, fixant tous les deux le mur de verre. Je me demandais si c'était bien là la fonction d'une jolie vue, à savoir aider les gens à traverser ces moments de gêne dans les relations sociales qui, sinon, confinées par le plâtre fendillé d'un petit appartement, ne pouvaient culminer autrement qu'en massacre sanglant ou en hilarité.

– Ce carton que vous avez placé dans votre savon, osai-je avancer dans le silence, ne serait-il pas recyclé par hasard ?

– Notre première subvention fédérale, acquiesça Knowles sans quitter le panorama du regard, exigeait l'utilisation de matériaux recyclables. En fait, cette subvention, c'était l'idée de Renée...

Sa voix se cassa.

– Je suis désolé, dis-je.

Il secoua la tête.

– Elle...

Le maître d'hôtel ouvrit la porte du vestibule.

– Monsieur Knowles ?

Knowles ne répondit pas.

– Monsieur ?

Knowles interrompit ses réflexions pour le regarder.

– Votre quatorze heures trente, monsieur ?

L'expression du visage de Knowles changea avec une telle rapidité, lorsqu'il fixa la porte dans mon dos, que je me retournai pour en comprendre la raison. Le maître d'hôtel fit un pas de côté, une main sur le bouton de porte, et entra dans la pièce une très jolie femme.

Je dis femme, mais elle était en âge d'être étudiante, guère plus de vingt et un ou vingt-deux ans. Habillée avec beaucoup de goût, de belles manières, sachant marcher en talons hauts. La nouvelle bonne ?

Elle fit quelques pas dans la pièce avant de s'arrêter, son regard allant de moi à Knowles et retour.

– Bon Dieu, dit Knowles, en dégageant une manchette avant de tourner sa montre à la lumière. J'ai complètement oublié l'heure.

Il plissa les yeux à l'adresse de la fille et hocha la tête presque imperceptiblement.

– Cela ne prendra pas longtemps, me dit-il. Ça vous dirait de rester encore un moment ?

Je haussai les épaules.

– Rafraîchissez son verre, Alfred.

Knowles se leva et sécha le sien d'un trait.

– Et pour vous, mademoiselle... ?

– Anne, dit la jeune femme. Cognac.

Knowles posa son verre, vide, sur la table basse, et pointa le doigt sur Alfred.

– Je crains que nous n'ayons que du brandy, dit Alfred avec une légère inclinaison de la tête.

Son visage aurait tout aussi bien pu être l'escarpement glaciaire d'un sommet, plein d'une réserve placide en dépit des siècles de crampons l'ayant gravi et descendu.

– Mme Knowles a consommé le restant de cognac ce...

Il s'interrompit.

Knowles le fixait, mais son visage non plus ne trahissait rien.

– Brandy, en ce cas, dit-il d'une voix douce. Commandez plus de cognac. De toute manière, le brandy est préférable au cognac, dit-il à Anne avec un sourire. On peut y mettre de la glace sans que les gens fassent la grimace. Est-ce que cela conviendra, mademoiselle... ?

– Anne, répéta la jeune femme avec fermeté, en laissant filer un instant son regard sur moi avant de se retourner vers Knowles. Brandy sur glace, ce sera très bien.

– J'en prendrai un autre également. Nous serons dans le bureau.

Alfred, le maître d'hôtel, repassait le seuil à reculons lorsque Knowles ajouta :

– Nous poursuivrons dans une demi-heure, Danny. Faites comme chez vous. Alfred veillera à ce que votre verre ne pleure pas.

J'acquiesçai.

– Très bien. Une demi-heure, en ce cas.

Il fit sortir Anne de la pièce et referma la porte derrière eux.

J'étais seul dans le salon de Renée.

Je consultai l'exemplaire de *Design Unlimited*. En tant que simple objet juxtaposé à tous les autres sur cette table, et comme indice de la personnalité de Renée, il était déjà significatif. Jamais Knowles n'aurait eu le goût assez sûr pour être propriétaire de cette maison, encore moins pour la décorer seul ou même engager quelqu'un pour ce faire, et moins encore pour la transformer en habitation de rêve digne des magazines. Assurément, Knowles se souciait comme d'une guigne, d'une façon comme d'une autre, de voir figurer sa maison en couverture d'une revue. Mais une femme d'une certaine ambition, avec l'argent dont lui disposait, était exactement ce qu'il fallait. Il tirait plaisir du plaisir de la femme, et fierté quant au résultat. Mais au final comme au départ, sinon pour ce qui était de la découvrir, cette dame, et de l'encourager, il n'aurait pas eu la moindre idée de la manière d'accomplir la chose. C'est vrai qu'avec sa fierté, il apportait en accompagnement, très certainement, une mesure de possessivité. Et là, au sein de cette fierté possessive, la dame n'était-elle pas susceptible de trouver la sienne ? Ou ne tirait-elle, de tout ce qu'il avait accompli, que mépris, et rien d'autre ? Quelle sorte de mariage avait été celui des Knowles ?

Je pris le pistolet à silex et lus l'inscription sur la plaque en laiton vissée à sa base.

Attribué en récompense à
KRAMER KNOWLES
CHAMPION DES VENTES
Par son employeur reconnaissant
INLAND FURNISHINGS & SUPPLY Co., Inc.
« Tu vas nous manquer, mon gars ! »

J'appuyai sur la détente à deux reprises. Il y eut un faible raclement de pièces métalliques, mais aucune flamme n'apparut.

J'aurais parié qu'eux ne lui manquaient pas.

Je reposai le briquet sur la table. Dans l'hypothèse où Inland Furnishings Supply Co., Inc., était bien l'entreprise pour laquelle il avait fait le V.R.P. et placé ses fournitures aux motels sur tout le territoire du Great Basin, ce souvenir ringard représentait sans nul doute aux yeux de Knowles quelque chose qui n'avait rien de ringard ; bien au contraire, c'était l'objet emblématique de sa libération à jamais de toute servitude. Un jalon.

Un nouvel instant de réflexion, et je me demandai si Mme Knowles avait autorisé M. Knowles à laisser ce bibelot aux yeux du public. Était-ce par simple considération pour sa réussite, ou était-il passé par-dessus l'objection de Madame ? Peut-être l'objet était-il réapparu depuis la mort de Renée ? Par-dessus, disons... son cadavre ?

Peut-être que le maître d'hôtel était dans le coup lui aussi.

Le mystère du salon ne s'en trouverait-il pas ainsi élégamment résolu ?

Je pris l'exemplaire de *Design Unlimited* et me mis à le feuilleter. Se trouvaient au fil des pages des robinets en or dans des salles de bains offrant des vues parfaites et immaculées de la Méditerranée ; des fenêtres de remplacement hautes de deux étages et demi et presque aussi larges ; des gâbles en bardeaux surplombant des terrasses en séquoia à niveaux multiples aux lueurs du crépuscule ; des jardins à topiaires, dont l'un se trouvait représenter le krack de la Bourse de 1997 ; un garage pour cinq Ferrari au sol entièrement carrelé de marbre de Carrare ; un autre garage, avec vue sur Lake Tahoe et son automobile à vapeur Stanley Steamer méticuleusement restaurée ; une terrasse privée, réservée à la culture physique, avec vue imprenable sur l'Hudson River ; jusqu'à ce que, finalement, je tombe dessus : une variante de la résidence Knowles en photo de couverture. Sur la page de droite apparut un cliché de cette même table basse devant laquelle je me trouvais. Sur la photo, on voyait un haut vase en verre soufflé à la bouche contenant trois couleurs de tulipes à longues tiges, un grand livre dont le dos de la pochette disait *Louis Le Vau* ; une dague ornementée avec fourreau et poignée incrustés de pierres précieuses, en forme de cimeterre, peut-être un coupe-papier, bien que trop précieuse en tant que telle pour un quelconque usage pratique. Sur le mur derrière le canapé était suspendu un des nus de Renée, un mur actuellement vierge, constatai-je en relevant la tête pour vérifier : la toile était restée à la galerie Renquist. La légende de la photo donnait le nom de l'artiste peintre, John Plenty, et attribuait le vase en verre à Lalique. Pas le moindre pistolet allumeur de cigarettes ni botte de cow-boy miniature en vue.

Au goût de qui devait-on l'absence du briquet pour la séance de photos ? À celui de Renée ? À celui du décorateur ? À celui du directeur artistique ? Peut-être était-ce une affinité mutuelle qui l'avait fait disparaître sans même qu'une seule parole fût échangée ?

La page suivante montrait la chambre de Mme Knowles, son « lieu d'évasion », sa « maison dans la maison », dans laquelle il n'y avait pas trace de Knowles – ni de quiconque d'ailleurs. On y voyait un lit à baldaquin, aux quatre solides montants, garni d'une draperie au crochet d'Arles, de tonnes d'oreillers et d'une courtepointe vieille de deux siècles. Deux armoires « de province » flanquaient des rayonnages de livres allant du sol au plafond, devant lesquels trônait un fauteuil Régence au confort assez acceptable pour y assurer un séjour prolongé ; une table de toilette ornementée ; des étagères pleines de collections d'objets, dont le contenu était mis en valeur par des clichés en encart. Des crucifix en bois du sud du Mexique ; de nombreux *lagrimas*, également mexicains ; des dizaines de cierges votifs aux mèches intactes ; une assiette d'oursins plats, disposés symétriquement. Les livres étaient anciens, reliés en cuir, en de nombreuses langues mais sans valeur particulière, et elle les avait en sa possession « ... uniquement parce qu'ils me plaisent », citait-on Mme Knowles ponctuant ses paroles « d'un haussement d'épaules tout en modestie ». « Ils sont tellement anciens, tellement fabriqués main. C'est une question texturelle », rit-elle en faisant un jeu de mots sur textuel. « Ne sont-ils pas beaux ? » Elle en prend un et passe la main sur le vélin en piteux état. « Ce sont tout simplement des objets que je chéris comme des trésors. » À lire cette prose haletante, peut-être le résultat du correcteur d'épreuves, peut-être celui de son petit numéro d'actrice, je ne parvins pas à retrouver la voix de Renée.

Au-dessus de chacune des étagères, hors de portée d'un individu normal, était disposée une collection de mannequins en fil de fer, de soixante à quatre-vingt-dix centimètres de haut, « ... spécifiques aux fabricants de poupées français du

XIXe siècle. Les couturières de talent les utilisaient afin de tailler des vêtements aux détails exquis destinés à des poupées à échelle un quart. Chaque mannequin avait la tête délicatement inclinée vers l'avant, comme pour baisser les yeux au sol, sage et innocent dans sa posture si modeste... » Mme Knowles possédait-elle des exemplaires de ces poupées, dont le prix atteignait des sommets à cause de leur précision de détails obsessionnelle, ou certains de leurs vêtements, aux prix tout aussi vertigineux du fait de l'art scrupuleux qu'exigeait leur fabrication et de leur fidélité historique ? « Oh, non », dit-elle en relevant un œil plein de tendresse vers ses mannequins à taille réduite. « Je les chéris comme des trésors de formes féminines, tellement minimalistes et pourtant tellement idéalisés, tellement réservés et pourtant tellement vides, dépourvus de toutes les caractéristiques spécifiques de la personnalité, et pourtant d'une féminité tellement évidente... Ils sont fascinants ! »

Ses petites collections, sa transformation des livres en objets, les mannequins-femmes creux en fil de fer, le tout dans le contexte d'une chambre sans véritable touche personnelle – moi aussi, tout cela me fascinait. En dépit du fait évident que les lieux avaient été nettoyés à l'intention du photographe et du journaliste, sous l'œil sévère du décorateur d'intérieur tatillon pour lequel cet article était une publicité importante, comme en dépit du fait que je répugnais à faire ce genre de déduction à propos d'une femme que je voulais apprécier, la conclusion que son décor pouvait facilement s'interpréter comme la manifestation extérieure d'un vide intérieur absolu paraissait pratiquement inéluctable.

J'étais tellement absorbé par ces réflexions que je n'entendis pas revenir Knowles, alors même qu'il apportait deux grands gobelets dans lesquels tintaient les glaçons.

– Rien de tel que de tirer sa crampette pour s'éclaircir les idées quand on est un homme, déclara-t-il avec allant en me tendant un nouveau verre. En particulier quand on est en deuil.

8

Knowles posa les pieds sur le bord de la table basse avec un air satisfait.

– Déjà lu cette maxime sous l'horloge du pignon sud de l'église St. Mary ?

– Eh bien, c'est un fait que je l'ai lue. Elle dit : *Fils, marque le temps et fuis le mal.* Ancien Testament ? Ézéchiel ?

– Putain, j'en sais que dalle, dit Knowles avec un haussement d'épaules. Mais s'il s'agissait de mon église, ça dirait : *Fils, marque le temps et trouve-toi un bon coup à tirer.*

Il éclata de rire de bon cœur et me montra son verre.

– À votre santé, Danny.

– Santé, répondis-je. Mais il ne s'agit pas de votre église.

– Ah !

Il sortit la main de la poche pour embrasser du geste le paysage au-delà de la vitre.

– On ne peut pas tout posséder, dit-il d'un ton pas complètement convaincu.

– J'ai souvent pensé, me mis-je à rêvasser à haute voix, que quand Dana est revenu à San Francisco...

– Qui ça ?

– Richard Henry Dana. L'auteur de *Two Years Before the Mast*[1] ?

– Oh, dit-il vaguement, un livre.

– Un livre, confirmai-je. Lors de sa première visite à San Francisco, en 1835, il n'y avait qu'un seul homme à habiter de ce côté-ci de la baie, un Blanc, un marchand, du nom de William Richardson. L'anse tout envasée entre Sausalito et Mill Valley porte son nom. Tous les autres indigènes, essentiellement des Ohlones, de ceux qu'on appelait des Indiens, vivaient sur le côté oriental de la baie, où les températures étaient toujours plus clémentes.

– Ce mec était probablement irlandais, grommela Knowles.

– Alors notre climat lui a parfaitement convenu, dis-je en riant. Vingt-quatre ans après sa première visite, Dana est revenu à San Francisco pour y découvrir une métropole de cent mille habitants. Entre-temps, s'était produite une ruée vers l'or.

– 1849, confirma Knowles avec irritation.

– Devant ce changement, sous le choc, l'esprit de Dana a vacillé, mais pas son mordant ni son intelligence. L'une des manières qu'il s'est choisie pour étudier cette cité instantanée a été de visiter toutes les églises de tous cultes, deux ou trois par dimanche. Un service religieux catholique, a-t-il découvert, se déroulait entièrement en français. Il a également suivi des services religieux à St. Mary – cette même paroisse dont nous parlons.

Réfléchie par la vitre, l'expression qu'affichait Knowles était triste.

– On y étouffait littéralement, à ce service, notait Dana. En cela et à d'autres égards, il le trouva étonnamment similaire à ses expériences dans les églises de Boston et de Cambridge, y compris, et je le cite,

1. *Deux années sur le gaillard d'avant*, Éditions Payot.

« une intelligence inversement proportionnelle au nombre des visages ».

Knowles pivota avec un grand sourire.

– Vraiment ? C'est bien ce qu'il a dit ?

– Il l'a écrit, effectivement.

– Je ne m'étonne pas...

Il se retourna vers la fenêtre.

– Le trouverions-nous tellement différent aujourd'hui, après... combien d'années ?

– Cent quarante ans, plus ou moins. Et non, je ne pense pas que nous le trouverions si différent. Mais cependant, vu ceux que nous sommes tous les deux, nous n'aurions aucun critère de comparaison à notre disposition. À savoir, oserais-je présumer du fait que vous, pas plus que moi, ne vous aventurez guère au-delà du seuil de St. Mary ? Et que vous vous contentez de lire le pignon sud en chemin, quand vous allez déjeuner au Taddich Grill ?

Il confirma d'un signe de tête.

– Par Dieu, cet homme me plaît. C'était quoi, son nom, déjà ?

Je le lui dis. Knowles nota le nom de Dana sur son bloc-notes, ainsi que le titre de son livre.

– Cré Dieu, dit-il en laissant tomber son stylo. J'ai complètement oublié le match.

Il sortit une télécommande d'un tiroir latéral de la table et la dirigea vers le mur qui faisait face à la fenêtre. Une porte à tambour se déroula, révélant un immense téléviseur qui commençait juste à s'éclairer. Bien assez vite, des joueurs de football se mirent à courir sur l'écran. Bruits de foule et voix de commentateurs noyèrent la pièce sous un déluge sonore.

– Knowles, m'écriai-je, baissez-moi ça !

Il me regarda d'un air surpris.

– Il s'agit d'un match exhibition. Retransmis depuis Manchester.

Je pointai les doigts vers mes oreilles.

– Vous voulez discuter ou quoi ?

Il coupa le son en haussant un sourcil.

– Naturellement.

– Je n'ai pas l'intention de perdre mon sang-froid, mais une des choses que je déteste encore plus que le football, c'est la télévision.

– Vraiment ? dit Knowles en feignant la surprise. Comment arrivez-vous à vivre avec vous-même ? sourit-il. Et les verres vides alors ? Vous détestez ça aussi ?

Il leva son verre.

Je levai le mien.

– Là, vous m'avez eu.

– Foutu intello.

Il enfonça une touche du téléphone.

– Monsieur ? retentit la voix d'Alfred.

– Deux autres, dit Knowles en séchant son verre d'un trait.

– Tout de suite, monsieur.

Sur le vaste écran, des lézards vendaient de la bière. Au bout de trente secondes de ce fin spectacle, Knowles rompit le silence.

– Elle était spectaculaire, cette petite brune, pas vrai ? Mais elle brûlait aussi littéralement d'ambition. Sa beauté, elle lui venait de sa maman, je crois. Toujours est-il qu'elle n'a jamais connu son père. L'ambition, elle la doit à ses années de jeunesse, qu'elle a passées pour l'essentiel dans un parc de caravanes à Steamboat Springs. Sa mère habite toujours dans la cambrousse, dans le nord-ouest du Nevada. Elle était présente aux funérailles.

– Est-ce qu'elle s'appellerait Ruthie par hasard ?

Il confirma d'un signe de tête.

– Elle s'y trouvait en compagnie de mon ex-épouse.

Je cillai.

– Ça fait beaucoup pour un seul homme.
– Exactement.
Il pointa le doigt vers le coin supérieur gauche du poste de télévision.
– Tout là-haut dans le coin nord-ouest ? Cotter Pin, Nevada. Déjà passé par là ? gloussa-t-il. Personne n'est passé par là. Après que ce Japonais a acheté la colline où on faisait du ski – je crois que ça s'appelle le Mont Warner ; et le mec qui l'a revendue s'est fait un maximum dans l'affaire –, Steamboat est devenu trop civilisé pour Ruthie. Cotter Pin, en revanche, ne possédera jamais de colline pour qu'on y fasse du ski, et ça convient parfaitement à Ruthie. On n'y trouve même pas un motel auquel vendre du savon. Quand arrive l'automne, tous les chasseurs d'orignal sont obligés de dormir dans leurs camionnettes derrière le bar. Au cours des cinq années pendant lesquelles nous sommes restés mariés, Renée et moi, jamais elle ne m'y a emmené. Je parlais à Ruthie une ou deux fois l'an, chaque fois que c'était moi qui décrochais le téléphone quand elle appelait. Mais elle n'appelait jamais pour me parler, elle appelait pour une prise de bec avec sa fille. Si la conversation durait plus de dix minutes, c'était parce que l'une comme l'autre hurlaient suffisamment longtemps pour ne pas pouvoir raccrocher.
Il ouvrit le tiroir latéral de la table.
– Ruthie voulait que Renée lui accorde une attention que sa fille était incapable de lui donner. Ça vous dirait, un cigare ?
– Eh bien, je...
– C'est du bon.
Il me lança le cigare et en sortit un second pour lui.
– Vous fumez pas, vous aimez pas le football, vous regardez pas la télé. Bordel, mais vous faites quoi de vos journées, Danny ?

– Je travaille.
– Oh.
Il passa un coup de langue sur son cigare.
– Y a des gens qui n'aiment pas le cigare, ce en quoi ils ont tort.
Il sortit un instrument du tiroir et sectionna l'extrémité de son mince rouleau de tabac en la faisant tomber sur ses genoux.
– Mais pour la télé, vous avez en grande partie raison. Je ne supporte pas la manière dont ces mecs parlent du football.
Il fit glisser l'instrument vers moi sur le dessus de la table.
– Une vraie clique d'imbéciles.
– De bien pauvres substituts au silence, dirais-je.
Il frotta une allumette en bois sur la longueur de la table avant que la tête soufrée explose, puis, laissant les fumées se dissiper, il présenta la flamme sous un bout de son long et mince cigare.
– J'en ai passé, des heures, assis, dans des chambres de motel, à des endroits comme Winnemucca et Pahrump, Jackpot et Eureka, Wendover et Tonopah, Denio et Austin, rien que pour en citer quelques-uns.
Il me regarda par-dessus son cigare.
– Au moins une fois, dans chacune de ces chambres d'hôtel, j'ai dû affronter le silence bien en face.
Une partie de la feuille de tabac servant d'enveloppe se déchira quand je sectionnai la pointe de mon cigare.
– Léchez-le d'abord, dit Knowles, en agitant son allumette pour l'éteindre.
– Le cigarlingus manque de dignité, marmonnai-je.
Knowles me regarda avec surprise.
– Z'avez déjà vu une nana faire ça ?

La porte s'ouvrit et apparut Alfred, porteur d'un plateau chargé de verres qu'il posa devant nous.

– Toutes les demi-heures, Alfred, dit Knowles en soufflant un rond de fumée. Jusqu'à nouvel ordre.

– Très bien, monsieur, répondit Alfred en emportant les deux gobelets vides.

Je pris le pistolet à silex que je manœuvrai sous le cigare.

– Hé, dit Knowles, on ne colle pas de fumées de kérosène sous un Havane.

Je contemplai mon rouleau de tabac.

– Vraiment ? C'est un Havane ?

Il fit glisser une boîte d'allumettes de ménage sur le dessus de la table.

– Nous parlions de silence, dit-il.

– Effectivement.

Il aspira bruyamment une gorgée de son verre.

– C'est une chose que je faisais délibérément. Je m'asseyais sur le lit, et j'écoutais. Naturellement, il y avait des poids lourds sur la grand-route.

– J'imagine bien.

– Et aussi quelques petits bruits de casino, peut-être, tout dépendait si le motel était vraiment minable.

J'acquiesçai, les joues gonflées par la fumée.

– À ce moment-là, je remarquais que le climatiseur était en marche.

– Vous l'éteigniez ?

– Ouais. Pour la science. Dans ces coins-là, il peut faire chaud comme l'enfer. Et aussi très froid. Toujours est-il que j'entendais les souris et les termites, voire un serpent à sonnette, occupé à se débarrasser de sa mue en la raclant contre un poteau de soubassement dans le vide sanitaire. Alors je préférais remettre le climatiseur en marche.

Nous gloussâmes de conserve.

– Faut dire que le bruit d'un climatiseur m'a toujours aidé à dormir dans un lit inconnu.

J'acquiesçai, entraînant la fumée avec ma tête.

– Mais le lit inconnu, c'est pas le problème. Sans le climatiseur, si je bougeais dans mon lit, j'entendais les ressorts du matelas qui couinaient. Des claquements de porte dans le couloir et des voix étouffées. Les cliquets de fermeture des valises ? Ça vibre, quand on les ouvre. Les télés. Des gens en train de baiser. Les tuyauteries. Quelqu'un qui allait rendre visite à la machine à glaçons. Une voiture avançant au pas sur les gravillons.

– Je ne dirais pas que c'est aussi tranquille que ça.

– C'est bien ça, le problème. C'est là que je veux en venir. Le silence, c'est une chose qui n'existe plus. Je doute d'ailleurs qu'il ait jamais existé.

– Comment pouvez-vous dire une chose pareille ? Vous étiez au beau milieu d'un désert, non ? Tout ce que vous aviez à faire, c'était de sortir.

– Je vous ai devancé. Je suis effectivement allé dehors.

– Et alors ?

Il haussa les épaules.

– L'autoroute était bruyante. Et les lumières tellement éclatantes qu'on aurait pu les qualifier de bruyantes, elles aussi. Quand je me trouvais en ville, une voiture ne manquait pas de passer, avec ses gros haut-parleurs. Vous savez. *Boum, ba-boum, boum, ba-boum...*

– Ça, c'est en ville.

– En ville, en dehors de la ville. Ce que je veux dire, c'est qu'une chose comme le silence, ça n'existait plus. Pas dans le monde dans lequel je vivais à l'époque.

– Aviez-vous essayé le désert ?

– Bien sûr que j'ai essayé le désert. Vous n'avez rien à m'apprendre sur ce foutu désert. J'y ai vécu pendant dix-sept ans. Et là-bas, ce n'est jamais silencieux. Pas comme là, en ce moment – il se tapota la tête de la télécommande –, ou ici – il embrassa du geste le reste de la pièce –, ou là-dedans.

Il pointa à nouveau la baguette magique vers la télévision.

– Mais c'est quand même fichtrement tranquille.

Il gonfla les joues d'un air songeur.

– J'étais un ex-vendeur qui avait fait fortune sur une simple idée débile. Une idée, une seule. La seule différence entre moi et des milliers d'autres mecs, c'est que j'étais suffisamment obstiné pour la mener à son terme. Si je l'avais voulu, je n'aurais plus jamais eu à travailler. Tout ce que j'avais à faire, c'était de me constituer divers portefeuilles de titres auprès de quelques maisons de courtage de bonne réputation, et ne plus jamais avoir à reprendre le collier. Et tout claquer en racoleuses et en gnôle, et peut-être même en jouant un peu, dans des limites raisonnables. Me trouver une péniche et remonter le Delta [1], passer mes journées à pêcher.

– La belle vie, on dirait, mentis-je.

Il ricana.

– Je ne sais pas comment les gens arrivent à faire ça, et vous non plus, d'ailleurs.

– C'est vrai, dis-je. Je préfère vivre dans un studio, avec le bruit des poêles et des soupières que balancent les mecs dans la cuisine du restaurant mitoyen, rien que pour m'épargner le bruit d'un poisson qui happe l'appât. Je suis un givré de première.

Il me regarda.

– Une pièce, hein ?

Je le regardai à mon tour.

Il pointa son cigare sur moi.

– Z'auriez vingt ans de moins, et pas de queue dans le pantalon, je vous donnerais un petit coup de

1. Nom donné dans le nord de la Californie à la San Joaquin River et à la Sacramento River.

main pour faire quelque chose de ce studio d'une pièce, dit-il avec un rictus salace.

– Super, dis-je avec sécheresse. Et je pourrais peut-être bien vous laisser faire, qui plus est.

– Mais c'est trop tard, pas vrai ?

Je ne répondis pas.

– Alors, dites-moi, faites-moi vraiment plaisir. Qu'est-ce qui vous autorise à jouir des choses simplement comme elles sont ?

Je le regardai. Nous étions là, deux mecs en compagnie d'un poste de télévision, en train de picoler et de tailler une bavette. Exact ? Je bus une gorgée de whisky et me demandai ce que Knowles cherchait.

– J'encadre des œuvres d'art et je lis beaucoup. C'est une vie tranquille, et je me sens à peu de choses près capable de la supporter.

Il fit la grimace, soudain enlaidi.

– Vous seriez pas une sorte d'artiste, quand même ?

Je secouai la tête.

– Non. Je suis un drogué de la solitude. Je n'en ai jamais assez.

– La solitude, dit-il en regardant alentour. Ça me fout les boules.

– Quant au reste de la soi-disant culture – je pointai mon cigare vers la télévision –, j'en ai eu plus que ma dose il y a bien longtemps.

– Pendant la guerre ?

Je ne répondis pas.

– Vous êtes un inadapté, en ce cas.

– C'est une définition que je pourrais accepter.

– J'en étais – j'en suis – un, moi aussi. J'ai vu la lumière en Corée. Mais je vais vous dire une chose, je préfère passer mon temps en compagnie de ces imbéciles riches – il indiqua les hommes qui agitaient les lèvres sur l'écran de la télé – que d'être complètement seul. Être seul, c'est un truc de disjoncté, c'est tout. J'ai passé beaucoup de temps seul. Et j'en ai plus que ma dose, de la solitude. Il se pourrait bien que je sois un inadapté. Nous sommes tous des inadaptés, d'une manière ou d'une autre. Ça, je l'ai compris tout seul. Mais...

– C'est juste que vous aimez les gens, terminai-je à sa place, quelque peu sèchement.

– C'est exact, soldat, dit-il en inclinant la tête vers moi. Vous avez été soldat, pas vrai ?

J'acquiesçai.

– Eh bien, soldat, dit-il, c'est juste que j'aime les gens.

Alfred revint avec une nouvelle tournée.

– Excusez-moi, dis-je, pourrais-je avoir également de l'eau gazeuse ?

– Mais très certainement, monsieur.

Alfred prit les verres vides et s'en fut, pour revenir immédiatement avec un litre d'eau minérale, deux soucoupes garnies respectivement de tranches de citron et de citron vert, deux grands verres, un bol en argent plein de glaçons, des pincettes en argent elles aussi, un saladier en verre taillé rempli de noix de cajou salées, trois plats offrant trois sortes d'olives, deux rince-doigts, deux serviettes en tissu, et une petite tasse en chrysocale pour les noyaux.

– Je pourrais facilement m'habituer à ce genre de vie, dis-je en regardant Alfred disposer les objets.

– J'en suis sûr, dit Knowles en m'observant de près.

Après un temps de silence, il prit une poignée de noix de cajou et s'en balança trois ou quatre dans le gosier. Je choisis une grosse olive noire bien dodue et me versai un verre d'eau gazeuse avec zeste de citron vert pressé.

– Et donc, au milieu de tout ce silence, est arrivée Renée.

Knowles garda les yeux fixés sur la retransmission muette du match de football.

– Elle traînait ses guêtres dans un casino à Elko, elle racolait un peu.

Il me regarda. Je le regardai. Il se détourna vers la télévision.

– Petite, mignonne, et sexy en diable. C'est arrivé après que j'avais passé deux ans et demi à ne rien faire sinon mettre sur pied cette affaire de savonnettes qui, à ce stade, était bien avancée. Il existait une marque commerciale. De pourparlers en pourparlers, j'ai converti mon idée en licence auprès d'une grosse société de fabrication, et j'ai ouvert un bureau à Reno. Après avoir été à moi tout seul ma propre force de vente, mon service de recherche et développement, mon fournisseur, mon employé aux expéditions, et ainsi de suite, j'ai imaginé des moyens de faire sous-traiter tout le travail sans intérêt. Finalement, j'ai eu suffisamment de pognon pour engager le meilleur fichu avocat spécialisé en brevets de D.C., et donc, cet aspect-là de la question a été réglé. Une compagnie à diffusion internationale tenait à tout prix à racheter toute l'opération, ce qu'elle a finalement réussi à faire. Publicité, marketing, vente, fabrication, emballage, distribution – tout le tintouin. J'étais à quelques semaines de conclure le marché définitif. Après des années passées à ne rien faire d'autre que travailler, j'allais pouvoir m'asseoir dans mon fauteuil et encaisser les dividendes. Tout était merveilleux, et je planais plus haut qu'un cerf-volant.

« Renée avait rompu avec un cow-boy qui était propriétaire d'un ranch à environ cent kilomètres d'Elko. Un jour, elle m'a emmené là-bas, et c'était magnifique. On remontait un petit embranchement à partir d'un chemin de terre, loin, bien loin de la route goudronnée, et ce petit embranchement débouchait sur le plus joli foutu lieu qu'il m'ait été donné de voir. Le mec possédait cent cinquante, deux cents hectares tout là-bas, un torrent jamais à sec bordé tout du long de saules pleureurs, de peupliers de Virginie et de trembles, un puits bien profond, un verger, cinquante ou soixante têtes de bétail de qualité, des Charolais ou quelque chose, un troupeau de moutons, et peut-être dix chevaux de vacher parmi les plus fougueux qu'il m'ait été donné de voir. Ces chevaux venaient vous manger les pommes dans le creux de la main, mais plus sauvages qu'eux, ça n'existait pas, nom d'une merde. Et ils représentaient une part importante de son rêve, parce que ce qu'il voulait réellement faire, c'était d'élever des chevaux de vacher, ceux qui sont capables de séparer les petits du troupeau, les bouvillons, et ainsi de suite. Il avait aussi construit une petite maison avec une grange, il avait sa vache laitière, une basse-cour et tout. C'était juste le plus beau truc qu'on ait jamais vu.

« Et complètement fou de Renée. Il ne pouvait jamais en faire assez pour elle. C'était un des problèmes. Elle tenait avant tout à son indépendance. En plus de ça, ce lieu, l'existence qu'elle menait, tout lui rappelait l'endroit d'où elle venait, sa mère, vous comprenez. Sa mère élève des moutons et les deux femmes ne se sont jamais entendues. Quelles que soient les raisons, Renée avait la bougeotte et elle s'ennuyait à mourir là-haut. Ce cow-boy se serait tranché les veines pour elle, et ça, c'est un fait. Mais elle le traînait sur cent kilomètres en ville tous les samedis rien que pour écouter de la musique ou faire semblant de jouer au casino, tout ça pour être au milieu de gens et de bruit, de voitures et de belles lumières, rien que pour faire les boutiques et aller jeter un œil à des galeries oubliées de tous pleines d'art western ou Dieu sait quoi d'autre, uniquement dans le but de voir du monde autour d'elle, des gens bien habillés ou en train de bavarder et tout ça.

« Ce magnifique petit ranch, ce beau mec toujours à ses petits soins, tout ça, ça ne suffisait pas à Renée. Lui voulait des gamins, il voulait la paix et la tranquillité, il voulait voir le soleil se lever et se coucher sur toute cette splendeur cinquante années durant, et il voulait en partager la plus petite minute avec elle. Peut-être qu'au jour de sa mort, il en aurait eu assez, mais j'en doute. C'était un homme heureux.

« Renée ? Depuis le tout début, elle a eu de l'ambition. Elle voulait être reconnue en tant que telle, elle voulait être quelqu'un. Dans un domaine un peu art et un peu frime, mais il fallait aussi que ça rapporte de la thune. Il y avait autre chose. Le cow-boy était peut-être capable de tailler un berceau d'enfant dans une souche de pommier, mais il n'avait jamais eu d'argent. Un jour il lui en a fait la surprise, il lui a présenté son berceau en bois de pommier, taille réelle, et Renée, ça lui a collé une trouille de tous les diables. Elle m'a dit que le fameux berceau sentait même le bébé. Il s'est vite avéré que la dernière chose que voulait Renée, c'était des bébés à elle. Ce que Renée voulait avant tout, c'était de l'argent. Et du monde. La suite de l'histoire, c'est qu'elle possédait un talent certain pour l'assortiment et l'harmonisation de ce que les décorateurs et les architectes appellent « des éléments » disparates. Exactement comme ici.

Il embrassa la pièce du geste et ajouta d'une voix douce :

– Je lui ai proposé de l'aider à s'installer dans la grande ville. C'est aussi simple que ça.

Il but une longue gorgée.

– Cependant, elle n'a jamais perdu le goût de ces gus aux longues jambes comme le cow-boy.

Deux noix de cajou s'échappèrent de son poing et tombèrent sur le canapé.

– Quand elle l'a quitté, son cow-boy, j'ai pensé que ça allait le tuer, le mec. Je savais ce qu'elle éprouvait, de toute façon. J'avais fait le même coup à Dropsy. Je l'avais quittée pour Renée après dix-sept années. Dix-sept années dures, dures. Mais moi quittant Dropsy pour Renée, ça, ça se comprenait. Même Dropsy pouvait le comprendre. Et pour être parfaitement franc, si Dropsy y avait eu droit, alors, n'importe qui pouvait y avoir droit. Tout ce que j'ai fait, ç'a été de quitter une vieille chose connue de long en large pour une autre, inconnue et flambant neuve. Le monde entier comprend ça. Mais Renée...

Je bus à mon tour une longue gorgée. Je contemplais les eucalyptus par la fenêtre. Le vent d'ouest leur en faisait voir des vertes et des pas mûres. Une guirlande de brouillard fila à vingt nœuds devant la fenêtre dans le plus parfait silence.

– Renée a quitté un homme jeune et beau, dur à la tâche, honnête, avec des projets de famille et un lieu où la faire grandir. Et tout ça pour quoi ? Pour un mec de vingt-deux ans plus âgé qu'elle, voilà pour quoi, avec du bide pour en témoigner, un mec qui perdait ses cheveux, à la dentition en piteux état, pas beaucoup d'éducation – tout ce qu'il avait et que tout le monde pouvait voir, c'était un paquet de pognon. Je vais vous dire une chose, tous ceux qui gravitaient dans sa vie, tous ceux qu'elle connaissait tout là-haut, sa mère, le cow-boy, eh bien... tous autant qu'ils étaient, ils ont été dégoûtés par son comportement, tout simplement.

Il retrouva une noix de cajou parmi les boutons de son plastron de chemise, l'examina un instant, et se l'expédia dans la bouche.

– Moi, je n'étais pas complètement stupide. Je ne lui ai posé qu'une fois la question à propos de Wesley, un ou deux ans plus tard. C'est comme ça qu'il s'appelait, le cow-boy. Je lui ai demandé si elle était restée en contact avec lui. Et elle a répondu non, pas directement. Elle m'a dit que sa mère avait entendu de la bouche d'un habitant d'Elko que Wes avait vendu le ranch et qu'il était parti pour Hawaï – Hawaï, juste ciel. Et j'ai été sidéré par ce développement de la situation, même si je n'ai pas été surpris que le mec soit obligé de prendre des mesures aussi radicales pour se sortir cette fille de la tête et du cœur. Parce que Renée, c'était quelque chose, pas à dire. Une vraie beauté. Et un démon au...

Il laissa filer sa voix jusqu'au blanc. J'observai les arbres. Je m'y connais un peu question silence, mais c'était sacrément tranquille dans ce salon en cet instant, en ces quelques instants.

– Seigneur, j'étais persuadé que je n'en aurais jamais assez d'elle, dit Knowles d'un ton agacé. Et elle aussi m'aimait bien, au début. Il faut que vous me croyiez. Nous avions cette ambition en commun, elle nous tenait tous les deux. Sur ce plan-là, nous nous comprenions vraiment, et pendant un moment, ç'a été plus que suffisant. Le changement nous faisait du bien, à elle comme à moi. Nous avons tout fait pour que ça marche.

Au bout d'un moment, il ajouta :

– Deux ans plus tard, je lui ai demandé s'il lui arrivait de penser à Wes, et à la manière dont elle lui avait brisé le cœur. Parce que c'est ça qu'elle a fait, vous savez. Je l'ai vu de mes yeux. Ils avaient monté les clôtures ensemble, campé dans la prairie au bord du torrent, chevauché tout au long des crêtes, élevé les poulains, bâti les placards de cuisine, planté un jardin... le jardin était en pleine floraison quand nous sommes arrivés là-bas pour récupérer ses affaires. Wesley, à ce propos, il n'a pas été capable de tenir le coup pendant notre visite. Il savait que nous devions venir parce qu'elle l'avait appelé pour le lui dire. Alors Wes est monté sur son cheval et il est parti droit vers les montagnes avant notre arrivée, et il y est resté, j'en suis sûr, longtemps après notre départ.

« Et elle, je l'ai regardée manipuler ce mec. Elle l'a appelé pour l'informer que nous venions, et elle l'a invité à rester sur place pour faire ma connaissance, et aussi pour qu'il lui dise au revoir, à elle. Elle a joué ça très civilisé. Tout ce que ça a fait, c'est vriller un peu plus la lame qu'elle lui avait déjà plantée dans le cœur en lui déclarant, avec le plus grand sérieux, que ce qu'elle faisait, elle le faisait pour son bien à lui. Naturellement, je n'ai pas pu entendre ce qui se disait à l'autre bout du fil, mais il a été scandalisé, j'en suis absolument sûr, sinon complètement démoli par le comportement de Renée. Alors, quand nous avons débarqué là-bas et qu'il ne s'y trouvait pas, elle a pu lui coller tout sur le dos. Comme si cette entorse à une attitude civilisée était entièrement de la faute de son mari, vous voyez. Mais pas de la sienne. Elle, elle n'avait rien à se reprocher.

« Et tout ça, je l'ai regardée faire. Faut dire qu'à ce moment-là, j'étais fou amoureux d'elle – il but une brève gorgée –, je le suis encore, en fait. Mais même si cette putain de rose a perdu de son putain d'attrait, je m'en vais vous dire. Je la connaissais bien. Et ça, en partie parce que je l'avais vue faire ce truc à ce mec. Et aussi cinglé d'elle que je pouvais l'être à l'époque, j'étais malgré tout capable de me dire : Knowles, fais attention, mon gars. Parce que quand le moment sera venu, elle va te faire le coup à toi aussi. Exactement de la même façon. Quand elle sera prête, ce sera ton tour. Alors prends-toi du bon temps tant que le soleil brille, Knowles. Parce qu'un de ces quatre, il va faire très sombre, plus sombre que t'auras jamais vu.

Il saisit la télécommande. Une mouette fut prise dans une bourrasque au-dessus d'un toit de l'autre côté de la rue, et piqua à l'oblique sous le vent. Knowles fit défiler cinquante ou soixante chaînes avant de revenir au match de football.

– La fois où elle m'avait parlé de Wes, je lui avais dit : « Hawaï ? Tu te fiches de moi ? Il a abandonné ce petit coin de paradis pour Hawaï ? Il en est revenu en bon état ? » Et vous savez ce qu'elle m'a répondu ?

– Non, dis-je. Je ne vois pas.

– « Oh, a-t-elle dit, Wes est *très bien*. Il est *toujours* très bien. »

La porte derrière moi s'ouvrit. J'entendis le bruissement de la soie, et sentis un parfum.

– Monsieur ? s'enquit Alfred. Votre dix-huit heures.

Celle-ci était blonde. Knowles ignora le maître d'hôtel.

– Elle ne vous a rien dit de tout ça ? demanda-t-il d'un ton irrité, agacé par cette interruption.

Qu'étais-je censé répondre ? Que je n'avais passé qu'une seule et unique nuit avec son épouse ?

– Il m'a fallu un peu de temps, poursuivit Knowles. Mais...

Il se leva, brossant miettes de noix de cajou et sel du plastron de sa chemise.

– J'ai fini par me rendre compte du fin fond de toute l'histoire. Il était tout simple. Mais faut dire que moi aussi, je le suis.

Il regarda la fille dans l'embrasure de la porte, puis se retourna vers moi.

– Le fait était, Danny, que j'étais tombé follement amoureux d'une femme que je n'aimais pas bien. Je ne pouvais pas l'aimer bien. Elle n'était pas aimable.

Il finit son verre.

– Elle a cependant trouvé sa juste place entre moi et ce silence, dit-il en posant son verre sur la table. Alfred, apportez au soldat un autre verre.

Il se dirigea vers la porte.

– Et un pour vous, mademoiselle... ?

– Tara, répondit la blonde, en pivotant pour le suivre. Une vodka Collins ?

Alfred inclina la tête presque imperceptiblement dans la direction de la demoiselle.

– Ah oui, dit Knowles d'un ton appréciateur en lui prenant le bras. Tara.

III

Reprise de contact

9

Au cours des jours qui suivirent, les hypothèses que je ne me lassais pas d'entretenir quant aux motivations de l'époux me faisaient inévitablement revenir en boucle sur le véritable sujet de mes interrogations, Renée en personne.

Il faut que tu apprennes la manière de me parler. Parler implique faire confiance. Dis-moi tout. Attends-toi à ce que ce soit réciproque. Commence par un baiser. Avance les lèvres...

Je ne suis guère enclin aux fantasmes, mais il est un fait que la voix de Renée commença fréquemment à trouver sa place dans mes rêveries. Je me débarrassais de mes oreillettes de protection auditive et elle était là, bien inscrite dans le périmètre audio des défonceuses rageant dans le lointain.

Comment une rencontre de hasard, même fortement alcoolisée, pouvait-elle avoir un tel effet ?

Eh bien, la simple réponse est : les scies à onglets électriques n'ont pas autant de charme que cela. Elles vous aident à faire un boulot que vous avez déjà fait mille fois par le passé. Un nodule dans le crâne veille sur vos doigts, analogue à celui qui autorise un zèbre à paître en dépit de hyènes toutes proches. Cela étant dit, la tâche en question ne requiert qu'une concentration donnée, sans plus.

Un vieux bourlingueur, du genre de ceux qu'on ne voit plus beaucoup à San Francisco, disait toujours que le boulot le plus dangereux sur les remorqueurs de guerre était celui d'essuyeur, dont la charge consistait à essuyer d'un coup de chiffon d'énormes bielles dans leur mouvement de va-et-vient à côté du moteur, dans les cales du bateau. L'astuce consiste à dénicher le mec le plus stupide du port pour faire ce boulot, un mec qui est obligé de concentrer jusqu'à sa dernière synapse pour accomplir sa tâche. Un gars intelligent ne pourrait pas tenir. La fonction est tellement répétitive, tellement stupide, qu'un mec avec simplement un demi-cerveau en état de fonctionnement oublierait ce qu'il est en train de faire, se mettrait à penser à autre chose – et se retrouverait estropié à vie.

Il y a quelque chose à retenir dans cette histoire. Une morale.

Voyons voir : peut-être que ça ne paie pas d'être intelligent ?

Mais peut-être serait-il plus judicieux de dire que c'était moi, dans ma rêverie, qui m'adressais à Renée, plutôt que l'inverse. Elle restait une énigme. Je me souvenais encore de ses yeux, de la pellicule de transpiration luisant sur son sternum, du duvet le long de ses bras. Mais j'étais incapable de me rappeler le son de sa voix. Ce n'est pas tout à fait exact. Bien que sa voix impliquât un sentiment d'intimité, le temps nous avait manqué pour dire grand-chose. Et donc j'inventais ces conversations que nous aurions pu partager, et finalement, c'est à se demander comment j'ai fait pour ne pas me sectionner une main.

Peu importait la sauvagerie du thème de la toile, côté couleur et style d'encadrement, je suis conservateur. Question de contraste, vous comprenez. Le cadre est là pour accomplir une fonction, non pas pour s'imposer comme tel. De la même manière, le cadre qui enfermait mes conversations, imaginées ou revécues, avec Renée, la femme que je n'avais jamais connue, que je désirais connaître et que je ne connaîtrais jamais, était ma routine. Travailler, manger, dormir. Lire le journal, me préparer une fournée de *quesadillas*, arpenter les rues et les plages de San Francisco. Et me laisser aller avec complaisance à mes fantasmes de Renée.

À proprement parler, San Francisco elle non plus n'est pas une maîtresse commode. La lumière, d'une lucidité absolue, ne masque rien. L'air est propre, sec, capricieux, et il peut devenir violent. Néanmoins, le tonnerre, les éclairs et la neige, par exemple, sont choses extrêmement rares. La cité, dans toute sa beauté, reste suspendue en bordure du continent, au fil des années. Bien sûr, le brouillard l'enveloppe, mais cela ne la rend que plus moite et confortable. Et quand la lumière du milieu de matinée consume le brouillard, la ville n'en est que plus spectaculaire. On y trouve toutes les nuances, teintes, valeurs et situations de la gamme entre violet et bleu ; aussi entre jaune et orange – mandarine, par exemple. Bleu céruléen. Bleu de Parrish. Ensuite vient le *terremoto*. Des gens ordinaires, au volant de leur voiture, rentrent du travail et se font tuer. Ou alors c'est le maire qui se fait tirer dessus. Ou encore il pleut quarante jours d'affilée. Des maisons de luxe s'effondrent dans l'océan.

Encadré par cette beauté naturelle, l'échec est une horreur. Le désespoir est palpable, tout comme le succès et la réussite. Cet environnement illustre la dichotomie des extrêmes si spécifique à l'Amérique de l'Ouest. Le cadre de beauté fournit le contraste que nécessite chaque entreprise humaine. Un petit boulot pépère dans lequel tout baigne peut basculer dans une horreur palpitante au beau milieu d'une diastole, à l'image d'une inversion des pôles du globe terrestre. Alors même que votre vie part à vau-l'eau, vous vous surprendrez en train d'admirer la sérénité d'essence divine du lac qui se vide et vous déverse dans son trop-plein. Je veux dire par là, je présume, que dans d'autres villes du monde, des dames de la haute, bien en vue socialement, sautent au paf de mecs tout à fait ordinaires dans les cabines de leur pick-up, mais je ne veux pas prendre le temps de les dénicher. J'en ai déjà trouvé une.

Une femme de la haute. En vue socialement. Voilà un terme intéressant. À Boston, si vous n'appartenez pas à une famille descendant du *Mayflower*, vous n'êtes que poussière, socialement parlant. Il est un fait que j'ai un jour rencontré une grande dame de là-bas, au domicile de laquelle j'étais en train d'accrocher une toile, et qui avait refusé de m'adresser la parole parce que : (a) nous n'avions pas été présentés dans les règles, (b) j'étais un employé, et (c) je n'étais de la famille d'aucune personne « honnête ». La dame en question vivait sous une cloche en verre pleine de toutes les raisons pour lesquelles elle ne pouvait se permettre d'avoir des rapports avec moi, en conséquence de quoi elle était restée à siroter son sherry en silence en me surveillant d'un œil comme si j'avais quelque mauvaise intention à l'égard de son argenterie. Mais San Francisco, c'est l'Ouest, et l'Ouest est différent. Il y a au moins deux chaînes de montagnes fabuleuses qui séparent Boston de San Francisco, sans compter l'Indiana et le Nebraska – une distance suffisante en tout cas pour séparer les bonnes vieilles manières des Blancs bon teint et celles qui sont spécifiques aux rivages orientaux du Pacifique. Il est vrai que si votre grand-père est arrivé ici pendant la Ruée vers l'or et a fait fortune, cela compte pour quelque chose. Mais cela se passait il y a cent cinquante ans, après tout, grand bien lui fasse, au grand-père, et cette mentalité prévaut sur le vrai bleu du sang. En conséquence, ce que les gens peuvent faire afin de se trouver une place d'honneur dans la société de San Francisco n'a théoriquement pas de limites. Vous pouvez être financier ou rock star. Vous pouvez être un rejeton de la famille qui a fait venir le chemin de fer jusqu'en Californie, et tant mieux pour vous si vous êtes parvenu à vous raccrocher à un reste de sa fortune. Sally Stanford, très en vue à l'heure de sa mort, avait, en ordre chronologique inversé, été maire, restauratrice, mère maquerelle, et racoleuse. Vous pouvez être fille de prêcheur originaire de l'Arkansas et épouser quelqu'un de la très haute. Il existe un club très exclusif dont les membres doivent justifier d'être gays et millionnaires en dollars, et dont les fortunes viennent pour l'essentiel de l'immobilier, et tous, jusqu'au dernier, ne sont que des parvenus. Sous cet éclairage, la ruée vers Silicon Valley et sa petite sœur, le Boum Point Com, ne détonnent en rien. Et sous cet éclairage, vous pouvez même être un magnat de l'encadrement, comme moi.

J'avais encadré des choses pour les musées, ce qui, en retour, m'avait valu de travailler pour des tas de gens socialement très en vue. Cela ne s'était jamais traduit par des sommes faramineuses, mais cela me permet de vivre et j'aime le travail que je fais. L'encadrement de qualité tel que le conçoivent les musées est un métier intéressant, qui implique de réels talents dans la maîtrise de sa pratique, et qui vous offre l'avantage, lorsque vous suspendez ce que vous venez d'encadrer, de pouvoir faire des trous dans quelques murs qui ne sont vraiment pas bon marché.

Les contacts que j'avais ainsi établis m'avaient un jour valu deux places, très agréables, à l'Opéra pour toute la saison, don généreux d'une matriarche qui passa en échange celle-ci à Genève où elle se fit greffer deux nouveaux reins. Elle possédait – elle possède toujours – cette loge à vie. Les places étaient somptueuses.

Je me demandai si Renée aurait été susceptible de les apprécier.

Parfait! Kramer déteste l'opéra. Ils ont chez Macy's une petite robe noire mais je n'ai pas les chaussures assorties. Ne t'en fais pas, je t'en trouverai. Ce qu'il y a de bien avec les mini, c'est qu'elles disparaissent avec une telle aisance – c'est-à-dire si nous prenons la peine de l'ôter, à tout prendre. À bien y réfléchir, tu dis qu'il s'agit d'une loge, un box fermé, non? Tu as vu les places? Est-ce que tu crois que s'il fait suffisamment sombre, nous pourrions...

J'étais donc là, dans mon atelier de Folsom Street, à me parler à moi-même. C'était le milieu d'une longue journée de sciage d'onglets, très *chopsawy*[1] (le café chinois voisin a donné ce nom à son plat favori, en mon honneur : chop suey servi avec haricots longs et bœuf), quand je relevai les yeux de mon établi pour découvrir Marissa James qui m'observait.

– Oh, non, dis-je.

– Je me suis laissée dire que tu étais un assassin, annonça-t-elle. Aussi.

– Aussi? demandai-je en ôtant mon casque à oreillettes. Toi, tu as assassiné qui?

– Mon mari numéro trois – ou était-ce le numéro quatre?

Son baiser fut généreux et mouillé.

– Toujours est-il que je suis ici pour renouveler ton certificat d'innocence.

Elle avait déjà attaqué au chardonnay.

– Et ce n'est que temps.

1. En américain, le nom de la scie circulaire est *chopsaw*.

– Tu mélanges toujours les maris quand tu bois, Missy. Ça doit devenir gênant, dans le noir s'entend.

– Il faudrait que je m'en trouve un que ça dérangerait. Ce n'est pas encore le cas.

– Moi, ça me dérangerait.

Elle m'accula contre la table de sciage.

– Suffisamment pour m'assassiner ?

– Ce n'est pas drôle.

– *Mea culpa.* En échange de mon absolution, je t'invite à déjeuner.

J'accrochai mon casque à oreillettes à la poignée de la scie.

– Fermé pour le déjeuner.

Elle sourit.

– L'argent change tout, n'est-ce pas, Danny ? Ne jamais se laisser abattre. Redresse donc la tête, dit-elle en me remontant le menton d'une chiquenaude. Il se pourrait que j'accepte encore de t'épouser.

– Tu es à nouveau célibataire ?

– À nouveau célibataire.

– Est-ce que tu essaies de me faire peur ?

Missy valait le coup d'œil, cependant, et dans sa jeunesse elle avait pour ainsi dire échangé cette ressource contre mari sonnant et trébuchant, refusant toute relation avec les hommes qui ne possédaient pas de grosse fortune et ne pourraient être conduits au désespoir lorsque ce serait nécessaire. Missy avait pour maxime qu'il était aussi facile d'épouser un homme riche qu'un homme pauvre. Frisant la cinquantaine, la chevelure parfaitement coupée et teinte au henné, elle restait mince en dépit de la gnôle, de l'oisiveté, et de quatre ou cinq époux. Au moins deux de ceux-ci avaient été du modèle gigolo de la haute, « travail zéro », le genre joueur de tennis, baiseur de secrétaires, grand descendeur de vodka, et fainéant, qui avait toujours eu sa faveur parce que, s'ils voulaient bien s'y mettre, ils se défendaient au pieu et lui offraient des vacances qui la changeaient de ses autres genres de maris, ceux qui étaient assez stupides pour croire qu'un riche mariage signifie autre chose qu'une transaction d'affaires. Avec Missy, ils avaient tous dû s'y mettre et satisfaire les besoins de la dame régulièrement. Elle voyait ça comme une sorte de loyer.

Il y avait des années que j'encadrais des tableaux pour Missy comme pour ses divers époux et ses domiciles variés. Un jour, elle m'avait fait prendre l'avion jusqu'à Hawaï, rien que pour accrocher une toile. Ça se situait entre les époux deux et trois, douze ou quinze ans auparavant, et nous y avions pris du bon temps. Montrez-moi donc l'encadreur capable d'oublier de renifler la cocaïne à la paille à cocktail à même la paume de Missy, assis ce faisant dans un très élégant restaurant, à une table du balcon avec vue plongeante sur la plage de Waikiki sous le clair de lune. La soirée était d'une fraîcheur qui n'était pas de saison, et Missy arborait un long vison descendant jusqu'aux chevilles avec presque rien dessous. Le propriétaire du restaurant était apparu, l'air réprobateur. Mais avant qu'il ait pu ouvrir la bouche, Missy avait commandé une bouteille de vin à deux cent cinquante dollars, en faisant remarquer que c'était là un prix exorbitant, mais comme c'était son anniversaire, pourrait-il l'apporter immédiatement ? Ce qu'il avait fait, tout sourire.

Et là, toujours mince et élégante, toujours parfumée comme dans mon souvenir, elle m'embrassa à nouveau.

Tellement impétueuse. Tellement riche. Tellement pleine de problèmes.

Elle connaissait la manière d'embrasser et elle avait meilleur goût que la sciure, aussi restai-je bien sagement sans bouger, aussi raide qu'une cariatide prolétaire dans un péristyle nommé *Labeur*, et la laissai s'encanailler. Après tout, j'étais préoccupé par le baiser d'une morte que j'avais à peine connue, et me sentais à vrai dire dans un état trop étrange pour vouloir me dégager soudainement. Un peu de sciure voleta doucement de mon sourcil dans les yeux de Missy.

– Tu aurais dû m'épouser quand tu en avais l'occasion, grimaça-t-elle en pinçant la paupière pour dégager le fragment de bois sacrilège.

Je me reculai et me brossai cheveux et sourcils en plissant les yeux devant la poussière descendante.

– C'est une chose que d'être mariée à un objet sexuel. Mais n'est-ce pas comme qui dirait une mesure drastique que d'en épouser un qui n'aurait pas appris à jouer au tennis ou à faire de la voile ?

Elle relâcha sa paupière et cligna de l'œil précautionneusement.

– Tous mes clubs possèdent d'excellents instructeurs dans les deux catégories.

– Tes clubs possèdent d'excellents instructeurs dans les trois catégories.

Elle fit la moue.

– Est-ce que tu ne regrettes pas *un tout petit peu* de ne pas m'avoir épousée ?

– Je me contenterai du déjeuner.

– Bien. Tout ce bavardage sur le sexe me donne faim, sans parler de soif.

Je bouclai l'atelier et la dirigeai vers le rade à *chopsawy*. Mais Missy avait enclenché son radar – « Il y a pénitence et *pénitence* » – et avant que j'aie pu comprendre, un valet s'éloignait au volant de sa Jaguar immaculée, nous laissant sous la marquise d'un petit *bistro** douillet tout au bout de Sacramento Street, presque à l'autre bout de la ville.

Peu de temps après que nous soyons installés, un verre de chardonnay apparut devant Missy.

– Au meurtre, dit-elle en en goûtant le rebord perlé de buée. Et merci, merci vraiment beaucoup d'avoir pris le temps de déjeuner avec la brave petite que je suis.

Je lui rendis son toast avec mon verre à cinq dollars plein d'eau minérale.

– Ce n'est pas drôle.

– Danny, les gens qui boivent sont une compagnie toujours tellement plus agréable que ceux qui ne boivent pas. Est-ce que tu ne pourrais pas tout simplement prendre un verre de vin, un seul, avec ton repas, pour l'amour du ciel ?

– La gnôle et les outils électriques, ça ne se mélange pas. C'est probablement la seule et unique petite leçon de morale que je t'aie jamais servie. C'est plus ou moins un impératif. Pourquoi es-tu incapable de t'en souvenir ?

– Chéri, dit-elle d'une voix traînante, les leçons de morale, c'est comme le gruau en conserve, et il n'y a rien d'impératif, suffit juste de le sortir de la boîte.

J'avais le choix entre sourire ou balancer mon eau minérale par terre dans un accès de dépit.

– Pourquoi as-tu fait ça ?

– Fait quoi ?

– Tuer Renée Knowles.

Mon sourire disparut.

– Les flics, le *Chronicle*, la Téé Véé – elle prononçait exactement comme ça –, tous *annoncent* que ton arrestation est *imminente*.

– Ce ne sont que des vœux pieux, de simples hypothèses.

– Non, non, se dépêcha-t-elle d'insister, les médias ne sont pas autorisés à fabriquer leurs informations de toutes pièces.

– Hé, dis-je d'un ton plus enjoué, tu redeviens amusante.

Un serveur se matérialisa pour prendre nos commandes. Puis nous attendîmes le mouvement de hanches annonçant l'amorce de sa retraite parmi les banquettes.

– O.K., vide ton sac.

Quand j'entendis le verre se retourner, je ne pris même pas la peine de regarder. Je me contentai de sursauter.

– Raté. Missy a failli, c'est pas le sac qu'elle a vidé, dit-elle de sa voix la plus infantile.

Le filet de vin se déversa sur l'assise de mon siège avant que j'aie pu déplacer ma chaise.

– Ne prends pas ce ton déçu.

– Bon sang ! s'exclama-t-elle dans un rire. Est-ce que nous serions fâché ?

– Plus simplement exaspéré. C'est juste que ça me dépasse qu'une femme adulte puisse se comporter comme tu le fais avec l'espoir qu'on la prendra un seul instant au sérieux.

– Chéri, me recommanda-t-elle, je ne veux pas que quiconque, jamais, me prenne au sérieux. Sauf un mec à l'autel, de temps à autre.

– Pourquoi changer à cinquante ans ? grommelai-je.

– *Oh !* couina-t-elle d'une voix perçante. Coup bas ! En dessous de la ceinture !

– Ne jamais se laisser abattre, lui rappelai-je. Redresse la tête !

La direction nettoya les lieux, rafraîchit son verre, et m'apporta une nouvelle chaise, le tout sans la plus menue parole de découragement.

Missy m'observait par-dessus son verre de vin, une lueur espiègle dans les yeux.

– Et maintenant ? demandai-je.

– Certaines personnes parmi celles avec lesquelles je déjeune normalement m'ont suggéré que, s'il se révèle que tu as bien tué Renée Knowles pour la même raison que plusieurs d'entre elles auraient pu le faire, ce sera terriblement amusant.

– Croire un instant que je puisse avoir le plus petit point commun avec les individus qui partagent normalement tes déjeuners me déprimerait bien plus que de me retrouver sur une île déserte avec rien d'autre à lire que le *Chronicle*.

– Il est des destinées plus terribles, dit-elle. Et si tu te trouvais échoué là avec simplement la rubrique livres ?

Je fis la grimace.

– Toujours à enfoncer le clou optimiste un cran plus profond, n'est-ce pas, Missy ?

– Étant donné que tu comptes beaucoup de tes meilleurs clients parmi mes amis, sans même préciser que sans moi, tu ne serais pas là où tu es, tu devrais mordre dans ton plat plutôt que les mains qui te nourrissent. Je veux dire, *vraiment*.

Je commençai à regretter de n'avoir pas commandé un verre, un vrai.

– La vie est pleine de petits compromis.

Elle m'offrit un énorme sourire.

– C'est ce qu'on me dit, déclara-t-elle.

Je ne pouvais que réfléchir piteusement à sa réponse. Que serait un compromis pour quelqu'un comme Marissa James ? Pour moi, cela signifiait me défaire de la moitié de mes revenus pour le privilège de vivre dans une petite pièce dans une belle ville, ou d'aller à l'hôpital des anciens combattants quand je me coupais un doigt parce que j'étais dans l'incapacité de m'offrir le meilleur chirurgien de la ville. Pour ma Missy, cependant, un compromis signifiait de vivre sans souci, tant qu'elle respectait certaines règles. Essayer, par exemple, de ne pas se noyer à mort dans l'alcool, afin de ne pas gâcher complètement une aussi bonne chose. Ne pas tomber amoureuse, autre exemple, parce que l'amour, souvent, conduit au mariage, et tôt ou tard, le mariage, d'une manière ou d'une autre, lui coûtera une portion considérable de ses revenus nets.

De nous deux, lequel s'était engagé dans le plus grand compromis ? J'aurais pu afficher cette question impertinente à tous les regards, mais j'avais, par le passé, déjà emprunté en cycliste cet itinéraire sans tact, pour me voir dépassé sur la droite par maintes Jaguar. En outre, avec Missy, j'avais découvert une autre règle que je ne connaissais pas, et qui était : ne tombe pas amoureux d'une femme qui a, et qui aura toujours, des millions en rapport avec tes milliers, à moins que l'un de tes premiers objectifs dans cette union ne soit de l'aider à les dépenser.

Seigneur, songeai-je, en regardant mon adorable amie au-delà de multiples paires de mains distribuant pain, olives, deux salades César, un autre verre de vin blanc et du poivre au moulin : je pourrais ouvrir des boîtes de gruau toute la journée.

En fait, un autre encore des compromis que j'avais appris à faire en compagnie de Missy était de tenir ma langue en présence de ses amis.

J'arrachai une pincée de pain au levain de la miche tiède.

– Que pourrais-je bien avoir en commun avec tes autres rancards à déjeuner ? Hormis mon admiration pour ton adorable personne, s'entend. As-tu trouvé un autre mec avec une scie à onglets électrique ?

– Tout au contraire. De toute ma vie, je n'ai vu qu'un seul exemplaire de cet instrument détestable. Non, mes amis suggéraient jovialement que Renée avait peut-être pu t'entuber de trente ou quarante mille dollars dans un de ses horribles petits projets d'investissement.

– Oh, mais dis donc. C'est qu'ils s'amusaient bien, tes amis, pas vrai ?

– Pas autant, en tout cas, que quand ils apprendront que j'ai déjeuné avec l'homme qu'on soupçonne de l'avoir assassinée.

– Missy, dis-je, en me penchant vers elle comme pour lui confier un secret. Que tu n'aies vu qu'une seule scie à onglets de toute ta vie, je peux le croire. Mais que tu n'aies déjeuné qu'avec un seul suspect de meurtre ?

Je fis voleter ma main au-dessus de la table.

– Ma crédulité chancelle.

– Oh, eh bien, admit-elle, on se refuse si peu de choses.

– J'ai donc gagné mon certificat d'innocence ?

– Danny, vraiment, dit-elle soudain sérieuse. Je crois en toi, absolument.

– Merci.

– Je veux dire, nous savons tous que, comme d'habitude, l'argent n'est pas ton problème.

Elle éclata d'un rire joyeux.

Voyez ce que je veux dire ? Dans la mesure où je n'avais pas d'argent, l'argent n'était pas mon problème. Avec elle, c'était tout le contraire : dans la mesure où elle avait de l'argent, l'argent était effectivement son problème.

– Je te remercie, dis-je. Je réfléchis.

Elle se pencha sur la table, exposant un V de chair blanche au sommet de ses seins, bien au-dessous de la ligne de son hâle semé de taches de rousseur qui délimitait la jeunesse prêtée à son visage par la chirurgie esthétique.

– Alors, dis-moi, murmura-t-elle d'un ton de conspiratrice. Pour quelle raison l'as-tu assassinée ?

Cette petite frivolité infantile ne me gêna pas ; plus précisément, j'en avais l'habitude. Et il est certain qu'elle servait à me rappeler pourquoi, bien que nous ayons pris tous deux du bon temps, je n'avais jamais été capable de rester en colère contre Missy, ou en sa compagnie, très longtemps. Les choses qu'elle prenait vraiment au sérieux se limitaient à des réunions avec ses comptables et ses investisseurs en Bourse. Elle en avait, à ce propos, deux ou trois de chaque catégorie, car, en fait, elle n'avait rien d'une imbécile quand il s'agissait de la gestion de son argent. Missy s'attaquait aux stratégies de l'investissement avec la même ferveur que d'autres lorsqu'ils s'attaquent au Service fédéral des impôts, à une coloscopie ou au moteur d'un sous-marin à propulsion nucléaire.

Mais, ainsi qu'elle en était souvent capable, Missy me surprit. Je tortillais ma bouchée de pain, et elle couvrit mes mains agitées avec les siennes en s'excusant.

Ses mains, qu'elle avait toujours eues très belles, le restaient, finement dessinées, sans que l'âge les eût marquées, pas plus qu'un nombre fâcheux d'alliances.

– De quelle sorte de projets d'investissement veux-tu parler ? demandai-je doucement.

Elle ôta ses mains, arrangea sa serviette sur ses genoux, et commença à jouer avec la salade.

– Mme Knowles décorait la maison d'une personne, la meublait, fournissait les œuvres d'art. Tout cela naturellement impliquait de connaître les gens pour lesquels elle travaillait, afin de pouvoir comprendre leurs goûts – s'ils en avaient –, les développer ou masquer leur absence.

– Tu veux dire qu'elle leur revendait leurs propres idées ?

– Exactement. Néanmoins, il était indispensable que les résultats leur conviennent.

– Ou qu'ils soient tout au moins convaincus que les résultats leur convenaient.

– Oui, oui, soupira-t-elle. Tu es tellement fatigant. Nous ne sommes pas tous idiots, tu sais.

Je ne répondis rien.

– Toujours est-il que si tu as quelque talent, et que tu fréquentes les gens qu'il faut, socialement parlant, et que l'économie se porte également bien, c'est une petite affaire qui marche, et qui n'est pas déplaisante.

– Une bonne économie étant celle dans laquelle les riches s'enrichissent encore plus.

– Oui, oui ! Et les pauvres deviennent plus pauvres. Naturellement.

– Ce n'est pas moi qui ai fourni cette prémisse du syllogisme. Il ne s'agit pas nécessairement du modèle qu'on colle sur les pare-chocs sous forme d'autocollant. Je veux simplement dire que si quelqu'un de fortuné déclare que l'économie va bien, cela signifie que son argent fait des petits exactement là où il faut.

– Seigneur Jésus, dit-elle. Je sens que je vais avoir besoin d'un cocktail. Ce vin n'est pas assez fort comme bouclier pour détourner tes sentiments prolétariens.

– Puissent-ils percer comme des balles. Je présume que les pratiques de Renée étaient les mêmes que celles de tout le monde ? À savoir que, quels que soient les matériaux qu'elle fournissait au client, des draperies jusqu'aux antiquités, des peintures jusqu'aux équipements de salle de bains, elle achetait à bas prix et revendait au prix fort ?

Missy agita une main en l'air.

– Doubler ou tripler le prix d'achat, c'est standard. Tout le monde sait comment ça marche. C'est accepté. Renée passait beaucoup de son temps dans des ventes immobilières, des soirées, des magasins d'antiquités, il lui arrivait même de voyager en Provence, en Équateur ou en Chine, toujours en quête de pièces et d'objets monnayables.

– Et il arrivait aussi que la cliente l'accompagne ?

– Il arrivait que la cliente paie tout le voyage. Il arrivait qu'elles deviennent les meilleures amies du monde.

– Ou amantes ?

– Renée a au moins effectué un voyage en compagnie d'une certaine lesbienne socialement très en vue. Mais habituellement, il s'agissait de femmes hétéros, souvent plus âgées, avec lesquelles elle devenait très copine. Et ensuite, il y a eu cet homme, un seul, un gay.

– Quel gay ?

– Il s'appelle Tommy Wong.

Le nom m'était familier.

– L'architecte ?

Missy acquiesça.

Je mangeai un peu de salade avant de demander :

– Quelle est sa situation financière ?

– Tu veux dire, avant et après Renée ? Cette situation financière-là ?

Je me renfrognai.

– S'agit-il ici de cancans ou de renseignements ?

– Eh bien, répondit Missy, en se penchant vers moi comme pour me confier un secret, on considère que c'est un manque d'éducation que de discuter de ces choses-là, mais on l'a entendu dire qu'elle lui avait coûté environ cent mille.

Elle se redressa sur son siège.

– Dollars ?

– Non, trombones, espèce de gros bêta.

– Ça fait beaucoup d'argent.

– Pour certains, confirma-t-elle.

– C'était quoi, son truc, à Renée ?

Missy sourit tendrement.

– À toi de me le dire.

Je parvins à hausser les épaules.

– Tout ce qu'elle m'a coûté se résume à deux nuits sans sommeil et un interrogatoire par un flic très désagréable.

Mais ma gorge se noua quand je prononçai ces mots.

Missy remarqua le coup que j'avais accusé et poursuivit.

– Selon Tommy, le *modus operandi* de Renée – ce n'est pas comme ça que ça s'appelle ? – était simple. Une fois qu'elle avait appris à bien connaître quelqu'un, elle commençait à faire ses petites propositions. Elle appelait de New York, par exemple, très excitée. Elle revenait d'une pré-visite chez Christie's où elle avait déniché un adorable cartel Louis XV émaillé, quelque chose comme ça, à un prix bien au-dessous de sa valeur réelle, mais néanmoins bien au-delà de ce que lui permettait son budget. Mais elle savait qu'elle pouvait le revendre sur la côte Ouest, elle en était sûre, à au moins deux ou trois personnes à Santa Barbara ou Carmel ou San Francisco ou Napa et ainsi de suite. Est-ce que l'amie en question voulait être son associée dans l'affaire ? C'était ça, l'offre. Pas de pression.

« Renée n'était pas stupide quand elle montait ce genre de coup. Elle connaissait beaucoup de monde, et quand elle avait bien défini sa cible, elle s'arrangeait pour la connaître sous toutes les coutures. Elle avait littéralement le don de dénicher des personnes qui voulaient à tout prix se prouver qu'elles étaient capables de gagner un peu d'argent toutes seules, comme des grandes. Un autre type de personnage qu'elle était parfaitement capable d'identifier, c'était l'individu qui, tout bonnement, se fichait comme d'une guigne si quelques milliers de dollars devaient s'évaporer au cours d'une affaire pas très sûre ; il pouvait même voir tout cela comme une bonne blague, au final. Ça va, ça vient – jusqu'à un certain point. Mais ce genre de personnage-là, elle ne l'a pris pour pigeon que plus tard. Elle était également très habile à éviter les gens simplement désireux de l'aider à tout prix, de la même façon qu'elle évitait les proies de toute évidence toutes faites et trop faciles, sans même parler de tous ceux qui ont un sens aigu de leur propre argent ou qui sont paranos là-dessus, ou des manipulateurs qui s'y intéressaient ouvertement.

« Elle utilisait sa position de marchande-décoratrice pour monter cette arnaque sans rien dépenser de ses propres fonds. Elle prenait l'argent de son associée, l'ajoutait ou non au sien, achetait un objet – un fauteuil, un tapis, une armoire – et le revendait à la cliente en faisant la culbute sur son prix d'achat. De nombreux marchands expédient leurs marchandises à crédit, s'ils te connaissent. Bon Dieu, la moitié du temps, ils ne les ont pas payées eux-mêmes. Si tu fais bien attention, tu peux te faire un max sur les marges.

« Donc elle expédie l'objet avec une facture. Plein de sympathie pour cette fille qui a du punch, le client règle rubis sur l'ongle. Ensuite Renée étudie les données financières de l'affaire. Elle déduit frais d'expédition et d'emballage, billets d'avion et notes d'hôtel, un peu de blé pour son temps, et même cette bonne vieille taxe sur les ventes qu'elle reporte scrupuleusement, et, finalement, le montant de l'investissement originel. Ce qui reste, elle le divise par deux, y rajoute l'investissement de l'associé, et lui rédige un chèque. Souvent, l'investisseur en question a complètement oublié cette petite affaire et le chèque arrive comme une agréable surprise. Tout ça a l'air très officiel, et ça l'est effectivement. Et rentable, qui plus est. En fait, c'est du vrai velours pour tous ceux qui sont dans le coup.

– Au bout d'un moment, avançai-je, Renée revient, avec la proposition d'une nouvelle affaire.

– Et pour une somme un peu plus importante.

– Et aussi des risques à l'avenant ?

– Les clients sont amorcés, naturellement. Une unique transaction double ton argent, et tu n'es même pas obligé de connaître quoi que ce soit à Internet. Et ça paraît même légal. C'est parfaitement légal. Sans la moindre infraction à la loi.

– Pourquoi faire tout foirer ? Qu'est-ce qui s'est passé ?

Missy haussa les épaules.

– La sagesse selon Wong veut que la fille ait commencé à se montrer gourmande. Il cite l'expression française désignant quelqu'un qui est consumé par la cupidité. Tu la connais ?

Dans sa vision du monde, Missy ne pouvait que plaindre les gens qui n'étaient pas allés récemment à Paris. Mais plaindre n'implique pas avoir pitié.

– Non, dis-je. Je ne la connais pas.

– Bien sûr que tu ne la connais pas. Je suis ici pour t'aider.

– Merci. Alors, comment ces fichus Français appellent-ils quelqu'un qui est cupide ?

– Eh bien, poursuivit-elle d'un ton pédant. L'évolution de l'argot est très intéressante. Dans le passé, ils auraient pu dire : *« Elle a les dents longues. »*

Elle laissa pendouiller deux doigts devant sa lèvre supérieure.

– Maintenant, ils disent : *« La salope a les dents qui rayent le parquet. »*

– Comme c'est plaisant.

– Évocateur, non ? Tu sais, le français dispose d'un vocabulaire utile d'environ deux cent mille mots. L'américain, en revanche, en a presque six cent mille. Mais les expressions populaires du français compensent...

– As-tu jamais entendu dire ça de Renée Knowles ?

– Quoi ? demanda Missy, comme sous le coup de l'étonnement. Qu'elle avait un vocabulaire de deux cent mille mots ? Comme moi ? ajouta-t-elle en pressant une main sur son sein.

– Non, Missy, dis-je patiemment. Que ses dents rayaient le parquet. Qu'elle était devenue cupide. Ou malhonnête.

– Uniquement de la bouche de Tommy. Jamais de la part de personne d'autre. Si la nouvelle s'était propagée, ç'aurait été la fin. Ce que j'ai entendu dire par tous les autres, c'est que Renée était honnête, dure à la tâche, ambitieuse, et, eh bien...

– Eh bien ?

– Eh bien...

Je pointai le doigt sur son verre.

– Offre donc une rasade à ta loquacité. Comme si elle en avait besoin.

Missy prit son verre à deux mains et le porta à ses lèvres, sans rien en boire.

– J'ai entendu dire qu'elle aimait ça à la dure, dit-elle par-dessus le rebord du verre, en battant des paupières. Est-ce que tu en saurais quelque chose ?

10

Abandonnant brusquement ses fonctions de navigatrice pilotant notre bavardage, entre exaspération et titillement, Missy sortit un téléphone cellulaire, prit rendez-vous, et nous nous dépêchâmes d'achever notre déjeuner. Elle me laissa conduire la Jaguar jusqu'au centre ville tout en bavardant sur son portable avec l'un de ses courtiers en investissement.

C'est une vraie voiture, cette Jaguar décapotable. Elle est équipée d'un moteur seize cylindres. Les piétons étaient tellement sous le coup de la beauté de la machine qu'ils en oublièrent de cracher dessus. Ne vous méprenez pas sur mes paroles, cependant; rien que l'autre jour, quelqu'un a collé un graffiti sur le hayon de mon camion à plateau vieux de douze ans. Nous vivons bien dans une société égalitariste.

Tommy Wong disposait d'un étage entier, dix niveaux au-dessus de l'angle nord-ouest de Mission et de la 4e Rue. Un mannequin, aussi fin et racé qu'un enjoliveur de capot, en gilet de lainage, cravate, pantalon de toile et mocassins à pompons sur chaussettes à carreaux ton sur ton nous conduisit au travers d'une mer de postes de dessin et conception assistés par ordinateur jusqu'au bureau de Wong.

– Aussi sûr que Dieu a fait les petits poissons pour le sushi, dit Missy en pinçant le nez lorsque l'assistant ferma la porte derrière nous, ce mec portait du Chanel N° 5.

– Tu crois que c'est pour masquer sa turpitude morale, ou pour en faire la pub ?

– Je crois que s'il voulait un masque, il en porterait un.

Le bureau était en coin, orienté à l'est, et de là-haut on apercevait l'intégralité des Jardins de Yerba Buena, ou ce qu'il en restait ; car, à ce stade, le Sony Metreon avait défiguré leur angle nord-ouest. Mais restaient la cascade, le café et l'ensemble d'allées et de pelouses, attirant les employés de bureau qui encombraient les espaces paysagés, occupés à fumer, lire ou ramener leurs genoux contre la poitrine, les yeux fermés devant les quarante-cinq minutes de soleil de leur pause déjeuner. Ici et là, parmi eux, des sans-abri se prélassaient par groupes de deux ou trois, avec leur chiens et leurs caddies. De l'autre côté de la 3e Rue se dressait la masse imposante du Museum of Modern Art.

Tommy Wong et Missy échangèrent un bonjour chaleureux. Wong avait l'air du monsieur parfaitement lisse et accompli. La soixantaine, soigné de sa personne, impeccablement vêtu, il irradiait le talent et la réussite, se crispant imperceptiblement devant tout ce qui n'était pas son goût, parfaitement défini.

Je savais qu'il avait soumis un projet lors du concours pour l'immeuble du MOMA et, pareil en cela à des dizaines d'autres candidats, avait perdu au profit de Mario Botta. Lorsque Missy nous présenta l'un à l'autre, je l'asticotai aussitôt sur la vue qui offrait les plus beaux spécimens d'architecture municipale de San Francisco.

– Ce foutu musée, dit Tommy Wong, en secouant la tête à l'adresse du MOMA.

Missy sauta sur l'occasion.

– Il me plaît, ce bâtiment, Tommy. Ne sois donc pas aussi grincheux. Tout le monde pourrait croire que tu es un mauvais perdant. Cela ne te sied pas du tout. En outre, toute cette histoire, c'est du passé, c'est fini depuis dix ans. Et qui peut oublier, ajouta-t-elle d'un air rêveur, le signor Botta prononçant son discours lors de la cérémonie d'ouverture tellement originale, entièrement en italien. Doux Jésus, tout ce que j'aurais voulu, c'est le ramener à la maison et le déguster à la petite cuillère.

– Mais certainement, chérie, dit Tommy Wong avec un sourire tout aussi rêveur, en homme qui souffrait que les petits numéros des hétérosexuels l'amusent, mais à distance. Il aurait été aux anges, je n'en doute pas un instant.

– Le problème avec cet immeuble, poursuivit Missy, c'est qu'il réduit à plus grand-chose la soi-disant collection permanente qu'il est censé abriter. Nous avons un bâtiment de classe internationale plein d'art de seconde catégorie.

Missy était coprésidente d'un comité dont le but dans l'existence était de lever suffisamment de fonds afin précisément de faire quelque chose pour résoudre ce dilemme, et son enchaînement – passant ainsi qu'elle l'avait fait du sujet de l'architecture à celui de la collection permanente, comme si les deux choses allaient autant de pair que deux testicules – me frappa comme une ouverture sacrément habile afin de taper Wong d'une donation.

Mais Wong n'avait rien d'un balourd dans le domaine.

– Notre estimé et très regretté ami et collègue, Hanfield Braddock III, disait toujours que c'était une honte d'abriter une collection de second ordre dans un immeuble de troisième ordre.

– Au lieu de l'abriter gratis, veux-tu dire, répliqua Missy, dans son bien-aimé immeuble du Mémorial des Anciens Combattants.

Voyant que Wong ne mordait pas à l'hameçon, Missy fit remarquer d'un ton quelque peu sentencieux que « Rien qui vaille la peine d'être possédé n'est gratuit, Tommy. Toi, entre tous... »

À cet instant précis, Blondie passa la tête à la porte et dit :

– Londres en ligne, monsieur.

Wong jeta un œil chagriné au téléphone.

Missy indiqua la porte du geste.

– Le timing est impeccable, comme d'habitude. Veux-tu que nous... ?

Wong secoua la tête en décrochant l'appareil. Il écouta un moment avant de se lancer avec sérieux dans une conversation en chinois.

Je regardai alentour. Deux murs étaient entièrement en verre, barrés de deux diagonales croisées en épais tubes d'acier qui sont monnaie courante dans les équipements antisismiques. Un mur entier ne présentait que des livres d'art autour d'un système de diffusion audiovisuelle, et le quatrième était intégralement constitué de livres d'architecture encadrant la porte d'entrée. Aucune des deux collections ne contenait d'ouvrages techniques. Pas de *Anatomy* de Gray, ni de *Artist's Handbook* ou de *Guide to Color*, pas d'exemplaire de *Architectural Graphic Standards* ou de *Wood Structural Design Data*, ni même le moindre des tonnes de volumes du *Manual* de Sweet. Au départ, je présumai que tous ces ouvrages, au total un millier ou quinze cents, devaient n'être que de prétendus livres décoratifs pour table basse, pleins de photos et d'un petit texte sur l'œuvre d'un artiste précis, ou la collection d'un musée précis, ou encore les immeubles d'un architecte précis. Au lieu de quoi, je m'aperçus qu'un rayonnage tout entier était consacré aux édifices bâtis par Tommy Wong en personne.

J'en avais sorti un de son étagère et je lisais le texte de la jaquette lorsque Missy me tira par la manche pour m'inviter à feuilleter un volume des dessins de Rome par Giambattista Piranese. Des dessins tout à fait étonnants, incontestablement. Au bout d'un moment, cependant, je me rendis compte que le livre était ancien. Puis je me rendis compte que les reproductions n'étaient peut-être pas des reproductions.

– Est-ce que c'est... ?

– Oui, chuchota Missy. Il les collectionne.

Après avoir étudié de près la reliure du grand in-folio que j'avais pris, j'examinai en détail les livres qui nous environnaient. À l'exception notable de tous ceux qui relevaient de l'architecture contemporaine de Tommy Wong, pratiquement tous les livres de la pièce étaient, pour une raison ou pour une autre, rares.

Wong raccrocha. Revenant à l'anglais, il s'excusa, puis fit remonter sa manchette pour consulter sa montre.

– Je ne veux pas te presser, Missy, mais...

– Je comprends, Tommy. Je n'ai même pas eu le temps de te présenter M. Kestrel.

– Danny, ajoutai-je.

Wong fronça le sourcil en me serrant la main.

– Est-ce que nous... ?

– Tu as vu son nom dans le journal il y a quelques jours, dit Missy. Il a été le premier suspect que les flics ont passé sur le gril dans l'affaire du meurtre de Renée Knowles.

Wong retira sa main.

– Pauvre Renée, dit-il d'une voix égale.

– Oui, confirmai-je.

– Dans la mesure où il m'accompagne, suggéra Missy, je suppose qu'il va sans dire que Danny n'a rien à voir avec la mort de Renée ?

Wong se tourna vers elle.

– Je le connais depuis longtemps, ajouta-t-elle. Il encadre des tableaux, et il est très doué.

– Naturellement, répondit Wong d'une voix toujours égale, n'importe qui aurait pu la tuer. Même si la plupart des coupables possibles, ajouta-t-il avec une ironie désabusée, et non sans une trace d'amertume, ont de bien meilleures choses à faire de leur temps.

– Effectivement, dit Missy. Mais celui ou celle qui s'est donné la peine de l'assassiner avait probablement un excellent mobile.

– Tu crois ? demanda Wong d'un ton sarcastique.

– Danny, ici présent, en revanche, connaissait à peine Renée. En fait, il la connaissait si peu qu'il prétend le plus sérieusement du monde qu'il appréciait sa compagnie.

Wong sourit.

– Elle fait – faisait – très forte impression la première fois.

– Moins forte, le corrigeai-je, que fascinante.

Wong se suçota une dent.

– Eh bien, Tommy, dit brusquement Missy, je sais que tu as beaucoup de choses sur le feu, et que Renée n'est pas du nombre. Mais j'apprécierais que tu prennes la peine de nous faire part de ton expérience personnelle avec elle, pour la plus grande édification de Danny.

Wong se renfrogna.

– Je t'en prie, ajouta Missy.

Wong se dirigea vers la fenêtre est, mit les mains dans les poches de son pantalon, et contempla la 4e Rue en contrebas.

– Il n'y a rien eu de sexuel, naturellement. Bien que, pour les hommes, Renée eût été très attirante. Et, oserais-je ajouter, très attirée par eux.

Missy accrocha mon regard et me fit un clin d'œil.

– Je crois que c'était l'une des raisons pour lesquelles elle ne faisait ses petites affaires qu'avec d'autres femmes ou des hommes gay. Les hétéros pouvaient représenter une menace, disons, une menace pour elle... Pour, appelons cela sa... concentration.

– Les hommes posaient-ils donc un tel problème ? demandai-je, plutôt surpris.

– Non, pas du tout, répondit Wong. Tout au contraire, les hommes représentaient pour elle un défi. Elle approchait un homme intéressant et il fallait tout bonnement qu'elle le séduise, ou, tout au moins, qu'elle insiste pour lui faire admettre qu'il était attiré par elle.

– Cela incluait-il les hommes mariés ?

– Bien sûr, naturellement, à une exception près, les hommes mariés aux femmes avec lesquelles Renée se sentait en compétition. En ce cas, le mari devenait un... trophée.

Missy sourit.

Dans le genre potin salace lâché à contrecœur, songeai-je en moi-même, ce n'est pas si mal.

– J'apprécie votre délicatesse, dis-je du ton le plus neutre possible, mais à vous entendre, on dirait que c'était une rapace.

Wong se tourna vers moi.

– Vous trouviez Mme Knowles très attirante, monsieur Kestrel ?

Je piquai probablement un fard.

– Oui.

Wong se tourna vers la fenêtre.

– Nombreux ont été les hommes à être attirés par elle, monsieur Kestrel. C'était une femme adorable, en surface.

Je n'aimais pas ce que je venais d'entendre. Je me sentais presque obligé de défendre Renée. Mais pourquoi ? Je ne l'avais même pas connue.

– Cette histoire de... trophée... à laquelle vous faites référence, monsieur Wong. Vous voulez dire qu'elle séduisait le mari d'une rivale uniquement pour voir si c'était faisable ?

– Non. Je veux dire qu'elle séduisait le mari d'une rivale afin d'écraser son adversaire, ou de marquer un point, ou au moins d'insulter sa rivale.

– Ce n'est pas très gentil.

Wong s'éclaircit délicatement la gorge.

– Raconte à Danny ce que Renée faisait pour gagner sa vie, Tommy.

– Voilà une question intéressante. La réponse la plus évidente serait de dire qu'elle était une « dénicheuse », c'est comme cela qu'on les appelle dans le commerce des antiquités.

– Une « dénicheuse » ?

Missy fournit l'explication.

– Il s'agit de l'acheteur qui fréquente les ventes immobilières et les vide-greniers, les magasins d'occasion, de brocante et d'antiquités, les marchés aux puces, qui repère les collections privées qui ne sont pas sur le marché, uniquement dans le but d'identifier des pièces qui ne sont pas reconnues et qui donc, habituellement, sont sous-évaluées.

– Ah, bien, acquiesçai-je. Un de mes amis passe à l'atelier et y ramasse de petits morceaux de bois exotique. C'est un guitariste classique qui déniche des guitares espagnoles et classiques dans les brocantes et les vide-greniers, il les remet en état et les revend avec un bénéfice – ou alors, il les garde et en joue, si elles lui plaisent. L'année dernière, il a acheté une guitare espagnole, petit corps, dans un état absolument parfait, y compris l'étui rigide, pour vingt dollars. Le propriétaire n'avait pas la moindre idée de ce que c'était, mais mon ami a reconnu l'instrument comme étant un *requinto* [1] finement ouvragé. Il lui a sculpté un chevalet dans un morceau de *bobinga* [2]. C'est...

– Un *requinto* ? répéta brusquement Missy.

– Oui, dis-je, agacé.

– Oh, reprit-elle d'un air rêveur, avec un soupçon authentique de nostalgie, c'est juste qu'un homme capable de jouer du *requinto*, j'adore ça.

– Ouais, il s'est avéré que l'objet valait deux mille dollars.

– Eh bien, dit Missy, c'est un dénicheur champion, ton ami.

Son regard passa de Wong à moi, plein d'espoir. Wong lui offrit un sourire indulgent.

– Je ris intérieurement, dis-je avec irritation.

– Monsieur Kestrel, puis-je vous demander quelque chose ?

– Bien sûr.

– Jusqu'à quel point, euh, appréciiez-vous Mme Knowles ?

Un instant s'écoula.

– Je ne sais pas, répondis-je.

– Ainsi que vous l'avez observé, elle faisait des choses qui n'étaient pas très « jolies ».

– Eh bien, ses... aventures mises à part, qu'y avait-il qui aurait pu se révéler réellement dangereux ou illégal dans ses activités ? À vous, que vous est-il arrivé, par exemple ? Si je peux me permettre de vous retourner la question, jusqu'à quel point appréciiez-vous Renée, monsieur Wong ?

Wong fit la moue.

– Je l'ai vraiment beaucoup appréciée, Danny, au début. C'était un plaisir que d'être en sa compagnie.

1. Petite guitare à six cordes.
2. Bois de feuillu africain qui sert de substitut au bois de rose, parfois appelé bois de rose d'Afrique.

Très amusante. En outre, il lui a fallu peu de temps pour plutôt bien comprendre certaines choses qui m'intéressaient.

Je lui montrai les étagères qui nous entouraient.

– Des livres anciens, par exemple ?

– Effectivement, des livres. Ce n'est que beaucoup plus tard que j'ai compris que, percevant mon intérêt, elle a cultivé le sien dans le seul but, en retour, de cultiver ma fréquentation. Elle était plutôt douée pour cela. Pour vous fournir un petit exemple, si elle tombait sur une chose qu'elle ne comprenait pas, elle le disait. Elle n'était pas assez stupide pour tenter de feindre son savoir devant un expert. Ce qui, soupira-t-il, était à son tour flatteur.

– Était-elle capable de transformer tout cela en bon argent ?

– Absolument. Elle m'a posé des tas de questions sur les livres – les livres sur l'art et l'architecture tout particulièrement. Les livres d'art, naturellement, je pouvais comprendre, dans la mesure où l'art l'intéressait personnellement. Mais elle a commencé à venir me voir pour que je jette un œil à des ouvrages d'architecture, que je les évalue, et elle a fini par m'en vendre un ou deux. Qu'elle se fasse de l'argent sur ces transactions ne me gênait en rien. Si j'achetais un ouvrage, c'étaient parce que je m'intéressais, primo, à son sujet, secundo, à la cohérence de ma collection. Par rapport à ces considérations, le prix venait en troisième position. Vous comprenez, néanmoins, que seul un collectionneur très extravagant veut que l'on sache que le prix ne lui est d'aucune importance. Mais Renée a très vite compris que je suis un passionné d'architecture, et que ma collection de livres, de dessins et de manuscrits sur le sujet est en conséquence importante à mes yeux.

Wong se détourna de la fenêtre et commença à arpenter le périmètre de son bureau.

– Elle a commencé à me dénicher un ouvrage intéressant de temps à autre. Au début, c'étaient des choses que je possédais déjà ; elle voulait simplement mon opinion quant au prix et à l'importance de l'objet. Puis elle s'est mise à me montrer des choses que je n'avais pas, mais que, quelquefois, je désirais acquérir. J'ai donc commencé à lui acheter des ouvrages.

Il s'approcha d'un rayonnage et en sortit un volume sous coffret.

– Cette monographie sur Kurt Schwitters, par exemple.

Il retourna l'ouvrage dans un sens puis dans l'autre, comme s'il vérifiait l'absence d'un coin corné. De l'endroit où j'étais assis, le livre ne me paraissait pas avoir de défaut de ce type ; mais Wong ne me le présenta pas, pas plus qu'à Missy. Plus exactement, Wong s'y raccrocha, visiblement en proie à son orgueil et à sa fierté de propriétaire, presque au point d'en oublier le sujet de notre conversation.

Blondie passa la tête à la porte.

– Monsieur... ?

– Un moment, répondit sèchement Wong, sans relever les yeux.

Blondie disparut sans un mot.

– Vous avez entendu parler du Merzbau ? demanda Wong.

C'était mon cas. Je me tournai vers Missy, qui hocha la tête. Wong poursuivit :

– Schwitters l'a conçu avant la guerre, naturellement. Et parce qu'il était juif et « dégénéré » et ainsi de suite, les nazis ont détruit ses réalisations. Ne subsistent aujourd'hui que quelques photographies et les dessins de Schwitters. Ceci... – et, sans même sortir le livre de son coffret, Wong replaça le tout sur l'étagère d'où il l'avait pris – est l'anthologie la plus exhaustive qui existe sur le sujet.

Il se tourna vers nous avec un soupir suffisant.

– Je ne sais pas comment Renée l'a découvert. Mais tant que ce n'est pas un objet volé, je m'en fiche.

– T'es-tu renseigné sur sa provenance, Tommy ? demanda Missy.

Wong soupira.

– À l'époque où j'en suis devenu le possesseur, j'ai demandé et j'ai reçu une facture en bonne et due forme. Maintenant que nous connaissons ce que nous connaissons de Renée – il agita une main d'un geste vague – je suppose qu'il faudrait que je fasse quelque chose pour en vérifier la provenance.

Wong était tout bonnement en train de qualifier Renée de voleuse ou, à tout le moins, de marchande d'objets volés. Mais je laissai passer la chose pour l'instant et demandai :

– Vous est-il jamais arrivé de voyager en compagnie de Renée, monsieur Wong ?

– Absolument. Nous nous sommes rendus en Europe à deux reprises, pour écumer les antiquaires en livres anciens, les *brocanteurs* *, les magasins de bric à brac et tout ce qui s'ensuit. Lors de notre dernier voyage, elle a découvert une malle chinoise – presque de la taille d'une malle de bateau à vapeur, mais en cuir ouvragé et bois laqué, avec motifs en marqueterie et ferrures et charnières forgées à la main. Elle était certainement très ancienne. L'objet ne m'intéressait pas le moins du monde, mais Renée l'a adoré. Elle a dit qu'elle avait une cliente à Tiburon qui paierait sans hésiter pour l'avoir, et qui paierait bien.

Wong revint se poster derrière son bureau et se passa une main précautionneuse sur ses cheveux précautionneusement coiffés.

– Cette malle était très chère et Renée ne disposait pas de fonds suffisants pour régler l'achat. C'est en tout cas ce qu'elle a prétendu. Je lui ai immédiatement offert de lui prêter l'argent. Remarquez bien qu'à aucun moment elle ne m'a demandé ce service. C'est moi qui le lui ai proposé. Et vous savez quoi ?

Il pivota pour se poster face à Missy, pas à moi.

– Quoi ? le pressa Missy.

– Elle a refusé sur-le-champ. " Oh, non, Tommy, a-t-elle déclaré. Nous sommes amis. Prêter et emprunter de l'argent n'est pas une chose qui se pratique entre amis. D'accord ? – Mais votre amie de Tiburon, alors ? lui ai-je rappelé. – C'est vrai, a répondu Renée, Mme Unetelle serait aux anges de posséder cette malle chinoise. " Puis elle s'est mordu la lèvre. Elle était vraiment craquante, à se mordre la lèvre ainsi qu'elle le faisait.

Je connaissais cette petite excentricité.

– Moi, je me fichais complètement de cette femme de Tiburon. Et Renée ne voulait pas non plus me dire qui elle était. Ce que j'ai trouvé bizarre. Mais, alors même que j'avais fini par laisser tomber la question, elle me suggéra un petit marché. Je lui ai répondu que j'étais tout ouïe. " On fait cinquante-cinquante, a-t-elle dit, je peux me permettre d'aller jusque-là. En échange de votre participation, je mènerai toute l'affaire – les négociations, le transport, les douanes, la livraison, le prix final – tout, de A jusqu'à Z. Lorsque ce sera terminé, je partagerai le bénéfice avec vous. De cette manière, nous pourrons rester amis et nous offrir cette petite transaction en à-côté. Peut-être y gagnerons-nous un peu d'argent, suffisamment pour nous inviter mutuellement à déjeuner. "

Wong avait maintenant les mains à nouveau dans les poches et marchait en cercles derrière son bureau.

– J'ai accepté aussitôt. Nous étions à Rouen à ce moment-là.

– Rouen, répétai-je.
– En France, dit Missy.
– Ça, je le sais, rétorquai-je aussi sec.
– Chut, dit-elle.
– Renée a conclu le marché avec le vendeur sur-le-champ. Elle lui a laissé un acompte de cinq mille francs en liquide contre reçu. Mais sa carte de crédit ne lui permettait pas de couvrir sa moitié de la transaction sur la malle si elle voulait s'offrir les petits plaisirs qui étaient les siens pour le restant de son périple en Europe – ou c'est ce qu'elle a prétendu – et j'ai donc proposé de faire passer le tout sur ma propre carte de crédit. Elle a accepté, en indiquant néanmoins qu'un règlement en liquide nous obtiendrait un meilleur prix. J'ai été d'accord, et elle a conclu l'affaire. Le lendemain, nous nous sommes rendus dans une banque et j'ai utilisé ma carte pour obtenir du liquide. J'avais donc engagé cinquante mille francs, soit la presque totalité du prix de la malle. Renée m'a offert toute une liasse de traveller's chèques en garantie de sa part de l'investissement, mais je n'ai pas voulu me donner cette peine. Elle est même allée jusqu'à me traîner dans un bar, a commandé du *pastis* *, a sorti deux ou trois carnets de chèques de voyage de cent dollars, en se préparant à en endosser cinquante et se payer une belle crampe d'écrivain. Ridicule. J'ai refusé. Je lui ai arraché le stylo de la main ! Qu'est-ce que j'allais bien pouvoir faire avec tous ces traveller's chèques ? Je me suis contenté d'éclater de rire et de lui dire de me payer quand elle aurait l'argent.
« Mais ça n'a pas été aussi facile. Renée en a fait tout un drame et nous avons commencé à nous disputer avant de commander deux autres verres, et c'est alors que j'ai compris qu'elle était tout à fait sérieuse en se proposant de me donner sur-le-champ, dans ce bar, sa part de l'investissement.

« J'ai donc suggéré un brillant compromis. Je lui ai proposé de rédiger un chèque à mon nom, d'un montant de cinq mille dollars, ce qu'elle a fait. Le propriétaire du café nous a fourni l'enveloppe sur laquelle j'ai mis mon adresse de San Francisco, et elle, son adresse d'expéditrice sur le rabat, au verso, en rayant le nom du café. J'ai glissé le chèque dans l'enveloppe, que j'ai fermée avant de la lui donner, en lui suggérant sur le ton de la plaisanterie de la poster en même temps que ses cartes postales. Mieux encore, elle devrait la conserver jusqu'au moment où il faudrait m'adresser celle qui devait l'accompagner, avec le règlement de ma part des bénéfices. Et c'est l'avant-dernière fois que j'ai vu ce chèque.

« Le lendemain, Renée s'est levée tôt, pour s'assurer que la malle chinoise soit emballée en bonne et due forme. Elle a loué les services d'une compagnie de transport routier et expédié la malle à Marseille, où, m'apprit-elle par la suite, celle-ci devait attendre dans un entrepôt jusqu'à ce qu'un conteneur à destination d'Oakland dispose de la place pour l'emporter, ce qui pouvait prendre des semaines, voire des mois. Mais question frais de transport, l'opération serait très rentable. J'ai dit : bien, très bien – c'est tout juste si je l'écoutais. Il existe à Rouen une cathédrale, vous savez, d'une majesté extraordinaire, sans parler de Jeanne d'Arc qui y a été brûlée vive, et expédier une malle en Californie ou ailleurs n'exige pas que l'on soit deux. Chose plus intéressante, Rouen est un port – à soixante ou soixante-dix kilomètres du Havre en amont de la Seine, par tous les saints. Pourquoi traverser le pays de bout en bout pour s'en aller expédier cette foutue malle depuis Marseille ? Mais je n'ai même pas pensé à cela. Pendant deux ou trois jours, nous avons vaqué à nos occupations personnelles, nous nous séparions le matin pour nous retrouver en fin d'après-midi au bar de l'hôtel.

« Nous sommes rentrés au pays un peu plus tard. Des mois se sont passés. J'ai obtenu un marché d'importance à Tokyo. Le Pachinko Maze. Vous en avez peut-être entendu parler.

Missy eut suffisamment de présence d'esprit pour s'éclaircir la gorge et répondre oui, bien sûr, et à voir les photographies, cela paraissait fabuleux.

– Un projet de cent millions de dollars. Nous sommes en train de le terminer. Je n'ai pas revu Renée pendant presque un an. À une seule occasion, au cours d'une brève conversation téléphonique, je me suis souvenu de la malle chinoise et je lui ai posé la question. Elle a répondu quelque chose comme " Oh, oui ! J'avais l'intention de... Oh ! J'ai un autre appel. Je suis sûre de savoir qui c'est, je suis à vous tout de suite ", et elle a raccroché, aussi simplement que cela. Elle ne m'a jamais rappelé et j'ai oublié toute l'histoire.

« Finalement, quatorze mois plus tard, je l'ai eue au téléphone et lui ai demandé de but en blanc où en étaient cette fichue malle et toute l'affaire ? Et pourtant – puis-je me permettre de vous faire remarquer ce point – je n'avais pas le moindre soupçon. C'était simplement pour *la* taquiner. *Moi*, la taquiner.

« Renée a été magnifique. D'un ton grave, elle a sollicité un rendez-vous dans un endroit tranquille, pour que nous puissions discuter. J'ai nommé plusieurs endroits, qu'elle a tous déclinés. J'ai fini par dire : d'accord, où ? Pour une raison inconnue, elle a cité le bar du Palace Hotel.

Wong montra la fenêtre est.

– Il y a l'immeuble de Botta. Derrière il y a l'immeuble de Phleuger. Un bloc plus au nord, sur New Montgomery, se trouve le Palace Hotel.

– Il y a quinze ans que je n'y ai pas mis les pieds, remarqua Missy. Pas depuis qu'ils ont terminé la restauration de la toile de Parrish[1] derrière le bar.

– *Le Joueur de flûte de Hamelin*, dis-je.

– Exactement, dit Wong en se tournant vers moi. Moi aussi, c'est la dernière fois que j'y ai mis les pieds ; pour jeter un œil au travail de restauration de la peinture de Parrish.

– Ça vaut le coup d'œil, dit Missy.

– Je pense que ce que voulait Renée, c'était l'anonymat, dit Wong. Il s'agit d'un bar d'hôtel et la peinture de Parrish a beaucoup de succès auprès des touristes.

– De toute évidence, dit Missy.

– De toute évidence, répéta Wong, presque pour lui-même en secouant la tête. Toujours est-il que j'ai donné dans le panneau.

– Quel panneau ?

– Lorsque je suis arrivé, Renée attendait. Elle savait que j'ai un faible pour le Manhattan glacé, avec Old Overholt et bitter Peychaud. Avant même que j'aie pu même m'asseoir, il y en avait deux sur la table, et, entre les deux, était posée l'enveloppe. Elle portait toujours l'adresse de la maison que j'avais vendue et dont j'avais déménagé huit mois auparavant. Dans l'enveloppe se trouvait le chèque de cinq mille dollars.

– Pas de bénéfices, devinai-je.

Wong confirma avec lassitude.

– C'est ce que j'ai supposé. Mais il y avait plus. Ou moins, pourrait-on dire. Renée m'a remercié, d'une manière plutôt hésitante, avant de brusquement porter un toast à une collaboration plus fruc-

1. Maxfield Parrish. 1870-1966. Artiste américain célèbre pour ses fresques, ses couvertures de revue et ses illustrations de livres. Le bleu de ses ciels se vend en tubes de peinture portant son nom, le bleu Parrish.

tueuse dans l'avenir. J'ai laissé passer. Nous avons échangé quelques banalités sur le Parrish. Puis je suis sorti de ma coquille et j'ai demandé ce qui s'était passé.

« Elle n'a pas voulu en parler. J'ai essayé la douceur. Elle refusait toujours de dire quoi que ce soit. Finalement j'ai exigé de savoir ce qui s'était passé, nom d'un chien. Est-ce que toute l'affaire était tombée à l'eau ? Est-ce que la femme de Tiburon avait fait baisser le prix ? Pis – et là, j'ai cru que j'avais mis le doigt par hasard sur la vraie vérité –, est-ce que la femme de Tiburon ne voulait plus de la malle, laissant Renée avec la marchandise sur les bras ? Est-ce qu'en d'autres termes, Renée essayait de rembourser sa moitié de l'investissement tout en faisant le plongeon sur le prix que lui avait coûté cette foutue malle chinoise ?

« Tout ce qu'elle a eu à faire a été de me laisser parler. Puis, à l'issue du deuxième verre, elle m'a lâché la soi-disant véritable histoire, à savoir que la malle n'était jamais arrivée aux États-Unis !

« Cette nouvelle information exigeait une troisième tournée. J'avais mille questions à lui poser. Et Renée a eu quelques réponses plutôt convaincantes. Le fond de l'affaire ? La malle avait disparu en cours d'expédition. Volée, sans doute. Elle avait les reçus du marchand de Rouen, de la compagnie de transport routier qui avait livré la malle à Marseille, et de l'entrepôt où elle avait été placée en attente de l'expédition. Elle avait même le nom du navire qui l'avait chargée, le quai d'où il avait levé l'ancre, elle avait les dates et les noms, elle avait une copie du bordereau de chargement pour le conteneur, qui transportait les meubles et les affaires de quelques G.I. ; il y avait même une Volkswagen. En fait, le conteneur avait fait une apparition à Long Beach – ce qui avait été une erreur – et c'est là qu'on l'avait déchargé. Il lui avait fallu un certain temps avant de découvrir ce détail, car, à l'origine, le port d'entrée aux Etats-Unis était censé être Oakland. Elle avait loué un camion, qu'elle avait conduit en personne jusqu'à Long Beach. Mille cinq cents kilomètres, aller et retour. Elle avait tous les papiers. Mais quand elle est arrivée – plus de malle chinoise. Qui plus est, il s'est ensuivi que la malle n'avait finalement jamais été chargée dans ledit conteneur. Ce qui expliquait de manière définitive pourquoi elle n'était jamais sortie du conteneur une fois le navire à Long Beach.

Wong s'assit à son bureau et poussa un profond soupir. Puis il y eut un silence durant lequel Blondie passa à nouveau la tête à la porte.

– Monsieur... ?

– Une minute ! claqua sèchement la voix de Wong qui jeta au type un regard dur.

Blondie s'évapora.

– Je n'en avais strictement rien à fiche de cette malle. Ainsi donc, elle avait disparu. Et alors. Et les cinq mille dollars ?

Il haussa les épaules avec philosophie.

– Ce n'est pas le bout du monde. J'ai lâché un petit baratin comme quoi c'était regrettable et ainsi de suite. J'ai commandé deux *nouveaux* verres. De toute évidence, Renée était complètement retournée par cette histoire. Elle a dit qu'elle avait dépensé au moins deux mille dollars à essayer de comprendre ce qui s'était passé : coups de fil en Europe, la location du camion, une semaine dans un hôtel de Long Beach, pour l'amour du ciel. Ce n'est qu'après trois mois passés à courir un peu partout qu'elle a compris ce qui avait dû se produire. " Qu'est-ce que vous voulez dire ? ai-je demandé – car je ne la suivais plus très bien –, qu'est-ce qui a dû se produire ? "

Wong baissa les yeux au sol. Quand il releva la tête, il répéta sa conversation avec Renée aussi clairement que si elle s'était déroulée la veille.

– “ Pas d'assurance ”, a simplement répondu Renée. Une faute qu'ils attendaient.

– “ Une faute ? ai-je demandé. Ils ? ”

« Elle a pris une toute petite voix, mais même alors, enfin, c'est ce que je croyais, elle était pleine de colère.

– “ J'aurais dû assurer la malle contre le vol et la perte, mais j'ai oublié de le faire. ”

« J'ai immédiatement compris ce que cela signifiait. S'il n'y avait pas d'assurance et que la malle avait disparu – perdue ou volée, cela ne faisait pas de différence –, impossible de récupérer la valeur en argent qu'elle représentait. Simple. Fin de l'histoire.

« C'était cependant pour moi une surprise. Je savais que Renée était une femme d'affaires de confiance, à la tête froide. Elle avait des relations parmi nombre des personnes importantes de cette ville. Elle achetait, vendait, livrait, décorait et importait toutes sortes de marchandises pour toutes sortes de gens éminents. “ Vous avez oublié ? ai-je conclu. Vous avez oublié d'assurer la malle ? ”

– “ Oui, a-t-elle répondu en me regardant droit dans les yeux. J'ai oublié d'acheter un minable contrat d'assurance d'un montant de deux cents francs. – Et les transporteurs étaient au courant ? – Absolument, a-t-elle répondu. Je ne peux pas le prouver, mais je n'ai aucun doute sur le sujet : ils savaient. Je ne pense pas que le marchand ait été dans le coup. ” J'ai réussi à convaincre Missy James, dont le français est excellent, de lui parler.

Et Wong jeta, à ce moment, un regard à Missy, tout comme moi.

– Oh oui, dit Missy en hochant la tête d'un air piteux, j'ai eu droit aux premières loges.

– Bien que le marchand ait fait montre d'une consternation tout à fait convaincante devant ce qui nous arrivait, poursuivit Wong, il s'est également montré limpide quant aux responsabilités. Sans une police d'assurance représentant une perte fiscale potentielle pour un assureur, personne n'allait enquêter sérieusement sur la disparition de la malle. Quelle motivation y a-t-il à une enquête ? Qui d'autre qu'une compagnie d'assurances disposerait des ressources pour s'y intéresser ? Sans compensation de sinistre à défendre, pourquoi irait-elle se donner du mal ? Affaire close. Elle n'a jamais été ouverte ! Pouf ! Net, clair et précis. " Croyez-moi, a-t-elle dit, j'ai tout essayé. "

« La pauvre Renée était complètement abattue. Je lui ai demandé depuis combien de temps elle était au courant. " Cinq mois ", m'a-t-elle répondu. Après avoir abouti à la conclusion que quelqu'un était blanc comme neige après avoir volé notre malle chinoise, elle s'était mise à reconstituer ma moitié du prix d'achat originel de dix mille dollars.

« Et c'est ce qui se trouvait sur la table, là, entre nous. Son chèque d'origine, d'un montant de cinq mille dollars. Son compte en banque était suffisamment regarni pour son encaissement. Elle me réglerait le reste dès qu'elle le pourrait.

Wong fit pivoter son fauteuil et étira ses longues jambes vers la vue de ses fenêtres, en nous tournant le dos, les mains croisées sur la nuque.

– Renée était mon amie, dit-il. J'avais plein d'argent à la banque. J'ai commandé une quatrième tournée.

– Oh, bon sang, dit doucement Missy.

Wong lâcha un soupir consensuel et fit à nouveau pivoter son fauteuil jusqu'à nous refaire face.

– Avec le plus grand plaisir, j'ai déchiré le chèque de Renée en minuscules petits confettis.

Il garda brièvement une main en suspens, pouce et index à seulement quelques millimètres d'écart.

– Et alors... – il laissa retomber la main – j'ai brûlé les morceaux dans le cendrier comme si c'était l'argent de la chance et qu'on était le jour de l'an.

Après un temps de silence, il ajouta :

– *Gung hay fat choy*, et se tut.

Peut-être une minute plus tard, Missy l'incita à poursuivre.

– Alors ?

Wong secoua la tête.

– Je lui ai demandé si elle n'avait pas une nouvelle petite affaire sur le feu, un autre marché du même genre, un moyen possible de refaire nos pertes. Remarquez l'emploi de l'adjectif possessif, première personne du pluriel – *nos* pertes.

Il posa les coudes en appui sur le bureau et sa tête sombra entre ses mains.

– Comme un imbécile, j'ai levé mon verre. Et comme un imbécile, j'ai dit : " À la prochaine occasion. "

III

Le petit encadreur

11

De temps à autre, j'ai l'occasion de sculpter un cadre. C'est dans cette activité difficile que je trouve la satisfaction essentielle de ma vocation professionnelle, et elle s'accompagne de nombreux et vénérables atavismes du métier. La sélection du bois, par exemple, et les assemblages par tenon et mortaise. D'étranges outils comme un ciseau à bois en V ou une gouge, des piques de dentiste et des rifloirs apparaissent sur l'établi. L'arôme de bois de feuillu exotique remplace les puanteurs toxiques du chlorure de polyvinyle travaillé à la scie à onglets. Je ne réponds pas au téléphone. La journée s'écoule paisiblement, son rythme ponctué par des bruits produits par la main plutôt que par la machine. L'utilisation de la défonceuse est l'exception, sur le plan auditif, dans le but de rabattre en biseau, moulurer ou entailler d'une feuillure une bordure de cadre. Le claquement du maillet, le chuintement de la pierre à huile – tous ces sons retardent l'entropie folle d'un monde chronophage.

J'avais entendu un jour parler de l'apprenti d'un menuisier japonais qui, pour marquer l'apogée de son noviciat, réalisa un copeau de bois d'une continuité et d'une longueur telles qu'elles lui permirent d'en envelopper un sandwich. Le peintre John

Plenty en personne, fantastique poseur de placoplâtre s'il en fut, et également béotien total, avait déclaré, stupéfait :

– Alors, l'heure est venue de se mettre au régime, bordel.

Néanmoins, il y a une grande satisfaction à aiguiser une lame de rabot pour lui donner, à force de câlineries, un fil tellement affûté qu'il enlève à peine une couche des atomes de la surface d'une planche, avec le copeau qui s'interrompt uniquement quand la lame quitte le bois, au moment où le rabot se soulève. Il y a là un savoir-faire manuel certain, et c'est un privilège d'être payé pour s'amuser autant avec ses mains.

Et, bien sûr, c'est totalement anachronique. On dit que soixante pour cent des travailleurs américains actifs ne sont concernés que par l'informatique pour gagner leur pain quotidien. Et même alors, rares sont ceux parmi les quarante pour cent restants qui sculptent le bois pour gagner leur vie.

J'avais donc assemblé une feuille d'une espèce couleur châtain rougeâtre appelée bois de sang, *Brosimum paraense*, entre deux épaisseurs blondes d'érable ; raboté l'ensemble jusqu'à bonne épaisseur, dégagé une double cannelure à la défonceuse sur le rebord extérieur ; et exécuté une feuillure au dos pour y encastrer le châssis, une entretoise et la plaque de verre.

Puis j'ai coupé mes onglets, taillé mortaises et tenons, encollé, et mis sous presse les quatre coins bien perpendiculaires. Au final, je disposais d'un rectangle rigide, prêt à être sculpté. La sculpture terminée, viendrait le travail à la râpe puis un ponçage au papier de verre avant quelques traitements à la gomme-laque, chaque couche polie au papier abrasif à l'eau. Puis l'ensemble sèche un jour ou deux. Viennent ensuite cinq ou six couches de laque claire, séparée chacune par une demi-heure de séchage. *Ensuite* la toile est montée.

Rien de particulièrement complexe dans la sculpture proprement dite, un motif de grappes de raisin, de vrilles de vigne, quelques feuilles. Mais le cadre est grand, cent vingt sur cent cinquante, et exige donc quelques jours de travail de gravure.

J'entamais juste l'affûtage du fil d'une gouge incurvée demi-ronde quand je me suis souvenu du nom.

Manny, avait-elle dit.

Mis à part le fait que Renée était une beauté, qui, prise d'une affection soudaine à son égard, n'aurait eu aucun problème à obtenir de n'importe qui de sauter dans le siège passager avec elle, elle avait aussi, de toute évidence, beaucoup de soucis. Telle que je voyais la chose, elle essayait plus ou moins désespérément d'oublier un temps ses ennuis, et si quelques heures de sexe alcoolisé pouvaient le lui offrir, tant mieux.

Quelque anicroche dans ses plans, dont elle n'avait pas parlé, l'avait conduite au bord des larmes. Alors qu'elle sanglotait en silence, je lui avais offert de l'écouter si elle voulait parler.

Elle s'était écartée de moi juste assez pour me regarder, dans la pénombre de la cabine du camion.

– Tu es gentil, dit-elle en suivant du bout d'un doigt le contour de mes lèvres. Mais c'est un vrai foutoir. Avec des tas de personnes engagées dans l'affaire, des tas de... trucs aussi. Manny m'a dit qu'il y aurait des jours où...

Elle s'interrompit.

– Des trucs et des gens, murmurai-je. Tu veux dire que tu transportes des quantités de came à travers tout le pays ? Ou s'agit-il d'un contrat pour Hollywood ?

Son rire commença tout petit ; pour finir par me convaincre qu'il y avait quelque chose de vraiment drôle dans ce que j'avais dit.

– Came et cinéma, finit-elle par répéter. Non, dit-elle en enfonçant l'index dans mes cheveux. La came et le cinéma ne sont pas mon problème. Mais j'aimerais bien que ce soit le cas.

Elle m'embrassa tendrement. Je lui rendis son baiser.

– Est-ce que moi, je peux être ton problème ? ai-je dû dire.

La bribe de souvenir disparut. Dans le contexte de cette soirée-là, c'est exactement ce que cela avait été – une bribe. Sans importance, mineure.

Mais l'était-elle vraiment ?

Je reposai ma gouge sur l'établi et appelai Bowditch.

Un ordinateur de sexe féminin me garda en ligne, avec en fond sonore un rapport sur l'état des routes diffusé par un hélicoptère quelque part au-dessus de Tracy. Un gros semi-remorque s'était mis en travers de la chaussée à l'embranchement entre la 5 et la 580, et avait basculé par-dessus le garde-fou avant de dégringoler sur sept des huit voies en contrebas, écrasant ce même nombre de voitures, bloquant la circulation encombrée à cette heure chargée du début de matinée sur cinq kilomètres dans les deux directions.

L'ordinateur de sexe féminin revint me dire : « L'agent » – suivait le grognement enregistré de Bowditch : « Charles Bowditch » –, puis l'affirmation joyeuse de l'ordinateur : « ...n'est pas disponible actuellement. Laissez un message après le bip, ou appuyez sur zéro pour avoir l'opératrice, ou appuyez sur un pour d'autres options. » Je laissai un message et raccrochai.

Après un petit temps de réflexion, je composai un autre numéro.

– Missy, est-ce que c'est vraiment toi ? Tu n'es pas une machine ni un clone ?

– Tu n'es pas capable de faire la différence ?

– Non. Il faut que je te teste. Comment vont les Forty-Niners ?

– Deux et un.

– Ce qui signifie deux victoires ou deux défaites ?

– Ne sois pas bête.

– Ça doit être toi. Aucune machine ne saurait se résoudre à exprimer un sentiment cohérent pour quelque chose d'aussi futile.

– Oh, répliqua-t-elle, tu es vraiment très seul, tu sais, à passer ta vie à tapoter tes petits ciseaux.

Le père de Missy possédait six places permanentes depuis que l'équipe de football de San Francisco, les Forty-Niners, en hommage à la Ruée vers l'or de la même année, avait obtenu le statut d'équipe franchisée, depuis 1949 ou quelque chose comme ça. Missy en avait hérité, et plus d'un de ses chevaliers servants avait essayé de l'épouser pour ces seules places.

– Manny, dis-je.

– Quoi ?

– Un mec du nom de Manny. Il avait une influence quelconque sur Renée.

– Hmmm...

– Oui ?

– Est-ce que Bowditch t'a interrogé sur ce Manny ?

– Non. Je viens de me rappeler son nom.

– Il se pourrait que je sache de qui il s'agit. Mais je n'en suis pas sûre. Il n'y a pas qu'un seul Manny en ce monde.

– Quel monde ?

– Mon monde. Tu ne m'as quand même pas appelée pour me parler de ton monde à toi ? De ces endroits ringards où les gens travaillent ?

– C'est vrai. J'utilise les services d'un affûteur de scie du nom de Manny.
– Ce n'est probablement pas lui.
– Alors nomme-m'en un autre.
– Pas tant que je n'en saurai pas un peu plus sur lui.
– Missy, donnerais-tu soudain dans la discrétion ?
– Eh bieeen... Disons que ce serait un fâcheux concours de circonstances si Bowditch venait à mettre le nez dans certains bureaux d'avocats, rien que pour te citer un exemple...
– Un avocat du nom de Manny ?
– Il habite dans une tour du centre ville. S'il venait à se savoir qu'une nana sur le retour, très introduite dans les hauts cercles de la société, pointait sans discernement ses doigts pleins de marques hépatiques dans sa direction, cela pourrait éventuellement avoir des effets à long terme absolument déplaisants sur ses pensions alimentaires. Je voudrais bien que ce soit lui, ce connard.
– Depuis quand te soucies-tu de pensions alimentaires ?
– Le cash, c'est là que tu le trouves. En outre, je me soucie de plein de choses, je te remercie. Certains hommes peu attentionnés vont même jusqu'à déclarer à qui veut l'entendre qu'il arrive parfois que je n'aie rien d'autre à faire.
– Oh, Missy. Nous sentirions-nous négligée ?
– Nous l'étions, dit-elle gentiment, jusqu'à ce que tu appelles.
– Je suis si heureux de t'avoir remonté le moral.
– Au moins tu ne m'as pas interrogée à propos d'une femme.
– Que saurais-tu des femmes ?
– Montre-moi l'homme d'une femme, et je te dirai tout sur elle.
– Essayons dans l'autre sens. Quelle sorte de Manny serait l'homme avec lequel Renée aurait

traîné ses guêtres ? Avait-elle besoin d'un avocat spécialisé en divorce ?

Missy soupira.

– Renée n'a jamais connu les plaisirs du divorce.

– Est-ce que ce Manny a l'habitude de tirer sur les gens ?

– C'est un très bon avocat. Il n'a pas besoin de tirer sur les gens.

– Ça commence à ressembler à ta complication personnelle plutôt qu'à celle de Renée.

Missy réfléchit un instant. Derrière moi, attendait mon grand cadre.

– Manny Djector, finit-elle par dire, est un grand marchand d'art et d'antiquités.

– Cela me semble déjà beaucoup plus prometteur.

– Il y a toutes sortes d'histoires qui courent sur lui. À une période, il a produit un téléfilm. Il a été propriétaire d'une écurie de chevaux de courses ; il a vécu ici et à L.A., à New York, en Europe ; il parle trois ou quatre langues ; il a été marié au moins autant de fois que moi – quelqu'un de la vieille école, quoi.

– En quoi justement ?

– S'il couche avec une femme, il aime bien qu'elle soit son épouse, ce qui introduit automatiquement l'éventualité de l'adultère.

– Et que dirais-tu d'une volonté de domination ?

– Et toi, d'esclavage ? Toutes ses épouses sont riches. Mais ça ne s'est jamais bien goupillé, ni pour ses chevaux ni pour ses films.

– Et donc son truc à lui, c'est d'épouser des femmes riches ?

– Oh, il brasse beaucoup d'antiquités européennes, d'objets d'art précolombien, de paravents et de peintures sur soie orientaux, et Dieu sait quoi d'autre. Dès que ça se vend, ça l'intéresse. Les pierres, par exemple. Il aime particulièrement les pierres précieuses.

– Pour quelle raison ?

– Elles ont de la valeur, se transportent facilement, sont faciles à cacher et difficiles à trouver ou à taxer, elles franchissent les barrières douanières les doigts dans le nez, et il est rare qu'on les examine de près.

– Pourquoi se donner tout ce mal avec le reste, en ce cas ?

– Eh bien, les femmes et les chevaux, c'est amusant, pour une chose. Sans compter le fait qu'ils lui permettent de rester en contact avec d'autres gens argentés, dont il n'est pas des moindres. Il s'est cassé pratiquement tous les os du corps en pratiquant le polo, et pour marcher il a besoin d'une canne. Il est connu pour s'être à l'occasion enivré et avoir menacé l'une ou l'autre de ses épouses de l'une ou l'autre de ses cannes, dont il possède une impressionnante collection.

– Est-ce que c'est ce que tu entends par « il n'est pas des moindres » ?

– Daniel, dit patiemment Missy, les gens se laissent impressionner par des tas de choses.

– Est-ce que c'est un arnaqueur ? Oui ou non ?

– C'est un arnaqueur. Et cela depuis bien longtemps.

– À t'entendre, ça n'a pas l'air d'être le genre de Renée.

– Pas comme mari, ça, c'est vrai.

– Il y a le côté antiquités.

– Ce qui est une évidence. Mais sur ce plan, Manny ne manque pas de possibilités.

– Peut-être que Renée avait une ouverture sur quelque chose qui l'intéressait ?

– Plutôt sur quelqu'un, plus vraisemblablement.

– Une femme ?

– Une femme, un homme... Ça ne ferait aucune différence, ni pour Renée ni pour Manny.
– Serait-ce qu'il recherchait la compagnie de Renée pour... tu sais quoi...
– Le plaisir ? Non. Manny ne manque pas de virilité, mais ça ne va pas au-delà. Du sexe avec un... un...
– Un canon.
– C'est comme ça que tu la voyais ? rit Missy d'une voix que j'entendis prête à se briser. En vérité, elle était très banale, Danny.
Après un temps de silence, je dis :
– Ce que je vois n'a pas d'importance. Qu'est-ce que Manny voyait, lui ?
– Le sexe avec un canon, selon tes propres termes, ne l'intéresserait pas. C'est un prédateur qui couche avec les femmes dont il a fait ses proies. C'est un outil. Il s'en sert pour les dominer. En outre, dans la mesure où, globalement, il déteste avoir des rapports sexuels avec la plupart des femmes, il peut rejeter sur elles la faute de l'avoir contraint à faire des choses détestables. Quand arrive le moment de mettre la pression sur ces dames, il est capable de s'obliger à passer à l'acte avec d'autant plus de talent et de délectation.
– Wouah, Missy. Qu'est-ce que tu entends par « détestables » ?
– Manny a ses entrées dans les oubliettes d'un certain donjon à Oakland.
– Comment diable as-tu pu dénicher un renseignement aussi peu ragoûtant ?
– Chéri, crois-tu vraiment que je passe mes journées assise à lire Proust ?
– Cuirs, chaînes, pinces à tétons, et tout le tremblement ?
– Tout ça, plus supplier de se faire clouer la langue à un plancher crasseux d'un coup de stylet.

– Ça, tu l'inventes, dis-je avec quelque espoir dans la voix.

– Je regrette, mais ce n'est pas le cas. Mais dans la mesure où tu en parles, il est un fait que j'ai de l'imagination.

– Oserais-je demander ce que « imagination » signifie dans ce contexte ?

– En ce qui me concerne, cela signifie que si tu peux imaginer une chose, tu n'es pas forcément obligé de la vivre et la faire jusqu'au bout.

– Avançons, si tu veux bien, suggérai-je brusquement. Ce Djector, à t'entendre, c'est le dernier des tarés.

– Fadaises, répondit Missy. Plus banal que ça, tu meurs. Vraiment.

– Missy, tu es bien sûre que tu n'inventes pas toutes ces histoires ?

– Pour quoi faire ? Pour te titiller ?

Je fermai les paupières.

– Raté, ça me laisse froid.

– Oh, chéri. Rien n'est secret dans cette ville. Manny Djector, pour ne prendre qu'un seul mauvais exemple, est bien trop en vue pour garder ses petits secrets répugnants très longtemps secrets. Il a eu trop d'épouses, il a truandé trop de gens, il a fait la une de trop de journaux, il s'est retrouvé devant les tribunaux, assigné pour dommages-intérêts, il fréquente toutes les soirées... Tout le monde est au courant pour Manny Djector.

– Et les gens continuent à avoir affaire avec lui ?

– Quand tu es collectionneur et que tu as l'argent facile, tôt ou tard, Manny Djector dénichera quelque chose que tu as envie de posséder. À ce stade, les paris ne sont plus de mise. S'il est capable de faire le boulot, qui se soucie bien de sa vie intime ? Disons que ton papa t'a laissé avec une petite collection de banques, de puits de pétrole ou de gaz naturel, par exemple, de sorte que tu n'as jamais été obligé de travailler ne serait-ce qu'une journée dans ta vie. Jour après nuit, le seul défi qui se présente à toi, c'est de trouver le moyen de ne pas boire jusqu'à ce que mort s'ensuive. Quand tout ce que l'existence peut t'offrir, tu l'as au bout de tes doigts, l'une des choses qu'elle t'offre au quotidien, c'est les cocktails de midi.

– Revenons-en au mec en question.

– Oh, lui. Eh bien, les gens comme Manny tendent à se trouver des centres d'intérêt dans la vie. Comme, par exemple, les chevaux de course. Il en connaît un rayon sur le sujet. À une époque, il en a possédé cinquante ou soixante, quand il était marié à Ellena Thatcher. Si celle-ci n'avait pas fini par s'ennuyer à mourir avec tout ça et si elle ne l'avait pas quitté, il ne serait probablement pas le petit *voleur* haut en couleur qu'il est auj... Oh, bon sang. Ça lui va bien de parler, à la Missy. C'est une chose que tu n'as pas entendue de ma bouche.

– Un petit oiseau a parlé d'un certain voleur.

– Le petit oiseau voulait dire *escroc*. L'homme ne vole pas, en fait, pas à proprement parler.

– Qu'est-ce qu'il fait, alors ?

– Il triche.

– Oh.

– Il s'agit là d'une distinction très subtile quand tu es face à la loi. Mais, généralement, Manny Djector est capable de sortir des choses absolument uniques en leur genre à des prix fabuleux, et il sait tout bonnement la manière de les vendre au moment le plus favorable. Le vol n'est pas nécessaire. C'est un excellent dénicheur.

– N'est-ce pas ce que faisait Renée ?

– Exactement. Regarde les choses en face, Danny. Djector était son mentor. Et pour revenir sur le sujet, aussi petits, mesquins, louches ou dégoûtants que les gens puissent les trouver, elle comme lui, si l'un ou l'autre disposent de la bonne marchandise, les gens accepteront de traiter avec eux. Qui plus est, ainsi que tu as peut-être pu le remarquer, certaines personnes sont tout excitées à l'idée de se frotter à la canaille un peu louche. Comme les acteurs qui traînent en compagnie des mafieux.

– À un moment donné, naturellement, ils rentrent chez eux et relèvent le pont-levis.

– Et mieux vaut tôt que tard.

– Tu as d'autres Manny sur ton carnet de bal ?

– Deux suffisent amplement.

– Nous oublions l'avocat ?

– Aucune quantité de Prozac ne pourrait jamais me faire oublier cet individu-là ; mais Renée ne le connaissait pas du tout.

– Djector me paraît très prometteur.

– C'est une façon navrante de dire les choses.

– Et maintenant quoi ?

– Voyons voir – j'entendis un bruissement de papier. Je crois qu'il y a un vernissage ce soir.

Je jetai un œil sur le calendrier au-dessus de mon bureau. Vide. Exactement comme je l'aimais.

– Est-ce un de mes clients ?

– Il y aura du monde. C'est pour Machin. C'est quoi son nom ? Le mec qui fabrique des réfrigérateurs.

– Des réfrigérateurs ?

– Oui. Da-Gums, Gumz... Je l'ai. Henry Dodd-Gumpson.

– Henry Dodd-Gumpson ? Tu n'es pas sérieuse.

– Non, bien sûr que non. Le sérieux a quelque chose à voir avec la gravité. Montre-moi donc la fille qui veut penser à des choses graves.

– Il fait des réfrigérateurs ?

– Danny, m'expliqua-t-elle patiemment, tout le monde a besoin d'un réfrigérateur.

– Ce mec serait incapable de peindre des numéros sur des wagons de marchandises avec un pochoir.

– Il a sa période de vogue. Il y aura beaucoup de monde.

– Je n'envisagerais pas un instant d'aller obscurcir ce vernissage de mon ombre si...

– Si Djector ne devait pas s'y trouver ?

– Comment le sais-tu ?

– Chéri, gloussa Missy sans faire le moindre effort pour cacher le tintement des glaçons dans son verre, Manny Djector est l'agent pour l'Europe de Henry Dodd-Gumpson. S'il se trouve en ville, il est certain qu'il sera au vernissage de son client.

– Et il est en ville en ce moment ?

– Ehhh bieeen... Disons les choses en ces termes. Il avait rendez-vous avec la dominatrice de Oakland il y a seulement deux soirs de cela. Qu'en penses-tu ?

Un petit colis encore intact sur mon bureau contenait quelques embouts pour mon pistolet à peindre les moulures. Je jouai un instant avec lui, à le peser et le soupeser, avant de le reposer sur le côté.

– Missy, tu es bien sûre que tu n'as jamais lu Proust ?

– Chéri, répondit-elle, amusée. Pourquoi irais-je lire Proust alors que je suis en train de le vivre ?

12

La galerie était bondée. Sloane-Pickering étaient suffisamment classe pour s'offrir des valets de parking, même si je me souvenais d'une époque où les deux femmes qui dirigeaient la place n'avaient pas assez d'argent pour faire les joints des plaques de Placo sur leurs murs. En ce temps-là, John Plenty peignait de gigantesques toiles abstraites et n'arrivait à rien, aussi lui avaient-elles troqué la pose des cloisons sèches contre son premier one man show.

Les temps avaient changé. De jeunes mecs arborant logo rouge sur veste blanche, l'émetteur radio à la main, organisaient la navette des voitures des invités depuis le bord du trottoir jusqu'à un parc de stationnement sur l'Embarcadero, à dix blocs de là, allant et venant au petit trot d'un pas apparemment allègre. Les pourboires de vingt dollars étaient normaux, et un gamin y gagna de conduire des Jeep géantes comme des perchoirs desquels il arrivait à peine à y voir, ces véhicules qui avaient quelque peu évolué, un peu plus que les simples buggies à deux places de la Seconde Guerre mondiale, mais un peu moins que les moyens de transport individuels blindés qu'ils prétendaient être, au demeurant dévoreurs d'essence, furieux et agressifs, causant un véritable ravage dans l'environnement en doublant ou même triplant les émissions d'un véhicule ordinaire, et ce en dépit les lois californiennes très strictes sur la pollution. C'était toutes des tanks de yuppies, chers à l'entretien et à l'usage, des versions lustrées et émaillées, avec parures dorées, du J'Ai-Le-Beurre-et-l'Argent-du-Beurre. Mais leurs propriétaires pouvaient, les doigts dans le nez, passer la bête en transmission intégrale et surmonter toutes les barrières que les paysans étaient susceptibles d'ériger entre l'anarchie assassine et la communauté vivant en camp retranché. Le premier pas vers la victoire est de faire sauter les stations-services.

Un valet prit la Jaguar mais Missy garda le téléphone, qu'elle glissa dans une poche de ma veste.

– Le petit personnel a tendance à passer beaucoup de coups de fil, m'expliqua-t-elle tandis que nous rejoignions la presse à la porte.

– Si tu te soucies de combien ça te coûte, c'est que tu n'en as pas les moyens.

– Danny, espèce de petite réserve à clichés ambulante. Le problème, c'est que ces gamins téléphonent à tous les numéros de messageries roses. Et tu te retrouves avec des factures astronomiques et toutes sortes de petites sollicitations lascives qu'il faut des mois pour trier. C'est vraiment très désagréable.

– Et tu fais le tri à la main ?

Je lui jetai un œil de côté. Ses lèvres avaient formé une adorable petite moue, tirant vers leurs commissures une légère érosion de rides minuscules, tandis que ses pommettes retendues par le bistouri du chirurgien se coloraient légèrement.

– Arrête, dit-elle en me poussant devant elle. C'est mon mauvais côté.

Une femme, vêtue d'une veste en faux guépard, dit : « Missy, chérie », passa entre nous deux, et disparut sans attendre la moindre réponse.

Un nombre substantiel d'individus grouillaient dans la galerie. Les quatre serveuses n'auraient pu remplir les verres plus vite que si elles distribuaient de l'eau potable au Rwanda. L'air était saturé des relents combinés de vin blanc et d'essence de térébenthine. Jadis premier étage spacieux faisant office d'entrepôt, avec étrésillons de bois montant à deux niveaux au-dessus de nos têtes, soutenus par des murs en parpaings, et, au sol, un réseau de cloisons hautes de près de trois mètres, toutes peintes en blanc, la galerie, par sa conception même, ne faisait qu'encourager un tintamarre déjà considérable.

Pour cette exposition précise, la direction avait mis en œuvre une idée lumineuse : découper à la tronçonneuse, dans les diverses cloisons, des trous de taille assez grande pour livrer aux regards du public les réfrigérateurs de Dodd-Gumpson, dont la plupart donnaient l'impression d'avoir été excavés de la décharge municipale de Colma afin de faire de la place pour de nouvelles tombes du cimetière. Massacrés, rouillés, écrabouillés, on les avait peints de nuances criardes, simple assemblage de teintes primaires envahi sans raison par des combinaisons de grandes balafres antinomiques droit sorties d'un diagramme des couleurs.

– Des réfrigérateurs, disait une femme d'une voix incrédule tandis que nous rejoignions le haut de l'escalier.

– Exactement, s'esclaffa son compagnon en agitant son verre à l'adresse d'une grande bannière suspendue au-dessus du palier du premier.

HENRY DODD-GUMPSON

....

La Furie du Confort

– Il y a du vrai dans la publicité, fit-il remarquer.

– Au moins ils ne lui donnent pas le nom d'art, dit son amie.

– L'art est sous-entendu.

– Que vaut le vin ?

– Délicieux.

– Est-ce qu'il faut vraiment qu'on reste ?

– Catherine en achète un.

– *Quoi ?*

– Je n'étais pas censé le dire. Mais je crois qu'elle a l'intention de te le donner.

– Elle n'oserait pas m'embarrasser d'une chose pareille.

– J'ai compris qu'il te faudrait un peu de temps pour faire bonne figure...

Tandis que Missy balayait la foule du regard en saluant une personne sur trois, je parcourus vite fait la *raison d'être** de l'artiste, en vingt-quatre points, affichée près du bar.

... Appareils ménagers détruits comme synecdoques de la technologie du consommable / Articles de confort de classe moyenne à une époque sans confort / Bouffée de fréon teintée de nostalgie et de nourriture avariée / M'man a acheté un pain de glace dans la fournaise de Queens au mois d'août / Un mètre de toile dégoulinante, quelques débris de fumier et de paille / Travail et Matériau de l'Art / Totale Perméabilité de la membrane gélatineuse entre Pragmatisme structurel et Forme éviscérée / Le caribou pourri dans un prototype bon pour le rebut catalysant une nouvelle esthétique...

– Monsieur ?

Une jeune femme en smoking me passa en revue avec espoir derrière le comptoir du bar.

– Ces New-Yorkais croient qu'ils peuvent débarquer dans l'Ouest et nous transformer tous en singes grotesques, dis-je.

Elle regarda au-delà de ma petite personne.

– Suivant, s'il vous plaît.

– Deux verres de vin, me dépêchai-je d'annoncer. Un rouge, un blanc.

– Nous avons du chardonnay, du chablis, du cabernet, du merlot, du pinot, du zinfandel...

Je secouai la tête.

– Un blanc, un rouge.

Elle servit, en tenant la bouteille à deux mains.

– Suivant, s'il vous plaît.

Je manœuvrai mes deux verres en plastique à travers la foule jusqu'à Missy, qui dit :

– Il est là.

– Djector ?

– Là-bas, il bavarde avec la blonde.

Djector, le crâne rasé, portait un gilet à rayures noir et or boutonné sous une veste à revers étroits en velours, avec foulard bordeaux, chaussures noires impeccablement cirées, et canne en ébène. Il semblait engagé dans une conversation animée.

– Allons-y.

Avançant de groupe en groupe, dont la plupart tournaient le dos aux œuvres d'art, Missy entama la valse avec temps d'arrêt si spécifique aux amateurs de galeries. S'ensuivirent couinements ravis comme devant une relation connue, baisers aériens, poignées de mains et rires nerveux. Le bruit était terrifiant. Puis, entre notre gibier et nous, s'interposa une petite troupe comprenant la co-propriétaire de la galerie, Olivia Sloane, l'artiste Dodd-Gumpson, et une demi-douzaine d'autres. Ms. Sloane tenait son porte-bloc avec le catalogue des prix et un rouleau de pastilles rouges adhésives.

La petite coterie s'était immobilisée et contemplait un réfrigérateur déglingué recouvert de pistolets à courbes de diverses tailles, en couches multiples, que l'on avait ensuite généreusement empâté de jaune de chrome avant d'y semer quelques zébrures aléatoires de noir terne.

– Celui-ci se nomme *Diana sur Glace*, disait Ms. Sloane.

– Hum, dit une femme debout à son côté.

– Vous ne le trouvez pas tout simplement adorable ? Si Henry ne m'en avait pas déjà vendu un, je l'emporterais chez moi personnellement.

– Il y en a un autre du même modèle ? demanda la seconde femme, sentant là une échappée possible.

– Oh non, pas du tout, dit complaisamment Ms. Sloane.

Elle nichait son matériel de bureau contre son sein et contemplait l'œuvre avec une évidente satisfaction.

– Toutes les formes de Henry sont des pièces uniques. C'est juste qu'il a mis en pratique tant et tant d'idées, et si vous regardez avec attention, vous verrez la chronologie d'un thème donné dans l'évolution de son œuvre.

– Oh, dit la femme, déçue.

Elle paraissait un peu trop ivre pour se défiler devant cette proposition d'achat sans se montrer grossière, mais son ébriété n'était pas suffisante pour qu'elle ne fût pas préparée à cette extrémité.

L'artiste était tout près, quelque peu détaché, une main dans la poche-revolver du jean de créateur porté par une grande brune typée debout à son côté. Tous deux affichaient le sourire post-coïtal du consommateur de cocaïne momentanément assouvi.

– Est-ce... est-ce que c'est signé ? demanda l'acheteuse potentielle.

Ms. Sloane eut un énorme sourire. Dans le cadre de la vente d'une œuvre artistique, et sa joute de questions-réactions aléatoires pareille à une partie de billard électrique, la réponse à cette question précise était inévitable.

– Avant de signer son œuvre, M. Dodd-Gumpson préfère en connaître le propriétaire. Sachant exactement à qui l'œuvre en question va aller, et, de préférence, s'étant renseigné sur l'emplacement qu'on lui destine, il peut personnaliser l'inscription.

Dodd-Gumpson, dents serrées et lèvres retroussées, hocha la tête comme un malade mental.

– Oh, dit l'acheteuse potentielle. Peut-être pourrions-nous organiser une réception. Mais s'il se révèle que le propriétaire véritable ne soit pas l'acheteur ? Je veux dire, et si c'était un cadeau, ou, ou... oui... une donation ? Oui...

Missy nous fit contourner cette petite scène, mais notre gibier avait disparu dans la foule.

– Bon Dieu, dit-elle. Allez, viens.

Elle plongea dans la cohue, renversant au passage un verre ou deux, en nous frayant néanmoins une percée parmi toute cette foule.

– Le voilà, dit-elle.

Elle s'arrêta si brusquement que je me cognai à elle.

– Oh, chéri, dit-elle en se frottant tout contre moi. Quelle impétuosité !

– Qui, moi ? Impétueux ?

Elle me prit la main et continua de l'avant.

– Manny, voici quelqu'un qu'il faut absolument que vous connaissiez.

Djector tourna le regard et sourit, toutes dents dehors. Missy avait beau ne plus être comme la blonde d'une vingtaine d'années et quelque qu'il avait coincée entre lui et un Kelvinator criblé d'impacts de balles, elle n'en restait pas moins très séduisante.

– Et je vous connaîtrais d'où, jeune dame ? demanda-t-il avec un sourire affable. De l'asile d'aliénés ?

– Oh, arrêtez, Manny. Je vous présente Danny Kestrel, encadreur des stars.

Elle n'était pas tout à fait obligée de placer ma main dans celle de Djector, mais elle l'aurait fait. Djector ne fit montre d'aucun scrupule en laissant une expression de profond ennui rider son faux sourire lorsque nous nous serrâmes la main. Je ne pouvais lui être d'aucune utilité, alors pourquoi fatiguer ses neurones ?

Missy reluqua la blonde.

– Je m'appelle Marissa James.

– Tawna, dit la fille, en prenant la main que lui offrait Missy avec un soupçon de soulagement des plus discrets. Tawna Spelling.

– Votre grand-père serait-il producteur de feuilletons télévisés ? demanda Missy.

La jeune femme rougit.

– Oh, non. Ça, c'est une autre branche de la famille. Mon papa élève des chèvres.

Elle me regarda et éclata de rire.

Je ris de conserve.

Missy et Djector ne rirent pas.

– En réalité, dit Djector, Mlle Spelling est étudiante en art dans l'immeuble voisin.

– L'Academy of Art ? dis-je en toute logique.

– Elle est pleine de talent, ajouta Djector.

Le sourire de Tawna s'évanouit.

– Vous n'avez même pas vu ce que je faisais.

– Oh, mais je sais, poursuivit Djector, sans la moindre gêne. Vous êtes d'un très grand sérieux, et votre travail ne saurait y être inférieur. S'il l'était, vous feriez tout à fait autre chose, quelque chose qui serait mieux adapté à votre sens de l'excellence.

Tawna hésita.

– La question est toujours de savoir s'il faut fuir ou se pincer le nez, observai-je gentiment, lorsqu'on est confronté à un tsunami de conneries.

Twana essaya bien de résister, mais elle finit par sourire à nouveau.

Le visage de Djector laissa échapper une expression qui en dit beaucoup plus sur sa personne que ce qu'il venait de nous en apprendre devant Tawna, avant de vite maîtriser cette impulsion spontanée, et dit :

– Un peu, comme vous dites, de *conneries*, monsieur... ?

– Kestrel, lui servis-je, mais ce n'est pas lui que je regardais.

Tawna rougissait à nouveau.

– Kestrel, répéta Djector. Encadreur des stars. J'ai découvert qu'une petite mise en boîte, en cadre oserais-je dire, pouvait aller très loin.

J'offris un court répit au plaisir que je prenais au sourire de Mlle Tawna pour me tourner vers Djector. Ses traits vieillissants se chargeaient d'une menace moindre que le ton de sa voix, mais cela ne faisait pas de lui une choute pour autant.

– Manny est un homme d'une grande intuition, avança Missy.

– On ne peut juger du travail de quelqu'un de la même manière qu'on juge la personne, dit Tawna.

– Ah, intervins-je, peut-être avez-vous lu le *Contre Sainte-Beuve* de Proust ?

Missy roula lentement des yeux dans ma direction avant de les retourner vers Tawna, qui écoutait en fronçant les sourcils, tandis que Missy disait très poliment, afin, je présume, de ne pas éclater de rire :

– C'est absolument vrai, Tawna. Avez-vous vu le réfrigérateur en coin, là-bas, dans lequel Dodd-Gumpson a fait exploser une grenade ?

– Bien sûr, dit Tawna. Pourquoi ?

– Simplement parce qu'en voyant Dodd-Gumpson, jamais on ne pourrait imaginer qu'il a été assez stupide pour faire ça, déclara Missy d'un ton aussi suave que sérieux. Vous imagineriez une chose pareille, monsieur Djector ?

Celui-ci lui offrit un mince sourire, et Missy pivota vers moi.

– Oh, dis-je, avec un hochement de tête vers le groupe entourant l'artiste cocaïné. Pas de problème, il m'a tout à fait l'air d'avoir la tête de l'emploi.

Tawna prit ombrage de ces remarques, et son front se barra d'un pli de circonstance. Elle était tellement craquante que sa simple présence aurait pu vider une conversation normale de tout sous-entendu malveillant.

– J'étudie le nu avec Hank, dit-elle carrément. C'est un homme plein de savoir et de talent. Et c'est aussi un grand professeur.

– Vous n'avez pas parlé de son intelligence, fit remarquer Missy.

– Il est très intelligent, rétorqua sèchement Tawna. Cette galerie est l'une des meilleures de la ville. Regardez tous ces gens. Regardez l'immense quantité de travail qu'il parvient à accomplir. Ces gens le respectent, et ils respectent son œuvre.

– Comment en sommes-nous arrivés à ce sujet ? demandai-je.

Tawna haussa les épaules.

– Je ne sais pas. Nous sommes simplement au beau milieu d'un one man show par Henry Dodd-Gumpson.

– Bien sûr, mais pouvons-nous trouver beaucoup à dire sur des réfrigérateurs massacrés ? se demanda Missy.

– Eh bien, dit Djector en s'adressant essentiellement à Tawna, pas plus tard qu'il y a deux mois, j'en ai vendu deux en Europe, appartenant à sa dernière collection. Ç'a été très fructueux, je dois dire. Rien que l'expédition...

– N'oubliez pas de prendre une assurance.

Djector, qui s'apprêtait à poursuivre sur le sujet, m'offrit un regard visant à signifier qu'il n'avait aucun souvenir que nous ayons jamais été présentés. Malheureusement ou pas, il signifiait dans le même temps qu'il n'avait pas la moindre idée de ce que je voulais dire.

– Vous voyez ? dit Tawna.

Missy, qui fronçait le sourcil à mon adresse, offrit alors à Tawna un « Non » pas très amène.

– Mlle Spelling perçoit clairement que les Européens adorent leurs Dodd-Gumpson, poursuivit un Djector plein de courtoisie. En fait, je n'étais même pas le principal agent dans ces deux transactions. J'en ai néanmoins retiré un joli bénéfice. Un très joli bénéfice.

– Vous aviez un sous-agent ou quoi ? demanda Missy.

– C'est une excellente manière de décrire la femme en question, sourit Djector avec suffisance, non sans un soupçon de condescendance dans la voix.

– Cette description se poursuivrait-elle par des cheveux bruns et une petite robe noire pour une taille d'un mètre soixante-douze ? demandai-je.

Djector cessa de sourire.

– Est-ce que vous avez été payé ?

– J'ai été payé, répondit-il d'un ton tranquille.

Le regard de Tawna passait de l'un à l'autre, sans trop savoir que comprendre.

– Danny était un ami de cette femme, dit Missy.

Djector se tourna vers moi, puis vers Missy.

– Et vous, Ms. James ? Renée était-elle une de vos amies ?

Missy ne répondit pas.

– Parce que si vous connaissiez un tant soit peu Renée, Miss James, vous sauriez que Renée n'avait pas d'amis.

– S'agit-il de la Renée dont les journaux ont parlé récemment ? demanda Tawna, dont le regard continuait de passer de l'un à l'autre de nos trois visages. La femme assassinée ?

– Oui, chérie, répondit Missy, la femme assassinée. Celle-là même.

Au lieu de rester bouche cousue, je dis à Djector :

– C'est plutôt glaçant de dire une chose pareille d'une femme qui est morte depuis moins de deux semaines.

– Excusez-moi, répliqua Djector comme si sa patience était à bout, mais qu'est-ce que vous pourriez bien en savoir exactement ?

Sacrément peu, je devais le reconnaître.

– On aime tous quelqu'un, dit Tawna avec espoir.

– Je n'étais pas à son enterrement, dit Djector sans s'émouvoir. Personne n'a craché sur sa tombe ?

Tawna eut un petit haut-le-cœur. Missy, un petit rire.

– Personne, répondis-je. Deux femmes m'ont eu l'air assez bouleversées.

– Je parierais qu'il y en a eu deux autres au moins qui n'étaient pas bouleversées du tout.

– C'est vrai, dus-je admettre. L'événement a été bien étrange.

– Voilà qui y ressemble plus, dit Djector. Ça ressemble un peu plus à la Renée dont je me souviens, ajouta-t-il avec un gloussement sec. Je regrette de l'avoir raté.

– Pourquoi l'avez-vous raté ?

– Vous étiez en ville, suggéra obligeamment Missy. Je vous ai vu à la vente aux enchères de Townsend Street.

Djector lui adressa une petite courbette de la tête.

– Vous auriez dû venir dire bonjour.

Se tournant vers moi, il poursuivit :

– Franchement, monsieur...

– Kestrel.

– Oui. Un nom intéressant. Celui d'un petit faucon en anglais, n'est-ce pas ? La crécerelle ?

Je haussai les épaules.

– Mon grand-père l'a adopté sur Ellis Island en lieu et place du nom de famille hongrois sous lequel il était né et qui se prêtait mal à l'américanisation. Il aimait étudier les oiseaux.

– Je ne savais pas ça, dit Missy. On apprend les choses les plus surprenantes qui soient lorsqu'on cherche l'art. Vous n'êtes pas de cet avis ? ajouta-t-elle en se tournant vers Tawna.

Mais à ce stade, Tawna affichait sa mine modèle les-adultes-sont-tellement-bizarres.

– Vous alliez parler des sentiments que vous inspirait Renée, rappelai-je à Djector.

Il regarda en direction de la jeune blonde, sans véritablement la voir.

– Pendant très longtemps, j'ai pensé que cela lui pendait au nez, dit-il avec une assurance prudente mais franche. À en juger par la manière dont elle se comportait et celle dont elle traitait les gens, ainsi que par les gens qu'elle fréquentait, je pensais que ce n'était qu'une question de temps.

Son regard se posa sur moi.

– Si vous aviez connu Renée, vous sauriez de quoi je parle. Ne vous méprenez pas. Nous vivons dans un monde où chacun se tire à bon compte de toutes les situations dont il peut se tirer à bon compte. Mais – il serra le poing et ajouta tranquillement – Renée *consumait* les gens.

Tawna plissa légèrement le sourcil.

– Vous a-t-elle consumé ? demandai-je.

Djector lâcha un faible sourire.

– Oh, il a bien fallu qu'elle essaie. Tuer le père/professeur et tout ça. C'est ainsi qu'elle était. C'est ainsi qu'est tout un chacun. Elle a essayé, mais elle n'a pas réussi.

– Qu'est-ce qu'elle a essayé ?

Il ouvrit lentement le poing, et secoua la tête.

– Elle ne s'en est pas tirée à bon compte. Elle m'aurait adressé un graphique évolutif prévisionnel que son stratagème n'aurait pu être plus évident. Je me suis simplement contenté d'attendre. Quand elle a fait un faux pas, ainsi que je l'avais prévu, j'étais là pour la rattraper avant qu'elle ne tombe. Après cela, pendant un temps, en tout cas – il referma lentement la main jusqu'à ce qu'elle se change à nouveau en poing –, elle a été à moi.

Bien malgré elle, Tawna écoutait d'une oreille trop attentive ; elle sursauta visiblement à ces paroles, avec un petit haut-le-cœur. Personne ne dit mot. Nous regardions tous Djector. Le bruit des amateurs d'art paraissait avoir perdu de son intensité, comme si les invités avaient battu en retraite à distance respectable.

– À moi, murmura Djector.

– Ah... dit Tawna après un moment, il faut que j'aille retrouver un... ami ?

Elle serra la main de Missy.

– Heureuse de vous avoir rencontrée, se dépêcha-t-elle de dire.

Avant de se dépêcher aussi vite de s'éloigner.

Djector la suivit des yeux.

Encore un moment et j'insistai.

– Qu'est-ce donc que Renée a accompli tout le temps qu'elle a été « à vous », Manny ?

Djector ne bougea ni ne parla, avant de brusquement cligner des paupières, à croire que nous venions d'apparaître devant lui en ce même instant.

– Rien du tout, dit-il d'une voix si ténue que je faillis ne pas entendre. Au bout du compte, Renée Knowles n'a pas accompli la moindre fichue petite chose.

13

Pour réaffûter une ébréchure sur le tranchant d'une gouge en V, il faut polir à la pierre les deux bords de coupe de manière symétrique. C'est ce que je m'apprêtais à faire quand le téléphone m'interrompit.

– Kestrel ?

– Tout dépend, dis-je prudemment, de ce que vous vendez.

– Déconne pas avec moi, espèce de petit futé. Où l'as-tu mis ?

– Je vous demande pardon ?

– Déconne pas avec moi, espèce de petit futé. Où l'as-tu mis ?

Au lieu de suivre son conseil, je dis :

– Écoute, tête de nœud. Pourquoi tu n'irais pas refiler ton texte au rewriting et te trouver un nouveau scénar ? Soit ça, ou alors tu te trouves un boulot dans tes capacités.

À l'autre bout de la ligne, une caisse enregistreuse tinta, signalant la conclusion d'une nouvelle vente.

– Kestrel, dit la voix, tu viens de te baiser toi-même et tu l'as dans le cul.

Un extrait de *All Along the Watch Tower* s'échappa du juke-box à côté de la caisse enregistreuse, et mon interlocuteur raccrocha.

L'horloge au-dessus du bureau affichait seize heures quarante-cinq.

J'appelai Bowditch.

– Comment se fait-il que vous ne rappeliez jamais ? Vous avez trouvé quelqu'un d'autre à aimer d'amour dans le Couloir de la mort ?

– T'es sur ma liste, dit-il, le souffle laborieux, comme s'il venait de remonter quatre à quatre une volée de marches, mais faut que t'attendes, y a des tas de vies brisées avant toi. Qu'est-ce qui t'arrive ?

– Deux choses. En ordre inverse, je viens d'avoir un coup de fil d'un mec qui me dit que je viens de me baiser moi-même et que je l'ai dans le cul.

– C'est une chose que j'aurais pu te dire moi-même.

– Est-ce que vous pourriez retrouver l'origine de l'appel ?

– Pas sans motif légitime.

– Et ça veut dire quoi ?

– Diverses choses. Disons qu'après son coup de fil, quelqu'un te tire une balle dessus. Avant que tu tombes dans le coma, tu fais part de cette tentative de meurtre par arme à feu à une infirmière. Dans la mesure où l'épouse d'Evans vient de le quitter, il invite l'infirmière à déjeuner pour lui tirer les vers du nez. Deux ou trois déjeuners seraient peut-être nécessaires pour qu'il obtienne suffisamment d'informations justifiant un mandat d'arrêt contre déposition sous serment.

– Seigneur Jésus, mais les conclusions de la justice sont des mouvements browniens.

– La loi est là pour protéger les gens, Kestrel.

– Hé, dis-je en jetant un œil par-dessus mon épaule.

Comme d'habitude, la porte donnant sur la rue était ouverte.

– Les gens, c'est moi aussi.

– Ça, c'est toi qui le dis.

Bowditch prit bruyamment une gorgée d'un liquide quelconque. On aurait cru entendre un balai en train de racler un ruisseau inondé.

– Bowditch, dis-je à bout de patience, vous et moi savons que je n'ai pas tué Renée Knowles. Alors de qui venait ce coup de fil ?

Bowditch rota.

– Je ne peux pas t'aider. Tu as dit qu'il y avait deux choses.

– Incroyable. Vous avez déjà entendu parler de Manny Djector ?

– Ouais. Le mec a le nez propre.

– Ce taré a le nez propre ?

– Pour autant que ça concerne notre affaire, Djector a le nez propre. Il se trouvait très occupé dans le donjon de sa maîtresse la nuit où la mère Knowles s'est fait descendre. Ç'a été un vrai plaisir d'obtenir qu'il le reconnaisse.

Le bruit qu'il lâcha aurait pu passer pour un rire parmi ses amis.

– Je crois, dis-je, que je suis le dernier de tous les habitants de cette ville à entendre parler de Manny Djector et de sa dominatrice de Oakland. Écoutez...

– Comment sais-tu qu'elle est à Oakland ? C'est Djector qui t'a appelé ?

– Certainement pas. Mais il...

– D'accord. Écoute, Kestrel. Ne joue pas au flic. Renée Knowles fricotait avec toutes sortes d'individus. Mais au contraire de toi, la plupart d'entre eux gravitent dans les cercles infernaux de dénicheurs de haut vol et de marchands qui traitent exclusivement en liquide, ne paient pas tous les impôts qu'ils devraient payer, et possèdent plus d'un compte en banque dans plus d'un pays. En général, c'est un ramassis d'arnaqueurs et de menteurs qui ont deux choses en commun : ils sont prêts à faire à peu près n'importe quoi pour ne pas gagner leur pain en travaillant, et ils ont en partage un amour disproportionné de l'argent et des choses que l'argent permet d'acquérir. Et si, comme phénomène sociologique, ils se placent peut-être très haut dans la hiérarchie de l'arnaque, il y a également chez eux, en proportion inverse, un taux de meurtres assez bas. Très bas même. Il se peut qu'ils passent leur temps à se baiser les uns les autres, mais ils ne se tirent pas dessus.

– Qui est-ce qui a dit que le mec qui m'a accusé de posséder ce « truc » avait quelque chose à voir avec les dénicheurs et les marchands ?

– À ce stade de l'affaire, tu as bien dû finir par comprendre tout seul que le talent de Renée était justement de dénicher des trucs, et que les dénicheurs, les marchands et leurs clients étaient les seules personnes qui acceptaient de lui parler. Mon Dieu, même son propre mari ne l'aimait pas beaucoup.

– Vous avez compris ça tout seul, hein ?

– Ça n'a pas été difficile.

– Mais Knowles ne la détestait cependant pas, en revanche. En tout cas pas suffisamment pour la tuer.

– Toutes les pièces du puzzle ne sont pas encore en place, mais non, apparemment pas.

Il réfléchit un moment.

– Est-ce que tu serais en train de me dire que le mec qui t'a appelé parlait comme Knowles ?

– Non. Il avait une sorte d'accent sudiste. C'est une voix que je n'avais encore jamais entendue.

– L.A. ?

– Non, non. La Louisiane. L'est du Texas.

– Tu as fait une visite de courtoisie à Knowles après l'enterrement ?

– Ç'a été étrange, je dois dire en passant. Renée lui manque, mais on ne peut pas dire qu'il récite son Kaddish tous les jours.

Tandis que nous bavardions, je creusais d'un air absent le dessus de mon bureau, en dégageant un petit copeau circulaire de contreplaqué à l'aide de la minuscule extrémité triangulaire de la gouge en V. La pointe de l'outil accrocha la tête masquée d'une semence de tapissier et s'arrêta. Choc frontal. La pointe était bousillée. Il allait me falloir une heure d'affûtage pour en récupérer le tranchant. Je laissai tomber mon outil, dégoûté.

– Il n'y a pas grand-chose à dire sur lui, poursuivit Bowditch. Le maître d'hôtel et Knowles se servent mutuellement d'alibi. Il n'y a pas d'arme du crime. Tu as été la dernière personne vivante à avoir vu Renée vivante.

– Faux. Celui ou celle qui l'a abattue a aussi été la dernière personne à l'avoir vue vivante.

– Toujours est-il que tu as été également le dernier à la baiser.

Cette conversation ne se passait pas bien du tout.

– Comment le savez-vous ? m'écriai-je. Les tests sont revenus du labo ?

– Chaque chose en son temps, Kestrel, répondit-il calmement.

– Vous n'en savez pas plus que moi.

– Ça t'arrive pas de temps en temps, tu sais, des flash-back ? Tu t'es jamais chopé une dose d'Agent orange ?

Je lui offris un conseil similaire à celui que m'avait prodigué mon correspondant anonyme, et je raccrochai.

Je fis le tour du bloc pour me vider les esprits et je m'installai au-dessus de ma pierre à huile afin de reprendre le taillant de ma gouge en V pour en faire quelque chose d'utilisable. Derrière moi, sur l'établi moquetté, attendait le grand cadre. Je n'avais pas encore entamé le travail de sculpture. Dans un vaste placard au fond de l'atelier, la peinture destinée au cadre attendait elle aussi, enveloppée de polyéthylène. Deux marchands, un client, un artiste et beaucoup d'argent attendaient que je termine ce cadre. Il était aussi convenu par contrat que je l'installe. La galerie de tableaux du client était un long couloir entre sa bibliothèque et sa salle à manger, traversant les huit cents mètres carrés de sa villa de style espagnol à Atherton. Une véritable constellation de créances resterait en orbite tant que je n'aurais pas terminé le travail.

C'est le diable qui fit à nouveau sonner mon téléphone. Et très vraisemblablement, c'est aussi lui qui me fit décrocher.

– Danny, dit une voix peu amène. Michelle Canton à l'appareil.

– Oui, Michelle, répondis-je d'une voix courtoise. Je m'attaquais justement à ton cadre en cette minute précise.

– Ce n'est pas pour te harceler, Danny. Mais c'est exactement ce que tu as dit la dernière fois que je t'ai appelé.

– C'est vrai, lui concédai-je, en forçant une fois encore quelque courtoisie dans ma voix. Mais la dernière fois que tu m'as appelé ne remonte qu'à quatre petits jours. Il nous faut du temps, à nous autres artisans.

– Danny, dit-elle, sans même se soucier de masquer son impatience, je t'ai appelé il y a au moins une semaine.

Je jetai un œil au calendrier. Michelle était toujours à cran, survoltée, et gagnait beaucoup d'argent comme marchande d'art. Un jour ou deux dans ses souliers, lustrés par le climat que génèrent des toiles de plusieurs centaines de milliers de dollars, et un individu moyen serait effectivement à même d'accumuler autant de stress qu'en un mois de vie ordinaire. Dans le seul but de lutter pied à pied contre le temps élastique de telles clientes, j'avais depuis longtemps mis en place une habitude de défense consistant à noter l'heure et la date des appels que je recevais. À chaque client en cours était associée une couleur particulière. Celle de Michelle était la couleur taupe.

– Michelle, dis-je, tu m'as appelé à treize heures quarante-cinq mardi. Pour dire les choses charitablement, tu voyageais un peu plus vite que d'habitude. Néanmoins, il ne s'est écoulé que quatre jours depuis mardi.

– C'est impossible. De quel fuseau horaire parlestu ?

Je répétai.

– Heure de la côte Pacifique, ajoutai-je. Pour changer.

J'entendis un bruissement de pages.

– Impossible. La majeure partie de l'après-midi, j'étais dans le Concorde.

– Oui, et alors ? Il n'y a pas de téléphone sur le Concorde ?

– Tu as perdu l'esprit ? Quand on appelle du Concorde, c'est cinq dollars la minute.

– Et depuis quand cela t'arrête ?

– En outre, ajouta-t-elle d'une voix mutine, le téléphone n'est pas autorisé dans le jacuzzi.

– Je suis sûr qu'ils travaillent au problème. Tu es restée dans le jacuzzi pendant tout le trajet jusqu'à Londres ?

– Au départ de Washington, ça ne fait que deux heures et demie.

– C'est juste que je n'ai pas entendu les éclaboussures.

– Il y a eu aussi des éclaboussures, dit-elle avec pétulance. En allant comme en venant.

– Michelle. Est-ce que tu m'appelles uniquement pour me dire à ta manière toujours si subtile que tu as tiré ton coup dans un jacuzzi sur le Concorde mardi dernier ?

– Et ce matin, précisa-t-elle d'une voix rêveuse. À mon retour.

– Félicitations, soupirai-je.

– Est-ce que tu penses que tu pourrais avoir le cadre prêt pour demain, Danny ?

Je fis une note couleur taupe de l'appel d'aujourd'hui.

– Nous sommes vendredi, Michelle.

– Oui ? En as-tu presque terminé ?

Je ne jetai même pas un coup d'œil vers l'établi moquetté.

– Les essences de bois sont collées. Le cadre a été assemblé et mouluré à la défonceuse. Le motif a été reporté. La sculpture proprement dite a à peine commencé. Je suis accusé de meurtre. Voilà, tu sais tout.

– Tu vois ? Si tu travailles tout le week-end...

– Qu'est-ce qui se passe, Michelle, serions-nous un peu à court de liquidités ?

– Tu n'en sais pas la moitié.

– Est-ce que c'est ton Filofax que tu feuillettes ?

– Oui.

– Inscris. Tu m'as appelé aujourd'hui, vendredi. Pigé ?

– O.K., mentit-elle. Pourquoi ?

– Passe maintenant à vendredi prochain.

J'attendis. Silence.

– Tu y es ?

– J'y suis, répondit-elle d'un ton obstiné.

– Tu inscris : *Appeler Danny pour le Steinmetz*. O.K. ? Pigé ?

– Pigé, dit-elle d'une voix glaciale, avant de raccrocher.

Je fis moi aussi une note couleur taupe dans la case de vendredi prochain. *Appeler Michelle*. Puis je replaçai le crayon de la dame dans la boîte à café et repris en mains la gouge en V mutilée.

Chaque flanc de la gouge est constitué de dix millimètres d'acier de Solingen. Le genre de matériau parfaitement à même de garder son tranchant un temps suffisant pour accomplir une sacrée quantité de travail, mais cela demande aussi une sacrée quantité de travail que de redonner son fil au dit tranchant, sans même parler de lui redonner sa forme. On peut affûter l'extérieur du V à l'aide d'une pierre plate tout à fait ordinaire, ce qui signifie qu'en y mettant tout son cœur, le boulot avance vite. Mais l'intérieur du V exige des pierres à eau étroites, sur lesquelles on ne peut appliquer que la seule pression qu'acceptent les extrémités de vos doigts. L'affûtage de séries entières de gouges à bois demande un temps et une concentration qui vont bien au-delà des conceptions modernes de l'un et de l'autre. C'est cet aspect de l'affûtage des outils, véritable subversion de la temporalité, qui est tellement apprécié par la tradition menuisière anglaise et japonaise ; et tout en professant une grande admiration pour la chose, en payant qui plus est bon argent pour le résultat obtenu à l'issue d'un effort de cette qualité, ce sont précisément les gens comme Michelle Canton qui n'ont absolument aucune capacité à le comprendre.

Au bout d'une bonne heure, la gouge réaffûtée tranchait aussi nettement que je pouvais l'espérer. Très bientôt, les copeaux commencèrent à s'entasser le long du cadre. Mais ma rêverie reprit, cette fois pleine de la maladresse confuse et troublée d'un rêve archétypal. Au milieu du cliquetis de ses deux bracelets, des soupirs, des conversations imaginées, le sourire de Renée révéla deux crocs – des dents longues. Je réfléchis au portrait qui commençait à se dessiner de sa personnalité tout en sculptant mon bois, et ce n'est que graduellement que je pris conscience que je n'étais plus seul dans mon atelier.

Leur présence ne fut pas bien difficile à détecter. L'un fumait une cigarette. L'autre mâchonnait du chewing-gum parfumé au clou de girofle.

Je ne relevai pas les yeux, ni n'interrompis mon ouvrage. Il n'y avait pas grand-chose que je puisse faire, hormis étirer le temps entre ma prise de conscience de leur présence et leur futur plan d'action. Et soudainement me revint à la mémoire le dernier lieu où j'avais éprouvé une sensation identique, sur une piste, le long d'un cirque enchevêtré de plantes grimpantes au-dessus d'une chute d'eau. C'était juste avant la tombée du jour, comme maintenant. J'avançais en second, harnaché d'un équipement complet, mais ce n'était pas moi qui portais la radio, et c'est ce qui m'avait en partie sauvé. Cela, et aussi le fait que je me comportais comme si je ne savais pas qu'ils étaient là. L'endroit était dangereux, c'est la raison pour laquelle le radio avait été placé au milieu de l'escouade. On ne voyait rien, on n'entendait rien, car la cascade emplissait l'air de brume et de bruit. La piste était envahie par la végétation, abrupte, humide, et il fallait être très prudent, en s'aidant des deux mains pour la gravir. De toute manière, il ne servait à rien de surveiller les alentours. Il n'y avait rien à voir.

Je grimpai sur une centaine de mètres sans m'arrêter. Le caporal Johnson, le seul autre mec à avoir atteint le sommet, savait déjà. Il m'ordonna d'un air sinistre de poursuivre. Si nous n'arrivions pas à prendre position sur la crête avant la nuit, ce serait intenable. Ils attendraient le radio, ensuite ils s'attaqueraient à nous. J'avais parcouru huit cents mètres quand la fusillade commença. Avant qu'elle se termine, ils s'étaient choisi deux mecs, cueillis en pleine pente, et avaient fait de la chair à pâté du radio, mais le lieutenant avait pigé leurs intentions et les avait roulés dans la farine. Il les avait devancés et déjà demandé des renforts, avant même que la fusillade commence, puis il avait collé la radio dans le dos du dernier mec de la file – lui-même. Ce fut une bonne décision qui lui coûta la vie.

Les deux types dans l'atelier étaient différents. J'étais tellement pris par mon analyse de la personnalité de Renée qu'ils auraient eu largement le temps de me descendre. Ils fumaient dans l'exercice de leurs fonctions, mais ne portaient probablement pas de fusils automatiques sur eux. Et ils ne sauraient être aussi durs que les quatre mecs dans la jungle – car ils n'avaient été que quatre à tendre cette embuscade. Mais moi non plus je n'étais plus aussi dur. Trente années s'étaient écoulées, et tout mon potentiel défensif de simple soldat se résumait à une gouge en V et un dos en piteux état. Sans compter ma matière grise, naturellement.

– On ne fume pas, finis-je par annoncer en examinant le fil de la gouge. Vous ne savez pas lire, les mecs ?

Un mégot de cigarette atterrit avec un bruit discret dans les copeaux à côté du cadre, avec son panache de fumée. Je le fis tomber par terre d'une pichenette avant de l'écraser en me redressant pour leur faire face.

L'un était un peu grand, l'autre un peu court sur pattes. Le fumeur avait une main serrée dans la poche de sa veste, de toute évidence tripotant avec tendresse une arme à feu. Le grand fumait lui aussi ; il tenait une cigarette non allumée et un briquet à gaz de couleur rouge dans une main et mâchonnait un chewing-gum, mais apparemment, il n'était pas armé. Il portait une veste genre tweed sur une chemise hawaïenne à motifs d'ananas, un pantalon en toile, pas de chaussettes et des mocassins éculés. Il avait tout à fait l'allure du vendeur de bagnoles d'occasion qui claque ses gains, T.V.A. comprise, à l'hippodrome. Occupation totalement différente de celle pratiquée par son pote, qui donnait l'impression d'avoir passé la nuit à se shooter à l'Ecstasy et s'apprêtait à recommencer dès qu'il en aurait terminé de la petite affaire qui l'accaparait.

– Y a un mec qui veut te voir, dit le vendeur de bagnoles.

– Oui ? Et où est-il ?

Le petit sourit, affichant des dents marron en pointe à faire se crisper une saucisse de Francfort.

– Alors tu boucles la boutique, petit encadreur, soupira son partenaire. Y a une tire qui nous attend dehors.

Avec juste deux mots, un nom et un adjectif, ce vendeur de bagnoles avait réussi à dénigrer celui que j'étais, et ce que je faisais.

– Ouais, dit Ecstasy. Elle est en zone rouge et on veut pas de P.-V.

Son ricanement, de ceux qui se fichent comme d'une guigne des lois et des règlements, emplit l'espace qui nous séparait de gaz des marais.

Je m'avançai d'un pas.

– Pose le ciseau à bois là où on peut le voir, conseilla le vendeur de bagnoles.

Jadis j'aurais pu essayer de me les faire, ces deux mecs, avec ou sans ciseau. Que j'eusse été ou non à la hauteur de la tâche n'aurait alors rien changé.

Mais aujourd'hui, je m'offris effectivement le temps de réfléchir. Ce qui donna à Ecstasy l'occasion de sortir un petit automatique noir poudre tout mignon, calibre 7.65. Son canon hexagonal n'était pas plus long que la poignée de la gouge que j'avais dans la main.

– Je suis resté debout toute la nuit, dit-il avec lassitude. Fais pas le malin.

Je posai mon outil à côté du cadre.

– C'est probablement votre conscience qui vous tracasse.

Vendeur de Bagnoles trouva ça drôle.

Le téléphone se mit à sonner.

Je regardai les deux hommes.

Ils me regardèrent.

Quatre sonneries, puis plus rien.

– Certainement ma mère, dis-je. Et maintenant, elle va se faire du souci.

– Elle aurait dû penser à ça avant de t'avoir, dit le mec à l'automatique.

– Avant qu'on y aille, dit Vendeur de Bagnoles, y a pas quelque chose que tu voudrais nous montrer ?

– Y aurait-il quelque chose qui vous intéresserait tout particulièrement, les mecs ? demandai-je en désignant les matériaux qui m'entouraient. De l'aluminium ? Du bois de feuillu ? Du quart de rond à peindre en gris funérailles pour flingueur ?

Le petit mec ferma les yeux et effectua une rotation de la tête, le dos bien droit, petit mouvement apparemment douloureux car on entendit une vertèbre craquer, et il fit la grimace.

– Tu sais ce qu'on veut, dit Vendeur de Bagnoles. Vois ça comme ça, ajouta-t-il en pointant son briquet. Allonge la marchandise, puisque de toutes les façons, on s'en va. Ça nous épargnera un voyage. Qui sait ? sourit-il tristement. Peut-être que tu pourras être de retour à la maison pour souper.

– Bien sûr, dis-je. Quelle heure est-il, après tout ?

Vendeur de Bagnoles jeta un œil à l'horloge au-dessus du bureau derrière moi. Où diable étais-je passé pendant qu'ils planquaient devant la maison ?

– Dix-huit heures quinze, dit-il en revenant sur moi. À quelle heure M'man prévoit-elle de te donner la becquée ?

– Oh, haussai-je les épaules, vers dix-neuf heures ?

Il haussa le sourcil.

– Alors je dirais que M’man est un peu optimiste.

14

Ils roulaient en Humvee, le véhicule militaire popularisé par la guerre entre l'Amérique et l'Irak. Le Humvee est large, long, haut sur roues, à l'épreuve des balles, peu confortable, cher, ridicule, avec des rapports de vitesses très courts et de gros pneus, et c'est une saleté ostentatoire, même selon des critères américains.

– Hé, dis-je, mais c'est le genre de chose à passer inaperçu !

– Grimpe, dit Ecstasy.

– Non, vraiment, tout le monde nous regarde.

Je fis signe de la main à un paquet de touristes qui béaient d'admiration depuis le trottoir opposé de Folsom Street. Ils me rendirent mon salut.

– Et si on prenait plutôt le tram jusqu'à Fisherman's Wharf ?

Ecstasy me poussa de l'avant d'un coup dans les côtes du canon de son arme toujours cachée. Depuis le trottoir opposé, il est probable que tout cela ne ressembla à rien de plus qu'à deux mecs en train d'en faire monter un troisième dans un Humvee à la pointe du pistolet, exactement comme au cinéma. Tout le monde devait probablement se demander où se trouvaient les caméras.

Mais si les deux garçons de livraison avaient très certainement une aversion marquée pour la publicité, j'étais curieux de connaître leur employeur, aussi tout le monde garda-t-il son calme. Je montai en compagnie d'Ecstasy à l'arrière, où dix bons mètres d'espace vide nous séparaient du siège du conducteur. Entre nous s'étalait une prairie de déchets au sens le plus pur du terme : journaux, gobelets en polystyrène, cartons d'emballage de repas chinois à emporter, CD dans et hors de leurs pochettes, une chemise en flanelle, un boxer-short à rayures, des pages arrachées à une revue pornographique. À l'avant de ce foutoir, on découvrait le trépied, sans l'arme, d'une mitrailleuse calibre .50, un téléphone, un lecteur CD AM/FM dernier cri de la technique, et, à l'arrière de chacun des dossiers des sièges, un écran à cristaux liquides intégré dont l'un semblait avoir été empalé d'un coup de corne. L'intérieur en cuir était couleur chenille gazée, un vert bien particulier qui, en dépit des relents conjugués de cigarette, café, fruit pourrissant et digestion improbable, conservait quelques traces agréables de la tannerie.

Une fois en route, Vendeur de Bagnoles s'arrangea pour qu'un haut-parleur émetteur compose un numéro de téléphone. Nous entendîmes tous la voix qui répondit, mais cette fois-ci manquait l'ambiance du bar. Vendeur de Bagnoles lui dit que nous étions en route et raccrocha.

Ecstasy alluma une cigarette.

– Hé, dis-je. Vous m'en offrez une ?

Quand il me regarda, je lui fis le signe désuet du symbole de la paix.

– Dans certaines parties du monde, ça veut dire va te faire mettre, fit remarquer Ecstasy.

– Mais vous et moi sommes frères en dépendance. Exact ?

Il me fit le signe de paix désuet.

– La ferme.

– Allons, filez-moi une clope. J'ai laissé les miennes sur l'établi.

D'une secousse, il fit jaillir une Kool mentholée et me l'alluma. Elle avait le goût d'un lobe d'oreille de racoleuse. Il y avait trente ans que je n'avais pas fumé de cigarette, mais il y avait aussi pratiquement le même nombre d'années que je n'avais vu l'extrémité opérationnelle d'un canon d'arme à feu. Je crois qu'il est certaines choses qu'il faut faire deux fois dans la vie.

Vendeur de Bagnoles prit plein est, ce qui était une bonne chose, dans la mesure où Folsom Street est en sens unique. Mais personne ne me colla de sac sur la tête. À San Francisco, le fait de rouler à l'arrière d'un Humvee, un sac sur la tête, a beau ne pas être en soi une chose qui attirerait forcément l'attention, l'absence de cette précaution élémentaire signifiait que tout le monde se fichait de me cacher l'itinéraire emprunté.

Ce qui était probablement une raison de me faire du souci.

Arrivé à l'Embarcadero, Vendeur de Bagnoles prit à droite jusqu'à la 3e Rue. Le pont mobile était relevé. Bon dernier, il ferma une file de voitures qui attendaient le passage, et s'arrêta. Deux véhicules devant nous, une bagnole de flics attendait elle aussi.

– Hé, dis-je en me penchant en avant pour pointer ma cigarette vers le pare-brise. Donnez un coup de klaxon, que je puisse leur faire signe.

Ecstasy me tira en arrière par le col, mais je continuai à parler.

– Je ne vous en veux pas d'être nerveux. Vous avez des choses importantes en tête. Du genre, et si ce Beretta partait tout seul dans votre poche ? Ça arrive, vous savez.

Je levai pouce et index.

– Le mec essaie de sortir son feu de toute urgence. Comme il est prêt à tout, il y a une balle dans le canon et le cran de sûreté est ôté. Il garde même le doigt sur la détente. Mais quand il le tire en arrière pour le dégager, le pistolet s'accroche à une garniture de la voiture – bang ! Une fusée dans la poche. Savoir où elle va, tout est possible. En plus la glissière lui déchire la peau entre le pouce et l'index.

Je lui montrai la mienne.

– Ça, c'est du rab, un petit bonus. La poudre, ça brûle, à tout le moins. Une veste bon marché ? Ça part en flammes. Celles qui coûtent bonbon, elles fondent. Mais il se trouve maintenant que la doublure s'est coincée dans la glissière, en plus. Et donc votre arme est enrayée, vous êtes blessé, et vous brûlez. Savez ce que je ferais, moi ?

– Celle-là, je l'ai déjà entendue, dit Vendeur de Bagnoles en surveillant son rétroviseur intérieur. Vas-y, dis-lui.

– Pour éteindre l'incendie et désinfecter la brûlure, dis-je, je vous pisserais dessus.

Ecstasy ne trouva pas ça drôle. Vendeur de Bagnoles rigola comme un bossu, à croire qu'il ne s'en était pas payé une aussi bonne tranche depuis longtemps.

Je pointai brusquement ma cigarette vers Ecstasy. Qui fit un petit sursaut, juste perceptible.

– Les artistes du dégaine-moi-ça-vite foirent tout le temps leur coup. Ils sortent le pistolet de l'étui...

Je me claquai la cuisse et pointai le doigt. Ecstasy tressauta et essaya de dégager son flingue. Fiasco complet. Quand il parvint finalement à le coller droit sur moi, nous rigolions de bon cœur, Vendeur de Bagnoles et moi.

– Même problème. Le guidon s'accroche au cuir et boum ! Un beau sillon calibre .44 sur tout le long de la cuisse. Vous avez de la chance si vous ne vous faites pas sauter la rotule. J'ai connu un mec auquel c'est arrivé deux fois. Il boîte toujours.

– Ah, conneries, dit Ecstasy. Tout ce qu'il avait à faire, ton pote, c'est de limer le guidon.

Je haussai les épaules.

– Vois donc ça comme un test de Q.I.

Vendeur de Bagnoles éclata de rire. Ecstasy avança le maxillaire inférieur. Je fis mine de lui toucher la veste. Quand il me chassa la main d'un revers de son pistolet, un long fil de rayonne suivit, accroché au canon.

D'un geste furieux, Ecstasy l'arracha tandis que Vendeur de Bagnoles se fichait de sa poire.

– Le petit encadreur a raison. Faut y réfléchir, à ces trucs-là.

– Joli calibre, néanmoins, dis-je. Vous avez un permis pour ça ?

Vendeur de Bagnoles hennit et retourna à son volant.

– J'en ai pas besoin, dit Ecstasy avec un regard mauvais, à cause que c'est un jetable.

– Comment ça ?

Il regarda amoureusement son pistolet avant de relever les yeux sur moi comme deux mouches sur un sandwich.

– Je m'en sers une fois, et je le jette.

Vendeur de Bagoles se racla un peu de mucosités d'une reniflette, s'éclaircit la gorge et cracha par la vitre.

– Oh, bon, dis-je, alors ça veut dire que ce n'est pas cette arme-là qui a tué Knowles.

– Hein ?

Ecstasy examina l'arme sous divers angles comme s'il étudiait la couleur d'un vin dans un verre.

– C'est une belle petite mignonne, et elle fait pas beaucoup de bruit, conclut-il.

– Intérieur, extérieur, ça fait une différence ? demandai-je.

Que diable. Qui sait, il pourrait peut-être passer aux aveux par accident, comme au cinéma.

Ecstasy m'ignora.

– Le seul problème, c'est que j'arrive pas à en avoir des livraisons régulières, de ces joujoux. Faut que je me contente de celui-là tant que j'ai pas trouvé son remplaçant.

Il me montra des dents marron.

– Tu verras toi-même.

Il y avait donc effectivement une chance qu'Ecstasy se soit servi de cette arme tout récemment. Peut-être que lorsque Clarence Ing aura dégagé la balle de l'arrière de mon crâne, le service balistique lui permettra de relier mon assassinat à l'affaire Renée Knowles et aussi de me laver de tout soupçon en tant que meurtrier présumé.

– Ça baigne, admis-je à haute voix.

Ayant permis à un mât de bonne taille de se laisser glisser vers l'aval de Mission Creek en direction de la baie, le Lefty O'Doule[1] reprit place en grondant dans son logement. Les sirènes d'alarme s'interrompirent, les barrières en X se relevèrent, et la circulation reprit son flux sur le pont.

Vendeur de Bagnoles quitta le pont et prit à gauche sur China Basin en continuant au sud en bordure de la baie. De chaque côté s'étalaient jetées et entrepôts en ruines, dont beaucoup étaient entourés de clôtures grillagées. Les ordures voletaient partout. Des débris de polyéthylène délavés par le soleil flottaient dans la brise, empalés sur les dents de requin des rouleaux de barbelés qui s'étiraient sur des centaines de mètres. Apparaissaient à intervalles réguliers des carcasses de véhicules calcinés

1. Pont à contrepoids, du nom d'un joueur de base-ball célèbre.

dont certaines étaient habitées. L'une d'elles offrait un catalogue d'effets personnels, comme une vivisection : une crosse de hockey, un ventilateur, une planche de surf, un panier plein de linge, des piles de journaux, une collection de dinosaures miniatures en caoutchouc qui paissaient le long du tableau de bord. Un chien maigre était allongé à l'ombre du fond de caisse, attaché à la poignée de portière arrière par une longueur de tuyau d'arrosage vert complètement élimé.

– Il n'y a pas de cendriers dans cette caisse de frimeurs ? demandai-je.

Ecstasy poussa un hennissement.

– T'es pas au courant ? C'te putain d'armée est non-fumeurs.

D'un geste plein d'emphase, il balança ses cendres sur diverses pages du *Chronicle* réduites en boulettes à ses pieds. Je fis de même. Mais un moment plus tard, quand Ecstasy pivota pour jeter son mégot par la vitre, je me contentai de simplement laisser tomber ma cigarette. Il en alluma une nouvelle l'instant suivant, et je l'embêtai pour en avoir une, moi aussi.

– Faut faire gaffe, dit-il avec un regard de travers, en avançant le paquet vers moi. Pourrais attraper le cancer.

– La vie est courte.

Ses yeux se relevèrent brièvement pour croiser les miens.

– Putain, à qui le dis-tu.

Ainsi réconforté, je me collai une cigarette derrière l'oreille et acceptai du feu pour la deuxième. Ecstasy empocha son briquet et se renfonça dans son siège, le bout filtre de sa Kool serré entre les dents.

– Deux, trois, quatre clous dans le cercueil, marmonna-t-il, qu'est-ce qu'y en a à foutre.

Vendeur de Bagnoles vira à gauche sur Illinois. À la 20e Rue, il prit plein est, longeant une cahute de gardien toute décrépite à l'entrée des vieux Union Iron Works, les ateliers de chemin de fer de la Union, avant de s'engager bruyamment sur les pavés qui ouvraient sur Pier 70, la jetée 70. Voies ferrées de desserte et aiguillages défilaient en contrebas, et des murs de briques en piteux état avec leurs milliers de vitres cassées se dressaient de part et d'autre. Lorsque Vendeur de Bagnoles s'engagea sur le large quai abandonné, il appuya sur un bouton de télécommande au-dessus du pare-soleil du passager. Une porte de garage bascula, dégageant une ouverture sur le côté d'un hangar caverneux en bois, dont les planches cintrées n'avaient pas vu de peinture depuis une génération. De profonds andains d'ordures balayées par les vents s'étalaient sur ses flancs. Ses fenêtres étaient couvertes de contreplaqué ou de grillage.

La porte bascula derrière nous. Vendeur de Bagnoles coupa le moteur et pivota sur son siège, en souriant dans la pénombre.

– Rien de tel que de se retrouver chez soi.

Ecstasy pointa son arme sur ma poignée de portière.

L'air marin salé, froid et mordant, était chargé des relents âcres du bois en décomposition des vieilles piles du quai, pourrissant malgré la créosote qui les imprégnait. En accompagnement venaient les craquements de la jetée en voie d'affaissement, les murmures du ressac, les puanteurs du gazole et des anatifes exposés au soleil, l'odeur rance du fer rouillé s'écaillant en plaques, et, bien au-dessus de nos têtes, les crépitements des tôles en acier du toit qui se contractaient dans la fraîcheur du soir. Devant le nez du grotesque Humvee, un parfum caractéristique noyait tous les autres.

– Encore du *gumbo*, marmonna le Vendeur de Bagnoles. Nom de Dieu.

– On taille dans le vif, on liquide le boulot et on se trouve un beau steak bien épais pour changer, suggéra Ecstasy.

– Ça, c'est une sacrée bonne idée, répliqua Vendeur de Bagnoles.

Un lourd rideau de théâtre bordeaux pendait devant nous, perpendiculaire à la longueur de l'entrepôt, séparant l'entrée du garage du reste du bâtiment. Vendeur de Bagnoles tapa dans les plis jusqu'à ce qu'ils se séparent, exposant un de ces intérieurs branchouillards dont on voit les photos dans les revues comme *Design Unlimited*, accompagnées d'articles sur les lieux où les nouveaux loups de l'informatique se retirent afin de décompresser après avoir inventé l'avenir. Le plafond en tôle ondulée correspondait au toit du bâtiment, sans la moindre isolation, peut-être trois niveaux au-dessus de nous. Le périmètre de l'entrepôt était délimité par une rangée de colonnes-champignons en béton armé qui se dressaient d'une plateforme en bois de sept centimètres conçue pour accepter bien plus qu'un simple Humvee ou même les cuisines d'un restaurant avec équipement cent pour cent pur cuivre, ou l'espace récréatif audio-visuel qui allait de pair avec son écran géant. Sur toute la longueur des rails parallèles au sommet des colonnes courait la flèche d'une grue de quatorze tonnes, vestige du passé industriel du bâtiment, dont le moteur était remonté haut contre le pignon opposé. Dans la pénombre en contrebas, un sapin de Noël pendait, accroché à son bloc de palans massif, avec tout un assortiment d'ampoules colorées. Au-dessus du sapin on apercevait clairement le nombre 14 correspondant au tonnage de la machine, marqué au pochoir sur la poulie. Des fermes en bois avec contre-fiches enjambaient tout l'espace, sur les vingt ou vingt-cinq mètres de largeur, de mur porteur à mur porteur, et alignaient leurs poinçons centraux de deux mètres quarante comme à la parade sur les soixante-cinq mètres qui séparaient les deux murs pignons. Deux rangées symétriques de fenêtres étaient percées dans chaque pente du toit, tout là-haut dans la pénombre, obscurcies par un demi-siècle de suie et de saleté.

Nous entrâmes dans la cuisine, une zone désignée comme telle par d'énormes placards en grillage d'acier inoxydable montés sur roulettes, du genre de ceux qu'on s'attendrait à voir dans un restaurant ou un hôtel. Deux fours et un fourneau à gaz à huit brûleurs étaient installés sous une hotte métallique, face à un billot de boucher en bois de un mètre sur quatre, lui aussi monté sur roulettes. Tout, à l'exception des fours et du fourneau, était mobile et permettait de dégager l'espace nécessaire pour recevoir ses invités à une soirée, installer les projecteurs d'une séance de photos, organiser une répétition d'orchestre symphonique, voire peut-être laver un éléphant au jet. Une énorme marmite cylindrique mijotait sur le gaz. À dix mètres de distance, elle dégageait une odeur d'écrevisses et de mélasse, d'*ocra* et d'oignons, de cumin et de poivrons, de céleri et de crevettes, de cabanes en rondins sur pilotis et de dysenterie.

Derrière le plan de travail on apercevait des assemblages de meubles qui, en même temps que l'éclairage, définissaient divers autres espaces plus ou moins traditionnels. On devinait une zone salle à manger, un salon, l'espace récréatif. Plus loin derrière, une lampe à abat-jour surplombait une table de billard. Au-delà encore, se trouvaient un vieux billard électrique et un juke-box à l'ancienne mode dont les lampes clignotantes se réfléchissaient dans les verres accrochés à leur râtelier au-dessus d'un bar. Juste avant le bar, contre le mur est du bâtiment, brûlait à grandes flammes un feu douillet dans la gueule d'un poêle à bois.

Entre les nouveaux arrivants et le billot de boucher, une lampe jetait un cône de lumière sur une table de salle à manger circulaire assez grande pour six personnes. Assis face à nous, un homme attendait, les traits indistincts dans l'ombre au-dessus de la lampe. À notre approche, rien que pour montrer au chef de meute lequel d'entre nous était bon dernier dans la hiérarchie, Ecstasy m'asséna un coup brutal dans l'épaule.

– Monsieur Kestrel, dit le quatrième homme, avec un accent traînant que je reconnus. Calez-vous la viande.

Vendeur de Bagnoles me colla violemment le rebord d'une chaise dans le pli du genou. Je m'assis.

Le dessus de la table était encombré d'articles intéressants. Un verre, une bouteille de gin, un petit couteau pliant, une carte de San Francisco, un stylo à bille, un bloc-notes rose, un pager, un téléphone cellulaire, un *tamagotchi* porte-clés, une bonbonne de came entamée, et un bâton noir de cinq centimètres de diamètre et de quarante-cinq centimètres de long, dont une extrémité portait une poignée de matraque.

L'autre portait une tête de pénis circoncis.

L'homme à l'accent traînant s'assit lui aussi.

– Un verre, monsieur Kestrel ?

15

– Je n'ai pas soif.

Je mentais.

L'homme portait ses minces cheveux cuivrés ramenés en courte queue de cheval, ses sourcils étaient épilés, et ses cils longs. Plusieurs petits anneaux d'or étaient enfilés en bordure de son oreille.

– *Mon vieux* *, tu es invité – il dessina un petit cercle avec la lame de son couteau – dans ma maison.

Il prit le sachet en papier et sourit. La peau de ses mains grassouillettes paraissait bien douce.

– Mes invités ont toujours soif.

Il aligna le V du pli du sachet contre son index étiré et commença à en entamer un rebord à l'aide de son couteau. Des grains de la poudre brunâtre aux reflets lavande glissèrent à petits bonds le long de la plissure longitudinale avant de tomber dans le verre vide. L'homme releva les yeux de la tâche qui l'occupait.

– Tu piges ?

Je présumai que la poudre en question était de l'héroïne, alors même que ç'aurait pu être des pages de critiques littéraires pulvérisées. De la came, j'en avais vu ma part au Viêt-Nam, ainsi que les carrés en origami de pages de revue qui lui servaient habituellement d'emballage, jusqu'à un gramme ; si c'était bien de l'héroïne, elle n'avait pas la même couleur que dans mon souvenir.

– Les poudres ne sont pas réputées pour étancher la soif, fis-je remarquer.

Le tamagotchi pépia.

L'homme lui jeta un œil, soupira, et posa sachet et couteau sur le côté avant de prendre le jouet. Sa langue ne cessait de mouiller ses lèvres tandis qu'il manipulait les boutons sur le visage du tamagotchi de ses doigts boudinés.

Je le regardais faire lorsqu'une lumière verte fila brièvement, suspendue dans la pénombre au-delà de son épaule droite, avant de disparaître, et, l'espace d'un instant, je crus qu'il devait y avoir un autre personnage dans le fond de l'entrepôt. Lorsque la lumière apparut à nouveau pour re-disparaître, un peu plus loin sur ma gauche, et je compris alors qu'il devait s'agir d'un navire de passage devant les fenêtres de l'entrepôt.

– Là, là, *ma petite Zou-Zou* *.

Il posa le tamagotchi sur la table et prit la bouteille de gin.

– Maintenant, elle va dormir, dit-il avec tendresse.

– Elle pèse combien ? demanda Vendeur de Bagnoles d'une voix morte d'ennui.

– Cinquante-six livres, répondit fièrement l'homme, en remplissant à moitié le verre de gin.

– Wouah !

Je pense : wouah ?

– *Zou-Zou est formidable* *, confirma l'homme en reposant la bouteille sur le côté. *Vraiment* *.

– Ah ! quand le bayou rencontre la technologie... le vannai-je.

L'homme releva les yeux sur moi.

– *Tu as raison**, dit-il avec un rire affable.

– Voyons voir, me mis-je à rêvasser, du français, plus du *gumbo*, plus l'humour modeste, égalent... Cajun ?

Il remua le cocktail à l'aide de la lame de son couteau, imperturbable.

– Gin plus came plus Cajun plus Petit Encadreur égalent une nuit d'enfer à San Francisco.

Il ôta la lame mouillée du cocktail et la passa, un côté après l'autre, sur sa langue, avant de faire claquer ses lèvres.

– Une nuit d'enfer à San Francisco, répéta-t-il.

Tout près de mon oreille droite, l'estomac de Vendeur de Bagnoles se mit à protester.

– *Tu parles le patois* ?* me demanda le Cajun.

– Pas même suffisamment pour jouer à la manille, répondis-je.

Le Cajun poussa le cocktail sur la table.

– Bois tout.

Il s'appuya contre le dossier de sa chaise et replia sa lame avec un claquement.

– Ensuite on verra qui c'est qui pisse le plus loin.

Je contemplai la boisson. Des paillettes tournoyaient lentement dans le liquide transparent.

Je regardai mon hôte.

Il me regarda.

– Avant qu'on soit complètement bourrés, suggérai-je, peut-être pourriez-vous m'expliquer pourquoi c'est moi, entre tous, qui ai le privilège de votre hospitalité ?

– Cela me paraît redondant, *mon vieux**.

Le couteau se déplia entre ses poings dodus.

– Tu as eu ta chance de te montrer gentil-gentil au téléphone.

Le couteau se replia avec un claquement.

– Maintenant, nous essayons en personne.

Je lançai les yeux au toit.

– Est-ce que j'aurais raté quelque chose ? dis-je avant de me pencher vers lui et d'ajouter : J'ai dû rater quelque chose.

Ecstasy et Vendeur de Bagnoles me tirèrent chacun par une épaule pour me remettre le dos bien droit sur ma chaise.

Le Cajun mit les coudes en appui sur la table et ouvrit le couteau, qu'il tint en équilibre entre deux doigts. Au-dessus de la lame, une étrange moiteur mouillait ses yeux.

Loin de l'autre côté de la baie, une corne de brume émit un long geignement.

– Bien, dis-je en remuant sur mon siège. Voulez-vous savoir quelque chose en particulier ? Comme par exemple, comment couper à l'onglet une moulure cannelée en aluminium sans faire de barbes ? Ou alors, voyons, pourquoi vous méritez une réduction de la part de Joe Bishop, qui vend le meilleur adhésif double face qui soit au monde ?

Ecstasy déposa la crosse de son Beretta sur ma tête avec une force juste suffisante. Une petite tape. Je ne la vis pas venir. Mais je ne dirais pas non plus que je ne m'y attendais pas. Une tonalité de téléphone retentit dans mon oreille, et le balayage horizontal de mon nerf optique se mit momentanément en dents de scie. Dans la mesure où, que je me défende ou non, ils allaient de toute façon me régler la tessiture aux petits oignons, je commençai par un coup de coude dans les noisettes de Vendeur de Bagnoles. Ecstasy dut se contenter du même, mais dans le genou. En retour, j'eus droit à une oreille raplatie soudain contre le côté de mon crâne par la crosse de l'arme, avec étranglement assuré d'un bras expert et coup de godasse brutal sur mon cou-de-pied. Ces réglages ne prirent que quelques secondes. Je n'eus même pas à me lever.

Le Cajun se contenta de regarder. Vendeur de Bagnoles fit basculer la chaise sur ses pieds arrière, l'éloignant de la table, à un angle d'environ quarante-cinq degrés, de sorte qu'Ecstasy put me coller un pain dans le plexus solaire. Tandis que je cherchais à retrouver un peu de souffle, ils me firent ingurgiter la presque totalité du cocktail, en en faisant même passer une partie par les narines.

Ecstasy et Vendeur de Bagnoles reposèrent la chaise, rajustèrent leur tenue, et sortirent une cigarette pendant que j'en terminais de mes haut-le-cœur. Après quelques instants je remarquai que la Kool que je m'étais planquée sur l'oreille était tombée sur la table et je tendis la main vers elle avec un grognement pathétique. Ecstasy, mon frère en dépendance, comprit. Il déposa avec précaution le bout filtre sur ma lèvre inférieure et enflamma l'autre extrémité.

Puis nous attendîmes. À peu près à mi-chemin, la Kool commença à prendre un goût de luxe. Quelques bouffées plus tard, le reste de ma personne également.

– Lenny Bruce avait raison, lâchai-je d'une voix pâteuse à personne en particulier.

Le Cajun, qui s'était fabriqué un petit appui de ses bouts de doigts sous le menton, pointa le couteau sur moi et dit :

– Je mourrai jeune, mais c'est comme d'embrasser Dieu.

Je hochai la tête, pour ainsi dire, afin de signifier mon accord, et fis claquer mes lèvres.

– C'est une affaire sacrément cosmopolite que vous avez là, *mon vieux**.

Le Cajun parut satisfait de voir ma tête basculer tellement loin d'un côté que mon oreille touchait presque l'épaule, aussi profitai-je de l'occasion. Ce n'était pas bien difficile. Soixante-quinze pour cent de ma personne ne désiraient rien d'autre. La cigarette tomba de ma lèvre sur ma chemise.

– Tsk, tsk, dit Ecstasy avant de la chasser au sol et de l'écraser.

Le Cajun, me jugeant maintenant à point, posa le canif de côté et se saisit de la matraque d'ébène. Ses doigts en caressèrent la longueur jusqu'à en atteindre le bout circoncis, où ils s'attardèrent avec la fierté attentive d'un *mohel* homo inspectant son ouvrage vieux de dix-sept ans.

– Renée te l'a donné, Danny. Et donc tu nous le donnes. Tu vois ? C'est simple.

– Renée, murmurai-je.

– Même pas une heure avant sa mort, ajouta le Cajun. Alors tu nous dis où il se trouve.

Il fit glisser ce disant la tête de la trique au travers de l'anneau que formaient son pouce et son index.

– Tu t'épargneras ainsi une fissure anale.

Je regardai la trique avec admiration. La lumière qu'elle reflétait était presque palpable. Pas d'éclats de bambou sous les ongles pour cette engeance. Je hochai lentement la tête, de haut en bas, modifiant graduellement son orbite jusqu'à ce qu'elle s'agite d'avant en arrière.

– Écoutez, *mon vieux* *, faut... faut que vous me dichiez... che que... pachque... s'non... voyez...

J'étais en train de glisser de ma chaise.

Ecstasy empocha son arme pour aider Vendeur de Bagnoles à me remettre droit.

– Tiens-toi bien, espèce de sac à merde.

Je me dépêchai de reconnaître que c'était une chose des plus nécessaires. Et à ce stade, une lueur de doute était apparue dans l'œil du Cajun.

– Ch'suis juste un... qu'est-ce que ch'suis ? Oh, ouais. Un encadreur. Le Petit Encadreur, dis-je en riant. Le « il » a rien d'un... référent à... Et pis c'est quoi, ce « il », de tou...tes les fachons, hein ?

– Tu as été la dernière personne, dit soigneusement le Cajun, à la voir vivante.

Mes yeux se fermèrent.

– Non !

Je tentai faiblement d'asséner un coup à la table et ratai.

– J'ai déjà... entendu cha. La dernière personne à l'avoir... l'a tuée... Je... Je...

– Oui ?

– Chpas... Chpas vrai...

– Chpas vrai ? répéta le Cajun en secouant la tête.

Même Ecstasy poussa un soupir dégoûté, tandis que Vendeur de Bagnoles gloussait.

– Chpas moi. Moi. Dernière personne à... Chpas... J'ai pas...

– On aurait dû choisir les amphètes, fit observer Vendeur de Bagnoles.

C'est alors que le tamagotchi pépia. Avec ce sens intuitif certain visant à détruire le suspense habituellement réservé aux interruptions publicitaires dans les films télévisés, le Cajun posa la trique de côté et se saisit du tamagotchi.

– Oh, Zou-Zou, dit-il. Ma petite peste.

Et il se mit en devoir de presser d'un pouce agité les boutons de Zou-Zou.

À quinze centimètres de mon oreille droite, l'estomac de Vendeur de Bagnoles se mit à gronder comme un tonnerre estival dans le lointain.

– Cinquante-huit livres, annonça le Cajun en plissant les yeux avec un air studieux. J'ai cent cinq points.

Totalement mort d'ennui, Vendeur de Bagnoles lâcha un sifflement appréciateur.

– Tu vas voir, dit Ecstasy, prochaine étape, la petite va se retrouver en fac.

– Zou-Zou, *ma petite* *, dit le Cajun, venue en ce monde uniquement pour mourir.

Il posa le jouet de côté et me jeta un œil en coin.

– Et comment te sens-tu, Frère Kestrel ? Envahi de probité candide ? Ou alors est-ce qu'on se sentirait prêt pour le jugement du cul ? Tu piges, Frère Kestrel ? ajouta-t-il en tapotant sa trique. Le jugement du cul ?

Ecstasy pouffa.

Mes yeux s'étaient changés en fentes.

– L'héroïne, je supporte, chuchotai-je en soulevant légèrement la tête. Le gin, j'ai jamais aimé.

Le Cajun leva la trique et la tapota contre l'autre paume. Un deux, un deux trois...

Je m'autorisai un rictus salace tout en paresse – pas très dur à faire au demeurant. J'étais plutôt bien défoncé. Mes lèvres étaient aussi engourdies qu'un duo de serpents morts. Un mince filet de salive roula de l'inférieure, glissa sur mon menton, et finit sa course sur le plastron de ma chemise.

Les yeux du Cajun se portèrent vivement sur le sachet à moitié vide. On ne connaît jamais la vraie qualité de l'héroïne des rues. Lorsqu'elle sera légalisée, on sera plus à même d'en juger. Entre-temps, aurait-on refilé trop de mauvaise came à Kestrel ?

– Filez-moi ce bébé, lâchai-je dans une explosion de salive sur la table. Filez-la-moi, cette belle bite noire.

Les yeux du Cajun revinrent sur moi aussi vite, écarquillés, incrédules.

– Tout le bébé.

On sentit l'atmosphère se gauchir, comme un mauvais espace-temps. À ma gauche, la mine un peu renfrognée, oisif, mains dans les poches et clope au bec, Ecstasy se raidit. Vendeur de Bagnoles, affamé, détaché et probablement extralucide, ne prêtait probablement pas attention au déroulement des opérations ; mais il perçut le changement et sa cigarette s'immobilisa à mi-chemin de sa bouche.

Le Cajun lui aussi fut surpris. J'étais censé être intimidé, effrayé et terrorisé – un paquet de nerfs prêt à craquer, rendu malléable par ce sérum de vérité fabrication maison, prêt à cracher le morceau.

La lascivité n'était pas au programme.

Le Cajun hésita. Se serait-il mépris ? Son incertitude fit s'égrener les secondes. Il ne faisait pas de doute que la trique avait pourtant marché par le passé. Par le passé, tout ce qu'il avait eu à faire s'était limité à montrer l'objet, et le dévidoir à infos se mettait en route. En fait, était-il jamais allé jusqu'à réellement sodomiser un héros – ou une héroïne – récalcitrants en les mutilant sauvagement pour les réduire à l'état de balances bafouilleuses ?

En tout cas, personne ne l'avait encore supplié de passer à l'acte. Jusqu'à aujourd'hui.

Ici, maintenant, s'étalait devant ses yeux une turpitude dépassant les limites de son entendement.

Loin au-dehors, sur le bord de mer, un porte-conteneurs lâcha de sa corne trois coups brefs qui se répercutèrent en échos parmi les collines environnantes, signal d'un départ imminent. Les eaux de la baie clapotaient contre les piles de soutien du bâtiment. De temps à autre, les tonnes mouvantes d'eau salée faisaient vibrer toute la structure. Bois gorgés d'eau, câbles d'acier détendus par les années, tendeurs grippés, poteaux et rambardes en fer rouillé grinçaient et gémissaient tout autour de nous. À l'autre extrémité de la pièce, le feu crépitait. Le *gumbo* bouillonnait sur le fourneau. Une mouette atterrit sur le toit avec un petit bruit sourd.

Le Cajun comptait sur la peur et la perte de repères, et se voyait maintenant privé de ses plus précieux outils d'inquisiteur. Comment donc de tels moyens de pression avaient-ils pu basculer ? Sa victime était complètement défoncée, ils étaient trois contre un, il l'avait en mains, sa foutue grosse trique, et pas le plus petit soupçon de produit lubrifiant en vue. Le Petit Encadreur était la frime dans les cartes qu'il tenait en mains. Le Petit Encadreur était le seul mec sur dix milliers à être capable d'encaisser héroïne, gin et viol, tous trois réunis ?

Affalé sur ma chaise, les yeux comme deux fentes vitreuses, un rictus stupide sur le visage, de la bave sur ma chemise, fin prêt derrière mon masque de pervers camé, je contemplai les rouages qui tournaient sous les cheveux clairsemés du Cajun – des cheveux teints au demeurant, compris-je soudain ; il s'était teint les cheveux couleur de cuivre rutilant.

Puis il avança un pion.

– Pas encore, Frère Kestrel, dit le Cajun en tapotant sa trique. Pas tant que tu ne nous auras pas tout dit.

– Ohhh, dis-je, visiblement déçu.

– Pour autant que nous le sachions, poursuivit-il, et nous en savons un paquet, tu as été la dernière personne à voir Renée en possession de... d'un certain *objet précieux*.

– Précieux, répétai-je, comme au désespoir, avec beaucoup de prévenance. Pourriez-vous vous montrer un *tout petit peu* plus précis ? Est-ce que c'était *de petite taille* ? Est-ce que c'était *rond* ? Est-ce que c'était *gros* ? Est-ce que c'était *à trois dimensions* d'ailleurs... ?

Les traits du Cajun se crispèrent.

– Nom de Dieu, Frère Kestrel, tu serais capable d'user la patience d'un 'gator amateur de chiens.

– Mais les seules choses que j'ai vues en possession de cette dame se résument à un téléphone cellulaire et une bouteille de gnôle, pleurnichai-je. Faut me croire.

Et le Cajun craqua. Il se mit soudainement à hurler :

– Espèce d'enfoiré, *ça t'appartient pas* !

Il se leva de sa chaise suffisamment pour balancer sa trique à bout de bras, parallèle au sol, un coup meurtrier dans le sens inverse des aiguilles d'une montre qui aurait pu me tuer parce qu'il visait ma tête. Que je me dépêchai de baisser. La matraque ricocha sur mon épaule et me frôla l'oreille, cette même oreille déjà récemment ensanglantée par un coup de poing, avant de frapper Vendeur de Bagnoles au coude gauche. Gode ou pas, c'était aussi une arme, aussi vicieuse que n'importe quel segment de tuyau d'arrosage ou de matraque sous tresse de cuir. Si je ne m'étais pas jeté vers le Vendeur de Bagnoles, la chose m'aurait touché en plein sur le côté du crâne, et je me serais très certainement réveillé au son d'un batteur tout à fait différent, si tant est qu'il y aurait eu réveil. Ecstasy lui aussi se dégagea de la trajectoire, juste à temps, sinon la trique aurait pu lui déchirer quelque organe vital au bas des côtes. L'arrière de ma chaise, déjà en mouvement de bascule latérale, attrapa Vendeur de Bagnoles vacillant en plein sur la hanche, et nous dégringolâmes tous deux de conserve en compagnie de la chaise. Sa cheville gauche, prise entre le bord du siège de ladite chaise et le sol, se brisa comme une allumette mouillée. Nous entendîmes le craquement tous les deux. Vendeur de Bagnoles eut juste le temps de pousser un jappement avant que le bas de ma paume ne lui expédie sa cloison nasale faire une petite visite dans ses sinus maxillaires.

– Donne ! rugit le Cajun furieux, en oubliant totalement l'erreur qu'il venait de commettre, et d'un revers impressionnant il asséna sur le dessus de table un coup de toute la longueur de la trique, fracassant au passage le verre de gin.

– Merde divine ! hurla Ecstasy. Le Hummer est en train de cramer ! Le Hummer est en train de brûler !

Les yeux exorbités, le Cajun se tourna vers le Humvee, garé à moins de dix mètres derrière nous, juste au-delà du trou dans le rideau de théâtre. Les mégots de cigarette fumants avaient fait leur office. L'intérieur du Humvee rougeoyait comme la gueule d'un convertisseur Bessemer, et son pare-brise en deux parties, deux rectangles étroits encadrant les flammes, lui donnait des reflets démoniaques. Fumée, débris et vrilles de feu tourbillonnaient à l'intérieur du véhicule, et l'air qui les alimentait par les fentes de ses vitres entrouvertes nous offrait des sifflements convaincus. Sur le toit, l'hélicoïde de l'antenne téléphonique commençait à donner de la gîte, pareille à la perche d'un étendard s'affaissant sur une rive de glace en train de fondre.

– Enfoiré ! hurla le Cajun, cette saleté coûte cent plaques !

Ecstasy, parti au sprint, était à mi-chemin de la voiture quand il additionna deux et deux, et pivota sur les talons de ses mocassins à semelle de cuir, en tentant dans le même temps de sortir son arme de la poche de sa veste en cuir. Une de ses chaussures l'abandonna en plein virage et poursuivit sa route vers le Humvee en solitaire, tandis que lui glissait de tout son long au sol avec un *pan* étouffé. Son pistolet était parti tout seul dans la poche de sa veste.

Je me remis debout sous le rebord de la table, que je retournai cul par-dessus tête. L'ampoule de la lampe suspendue explosa et le Cajun tomba en avant tandis que la table se renversait sur sa personne. Il faut préciser qu'elle était bien belle, cette table, en chêne massif. Lourde, sombre, probablement une Stickley[1]. Conscient de la chance minime qu'Ecstasy ne se relève pas, même s'il était blessé, je plantai un pied sur le côté de ma chaise renversée, sautai aussi haut que je le pus, et retombai les deux pieds en avant, en plein milieu de la table renversée.

1. Ébéniste, créateur de mobilier en bois de chêne sombre et lourd, aux formes rectilignes.

S'ensuivit un craquement tout à fait satisfaisant, suivi par le bref couinement de quelque chose qui se dégonfle. Je descendis aussi bas que possible, genou en terre, avant de me détendre comme un ressort et de prendre les jambes à mon cou, direction le fond de l'entrepôt.

En passant à côté du fourneau, j'arrachai la marmite de son brûleur et la mis en orbite, éclaboussant le sol de *gumbo* fumant. Des cris d'ébouillanté jaillirent de sous la table. Dans l'élan, je sautai au-dessus du billot de boucher et courus vers l'extrémité de la bâtisse. Dans la pénombre, ma rotule gauche heurta un accoudoir de canapé. Mais je me guidai sur les rougeoiements du poêle à bois et, dès que je l'eus atteint, le retournai dans un sursaut d'adrénaline. Des fragments de prosopis fumants et un paquet de braises ardentes se déversèrent du foyer en briques réfractaires sur un tapis oriental voisin. Tout à côté du poêle, posée sur un panier tressé plein de petit bois, une pile de revues vacilla, et je basculai le tout sur les braises étalées au sol.

La première balle perça ce qui restait du tuyau du poêle, qui pendouillait encore. Je plongeai à l'abri du poêle quand un deuxième coup de feu ricocha sur lui. Une troisième balle explosa littéralement la calotte de verre qui protégeait les sélections du juke-box. Je me relevai avec une chaise dans les mains et la balançai dans une fenêtre. Le verre dégringola du cadre, laissant en place le panneau grillagé tout détendu vissé à la guillotine, à l'extérieur du bâtiment. En deux coups, je fracassai la chaise pour le dégager, sans y parvenir. Je balançai ce qui restait des pieds et des barreaux brisés vers le devant de la pièce. Une balle effleura le mollet de ma jambe gauche, mais c'est à peine si je la sentis. Je récupérai un tabouret du bar et le grillage, cette fois, céda. Je lançai le tabouret en direction des hurlements à l'avant de l'entrepôt et me jetai latéralement au travers de la fenêtre.

Au-dehors, c'était la nuit. Je tombai pendant un temps plus long que je n'aurais dû, et juste à l'instant où je me disais que j'avais fait une erreur grossière dans mon estimation de la hauteur qui me séparait du plancher de la jetée, celui-ci vint se fracasser contre mon épaule gauche, violemment, presque exactement à l'endroit où la trique du Cajun m'avait déjà méchamment caressé. Puis ma tête toucha le sol en me faisant résonner le crâne alors même que je tentais de me laisser emporter par l'élan en roulant sur moi-même, ce que je fis, deux fois précisément. Petit à petit, me dis-je, en me ramassant en tas pour finalement m'arrêter, je finirais bien par mettre de la distance entre ce pistolet et mon dos. Z'avez jamais coupé de l'héro avec de l'adrénaline ? Vous adoreriez ça, coco. Cette série de coups et de blessures cumulés, c'était comme de contempler une populace furieuse et hurlante derrière une double épaisseur de vitre blindée ; les blessures étaient très distantes, elles arrivaient à quelqu'un d'autre. Je roulai jusqu'à ce que je trouve mes pieds et me relevai en courant.

Le sprint dura soixante ou soixante-dix mètres dans une totale obscurité. Les seules lumières que je voyais devant moi, c'était Oakland, à treize kilomètres de là, de l'autre côté de la baie. Il devait bien y avoir le bruit de mes pas, mais je ne les entendais pas. En dépit de la blessure en séton dans mon mollet, dont les élancements s'en venaient sonder mon tampon antidouleur opiacé, c'est tout juste si je trébuchai. Je courais vite, comme un champion olympique, comme un voleur en fuite, comme si je venais d'allumer une mèche rapide à toute une caisse de dynamite, et je venais de trouver le bon rythme des bras quand je tombai dans le vide, à l'extrémité de la jetée.

IV

Mort d’un prince

16

Je m'éveillai pour me retrouver cassé en deux, ployé au niveau de la taille à la jonction en X de deux poutres de soutien, aussi détrempé qu'une tourbe irlandaise. C'était encore la nuit. Jusqu'aux genoux, mes jambes flottaient dans l'eau, d'un côté de la croix, et mes avant-bras traînaient dans la saumure de l'autre côté. Finalement je me rendis compte que je me trouvais sous l'extrémité est du Pier 70, trente à soixante centimètres au-dessus du niveau de la mer.

Qui pourrait savoir les forces mises en œuvre au cours de la nuit ? Je découvris que je ne pouvais pas bouger librement et me rappelai en retour, comme dans un rêve, qu'avant de tomber dans les pommes à cause du froid, j'étais parvenu à attacher deux passants de l'avant de mon jean au boulon de charpentier au sommet de l'étrésillon à l'aide ma ceinture. Un des passants avait cédé. Sans l'autre, j'aurais peut-être bien pu ne pas me retrouver au-dessus du niveau de la mer du tout.

J'avais assez chaud pour savoir que j'étais encore vivant, mais trop froid pour le croire, aussi optai-je pour un nouveau somme.

Quelque chose me toucha l'épaule, et une voix retentit. L'intrusion résonna désagréablement à mes oreilles, comme le bruit d'une pierre sur une bouteille de propane. J'ouvris un œil. Le crochet d'une gaffe se balada un moment devant ma figure avant de s'éloigner. L'autre œil refusa de s'ouvrir.

Lumière du jour. D'épaisses chaînes de brume dérivaient au-delà des ombres de la jetée. L'eau clapotait contre les piles, et les piles grinçaient. Régnaient les odeurs mêlées de plancton pourrissant, d'anatife en train de sécher, de créosote, de cendres mouillées, et de linge moisi.

La tête d'un vieil homme se leva et apparut à ma vue avant de retomber, sous la houle des vagues, tandis qu'elle avançait au milieu des piles. Mes pieds eux aussi se levaient et retombaient, à son rythme.

– Y a eu de sacrées illuminations en bord de mer, hier soir, dit le vieux. Ç'a fait disparaître tout l'entrepôt de la jetée.

– Gck, lui proposai-je.

La tête réapparut. Juste avant elle, se présenta un bonnet de marin en laine semé de taches de peinture et posé sur un nid de cheveux blancs. Suivit une moustache grise, épaisse, pas taillée, tachée de diverses ocres nicotineuses, et finalement, une semaine de barbe éparpillée sur un visage hâlé couleur écorce rouge, foncé par le vent, le soleil et l'alcool. Les yeux chassieux brillaient d'un bleu éclatant presque assorti aux violets des capillaires éclatés foisonnant sur le nez.

– Tout baigne là-haut, matelot ? Ça caille pas trop ? Argh hargh harg.

– Ch-ch-ch...

– Eh ben, vois la chose côté positif. Si t'as froid, c'est que t'es pas mort. Argh hargh harg.

Il montra la gaffe.

– Je pieute juste au coin.

La tête sombra à nouveau.

– J'ai du propane, du saumon, des œufs...

La tête réapparut.

– ... et une douche chaude, côté quai.

– Qu'l'heuriet ? réussis-je à demander.

– T'as une masse d'invertébrés qui prennent la mesure de tes miches pour se les faire en pique-nique, et toi tu veux savoir quelle heure il est ?

Il utilisa sa gaffe pour expédier plus loin un bernard-l'ermite installé sur mon épaule.

– Il est foutrement tard, matelot, argh...

Il se stabilisa contre l'étrésillon. Une odeur définissable, moitié gazole, moitié acétylène, se leva et retomba avec lui.

– Tu veux rester là ou quoi ?

Je secouai la tête, pour lui signifier la négative.

– Eh ben, alors, descends de ton perchoir.

Je jetai un œil par-dessus le rebord de la panne. La surface brute me racla la joue, obligeant l'œil toujours fermé à s'ouvrir. Le sel piquait, la lumière était douloureuse, et je me sentais plus raide qu'une toile à peindre encollée de son apprêt.

Le vieux était debout dans un dinghy en aluminium, quelques dizaines de centimètres en dessous de moi. Le fond de la barque était jonché d'équipements très divers, dont je me proposai de faire l'inventaire avec la nonchalance d'un agent d'assurances chargé au Primpéran. Sandales en caoutchouc, jerrycan en plastique rouge, bidons de lait de quatre litres faisant office de flotteurs, diverses longueurs de lignes de pêche en écheveau et autres. Une clé multiprise rouillée, un tournevis tordu, la tête d'un marteau à panne ronde. Un chandail de l'armée zébré de graisse, un aviron en bois, un bidon de Pennzoil avec bec verseur. Deux cannes à pêche, une petite ancre, un casier à crabes ; une ligne en nylon jaune lovée dans une grande cuvette galvanisée ; deux bons centimètres d'eau saumâtre brillant d'une pellicule d'huile, dans laquelle flottaient des morceaux de gobelets à appâts en polystyrène. Une petite glacière sans couvercle contenait un crabe, deux poissons et quatre bouteilles à long col de Budweiser, qui dansaient tous à la dérive dans le ressac incessant d'une eau sale.

Suffit que je touche, me dis-je, et toute cette eau va se retransformer en glace.

– Hé, le matelot. Tu vas y arriver ?

J'essayai de quitter le nid, mais ma ceinture n'autorisa guère plus qu'à un tiers de ma personne de tomber de l'étrésillon et me garda en suspens. J'avais beau battre l'air de mes bras faiblards, je ne parvenais pas à atteindre ma ceinture, et de toute façon, j'avais les mains gelées et j'étais bien trop incohérent pour expliquer mon problème.

Le vieil homme se propulsa et sa barque avec lui à l'aide des mains, en suivant les piles de bois jusqu'à ce qu'il puisse regarder entre elles.

– Faudrait que je montre ce nœud-là aux Sea Scouts.

Il sortit un couteau à poignée en liège de sa gaine, la lame mince et incurvée à force d'affûtages, et la piqua entre les bois. La ceinture se sépara en deux et je tombai d'un bon mètre, dans le dinghy. Le tiers du milieu de mon individu se nicha exactement dans la grande cuvette en galva. Une cheville cogna contre un plat-bord, mais ma tête rebondit sans dommage sur le jerrycan en plastique. La barque roulait et tanguait en tous sens, mais le vieil homme la maniait avec facilité.

La douleur était hors de proportion avec toute blessure susceptible de l'avoir fait naître, symptôme spécifique, s'avère-t-il, de l'hypothermie. Restez donc dehors toute la nuit, vous apprendrez des tas de trucs. Pendant une longue minute, mon cœur se mit à battre férocement de manière désordonnée, autre symptôme. Je commençai également à respirer en hyperventilation, mais à ce moment-là, l'arythmie cardiaque s'arrêta – c'est le cœur tout entier qui s'arrêta – et je fus incapable de respirer. Existentiellement parlant, ceci est pis que tout ce qui s'était passé la nuit durant. Le vieux ne pouvait que contempler ces convulsions. Je ne pouvais qu'en faire l'expérience. La situation échappait à notre contrôle. Lorsque les palpitations cessèrent, le cœur se remit à battre, et je restai là haletant, en quête d'un peu d'air.

– Se pourrait que tu sois O.K., comme y se pourrait que non, me réconforta le vieux. C'est toi que ça regarde.

J'essayai de parler mais mes poumons se convulsèrent. L'air qui gémissait au passage du larynx résonnait comme les charnières d'un couvercle de benne à ordures.

– L'hypothermie, c'est une enfoirée de saloperie, admit le vieux.

Il nous tira de pile en pile. Arrivé en bordure de la jetée, il s'assit et démarra au cordon le petit moteur hors-bord.

– Tu vas t'en tirer ?

Je m'étranglai sur ma bile par-dessus bord.

– Y a des signes que t'es vivant.

Le petit esquif se mit à virer en cercle sous l'effet de son propre moteur, tandis que son capitaine dévissait la capsule d'une bouteille de bière. Il remit la barre dans l'axe et nous entamâmes une grande courbe dans la baie. Par le travers des plats-bords, j'eus du bord de mer une vision digne d'un phoque à mesure qu'il filait devant nous.

À deux cents mètres de là, le Pier 70 n'offrait qu'un spectacle de dévastation. Des poutrelles calcinées se dressaient de guingois au milieu d'un fatras noirci dont la fonction première était devenue impossible à distinguer. Bien que les équipements des pompiers aient dû très certainement noyer la jetée sous un déluge d'eau douce comme salée, les vestiges fumaient encore. Une clôture temporaire en grillage avait été érigée pour bloquer tout accès depuis la rue. De longs rubans jaunes flottaient au-dessus de l'entrée, signifiant que c'était devenu là la scène d'un crime, et une voiture de police était garée devant la grille. Il faudrait probablement que les gravats refroidissent encore un moment avant que les spécialistes en incendie criminel puissent en dégager ce qui était susceptible de rester, par exemple, du Vendeur de Bagnoles.

Le soleil venait d'apparaître au-dessus des collines d'Oakland, à l'est de notre position, de l'autre côté de la baie. Il ne pouvait guère être plus de sept heures. Quinze centimètres sous mon nez, défilaient les rouleaux de saumure. Trois truands incompétents avaient failli me violer pour une chose que je ne possédais pas. Momentanément, mon cerveau se remit au travail : je m'étais donné bien du mal pour découvrir cet entrepôt.

– Téléphone ? murmurai-je.

– Ça ressemble à quoi, ça, une putain de Range Rover ? T'es en suspens entre marée haute et marée basse, matelot. « Argh hargh hrgh », et le capitaine avala une gorgée de bière.

Il me demanda mon nom. Je le lui dis, et demandai le sien.

– Dave... mais on m'appelle Double Barque, dit-il en soulevant deux doigts de sa bouteille. Parce que j'ai deux bateaux.

– Me-me-merci, Dave.

– Pas de problème. Moi aussi, on m'a tiré de la baille.

– Moi, c'est la p-p-première f-f-fois.

Il gloussa.

– Je t'ai d'abord pris pour un lion de mer. Ces bestioles aiment bien se hisser dans les piles et prendre un peu de repos. Se tirer loin du harem. C'est ce que tu faisais, toi aussi ?

Il me reluqua en détail.

– Tu te tirais loin du harem ?

J'essayai de sourire mais au lieu de ça, je me mordis l'intérieur de la joue.

Dave désigna la glacière du geste.

– Une bière, ça te dirait ?

– N-non. Un b-bain ch-chaud.

Ma réponse l'enchanta.

– Un bain chaud, ça te tuerait, Danny. Une bière aussi, tant qu'on y est.

– Tu viens souvent du côté de c-c-c'te jetée ?

– Tous les deux jours.

Il sortit le crabe de la glacière.

– Le crabe, ça donne bien là-dessous.

Une pince se leva pour lui pincer la main et il laissa retomber la bête dans la glacière.

– Tu m-m-mets des casiers là-d-d-dessous ?

– Y en a qui disent que c'est pas une bonne idée de se trouver sa pitance dans la baie. Tu sais, les métaux lourds. Les toxines. La marée rouge. Les parasites intestinaux. Les solvants industriels. Le sélénium. Les bactéries. Les résidus d'égouts...

– S-Seigneur.

– C'est la fin du monde, aucun doute là-dessus. Mais moi, je suis prêt. Viens me chercher, mec. Ahrgh argh argh.

Il bascula la bouteille et finit sa bière.

– Qu-qu'est-ce qu-qui a brûlé la nuit dernière ?

– Un énorme entrepôt sur la jetée. Désastre total.

Il laissa tomber la bouteille vide dans la glacière.

– Y avait pourtant qu'un seul locataire. Un genre de commerce d'antiquités. De toute évidence, une arnaque à l'assurance.

Il fouilla en quête d'une nouvelle bière et l'ouvrit.

– Les vieux meubles et les vieux trucs, ça brûle vachement bien, mais une entreprise qui marche pas, ça brûle encore mieux.

Il but une gorgée.

– Ahrgh hargh hrgh.

– Tu te souviens du nom de l'entreprise ?

– Je l'ai jamais su.

– Comment sais-tu que c'était des antiquités ?

– Je connais un camionneur qui transporte des conteneurs jusque-là pour une compagnie de poids lourds d'Alameda. Il aime bien passer une heure au Forward Hatch sur la 3e Rue, il s'en jette un ou deux dans le gosier avant de se coller dans les embouteillages pour revenir sur East Bay. Moi aussi, je bois mon coup là-bas, quand je peux me le permettre.

Je connaissais le Forward Hatch. Une réversion à un stade primitif. Aux murs, des bouées de sauvetage récupérées sur des bateaux bons pour la ferraille, un plafond tendu d'un filet de pêche, on y trouve toujours un bol de chili sans fond, avec une salade, pour trois dollars quatre-vingt-quinze, une bière pression avec dosette de tequila maison pour un dollar cinquante, un spectacle de dessous féminins tous les vendredis soir au moment de la fermeture, gratos. À l'époque où Neal Cassaday était chef de train, un réseau de rails s'entrecroisaient tout alentour du Forward Hatch, vaste zone délimitée par Townsend Street au nord, la 7e Rue à l'ouest, Mariposa Street au sud, et les terminaux de marchandises qui s'alignaient en bordure de baie à l'est de la 3e Rue. Fut un temps où les voies ferrées remontaient bien plus au nord, jusqu'à Spear et Market, et la Southern Pacific Railroad était propriétaire de toute la terre sur laquelle elles reposaient. Mais les hautes tours d'immeubles et les temps qui avaient changé – en bref, bien plus d'argent à se faire qu'en transportant bétail et fonte brute – avaient éliminé les rails, en même temps que les dockers et les cheminots qui avaient contribué à la majeure partie des recettes du Forward Hatch. Aujourd'hui, la plupart des jetées n'étaient plus que des amas de piles pourrissantes avançant en dents de scie dans les eaux de la baie, comme autant de risques pour la navigation et le développement. Les rails avaient été arrachés. Les anciens quais de marchandises étaient envahis par le fenouil sauvage qui montait à hauteur d'épaule et les empilements de traverses, et complètement désertés, hormis, de-ci, de-là, un campement de sans-abri attendant le développement urbain massif qui n'allait pas manquer de suivre la construction du nouveau stade de base-ball sur la 3e et Townsend, aussi sûrement que le typhus suit un raz-de-marée.

– T'as d-déjà vu du m-monde sur c'te j-jetée ?

– Ouais. Un jour ils avaient disposé tout un salon juste devant la gueule d'un conteneur ouvert – lampes, fauteuils, tapis, et même un barbecue. Avec des gens assis partout en train de déguster des cocktails. Ce qui me fait penser...

De la poche arrière, sous sa chemise en flanelle, il sortit une pinte de rhum foncé.

– Ça fumait, ça contemplait le coucher de soleil, ça bronzait. L'air vraiment civilisé. Dans un ersatz de salon. T'en veux ?

– N-non, merci.

– Probable que ça te tuerait de toute façon, dit Dave, argh hargh hrg. À partir de maintenant, pour toi, c'est soupe et sac de couchage, Danny.

– Un b-bain ch-chaud, bêlai-je.

Dave s'offrit une gorgée de rhum qu'il fit descendre par un coup de bière.

– Non. Piège de mort. Ce qu'il te faut, c'est une racoleuse dans le sac de couchage. T'as le budget pour une racoleuse ?

Il revissa le bouchon sur sa pinte.

– C'est pas un peu tôt pour ça ?

– Pas si t'es alcoolique, dit-il en remettant la bouteille dans sa poche.

– C'est p-pas mes za-zaffaires.

– C'est pas des affaires. C'est une vocation. Argh harg hrgh.

J'essayai de rire mais j'émis juste un gargarisme de billes à jouer.

– Tu vis à bord ?

– Rien de tel qu'un chez-soi sur une bouée flottante. De l'autre côté des cales sèches, indiqua-t-il du doigt.

– T'as jamais eu l'occasion de rencontrer ces marchands d'antiquités ?

– C'est pas des gens que je fréquente.

– Et c'est quoi, ceux que tu fréquentes ?

– Des alcooliques comme moi, répondit-il avec un haussement d'épaules.

– Les alcooliques marchands d'antiquités, il y en a des tas.

Il secoua la tête avec obstination.

– Ça, c'est l'autre côté de la table à petits fours.

– Et c'est quel côté ?

– Le côté où je suis pas. Ça pourrait tout aussi bien être toi ou moi, fin parés et ficelés sur le plateau central, nos petits pieds attachés ensemble avec nos petites chaussettes blanches et une pomme dans le bec. Et le cul farci d'un paquet de riz sauvage, de sauge et de raisins secs, tant qu'on y est. Ils se fichent pas mal de ce qu'ils bouffent, tant qu'ils bouffent. Ça, c'est le monde selon Double Barque.

– Comment es-tu capable de dire ça de ces gens ?

– Bon Dieu, je suis capable de les repérer à un kilomètre dans le soir et sans odeur pour me guider. Il y a ceux qui y ont parfaitement leur place, tu comprends, et pis, y a le reste d'entre nous. Y en a des bons dans le lot, remarque, me fais pas dire ce que je dis pas. Mais les gens qu'y avait sur cette jetée, eh bien, disons les choses comme ça...

Il se pencha vers moi.

– ... Jamais ils m'ont fait le moindre putain de salut.

Il agita sa bière.

– Salut, enfoiré. C'est aussi simple que ça. Putain mais jamais y m'ont fait un putain de salut. Ils sont trop bons pour Double Barque. Qu'ils aillent se faire foutre.

– Ça me paraît correct. Qu'est-ce qu'il y a d'autre qu'ils n'ont pas fait ?

– Bon Dieu, mais j'en sais rien. Ils ne m'ont même pas regardé. J'avançais juste en dessous d'eux pour arriver à mes casiers. Juste en dessous d'eux. Ils s'en foutaient. Ils ont continué à fumer, à boire, à bavasser. Je pouvais tout entendre.

– Tout ?

– Naturellement. J'étais juste en dessous.

– Ils ne pouvaient pas entendre ton moteur ?

– Je me servais de mes rames sous la jetée. Y a trop de câbles en acier et de trucs dans l'eau. De quoi te bousiller une hélice. Mais ils n'ont pas prêté la moindre attention à ce bon vieux Dave.

– De quoi discutaient-ils ?

Il écarta d'un geste auguste le bras tenant la bouteille, et un peu de bière voleta vers l'arrière avec la brise.

– Rien du tout.

– Ils devaient bien parler de quelque chose.

– Ils discutaient des mêmes trucs que tout le monde. El Niño. Les défauts du président. Le nouveau stade. Le prix de l'immobilier. Probable que c'est pour ça qu'ils ont incendié le bâtiment, pour une question immobilière.

Je savais pertinemment que ce n'était pas la raison. Mais je dis :

– Ils ont incendié leur propre bâtiment ? Pourquoi ?

– C'est le front de mer. Avec le nouveau stade qui va se construire, le terrain vaut une fortune par ici.

– C'est pour le football, exact ?

– Quoi ? Non, ça, c'est les Giants.

– Le basket-ball, exact ?

– Non, le stade de base-ball, dit-il, le front soucieux. T'es sûr que t'es du coin ?

– Naturellement.

– Ici, c'est le seul truc qui intéresse les gens, tu sais ça ?

– Quoi ? Le base-ball ?

– Bien sûr, le base-ball. Si t'as perdu tout intérêt au base-ball, t'as perdu tout intérêt à la vie.

– Parle pour toi.

– En tout cas, pour justement parler des autres, c'est la Commission du Port qui dirige tout sur le front de mer, tu comprends, les jetées et tout ça. Avec tous les projets immobiliers qu'y a par ici, y a un tas de pognon en jeu. Et donc, avant que ces gens se soient fait expulser, ils ont incendié ce qu'ils possédaient. Comme ça, ils se ramassent le pognon de l'assurance. C'est simple.

Un poisson sauta de la glacière et retomba droit dans les quatre ou cinq centimètres d'eau au fond de la barque. Adroitement, Dave crocheta un doigt dans les ouïes du poisson qu'il souleva.

– Non, non, ma douce, t'es à moi maintenant. Et t'es sur le point d'être confrontée à ta fonction dans l'existence. Même si je sais pas bien comment je vais faire pour t'enfiler des raisins secs dans le cul. Ahrgh arghj hargh.

Il rectifia légèrement le cap.

– T'aimes le saumon, Danny ? Et le cabillaud ? La truite de mer ? Tu penses que tu vas pouvoir garder un peu de nourriture solide dans l'estomac ? Double Barque, c'est un champion en cuisine.

– N-non.

Il laissa retomber son poisson dans la glacière.

– Ben alors, qu'est-ce tu veux faire ? Regarder la télé ?

Je fis une grimace et ce fut douloureux.

– T'es dur à satisfaire, mon salaud. Ben, tu peux me regarder manger. Cabillaud poché, salade de crabe, café chaud arrosé de rhum. Mec, je te dis que ça !

Il se frotta la bouteille de bière sur le ventre.

– C'est-y pas la belle vie ?

– Le c-café, ça me paraît bien.

– Un petit coup de rhum, peut-être que ça te ferait du bien aussi. Mais faut que t'y ailles prudemment.

– Je s-suis le m-mec p-prudent.

– C'est ce que je constate. Mais ce qu'y te faut en réalité, c'est une racoleuse dans le sac de couchage.

Un navire hôpital de la Marine, blanc de talc avec une croix rouge de chaque côté, était monté en cale sèche à Bethlehem. Le fracas des marteaux pneumatiques, des postes à soudure et des portiques de grues résonnaient dans les rouleaux d'embruns qui l'environnaient.

– Quel genre de v-voitures ils c-conduisent ?

– J'y ai souvent vu une Béème nickel. Mais c'est le Humvee qui se remarque.

– Un de ces trucs de l'armée ?

– On dirait une gamelle à déjeuner métallique peinte en noir.

– Qui le conduisait ?

– Des mecs. T'as déjà vu une femme conduire un de ces machins ?

– Je c-crois pas.

– Les femmes, c'est trop intelligent pour conduire ça. Mais y a cette petite mignonne sexy qui conduit la Béème.
– C'est quoi sexy ?
– Une petite brune. Mais, tu sais...
Il dessina des sinusoïdes de la main qui tenait la bière.
– Sexy. Toujours bien sapée, bien mieux que les mecs avec le Hummer.
– Ces mecs. Y en a un qui est plus grand que l'autre ?
– Ouais, mais qui l'est pas ? Je veux dire, tu prends deux personnes, n'importe lesquelles...
– T'as-t'as déjà vu la femme de près ?
– Seulement à travers des jumelles, argh hrgh.
– Quelle couleur, la BMW ?
– Noire, avec vitres teintées.
– Rien d'autre ? Rien d'inhabituel ?
– Ouais. Un jour, un des mecs du Humvee a pointé son flingue sur elle.
– Une arme ? Et c'était à quel p-propos ?
– J'en sais rien du tout. J'étais en train de relever mes casiers à environ huit cents mètres, et je m'occupais de mes affaires.
– Sur cette barcasse ?
– Nan.
Nous avions contourné les cales sèches et il me montra un bateau en bois d'environ treize mètres.
– J'étais sorti à bord de *Rummy Nation*. J'ai juste regardé pasque la nana était là.
– Et la brune t'a vu ?
– Probablement pas. J'étais à la barre dans la timonerie. Mais le mec a fini par ranger son feu et ils ont continué leurs petites affaires. Mais la nana a fait un drôle de truc, malgré tout.
– J'ai b-sesoin de r-rigoler un coup.
– Heureux de te rendre ce petit service. Quand elle a montré mon bateau, le mec avec le flingue a

regardé dans ma direction, il a vu mon bateau, et il s'est retourné vers la fille. Il avait le flingue qui pendouillait, comme qui dirait. Et tu sais ce que cette gamine a fait ? Elle lui a éclaté de rire à la figure.

– Vraiment ? Elle a rigolé à la figure d'un mec qui pointait une arme sur elle ?

– Calme comme pas possible. Je parierais que ça l'amusait vraiment et qu'elle en avait rien à branler de ce que le mec pouvait penser. Une gamine qui avait de l'estomac.

– Elle, tu l'as jamais vue au Forward Hatch ?

– Non, mais les deux mecs en Humvee s'y arrêtent de temps en temps pour se payer une limonade.

– Tu les as vus récemment ?

– Hier, dit-il en hochant la tête. Ils sont passés devant le bar juste au moment où j'arrivais.

Comme s'il craignait quelque danger, il scruta les eaux devant lui avec intensité.

– Y z'avaient un autre mec avec eux.

– D-dis-moi.

Dave ne me dit rien.

– Il était quelle heure ? je finis par demander. Tu te souviens ?

– Naturellement, répondit-il en plissant les yeux en fentes, c'était juste aux environs de Vodka-trente.

– Et c'est quand ça ?

– Quand y a pus de rhum, ahrgh hargh hrgh...

17

À bord du *Rummy Nation*, Dave mélangea une cuillerée de miel à une tasse de thé. Pendant qu'il me faisait boire, une cuillère à la fois, il se rappela un pêcheur qui était resté une nuit entière accroché à une glacière en polystyrène.

– Il était à huit kilomètres au large de Muir Beach quand les gardes-côtes l'ont retrouvé. Il avait passé quatorze heures dans l'eau. Tu sais comment il a fait pour se réchauffer ?

– N-non.

– Il a déménagé au Costa Rica. Argh hargh hrgh.

Inspiré de la felouque méditerranéenne et importé en Californie par des pêcheurs siciliens, le soi-disant modèle Monterey du *Rummy Nation* avait peu perdu de ses lignes antiques. Mais sa voile latine avait été remplacée par un moteur diesel Hicks monocylindre, qui laissait juste assez de place sous le pont pour un sac de couchage fétide et un poêle à kérosène. Le bateau paraissait impeccable à l'extérieur et en piteux état à l'intérieur. L'air du pont inférieur, où on entendait le bourdonnement des pompes de vidage des eaux de cale, était envahi par une puanteur de moisi. Un peu partout traînaient des cages à criquets, des seaux à vifs, des bouteilles de bière et toute sorte de matériel de pêche, jusqu'à une bouteille de ketchup encroûtée et un distributeur vide de serviettes en papier destiné aux restaurants. Le bossoir rouillé utilisé pour relever les casiers, à l'arrière du plat-bord tribord, donnait l'impression de servir depuis trois quarts de siècle. Les seuls éléments de confort se résumaient au sac de couchage, qui semblait avoir encaissé plus d'une explosion de grenade à fragmentation, un coussin de gradin des Forty-Niners que Dave utilisait comme oreiller, et deux grands frigos. Dans les niches des cloisons étaient rangés des boîtes de conserve, des médicaments, des vêtements et des livres traitant de la mer. S'y trouvait également un assortiment impressionnant d'outillage, car Dave était mécanicien de front de mer, spécialiste de tout ce qui était diesel. Suspendu à la porte de l'escalier, un cadre contenait une reproduction d'une peinture de l'infâmant *Teignmouth Electron* de Donald Crowhurst[1]. On avait représenté le navire piquant de la proue dans des paquets de mer déchaînés, les drisses volant au vent, sans personne de visible sur le pont.

Tête en bas dans l'escalier, je n'avais aucun mal à passer le domaine en revue, tandis que son seigneur tamponnait de teinture d'iode les écorchures de mes jambes, ce qui me laissa entrevoir un retour des sensations. Mais ce fut quand Dave, à l'aide d'une lame de rasoir chauffée et d'un coton-tige, nettoya la plaie par balle que j'avais au mollet que je redécouvris le présent absolu.

– Ces égratignures doivent venir des bernacles des piles contre lesquelles t'es allé te frotter, dit Dave. Même chose pour tes mains. Malgré tout, je

1. Un des tout premiers marins à avoir participé en catamaran, dans les années 60, à la Whitbread, course autour du monde en solitaire. Pris de folie dans la mer des Sargasses, il s'est suicidé. Passionné d'électronique, il a baptisé son bateau l'*Électron de Teignmouth*, ville d'où il était originaire.

tombe des nues, j'avais encore jamais vu de bernacle armée – mais, hé, y a des millions d'histoires qui circulent dans le monde entre les deux marées.

Je changeai de sujet.

– Ton dinghy, c'est ton deuxième bateau ?

– Nan, répondit Dave en épongeant le surplus de teinture d'iode à l'aide d'un chiffon puant le diesel. Tu les as remarquées, les bouées, quand on est arrivés ?

J'avais remarqué les bouées. Mais ce qui sautait visiblement aux yeux, c'était les trois mètres de mât avec voile, vergues et réflecteur radar, encerclés par lesdites bouées.

– Le *Stripéd-Ass Bass*, dit Dave, en me vrillant un bout de son chiffon roulé dans la plaie. Il s'offre une petite vacance sous-marine.

– Ton autre bateau est au fond ?

– C'est un bien joli trou bien propre que t'as là, dit-il en plissant les yeux devant la plaie. La balle devait être chemisée. V'là quelqu'un qui respecte la Convention de Genève.

– Pourquoi tu ne le renfloues pas ? lui demandai-je entre mes dents serrées.

– Pour quoi faire ? Il retomberait au fond aussi vite.

Vers neuf heures et demie, nous regagnâmes la terre ferme aux avirons, et je me plantai sous le filet d'eau tiède d'une douche sur le quai jusqu'à ce que je ne sois plus capable de rester debout. Puis je m'habillai et Dave nous chargea tous les deux dans sa camionnette à plateau, une version terrestre du reste de sa flotte, un GMC de trois quarts de tonne corrodé par le sel, acheté lors d'une vente aux enchères municipale. En deux tons de brun – trois si on comptait la rouille – et un de crème, il était équipé de casiers fonctionnels, d'un poste à souder à l'arc alimenté au gaz, et de cinquante bons centimètres de foutoir sur le plateau, dont l'aviron au don d'ubiquité. On trouvait également un râtelier à cornières métalliques, un treuil de levage pour moteur, un étau sur le pare-chocs arrière, une attache de remorque, et un gyrophare orange sur le toit de la cabine.

En sortant du camion sur Folsom Street, je m'appuyai contre Dave comme un ivrogne, faible, non décongelé, et des jurons plein la bouche. Supportant la majeure partie de mon poids, Dave y allait lui aussi de bon cœur. Les jambes en lambeaux de mon jean pendouillaient sous mes genoux comme des fanons, brillamment tachés par l'iode. Mes cheveux plaqués sur le crâne étaient zébrés de sel. La lumière directe du soleil était tellement douloureuse à mes yeux que Dave les avait masqués derrière une paire de lunettes très sombres et enveloppantes. Les piétons s'écartaient de nous à bonne distance. Toujours trop engourdi pour pouvoir faire autre chose que servir de glacière, je dus autoriser Dave à sortir les clés de ma poche de devant. Tandis qu'il farfouillait, il dit :

– Y a des raisons pour qu'un flic soit garé de l'autre côté de la rue ?

– Probablement la brigade des Mœurs.

– Il est en train de téléphoner.

Dave avait à peine déverrouillé la porte qu'une seconde voiture banalisée coinçait sa camionnette, et qu'en jaillissait un Bowditch écumant.

– Kestrel !

– Oh non, dis-je, *insalata mista.*

– J'espère qu'y aura pas de fusillade, dit Dave. J'ai plus une goutte de teinture d'iode.

Il était visible que Bowditch avait d'autres choses en tête, mais il pila sur place devant le spectacle que nous lui offrions.

– Nom de Dieu, mais putain de merde, qu'est-ce qui t'est arrivé ?

– Une simple caresse de l'une des sept mers, mais avec préjudice, dit Dave. Sinon il aurait la même allure que moi. Argh hargh hrg.

– Entrez, dis-je tandis que Dave me faisait passer le seuil en me portant.

– Putain de flic, marmonna Dave en me tirant dans l'escalier.

– Dave, grimaçai-je quand il me laissa tomber sur le lit, qu'est-ce qu'on gagne en plus à insulter la police ?

– S'il aimait pas se faire insulter, y serait pas dans la police.

Une fois qu'il m'eut ôté mes chaussures, il dit :

– T'as de la soupe quelque part ?

– Non.

– T'as du liquide ?

Je sortis de mon jean un billet de vingt saturé d'eau. Bowditch apparut au sommet de l'escalier et s'appuya contre le chambranle de la porte, la main serrée sur une mallette en soufflant comme l'athlète qu'il n'était pas.

– Il n'y a pas de tests de capacité physique minimum dans la police ? dit Dave en essorant le billet de son eau de mer.

– Je te présente le lieutenant inspecteur Bowditch, dis-je. Lieutenant, voici Dave.

Dave montra le billet de vingt à Bowditch.

– Est-ce que je peux vous rapporter un beignet ou quelque chose, monsieur l'agent ?

– C'est votre camion, là devant ? demanda Bowditch, le regard soudain plus brillant.

– Argh...

– Les plaques sont périmées depuis deux ans.

– Cette saleté, j'arrive pas à la passer au contrôle antipollution, dit immédiatement Dave. Il lui faut un nouveau carburateur et ça peut pas être un échange standard, vous voyez ? On peut la faire passer au contrôle uniquement avec une pièce d'origine, un carbu d'usine.

Il leva cinq doigts en l'air.

– J'essaie de faire ce qu'y faut faire, Lieutenant, mais c't'enculée de pièce d'usine coûte deux fois le prix d'un échange standard. Cinq cents billets, et ça, putain, c'est sans l'installation.

Personne ne dit mot.

– Je peux me l'installer moi-même, pas de problème. Mais hé, dit-il en écartant les bras, mon chèque de Sécurité sociale, c'est seulement six cent trente-sept dollars par mois.

Nous attendîmes.

– Alors ce sera un petit pain, dit Bowditch.

Dave dévoila tout un tas de dents absentes.

– Sûr, Lieutenant. Voulez du fromage à la crème avec ça ? Du saumon fumé ? Une pipe ?

– Rien qu'un grand café normal, répondit Bowditch d'un air irrité.

Dave sortit.

– C'est qui, le poivrot ? demanda Bowditch.

– C'est lui qui m'a sorti de la baie ce matin. Je l'aime d'amour, c't'homme.

– Il sent le gilet de sauvetage.

– Je vais vous dire, Lieutenant. Laissez-moi reprendre mon souffle, vous voulez bien ? Et ce vieil homme et moi, on vous refilera la valeur d'un mois de boulot. D'ici là, contentez-vous de la boucler et laissez-moi geler sur pied. D'accord ?

Bowditch tapota sa mallette.

– Aujourd'hui, c'est uniquement une remise à jour des renseignements.

Il plissa les yeux vers ma jambe.

– C'est un orifice de balle, ça ? Infligé, peut-être, par la décharge d'une arme à feu ? Ou est-ce que les vers de mer ont pris une longueur d'avance ?

– Vos yeux ne vous trompent pas.

Bowditch grogna, avant de la fermer et de profiter de l'occasion pour inspecter l'appartement – ce qui ne prit pas très longtemps, dans la mesure où il n'y avait que deux pièces et qu'il les avait déjà passées en revue auparavant, la nuit où il était venu m'embarquer pour interrogatoire. Aujourd'hui, sa curiosité se porta sur les rayonnages de bibliothèque qui s'alignaient sur les murs.

– Ça fait beaucoup de livres.

– Qu'est-ce que je suis censé faire ? Manifester mon désaccord ? rétorquai-je.

C'est en cet instant que je me rendis compte que j'étais littéralement à bout de patience. Une lassitude dont je n'avais pas fait l'expérience depuis la guerre était en train de fleurir, une floraison dont l'échange avec Bowditch semblait me distraire.

Il prit un livre sur une étagère et consulta la couverture.

– T'as lu tout ça ?

– Non, répliquai-je aussi sec, c'est juste pour l'isolation. Il y a un bordel dans la maison voisine, et la salle de bains est de l'autre côté de ce mur, comprenez, juste là, et s'il y a une chose que je ne supporte pas, c'est un bruit de gargarisme à quatre heures du mat'. C'est pire que la télévision.

Il replaça le livre sur l'étagère et ouvrit sa mallette.

– Ouais, ben, ce sont justement les putes qui vont faire l'objet du sermon d'aujourd'hui.

– Pourquoi ne pas se contenter de vivre et de laisser vivre ? dis-je en geignant.

– Déjà entendu parler d'une reine du nom de Théodora ?

– Je c-connais des t-tas de reines.

– Celle-ci est morte.

– Ce q-qui en réd-réduit à p-peine le n-nomb...

Je fus incapable de terminer ma phrase. Tous mes muscles donnèrent l'impression d'être saisis de convulsions.

Si Bowditch s'en aperçut, il n'en dit rien.

– Pense VIe siècle après Jésus-Christ, Danny. Si tu connais des reines du VIe siècle, tu dois connaître cette nana, Théodora.

– L-lieutenant, j'ai le c-corps en f-feu, j'ai les j-jambes découpées en l-lanières, j'-j'ai été touché p-par une balle, et je ne v-vous ai pas encore parlé du g-godemiché géant. Mais j'-j'ai jamais entendu parler d'une r-reine du nom de Théodora.

Bowditch me jeta un regard étrange.

– Un godemiché géant ?

– N-nom de D-Dieu, je c-croyais que les g-gens ne bégayaient pas q-quand ils se m-mettaient en c-colère.

– Non, non, ça m'intéresse. Si tu préfères discuter d'événements d'actualité ou même de physiologie, loin de moi l'idée que...

– F-faudra que ça-ça attende. Attendez que D-Dave soit de retour.

Bowditch secoua la tête.

– Danny, insista-t-il, le temps, c'est de l'argent. D'une manière comme d'une autre, il faudra bien que quelqu'un cause. Toi ou moi ?

– D'ac-d'accord – vous. J'ab-j'abandonne. Mais j'ai jamais ent-entendu parler de c't-c'te reine.

Il sortit un livre de sa mallette.

– Prêt pour une petite histoire avant d'aller au lit ?

– Je m'endors tout seul comme un grand, je v-vous remercie.

Il ouvrit le livre à une page marquée par un mémo rose En-Votre-Absence.

– Tout le monde me dit que c'est un grand livre.

Ma curiosité l'emporta.

– C'est qu-quoi le t-titre ?

– *Histoire du Déclin et de la Chute de l'Empire romain.*

– Vingt dieux ! C'est vrai qu-que c'est bien. Dep-depuis quand les flics lisent-t-ils Edward Gibbon ?

– Depuis qu'on est passé des beignets aux petits pains.

La porte de la rue claqua. Dave remonta les escaliers et il fallut qu'il ait traversé la pièce pour que je remarque qu'il claudiquait. Il posa mes clés et un sac de courses en plastique sur le plan de travail.

– Les Chinois, y z'ont insisté pour y ajouter un plat de *chopsawy*. T'en fais pas, j'ai aussi de la soupe *won-ton*, aigre et bien chaude. Et un gobelet de kawa pour le lieutenant, un gobelet de kawa pour Dave, un petit pain chaud pour le lieutenant...

Il s'interrompit et dit, plein d'espoir :

– Y z'en avaient plus au sésame, alors j'ai dû prendre aux oignons.

Bowditch roula les yeux au ciel.

– Je savais bien que vous feriez pas la différence, poursuivit Dave. Fromage blanc, marmelade, sauce de soja...

Il aligna les emballages sur l'évier.

– ... des baguettes pour la soupe, une boîte de sardines pour Dave, et – il déposa avec un claquement sec sur la faïence une bouteille marron à l'étiquette fleurie – une pinte de rhum bon marché.

Il montra un ticket de caisse.

– Dix-neuf dollars et soixante-quatre *cents*.

– Je le décompterai de mes impôts, t'en fais pas.

– Je vais la laisser sur – eh, comment ça se fait que t'aies pas d'aimants sur ton frigo ?

Il ôta les couvercles des gobelets de café.

– Une lichette, Lieutenant ?

Bowditch acquiesça d'un signe de tête. Dave vida deux bons centimètres de café dans l'évier, compléta avec le rhum, et tendit le gobelet à Bowditch. Il versa ensuite deux centimètres bon poids de son propre café dans l'évier, compléta le niveau de liquide, et nous porta un toast :

– Qu'au moins deux fois par jour les marées de la beauté effacent les empreintes de pas que la vie laisse sur les plages de votre esprit.

Il s'offrit bruyamment une longue rasade. On aurait cru entendre vingt centimètres de velcro en train de se séparer.

Bowditch sirota son café avec précaution, comme à titre expérimental, et fit la grimace.

– Seigneur, que c'est bon.

Il sortit un paquet de Vantage.

– Ça vous dérange si je fume ?

– Hé, protestai-je, c'est un service de soins intensifs ici.

– Les Vantage, ça s'appelle pas fumer, dit Dave, en acceptant du feu.

– C'est comme si on arrêtait de cloper, concéda Bowditch en allumant la sienne.

Je redressai à coups de poing deux oreillers contre le mur et remontai en position semi-assise.

– Et cette soupe, alors ?

On entendit cogner à la porte de la rue. Le bout filtre coincé entre les dents et son café arrosé dans une main, ouvrant des tiroirs de l'autre, Dave cherchait une cuillère.

– Vous voulez aller ouvrir, Lieutenant ?

Bowditch haussa les épaules, descendit l'escalier en mâchonnant une bouchée de son petit pain.

Après m'avoir regardé essayant de tenir la cuillère tout seul, Dave dit :

– Va falloir que je te donne la becquée.

– Je n'ai pas faim, dis-je d'un air dégoûté en laissant retomber la cuillère dans le bol.

Dave tira une chaise près du lit et tint une cuillerée de soupe en équilibre devant ma figure.

– Ouvre grand, nom de Dieu.

– Mais qu'est-ce qui se passe ici ?

Missy était sur le palier, une main sur la hanche, une expression intriguée sur le visage. Elle était vêtue d'un chemisier en soie couleur rose thé sous une veste noire, d'un kilt avec grosse épingle bas sur la couture, de bas noirs, et de bottillons d'elfe noirs. Très classe, un vrai million de dollars sur pied, mais c'était probablement en dessous de la vérité. Bowditch était deux marches plus bas, et soufflait comme un asthmatique.

Dave se leva de sa chaise, le bol de soupe dans une main, une serviette en papier dans l'autre, l'air perplexe, en riant sans trop savoir. La cuillère tomba par terre.

– M-Missy, voici D-Dave. Et v-vice v-versa.

– Argh, dit Dave, complètement perdu.

– J'en suis sûre, répondit Missy. C'est quoi, les lunettes de soleil ?

Puis elle vit mes jambes.

– Daniel, qu'est-ce qui t'est arrivé ?

– Un p-petit ac-accident de n-natation.

La désinvolture n'aida en rien à cacher mes claquements de dents. J'avais cru que le thé de Dave m'avait requinqué, mais j'avais l'impression de régresser. Ma carcasse tout entière était agitée de grands tremblements, et mes dents claquaient comme des castagnettes.

Missy abandonna toute affectation, pose ou faux amusement, et poussa Dave à l'écart.

– Tu trembles. Laisse-moi...

Elle ôta les lunettes de soleil et posa la main sur mon front.

– Mon Dieu ! Mais t'es aussi froid que l'annulation de mariage de papa !

– Et c'est-c'est f-froid co-comment, ça-ça ?

– Ouais, voulut savoir Dave. C'est froid comment, ça ?

Elle se tourna vers lui.
– Qu'est-ce que vous avez fait à Danny ? Qui êtes-vous ?
– Allons, allons, ma petite dame, commença Dave.
– Qu'est-ce que vous avez fait à Danny ? s'écria-t-elle.
– Hé, mollo, s'écria Dave à son tour. C'est moi, le mec qui l'a sorti de la baille.
J'essayais de faire les présentations.
– Lieu-lieutenant Bo-Bowditch, M-Marissa J-James. Je s-suis en train de foi-foirer com-complètement...
Missy n'accorda même pas un regard à Bowditch.
– Nous nous sommes croisés.
Elle jeta un œil à Dave et pinça le nez.
– Brigade des policiers en civil, je présume ?
Dave s'étrangla sur son café de flic en civil.
– Hé, dit Bowditch, ne venez pas ternir le lustre de la police !
– Danny, qu'est-ce qui ne va pas ?
Le regard de Missy passa d'un visage à l'autre.
– Qu'est-ce qui ne va pas chez Danny ?
– Je l'ai repêché ce matin sous le Pier 70, dit Dave. Il y a passé la nuit.
Bowditch sursauta visiblement.
– Toute la nuit ? répéta Missy, consternée. C'est vrai ?
– En b-bien, j'ai co-commencé c-c-c- merde – co-comme qu-qui dirait un p-*peu tard*...
– L'hypothermie, dit Dave. La température au cœur de la bête doit descendre en dessous de trente-deux degrés pour que les symptômes apparaissent. Elle descend en dessous de vingt-cinq, et c'est le Grand Caramba, ajouta-t-il en se suçotant une dent.
– Et le foutu incendie là-dedans ? s'enquit Bowditch.

– En hypothermie, dit Missy. Mon Dieu. Vous n'avez pas essayé de le réchauffer ?

– Bien sûr que si, mais faut y aller en douceur. Parfois, ils sont incapables de garder quoi que ce soit dans l'estomac. Même du thé ou de la soupe.

Dave montra d'un air piteux son bol que Missy renifla avec suspicion.

– On peut pas les réchauffer trop vite, m'dame. Faut être prudent.

Missy appliqua la main sur mon front. Elle était chaude.

– On dirait un bloc de glace !

– Nan, dit Dave en faisant la moue, la baie est pleine de hauts-fonds là où je l'ai trouvé. Il devrait pas être en dessous de quinze, seize degrés.

Missy se leva.

– Danny, écoute, dit-elle en ôtant sa veste. Est-ce que tu as un sac de couchage ? Une couette ? Un duvet ?

Dave prit un air perplexe.

– Putain, c'est quoi, un duvet ?

Je fis un geste en direction de l'unique placard.

Missy s'y dirigea aussitôt et ouvrit la porte.

– Étagère du dessus, dit-elle, debout sur la pointe des pieds.

Elle se tourna vers Dave.

– Aidez-moi à aider Danny.

Mais Dave avait le bol de soupe dans une main et le gobelet de café dans l'autre.

– Lieutenant. Donnez-moi ce sac molletonné.

De toute évidence plus intéressé par ce que je savais de l'incendie, Bowditch s'exécuta à contrecœur. Missy se colla le sac sous un bras et pointa le doigt.

– Cette courtepointe aussi.

Elle dégagea le sac de couchage de son sac en nylon, ouvrit la fermeture à glissière et l'étala sur moi. Puis elle arracha la courtepointe des mains de Bowditch et l'étendit d'une main experte de manière à en recouvrir parfaitement le sac de couchage.

Puis elle fronça le sourcil.

– Ou-oui, dis-je. T-tu me l'as d-donné après cette n-nuit m-magique...

– Je ne me souviens pas le moins du monde de ce que tu racontes, m'interrompit-elle d'un air guindé. Comme il est flatteur que tu inventes encore des histoires après tant d'années. Est-ce que l'hypothermie inclut aussi des hallucinations ?

– Qu-quinze ans.

– N'essaie pas de parler. Tu délires et tu pourrais me gêner.

Elle prit appui d'une main sur le plan de travail de la cuisine, plia une jambe, et ôta un de ses bottillons d'elfe.

– Ahrg hargh hrgh, dit Dave en battant en retraite, totalement déconcerté.

– Hé ! dit Bowditch qui donnait lui aussi l'impression d'être pris par la panique. Faut que je lui cause, à ce mec.

– Quand il aura envie de vous parler, vous pourrez lui parler, dit Missy en déboutonnant son chemisier. Tournez-vous, tous les deux. Et fermez les yeux.

Bowditch ressemblait à un papillon sur le point d'être aplati entre les pages d'un livre.

– M-Missy, protestai-je.

– La ferme, Daniel. Garde tes forces.

Dave, pour une raison inconnue, clignait des paupières sans pouvoir s'arrêter.

– Tournez-vous, tournez-vous.

Missy dégagea les pans du chemisier de la ceinture du kilt.

– Madame James, essaya à nouveau Bowditch. Ceci est une affaire de police. Je...

– Une affaire de police ? Très bien. Faites ce qu'on vous dit, sinon je m'arrangerai pour que le maire Brown vous tombe sur le râble tellement vite que...

Elle tapa du pied d'impatience.

– ... que votre insigne aura l'air d'avoir passé la nuit sur les rails du tram !

Bowditch pâlit. En fait, sa main se porta à l'endroit de sa poitrine où son insigne avait été épinglé quand il était de ronde, simple flic à pied, vingt-cinq ans auparavant. Sans ajouter un mot, il nous tourna le dos.

– J'ai justement vu Willie hier soir, ajouta Missy. Il était en compagnie de ce top model, comment elle s'appelle déjà...

Le chemisier déboutonné, ses deux mains s'affairaient sur les deux boutons de sa jupe.

– À vous dire la vérité, la dernière fois que j'ai entendu parler d'un Borsalino[1], sans même parler d'en voir un, il était sur la tête de Moose Malloy dans *Le Grand Sommeil.*

– À peu près aussi invisible qu'une tarentule sur une tranche de gâteau de Savoie.

– C'est à peu de choses près une bonne définition de Willie, dit Missy. Mais je dois dire que les jambes de ce top model sont plus longues que la mémoire d'un bookmaker.

À ces paroles, Dave se retourna à moitié et la voix de Missy claqua aussi vite :

– Regardez la rue. Tout le monde a les yeux fermés ?

Elle sortit de sa jupe.

Missy est toujours bien une femme, me dis-je en moi-même, tandis qu'elle pliait soigneusement la jupe pour la poser sur le dossier de la chaise, avant

1. Willie Brown, actuel maire de San Francisco, est célèbre pour son élégance et ses Borsalino.

d'y suspendre le chemisier. Puis, avec la même absence d'affectation que si elle avait trente ans et moi vingt-sept, et que nous étions amants depuis la fac, elle se glissa sous la courtepointe et commença à me déshabiller.

– J-j-j-j...

– Plus qu'une minute ou deux, messieurs, dit-elle à la cantonade.

Puis, s'adressant à moi :

– Tu te comportes très bien. Essaie de ménager tes forces.

Lorsque mon jean en lambeaux fut pelé de mes tibias tout autant en lambeaux, elle dit :

– Seigneur Jésus !

– Les bernacles, dit Dave à la fenêtre de cuisine, aussi aiguisées que les jugements de grand-mère.

Bowdith marmonna quelque chose en haut des escaliers. Mes vêtements gisaient maintenant au sol et Missy m'enlaça de ses bras.

– Daniel ! s'écria-t-elle d'une voix perçante. Mais tu gèles !

– Pas t-t-tout à fait...

Les yeux de Missy croisèrent les miens et, bravement, elle engagea autant de peau entre nous deux que possible. Le sac de couchage, la courtepointe et même ma peau commencèrent à emmagasiner sa chaleur. Elle frotta le bout de son nez contre le mien.

– Est-ce que tu sens quelque chose ?

Je sentais beaucoup de choses, mais ma langue refusa de former des syllabes cohérentes.

Elle souleva le rebord du sac de couchage et sourit :

– Ne jamais se laisser abattre. On redresse la tête.

Je redressai la tête, et elle tira soigneusement les couvertures jusque sous mon menton.

18

– Hé, les deux tarés, l'un de vous aurait dû y penser, dit Missy.

– Je p-préférerais mourir, dis-je.

– Argh...

– Je ne savais pas qu'on pouvait prendre froid devant un incendie, offrit Bowditch en guise de commentaire, invitant ainsi à de plus amples explications.

– Allez, raconte, dit Missy en se blottissant plus profond sous les couvertures. Comme en colonie de vacances.

De bredouillis en bégaiements, je parvins au terme de mon récit de la veille au soir : ce à quoi ressemblaient les trois types, le fait qu'ils conduisaient un Humvee, que tout ça avait un rapport avec Renée, que ça avait beaucoup de rapports avec la raison pour laquelle j'avais appelé Bowditch la veille, que Dave avait vu Renée avec sa BMW, et Ecstasy et Vendeur de Bagnoles avec leur Humvee, tous au Pier 70 à un moment ou à un autre, et que le corps de Vendeur de Bagnoles était susceptible de se trouver sous les décombres.

Lorsque j'en eus terminé, Missy dit :

– C'est effroyable.

Bowditch était songeur.

– Voyons un peu ce que Clarence pourra tirer de tout ce foutoir. Peut-être que ça collera.

– À quoi ?

– T'as des tas de choses à apprendre pour te remettre au parfum.

Il sortit son exemplaire de l'*Histoire du déclin et de la chute de l'Empire romain.*

– T'en as un exemplaire, non ? Tu l'as jamais lu ?

– Est-ce que je l'aurais jamais lu ? demandai-je d'une voix incrédule. Personne ne l'a jamais lu. Pas intégralement, en tout cas.

– *Au contraire**, dit Dave.

Tous les regards se tournèrent vers lui.

– Chose, poursuivit Bowditch, que le sergent Maysle estime tout à fait regrettable.

Tous les regards se tournèrent vers lui.

– Elle l'a lu ? demandai-je.

– C'est vrai, dit Dave. C'est un des grands livres.

Tous les regards se tournèrent à nouveau vers lui.

Bowditch se mit à feuilleter les pages.

– Le sergent Maysle nous dit qu'on y trouve un nombre incalculable de bonnes histoires. L'une d'elles, vers la fin, est particulièrement intéressante pour ceux d'entre nous qui se trouvent réunis ici aujourd'hui.

– Des histoires, dit Missy en se nichant.

Je la regardai.

En colonie de vacances, disaient ses yeux, *on partageait toujours les sacs de couchage et les histoires. Seigneur*, répondaient les miens, *j'ai eu une jeunesse de déshérité.*

– Argh hargh hrgh. Je vais faire un peu de café pour les lichettes.

– Il est d-dans le f-frigo.

Bowditch colla une paire de demi-lunes sur le bout de son nez, inclina le livre vers la lumière en provenance de la fenêtre de cuisine, et trouva sa place.

– Très bien. L'histoire s'intitule *Portrait d'une impératrice*. Elle traite d'une reine romaine appelée Théodora, qui a vécu d'environ 508 à 548 après Jésus-Christ. Permettez-moi de faire une remarque : la capitale de l'Empire romain n'était plus Rome parce que l'empereur Constantin l'avait déplacée à Byzance qu'il avait rebaptisée Constantinople, aujourd'hui Istanbul, quelque chose comme deux siècles avant la naissance de Théodora. Théodora était l'épouse de l'empereur Justinien, à ne pas confondre avec son prédécesseur Justin Ier. Suffit pour les préliminaires. On plonge.

Il s'éclaircit la gorge.

Dans l'exercice de son pouvoir suprême, le premier acte de Justinien fut de le partager avec la femme qu'il aimait, la célèbre Théodora, dont la surprenante ascension ne saurait se voir applaudie comme le triomphe de la vertu féminine. Sous le règne d'Anastase Ier, l'entretien des bêtes sauvages que gardait la faction verte à Constantinople avait été confiée à Acace, natif de l'île de Chypre, qui, de par ses fonctions, fut surnommé le Maître des ours. Après sa mort, cet honorable office fut attribué à un autre candidat, nonobstant la diligence de sa veuve, qui avait déjà trouvé un remplaçant et un successeur à la charge de son époux défunt. Acace laissait trois filles, Comito, Théodora et Anastasia, dont l'aînée n'avait guère plus de sept ans. Lors d'une fête solennelle, ces orphelines impuissantes furent envoyées par leur mère indigne en pleine détresse, sous le déguisement de suppliantes, au beau milieu de l'arène ; la faction verte les reçut avec mépris, la bleue avec compassion ; et cette différence de comportement, qui se grava dans l'esprit de Théodora, fut ressentie pendant bien longtemps par la suite dans les administrations de l'Empire.

– Les ours en question, intervint Bowditch, étaient utilisés dans diverses distractions scéniques de l'Hippodrome, la grande arène sportive de l'époque. Les Bleus et les Verts étaient des factions politiques – sujettes aux caprices de la monarchie, cela va sans dire.

– Oh, regrettée monarchie, fit remarquer Dave.

Grandissant en âge et en beauté, les trois sœurs furent successivement consacrées aux plaisirs publics et privés du peuple de Byzance ; et Théodora, après avoir suivi Comito sur la scène en costume d'esclave, en portant un tabouret sur la tête, fut enfin autorisée à exercer des talents indépendants. Elle ne dansait pas, ni ne chantait, ni ne jouait de flûte ; ses talents se limitaient à l'art de la pantomime ; elle excellait dans les personnages de pitres et de bouffons ; et chaque fois que la comédienne gonflait les joues et, d'un ton et gestes ridicules, se lançait dans sa litanie des coups reçus, le théâtre tout entier de Constantinople résonnait de rires et d'applaudissements. La beauté de Théodora était le sujet des louanges les plus flatteuses et la source des délices les plus exquises. Elle avait les traits délicats et réguliers ; son teint, quoique d'une certaine pâleur, se parait de couleur naturelle ; la moindre sensation se voyait instantanément exprimée par la vivacité de son regard ; l'aisance de ses gestes et de ses mouvements illustrait les grâces d'une silhouette petite mais élégante ; et il n'était que l'amour et l'adulation à pouvoir éventuellement proclamer que la peinture et la poésie étaient incapables de dépeindre l'excellence sans pareille de ses formes. Mais ces formes étaient dégradées par la facilité avec laquelle elles s'affichaient aux yeux du public et se prostituaient au désir licencieux. Théodora abandonnait ses charmes vénaux à une foule aux mœurs faciles de citoyens et d'inconnus de tout rang et de toute profession ; l'amant chanceux qui s'était vu promettre une nuit d'enchantement se retrouvait souvent chassé du lit de sa belle par un favori plus fort ou plus fortuné ; et lorsqu'elle passait dans les rues, évitaient sa présence tous ceux qui souhaitaient échapper ou au scandale ou à la tentation. L'historien satiriste n'a cependant pas rougi de décrire les scènes de nudité que Théodora exhibait sans honte au théâtre. Après avoir épuisé les arts du plaisir sensuel *...

Bowditch plissa les yeux.
– Il y a une note en bas de page.

* Lors d'un souper mémorable, trente esclaves servaient la table ; dix jeunes hommes festoyèrent avec Théodora, dont la charité était *universelle*.

Il regarda par-dessus ses demi-lunes.
– Les italiques sont de lui.
Dave, qui répartissait du sucre brun dans deux tasses de café, dit doucement :
– Universelle, ça veut dire les quarante présents ?
Bowditch poursuivit.

... de la façon la plus ingrate qui fût, elle se laissait aller à des murmures sur la parcimonie de la nature ** ...

– Nouvelle note de bas de page.

** Elle regrettait de ne pouvoir disposer d'un *quatrième* autel sur lequel elle serait susceptible de déverser ses libations en offrande à la déesse de l'amour.

Bowditch regarda par-dessus ses demi-lunes.
– Les italiques sont de lui.

Missy compta sur les doigts :

– Un, deux, trois...

– Ça jette comme qui dirait une nouvelle lumière sur le mot *pentamétrique*, commenta Dave. Les italiques sont de moi. Argh harg hrgh.

> ... mais ses murmures, ses plaisirs et ses talents doivent se voiler sous l'obscurité d'un langage savant.

– *Ohhhhh*, s'exclamèrent trois voix, déçues.

Mais Bowditch, reposant Gibbon de côté, plongea dans sa mallette pour en extraire un second livre.

– Heureusement, le sergent Maysle, grande lettrée devant l'Éternel, nous a fourni la source des allégations salaces de Gibbon.

– *Ahhhhh*, s'exclamèrent comme un seul homme trois voix, intriguées.

– L'« historien satiriste » cité par Gibbon s'appelait Procope. Il était exactement contemporain de Théodora et de Justinien, et il nous a laissé un livre intitulé *L'Histoire secrète.*

Bowditch nous montra la couverture d'un Penguin Classic bien abîmé avant de l'ouvrir à la page marquée d'un mémo rose En-Votre-Absence.

– Bien que Procope fabule, on ne peut rejeter totalement ses dires, parce qu'il était sur place – en quelque sorte. Voici ce qu'il a à dire sur Théodora quand celle-ci n'était qu'une petite fille d'une douzaine d'années, et je suis heureux que mon épouse ne soit pas là pour écouter.

> Pour l'heure, Théodora n'était toujours pas suffisamment développée pour être capable de partager la couche d'un homme ou d'avoir des relations sexuelles comme une femme ; mais elle se comportait comme une sorte de prostitué de sexe masculin afin de satisfaire les clients du plus bas étage qui fût, et des

esclaves qui plus est, qui, lorsqu'ils accompagnaient leur maître au théâtre, profitaient de l'occasion pour se divertir de cette manière révoltante ; et pendant un temps considérable, elle resta dans un bordel, s'abandonnant à ce commerce corporel contre nature. Mais dès qu'elle fut en âge et pleinement développée, elle rejoignit les femmes sur la scène et devint promptement courtisane, du genre de celles que nos ancêtres appelaient " la lie des filles à soldats ". Car elle n'était ni flûtiste ni harpiste ; elle n'avait même pas les qualités requises pour rejoindre les rangs des danseuses ; elle se contentait tout bonnement de vendre ses charmes à quiconque se présentait, en mettant son corps tout entier à la disposition du client.

– Danny, murmura Missy, qu'est-ce que ça veut dire, « elle se comportait comme un prostitué de sexe masculin afin de satisfaire ses clients » ?

– Je-j-j-j...

Dave nous fit taire.

Par la suite, elle accompagna les acteurs et actrices du théâtre dans tout l'exercice de leur métier et, régulièrement, joua un rôle dans leurs représentations, en devenant la cible de leurs grivoiseries bouffonnes. Elle était extrêmement intelligente et possédait un esprit vif et mordant, avec pour résultat qu'elle devint très vite populaire. Il n'y avait pas la plus petite once de modestie chez cette catin, et nul ne la vit jamais décontenancée d'aucune manière ; elle se pliait aux exigences les plus scandaleuses sans réticence et sans la moindre hésitation, et c'était le genre de fille qui, si quelqu'un lui flanquait une rossée ou lui chauffait les oreilles, tournait la chose en dérision et éclatait d'un rire tonitruant ; et elle rejetait ses vêtements et exhibait nue, à tous et à n'importe qui, ces régions, aussi bien d'avant que d'arrière, dont les règles de la décence exigent qu'elles soient voilées et cachées aux regards masculins.

– Qu'est-ce que ça veut dire, Danny ? persista Missy.
– T-tu veux b-bien t-te taire ?

Elle avait coutume de taquiner ses amants en les faisant attendre, et, jouant constamment sur de nouvelles manières de pratiquer les rapports sexuels, elle était toujours parvenue à mettre les lascifs à ses pieds ; bien loin d'attendre que des rencontres de circonstance l'invitassent, c'est de sa propre initiative que, par un jeu de plaisanteries grossières et de roulements de hanches suggestifs, elle les invitait tous à venir à elle, en particulier s'ils étaient encore dans l'adolescence. Jamais personne ne s'abandonna aussi totalement à une satisfaction aussi illimitée de soi-même et de ses plaisirs. Souvent elle se rendait à un dîner où il était convenu d'apporter son manger, en compagnie de dix jeunes hommes ou plus, tous à l'apogée de leur forme physique, avec, pour objectif premier dans l'existence, la fornication, et elle couchait avec tous ses compagnons de table tour à tour la nuit durant : une fois qu'elle les avait tous réduits à un état d'épuisement absolu, elle s'attaquait à leurs serviteurs, jusqu'à trente en une occasion, et copulait avec chacun d'entre eux ; mais même cela ne suffisait pas à assouvir ses appétits de luxure.

– Sa charité était *universelle*, nous rappela Dave.

Une nuit, elle entra au domicile d'un citoyen distingué à l'heure du souper, et, est-il dit, devant les invités en pleines libations, elle se leva à l'extrémité de la couche près de leurs pieds, souleva sa robe de la manière la plus dégoûtante, tout debout devant eux, en exposant effrontément toute sa lascivité aux regards. Et bien qu'elle apportât trois orifices à servir, elle trouva quelque défaut à Dame Nature, protestant que celle-ci n'eût pas fait les ouvertures de ses tétons plus larges que la normale, afin qu'elle pût concevoir une nouvelle variété de rapport sexuel dans cette région de sa personne...

– *Quatre*, dit Missy en s'éventant d'une main, plus une, cela fait *cinq*.

Elle s'éventa le visage.

– Est-ce qu'il ne commence pas à faire *chaud* ici ?

Elle éventa *mon* visage.

– Est-ce que tu n'as pas chaud, Danny ?

– N-non, répondis-je. J'ai f-froid.

– Qu'est-ce ça veut dire, Danny, demanda Missy en me chatouillant, « les libations à la déesse de l'amour » ? Qu'est-ce que ça veut dire, hein ?

– M-missy, je t-t'en prie, je suis malade.

– Il reste juste encore un peu de Procope, dit Bowditch.

Trois voix déçues s'exclamèrent comme un seul homme :

– *Ooohh.*

Souvent, également, dans le théâtre, au vu des regards de tous les spectateurs, elle se défaisait de ses vêtements et se dressait nue au beau milieu d'eux, seulement vêtue d'un pagne lui ceignant les reins et ses parties intimes – non pas, cependant, parce qu'elle avait honte d'exposer également celles-ci à la vue du public, mais parce que personne n'était autorisé à paraître en public totalement dénudé : un pagne ceignant les reins était obligatoire. Couverte de ce minimum, elle s'allongeait alors au sol sur le dos. Des serviteurs affectés à cette tâche semaient ensuite des grains d'orge sur ses parties intimes, et des oies entraînées à cet exercice venaient les picorer du bec un à un avant de les avaler. Théodora, loin de rougir lorsqu'elle se relevait, semblait fière du spectacle qu'elle venait d'offrir. Car non seulement la honte lui était inconnue, mais elle faisait plus que quiconque pour encourager cette impudence absolue.

– Parlez-moi d'un jeu de l'oie, fit remarquer Dave. Argh hargh hrgh.

– Jamais il n'y aura de meilleure publicité pour étudier les classiques, observa Bowditch en refermant Procope. Cela se poursuit dans la même veine, mais tout le monde a saisi l'idée.

– Nous n'avons pas beaucoup appris depuis, dit Missy.

– Qu'est-ce tu fais plus tard, chérie ? ricana Dave d'un air salace.

Sans perdre une mesure, Missy répliqua :

– Je prends ma voiture et je vais jusqu'à la librairie, à City Lights plus exactement, pour acheter un exemplaire de Procope.

Bowditch lui montra la couverture de son livre.

– Assurez-vous de vous procurer le texte dans la traduction de Williamson. Les autres sont plus bégueules.

Dave réfléchit à sa déclaration.

– Comme qui dirait, ça vous ferait regretter de pas avoir été plus attentif en première année de latin, hein ?

– En fait, dit Bowditch en allumant une cigarette, Procope écrivait en grec.

– Oh, fanfaronna Dave, le grec, c'est pas vraiment un obstacle pour celui qui veut s'éclater.

Bowditch lâcha un panache de fumée.

– Maintenant que j'ai votre attention pleine et entière...

Il rouvrit l'*Histoire du déclin et de la chute de l'Empire romain.*

Après avoir régné quelque temps en maîtresse absolue sur les délices et le mépris de la capitale, elle condescendit à accompagner Ecebolus, natif de Tyr, qui avait obtenu le gouvernement de la cité africaine de Pentapolis. Mais cette union fut fragile et transitoire ; bien vite Ecebolus rejeta une concubine infidèle ou dépensière ; à Alexandrie, elle se trouva réduite à une détresse extrême ; et, au cours du laborieux retour de Théodora à Constantinople, chaque cité de l'Orient put admirer la belle Chypriote et en jouir, elle dont les mérites semblaient bien justifier qu'elle descendît de l'île si particulière de Vénus. Le commerce louche auquel se livrait Théodora, ainsi que les précautions les plus détestables qui l'accompagnaient, la préservèrent du danger qu'elle craignait ; néanmoins, à une occasion, elle devint mère. Le nouveau-né fut sauvé et éduqué en Arabie par son père, qui lui apprit, sur son lit de mort, qu'il était le fils d'une impératrice. Plein d'espoirs et d'ambitions, le jeune homme, qui n'en soupçonnait mais, se dépêcha immédiatement au palais de Constantinople où il fut admis en présence de sa mère. Dans la mesure où nul ne l'a revu, même après le décès de Théodora, celle-ci mérite pleinement qu'on lui impute l'acte immonde d'avoir, en prenant la vie de son enfant, expédié dans la tombe un secret aussi choquant pour sa vertu impériale.

Dave versa le café en sifflotant d'un air songeur :
– Son propre gamin.
– C'est important, confirma Bowditch d'un signe de tête. Nous allons poursuivre le sujet de Théodora plus avant, pour référence. Ensuite, nous prendrons l'histoire de son fils.

Dans la situation la plus abjecte de fortune et de réputation qui était la sienne, une vision, rêve ou fantasme, avait murmuré à l'oreille de Théodora l'assurance plaisante qu'elle était destinée à devenir l'épouse d'un puissant monarque. Consciente de la grandeur qui lui était échue, elle quitta la Paphlagonie et retourna à Constantinople ; en actrice de talent, elle endossa le personnage d'une femme aux mœurs plus honnêtes ; se soulagea de sa pauvreté en se lançant dans la louable industrie du filage de la laine ; et affecta une existence de chasteté et de solitude dans une petite maison, qu'elle fit par la suite transformer en un temple magnifique. Sa beauté, aidée par le stratagème ou le hasard, bientôt attira, captiva et pétrifia le patricien Justinien, qui régnait déjà d'un pouvoir absolu sous le nom de son oncle. Peut-être, par quelque artifice, parvint-elle à redonner une valeur nouvelle à un don qu'elle avait si souvent dispensé sans mesure aux plus basses engeances de l'humanité ; peut-être enflamma-t-elle, d'abord par quelque manœuvre dilatoire tout en modestie, et finalement par ses attraits sensuels, les désirs d'un amant qui, par nature ou par dévotion, s'adonnait comme à une drogue à de longues veilles et à un régime frugal tout en abstinence. Lorsque les premiers transports de Justinien se furent apaisés, Théodora n'en maintint pas moins le même ascendant sur son esprit grâce à des mérites plus substantiels, humeur et compréhension.

– En tout autres termes, dit Missy, tout est de la faute de la salope. Ses stratagèmes vicieux ont pris l'infortuné potentat ascétique dans leurs rets fétides et gluants...

– Gibbon était anglais, fit remarquer Bowditch. Et anglais du XVIIIe, tant qu'on y est.

– Théodora aurait dû demander à une féministe de rédiger son histoire, rouspéta Missy.

– Les Gibbon sont là où on les trouve, répliqua Bowditch avec un zèle excessif. Écoutez ce qu'il a à dire jusqu'au bout.

– Qui, demandai-je, vous s-sert de rép-répétiteur ces temps derniers ?

– Le sergent Maysle, naturellement. Elle est diplômée en médecine légale, spécialité anthropologie, avec certificats en lettres classiques et philologie – tu te souviens ?

– C-comment p-pourrais-je oublier ?

– Pourquoi cette Maysle ne se trouve-t-elle pas ici pour nous lire Gibbon ? demanda Dave. Pas possible qu'elle soit moins agréable à reluquer que vous.

– Oh, nous parvint gentiment la réponse, le sergent Maysle est temporairement bannie à Park Station pour avoir accusé notre chef bien-aimé de harcèlement sexuel. Ses devoirs ne sont pas, dirons-nous, aussi flexibles qu'ils l'étaient jadis. Sinon, je vous assure, un troupeau de chevaux sauvages n'aurait pas pu l'arracher à cette affaire. Et elle pourrait m'être utile.

– Quelle ruse a-t-elle utilisée ? demanda sèchement Missy.

– Je suis sûr de ne pas savoir. Mais il semble qu'il lui ait offert une paire de boucles d'oreilles.

– Et alors ?

– Alors pouvons-nous en revenir à notre histoire ? demanda Bowditch, agacé.

– Je vous en prie, faites.

Lorsque Missy s'assit sur le lit pour accepter la chope de soupe et une cuillère des mains de Dave, les couvertures glissèrent de ses épaules. Un ange passa.

Dave tendit brusquement la soupe et battit en retraite jusqu'à avoir le bras assez long pour atteindre la pinte de rhum sur le plan de travail de la cuisine.

– Je n'ai pourtant rien d'un serpent ou quelque chose comme ça, dit Missy en me regardant de ses grands yeux innocents. Pas vrai ?

– S-s-s-certainement pas.
Bowditch reprit sa lecture.

Ceux qui croient que l'esprit féminin est totalement dépravé par la perte de la chasteté...

– Oh ! explosa Missy exaspérée. Il peut toujours rêver !
– Chut, femme, dit Dave, en se dépêchant d'ajouter : Argh hargh hrgh, lorsque Missy lui lança un regard.
– Écoutez l'homme jusqu'au bout, insista Bowditch.

... se dépêcheront de prêter une oreille attentive à toutes les invectives d'envie privée ou de ressentiment populaire qui ont masqué les vertus de Théodora, exagéré ses vices, et condamné avec vigueur les péchés vénaux ou volontaires de la jeune catin...

Mais le reproche de cruauté, si répugnant comparé à ses vices plus tendres, a laissé une tache indélébile sur la mémoire de Théodora. Les nombreux espions à son service observaient et rapportaient jalousement le moindre acte, la plus petite parole, le dernier regard qui étaient autant d'injures à leur royale maîtresse. Celui ou celle qui se voyait accusé se retrouvait jeté dans les prisons privées de la reine, inaccessibles aux enquêtes de la justice ; et la rumeur voulait que les supplices du chevalet ou du fouet eussent été infligés en la présence d'un tyran féminin insensible aux voix de la prière ou de la pitié. Certaines parmi ces victimes infortunées périrent en de profonds donjons insalubres ; pendant que d'autres étaient autorisées, après la perte de leurs membres, de leur raison, de leur fortune, à paraître aux yeux du monde comme les monuments vivants de la vengeance de Théodora, qui s'étendait fréquemment aux enfants de ceux qu'elle avait soupçonnés ou mutilés. La mort ou l'exil prononcés par elle à l'encontre d'un sénateur ou d'un évêque se voyaient confiés aux soins d'un messager de confiance, dont elle stimulait la diligence d'une menace de sa propre bouche : « Si tu échoues dans l'exécution de mes ordres, je jure par celui qui vit pour l'éternité que tu seras écorché vif. »

– Ça, c'est une citation, fit remarquer Bowditch.

– Est-ce que, demanda Missy, celui qui vit pour l'éternité était le même dieu que celui que les chrétiens appellent Dieu ? Où était-ce une autre divinité ?

– Bonne question, dit Bowditch. Si le sergent Maysle était présente, elle pourrait vous répondre, bien que, dans l'ensemble, ce soit une conférence entièrement distincte.

Il leva l'épais livre de poche.

– J'ai pas exactement lu tout le bouquin. Mais ce chapitre s'intitule « L'Empire d'Orient au VIe siècle ». À cette période de l'histoire, les Romains avaient ramené Dieu à une divinité unique, dont Jésus était le fils. Mais il y a eu des tas de discussions passionnées sur la nature de Jésus. Était-il entièrement homme ? Était-il Dieu incarné ? Ou était-il mi-homme, mi-Dieu ? Le sergent dit que ç'a été du coude à coude pendant un moment, hérésie contre hérésie, mais au bout du compte, ça a eu plus à voir avec la politique qu'avec la théologie.

– *Naaan*, dit Dave. Quel cynisme de dire une chose pareille.

– Ou, avança Missy d'un air songeur, comme Théodora était intelligente, peut-être que c'était le messager menacé qui croyait en un seul dieu.

Tous les regards se posèrent sur elle.

– En fait, confirma Dave d'un hochement de tête, Constantin avait christianisé l'Empire environ deux siècles auparavant.

C'est sur lui que se posèrent maintenant tous les regards.

– Mais quoi ? poursuivit-il. Bordel, se faire écorcher. Qu'est-ce que Dieu a à voir avec ça ?

– Depuis quand en savez-vous autant ? demanda Bowditch d'un ton désagréable.

– Pendant quatorze ans, j'ai été marin dans la Marchande, Lieutenant. Avant l'introduction du magnétoscope et de la télévision par satellite, nous étions la minorité qui lisait le plus de toute cette planète. J'ai dû lire deux cents livres par an quand j'étais en mer. Demandez-moi tout ce que vous voulez sur Harold Robbins.

Sans hésitation, Bowditch demanda :

– Qui a tué Renée Knowles ?

Sans hésitation, Dave répondit :

– Qui est Renée Knowles ?

– La petite brune du Pier 70, dis-je.

Ce fut au tour de Dave de regarder alentour, de moi à Missy puis à Bowditch et retour sur moi.

– On l'a tuée ?

– Est-ce qu'on pourrait revenir à cette fichue histoire ? intervint Missy. Elle est sexiste, superbement écrite, et je veux savoir ce qui est arrivé.

– Je dois signaler que je laisse certains passages de côté, dit Bowditch. Un petit catalogue de temps à autre de bonnes actions et Dieu sait quoi.

– C'est d'accord, dit Missy, tenez-vous-en aux méchancetés.

La prudence de Théodora est célébrée par Justinien en personne ; et les lois qu'il a laissées sont attribuées aux sages conseils de sa très vénérée épouse, qu'il avait reçue comme cadeau de la divinité. Elle faisait montre de son courage au milieu des tumultes du peuple comme des terreurs de la cour.

– Oh, bon, dit Missy.
– Tout particulièrement durant les émeutes de Nika, intervint Dave, qui peuvent se comparer aux soulèvements qui ont suivi l'assassinat de Caligula. Pendant cinq siècles...
– Mais vous digressez, l'interrompit Bowditch.
– Personne n'a lu *Moi, Claude* ?
Personne ne répondit.
– Ou vu à la télévision ? demanda Dave.
Missy leva la main.
– On se sent bien seul quand on a beaucoup lu, se renfrogna Dave.
– Est-ce que je me trompe, demanda Missy, ou est-ce que c'est une histoire d'amour ?
– Absolument, confirma Bowditch.

Sa chasteté, à partir du jour de son union avec Justinien, est fondée sur le silence de ses implacables ennemis ; et bien que la fille d'Acace pût avoir été rassasiée d'amour, quelque crédit est à porter à la fermeté d'un esprit qui était capable de sacrifier plaisir et habitude au sens plus fort du devoir ou de l'intérêt. Les vœux et les prières de Théodora ne purent jamais obtenir la bénédiction d'un fils légitime, et elle enterra une petite fille encore bébé, seul enfant né de son mariage. Nonobstant cette déception, son empire fut permanent et absolu ; elle conserva, par le stratagème ou le mérite, les affections de Justinien ; et leurs dissensions apparentes furent toujours fatales aux courtisans convaincus de leur sincérité...

Peut-être sa santé avait-elle été mise à mal par la conduite licencieuse de sa jeunesse ; mais elle fut toujours délicate, et ses médecins lui recommandèrent les thermes chauds de Delphes. Au cours de ce voyage, l'impératrice fut accompagnée par le préfet prétorien, le grand argentier, plusieurs comtes et patriciens, et un splendide et grand équipage de quatre mille serviteurs. Les routes étaient réparées à son approche ; un palais fut érigé pour sa réception ; et lors de sa traversée de la Bithynie, elle distribua avec libéralité aumônes aux églises, aux monastères et aux hôpitaux, qu'ils puissent implorer le ciel afin qu'elle recouvrît la santé. Finalement, au cours de la vingt-quatrième année de son règne, elle fut dévorée par un cancer ; et sa perte irréparable fut déplorée par son époux, qui, dans la chambre d'une prostituée de théâtre, avait peut-être choisi la vierge la plus pure et la plus noble de l'Orient.

Bowditch ferma son livre et ôta les lunettes de lecture de son visage.

– Elle avait une quarantaine d'années quand elle est morte.

Missy, en pleine pose, une cuillerée de soupe à deux centimètres de ma bouche, le regarda.

– Est-ce que c'est la fin de l'histoire ?

Dave et moi le regardions aussi avec espoir.

– Pas tout à fait, dit Bowditch. Vous vous souvenez du fils ?

– Le fils de Théodora ? dit Missy.

– Le fils qu'on n'a jamais revu, dit Dave, même après la mort de la mère ?

Bowditch pointa ses lunettes sur son exemplaire du Gibbon.

– Le fin mot de l'histoire, c'est que le fils avait survécu.

19

– Le fils illégitime de Théodora, répéta Missy, a survécu ?

Bowditch acquiesça.

– En quelque sorte.

– Mais Gibbon a écrit que le fils s'était présenté au palais et qu'on ne l'avait plus jamais revu. Gibbon a dû trouver ça chez Procope, qui était sur place. C'est vous-même qui avez dit qu'il était là.

Bowditch acquiesça à nouveau.

– Gibbon a bien pris cela à Procope.

Il sortit une cassette audio de sa mallette et lut l'étiquette en plissant les yeux.

– Le mémoire que le sergent Maysle a présenté pour sa maîtrise en philologie s'intitule *Le Codex de Syracuse*. Nous en avons beaucoup discuté, elle et moi, au cours de l'année écoulée. Mais – il indiqua un lecteur avec baffles intégrés – je vois que vous avez un magnéto. Pas de bol qu'on ne puisse visionner les diapos.

– Mais, l'interrompit Missy, au diable la technologie. Vous n'avez qu'à nous le raconter !

– Vraiment ? dit Bowditch, apparemment sincère.

– Vous êtes doué.

– Des clous, oui, dit Bowditch.

– Mais bien sûr, essayez, allez-y, carillonna à son tour Dave. Vous nous avez tous bien ferrés.

– Eh bien, je suppose que je...

– Allez, Lieutenant.

– Matraquez-nous de votre érudition, argh hargh hrgh.

– Vous devez bien avoir une raison pour bosser autant sur le sujet. Pourquoi ne pas vous entraîner sur nous ?

Bowditch étudia sa cassette.

– Très bien. Quand j'aurai perdu mes repères ou ma voix – on verra bien ce qui disparaîtra en premier –, nous prendrons la bande magnétique.

Il posa la cassette sur le lecteur et alla dénicher un cahier d'écolier dans la mallette.

– J'ai aussi des notes.

Je voulais lui demander ce que tout ceci avait à voir avec l'hypothermie ou Renée Knowles, mais avant que j'aie pu m'exprimer, Missy me colla un coup de coude dans l'épaule.

– On écoute son histoire. Toi, tu ne vas nulle part.

Bowditch fit une déclaration préliminaire :

– Si un détail quelconque de ce récit vous évoque quelque chose, n'hésitez pas à prendre la parole. Lorsque ce sera terminé, vous comprendrez pourquoi je vous raconte tout ça.

– Je suis compris dans le lot ? demanda Dave.

Bowditch ouvrit le cahier et l'aplatit sur le plan de travail de la cuisine.

– Si vous avez vu la mère Knowles sur le Pier 70 – alors oui, vous êtes dans le lot. Absolument.

Dave prit un tabouret côté extérieur du comptoir, piquant une nouvelle cigarette en passant devant Bowditch. Il posa une soucoupe en guise de cendrier entre lui et Bowditch, et son café à portée de main. Il crocheta les talons sur un des barreaux du tabouret et appuya les deux coudes sur le comptoir, les phalanges d'une main roulées au creux des phalanges de la main opposée dans laquelle pendait mollement la cigarette.

– La position la plus naturelle au monde, dit-il avec un air satisfait.

Bowditch feuilleta son cahier, d'avant en arrière, lissa une page du tranchant de la main, et commença.

– Il existe un manuscrit. Découvert la première fois dans la bibliothèque d'un château pillé aux heures les plus noires de la Terreur en France, en 1794 ; il disparut à nouveau en 1830, quand il fut volé dans un présentoir de la Bibliothèque nationale, à Paris, en même temps qu'un trésor byzantin de propriétaire inconnu – pièces de monnaie, sculptures, poteries, boucles de ceinture, armes, et ainsi de suite. Seuls quelques-uns des articles de moindre valeur ont été récupérés.

« Mais l'objet le plus important qui a disparu avec ce vol, c'est le manuscrit intitulé *Le Codex de Syracuse.* Il contient l'histoire du fils de Théodora, parfois appelé Jean, dont le nom véritable était Théodose.

– Très *bien*, dit Missy.

– Dans son mémoire, le sergent Maysle signale en premier lieu ce qu'elle qualifie d'anomalie historique. Jean est mentionné par Procope dans son *Anecdota*, que nous appelons *L'Histoire secrète* ; et sur Théodora, Procope est l'autorité que tout le monde cite, y compris Gibbon. Il en existe d'autres, bien sûr ; mais seul Procope fait état de Jean. On n'en connaît guère plus. Mais malgré tout, en se fondant sur un seul paragraphe de Procope, un auteur est allé jusqu'à créer un roman tout entier sur ce Jean. Nous laisserons cette question des noms de côté, sauf pour remarquer que le sergent Maysle traite du « Jean » procopien dans un appendice, dans lequel elle démontre de manière plutôt concluante que, durant le laps de temps au cours duquel « Jean » est censé avoir disparu de Constantinople – et c'était une période bien précise –, Procope se trouvait en Italie avec le général Bélisaire, pour lequel il travaillait comme secrétaire. Procope, en conséquence, n'eut aucune expérience directe des événements de ce récit.

« Par pur plaisir d'érudition, néanmoins, le sergent Maysle cite le paragraphe procopien dans son entier. Ainsi que je vais le faire moi aussi.

Bowditch rouvrit son exemplaire de *L'Histoire secrète* à une nouvelle page marquée par un autre mémo rose En-Votre-Absence.

Il apparut que Théodora, alors qu'elle était encore actrice de théâtre, se retrouva enceinte des œuvres d'un de ses amants, et pour une fois d'une lenteur inhabituelle à reconnaître son infortunée condition, elle essaya par tous les moyens habituels de se faire avorter ; mais elle eut beau y consacrer toute son énergie, elle ne parvint pas à se débarrasser de ce bébé malvenu, puisqu'à ce stade de son état, celui-ci n'était plus loin d'avoir acquis parfaite forme humaine. Donc, n'arrivant à rien, elle fut contrainte d'abandonner ses efforts et de donner naissance à l'enfant. Lorsque le père de l'enfant vit qu'elle était si contrariée et très ennuyée parce que, maintenant qu'elle était mère, elle n'allait plus pouvoir user de son corps comme par le passé, il soupçonna, à juste titre, que Théodora allait avoir recours à l'infanticide ; aussi prit-il l'enfant qu'il avait reconnu pour sien et le prénomma Jean, puisque c'était un garçon. Puis il partit pour l'Arabie, qui était sa destination première. Lorsqu'il se trouva lui-même sur le point de rendre son dernier souffle, Jean étant alors un jeune adolescent, le garçon apprit de la bouche de son père toute l'histoire concernant sa mère et, lorsque celui-ci eut trépassé, lui offrit les rites funéraires coutumiers. Peu de temps après, il vint à Byzance, et fit connaître son arrivée aux personnes qui, à tout moment, avaient leurs entrées auprès de sa mère. Celles-ci, n'imaginant pas un instant que les sentiments de la reine à son égard seraient différents du plus gros de l'humanité, signalèrent à la mère que son fils Jean était en ville. Craignant que l'histoire ne vînt aux oreilles de son époux, Théodora donna des instructions pour qu'on amenât le garçon en sa présence. Lorsqu'il apparut, elle lui jeta un regard et le remit entre les mains de ses serviteurs personnels auxquels elle confiait régulièrement des missions du même ordre. Par quels moyens le pauvre jeune homme fut-il éliminé de la surface du monde des vivants, je ne saurais le dire, mais personne à ce jour n'a plus jamais posé les yeux sur lui, même depuis le décès de l'impératrice.

– Ça, c'est Gibbon, presque mot pour mot, fit remarquer Missy.

– Exact, poursuivit Bowditch, en refermant *L'Histoire secrète*. Et jusqu'au début du dix-neuvième siècle, c'est tout ce que le monde a su du fils de Théodora, Jean. Puis *Le Codex de Syracuse* a refait surface, et des détails précis de l'histoire ont été révélés.

– Et la bibliothèque du château, alors ? demanda Dave.

Bowditch leva une main pour montrer qu'il y venait.

– C'est l'histoire d'un libraire corrompu et des dispositions qu'il a prises avec une certaine bande de *sans-culottes** pilleurs de châteaux.

Il indiqua la cassette.

– Vous pourrez lire le reste dans le livre du sergent Maysle.

– Quoi ?
– Le temps nous manque pour ça.
– Mais vous...
Mais Bowditch refusa de se laisser distraire du fil de son récit.
– Archéologiquement parlant, reprit-il d'une voix ferme, le codex avait toutes les apparences d'un texte authentique, la dernière fois qu'il a été vu. Si nous pouvions mettre la main sur l'original aujourd'hui, nous pourrions mettre en œuvre beaucoup de technologie afin de savoir le dater de manière précise, bien plus qu'il n'aurait été possible en 1830.
Il parcourut ses notes du doigt.
– Un second appendice au mémoire du sergent Maysle met justement l'accent sur cette question : le codex est daté, en ce sens qu'il est rédigé en grec. En écriture cursive, dit-elle, avec accents, mots séparés, lettres capitales et marques d'aspiration des voyelles à l'initiale qui représentent des innovations bien définies de la langue écrite sur le plan historique. Avant cela, les mots se suivaient, sans accents ni signes diacritiques, et ils étaient entièrement rédigés en capitales. À un point, les mots s'inscrivaient en ligne sur la largeur de la page, de gauche à droite, puis passaient à la ligne suivante, en sens inverse, de droite à gauche.
– Le *boustrophédon*, intervint Dave.
Trois regards se posèrent sur lui. De sa cigarette il dessina en l'air des arabesques horizontales.
– De la même manière que le bœuf laboure, argh hargh hrg. J'ai rarement l'occasion d'utiliser ce mot, ajouta-t-il avec modestie. Je l'ai essayé un jour dans un West Marine, un magasin d'équipements de marine, mais – il haussa les épaules – ils n'avaient pas de bœufs.
– C'est exact, il n'y a pas de boustrophédon dans *Le Codex de Syracuse*, poursuivit Bowditch en

accrochant sur la prononciation du mot. Mais il n'est pas non plus rédigé en ce qu'on appelle *minuscules*, une écriture qui n'est devenue d'usage que trois siècles après la date présumée du *Codex de Syracuse*. En outre, c'est écrit sur des feuillets de parchemin au lieu de rouleaux de papyrus ou de vélin. Ce qui a lourdement contribué à son authentification. La transition historique entre rouleaux de vélin et *cahiers* de papier, soit quatre feuillets recoupés pour avoir une taille uniforme, est bien distincte. Un *codex* est un ensemble relié de ces cahiers. *Le Codex de Syracuse*, en d'autres termes, est un livre. Non que quiconque de vivant ait jamais reconnu avoir vu la chose, pas publiquement en tout cas. Le sergent Maysle a fait sa traduction du texte grec tel qu'il est conservé à la Bibliothèque nationale.

– Ce flic a traduit le codex du grec ? demanda Dave, étonné.

– Notre sœur fait ça pour son plaisir, fit remarquer Missy.

– D'accord. Le garçon... Eh bien, Théodose n'était pas un garçon, c'était un jeune homme. Procope dit qu'il était adolescent quand il est apparu au palais, mais le codex lui donne dix-sept ans. Il a été prénommé Théodose par son père, qui s'appelait Manar, et qui chérissait la mère de l'enfant en dépit du fait que les deux hommes aient été férocement rejetés par Théodora. Jean le Baptiste était une grande vedette à Constantinople à l'époque, et Manar avait donné à l'enfant ce nom apaisant le temps seulement de l'éloigner de sa mère en un seul morceau. Manar, en fait, n'était pas du tout chrétien.

« Comme ses parents, Théodose avait été “ gâté par la nature ” – beau, débrouillard, intelligent, et, ce n'est pas une surprise, ambitieux. Son père, ainsi que Gibbon le laisse entendre, était un homme riche. Ceci explique pourquoi, lorsqu'il est arrivé à Constantinople pour réclamer les attentions de sa mère, le garçon n'était pas sans ressources, il avait de l'argent et un serviteur l'accompagnait. Ceci revient pratiquement à dire qu'aucun personnage de ce drame n'était totalement dénué de moyens ni complètement naïf. La réputation de Théodora était connue dans tout l'Orient, bien au-delà des frontières de son propre Empire. On la craignait au moins autant qu'on l'admirait, et seul Justinien lui faisait confiance.

« Le serviteur s'appelait Ali. C'est lui qui sauva la vie de Théodose, pour se retrouver simple spectateur lorsque le garçon... Nous y viendrons. Et des années plus tard, ce fut Ali, qui ne manquait pas lui non plus de ressources, qui, sur son lit de mort, dicta sa version de l'histoire de Théodose à un scribe grec dans la cité de Syracuse, en Sicile. Il faut mentionner le fait que pendant très longtemps, pratiquement tous les citoyens de l'Empire romain communiquaient en grec. Le latin était la langue de la loi, des tribunaux, et de l'Église chrétienne dissidente, romaine ou occidentale. Il serait également à noter que, alors même que l'Empire s'appelait toujours romain, sa capitale, siège du gouvernement, se trouvait à Byzance depuis que Constantin l'avait déplacée là en la rebaptisant de son propre nom en 330. Deux siècles plus tard, ce que nous appelons aujourd'hui l'Italie passait constamment de main en main, essentiellement celles des Ostrogoths, et ce flux et reflux se poursuivit pendant les trente-huit années du règne de Justinien. La ville de Rome eut à subir trois sacs quand il était empereur, dont une fois par sa propre armée, et le type que nous connaissons comme étant le pape était un personnage relativement mineur, qui passa la plus grande partie de sa carrière assiégé à Ravenne.

« Donc le texte du récit d'Ali nous est parvenu en grec au lieu de latin ou d'arabe, ou encore, que sais-je, de copte ? Ce qui, à son tour, est l'une des nombreuses raisons pour lesquelles le *Codex* n'a pas été connu de Gibbon, lequel, en historien aussi informé que le dix-huitième siècle pouvait espérer en produire, a été contraint de se contenter de sources qui, aussi variées et vastes qu'elles aient été, ne pouvaient pas être totalement exhaustives, et incluaient, en fait, énormément d'hypothèses non vérifiées et de fausses informations.

– En particulier, intervint Dave, la seconde moitié du *Déclin et chute* – qui comprend justement l'histoire de Théodora, n'est-ce pas ? Une grande part en a été réfutée par la recherche savante ultérieure, en particulier les chapitres concernant la soi-disant Arabie.

Tous les regards se portèrent sur Dave.

– Quand j'ai signé mon engagement sur le *Tantric Bypass* au départ de La Nouvelle-Orléans, expliqua-t-il, avec une cargaison de cirage à chaussures et de macarons, à destination du delta du Mékong, le bateau avait à son bord deux mille cinq cents disques 33 tours et cinq mille livres. Le capitaine disait toujours : Au diable couler avec son navire ! Lui allait couler avec sa bibliothèque – ce qui, c'est triste à dire, finit par arriver.

Après un bref silence stupéfait, Missy dit, comme si elle était vexée :

– Ça vous va bien, vous, mais personne d'autre n'a le temps de lire l'histoire ancienne.

– Certainement pas les individus qui sont tellement occupés à la vivre, rétorquai-je méchamment.

– Oh, couina-t-elle, *coup bas* !

– Sans parler, ajouta Dave, du simple fait que l'un des moteurs de l'historicité de Gibbon a été la montée du christianisme ; centre d'intérêt qui, par sa nature même, tendait à exclure tous les développements qui se sont produits en Arabie, en particulier après l'avènement de l'islam.

Silence.

– L'islam, si je me souviens bien, remonte à Médine, après la fuite de La Mecque de Mahomet en, oh, aux environs de 622.

Personne ne dit mot.

– Soit soixante-quinze petites années, ajouta Dave avec obligeance, après que Théodora eut cassé sa pipe.

Silence.

– Vous me prenez tous pour un simple poivrot, pas vrai ?

– Non, répondit Bowditch, je pense que vous êtes un ivrogne. Quel âge avez-vous ?

– Soixante-trois.

Bowditch eut l'air choqué.

– Vous avez deux ans de plus que moi.

Dave plissa les yeux.

– Vous devriez vous regarder de temps à autre dans le miroir, Lieutenant. Cette teinte bleuâtre sur vos lèvres indique un manque d'oxygène dans le sang.

Bowditch porta une main à la bouche.

– Les antioxydants pourraient vous aider, ajouta Dave avec sollicitude. Essayez de doubler le nombre de vos olives avec le martini. Les olives sont pleines de vitamine E, argh hargh hrg.

– J-je croyais q-que c'était m-moi qui avais les lèvres b-bleues.

– Il existe un catalogue de la bibliothèque de Gibbon, poursuivit Dave. Est-ce que vous saviez ça, Lieutenant ?

– Justement, confirma Bowditch d'un hochement de tête, le sergent Maysle a procédé à une recherche dans l'index du catalogue afin de vérifier quelques petites choses sur l'histoire que je suis en train *d'essayer* de vous raconter.

– Et alors ? demanda Missy.

– Alors rien, répondit Bowditch. De toute évidence, si Gibbon avait eu vent de l'existence d'Ali, de Théodose ou du *Codex de Syracuse*, il les aurait cités.

– Donc, dit Missy d'un air pensif, si je puis me permettre d'extrapoler le fil qui nous tient... Est-ce que le *Codex de Syracuse* a refait son apparition ?

– Aha ! dit Bowditch.

– Est-ce que vous allez nous dire ce qui s'est passé ?

– Chaque chose en son temps.

Il tourna une page de son cahier d'écolier.

– Le gamin a eu beaucoup de difficultés à être admis en présence de Théodora à cause de la masse de fanatiques qui entouraient cette dernière. Comme on pouvait s'y attendre, il y avait parmi eux toutes sortes de factions rivales, de coteries, de comploteurs, et ils constituaient au total une petite armée. Finalement, pourtant, Ali prit contact avec une cousine éloignée, qui occupait les fonctions de dame d'honneur de Théodora.

« S'ensuivit une succession d'intrigues. Rien que pour arriver à la première étape, par exemple, Ali a dû coucher avec la dame du lieu, cette dame qui était sa propre cousine. La chose ne lui répugna pas particulièrement, nota-t-il, parce qu'elle était très séduisante. D'un autre côté, ni lui ni Théodose ne pouvaient être sûrs de savoir dans quoi ils mettaient les pieds. Leur seule certitude, c'est que Théodora était la mère de Théodose, et que celui-ci pouvait le prouver.

– Le prouver ? demanda Missy, surprise. Comment ?

– Son père lui avait légué un bijou, une bague. Cette bague fut – et reste – la source de beaucoup de problèmes. Le *Codex* suggère, sans le confirmer expressément, que Théodora en personne possédait une telle bague, et il existe une petite histoire apocryphe, un peu tordue mais non dénuée d'intérêt, d'une autre source, selon laquelle Théodora s'en serait servie pour se faire connaître de Justinien, qui l'épousa ensuite, à cause d'elle. Bien que ce récit s'accorde parfaitement, de manière détournée, à ce que nous trouvons dans le codex, il semble tirer son origine de la même confusion que celle qui voulait que Théodose porte également le prénom de Jean. Non qu'il n'y ait pas eu à l'époque des tas de mecs du nom de Jean qui couraient les rues – il y en avait effectivement des tas. Tout comme leur homonyme Jean le Baptiste, le plus souvent, ces Jean portaient également un qualificatif. Jean les Ciseaux, par exemple, était collecteur d'impôts, et il s'était acquis son surnom de l'habitude qu'il avait d'égaliser les bords des pièces qui lui passaient entre les mains. Il y a eu Jean de Cappadoce et Jean le Bossu, aussi – et tous, à propos, figurent dans l'histoire de Théodora. Mais je digresse.

« Dans son codex, Ali mentionne non pas une ni même deux, mais *trois* bagues, et dit que Manar, sur son lit de mort, en a légué une à Théodose, en même temps que la bombe lui signifiant que l'impératrice de l'Empire romain, l'infâme Théodora, était sa mère.

« Ali décrit cette bague avec un grand luxe de détails : c'était une améthyste, petite mais spectaculaire, d'un violet rougeâtre exceptionnellement profond, “ sombre comme le vin ” note le scribe grec, préférant de toute évidence l'épithète homérique au terme utilisé par Ali. La pierre n'était pas bien grosse mais sa forme était inhabituelle, ce que les joailliers appellent un *cabochon*, ce qui signifie que la pierre n'est pas taillée en facettes mais arrondie ou en forme de dôme. La monture était en or, discrète elle aussi, mais ouvragée d'une main exquise et à grand prix par un artisan parlant le dravidien qui travaillait pour un associé commercial de Manar dans le sud de l'Inde.

– Comment, l'interrompit Missy, Manar pouvait-il être sûr que Théodora allait reconnaître cette bague si longtemps après ?

– Bonne question, à laquelle il existe une réponse encore meilleure.

– Et qui est ?

– Que Manar savait que Théodora en possédait, ou en avait jadis possédé, une réplique exacte.

– Comment savait-il ça ? demanda Dave.

– Parce que c'est lui qui la lui avait offerte, dis-je à l'unisson de Missy, car nous avions deviné simultanément.

– Exact, dit Bowditch. Il a fait faire les deux bagues en même temps. Ironie du destin, l'exemplaire de Théodora avait été en fait le prix de la vie de leur fils dans un premier temps. Manar avait fait fabriquer les bagues pendant la grossesse de Théodora, mais il ne lui en avait montré qu'une. Lorsqu'elle avait mené son enfant à terme, ils avaient fait un échange.

– Une bague contre un enfant. Il doit exister un nom pour ce genre de marchandage, dit Missy.

– Une adoption tiers-mondiste ? suggérai-je.

– Est-ce que Théodora connaissait l'existence de la seconde bague ?

– Très astucieuse question, mademoiselle James, et la réponse semble avoir été négative, confirma Bowditch. Jusqu'au jour, s'entend, où Théodose est apparu et la lui a montrée.

– Dix-sept ans plus tard.

– Exact.

– Ce Manar me paraît avoir été le mec plutôt futé, dit Missy.

Dave confirma de la tête.

– Il a mis sur pied sa petite catastrophe pour l'avenir avec dix-sept ans d'avance.

– Eh bien, dit Bowditch, ainsi que le sergent Maysle l'a fait remarquer, Manar a été l'une des très rares personnes à notre connaissance, hommes et femmes confondus, à avoir marqué un point contre Théodora. Elle a été, et elle est toujours, considérée par le plus grand nombre comme l'un des personnages les plus rusés et les plus machiavéliques de toute l'histoire occidentale.

– Ce qui n'a pas empêché Manar de commettre l'erreur de révéler à Théodose l'identité de sa mère, nota Dave.

– Vrai, dit Bowditch. Néanmoins, ça devait être un type plutôt digne d'intérêt. Malheureusement, comme beaucoup de gens dans ce récit, Manar reste perdu aux yeux de l'Histoire, comme une inconnue terriblement tentante dans l'équation. Mais le fait de soudoyer Théodora afin qu'elle aille au terme de sa grossesse n'a pas dû présenter de difficulté majeure. C'était une fille de cirque. Selon toute vraisemblance, tout ce qu'elle demandait, c'était un toit au-dessus de sa tête, deux ou trois repas par jour, peut-être une petite pension. Un bijou de grand prix, ç'aurait été pour elle une belle carotte pour faire passer la pilule, et pour Manar, un gage et une garantie. Peut-être aussi pouvons-nous émettre l'hypothèse que Manar a assuré à Théodora que l'enfant ne serait jamais pour elle un fardeau.

– Ainsi donc, il existe – il a existé – deux bagues d'améthyste, conclut Missy. Mais vous avez dit qu'il y en avait trois.

– Attendez.

Bowditch but une gorgée de café, tourna une nouvelle page de son cahier, et lut :

– « L'audience avec Théodora. »

20

– Ali n'a pas assisté à l'entretien. Théodose lui interdit d'être présent afin de prévenir toute traîtrise de la part de Théodora. Les deux hommes étaient sûrs qu'aucune liaison ne saurait se poursuivre sans être découverte, sans même parler du prix qu'il faudrait en payer, à la cour de Théodora. Ils avaient parfaitement conscience qu'en autorisant Ali à coucher avec sa cousine, l'impératrice passait un petit caprice à sa servante. Mais toute entreprise concernant un héritier potentiel au trône, ils en étaient certains, serait une tout autre paire de manches.

« Comme pour confirmer la chose, après deux semaines de badinage amoureux, Ali sentit à son égard, de la part de sa cousine, un changement d'attitude qui avait visiblement pour origine, note-t-il, un conflit entre le sens de la propriété qu'il manifestait et le manque de délicatesse de la dame.

– Au lit, veut-il dire – voulait-il dire ? demanda Missy. À propos de requêtes d'ordre sexuel ?

– Presque certainement.

– Pas de détails ?

– Pas de détails.

– *Oohh.*

Trois voix déçues résonnèrent comme un seul homme.

– Ali était un chrétien converti et il s'était conduit en débauché avec sa cousine uniquement dans la mesure où il comprenait son geste comme étant de son devoir. Théodose, dit Ali, était tenu au courant des étapes de la liaison à mesure que celle-ci progressait – tout comme Théodora, sans aucun doute. L'intérêt languissant de la cousine marquait la mise en place de machinations qui allaient atteindre leur apogée dans la rencontre, enfin, entre le fils et sa mère. Donc il est concevable que la pruderie d'Ali ait été plus matière d'intrigue que de principe.

– Argh hargh hrgh.

– J'adore ça ! dit Missy.

– S-Seigneur. Il n-n'y a donc rien de s-simple dans cette histoire ?

– La suite ! exigea Missy.

– Théodose obtint son audience auprès de l'impératrice. S'assurer qu'il ait une chance de s'en sortir vivant, cependant, fut plus délicat. Théodora était entourée de centaines de fanatiques d'une loyauté à toute épreuve. Ali se méfiait tout particulièrement d'une clique de (Bowditch se référa à son cahier) cent vingt tueuses gouines.

– C'est le terme grec utilisé ? demanda Missy.

Bowditch haussa les épaules.

– La finalité de la traduction est de déverrouiller les secrets d'une culture séquestrée par sa langue, dans le but de les divulguer à une autre culture via la propre langue de celle-ci.

Méticuleusement, il fit le geste de pincer un secret imaginaire entre deux doigts pour le déposer dans son cahier.

Nos regards étaient tous braqués sur lui.

– Vous êtes sûr que vous êtes flic ? finit par dire Missy, en plissant les yeux comme devant une lumière trop violente.

– Regardez ses godasses, dit Dave. Bien sûr que c'est un flic.

– Les gardes de sexe féminin étaient sélectionnées dans les rangs de prostituées repenties qui vivaient dans un cloître financé par Théodora, sur la rive opposée de la Corne d'Or, et étaient fanatiquement dévouées à leur libératrice.

– Et comment donc exactement deux rustres d'Alexandrie sont-ils parvenus à circonvenir cent vingt tueuses soi-disant gouines ?

– Il a suffi d'un geste de Théodora, dit Bowditch. Mais, et ceci est important, lorsque Théodose s'est rendu au palais, il s'y est rendu seul. Entre-temps, il avait ordonné à Ali de disparaître et d'emporter avec lui la bague d'améthyste.

– Ahhhh oui, dit Dave.

– Ex-excellente d-décision.

– Mais sans la bague, comment Théodora pouvait-elle reconnaître Théodose comme l'article authentique ? demanda Missy.

Elle me regarda alors et nous dîmes tous les deux :

– La troisième bague !

Bowditch opina du chef.

– Théodose était le portrait craché de son père, aussi semblable à Manar que « deux soutirages de vin de la même cruche », ainsi que le scribe d'Ali l'a si obligeamment écrit. Théodose devait ressembler presque trait pour trait à son père à l'époque où lui avait été conçu, dix-sept années auparavant. Théodora ne pouvait pas – elle n'aurait pas pu – ignorer la ressemblance.

– Qu'en est-il de la troisième bague ? insista Missy.

– C'est là que les Athéniens s'atteignent. Car, voyez-vous, quand Théodose a franchi les énormes grilles en bronze du palais, il portait sur lui une copie de la bague d'améthyste.

Dave lâcha un sifflement appréciateur.

– Une copie de la copie ! s'exclama Missy.

– C'est p-positivement b-byzantin.

Bowditch leva deux doigts.

– Une réplique parfaite, à l'exception de deux détails essentiels. La forme de la pierre et le travail de la monture étaient reproduits très exactement. Ce qui était une gageure, à propos de laquelle il existe tout un récit circonstancié dans la dictée d'Ali, expliquant comment Théodose et lui avaient procédé pour dénicher le type capable à la fois de copier la bague et de la boucler.

– Comment ont-ils fait ?

– Ils sont partis pour Madras et ont retrouvé l'ancien associé de Manar, qui avait également été son meilleur ami. J'ai oublié de noter le nom du petit-fils de salaud.

Bowditch prit une note.

– Toujours est-il que ce mec connaissait toute l'histoire. Il s'ensuivit que c'était lui qui, le premier, avait déniché Théodora, alors que cette dernière n'était encore qu'une racoleuse qui arpentait l'Hippodrome. Au plan du commerce de personne à personne, ils n'avaient tout bonnement pas d'atomes crochus. Aussi, au bout de quelque temps, s'en trouva-t-il une autre, et il refila Théodora à Manar, qui commit l'erreur de tomber amoureux de la dame.

– C'est mieux que *Les Mille et Une Nuits*, s'émerveilla Missy en me jetant un regard lourd de sous-entendus. Et bien mieux que Proust.

– Je t-te demande bien p-pardon.

Bowditch opina.

– Si vous aimez les histoires, il y a tout dans celle-ci. Le marchand indien, qui était un vieillard désormais, avait bien profité de la vie à Alexandrie. C'est par l'intermédiaire de sa famille que Manar était parvenu à nouer des relations commerciales aux Indes, ce qui les avait enrichis tous les deux. Mais à la minute où l'associé commença à entendre des rumeurs sur Justinien et Théodora, rumeurs qui se propageaient à travers tout l'Empire si rapidement qu'elles auraient fait mentir l'absence du télégraphe à cette époque, sans même parler des e-mails, il trouva que l'existence à quinze mille kilomètres du pays ne présentait plus le même intérêt que jadis. Il emballa ses affaires, dit adieu à Manar, et reprit la route des Indes avec la certitude que, tôt ou tard, sa décision se révélerait excellente pour sa santé personnelle.

– Un homme prudent, remarqua Dave.

Bowditch lui concéda ce point.

– Le vieil associé de Manar tenta sagement de dissuader Théodose d'essayer de réclamer son héritage. Se rongeant les sangs, il se demanda à haute voix pourquoi diable Manar était allé apprendre à Théodose l'identité de sa mère. Il fit venir un astrologue qui, ayant étudié l'horoscope du garçon, refusa de lui révéler sa destinée et s'en fut en grande hâte. Le vieillard était au désespoir. Il offrit même à Théodose de le prendre dans son commerce. Poliment mais fermement, le jeune homme refusa. Théodose ne voulait rien qui le détournât de sa destinée, selon les termes d'Ali dans le codex. Il ne voulait pas écouter. Il ne pouvait pas écouter. Ses plans étaient tirés, et ce n'étaient pas de simples pressentiments de sa mortalité qui allaient l'arrêter. L'ancien associé finit, en dépit de ses réserves, par accéder à la demande de Théodose de faire copier la bague. Ce n'est qu'à ce moment que Théodose dit à

Ali que leur objectif réel était un plan ambitieux pour obtenir une part du gâteau de Théodora. Théodose ne voyait pas comment l'impératrice pourrait se convaincre de renier son propre fils.

– Petit imbécile, observa Missy. Tout ce qu'il voulait, c'était rencontrer sa vraie mère.

– Peut-être bien. Mais ce n'est pas parce qu'il avait de l'ambition que c'était une tête brûlée. Il ménagea quelques soupapes de sécurité dans son plan. La quasi-réplique de sa bague en était une. Et Ali n'était pas non plus un mauvais allié.

– Quasi-réplique, avez-vous dit ?

Missy étendit la main gauche, paume vers le sol, et examina ses doigts incurvés vers le plafond. Elle continuait à porter trois de ses alliances, plus deux autres bagues.

– Qu'est-ce qu'elle avait de « quasi », la réplique ?

– Théodose fit fabriquer une réplique de la bague en améthyste de son père, il n'y a aucun doute là-dessus. Il demanda au joaillier de prêter une attention toute particulière aux détails de la monture et de la mise en forme de la pierre. Cependant la monture n'était pas en or, mais en laiton. Et la pierre n'était pas une améthyste, mais un grenat. C'était délibéré. Avec pour résultat un bijou d'une grande fidélité, mais d'une valeur très relative...

La voix de Bowditch se désintégra dans une quinte de toux.

– Nom de Dieu, dit Dave en buvant une gorgée de sa pinte, pratiquement vide.

– Cette histoire me rappelle la fois où un ouragan nous a chassés, le cap'taine Josh et moi, droit jusqu'à Cuba, en mille neuf cent soix...

– Silence, dit Bowditch. Ceci est une enquête de police.

– À l'époque aussi, dit Dave, argh...

– David, dit Missy qui s'impatientait, la ferme ! Tu ne vois donc pas que Théodose et Ali marchent droit dans la gueule béante de la mort ?

– La Havane, c'est bien mieux, objecta Dave.

– La mort était dans les cartes, confirma Bowditch. Il existe des mains courantes et autres matériaux des archives des tribunaux de Justinien qui laissent sous-entendre l'arrivée de Théodose. Pendant que la dame d'honneur se payait du bon temps et faisait tout pour retarder l'audience, l'impératrice mettait ses propres plans sur pied. L'objectif de Théodora était simple. Un fils de tout autre homme que l'empereur ne pouvait que lui bousiller sa position. Elle était particulièrement inquiète de la réaction de Justinien. Il désirait bien sûr un fils – quel monarque n'en désire pas ? –, mais Théodora n'avait pu lui en donner un. Il était tellement dévoué à son épouse qu'il s'était résigné à ne pas avoir de progéniture. Théodose ne ferait que créer des problèmes. En outre, Justinien et Théodora étaient très proches l'un de l'autre. Ils discutaient de tout – ou de presque tout. Tout présentait un intérêt – ils étaient tous deux très avares. Ils avaient l'esprit tortueux et le cœur froid. Laisser le fils d'un autre partager le pouvoir, les richesses, la gloire, l'équilibre instable – c'était hors de question.

« Le prénom Jean, à propos, fut délibérément adopté par Théodose comme un pseudonyme que sa mère ne manquerait pas de reconnaître, le nom sous lequel elle se souvenait de lui. Finalement c'est ce qui embrouilla Procope, qui, comme je l'ai dit, se trouvait à ce moment-là en Italie avec son chef, le général Bélisaire, et l'armée romaine. Jean fut le nom qu'il entendit par la suite, et Jean il devint dans *L'Histoire secrète*. Ouvrage qui, d'ailleurs, resta dans les oubliettes – en Occident en tout cas – jusqu'à treize siècles après avoir été écrit.

« Naturellement, Théodora reconnut son fils immédiatement ; et sans les stratagèmes prudents du garçon, elle l'aurait fait immédiatement mettre à mort. Ce fut la bague d'améthyste qui le sauva. Se fût-il délibérément rendu à l'invitation de sa mère sans la preuve absolue du passé de l'impératrice et de sa propre filiation, que Théodora l'eût fait exterminer sur-le-champ. Elle avait tendu ses filets. Un cahier-journal de la cour de Justinien que l'on a retrouvé n'en donne pas les raisons, mais il y est précisé que les portes de bronze, habituellement laissées ouvertes, furent refermées derrière un certain visiteur. En prévision de la venue de Théodose, deux des lions du palais jeûnaient depuis trois jours.

« Mis à part la menace intrinsèque qu'elle représentait, la bague authentique était d'une valeur considérable, et Théodora ne ratait jamais une occasion d'augmenter ses richesses. Elle la voulait, cette bague. Ce sur quoi comptait Théodose. Un troisième détail prolongea la vie du garçon tout autant : l'impératrice était au courant de l'existence d'Ali. Ali, reconnut l'impératrice, était un détail qu'elle ne savait trop comment régler. Dans la mesure où la cité regorgeait de ses espions et qu'elle n'avait pas eu la moindre information sur lui, elle procéda avec prudence. S'emparer de Théodose et, ensuite, par la torture et par les rafles de sa police, tenter de sortir de son trou le serviteur peu coopératif, pourrait donner à Ali le temps de s'échapper. En conséquence, usant de toutes les ressources de son charme immense, sans oublier un bon repas et quelques danseuses, très naturellement sinon spontanément, elle conclut un marché avec Théodose.

« Si la preuve de ses origines paraissait authentique, lui dit-elle, sans examiner la bague d'améthyste ni la comparer à sa compagne, elle hésitait cependant à porter l'affaire devant l'empereur. Il fallut une minute pour que cette déclaration fasse son chemin dans l'esprit de Théodose. Sa compagne ? demanda-t-il. Mais oui, bien sûr, répondit sa mère, la compagne est toujours là. Depuis bien longtemps, c'est le seul et unique emblème de ma maternité. Je n'ai pas pu supporter de m'en séparer. Elle poursuivit et déclara très simplement que si Théodose acceptait de faire officiellement la preuve de ses allégations en présentant simplement la bague originelle afin qu'elle fût comparée sans contestation possible à sa compagne, elle accueillerait son fils contre son sein. Elle le présenterait aussitôt à l'empereur Justinien comme s'il était leur propre fils. Il était de notoriété publique qu'elle exerçait sur Justinien une profonde influence. Pour Théodose, la tentation fut grande, ainsi qu'il était escompté.

« Oui, Théodora annonça sans ambages qu'après dix-sept années, elle était toujours en possession de sa copie de la bague. Lorsque Théodose produirait sa jumelle, déclara-t-elle, elle ferait monter la paire dans un certain temple dédié aux reliques des souffrances de l'accouchement qui avait précédé son ascension au pouvoir.

« Théodose accepta de bon gré sa proposition. Cependant, dit-il, les précautions qu'il avait prises afin de garantir la sécurité de la bague ainsi que de l'homme qui en avait la charge (et dont Sa Majesté avait déjà eu la preuve qu'il était digne de confiance) étaient d'une complexité telle qu'il lui faudrait trois jours pour produire et le bijou et le serviteur. Oh, oui, lui confirma Théodora ; assurément, à ce digne serviteur notre plus magnanime gratitude est due ; et, ajouta-t-elle avec coquetterie, il est parmi nous un certain *cœur* auquel il suffit à Ali d'annoncer qu'il prétend.

« Je ne manquerai pas de le lui dire, lui assura Théodose, avant d'offrir à sa mère une révérence des plus basses jusqu'à baiser le porphyre sous ses pieds. Prévoyez que nous ne serons pas de retour avec la preuve vitale avant trois jours, mais pas plus de cinq.

« Ce seront les trois plus longs jours de ma vie, lui assura l'impératrice. Et elle couvrit sa joue de sa main.

21

– Seigneur ! s'exclama Missy en se tortillant d'enthousiasme.

– Argh...

Bowditch secoua la tête.

– J'ai la gorge à vif. Il me faut une cigarette. Laissons le sergent Maysle terminer l'histoire.

– Mais vous faites ça tellement *bien*, protesta Missy.

– Mais c'est le texte du sergent que je lisais directement en approchant de la fin, dit Bowditch en essayant sans grand succès de masquer une quinte de toux par un ton bourru. Nous devons en être à la face B maintenant.

Il glissa la cassette dans l'appareil et appuya sur la touche de rembobinage. Il nous montra ses cigarettes.

– Ça vous dérange ?

Personne n'émit d'objection. Dave accepta une cigarette. Les deux hommes tiraient leurs premières bouffées quand la cassette fut prête. Le reste de la narration fut assuré par une voix féminine aux inflexions légèrement chantantes d'un accent irlandais.

« Théodose n'avait pas la moindre intention de revenir, car dès l'instant où il eut posé les yeux sur l'impératrice, il fut pris d'épouvante en reconnaissant, dans les yeux de cette femme, à la fois sa naissance et sa mort. Il apprit plus tard à Ali qu'il avait failli perdre toute maîtrise, et que le simple fait de poursuivre la mascarade avait exigé de lui jusqu'à la plus petite parcelle de la concentration dont il était capable. Il pouvait uniquement espérer que son subterfuge avec le substitut de bague avait retardé la fin de ses jours. À tout moment, il s'attendait à voir l'impératrice suivre son bluff et l'obliger à jouer cartes sur table avant de le mettre à mort ; ou, à tout le moins, de lui faire arracher la peau du torse en lanières de deux centimètres jusqu'à ce qu'elle ait la conviction qu'il ne savait effectivement pas où se trouvait Ali ni la bague d'améthyste : qu'il ignorait tout de ces deux choses ; auquel cas elle le tuerait de toute façon.

Sa mère était effectivement d'une beauté stupéfiante, et il avait le sentiment que ses yeux lisaient à travers lui. C'était, dit-il à Ali, des yeux de déesse. Il joua le parfait nigaud ébahi par toute cette splendeur, et ce rôle-là, au moins, ne lui fut pas trop difficile, car la cour était pleine de merveilles. Eunuques, vierges et « citoyens barbus d'Amazonie » échangeaient de discrets chuchotis tandis que mère et fils conversaient. Ses sens s'embrouillaient sous les fumées d'encens et les mets raffinés. Une paire de lionnes couchées, les plus énormes bêtes qu'il eût jamais vues, flanquaient le trône de Théodora. Des colonnes de soie teintée à la porphyra, la pourpre réservée à la royauté, respiraient le long des murs. Toutes sortes de gens en costume allaient et venaient avec obséquiosité. Dans les hauteurs du dôme de la salle, carrelé en arabesques complexes, des rais de soleil perçaient une obscurité enfumée.

Des oiseaux exotiques voletaient de-ci, de-là, en poussant d'étranges cris, et, de temps à autre, l'un d'eux tombait en vrille jusqu'au sol, rendu inconscient par les fumées exotiques. Des tapis en couches épaisses venus de toute l'Arabie permettaient aux oiseaux d'atterrir sans heurt, pour se voir recueillir par l'un ou l'autre des courtisans oisifs qui alors les cajolaient et les caressaient jusqu'à ce qu'ils reprennent leurs sens et un nouvel envol. Et malheur à celui, apprit Théodose, qui leur faisait du mal, ne fût-ce qu'à une de leurs plumes. Bref, il était plongé dans un univers d'exotisme, et il ne lui était guère difficile de paraître subjugué.

Nous avons déjà parlé du monophysisme et de son influence sur Justinien et Théodora. Ali nous dit que seule la confiance qu'il avait placée en une foi supérieure à tout ce que cette démone, sa propre mère, pouvait tenir pour sacré, permit à Théodose de tenir bon jusqu'au terme de l'entrevue. À la fin de celle-ci, après force rappels passionnés du devoir qui lui était échu de revenir à trois jours de là, sans en excéder cinq, Théodose se vit offrir en cadeaux une bourse pleine de *solidi* en or et un magnifique cheval. A l'issue de ses multiples assurances d'un retour des plus rapides, incité en cela par l'urgence qui le tenait de voir l'union avec sa mère bien-aimée s'embraser de tous ses feux, des membres de la suite du palais le mirent sur la route de Mesé, qui quittait la cité à l'ouest.

Elle n'offrait pas de baisers à l'errant en guise d'adieu, déclara coquettement Théodora, afin de pouvoir embrasser un prince à son retour.

Théodose apprit par la suite à Ali que, lorsqu'il monta sur le cheval répondant au nom de Bellerophon, superbe créature pleine de feu digne d'un prince, deux corbeaux volèrent droit sur la route devant lui, en coassant furieusement, comme s'ils le pressaient de se hâter. C'était un signe dont il n'avait nul besoin. Jamais de son existence il n'avait été aussi sûr d'une chose ; à savoir que, s'il lui fallait jamais revenir à la cour de l'impératrice Théodora, à tout le moins il ne respirerait plus de sa vie l'air de la liberté. Combien il s'était montré stupide d'imaginer qu'il pourrait réclamer à cette tigresse les droits qui lui revenaient de naissance ! Mais ce palais ! Quel luxe ! Les filles ! Les oiseaux d'Afrique ! Les eunuques parfumés ! Ces meubles, ces joyaux, ces épices... il était clair que tout cela n'était pas pensable. Inaccessible. Un rêve imbécile. À son crédit, cependant, avec au cœur des regrets fugaces, Théodose abandonna aussitôt son plan ambitieux et engagea toutes les forces de son esprit à échafauder la mécanique qui lui permettrait d'échapper aux griffes de l'impératrice de l'Empire romain.

Son plan de secours était simple. Ali était toujours en possession de la bague d'améthyste, et trois jours déjà avant l'audience au palais, Théodose n'avait aucune idée de l'endroit où Ali pouvait se trouver. C'était là la nature du plan avec lequel Théodora, pressentant ses aléas et son manque de rigueur, avait jugé préférable de ne pas interférer. Pas encore.

Une fois franchie la porte la plus à l'ouest de la cité – appelée, comme il se trouve, la Porte d'Or –, Théodose suivit le mur dans le sens des aiguilles d'une montre, jusqu'à arriver à la Porte de Charisius, où il obliqua plein nord. C'était la route d'Anchialos, petit port sur la mer Noire, où il escomptait trouver un bateau. Dans l'éventualité où il échouerait à fuir par la mer, il pourrait reprendre cette même route, et, de là, se hâter de rejoindre le Danube, la frontière la plus proche de l'empire.

Un jour et demi durant, il chevaucha vers le nord, ne regardant ni à droite, ni à gauche, ni derrière lui.

À un moment donné – Théodose ne le sut pas exactement –, Ali avait commencé à le suivre. Le plan était explicite. Si Théodose n'était pas réapparu dans la journée, Ali était libre de disparaître, emportant avec lui la bague authentique comme gage de gratitude pour ses années de service. Si Théodose à son arrivée portait des marques de torture, s'il n'était pas seul, s'il était suivi, Ali devait disparaître, quel que soit le cas de figure. C'est seulement s'il pouvait s'assurer qu'aucune interférence n'était possible qu'Ali devait se montrer.

Presque immédiatement, le stratagème des deux hommes parut menacé. Peu de temps après que Théodose eut quitté la cité, un coureur se dirigeant vers le nord – non pas à cheval ou en chariot, ni ne portant l'écusson royal, mais un homme à pied, en civil – dépassa Théodose. L'athlète en question pouvait s'être vu confier n'importe quel type de mission. Il pouvait être chargé de délivrer un message à un riche marchand, ou il servait d'estafette entre deux armées, ou il emportait une lettre de rendez-vous galant d'un noble à sa maîtresse. Il pouvait même faire pour l'impératrice une petite course personnelle n'ayant rien à voir avec eux.

Théodose, naturellement, ne crut pas une minute à un hasard dans l'apparition d'un messager impérial. Le coureur ne fut bientôt plus qu'un point au nord, avant de disparaître dans un vallon et de réapparaître au sommet de la colline suivante, pour s'évanouir à l'horizon.

Une heure plus tard, un deuxième coureur, lui aussi se dirigeant au nord, le dépassa. Entre-temps, à la demie de l'heure, un jeune homme trottinant vers le sud croisa sa route. Une heure plus tard, il croisa un nouveau messager, courant plein sud. Le modèle se répétait. À partir de là, il ne dévia pas d'un iota.

Peu après midi le deuxième jour, alors que Théodose longeait un épais bouquet d'arbres, Ali apparut et le rejoignit sur sa propre monture en tirant deux chevaux frais derrière lui.

– Joli cheval, dit Ali.

– Oui. Il s'appelle Bellerophon.

– C'est par ce cheval qu'ils vous connaissent, seigneur.

– Oui.

Ali avait surveillé le palais. Des heures avant que Théodose monte sur Bellerophon, un flot de messagers avait commencé à prendre la route. Incapable de deviner par avance les précautions dont son fils s'était entouré, l'impératrice en avait prises quelques-unes de son propre chef. Au cours de la semaine ayant précédé sa rencontre avec Théodose, elle avait créé une légion de coureurs à pied dont la fonction exclusive était de mettre en œuvre une idée simple, à savoir que, si, pour quelque raison inconnue, son fils parvenait à quitter le palais en vie, il ne puisse échapper à ses griffes. À l'instant où Théodose se présenta au palais, un poète, caché derrière le trône, peut-être un certain Paulus Silentiarius, connu pour la finesse de détail de ses vers, avait dicté un signalement détaillé des traits du jeune garçon, sa vêture et son allure, son maintien et son âge. Le cheval lui aussi avait été préparé en cas d'imprévu. Un signalement détaillé d'Ali avait été glané auprès de sa cousine luxurieuse. Avant que Théodose ne quitte le palais, des renseignements mémorisés à la hâte avaient commencé à se disséminer au long de chaque route partant de la capitale, s'éparpillant en éventail comme les gouttelettes de condensation aux rayons d'une roue en train d'accélérer. Même la bourse que Théodora avait donnée à Théodose contenait des pièces obscures, frappées non pas du visage de Justinien mais de celui de Justin, son prédécesseur, et depuis longtemps retirées de la circulation.

À chaque relais – à une heure de course du suivant, soit l'affaire d'une centaine de *stades*, environ dix-huit kilomètres –, deux coureurs attendaient. Le premier, ayant entendu le signalement de Théodose, reprenait la route de Constantinople ; de la même manière, le second partait dans la direction opposée. Tous ces regards, affûtés sur un seul objectif, Théodose, cherchaient tout particulièrement Bellerophon. Les hommes pouvaient se déguiser. Mais Bellerophon avait remporté maintes lignes droites lors des fêtes à l'Hippodrome, et engendré maints poulains talentueux. Un étalon aussi célèbre ne pouvait se déguiser.

Ces messagers ne savaient pas lire ; en fait, pour la sécurité impériale, ce savoir leur était interdit. Le signalement de Théodose ne se transmettait qu'oralement. L'ayant mémorisé à partir de la description qu'en avait faite le coureur précédent, le messager en partance vers l'extérieur recevait le rouleau de parchemin contenant le signalement par écrit, et prenait la route. Le premier coureur attendait le suivant pour partir, se ménageant ainsi une heure de repos. Ce modèle se répéta à chaque étape successive de l'itinéraire jusqu'à ce que, à douze relais de la capitale, soit environ deux cents kilomètres, et sur chaque route qui en rayonnait, une équipe de coureurs attende. Là, un *excubitor* lettré prenait livraison du rouleau de parchemin et le lisait à haute voix. Toutes les heures, un coureur partait pour la capitale. À la demie, arrivait un nouveau coureur. En conséquence de quoi le signalement se distribuait en rayonnant de manière centrifuge de plus en plus loin du siège du gouvernement, tandis que les renseignements collectés revenaient vers lui de manière centripète. L'ensemble d'interrogateurs au palais fut rapidement mis au courant de l'absence de Bellerophon et de Théodose sur toutes les routes, à l'exception d'une seule, la route d'Anchialos.

Tant que les intentions exprimées par Théodose, à savoir récupérer Ali et la bague d'améthyste, ne semblèrent pas dévier de leur voie, l'impératrice se retint de jouer toutes ses cartes. Elle se reposait en toute confiance sur l'appât du gain qui tenait son fils – en soi, une preuve de sa filiation – et le ramènerait à la porte de son palais, le portail qui s'ouvrirait sur sa fin dernière.

Ali et Théodose, remarquant les messagers, modifièrent leur tactique en conséquence. D'accord sur le fait que plus ils se trouveraient loin de la capitale, mieux ce serait, Ali se fondit à nouveau dans le paysage, et ce fut en solitaire que Théodose reprit sa chevauchée vers le nord.

En notant le rythme de passage des coureurs, Ali choisit son moment. Tard dans la soirée du deuxième jour, le messager pour le sud croisa Théodose. Peu après que ce messager fut hors de vue, Ali rejoignit son maître sur la route. Ils avaient maintenant ralenti et avançaient au pas, quand ils furent dépassés par le messager suivant pour le nord. À son passage, Théodose frappa le garçon du plat de son épée. Les deux hommes tirèrent le corps inconscient dans les buissons. Loin des regards et de la route, Théodose enfila les vêtements du coureur tandis qu'Ali revêtait ceux de Théodose. Puis ils mirent à mort le coureur dénudé et cachèrent son cadavre aussi bien que leur hâte le leur permettait. Ils ôtèrent le harnachement des trois chevaux de rechange et les libérèrent, les expédiant dans trois directions différentes vers les terres sauvages à l'ouest de la grand-route, dans l'espoir que, interceptant un cheval égaré en parfaite condition, sans armoiries ni insignes pour l'identifier, la plupart des paysans renonceraient à prévenir les autorités de l'existence de l'animal.

Cependant, Bellerophon présentait un tout autre problème, et cette magnifique créature, ils la gardèrent, ainsi que le peu d'argent sans traces qu'ils avaient en partage, et bien sûr les deux bagues. La tenue d'Ali ainsi que le reste de vêtements, ils se dépêchèrent de les enterrer, en compagnie de la bourse de *solidi* d'or qu'ils déposèrent sur le tout, en estimant que si les objets venaient à être découverts par d'autres que les agents de l'impératrice, de telles pièces à conviction pourraient bien disparaître sans laisser de traces.

Puis Ali et Théodose montèrent tous deux sur Bellerophon et l'étalon, bride lâchée, regagna bien vite le terrain perdu. Lorsqu'ils estimèrent qu'ils avaient rattrapé la distance qu'aurait dû parcourir le coureur assassiné, Théodose descendit de sa selle, fit ses adieux à Ali, et s'en fut à pied, courant vers le nord.

Ali note qu'il lui a été bien difficile, vêtu et monté comme il l'était, de tenir Bellerophon tandis que leur maître commun disparaissait au-dessus de la colline, courant comme un athlète vers, au mieux, une destinée incertaine. Alors que, comme Ali, les messagers ne savaient pas lire, tous avaient entendu le signalement du viril Théodose. Ce qui facilita les choses à ce dernier fut le fait que, par la nature même de leur profession, ces messagers étaient dans toute la force et la santé de leur jeunesse, de sorte que Théodose, du même âge qu'eux et jouissant des mêmes qualités, ne déparait nullement parmi les coureurs. Bellerophon, en revanche, du fait de sa singularité, restait leur meilleur leurre. Aussi blanc qu'une nouvelle voile et haut de seize mains – personne ne se tromperait sur cet animal.

Le messager suivant pour Constantinople prit très certainement Ali pour Théodose. Cinq minutes après l'avoir croisé, Ali jeta un regard derrière lui. Le messager avait disparu vers le sud. Immédiatement, il fit tourner bride à Bellerophon et prit plein sud, au pas. Une demi-heure plus tard, lorsque le messager pour le nord croisa sa route, Ali l'assomma.

Il traîna le garçon inconscient dans un ravin hors de vue de la route, le dépouilla de ses habits, le revêtit de la tenue de Théodose, et le tua. En prenant bien soin de sectionner la tête et d'en mutiler les traits, il la cacha séparément du cadavre.

Maintenant habillé des vêtements d'un messager mort, et n'ayant gardé des effets de son maître qu'une dague bien effilée, Ali remonta sur Bellerophon et l'éperonna vers le nord jusqu'à ce qu'il juge qu'homme et monture avaient dépassé, d'un bon kilomètre et demi, la distance que le messager, s'il ne l'avait pas agressé, aurait pu parcourir, sans pour autant foncer à bride abattue dans le coureur suivant se dirigeant au sud. Et c'est ici, nous dit le codex, qu'Ali dut accomplir un acte des plus difficiles.

Bellerophon était une bête magnifique : vive, docile et pleine de cœur – une monture, selon les termes d'Ali, digne d'un roi. En conséquence, ayant conduit Bellerophon dans un bosquet, Ali récita une prière royale avant de trancher la gorge du cheval.

Après avoir franchi une dizaine de kilomètres en maintenant le rythme régulier et implacable du coureur professionnel, Ali arriva haletant au poste-relais suivant plus au nord où, à son grand soulagement, il trouva Théodose en train de partager quelques olives avec deux ou trois autres hommes. Parmi eux attendait un messager pour le sud. Personne ne fit mine d'avoir reconnu quiconque. Plus exactement, à l'approche d'Ali, presque comme par excès de zèle, Théodose se mit debout d'un bond et demanda d'une voix forte :

– Où est Phanos ?

– Il a marché sur une vipère, répondit Ali.

– Ils devisèrent ainsi un moment, suffisamment pour pouvoir échanger les mots de passe dont chacun d'eux aurait besoin pour poursuivre la route vers le nord en sécurité, les mots de passe que, à ce stade, Théodose avait soutirés au messager pour le sud. Si rien n'avait été vu sur le tout dernier parcours, un coureur devait dire *ou-tiz*, le mot grec signifiant " nul homme " ou " personne "... »

– Nom de Dieu, lâchai-je.

– C'est quoi, ça ? voulut savoir Bowditch en relevant la tête, le briquet en suspens sous une nouvelle cigarette, une de plus.

– Chut, dit Missy d'une voix sifflante.

– Silence ! grogna Dave.

– J'arrête la bande ?

– Non ! répondirent simultanément Dave et Missy.

– Non ! dis-je en écho, doucement, en secouant la tête.

« ... vu Bellerophon de ses yeux, poursuivit la bande magnétique, alors *alpha* devenait le mot de passe, et *beta* si Bellerophon se trouvait avec Théodose. Le mot de passe clé, cependant, *gamma*, indiquait deux hommes avec Bellerophon – qu'il y eût ou non un autre cheval ne faisait aucune différence. Et si c'était *gamma*, il devait ajouter au document la position du soleil et le numéro de la borne suivante. Dans les quelques heures qui suivraient la réception du code *gamma*, l'impératrice frapperait.

Arpentant le pourtour du puits, les mains sur les hanches, le souffle court, Ali vit Théodose, maintenant messager pour le nord, disparaître sur la route. Le messager pour le sud, qui était resté suffisamment longtemps afin de récupérer, n'avait pas conscience qu'il était seul à parler tandis qu'Ali reprenait son souffle. Sa conversation portait tout entière sur la stupidité insigne de Théodose ; sur le sort qui serait le sien lorsque l'impératrice aurait décidé que l'heure était venue de frapper et de s'emparer de lui ; sur le moment magnifique où lui pourrait voir Bellerophon de tout près. Manquait de façon outrancière à ces cancans toute mention des liens de parenté entre l'impératrice et son gibier. L'information avait été supprimée.

Il lui sembla qu'il ne s'était écoulé qu'un temps infime lorsque le coureur suivant pour le sud sortit de la nuit tombante. On fit passer le mot *outiz*, et le coureur reposé partit plein sud, vers Constantinople.

Outiz. Pour Ali, cela signifiait que Théodose, se dirigeant vers le nord, avait croisé le coureur allant plein sud, sans être repéré.

Le nouvel arrivant ne voulait pas parler. Ce qui convenait parfaitement à Ali. L'air de la nuit était épais et chaud, et, avec les quelque cent ou cent vingt kilomètres qui l'attendaient, il aurait besoin de tout le repos possible.

Une demi-heure plus tard, apparut le coureur se dirigeant au nord. De la bouche de ce dernier aussi, Ali reçut le mot *outiz*. Nul homme à signaler. Nul signe non plus de Bellerophon. Ni du serviteur Ali.

Le messager lui transmit le relais d'une tape dans le dos et Ali prit la route. Il était à une heure derrière son maître dans leur course à pied contre la mort. »

22

– La mort, murmura Missy.

– La mort, acquiesça Dave.

Ou-tiz, me dis-je.

« Ils coururent toute la nuit et toute la journée du lendemain, poursuivit la bande magnétique, Théodose en tête. Ils se voyaient tous les quinze kilomètres et Ali passait alors le relais à Théodose d'une tape dans le dos, en prononçant le mot *ou-tiz*, et Théodose entamait l'étape suivante vers le nord. À chaque poste de repos, ils bavardaient avec les coureurs de remplacement et ceux qui étaient en partance pour le sud. Leur gibier avait disparu. *Ou-tiz* était le mot de passe. Ni homme ni cheval n'avaient été vus.

La nouvelle de la soudaine disparition de Bellerophon et de son cavalier demanderait près d'un jour pour atteindre Constantinople au sud ou Anchialos au nord, l'extrémité de la chaîne où les coureurs étaient autorisés à dormir avant leur retour. En d'autres termes, lorsque l'impératrice Théodora recevrait comme information que le voyage de son fils s'était brutalement interrompu, Théodose et Ali seraient désespérément proches d'atteindre à leur liberté.

Il leur restait cependant de formidables obstacles à franchir. Souvenez-vous, deux coureurs étaient morts. Les coureurs étaient des esclaves, et les esclaves appartenaient à des propriétaires. Les deux imposteurs viendraient-ils à disparaître brutalement que ce serait se trahir de façon certaine, auquel cas leur avance pourrait se révéler insuffisante à les protéger.

À son arrivée à Anchialos la nuit suivante, l'odeur de l'air marin fut pour Ali l'équivalent de l'air de la liberté. Il remarqua autour du campement plusieurs exemplaires de *Delphinium stavisagria*, ce qui lui donna une idée.

Plante médicinale native du sud de l'Europe et des rivages du bassin méditerranéen, Ali la connaissait sous le nom que lui donnait sa grand-mère, littéralement herbe à dégueuler. Ses graines, nous le savons aujourd'hui, contiennent un alcaloïde émétique assuré de provoquer le vomissement. Dans le monde antique, on les utilisait couramment pour soigner l'indigestion, la dysenterie et les empoisonnements. Naturellement, une crise sévère de vomissements pouvait apparaître comme la conséquence d'un empoisonnement plutôt que son remède, et c'est de ce savoir qu'Ali entendait tirer profit.

Comme s'il avait un mauvais pressentiment de ce qu'il allait advenir, souligne Ali, Théodose fut réticent à recourir à cette mesure. Il s'y opposa avec force arguments. Il préférait qu'ils tentent tous deux leur chance avec l'avance dont ils disposaient déjà. Mais Ali fit remarquer qu'ils n'avaient pas d'armes, pas de moyen de transport, peu d'argent, et qu'ils portaient des vêtements d'esclaves. Seules les deux bagues les séparaient encore du dénuement le plus complet, mais c'étaient, dans le même temps, les deux choses qui les trahiraient immédiatement. Ils n'osaient pas en convertir une contre bon argent ou contre service rendu tant qu'ils ne seraient pas largement hors d'atteinte de l'impératrice.

En tout cas, Théodose ne put rien trouver à opposer au subterfuge proposé par Ali. Il restait toutefois impératif qu'ils parviennent à se dénicher deux coureurs de remplacement pour le retour vers le sud du lendemain ; car, sans ces deux substituts, Théodose et Ali allaient se retrouver à courir sur le chemin de Constantinople. Qui plus est, à peine à cent kilomètres au sud d'Anchialos, attendaient les cadavres de deux hommes et d'un étalon célèbre dans le monde entier, que la lumière du jour ne manquerait pas de révéler à une armée de chasseurs de primes.

Théodose consentit avec réticence à tenter le subterfuge. Ali se dépêcha d'avaler une douzaine de graines, devançant ainsi toute nouvelle objection de sa part. Mieux valait que ce soit lui plutôt que son maître, se dit Ali, en faisant descendre les coques amères d'une tasse du vin léger fourni aux esclaves. Il connaissait bien les effets débilitants du *delphinium*, car sa grand-mère l'administrait pour pratiquement toute raison, et il sentait qu'il était nécessaire que son maître gardât ses forces au cas où les choses vireraient à l'aigre.

Très vite les graines rendirent Ali horriblement malade. L'inquiétude de Théodose fut sincère face à cette violente réaction ; et bien qu'Ali n'en laissât rien paraître, lui aussi était effrayé. Pour user d'un terme de jargon moderne, il craignait une overdose. Il ne tarda pas à se tordre de douleur par terre. Non seulement il avait des haut-le-cœur douloureux, comme il s'y attendait, mais il fut également pris de convulsions. Peut-être, comme se prit à méditer Ali bien plus tard dans son codex, les graines étaient-elles beaucoup plus fortes à Anchialos qu'elles ne l'étaient à Samana, où il avait grandi.

Une part de la responsabilité d'un gradé du corps d'élite des *excubitors*, les légionnaires impériaux, outre une vigilance de tous les instants pour retrouver le gibier de l'impératrice, était le maintien de l'ordre dans les bivouacs des messagers. Ce fut à un spécimen revêche et bourru de cette engeance de guerriers que Théodose, masquant son noble port altier par une supplique des plus obséquieuses, sollicita d'être relevé de sa tâche. Aux termes de la fable qu'il lui servit, le malheureux Ali et lui-même étaient la propriété de la même famille de Constantinople. Si le légionnaire se voyait contraint d'excuser Ali de service actif, ce qui devait, en toute logique, être sa décision au vu de l'état de ce dernier, alors peut-être autoriserait-il également Théodose à rester à l'arrière-garde en sa compagnie, afin de veiller son compagnon et de lui permettre de recouvrer suffisamment de forces pour regagner sa maison.

L'*excubitor* refusa. D'accord sur le fait qu'Ali paraissait trop affaibli pour courir encore deux cents kilomètres, il ordonna qu'on le mît aux fers à un arbre pendant le restant de la nuit, et pour le restant de la semaine s'il fallait en arriver à cette extrémité, jusqu'à ce que sa santé s'améliorât. Ce qui fut fait immédiatement. Quant à Théodose, l'*excubitor* le déclara, d'un ton qui ne souffrait pas la réplique, apte à reprendre la course vers Constantinople au lever du jour, ainsi que prévu, et ordonna qu'il en fût ainsi.

Le légionnaire se retourna comme pour partir. Toujours prêt, le rappelle Ali avec nostalgie, au geste grandiloquent dans leur théâtre d'enfantillages, Théodose, en histrion qu'il était, était déterminé à faire sa sortie sur un dernier geste de supplique outrée. Ce faisant, cependant, il commit l'erreur d'oublier sa position. Il mit un genou en terre, et courba la tête ; mais il plaça la main sur l'avant-bras de l'*excubitor*.

Ce représentant de Rome, reconnu dans toute la civilisation comme l'image incarnée du pouvoir absolu, ne devait pas être touché par quiconque. L'*excubitor* dégaina son glaive en pivotant sur place. Et, avec une précision affûtée par mille batailles, il décolla la tête de Théodose des épaules de ce dernier. »

– Oh, mon Dieu ! s'écria Missy.

Elle se couvrit brusquement la bouche d'une main, en manquant presque de renverser sa boisson.

– Que je sois pendu, murmura Dave.

La mort, songeai-je.

Sur la bande magnétique, des chuchotis affligés emplirent la salle dans laquelle le sergent Maysle donnait sa conférence. Mais elle avait prévu l'effet que ses paroles allaient faire sur son public ; laissant à ce dernier le temps d'exprimer sa consternation, elle termina son récit.

« Au scribe de Syracuse, Ali narra le moment dans ses détails les plus atroces. Tordu sur le flanc dans la poussière, plié en deux par des crampes abdominales, les chevilles entravées de chaînes, Ali, étourdi, en état de choc, vit l'espoir de son avenir, son ami pour la vie, et la fin de tous leurs projets rouler au cœur des ombres traîtresses que jetaient les feux des sentinelles. Le regard impassible, l'*excubitor* contempla le corps sans tête qui tressaillait en se vidant du reste de son sang. Il était visible, ainsi que le nota Ali après qu'une moitié de sa vie se fut écoulée, que les problèmes de ce soldat n'avaient rien de commun avec quelque sale esclave amateur de garçons. Assurément, l'impératrice avait menacé de trancher la propre tête de l'*excubitor* si Théodose, Ali, Bellerophon, la bague d'améthyste, sa copie en grenat et peut-être même la bourse de *solidi* d'or devaient lui échapper. Suffisamment de responsabilités pour empêcher un homme de dormir, et un simple esclave avait osé non seulement mettre son jugement en doute, mais il était allé jusqu'à le toucher. Il aurait peut-être à verser une compensation à son propriétaire, et puis après ? Un légionnaire était homme à expédier sans ménagement un désagrément d'une telle insignifiance venu se dresser aussi impudemment sur le chemin du devoir à un moment aussi inopportun. »

Missy renifla. Une larme coula sur sa joue, et, d'un geste absent, elle lissa un pli sur la courtepointe.

« Les affres de l'agonie de Théodose venaient à peine de cesser, conclut la bande, que l'*excubitor* essuyait la lame de son glaive sur la tunique de l'esclave mort. Sans même ne fût-ce qu'un seul regard en arrière, il s'en fut, chassant d'un coup de pied la tête sectionnée.

Ali ne revit jamais l'*excubitor*.

Ou-tiz, dicta Ali au scribe, quelque quarante années plus tard. La nuit de la mort de Théodose, il l'avait répété, ce mot, encore, encore et encore, au milieu des larmes et des vomissements qui le harcelèrent jusqu'à l'aube.

La dernière ligne qu'Ali dicta à Syracuse fut : “ *Ou-tiz* – nul homme – est mon prince. ” »

VI

Quatre ou cinq morts supplémentaires

23

– Oh mon Dieu, c'est une histoire tellement... dit Missy en agitant les mains, une histoire tellement triste. Arrêtez la bande ! Je vous en prie ! Arrêtez la bande !

– Pas de problème, dit Bowditch en arrêtant la bande. Elle est terminée.

La tristesse de Missy disparut.

– Quoi ? cria-t-elle. C'est impossible ! Que sont devenues les bagues ?

Jamais encore je ne l'avais vue se mettre dans un état pareil.

– Attendez, ajouta-t-elle rapidement. Ne me dites pas. Attendez. Il faut que je me poudre le nez.

Elle fit signe des deux mains ;

– Retournez-vous, retournez-vous !

Dave et le lieutenant Bowditch lui tournèrent le dos.

– Reste sous les couvertures, me dit-elle.

Elle prit son sac à main, entra dans la salle de bains à pas feutrés et referma la porte.

– Comment tu te sens, Kestrel ? demanda Bowditch en allumant encore une cigarette.

Sa sollicitude me surprit. Avant que je puisse lui répondre, Bowditch soupira dans un panache de fumée.

– Chaque fois que je me prépare à la retraite, quelqu'un se fait tuer dans cette ville.

– Peut-être est-ce la façon dont la société vous dit qu'elle a besoin de vous, suggéra Dave.

Bowditch partit d'un rire sans joie.

– Ce fameux soir où tu as escorté Renée Knowles chez elle, Kestrel ?

– Elle connaissait l'histoire, intervins-je, et vous aussi.

Bowditch acquiesça sèchement de la tête, mais dit :

– Tu nous as déclaré qu'elle avait laissé les clés de sa voiture à la galerie.

– Aux bons soins de Gerald Renquist.

– Tu ne les as jamais revus ?

– Lui ? Les clés ? Non. Ni l'un ni les autres.

– Tu nous as dit que Renée Knowles avait indiqué une voiture garée.

– C'est exact. Une BMW. Elle a dit qu'elle ressemblait à la sienne, et qu'elle en était fière.

– Elle ressemblait à la sienne, ou est-ce que c'était la sienne ? Quelle couleur ?

– Noire, peut-être ?

Je regardai Dave.

– Il faisait nuit.

– Celle du Pier 70 était noire, dit Dave.

– Bon pour noire, confirma Bowditch. J'ai vu la carte grise. Autre chose ? Les vitres ?

– Celles de la voiture qu'elle m'a montrée étaient teintées.

– Idem, confirma Dave d'un hochement de tête.

Bowditch sortit un trousseau de clés avec alarme télécommandée et les leva en l'air.

– Tu les reconnais ?

– Non. Où les avez-vous eues ?

– Renquist nous les a remises quand nous l'avons interrogé.

– Donc vous étiez déjà au courant quand vous lui avez parlé ?

– Bien sûr. On t'avait déjà parlé, à toi.

– J'avais oublié. C'est exact. Alors où est le problème ?

Bowditch souffla sèchement par le nez.

– La nouvelle de la mort de Mme Knowles l'a secoué. Il a proposé les clés volontairement avant qu'on ne les lui demande. Il les avait dans une enveloppe. Pendant qu'on bavardait avec lui, un coursier a débarqué.

– Afin de rapporter les clés à Renée ?

– Exact.

– Mais dites donc, tout ça fait que Gerald a l'air d'avoir les mains plutôt propres, non ?

Bowditch haussa les épaules.

– Alors où est la voiture ?

– Bonne question. On a les clés et pas de bagnole.

– Est-ce que Renquist l'aurait déplacée ? Vous lui avez posé la question ?

Bowditch secoua la tête.

– Il est trop tard pour ça.

Je regardai Dave. Dave cligna des paupières.

– Nom de Dieu, dis-je.

Bowditch hocha la tête sans enthousiasme.

– Où ?

– Un parking en pleine nature à Candlestick Point.

– Quand ?

– Relativement tôt ce matin, soupira Bowditch par saccades.

– Comment ?

– On lui a tiré dessus, on l'a ouvert en deux, et on a mis le feu au bonhomme et à sa Mercedes.

Dave poussa un sifflement.

– On n'a rien laissé au hasard, remarquai-je.

Bowditch lança les clés en direction de sa mallette et rata sa cible.

Je n'avais jamais voulu le dire, mais je savais que Bowditch était un flic hautement respecté qui avait résolu un bon nombre d'affaires de meurtre. Pendant des années, son nom était apparu régulièrement dans les journaux. Mais vu de plus près, ce qui restait des exigences de l'ambitieux combattant du crime qu'il avait été jadis avait diminué voire disparu complètement. Fini le temps où Bowditch voyait – s'il l'avait jamais vu – tomber le glaive de la justice sur les méchants comme une chose essentielle ou inévitable. Aujourd'hui, à ses yeux, seule la méchanceté était inévitable, et rester hors de son chemin, la seule chose essentielle. Les gens allaient continuer à s'entretuer, qu'il aille ou non au travail. C'était ainsi.

La calvitie ronde sur le haut de son crâne venait peut-être bien de la quantité innombrable de fois où, par simple frustration, il avait passé une main à cet endroit. Quand il était plus jeune, peut-être ce même geste avait-il présagé une prise de conscience, un pas en avant dans une enquête, la révélation soudaine d'une fracture minuscule dans le récit de quelqu'un. Mais depuis longtemps déjà, il ne savait plus être autre chose qu'une habitude. Quelque mécanisme disjoint passait maintenant la main sur sa calvitie à sa place, automatiquement ; alors que ce geste avait été l'anticipation d'une intuition, aujourd'hui, il empêchait celle-ci d'advenir. Et au lieu d'entraîner avec elle les mèches de cheveux rougeâtres qui restaient encore, aujourd'hui la paume revenait mouchetée de pellicules et sentait la lotion capillaire antichute.

Bowditch récupéra la bande par terre, la laissa tomber dans sa mallette, et dit comme si de rien n'était :

– Le dentiste de Renquist fait de la plongée à Cancún cette semaine. À son retour, nous aurons une identification positive sur les dents.

– Les dents, dit Dave à son gobelet de café.

– Il en avait, lui, au moins, le vanna Bowditch.

– Ça lui fait une putain de belle jambe maintenant, fit remarquer Dave.

– C'est tout ce que vous avez trouvé ? demandai-je.

– Tout ? dit Bowditch avec un haussement d'épaules. Le feu n'a pas épargné grand-chose. La propre mère du pédé ne le reconnaîtra pas.

– Parce que vous allez le lui montrer ?

Il secoua la tête.

– Et deux cadavres, ça suffit pour faire un modèle qui se répète ? demandai-je.

Bowditch ouvrit la main, comme celui qui ne veut pas s'engager.

– Cet entrepôt sur le Pier 70 ? Le bail était au nom de Gerald Renquist.

La porte de la salle de bains s'ouvrit, et Missy réapparut.

Dave et Bowditch écarquillèrent les yeux comme un seul homme, pour les refermer aussi vite, et se détourner.

Missy laissa tomber son sac à côté du lit.

– Il est sûr que tu as des lectures passionnantes là-dedans.

Ses bas murmurèrent presque aussi fort que sa voix quand elle se glissa sous les couvertures.

– Qui est Apsley Cherry-Garrard[1] ?

– Un autre m-mec déjà froid.

Elle regarda alentour.

– Est-ce que j'interromps quelque chose ?

1. Il a passé deux ans et demi en Antarctique comme membre de l'équipe du commandant Scott, lors de la dernière tentative – fatale – de ce dernier pour atteindre le pôle.

Bowditch avait fait demi-tour et ouvert les yeux, mais il ne dit rien.

Les yeux de Missy ne montraient plus rien des larmes qu'ils avaient versées. Mais lorsqu'elle suggéra à Dave de se prendre un cocktail, son entrain était forcé.

Dave garda le dos tourné en versant la pinte de rhum dans sa tasse. Vide.

– *Ohhhh*, dit Missy en se renfrognant, déçue. Est-ce que nous avons du chardonnay ?

– Rien qu'une bouteille de rouge, dis-je. Très ordinaire.

– C'est trop tôt pour le rouge, dit Missy en faisant la moue.

– Je ne sais pas, fis-je remarquer. Il doit être au moins midi.

– Petit imbécile, dit-elle en me donnant une petite bourrade. Tu souffres d'hypothermie. Tu n'as pas droit à la parole. Et que diriez-vous d'un peu de vodka ?

– Argh hargh hrgh.

– Missy, pour l'amour du ciel, le mec ici présent est inspecteur à la Criminelle. Essaie de le prendre au sérieux.

Elle m'offrit une expression de sérieux absolu.

– Danny Kestrel, est-ce que tu as une idée de la difficulté qu'il y a à gérer convenablement le Prozac ?

Tous les regards s'étaient maintenant tournés vers elle. Elle était séduisante, toute fraîche, les yeux brillants, la peau et le muscle fermes, et un maquillage refait à neuf.

– P-pauvre petite, capitulai-je. Elle est au f-frigo.

– Avec un zeste, sourit-elle.

Dave se frotta les mains.

– T'as du citron ?

– Dans la corbeille près de l'évier.

– Lieutenant ?

Bowditch l'ignora.

– Ainsi donc, dit-il à mon adresse, dans la mesure où tu as été très pris la nuit dernière, ce n'est pas toi qui es soupçonné d'avoir zigouillé Gerald.

– Merci, dis-je.

– Zigouillé Gerald ? demanda Missy, tout sourire disparu. Gerald qui ?

– Celui ou celle qui l'a éliminé a aussi zigouillé la mère Knowles. C'est pratiquement certain.

– C'est s-sympa de ne plus être dans le collimateur pour se retrouver s-simplement gelé.

Missy s'écarta de moi. Elle avait l'air effrayé.

– Gerald qui ?

M'adressant à Bowditch, je dis :

– Quel est le rapport ? Les clés de voiture ?

Bowditch observait Missy.

– Peut-être. On ne sait pas. Ton hypothèse en vaut une autre.

– T'es prête à être sérieuse ? demandai-je à Missy.

– Quelqu'un a tué...

– Gerald Renquist. Oui.

Le regard de Missy se perdit au loin.

– Gerald Renquist...

– On l'a retrouvé à Candlestick Point.

Missy ne répondit pas.

– Tout va bien, Missy ? Est-ce que Gerald était un de tes amis ?

Son regard revint parmi nous.

– Renée a pris ses risques, dit-elle. Mais Gerald... ?

– Vous le connaissiez, madame James ?

– Oui. Pas très bien. Mais...

– Lui connaissiez-vous des ennemis ?

– Il était inoffensif. Il était gay, bien sûr. Oui, et alors ? Pauvre Girly.

Elle se tourna sur moi, puis sur Bowditch.

– Est-ce que Girly est au courant ? Le lui avez-vous appris ?

– Madame Renquist, vous voulez dire ? Par téléphone, oui. Nous l'avons jointe à Glen Ellen.

Missy hocha vaguement la tête.

– Elle y a une maison.

– J'ai l'intention de l'interroger cet après-midi, dit Bowditch en s'éclaircissant la gorge. Puis-je me permettre de vous demander où vous vous trouviez hier soir, madame James ?

– Je vous demande pardon ? sursauta Missy.

Elle reprit ses esprits et dit, d'un ton peu amène :

– Je dînais chez Postrio en compagnie d'environ vingt-cinq de mes amis les plus proches. L'un d'eux, comme je vous l'ai déjà déclaré, est le maire de San Francisco.

Bowditch ne cilla pas d'un poil.

– Effectivement, vous l'avez dit. J'aurais dû le noter.

– Voici donc Missy James éliminée, elle n'a pas mis le feu à Gerald Renquist à Candlestick Point, dis-je.

– Le feu ? lâcha Missy dans un souffle.

– La ferme, dit Bowditch.

Dave tendit à Missy un verre à bière à moitié rempli de vodka et de glace avec zeste de citron.

– À Gerald, dit-elle d'une voix blanche en prenant une gorgée prudente. Délicieux, dit-elle à Dave, avant d'ajouter : Mon Dieu, sans enthousiasme.

– Ce Prozac, demandai-je, il arrondit les angles un peu trop vifs, à ce qu'on raconte ?

Missy m'ignora.

– Je suis désolé pour votre ami, dit Dave.

Elle le remercia pour sa courtoisie.

24

– Réfléchissez à haute voix, dit Bowditch en éjectant la cassette. J'écoute.

– Qu'est-ce qu'elles ont de si intéressant, nos réflexions ? demandai-je.

– Tu n'as pas directement joué un rôle dans cette affaire, Kestrel, dit-il en pointant la bande vers moi, mais tu t'es retrouvé en plein cœur des événements. Maintenant que tu connais un peu de l'arrière-plan de l'histoire, peut-être te rappelleras-tu d'un détail qui s'y rattache ?

– Vous voulez dire, peut-être aurais-je remarqué un coin du *Codex de Syracuse* qui dépassait quand Renée a ouvert son sac à main ?

– Ce serait super.

– Je veux bien le parier. La seule chose que je voie qui se rattache à l'histoire de Théodose, c'est le mot *outiz*. Renée a été très contrariée que je le connaisse.

– Ouais. Quand le sergent Maysle l'a mentionné sur la bande, tu as sursauté. Qu'est-ce que ça cache ?

– Renée a été surprise que je connaisse ce mot, et j'ai été surpris qu'elle le connaisse. En soi, c'est un mot de vocabulaire inhabituel – oubliez ses antécédents littéraires. Toujours est-il que lorsque Renée a découvert que j'avais appris *outiz* dans l'*Odyssée*, via Ezra Pound, elle s'est décontractée. Je suppose qu'on peut présumer sans risque de se tromper que Renée avait vu ce mot ailleurs, et elle a été soulagée que ce ne soit pas de là qu'il me vienne. Pouvons-nous présumer qu'elle n'avait non plus jamais entendu parler du sergent Maysle ?

– Cette conférence, dit Bowditch en montrant la cassette, a été enregistrée à Cambridge, Angleterre. C'est la seule et unique fois que le sergent Maysle l'a présentée, et elle ne l'a pas encore publiée.

– À quel autre endroit aurait-elle pu voir ce mot ? dit Missy. À quel autre endroit pourrait-on le trouver ?

– L'*Odyssée*, dis-je, si tu lis le grec d'Homère.

– En plus, il lui aurait fallu lire le grec pour le repérer dans le codex, fit remarquer Bowditch. Il n'en existe pas de traductions publiées. Une transcription en a été faite par la Bibliothèque nationale, accompagnée d'une traduction en vis-à-vis, en français naturellement ; mais ce livre est épuisé depuis plus d'un siècle. Quelle est la fonction d'*outiz* dans l'*Odyssée* ?

– Après qu'Ulysse a aveuglé le Cyclope, répondis-je, il se faufile en douceur hors de la caverne en s'accrochant sous le ventre d'un des célèbres moutons du géant. Polyphème, aveugle, palpe la laine de chaque animal lorsque le troupeau sort en pâture, mais il rate Ulysse. Il veut savoir, néanmoins, quelle sorte d'homme est parvenu à le rendre aveugle, lui, la progéniture de Poséidon et de la nymphe Thoôsa, qui avait, toute sa vie durant, en toute impunité, tyrannisé le monde. Ulysse répond *outiz*, qui signifie *nul homme*, ou *personne*. Mais dans le grec d'Homère, voyez-vous, *outiz* est aussi un jeu de mot sur le nom d'Ulysse. Et donc, ayant rendu le géant aveugle à sa présence aussi bien qu'à la vérité, Ulysse ne peut résister à lui fournir, par une charade en forme de jeu de mot, un indice sur sa véritable identité, tout en s'enfuyant – sous le couvert non seulement de la laine mais aussi de la modestie.

Tous me regardèrent comme si je venais de sortir en rampant de sous un rocher.

– Oh, Danny, soupira Missy, tu as toujours été tellement brillant. Comment t'es-tu débrouillé pour rester aussi pauvre en ce cas ?

– Il est très délicat de réussir à faire les deux, répondis-je, vexé. Au point, vu l'histoire du sergent Maysle et de l'argent potentiel qui se trouve en jeu, que je vais prendre un risque. Trouvez-moi cent personnes qui sachent que le mot *outiz* est grec et signifie « personne » ou « nul homme ». Quatre-vingt-dix-sept d'entre elles le connaîtront parce que *Le Codex de Syracuse* vaut beaucoup d'argent. Les trois autres seront des mutants qui lisent Homère.

– *Oohh*, dirent Dave et Missy.

– Donc l'un des trois mutants rencontre un des quatre-vingt-dix-sept mercenaires, et c'est ainsi qu'Otis s'est trouvé accolé à ton numéro de téléphone, conclut sèchement Bowditch.

– C'est très probablement correct.

– Au bout du compte, un gentil rien.

– Un gentil « personne », rectifia Missy.

– Ni plus, ni moins, confirmai-je.

– Faux, annonça Bowditch en donnant un bon coup de pied à sa mallette. Tu as entendu le topo.

– Le topo ?

– Réfléchis-y.

– Demandez au sergent Maysle de réfléchir à ma place.

– Elle y a beaucoup réfléchi. Sa traduction annotée du *Codex* sera publiée au printemps prochain, ainsi qu'une version considérablement augmentée de cette conférence.

– Ouais, super. Ainsi donc Danny Kestrel et le sergent Maysle, Renée Knowles et le *Codex de Syracuse*, Ezra Pound, Ulysse et Homère ont un mot en commun. Je vous l'accorde, c'est un mot inhabituel.

Missy fronça le sourcil.

– Et Gerald Renquist : est-ce qu'il est dans ce circuit-là lui aussi ?

Bowditch pointa le doigt sur elle.

– Question des plus remarquables, mademoiselle James, dont la réponse, j'ai le regret de vous l'apprendre, amène une histoire.

– Vous êtes beaucoup plus drôle que Schéhérazade, sourit Missy avec allégresse.

– Argh, mais pas aussi mignon.

Je laissai tomber les pieds au sol et essayai de me lever. La pièce se mit à tourner et je basculai sur les genoux de Missy.

Elle me rattrapa.

– Viens voir Missy, dit-elle en caressant mes cheveux. Ce qui me fait penser... (elle récupéra son sac à main par terre) j'ai failli oublier.

Téléphone cellulaire dans une main, verre dans l'autre, Missy appuya sur un numéro présélectionné.

– Jerome ? C'est Missy James. Il faut impérativement que j'annule mon rendez-vous de cette semaine (elle consulta sa montre), dans vingt minutes exactement. Absolument désolée. À la semaine prochaine. Ciao.

Elle raccrocha.

– Ce fichu psy ne répond jamais au téléphone. Il en a peur.

Elle laissa tomber l'appareil dans son sac et le sac par terre près du lit.

– Redresse-toi et assieds-toi, Danny.

Le verre toujours à la main, elle se mit à arranger d'une main tatillonne les couvertures. Une fois satisfaite du résultat, elle se rassit, le dos contre un oreiller, les mains serrées sur son verre posé sur ses cuisses, et regarda Bowditch avec espoir.

– On est prêts ? demanda Bowditch d'une voix onctueuse.

– Oui, Lieutenant. Poursuivez, s'il vous plaît.

– L'année dernière, dit Bowditch luttant visiblement pour garder son calme, une maison a méchamment brûlé à Sea Cliff. Une vaste demeure de luxe réduite en cendres. De bons accélérants, comme disent les inspecteurs spécialistes des incendies criminels, ont contribué à la vitesse et à la stabilité des flammes. Ce n'est que lorsqu'elles ont crevé les toits que le voisin les a remarquées. Il a fallu aux pompiers six heures pour circonscrire le sinistre.

« Dans les décombres ont été découvertes deux choses intéressantes. La première, le cadavre d'un homme. Blanc, torturé et abattu d'une balle jusqu'à ce que mort s'ensuive. Nous n'avons jamais pu l'identifier.

– Torturé et abattu d'une balle ? répéta Missy, frappée d'horreur.

– La seconde, c'est un album de photos, poursuivit Bowditch. En soi et par son contenu, l'album en question était d'une qualité suffisante pour que nous puissions remonter jusqu'à Flax, un grand magasin de fournitures pour artistes sur Valencia et Market. Mais la piste s'est arrêtée là.

« Cet album, cependant, ne se trouvait pas sur la table basse ni dans la bibliothèque, là où on pouvait s'attendre à le voir. Bien au contraire, on l'avait mis dans le foutu four de la cuisine. Nous sommes certains, dans les limites du raisonnable, que le geste avait été spontané, et la cachette choisie dans l'instant, sur une impulsion, en profitant d'une occasion, et qu'on y avait oublié l'objet. C'est véritablement une coïncidence que cet album ait survécu.

Bowditch n'avait pas cessé d'étudier nos réactions.

– Est-ce que ça vous évoque quelque chose ?

– En a-t-on parlé dans le *Chronicle* ? demandai-je.

Bowditch secoua la tête avec lassitude.

– Vous savez comment c'est quand vous avez un rapport sexuel. C'est un niveau supérieur de l'existence. Enfin, c'est ce qu'on me dit, ajouta-t-il d'un ton morose.

Je n'étais pas très sûr de savoir pourquoi ceci était dirigé contre moi, même de façon détournée. Mais que Dieu soit damné si, en cet instant, je ne me souvins pas de quelque chose que Renée avait dit, soupiré, plutôt : *Le sexe rend tout meilleur.* Expression irréfléchie d'un sentiment avec lequel peu d'entre nous seraient en désaccord : mais j'avais trouvé déconcertant l'anonymat que la phrase impliquait. Assurément, Renée et moi ne nous connaissions pas du tout ; notre relation sexuelle avait été virtuellement anonyme. Mais j'aurais préféré une formule moins démocratique. Quelque chose d'un peu plus personnel.

Missy intervint à son tour :

– Perceptions plus acérées, sensibilité aiguë, pression sanguine accrue, clarté de vision... Peut-être même un orgasme. Ces petites choses donnent du mordant à la vie.

– Tu as oublié un compte bancaire positif, lui lançai-je soudain.

– Ohhhh, dit Missy, tu l'as *vraiment* pris, ton pied.

– Qui était propriétaire de la maison ? demandai-je brusquement.

– Bonne question dont la réponse est trop facile. La maison était louée. Le propriétaire de l'époque était tout ce qu'il y a de convenable. Il a vendu depuis. C'est une agence qui s'est occupée de la location, et elle aussi a pignon sur rue – suffisamment, en tout cas, pour se retrouver poursuivie en justice à cause de l'erreur qu'elle a commise. Parce que tout ce qui concernait le locataire mort, et je veux dire tout, était bidon. Propriétaires précédents, employeurs, revenus et finances – tout était faux, jusqu'à son passeport et le nom de jeune fille de sa mère. Ses chèques de loyer, eux, étaient bien vrais, et se montaient à sept mille cinq cents dollars par mois, aussi, en dépit de ce que tout le monde raconte, personne n'a regardé de trop près le reste de sa personne.

– Hé, dit Dave d'un ton appréciateur, c'est mon revenu annuel de la Sécurité sociale.

Sans ciller, Missy déclara :

– Vous ne pouvez pas vivre avec une somme pareille.

– Je sens la mort, c'est tout, mais je suis bien vivant, rétorqua aussi sec Dave.

– Est-ce que tu n'as pas poursuivi ton deuxième mari en justice pour le montant de ta note de fleuriste mensuelle ? lui demandai-je.

– Mille dollars par mois, répondit Missy en buvant une gorgée. Ce n'était pas suffisant.

L'espace d'un instant, tout ce qui s'entendit fut la circulation sur Folsom Street.

– Bon Dieu, dit Dave, peut-être que vous pourriez acheter la prochaine bouteille de rhum... ou autre chose.

– Se servant du nom de Melanofsky, reprit Bowditch sans prévenir, le locataire en question a passé comme une fleur toutes les étapes d'un processus spécifique visant à faire le tri parmi les locataires grâce à leurs références financières. Vous, par exemple, dit Bowditch à Dave, n'auriez pas passé la première. Mais question crédit, vous êtes probablement d'une solidité de roc comparé à ce que nous savons de ce mort anonyme avec son C.V. bidon.

– Avec la Sécurité sociale et deux bateaux, demanda Dave, c'est-y pas vrai que je suis un putain de mec irréprochable ?

– La seule fonction du compte en banque de ce Melanofsky était de régler son loyer et quelques dépenses à San Francisco. Au-delà de ça ?

Bowditch lâcha un son comme un coup de fouet en forçant du dessus de la langue l'air à passer entre ses dents de devant serrées :

– Phwwwt !

Dave l'imita parfaitement.

Bowditch hocha la tête.

– Il a contourné le processus normal de sélection des clients en se présentant à l'agence de location par l'intermédiaire d'un service de référencement de locataires suisse. Tout ce qui concernait le mec était de la connerie. À l'extérieur de sa coquille en papier, il n'existait pas.

– Et les empreintes digitales ? La facture de téléphone ? Les étiquettes de pressing sur ses sous-vêtements ? Ou ses dents ?

– Empreintes et linge avaient complètement brûlé. On a l'ADN, mais sans rien à quoi le comparer, l'ADN ne signifie rien. C'est le même problème avec une identification à partir de la dentition. Il faut savoir où chercher. Là-dessus, à un flic normal, les Suisses refusent de donner quoi que ce soit, ils refuseraient même de lui donner l'heure. Sans parler que nous n'avons même pas pu prouver qu'il était suisse. Le téléphone de Melanofsky était un cellulaire, et c'est à peu près ce qu'on dirait de ses restes calcinés. Génériques et sans possibilité de remonter à rien. Vous avez acheté un portable récemment ?

– Qui diable en voudrait un ? dis-je d'un ton défensif.

– Ouais, dit Dave.
Missy éclata de rire.
– Le point important, c'est qu'ils sont faciles à se procurer. Ce mec a acheté le sien dans une boutique de matos pour hippies planants de Market Street. Fin de la piste.
Bowditch gratta son chaume de barbe de la journée à l'aide du boîtier de la cassette. On aurait cru entendre la patte d'un chien sur une porte moustiquaire.
– Donc l'album de photos, conclut Dave, c'est tout ce que vous avez.
– Exactement.
– Eh bien ? demanda Missy. Qu'est-ce qu'il contenait ?
– Les gens qui ont incendié la maison et tué ce Melanofsky – ai-je précisé qu'il a été tué ?
– Non, confirmai-je. Vous avez juste dit qu'il a été torturé, tué par balle et incinéré.
Bowditch opina du chef.
– On lui a tiré une balle dans la tête, dans la figure exactement. On lui a aussi fait subir de méchants sévices avant de le tuer. Les deux genoux et un coude portaient des marques de coups infligés par un instrument contondant, trois côtes étaient cassées, et il avait une hémorragie interne – très douloureux, tout ça. Mais celui ou ceux qui l'ont tué ont laissé passer l'album photos. Peut-être qu'ils ne savaient pas que l'album se trouvait là, peut-être qu'ils ont pensé que ce n'était pas important, peut-être qu'ils ne le cherchaient même pas.
– Est-ce que le mec avait été éviscéré ? m'enquis-je.
– Non, répondit Bowditch.
– Dieu soit loué, dit Missy.
– Alors bon Dieu, qu'est-ce qu'il y a de si intéressant dans ces photos ?
Bowditch donna un nouveau coup de pied à sa mallette.

– Chaque cliché est en couleur, format 20 × 25. L'appareil était monté sur trépied. Une attention extrême a été portée à la qualité de la pellicule, de l'objectif, de l'éclairage, de la mise au point et du temps de pose. Chaque photographie est en fait légèrement plus petite, de l'ordre de quatre-vingts pour cent, que la taille réelle de son sujet, qui est la reproduction d'une page unique ; ajoutées l'une à l'autre, les photographies reproduisent l'intégralité du *Codex de Syracuse*.

25

Tout le monde se mit à parler en même temps.

– Mais il a disparu depuis 1830 !

– Même le sergent Maysle ne l'a jamais vu !

Je me creusai la cervelle en train de décongeler.

– Est-ce que 1830 ne précède pas l'avènement de la photographie ? Sans parler de la photographie en couleurs ?

– Aha, dit Bowditch. Il va falloir qu'on te donne une bague de décodage[1] et un petit insigne, Danny.

– Argh harg hrgh.

Missy était tellement excitée qu'elle avait du mal, pour une fois, à trouver ses mots.

– Ce qui veut dire... Ce qui veut dire...

– Ce qui veut dire, oublie la photographie, conclus-je. Ce qui veut dire que l'original est vivant parmi nous. Alors où est-il ?

Missy me regarda, puis se tourna vers Bowditch.

– Où est-il ? Où est l'original ?

1. En pleine guerre froide, dans les années cinquante obsédées par les espions, les marques de céréales de petit déjeuner offraient des bons qui permettaient à l'heureux collectionneur de posséder une « bague de décodage » en plastique, grâce à laquelle, en déplaçant un cadran, il pouvait échanger des messages codés secrets avec ses amis, eux aussi possesseurs de la même bague.

Bowditch pointa le doigt sur moi.

– Danny sait toujours quelles questions poser.

– C'est parce qu'il n'a jamais les réponses, fit remarquer Missy. Il doit bien exister des reproductions de ce codex dans des livres, non ? Même si ces livres sont épuisés ? Dans des bibliothèques ? Des musées ?

Bowditch secoua la tête.

– Kestrel a raison. Le vol de 1830 a précédé la photographie, même si ç'a été tout juste. Cependant, la Bibliothèque nationale avait exécuté ce qu'on appelle une électrographie d'un sceau en cire au dos du codex juste avant le vol. Donc une photographie de ce même sceau revient à authentifier l'objet de façon presque certaine.

– Est-ce que vous voulez dire, en conclut Missy, qu'il n'existe pas de reproductions photographiques *légitimes* ?

– C'est tout à fait exact.

– L'album photos en tant que tel a une valeur intrinsèque ? demandai-je.

– Dans la mesure où l'album est une pièce unique – peut-être bien. Mais il est probable que ce n'est pas le cas.

– En tout état de cause, ce n'est pas l'album, le gros poisson.

– Non.

– Mais celui ou celle qui a pris les clichés nageait en compagnie du gros poisson, dit Missy.

Bowditch fit signe que oui.

– Les photographies représentent le codex d'origine. Elles sont récentes, et d'excellente qualité.

– Vous pouvez savoir de quand elles datent ? demanda Dave.

– Oh ouais, confirma Bowditch avec un hochement de la tête.

– En somme, cet album photos, c'est comme qui dirait... réfléchit Missy à haute voix. Comment les agents immobiliers appellent-ils ça, déjà ?

– Un prospectus, suggéra Bowditch.

– Exactement, un prospectus, dit Missy.

– Apparemment, c'est bien ça.

– Donc ce Melanofsky était un vendeur ? Qui travaillait à la commission ? estima Dave.

– Un vendeur, dit Bowditch en haussant les épaules, ou un acheteur.

– Quand, donc, une nouvelle fois, se situe le premier vol ? demandai-je.

– 1830.

– Et personne n'a revu ni le codex ni le reste du butin depuis ?

– Je n'ai pas dit ça. Certains parmi les objets volés ont été récupérés, entre-temps, dans des coins reculés du globe. En revanche, il y a un certain médaillon, dont il existe également une électrographie. Il s'agit d'un disque d'or massif, représentant le triomphe de Justinien sur les Vandales, et il n'a jamais refait surface. Pas plus que le codex, officiellement. Officieusement, cependant, il a été vu – il consulta son cahier – à Hong Kong, Monte-Carlo, Bâle...

Il releva les yeux.

– Ce qui nous amène à l'Irak.

– Il essaie de rentrer au bercail à Byzance, dit Missy d'un air rêveur.

– Le sergent Maysle commence son mémoire en expliquant comment le *Codex de Syracuse* s'est retrouvé propriété de l'État irakien. Elle esquisse son histoire illégale jusqu'au jour où il refait surface à Bagdad, peu après l'assassinat de Fayçal II, en 1958.

Bowditch se pinça l'arête du nez entre les doigts d'une main.

– Passons en mode avance rapide. Quelqu'un connaît la manière dont les Irakiens traitent un individu pris à sortir en fraude leurs objets d'art d'Irak ?

– Une tape sur la main ? suggéra Dave.

– La tape est appliquée aux deux mains, aux deux poignets plus exactement, par un tranchant bien affûté. Ensuite, le voleur reconnu coupable, maintenant doublement amputé, erre dans les rues de Bagdad toute la journée, tous les jours, un mois durant, en portant en guise de collier des mains sectionnées.

– Pas totalement satisfaisant, commenta Missy.

– Argh...

– Dans les cas extrêmes, c'est au cou que le tranchant s'applique.

– Mais, l'interrompis-je, est-ce que ce n'est pas simplement un moyen de gonfler les prix des œuvres d'art de contrebande ?

– Très astucieux, dit Bowditch.

– Donc combien vaut le codex ?

Bowditch pêcha une cigarette dans la poche de sa veste.

– Le chiffre qui nous a été donné est de dix millions de dollars.

– Ça en fait des loyers sur la baille, fit remarquer Dave.

– L'Irak existe depuis bien longtemps, songeai-je. C'était jadis la Mésopotamie. C'est là aussi que se trouvait le Jardin d'Éden... non ?

– C'est ce que nous dit le Bon Livre. La Bible.

– Ils doivent posséder des tonnes d'œuvres d'art nationales encore enfouies dans les sables.

– C'est exact. S'ils parviennent jamais à remettre de l'ordre dans leur politique, avec un bon chemin de fer à voie étroite et une bonne gestion, des centres commerciaux à air conditionné et que sais-je encore, ils obtiendront le plus chaud des pièges à touristes du Moyen-Orient.

– Oh, les joies du commerce, commenta Dave.

– Le fond de l'histoire, c'est qu'ils sont assis sur des antiquités et des merveilles archéologiques dont on n'a pas vu l'équivalent depuis la découverte de l'Égypte par Napoléon.

– Voyons voir, dit Dave en frottant ses joues mal rasées. Pourquoi je pense soudain à la guerre du Golfe ?

– Peut-être avez-vous une mentalité de criminel. Toujours est-il que dans un bar d'hôtel soumis au black-out pendant le bombardement de Bagdad, un journaliste de la télévision américaine s'est vu proposer l'achat du *Codex de Syracuse.*

– Attendez une minute, se plaignit Missy. Mes idées s'embrouillent. Et le mec de Sea Cliff alors ?

– Il arrive ensuite. Dave a raison pour la guerre du Golfe. C'est toute une histoire. Le journaliste a essayé d'en faire un livre. Il écrit horriblement mal, ajouta Bowditch avec une grimace.

– Il l'a publié ?

– Non, le livre est toujours à l'état de manuscrit – en fait, c'est un tirage d'imprimante. Nous l'avons découvert sous forme de données brutes sur le disque dur du Powerbook incinéré du journaliste.

– Vous avez dit incinéré ? demandai-je. Encore une fois ?

Bowditch opina du chef.

– Les données ont été récupérées par un expert des disques durs qui ont brûlé. Elles étaient aussi protégées. Le mot de passe était « Shirer ».

Dave plissa le sourcil.

– Comme dans William L.[1] ?

Nos deux regards, à Missy et à moi, se tournèrent vers Dave.

– *Le Troisième Reich : des origines à la chute* ?

– Oui. Journaleux ne possédait pas de disquettes de sauvegarde ni même un exemplaire sur papier – rien qui ait survécu à l'incendie, en tout cas. S'il faut

1. William L. Shirer, auteur de : *Le Troisième Reich : des origines à la chute.*

en croire les tartines qu'il a écrites – qui, souvent, sont invraisemblables –, son contact irakien l'a emmené dans une allée, lui a fait descendre un escalier en pierre très ancien, puis franchir un sous-sol humide, avant de l'entraîner dans les égouts. Son contact était armé d'un automatique et d'une étoile de Ninja, il a désarmé un piège, et ainsi de suite, patati patata. On trouve même des catacombes infestées de chauves-souris.

– On dirait bien qu'il s'est égaré plutôt loin des infos du soir.

– Physiquement et mentalement. Question détails, c'est de la soupe et du chiqué. Son paragraphe le plus réaliste nous apprend qu'il a déchiré une poche de sa veste Brioni sur un clou.

– Ça, c'est *affreux*, confirma Missy.

– Pour rendre justice à sa lucidité, il a également rédigé une longue réflexion sur la difficulté de trouver le ton correct pour son histoire, qu'il voyait comme un roman historique ; le ton, il ne l'a jamais trouvé. Au total, soupira Bowditch, ce n'est pas une lecture facile. Il semblerait en tout cas qu'il ait pris quelques risques. Par exemple, il a mis les cent mille dollars du prix d'achat du codex sur la note de frais de son équipe de télé à l'hôtel.

– Attendez une minute. Il a payé cent mille dollars pour une chose qui en vaut dix millions ? Ça fait une sacrée remise.

– Tu énonces les choses avec une clarté parfaite, Kestrel, dit Bowditch, et nous reviendrons à ce chiffre dans une minute. L'équipe de télévision était composée de vingt-cinq membres, tous ont mangé, bu et dormi dans cet hôtel pendant quatre ou cinq mois, aussi la petite arnaque du prix d'achat du codex n'a pas présenté un bien gros problème. Restait naturellement la question morale...

Bowditch s'éclaircit la gorge.

– Il a sorti le codex d'Irak en fraude et il l'a fait entrer aux États-Unis dans une cantine militaire pleine de manuels et de documentation technique relatifs aux connections satellite, à la compression des données, au traitement du signal, que sais-je encore. Dans son manuscrit – qui, à propos, s'intitule *Bagdad Connection*...

– *Ah, ah, ah*, dit la pièce, à l'unisson.

– ... Journaleux jure qu'il a fait cet achat uniquement pour la postérité, parce qu'il voulait sauver le *Codex de Syracuse*. Il s'est trouvé partagé entre le porter au musée d'Histoire naturelle, au Frick, au Smithsonian, à la National Geographic Society, au Getty, au British Museum, à Time-Warner, et une cinquantaine d'autres. Il a dressé un tableau des avantages et des inconvénients de chaque possibilité – je veux dire, avantages personnels, et désavantages personnels. Le bénéficiaire le plus logique d'entre tous, la Bibliothèque nationale de France, lui vint à l'esprit, mais il l'élimina en se fondant sur le principe qu'un esclandre diplomatique lié à une donation domestique serait bien préférable pour sa carrière. Il a franchement admis qu'il voulait signer un contrat d'édition juteux pour son livre avant d'autoriser quiconque à jeter ne serait-ce qu'un œil au codex. Il avait toujours voulu écrire un livre. Depuis le jour où Journaleux avait lu *Le Troisième Reich : des origines à la chute*, il avait le sentiment que tout ce qui lui avait toujours manqué, c'était une occasion historique égale à son talent. Le *Codex de Syracuse* était son billet d'entrée.

– Bowditch, dis-je en le regardant de mes yeux en fente, est-ce que vous inventez ?

– Non, et le journaleux n'inventait pas non plus. Il a défini par le détail un plan marketing : apparitions dans les librairies, signatures, lectures, animateurs préférés de talk-show pour les interviews, éditeurs – il a même cité le nom d'un agent publicitaire. Journaleux a établi la liste des gens des médias qui étaient en dette avec lui, des bras qu'il pourrait tordre pour obtenir interviews, profils et textes de couverture valant leur pesant d'or. Il a répertorié les noms d'agents, de directeurs de collection et de préparateurs de texte dont il pourrait forcer la main afin de faire publier son ouvrage dans les meilleures conditions et d'obtenir le maximum de presse. Il a cité une ancienne petite amie, rédactrice dans une revue, et digne de confiance, ainsi qu'il l'écrit, « pour mettre les points sur les *i* et les barres aux *t*, et rendre son flux d'impressions en vrac cohérent et lisible – bref, pour mettre en forme et discipliner ce Léviathan, qui suit mes jours comme une ombre et qui hante mes nuits ».

– Attention ! dit Dave.

– Il pouvait faire confiance à une autre petite amie, directrice artistique, pour placer bien à propos, au moment judicieux, un article sur « Les Antiquités perdues » dans son supplément dominical. Anticipant la demande, il a composé trois curriculum vitæ – cent mots, mille mots, et deux mille cinq cents mots. Plus long, a-t-il déclaré, ils allaient devoir le payer.

– Existe-t-il des faits concrets pour étayer votre récit ?

– Oh bien sûr, des tas. Il suffit juste de creuser un peu pour les trouver. La narration commence par Journaleux terré à Mill Valley. Il envisageait de raconter l'histoire par épisodes, sous la forme d'une série de vignettes, lui revenant comme autant de flash-backs depuis son jardin parfumé. Il y a eu des invités, vous comprenez. Ils ont bien mangé, ils ont bien bu, et maintenant ils sont repartis. Journaleux est assis avec une bouteille de cognac offerte un jour à William L. Shirer par *l'attaché de presse** de Philippe Pétain. Il a le regard plongé dans le barbecue, où rougeoient les briquettes, exactement comme ses souvenirs. Les crissements des criquets disparaissent dans les cliquetis de la chaînette de perles accrochée au ventilateur du plafond, au-dessus du bar du Hilton à Bagdad. Les quintes sporadiques de batteries antiaériennes dans le lointain ne peuvent éteindre la convivialité obstinée des correspondants réunis là. De tous les coins du monde, ils sont venus, ils sont tous là, journalistes et chacals de toutes origines...

À mesure que Bowditch, pris d'enthousiasme, se laissait emporter dans les profondeurs de son histoire, je commençais à entrevoir certains aspects du jeune flic qu'il avait un jour été. Ce fut comme de reconnaître le visage d'un vieil ami dans les traits d'un inconnu obèse. Il s'interrompit pour tirer sur sa cigarette. Quand elle ne lui délivra pas sa nicotine, il la sortit de sa bouche et la regarda. Il avait oublié de l'allumer. Il eut un sourire fatigué.

– Ce grand reporter, il avait un nom ? demanda Dave.

Bowditch frotta la mollette de son briquet jusqu'à ce que la flamme jaillisse.

– Son nom est – était – Kenneth Haypeak.

– Seigneur tout-puissant ! déclara Missy en nous faisant tous sursauter. Je me souviens de ce mec. C'était un moins que rien sur l'une de ces chaînes d'informations continues, jusqu'à ce qu'il devienne un Monsieur-SCUD, un des zozos qui causent dans le poste et qui se sont retrouvés pris au piège de Bagdad quand les bombardements ont commencé. On aurait dit un clone obtenu délibérément à partir de générations entières de demis de foot et de mannequins de mode.

Bowditch toussota.

– On les appelle des journalistes de télé.

– Il a trouvé la mort dans un... un grand incendie. C'était aux infos... Attendez une minute : c'est *Ken Haypeack* qui a volé le *Codex de Syracuse* ?

– Non, lui rappelai-je. Il l'a acheté.

– Mais cet homme avait l'air d'un parfait *idiot* ! hurla Missy.

– Non, lui rappelai-je, il l'a acheté très bon marché.

– Trop bon marché, indiqua Dave.

Bowditch pointa sa cigarette sur Dave.

– Tout à fait, dit-il, avant d'ajouter, en se tournant vers moi :

– T'as entendu parler de lui ?

– Regardez autour de vous. Vous voyez une télévision ?

Sans me quitter des yeux, Bowditch répondit :

– Nan.

– Je n'ai jamais entendu parler de lui.

– Jamais entendu ce qui lui était arrivé ?

– Non.

Dave sondait l'air devant lui de l'index, lorsque Missy claqua des doigts à son attention :

– Attendez... Il... Je me souviens. Il... Oh ! C'était *quoi*, le nom de la fille ?

– Myra, Manta, Minna, Minola... ? dit Dave.

– Carrington ! s'exclama Missy, en pointant le doigt en sens inverse. La fille de la météo.

Dave claqua des doigts.

– Moira Carrington !

– C'est ça !

– La fille de la météo ?

Mon regard passa de Dave à Missy à Bowditch.

– La fille de la météo ? ?

Bowditch haussa les épaules.

– Il lui est arrivé quoi ?

– La même chose qu'à Haypeak, dit Dave.

– Ils ont péri dans un incendie, dit Missy. Affreux.

– *Un autre* incendie ? Il y en a combien dans cette foutue histoire ?

– Quatre, répondit Bowditch, si on compte celui du Pier 70. Dans le cas de Journaleux et de Miss

Météo, c'est le mignon petit chalet de Mill Valley qui a illuminé le ciel de nuit.

Il suivit des yeux la fumée qui montait de l'extrémité de sa cigarette.

– Elle et lui ont été réduits en cendres.

– Vous avez pu les identifier ? Au contraire du mystérieux locataire de Sea Cliff ?

– À l'époque, dit Bowditch, il a été difficile de trouver quelqu'un qui ne les connaissait pas.

– Laissez-moi deviner : il n'y avait pas de *Codex de Syracuse* dans le four ?

– Pas que nous ayons remarqué, répondit Bowditch avec une moue.

– Et un album de photos ?

– C'est drôle que tu poses la question.

– C'est Haypeak qui a pris les clichés, dit Dave.

Bowditch, de la tête, fit signe que oui.

– L'incendie de Mill Valley a démarré à l'arrière de la maison, dans un placard que Haypeak utilisait comme chambre noire. Il y stockait les produits chimiques pour ses développements, en même temps qu'une grosse quantité d'essence.

Sans dire un mot, Dave se passa un doigt tendu sous la gorge.

Missy frissonna.

– Je passais le week-end avec les Caplin à ce moment-là. Ils possèdent une grande maison tout en haut de Cleveland Avenue, au-dessus de Tamalpais Junction. La télévision a monté le coup sur la multiplication des cambriolages à domicile, ce qui a rendu tout le monde nerveux. Les journalistes ont déclaré que Haypeak et Carrington avaient des invités pour l'apéritif et le dîner ce soir-là. Le système de sécurité était resté désactivé quand ils sont allés se coucher...

– Vous l'avez entendu aux infos, fit remarquer Dave, donc ça doit être vrai.

– C'est une histoire compliquée, dis-je.

Bowditch haussa les épaules.

– De la façon dont je vois les choses, Haypeak a été le pigeon.

– Il a été embobiné ?

– Par cet autre mec ?

– Celui de Sea Cliff ?

– C'est possible, mais je ne le pense pas. Nous avons effectivement appris par les listings téléphoniques que Melanofsky et Haypeak avaient beaucoup discuté. Les meurtriers avaient un cran d'avance sur nous. Ces tarés se sont donné bien du mal pour faire passer les deux éliminations pour des cambriolages. Tous les bijoux de Miss Météo ont été dérobés, par exemple. Mais elle ne vivait pas avec Haypeak, en réalité, et sa maison de ville à Manhattan était pleine de bijoux. Des trucs de choix. Les bijoux, c'était son moyen de protection à elle contre le jour où elle n'aurait plus l'air assez jeune pour annoncer le temps qu'il ferait sans apparaître comme une menace. Nous avons retrouvé un courtier en pierres qui nous a dit que les bijoux, c'est ce qui amusait Miss Carrington, mais c'était aussi un investissement sérieux. On avait remarqué son penchant pour les pierres précieuses quand les rubriques de cancans des journaux ont parlé de sa liaison avec Haypeak.

– Donc s'ils en voulaient à sa collection, ils l'avaient descendue au mauvais moment ?

Bowditch ne tint pas compte de ma question.

– Ce foutu *Codex de Syracuse* vaut dix millions de dollars. Il a une importance historique et savante, donc s'y adjoint un facteur de prestige. Les deux parasites se faisaient trois cent mille à eux deux dans l'année – et puis après ? Comparé au codex, c'est rien. Bien sûr, les tueurs ont pris les cailloux qu'elle avait avec elle. Ils ont volé la Rolex et la Jeep de Haypeak également. Nous avons retrouvé la voiture deux semaines plus tard dans un parking longue durée à l'aéroport d'Oakland. Ce qui colle parfaitement avec l'idée d'un cambriolage à domicile.

« L'incendie de Mill Valley nous a conduits aux listings téléphoniques qui nous ont renvoyés à Sea Cliff. Rajoutez-y la chambre noire, que nous avons pu relier à l'album photos. Le disque dur du Powerbook nous a donné l'histoire de Bagdad. Il fallait que le prix soit le codex.

« Haypeak a été pigeonné, aucun doute là-dessus. Il était suffisamment stupide, suffisamment vaniteux, suffisamment ambitieux – exactement ce dont quelqu'un avait besoin –, mais, détail d'importance capitale, il pouvait quitter l'Irak et rentrer aux États-Unis sans attirer, ou si peu, l'attention des autorités. Qui d'autre pouvait faire cela ? Saddam Hussein voulait les médias là-bas, les Alliés voulaient les médias là-bas, les médias voulaient les médias là-bas – tous les habitants de la planète en possession d'une télévision les voulaient là-bas. C'était parfait. Un bon arnaqueur aurait pu repérer ce Haypeak à minuit le soir de Halloween, sur Castro et la 18e. Ils l'ont vraiment épinglé. Ils ont obtenu de Haypeak qu'il les *paie*, eux, pour que *lui* fasse sortir en douce *leur* codex d'Irak avant de le passer aux U.S. Ç'a été superbe. Cent mille billets ! *Le Troisième Reich : des origines à la chute,* mon cul !

– Argh, marmonna Dave.

Bowditch secoua la tête.

– Selon le premier jet sur le disque dur, la Bagdad Connection a servi à Haypeak l'histoire que le *Codex de Syracuse* avait disparu au cours du transport, en compagnie d'un paquet d'autres antiquités, dans un camion bombardé depuis un palais de Saddam Hussein devenu la cible de Tempête du Désert. Parce que, sûrement, ce palais, lui, le journaliste, il s'en souvenait ? Quand un missile l'avait fait exploser, c'est lui qui avait couvert l'événement. On l'avait vu debout devant les décombres fumants sur les écrans de toutes les télévisions du globe. Il avait fait remarquer combien le bombardement avait été précis, tellement précis qu'il avait raté l'hôpital du bout de la rue !

« Haypeak a écrit que, grâce à une circonstance purement fortuite – non que moi, un inspecteur de la Criminelle, je croie aux circonstances *fortuites* –, il savait exactement ce que lui proposait sa Bagdad Connection. Ne lui avait-on pas offert une visite guidée à peine quelques semaines auparavant ? Ne se souvenait-il pas d'avoir vu le codex dans son présentoir ?

– S'il en savait tant que ça, dit Dave, on pourrait penser qu'il en avait appris suffisamment pour jeter un regard plus attentif au marché qu'on lui proposait et retourner dare-dare à la caravane de maquillage.

– Tout-à-fait-putain, confirma Bowditch, avant d'adresser un signe de tête à Missy : Excusez mon langage.

Missy prit un air perplexe.

– Je ne pige pas.

– Bien sûr que si, dit Bowditch. Haypeak croyait qu'il tenait toutes les cartes en main parce que c'était lui le mec qui allait sortir le codex du pays. Pour quelle autre raison le mettre dans le coup ? Mais c'était sa seule et unique grosse carte. C'est *lui* qui aurait dû *leur* faire payer ce service. Sortir la chose du pays, la leur rendre, se faire cent plaques ou quoi que ce soit, fin de l'histoire. Et alors il n'aurait pas eu le moindre problème. Mais à un moment donné, il est devenu ambitieux. Et alors, rien que pour prouver à quel point il pouvait être stupide, il a refusé de donner le codex quand ils sont venus le chercher. Peut-être même s'est-il battu pour obtenir un remboursement des cent plaques prises sur le compte de sa chaîne. Mais pour une raison étrange, ces gens ont pensé que le codex leur appartenait de plein droit et que Haypeak n'était qu'un pigeon et un coursier. Ils étaient certainement armés, mais ils se sont pointés avec aussi des allumettes et de l'essence. De vrais méchants. Haypeak partait bon perdant depuis la case départ.

– Vous voulez dire, intervint Missy, qu'il n'avait pas simplement affaire à un petit voleur tout ce qu'il y a de plus banal ? Haypeak était... un homme mort... depuis, comme vous dites, la case départ ?

– Vous êtes adorable, dit Dave. Argh harg hrgh.

– Dès l'instant où il a dit oui, confirma Bowditch, il était cuit.

– Alors, qui a volé le codex au départ ? demanda Missy, quelque peu sidérée.

– Est-ce que ç'aurait pu être le mec de Sea Cliff ? proposa Dave.

– Le mec de Sea Cliff était la Bagdad Connection ? dit Missy, en pleine réflexion, les idées se mélangeant dans sa tête.

– Je ne le pense pas, mademoiselle James, dit Bowditch.

Dave haussa un sourcil.

– Alors à qui Haypeak a-t-il acheté le codex ?

Le regard de Missy allait de l'une à l'autre des personnes présentes dans la pièce.

– Qui était la Bagdad Connection ? insista-t-elle.

– Gerald Renquist, dis-je.

Missy poussa un hurlement.

Dave éclata de rire.

Bowditch faillit sourire.

26

– Je perds la tête, dit Missy, le front soucieux. Est-ce que l'hypothermie est contagieuse ?

– La seule ligne droite de cette histoire, déclara Bowditch, c'est que tous les gens qui s'y trouvent impliqués sont complètement tordus. Dès que quelqu'un s'approche de ce *Codex de Syracuse*, sa réalité se déforme.

– C'est donc Haypeak qui a sorti le codex d'Irak en fraude, insista Missy. Parce qu'il s'est fait embobiner par Gerald Renquist ? C'est ça que vous êtes en train de nous dire ?

Bowditch fit signe que oui.

– C'est pratiquement une certitude. Renquist parlait l'arabe, l'anglais, le français, le farsi, et un peu de russe. Vous le saviez ?

– Eh bien, oui, je le savais, répondit Missy. Il est diplômé de Stanford en langues étrangères, avec mention très bien. Un mec brillant.

– Qu'est-ce qu'il fabriquait alors, à servir les boissons aux vernissages de sa mère ?

– Ça allait de soi. Girly a vendu des tas d'œuvres d'art à de riches Iraniens au début des années soixante-dix. Après la révolution, elle leur en a racheté des quantités, à bas prix. Vous vous souvenez de tous ces mecs qui ont colonisé Beverly Hills après Khomeiny ?

Elle claqua des doigts et pistonna des deux avant-bras parallèles à ses flancs en chantant :

– *Ya, ya, ya, ya....stayin' alive...*

– Seigneur Jésus, Missy, dis-je. J'essaie de reprendre du poil de la bête.

– Comment se fait-il que vous en sachiez tant ? demanda Bowditch.

– Sur qui ? Sur les Iraniens ?

– Non, sur les Renquist. Parlez-nous un peu de Girly.

– C'est le surnom d'Arlene. Renquist était son second mari.

Bowditch sortit un petit calepin de la poche de poitrine de sa veste.

– Harold Renquist ? Le promoteur immobilier ? dit-il en pointant son stylo sur Missy. Le mec qui était propriétaire des terrains sur lesquels on a construit le siège central de la Squirebank ?

– C'est bien ça, Lieutenant. J'avais oublié, répondit-elle en se tournant vers moi. En fait, c'est Tommy Wong qui a conçu l'immeuble. Ç'a été une de ses premières grosses commandes.

– Tommy Wong ? demanda Bowditch en plissant les yeux.

– L'architecte. Je l'ai présenté à Danny juste l'autre... c'était quand, déjà ? *Hier ?*

Je réfléchis un instant.

– Aucune idée.

– Danny voulait poser à Tommy quelques questions sur Renée Knowles, vous comprenez...

Elle s'interrompit.

– Oui ? demanda Bowditch en attente de la suite, en faisant montre d'une patience insidieuse. Et très exactement, qu'est-ce que tu essayais de découvrir concernant Mme Knowles, Kestrel ?

– Euh, rien de bien précis, Inspecteur. Je me suis dit que, puisque vous en aviez après moi, et que Missy sait que je suis innocent, et que Missy et Renée gravitent – gravitaient – dans les mêmes cercles...

– Je te demande bien pardon, dit Missy. Je ne gravitais pas, pour reprendre ton expression, avec cette fille des rues.

– Qu'est-ce qui vous fait dire ça, madame James ?

– Dire quoi ?

– Fille des rues.

– Eh bien, renifla Missy d'un air pincé. C'est une question de classe, n'est-ce pas ?

– En langage clair, vous en aviez, et pas elle ?

– En un mot ? Absolument.

– Je vois. Aimeriez-vous nous faire part officiellement de quelques-uns de vos critères distinctifs ?

– Eh bien, en premier lieu, moi, je suis du monde des vivants, ce qui n'est pas le cas de Renée Knowles.

Bowditch haussa un sourcil.

– Missy, dis-je avec lassitude, tu es en train d'exhiber à l'inspecteur un de tes travers les moins séduisants.

– Oh, je vois, dit-elle avec condescendance. À peine ai-je réinsufflé assez de vie dans ton cadavre gelé que tu mords le sein qui t'a nourri ?

– C'est moi qui mélange les métaphores ici, dit Bowditch.

– Hé, hé, petite dame, dit Dave. Prenez donc une petite métaphore sur glace, avec un zeste. Secouée, mais pas mélangée. Argh harg hrgh.

Missy fit la moue.

– Allez, la cajola Dave.

D'un air agacé, elle s'envoya une petite dose de vodka.

– Ce P-Prozac, tu en prends souvent ? demandai-je.

AMBRE
&
AMETHYSTE

Fabrication & Importation
de bijoux En Argent et pierres

(Réparation & Modification)

GIUDICE - LEÒNARD
Artisans

ST CIRQ LAPOPIE

Tél: 0565317206
: 0565220644

353 513 435 RCS CAHORS

– Tous les jours, répondit Missy sans croiser le regard de quiconque.

– Et ça marche ?

– Cette ordonnance-là, il faudra qu'on l'arrache des doigts de mon cadavre.

Dave l'examina un instant avant de se mettre à rire sans conviction.

Missy poursuivit :

– Tommy Wong connaissait bien les Renquist. Tout le temps que Girly est restée mariée à Harold Renquist, elle a travaillé comme décoratrice pour Tommy Wong. Ce qui n'était pas rien, loin de là. Elle louait et achetait toiles et sculptures pour les divers clients de Tommy Wong avant qu'ils prennent possession de grands immeubles commerciaux aussi bien qu'après. Elle a dû en décorer une douzaine avec Tommy et Harold. L'immeuble du siège central de Squirebank, par exemple, fait soixante étages, et il y a une toile dans le hall de chaque cage d'ascenseur. Le hall d'entrée a quelque chose comme dix objets d'art en exposition permanente. Chacune de ces œuvres passait entre les mains de Girly.

« Quand elle a divorcé de Harold – la chose a dû se produire alors que le projet Squirebank était à mi-chemin –, son téléphone a cessé de sonner. Tommy ne l'a plus jamais engagée.

– Le mari a dit à Tommy Wong de la larguer aux oubliettes ? demanda Bowditch.

– Oh, non, répondit Missy en relevant la tête. Bien sûr que non. Harold n'a été que trop heureux de se présenter devant le tribunal des divorces et de bien montrer que, du fait de sa carrière professionnelle comme décoratrice de renom, son épouse, bientôt ex-, disposait de revenus personnels substantiels. Tommy a attendu que le divorce soit effectif, et il l'a laissée tomber. Comme ça. En ce qui le concernait, le travail de décorateur était un boulot en or qu'il attribuait au gré de ses convenances. Il utilisait Girly uniquement parce que celle-ci était l'épouse de son plus gros client. Dès qu'elle a disparu de l'existence de Harold, elle a également disparu de la liste des sous-traitants de Tommy Wong.

– Est-ce que ç'a été un choc pour elle ?

– Tout à fait. Girly n'est pas des plus intelligentes. Elle s'était convaincue qu'elle obtenait tous ces contrats par le seul mérite de son travail et non grâce aux relations de son époux.

– Serait-il juste de dire qu'il existait une animosité disons résiduelle ?

– Une animosité résiduelle, sourit Missy.

Le stylo de Bowditch resta suspendu au-dessus de son calepin.

– Si je me souviens bien, soupira Missy, l'immeuble de la Squirebank valait quelque chose comme deux cent cinquante millions de dollars. C'était à l'époque où un million de dollars représentait encore quelque chose. Pas comme aujourd'hui.

– C'est bien vrai, ça, dit Dave. Aujourd'hui, un million de dollars, ça représente plus que dalle.

– La commission de Tommy se montait à trois pour cent, je crois. Quelque chose comme ça.

– Ce qui fait sept millions et demi de dollars, se dépêcha de calculer Dave.

– Ce contrat a établi et sa fortune et sa réputation, acquiesça Missy.

– Comment tout cela a-t-il affecté Gerald Renquist ? demanda Bowditch.

– Gerald était à Stanford à l'époque. Pendant le règlement du divorce, sa mère a pris un gros bouillon financier. Stanford coûte très cher. Gerald a dû se mettre au travail. Ce qui a été très gênant pour lui.

– Quoi, grommela Bowditch. Le môme a été gêné parce qu'il a dû chercher du boulot ?

– Moi, je suis toujours très gêné quand je dois en trouver un, fit remarquer Dave.

– *Awwww*, résonnèrent trois voix à l'unisson.

– Mais il a appris très vite.

– Qu'est-ce qu'il a fait ?

– Il est allé immédiatement voir Tommy Wong.

– Que je sois pendu, dit Bowditch en prenant une note.

– Il a dit : Écoutez, Tommy. Je sais que vous supportez sans rien dire le mauvais goût de ma mère depuis des années, et que c'est uniquement à cause de mon beau-père, exact ? Tommy a répondu : Gerald, vous êtes très perspicace. Après que j'ai vu la manière dont elle a orchestré la décoration du Corduroy Terrapin à Burlingame[1], un véritable fiasco, j'ai compris que ce n'était plus qu'une question de temps, pour ce qui était du bon goût de Girly et de mes immeubles. Et Gerald a rappelé à Tommy une maison d'hôtes victorienne que Girly avait décorée, très chic, deux ans auparavant. Tommy s'en souvenait, naturellement, et il a aisément reconnu que le travail était de premier ordre, en ajoutant que Girly s'était gagné une rémission par ce contrat. Je suis heureux que vous soyez de cet avis, a déclaré Gerald, parce que, depuis l'écritoire sculpté main de Hector Guimard dans la bibliothèque jusqu'aux motifs fleuris en fonte moulée des ferrures de serrures, c'est *moi* qui ai fait tout le travail – sous le nom de Mère, bien évidemment ; parce que Mère est restée en cure de désintoxication tout ce temps-là.

« Naturellement, Tommy en est resté baba – et aux anges. On ne peut pas lui enlever ça, Tommy a

1. Burlingame est une ville au sud de San Francisco. S'y trouvait un restaurant chic du nom de *The Velvet Turtle*, la Tortue de Velours. *Corduroy* signifie velours côtelé, et *Terrapin* est une tortue d'eau douce.

l'œil. Et son œil avait reconnu immédiatement que la réhabilitation de cet immeuble victorien avait été à des lieues du travail habituel de Girly. Il avait à l'époque soupçonné Girly d'avoir sous-traité en secret ce contrat afin d'obtenir une qualité qui dépassait ses compétences habituelles. Il ne lui a pas fallu grand-chose pour être convaincu que c'était bien l'œuvre de Gerald et non de Girly. Et à compter de ce jour-là, Tommy Wong et Gerald Renquist n'ont pas cessé de travailler ensemble, contrat après contrat. Je ne suis pas sûre de savoir si Girly s'est jamais bien rendu compte de ce qui s'était passé. Tommy et Gerald ont également été amants, un temps très bref. Mais leur liaison a très vite cédé la place à un professionnalisme très chaste. Entre-temps, Girly a rendu son ex-mari responsable de tout. Après le décès de Harold, qui est mort d'une crise cardiaque dans cet établissement de bains sur Geary, il ne restait plus personne pour lui éclairer sa lanterne.

– C'est difficile à battre, hein ? dit Dave. Il a piqué son boulot à sa propre mère.

– Un établissement de bains sur Geary, nota Bowditch sur son calepin en hochant la tête.

– Je suis atterré, comme d'habitude, dis-je.

Missy fixa son point de mire à mi-distance.

– Ça, ce n'est rien. De combien de temps disposez-vous ? demanda Missy.

– Tout ceci est du plus grand intérêt, madame James, dit Bowditch.

– Mademoiselle, sourit Missy d'un air charmeur.

Bowditch inclina la tête très poliment.

– Je dispose de tout le temps nécessaire.

– Est-ce que cela signifie qu'il existe un lien entre Renée, Tommy Wong, Gerald Renquist, et... ?

– Bagdad ? dit Bowditch. Je ne sais pas. Mais il y a peu de doute sur le fait que l'homme que Haypeak a entendu parler au moins trois langues sans accent, et qui lui a vendu le codex, était Gerald Renquist.

– Vous pouvez le prouver ?

– Vu l'intérêt de Gerald Renquist pour les antiquités au marché gris, le ministère des Finances avait des dossiers sur lui. En outre, nous tenons pour un fait certain que la guerre a obligé Gerald à rester en Irak. Ce que vous venez de nous apprendre sur son opportunisme, dit-il avec un signe de tête à l'adresse de Missy, indique qu'il avait suffisamment de culot pour manipuler une petite chose comme la guerre du Golfe dans son propre intérêt. Ce que, précisément, nous sommes convaincus qu'il a fait. Naturellement, il n'y a pas de preuves.

– Nous... ?

– Le SFPD, la police de San Francisco, et n'oublions pas les Irakiens. De manière officieuse, bien sûr. Officiellement, nous ne parlons pas aux Irakiens.

– Mais qu'est-ce qu'ils peuvent bien y faire ?

Bowditch haussa les épaules.

– Tant que l'embargo est en vigueur, très peu de choses. Avec, cependant, je dois le préciser, une exception.

– Oui ? demanda Missy, impatiente.

– Les chasseurs de primes.

Bowditch me prit en plein dans la ligne de mire de son regard. Et les trois autres aussi.

– Ohhhh, dis-je. Des chasseurs de primes. Alors ça, c'est *magnifique*. Nous sommes où, là ? Dans un jeu vidéo ?

– Rêve toujours. On a tout le temps recours à des professionnels pour récupérer les œuvres d'art et les antiquités volées – ou pour se procurer les éléments nécessaires à une guerre bactériologique. Mais il y a ensuite les amateurs free-lance qui surveillent les contractants afin de pouvoir partir en chasse de leur côté.

– Des free-lance, répétai-je stupidement.

– Et à ton avis, c'est quelle catégorie qui a voulu t'expédier aux oubliettes ?

– Euh... Des free-lance ?

– C'est à toi que je pose la question.

– Ils n'étaient pas très doués. Ça peut vous aider ?

– Il est très rare que des professionnels commettent des erreurs. Ce qui me fait penser... Ce mec, tu l'as cogné vraiment fort ?

Tout le monde se tourna vers moi.

– Plutôt, oui, répondis-je après une minute.

Bowditch sortit un cliché polaroïd de sa mallette et me le tendit. J'essayai de ne pas le montrer à Missy, mais elle le vit malgré tout, et se recula avec un haut-le-cœur.

L'éclairage était impitoyable. Le peu de vêtements qui restaient s'étaient fondus au peu de chair encore visible. Cheveux et poils avaient disparu, non seulement les sourcils et les cils, mais aussi les paupières. Les globes oculaires bouillis avaient jailli de leurs orbites. Oreilles, nez et autres appendices de chair n'existaient plus. Le crâne aveugle fixait le photographe, et nous.

Autour du cadavre s'étalaient des débris de bois calciné, des restants de chaise, des pieds de table. Avait-il expiré avant que les flammes l'atteignent ? Ou était-il encore conscient ? Dans un cas comme dans l'autre, la fin de Vendeur de Bagnoles avait été horrible.

– Alors ? voulut savoir Bowditch.

– Ça pourrait bien être le mec en question, dis-je en tendant la photo à bout de bras. C'est difficile à dire.

– Il est certain qu'il s'est fait tuer, dit Bowditch d'un ton badin.

– Cette chose noire ? dis-je.

Il regarda la photo sans la toucher.

– Dans le coin supérieur gauche ?

– C'est un godemiché.

– Quoi ? dit Missy en s'emparant de la photo. Laissez-moi voir ça.

– Eh bien, dites donc, lâcha Bowditch avec un signe de tête.

Je me demandai à quand remontait la dernière fois où il avait été surpris dans l'exercice de ses fonctions.

Missy tendit la photo à Dave. Qui la regarda, puis se tourna vers Missy. Ils hochèrent la tête de conserve. Dave rendit le cliché à Bowditch.

– Si vous obtenez une photo acceptable de ce mec, dis-je, vous pourriez tenter de la montrer à Dave.

Bowditch n'ergota pas.

– Si c'était bien un free-lance, il y a fort à parier qu'il n'en était pas à son premier faux pas.

– Non, c'était juste son dernier, fis-je remarquer.

Bowditch prit note.

– Il y aura certainement un cliché anthropométrique quelque part.

– Un godemiché, dit Dave.

– Je suis choquée, dit Missy.

– Je suis enchanté, dit Bowditch.

VII

Les parasites

27

Le studio de John Plenty sur Potrero Hill était un garage reconverti surmonté d'un loft sur le tiers arrière.

Vous pouviez y entrer sans quitter le volant, s'il vous en laissait l'occasion. Mais son 4×4 Ford Explorer, aussi vaste que mon appartement, occupait habituellement tout l'espace du parking. Parfois, la nuit, ivre, le studio plongé dans l'obscurité, John allumait les phares de l'Explorer sur un quelconque portrait d'un quelconque chien perdu sans collier de la haute qu'il était occupé à peindre. Il s'asseyait à la place du conducteur et se faisait exploser la sensibilité artistique à coups de whisky au litre et de rock and roll aussi fort que sa radio le lui permettait. Une heure durant ou à peu près, il observait son ouvrage qui le regardait en retour à travers le pare-brise, et il se haïssait.

La portraiture des gens de la haute, voilà ce que faisait John, et il le faisait bien. Il n'était pas bon marché, chaque nouvelle œuvre valant un peu plus que la précédente, et il se faisait un point d'honneur de récriminer sur l'insuffisance de la compensation financière, en insistant sur le fait que chaque portrait lui coûtait plus qu'il n'en coûtait à son propriétaire. Et que Dorian Gray vienne en aide au sujet gracieux qui déclinait l'offre du maître, à savoir coucher avec lui, de crainte alors que les côtés sombres du talent d'artiste de John n'enveloppent le portrait de la dame comme d'une pestilence, de crainte qu'il ne peigne le sujet comme déjà cadavre, avec effectivement un résultat final qui en effrayait plus d'un. Thanatos, la mort comme notion philosophique, la mort comme mode d'existence, la mort vivante, devenait le sujet du portrait, avec celle qui posait en guise d'ossature du thème choisi et illustration de cette ultime métaphore. Dans l'exégèse de la frustration qui était la sienne, et que la plupart qualifieraient de furie, le talent de John Plenty prévalait toujours, et lesdits portraits étaient chéris par les gens aux nerfs assez solides pour reconnaître ce que l'artiste était capable d'y accomplir. La plupart de ses clients, naturellement, se contentaient d'être scandalisés, même s'ils n'étaient pas cocus. De temps à autre, l'un d'eux acceptait de payer sa commission au peintre uniquement pour avoir le droit de détruire l'œuvre. Ce qui avait servi d'argument publicitaire, et les prix de John avaient grimpé en flèche.

Le problème était que John, qui semblait l'incarnation même d'un génie, même mineur, de la Renaissance en train de faire la pute devant le pape ou les Medicis, se révélait irrésistible aux yeux de ces femmes. Mineur ou pas, il était aussi proche que possible d'un élan créateur authentique. La plupart de ces femmes le connaissaient, et nombreuses étaient celles qui agissaient de la seule manière qu'elles connaissaient : elles couchaient avec lui. Précis, détaillés, délicats, tendres, au rendu atteignant au sublime, c'étaient les portraits de celles qui s'étaient soumises à lui qui rendaient John quasiment fou. L'alcool, dont il consommait de grandes quantités, ne l'aidait en rien. Pas plus que certains facteurs psychologiques. Son père, par exemple, avait fait carrière dans les Marines, et il méprisait John parce que son fils était artiste. John, garçon délicat, avait passé toute sa jeunesse à écouter le père dénigrer la mère parce que celle-ci défendait, plus encore entretenait, le talent évident de leur enfant unique. Lorsqu'un gentil portraitiste du cru, qui se trouvait être homosexuel, avait pris John sous son aile en lui donnant cours et matériel, gratuitement ou à prix coûtant, le désaccord familial avait pris un virage abrupt pour se transformer en rupture totale. Le père de John, sincèrement gêné par les fréquentations de son fils, conçut et diffusa à qui voulait l'entendre l'idée bizarre que le fils qu'il avait élevé comme son propre fils ne pouvait pas être, en toute logique – n'était pas, en fait –, sa propre chair et son propre sang.

Simple petit à-côté, le fait que, par un régime sévère et rarement transgressé, John s'efforçait de rester, à cinquante-trois ans, dans la même forme physique éblouissante que son père à vingt ans, quand ce dernier avait jailli d'une péniche de débarquement et sauté sur la plage d'Iwo Jima chargé de vingt-cinq kilos d'équipement. Mais l'âge et la boisson commençaient à imposer leur tribut.

Les clients de John ne savaient pas quoi faire d'une toile non encadrée. Aussi un cadre Kestrel en était-il arrivé à faire partie intégrante de son prix d'achat : « Portraits de John Plenty », disait son affiche en grands caractères ; avec, en caractères plus petits, « vernis, encadrés, livrés, installés ». Les cadres variaient, allant de moulures plus ou moins simples à d'autres plus complexes, aux sculptures élaborées, et leur prix était négocié par John ou ses agents, qui se fondaient pour ce faire sur mon propre prix et le jugement esthétique de John. L'association nous apportait satisfaction à tous deux. En premier lieu, à moins qu'ils ne veuillent visiter mon atelier et examiner en détail la moulure que je travaillais, je n'étais pas obligé de traiter avec les clients de John, dont la plupart, de mon point de vue, étaient difficiles, gâtés et incultes. Je considérais ces traits de caractère comme indésirables, mais John se délectait à les contrecarrer ou même à s'en moquer. Ses façons de prédateur ne me regardaient en rien, néanmoins ; de la même manière que mes modestes finances n'étaient pas son rayon. Au fil des ans, entre les chèques généreux et les extraordinaires bouteilles de vin, nous étions devenus amis, en quelque sorte.

La nuit était tombée depuis un bon moment lorsque j'arrivai au studio de John Plenty dont je me mis à cogner la façade en tôle ondulée. Il y avait aussi un laps de temps certain que le bonhomme n'était plus sobre.

Son accueil se limita à un grommellement, accompagné des relents caractéristiques de poudre d'arme à feu. Il ferma la porte et m'indiqua du geste deux fauteuils dans un coin du studio pendant qu'il s'en allait chercher un verre et de la glace. L'espace entre les fauteuils était occupé par une table basse sur laquelle, à côté d'une bouteille de Jameson, étaient posés une boîte de cartouches et un automatique calibre .25 à canon long. Des douilles gisaient un peu partout, sur la table et par terre autour des sièges. Il y en avait même une dans le verre de whisky, brillant d'une lueur mate sous les glaçons.

À l'autre bout de l'atelier, un projecteur accroché par une pince au plafond envoyait à l'oblique son faisceau sur un portrait non encadré suspendu à hauteur d'homme sur le mur. Je m'avançai jusque-là pour jeter un œil. La toile était à une bonne quinzaine de mètres de l'endroit où John s'était assis pour tirer sur elle. Si son but était de découper une série d'orifices autour de l'adorable visage sur la peinture, il en était au tiers de la tâche qu'il s'était fixée, et il s'en sortait plutôt bien. Le sujet du portrait était Renée Knowles.

– Glace, dit lourdement John. Verre.

Il était sacrément parti.

– Merci.

Je revins vers les fauteuils et John me tendit le verre. S'y trouvaient deux glaçons. Le reste était du whisky.

– Plutôt bien dosé, celui-là.

Il remplit son propre verre, ce qui laissa la bouteille aux trois quarts vide, et s'affala dans son fauteuil.

– Tu n'auras plus grand-chose pour une deuxième tournée.

Un peu de whisky éclaboussa sa chemise italienne bouffante sans qu'il le remarque.

– À moins qu'on ne se risque à aller en chercher une autre.

– C'est moi qui conduirai, lui assurai-je gaiement, en m'installant dans l'autre fauteuil.

John avala une longue gorgée, posa le verre sur la table, et prit le pistolet. Sans un mot, il l'aligna sur la cible et écrasa la détente. On entendit un déclic, mais pas de détonation.

– Saleté.

– Je déteste quand ça arrive, dis-je plaisamment.

– J'étais en train de recharger, dit-il en roulant les yeux au plafond tandis qu'il dégageait le chargeur vide, quand j'ai été grossièrement interrompu.

Il se mit à extraire des balles du polystyrène dans la boîte de munitions et à les engager dans le chargeur.

– Comment, pas de têtes creuses ? commentai-je gentiment.

– C'est d'autant plus regrettable.

– Est-ce que tu peux toujours te procurer des têtes creuses ?

– Danny, répondit John d'un ton fatigué, on peut obtenir tout ce qu'on veut. Tu ne l'avais pas encore remarqué ?

– Non, dis-je d'un air songeur. C'est un fait que je n'avais pas remarqué.

De la paume, il enfonça le chargeur dans la crosse du pistolet, fit monter une cartouche dans la chambre, et tira. Un petit nuage de poussière dériva doucement du mur en parpaings derrière le portrait jusqu'à terre. La douille tomba en cliquetant sur le sol en béton.

– C'est un .25, ça ? demandai-je. On dirait un pistolet de tir sur cible.

– C'est ce que c'est.

– Et ça tire droit ?

Il tira.

– Très droit.

Il fit feu à nouveau, une deuxième puis une troisième fois. Après un petit temps d'arrêt, il vida le chargeur – cinq ou six balles supplémentaires – sur le portrait.

– Va jeter un œil, dit-il en prenant une gorgée de whisky.

– J'en ai rien à foutre, répondis-je.

– Ouais, dit-il. Il y a de ça.

Je laissai filer le regard jusqu'au bout de la pièce.

– Et toi ?

Il réfléchit.

– C'est difficile de peindre quelque chose qui n'existe plus.

John n'avait jamais été capable de peindre d'imagination, pour la simple raison que toute son imagination avait été épuisée par son expérience au Viêt-Nam, autre petit à-côté du conflit avec son père. Ce qu'il peignait devait donc être assis en face de lui. Et il lui fallait aussi le temps de le peindre. Cette nécessité embrasait l'intimité qui naissait presque toujours entre lui, le peintre, et le modèle, la femme qui posait pour lui.

– Tu as déjà peint Renée par le passé.

– Je l'ai effectivement peinte par le passé.

– Deux ou trois fois.

– Exact.

– Knowles a payé les tableaux ?

– Pas celui-ci.

– Il n'est pas terminé.

John reposa son verre et libéra le chargeur vide.

– Pas encore, non.

Je réfléchis à sa réponse.

– Pourquoi ne pas lui coller une bastos en plein front ?

Il me regarda.

Je le regardai.

– Pour en finir une bonne fois pour toutes.

Ses yeux s'enflammèrent, chargés de menace, mais il maîtrisa son impulsion et ils perdirent tout leur éclat.

– Je suis un artiste, pas un boucher.

Et il était sérieux. Il savait de quoi il parlait. La distinction constituait le seuil à ne pas franchir pour qu'il garde toute sa tête.

J'attendis. Quand il devint clair que rien d'autre n'allait sortir de sa bouche, je dis :

– C'est tout ?

Il farfouilla dans la boîte de munitions.

– Qui l'a tuée ?

Du doigt, il enfonça une balle en forçant la résistance du ressort du chargeur.

– Un mec avec une arme à feu.

– Un mec ?

Il haussa les épaules.

– Parle-moi d'elle.
– Qu'est-ce que t'en as à faire ?
– Tu n'es pas au courant ? Il se pourrait que ce soit moi qui l'aie tuée. J'aimerais savoir pourquoi.
Il éclata brusquement de rire.
– Renée Knowles ne poserait pas le regard deux fois sur toi.
– Et pourquoi pas ?
– Parce que tu n'as rien de ce qui l'intéresse – de ce qui l'intéressait –, voilà pourquoi.
– C'est aussi simple que ça, tu crois ?
– Aussi vachement simple que ça, Danny, mon coco.
Il rengagea le chargeur dans la crosse et me balança le pistolet.
– Cran de sûreté mis, et chargé.
Je le saisis au vol et le lui re-balançai sans même lui accorder un regard.
Il l'attrapa.
– Aussi vachement simple que ça, dit-il.
– Et ça te laisse où, toi ?
– En avance sur toi, Danny.
– Et ça se situe où, en avance ?
Il aligna mire et guidon sur le tableau.
– Là, Danny, t'as posé une sacrée bonne question.
Il tira une balle.
– Mais ce n'est pas la bonne.
Il tira à nouveau.
– Comme d'habitude, tu poses les mauvaises questions au mauvais moment et au mauvais endroit.
Il tira à deux nouvelles reprises.
– Et pendant que tu poses les mauvaises questions, (il tira) au mauvais moment, (il tira) et au mauvais endroit, (il tira) les gens se font tuer.
Il tira jusqu'à ce que la glissière se verrouille.

– Ben dis donc, lâchai-je en plein silence. Et les voisins en pensent quoi ?

Il laissa tomber le pistolet fumant sur la table avec un juron. Il se saisit de la bouteille et lui dit :

– Les voisins ont une putain de trouille bleue de moi.

– Ceci ne nous mène nulle part, mais avec classe, commentai-je en le voyant se servir.

Il m'offrit la bouteille. Je déclinai. Il la retourna au-dessus de son verre. Un éclat de whisky ambré glissa du col. La bouteille était morte.

– Qu'est-ce qu'elle représentait pour toi, John, pour que ça te mette dans cet état ?

Il posa la bouteille par terre.

– Elle était canon, Danny. Ça, au moins, je sais que tu l'as remarqué.

– Oui, et puis après ? Depuis quand te soucies-tu des femmes que tu peins ? Tout ce que je t'ai jamais entendu faire, c'est de te plaindre d'elles.

– C'est vrai, dit-il. Morphologiquement parlant, toutes autant qu'elles sont, c'est des copies de Mary, sans lui arriver à la cheville.

Mary avait été la première – et la seule – épouse de John, et ce n'était pas la première fois que la blessure se rouvrait. Je connaissais la chanson par cœur.

Il agita son verre en l'air.

– Grande maison, grosses voitures, grands voyages. Grande famille, grande piscine, grande autre maison, grands autres voyages. Essayer de ne pas boire jusqu'à ce que mort s'ensuive, vivre avec style sans faire trop de vagues, garder un œil sur le pognon, essayer de ne pas le pisser en gnôle, essayer de mener l'œuf suivant à incubation, ne pas passer pour un pigeon, ne faire confiance à personne, et rester à bonne distance de la presse.

Il me regarda.

– Ne pas picoler jusqu'à ce que mort s'ensuive, c'est là l'obstacle le plus difficile. Tu as tout ce temps sur les bras, à disposition, tu comprends. Et rien à faire. Ça ne prend qu'une heure ou deux de veiller sur le pognon, même si tu fais ça le plus sérieusement du monde. Combien de parties de tennis peux-tu jouer ? À combien de réunions de la Société Cousteau peux-tu assister ? Combien de Bornéo peux-tu kayaker ?

– Il me semble, dis-je fort à propos, qu'il ne te faudrait pas tant d'argent que ça pour te soûler jusqu'à ce que mort s'ensuive.

Il me porta un toast de son verre, qu'il sécha d'une goulée.

– Non, mais ça aide.

Il posa le verre vide sur la table et reprit le pistolet.

– Ce qu'il y a de bien et d'effrayant, c'est qu'après que la picole t'aura rendu dingue ou bousillé les reins, l'argent non seulement t'empêchera d'aller chez les cinglés, mais il te permettra aussi de t'offrir une nouvelle paire de reins pour que tu les re-bousilles. Avec quelques petits investissements intelligents, gloussa-t-il d'un air distrait, tu peux boire *à jamais*.

Il manœuvra la coulisse, écrasa la détente qui claqua à vide, tira à nouveau la coulisse, et fit claquer le percuteur une seconde fois.

– Tu es tombé amoureux d'elle.

Son sourire s'évanouit.

– De qui ? dit-il d'une voix qui se brisa désagréablement. De Mary ?

– De Renée.

Une minute entière s'écoula.

– Renée ? demanda-t-il. Renée...

John inspecta la chambre vide de son pistolet, puis le canon.

– Oh, ch'sais pas. L'amour, c'est une sorte de...

Il laissa filer sa voix jusqu'à plus rien. Posant l'arme sur la table, délicatement, il se passa la main maintenant vide sur le visage.

– Tu sais qu'il existe une variété de mite spécifique aux rides du front humain ?

Il contempla mon verre.

– Il te reste encore de cette boisson ?

– Cela mis à part, dis-je en lui tendant mon verre, ça s'est passé pratiquement comme tu l'as dit, non ?

Il regarda dans le verre et hocha la tête.

– J'ai touché soixante-quinze mille dollars pour les deux toiles que je suis parvenu à livrer. C'est toi qui les as encadrées.

Je haussai les épaules.

– Je ne savais pas qui était la fille, à l'époque. Un boulot comme un autre, un de plus. Mais de l'excellent travail, je dois dire, ajoutai-je un peu trop vite.

– Exactement, dit-il presque rigolard. Un boulot de plus.

Il inclina le rebord du verre vers la cible du pistolet.

– Il y en avait trente de plus pour cette toile-là. Tu le savais, ça ?

– Tu aurais fait les trois gratis ?

Ma question parut le frapper comme une intuition surprenante. Il se redressa, buste presque droit dans le fauteuil, avant de s'y affaler à nouveau.

– J'aurais fait les trois gratis.

– Pourquoi ?

Il fit la grimace.

– Ça a commencé comme un boulot très ordinaire, un de plus, comme t'as dit. Un friqué veut un portrait de sa jolie jeune femme, il pinaille pas sur les conditions. Tant à la commande, tant une fois le travail terminé.

Il haussa les épaules.

– Il voulait pas de cadre trop frime...

– Faut pas que ça te déprime.

– Mec, dit-il, est-ce que tu ne te tracasses jamais pour le fric ?

– Bien sûr que si.

– Alors pourquoi tu ne fais rien pour changer tout ça ?

– Je me mets au travail.

– Ouais. C'est exactement ça. Tu te mets au travail.

J'aurais pu dire quelque chose comme : si tu tracasses autant pour l'argent, pourquoi n'es-tu pas resté avec Mary ? Mais je connaissais déjà la réponse.

– Putain de bouddhiste, grommela John.

– Et donc la commande s'est transformée en boulot de rêve.

– Oui. C'est bien ce que ç'a été. Elle venait ici deux jours par semaine et elle posait pour moi. Au bout d'un moment, ç'a été trois jours, puis quatre. Elle a commencé à apporter une bouteille de vin et des choses à grignoter. J'ai dit à son jules – c'est quoi, son nom, déjà ?

– Kramer Knowles.

– Oui, bien sûr. Kramer. C'est bien ça. J'ai dit à Kramer que la toile me donnait un peu de mal, mais fallait pas qu'il s'en fasse. Ça n'allait pas lui coûter un centime de rab, ça allait juste prendre un peu plus longtemps. J'ai proposé de faire un lot avec les esquisses. En lui disant que le résultat pourrait bien valoir la peine d'attendre un peu. Il a mordu. Très vite, Renée a fini par être ici tout le temps. Elle y recevait même ses coups de fil.

– Des coups de fil ? Quels coups de fil ?

– Pour ses affaires. Elle avait toutes sortes de petites arnaques en cours.

– C'était quoi, à choisir ? Des affaires ou des arnaques ?
Il éclata de rire.
– Où est la différence ? T'achètes bon marché si tant est que tu doives acheter, et tu revends cher, dans tous les cas de figure. C'était ça, le principe. Un mec l'appelait tout le temps. Un architecte.
– Tommy Wong.
– C'est ça. Ils traficotaient beaucoup ensemble.
– Il fait profil bas.
– Ah ouais ? dit John, le front plissé.
– Oh, ouais.
– Ben, tu sais, maintenant qu'elle a été assassinée et tout...
J'indiquai le mur opposé.
– Ça n'a pas l'air d'avoir inhibé tes réactions.
– Ouais, ben... Je l'aimais bien, cette fille.
– Et Wong ?
– Je ne sais pas. Je ne l'ai jamais rencontré. Mais je me fiche pas mal de ce qu'il dit, ils avaient toutes sortes de trafics sur le feu tous les deux.
– Pourquoi parles-tu d'arnaques ou de trafics ?
– Les arnaques, les affaires, dit-il avec impatience. Ce n'est pas comme s'ils *fabriquaient* quoi que ce soit.
– Tu veux parler d'art ?
– Ouais, dit-il avec amertume. D'art.
– O.K. Et alors ?
– Alors, rien du tout. Au bout d'un moment, il a semblé que les choses commençaient à devenir évidentes. J'ai eu envie de lui donner quelque chose pour son argent, au mari.
– Et Renée avait envie de quoi, elle ?
– Renée s'en fichait.
– Depuis quand ça te tracasse, un mari ?
John gigota dans son fauteuil.
– Hé, John. Tu ne te sentais pas un peu coupable...

Je plissai le front.
– Si ?
– Coupable, c'est pas le bon mot. Je voulais... Je voulais montrer à quelqu'un, à tout le monde – comment dire ça ? Que je faisais ma part ? Que j'avais fait bon travail contre belle récompense ? Nan. Je voulais peindre une toile qui montrait ce que j'éprouvais pour Renée. Que c'était quelque chose de réel. Que c'était au-delà de tout argent. Au-delà des tromperies et des mensonges. Que ça...
Il s'interrompit.
– Mec, finit-il par dire, j'étais accroché, salement. Nous étions deux.
– Donc tu es allé voir le mari...
– La toile était terminée. Je la lui ai montrée, et elle lui a plu. Alors je lui ai proposé un marché. Kramer, j'ai dit, cette toile est correcte. Mais si vous me permettez de vous dire ça, il y a quelque chose chez votre femme qui m'intrigue. Esthétiquement, s'entend. Qu'est-ce que vous diriez d'une deuxième toile ? Je diviserai mon prix par deux. J'irai même plus loin. Si vous n'appréciez pas la toile, je la garderai, et vous ne me devrez pas un centime.
– Il a mordu à nouveau ?
– Tout de suite. Ma proposition lui a bien plu. Girly Renquist ne cessait de lui murmurer à l'oreille combien mes toiles étaient un bon investissement. Et en voilà une qui se présentait à moitié prix.
– Il faut que je te demande quelque chose. Est-ce qu'il y a quoi que ce soit dans tout ça qui t'ait paru pas très net ?
Il me regarda, avant de détourner la tête.
– Pas à ce moment-là.
– C'était bon ?
– Bon ? dit-il en hochant la tête. Un vrai brasier, Danny. C'était comme... J'étais comme un môme avec elle autour. J'avais le sentiment que j'étais

capable de tout faire. J'ai même commencé à parler d'arrêter ce petit jeu des portraits, de quitter la ville, de me trouver un coin dans la montagne, et me mettre à la *vraie* peinture.

Il rit sans la moindre allégresse.

– À la vraie peinture...

– À condition qu'elle laisse tout tomber et vienne avec toi, je présume.

– Oh, ouais. Fallait que j'aie Renée avec moi. Fallait que je sois tout près de ma douce inspiratrice. Ça n'aurait pas été pareil sans ma... ma douce inspiratrice.

En repensant à Wes, le cow-boy de Renée, je dis :

– Elle t'a éclaté de rire à la figure ? Non ?

– Non, soupira-t-il. C'était ma drogue. J'ai fait le toutou. Elle tenait la laisse.

– Aha. Pourquoi ?

John secoua la tête.

– C'est peut-être là la seconde partie du marché, mais la pire. Je n'ai jamais trouvé la réponse. Pas exactement, en tout cas.

– Qu'est-ce qui s'est passé ?

– On s'est attaqués au portrait à moitié prix – qui, à propos, s'est révélé être une bonne peinture. Le problème, c'est que je l'ai peint en deux semaines. Deux semaines ! Jamais ça ne m'était arrivé. Pas mal, cependant. J'ai travaillé dessus qu'elle soit là ou non. Toutes ces conneries derrière lesquelles je me cache d'habitude sont passées par la fenêtre.

– Comme quoi tu as besoin de maîtriser ton rythme ? Ou d'avoir exactement la bonne lumière ?

– Ouais. Toutes ces histoires de fauteuil ou de canapé qui réfléchissent les rayons de soleil quand les rideaux sont tirés juste comme il faut, ou alors travailler entre onze heures trente du matin et deux heures de l'après-midi, même moins en hiver, mais toujours avec une lumière du nord – tout le tralala. Je me suis procuré quelques projecteurs à lumière froide et j'ai peint, j'ai peint, j'ai peint... Cette toile, mec, je l'avais dans la tête. Je pouvais l'étudier n'importe quand, chaque fois que je voulais. C'était le pied. Tu sais, Danny ?

Il s'assit dans son fauteuil, buste droit.

– Si elle était venue dans les montagnes avec moi...

Il s'interrompit.

Je me contentai de le regarder.

Il se laissa à nouveau aller contre le dossier. Au bout d'un moment, il se mit à tapoter des doigts contre le côté de son verre.

– Quoi d'autre ?

Il étira la tête d'avant en arrière, comme pour chercher à se soulager d'une extrême lassitude.

– Je n'ai même pas montré la toile à son mari. Je l'ai posée contre le mur, tout à côté de mon lit.

Il me montra le loft.

– Qu'elle soit là-haut avec moi ou pas, je voyais son image tous les soirs quand j'allais me coucher, et tous les matins quand je me réveillais. C'était ma toile préférée. Un portrait comme je n'en avais jamais encore peint. Sans perdre une seconde, j'ai convaincu Renée de poser pour une nouvelle toile.

Il désigna de la tête le mur d'en face.

– Celle-là. Je ne sais même pas si j'ai dit à Renée combien j'étais content. Mais j'ai dû le lui dire, sans aucun doute. Il ne fait aucun doute que je lui en ai parlé, encore et encore.

Il pêcha un glaçon dans son verre et l'écrasa entre ses molaires.

– Tout comme maintenant.

Il agita la main.

– Bon Dieu, Renée allait s'installer là où elle prenait la pose, le portable à la main. Complètement à poil ; elle gelait, même ; elle tenait la pose ; mais sans jamais lâcher son téléphone. Je l'ai dessinée avec son portable. L'horreur. Elle a ri quand je lui ai montré l'esquisse. Moi aussi, j'ai ri. Je crois que je veux en venir au fait que je ne prêtais pas attention à ce qu'elle faisait. Mais alors pas du tout. La garce.

– Et c'est comme ça que ça s'est terminé ?

Il plongea le regard dans son verre vide.

– Un jour, elle a simplement cessé de venir. À ce moment-là, j'avais déjà montré à Knowles la deuxième toile et il l'a embarquée aussi sec. Elle était dans l'exposition l'autre soir, le soir où...

– Ça ne te ressemble pas, John.

– Qu'est-ce qui ne me ressemble pas ?

– Tu avais entre les mains cette toile définitive, la toile ultime, et non seulement tu l'as vendue, mais tu l'as vendue à moitié prix ?

– C'est bien ça, Danny. Je n'étais pas dans mon état normal. J'aurais fait n'importe quoi pour Renée. Mais tout d'un coup, je ne faisais plus attention. J'avais le sentiment que je lui devais quelque chose, à ce mec. Bon Dieu, mon moi normal lui était reconnaissant de m'avoir laissé sauter sa belle épouse pendant tout ce temps. Mais mon nouveau moi voulait que cette peinture foute le camp loin d'ici, en même temps que tout ce qui me rappelait la belle. J'ai eu l'impression que le moins que je puisse faire, c'était de livrer le boulot sur lequel je m'étais engagé. Knowles est peut-être un péquenot, mais il a jeté un œil à cette deuxième toile et il a sorti son chéquier plus vite qu'un LERP[1] te descend...

Il s'interrompit. Ivre ou sobre, John avait une règle quant à ses expériences du Viêt-Nam. Il refusait de les utiliser.

– Mais pas aussi vite que Renée t'a quitté.

– C'est tout à fait exact, dit-il. Un jour elle vivait pratiquement ici. Enfilait des vêtements propres à

1. Long Range Patrol : équipe d'éclaireurs-éliminateurs qui travaillaient en solitaires au Viêt-Nam.

peine sortis du séchoir tout en discutant avec ce Wong. Et avant que je comprenne, je n'ai plus réussi à la retrouver. Sa ligne de portable avait été coupée. J'ai brûlé tous ses foutus vêtements et je me suis servi des esquisses pour allumer le feu.

Il lança la tête vers l'avant de la bâtisse.

– Là, dans la rue.

Il agita la tête en direction de la toile sur laquelle il tirait.

– Je n'ai gardé que cette toute dernière toile.

– Pourquoi ?

Il ne répondit pas.

– Tu l'as revue, Renée ?

Il fit signe que non.

– Quand je l'ai revue, ç'a été pour la dernière fois. Tu étais là, toi aussi.

– À ton vernissage. Tu lui as parlé.

– Elle était ivre. Moi aussi.

– A-t-elle fait quelque déclaration mémorable ?

– Elle n'a pas dit grand-chose. Je ne savais pas à quoi m'attendre, et peu importe ce qu'elle allait dire, je n'étais pas sûr de pouvoir encaisser. Sur l'instant, j'ai été choqué. Je ne l'avais jamais vue aussi ivre. J'ai eu la nette impression qu'elle avait besoin d'aide. Et je pense que c'est ce qu'elle voulait me demander, de l'aide. Bien évidemment, je n'avais aucun intérêt à l'aider. Une fois mordu, deux fois maso – exact ? Je la connaissais aussi bien que je la connaîtrais jamais. Une fois qu'elle m'a eu largué, sans aucune explication, avec la troisième toile à moitié terminée, les œillères me sont tombées des yeux, et putain, il n'était que temps. J'ai vu pratiquement tout ce qu'elle m'avait dit ou fait sous un jour complètement différent. Tout ça n'était que mensonges, Danny. Tout ça, c'était... Mais il s'est produit un drôle de truc.

« Ce soir-là, comme tu le sais, il y avait foule, et les affaires n'attendent pas. J'aime à me convaincre que j'aurais dit non à toutes ses éventuelles suggestions. Mais je ne peux pas nier le fait que j'étais attiré par elle.

« J'imaginais que je la voyais en train de m'évaluer pour savoir si oui ou non elle pourrait me manipuler et me mener là où elle voulait me conduire. Je me disais que si elle voulait tenter le coup, je lui monterais un bateau avant de dire non. Et je la laisserais le bec dans l'eau. Une petite vengeance ne m'aurait pas déplu, après ce qu'elle m'avait fait endurer. Mais juste au moment où elle allait me servir son baratin, quelqu'un ou quelque chose l'a fait changer d'avis. Je l'ai vu. L'incertitude s'est lue sur son visage. Et je la connaissais suffisamment pour être justement capable de la lire.

– Qu'est-ce qui l'a fait changer d'avis ? Un des invités dans la galerie ? Qu'est-ce qu'elle voulait ?

– Je ne sais pas. Nous étions comme prisonniers au beau milieu de tout ce tralala, seuls dans la foule pour ainsi dire, rien que l'espace de cet instant. Je ne pense pas que ce soit la présence d'une autre personne, mais c'est à envisager. Et je ne pense pas que ça ait eu le moindre rapport avec une quelconque volonté de sa part de déroger à ses habitudes et de ne plus obtenir de faveurs des hommes, ou un truc aussi mièvre. Et je ne pense pas non plus que ce soit sa prudence parce qu'elle me savait accro à elle.

– Alors, qu'est-ce que c'était ?

Il inspira précautionneusement.

– Je pense que Renée savait qu'elle était mêlée à une chose qui la dépassait de cent coudées. Et je pense qu'elle savait que celui ou celle, peu importe, qu'elle entraînerait dans cette histoire allait lui aussi se retrouver complètement dépassé.

– Et la personne en question importait peu ?

– Absolument.

Je songeai au Cajun et à ses deux hommes de main.

– Tu aurais pu la protéger. Physiquement, je veux dire.

Il secoua la tête.

– Avant que j'aie eu l'occasion de découvrir ce qui se tramait, Renée avait choisi de laisser tomber.

– De toute façon, tu ne voulais pas savoir ce qui se passait.

– C'est vrai.

– Mais si les circonstances s'y étaient prêtées, tu aurais éventuellement pu essayer de lui venir en aide ?

– Peut-être.

– Et si sa vie avait été menacée, aussi simple que ça ?

Il acquiesça.

– J'aurais tenté de l'aider. Aussi simple que ça.

– Pouvons-nous donc en conclure, suggérai-je avec circonspection, qu'en ne sollicitant pas ton aide, Renée t'a peut-être sauvé la vie ?

– C'est exactement ça, dit-il sans me regarder, tout en continuant à hocher la tête d'un air songeur. Et elle y a perdu la sienne.

Je n'exprimai pas l'idée que John, tout désireux qu'il ait pu être de sauver la vie de Renée, voire de mourir à sa place, aurait peut-être préféré qu'ils meurent ensemble tous les deux.

Il arrêta ses hochements de tête et releva les yeux, mais pas sur moi. Son regard suivit le sol de son atelier jusqu'au mur d'en face, puis remonta au travers des minces volutes résiduelles de la fumée des détonations jusqu'à retrouver le portait inachevé de Renée Knowles, criblé de balles. Les multiples perforations montraient clairement que la visée de John avait depuis longtemps failli dans sa tentative de délimiter les contours du visage.

– Danny, dit-il d'une voix douce, tu veux bien me conduire chez un marchand de gnôle ?

28

John eut son whisky. Je les déposai tous les deux, lui et sa bouteille, à son atelier et traversai la ville plein nord jusqu'à la plage. De là, je me dirigeai vers l'est, longeant Fort Mason et Gas House Cove, puis le bureau des autorités portuaires, le Yacht Club St. Francis et Crissy Field jusqu'à l'entrée de Fort Point. La grille gardant la route qui longeait la digue était verrouillée. Le panneau disait : « Parc fermé du coucher au lever du soleil. » Pourquoi donc un gouvernement irait-il se soucier d'interdire l'introspection nocturne ?

Ou est-ce que les autorités ne peuvent supporter l'idée que des citoyens descendent à la plage pour s'offrir une heure de paix à contempler les étoiles ? Il y a tant à voir. Orion, Bételgeuse, le Taureau, l'Étoile polaire, les Chariots et la Voie lactée, parfois une comète, une fois l'an, la pluie de météores de Persée, les trous noirs qu'on ne peut voir mais dont on veut qu'ils soient là, et toujours suffisamment de satellites pour rappeler à l'astronome amateur qu'il se débarrasse de ses actions de télécommunication une fois rentré.

Je franchis la barrière d'un bond et suivis les caténaires d'antiques chaînes d'ancres le long de la digue, leurs maillons de fer tellement corrodés par le sel qu'ils se fissuraient comme un bois pétrifié.

Minuit était passé. Ainsi que le promettait la pancarte, je disposais des quatre cents mètres de Marine Drive pour moi seul. Les lumières d'Alcatraz clignaient. La circulation sur le Golden Gate Bridge, bien au-dessus de ma tête, était réduite au minimum. En dépit du grondement de la corne de brume, seules quelques minces volutes de brouillard dérivaient au travers des ocres des projecteurs au mercure tout là-haut. Dans les ténèbres sous la travée du pont, inlassablement, la saumure bouillonnante se levait et retombait, tonne après tonne, en cycles inexorables, et franchissait le Golden Gate, comme un dieu adamantin aux lourdeurs de plomb.

C'est précisément dans la gorge de ce Golden Carburateur que l'Océan Pacifique rencontre les eaux déversées par deux fleuves, le San Joaquin et le Sacramento. Leur collision associée à d'autres forces dans un goulet aussi resserré crée souvent des conditions de ressac idéales, et une houle bien « pleine ».

Il en était ainsi, cette nuit. La houle s'en donnait à cœur joie. La phosphorescence des vagues, la hauteur des vagues, les embruns des vagues, l'arrondi des vagues en train de déferler, tout était plein. Les lourds rouleaux de mer explosaient contre la digue, expédiant des écheveaux d'eau salée à hauteur d'homme bien au-dessus des deux voies de Marine Drive. C'était la vraie raison de la fermeture de la route d'accès. Les services du parc se fichaient comme d'une guigne que vous soyez d'humeur introspective ou pas. C'est la responsabilité civile qui fait tourner les roues de la bureaucratie, certainement pas la santé mentale ; loin de là.

À la surface de cette terre, il est peu de choses, à ma connaissance, qui peuvent faire oublier à un homme ses soucis aussi rapidement que les spectacles et musiques de l'océan Pacifique. Mais pour une fois, la magie de ce baume apaisant ne fit pas son œuvre.

J'avais entendu dire bien des choses sur Renée Knowles au cours de ces deux dernières semaines. Si, même morte, elle était parvenue à inspirer à John Plenty des sentiments romantiques tout nouveaux, il apparaissait que lui aussi, comme tous les autres, voulait que je me fasse à l'idée que Renée Knowles avait bien été une femme à laquelle je n'aurais pu accorder ma confiance ni même mon affection, tant elle était l'exemple type d'une immense ambition servie par bien peu, sinon une absence totale, de talent.

Et aujourd'hui, je me retrouvais là, enfermé dans une synecdoque microclimatique, si l'on m'autorise à inventer de toutes pièces, ici même sur la plage, une catégorie – le monde de Renée Knowles : une sale niche écologique peuplée presque exclusivement de gens avec lesquels je préférais n'avoir rien à faire. Mais une chose paraissait claire : si je n'admettais pas m'être retrouvé mêlé à une affaire qui dépassait mon entendement dès l'instant où j'avais rencontré cette femme, alors, aussi sûrement que si j'essayais de traverser une voie express en prétendant qu'il n'y circule pas le moindre véhicule, j'allais me faire écraser.

Une pierre se détacha de la face sombre de la falaise derrière moi, et roula sur la chaussée.

Peut-être que mon idée d'aller marcher sur une plage déserte et interdite au public à une heure du matin n'était pas des plus brillantes. Je pivotai et balayai lentement les ténèbres, en tournant le dos à la houle. Et si le mal part en chasse sur des jet skis, qu'il en soit ainsi.

Mais il n'y avait pas âme qui vive aux alentours. Il est vrai que je n'entendais rien avec le fracas des vagues, hormis les cyprès qui papotaient dans le vent, et que j'écoutais. Ils semblaient vouloir dire que nous étions seuls en ce lieu, pour la simple et bonne raison que le reste de la population de San Francisco était bien trop occupé à chercher le *Codex de Syracuse* pour se joindre à nous.

À peine avais-je formulé cette pensée rassurante que je perçus un mouvement quelques mètres plus loin, le long de la paroi de la digue, et une ombre trancha l'espace à la périphérie de mon champ de vision.

Je me collai à plat ventre sur l'asphalte. Sans réfléchir.

L'ombre se mit à planer lentement en surplomb, avant de prendre son essor et de se percher sur un étançon à trente mètres de moi.

Un héron de nuit.

Bon oiseau, aurait dit mon père.

Je me relevai et brossai la poussière assaisonnée de sel. Mieux valait s'écorcher sur le bitume que d'encaisser une grenade à fragmentation, mais je pouvais maintenant reconnaître à mes propres yeux que j'étais à cran : la situation, quelle qu'elle pût être, commençait à me jouer des tours. Ce n'est pas tous les jours que je sursaute à la vue d'un héron de nuit.

Je cherchais mes clés de voiture quand je repensai à celles de Renée.

De prime abord, la chose me parut trop évidente. Mais j'avais maintenant une directive première à suivre, toute nouvelle : ce qui m'avait semblé naturel ce fameux soir à la galerie Renquist – tout, absolument tout – avait pris un tour complètement différent.

Commentaires sur le suicide, ivresse, caresses, baisers, et ces trop courtes heures dans la cabine de la camionnette – allez, aux oubliettes. Très bien. Ce qui est sûr, c'est que tout ça m'empêchait de me concentrer. Il fallait aller au plus simple, établir la vérité de quelque détail concret. Donc, d'abord, résoudre le problème des clés de voiture.

Avec la même réticence que tout ivrogne digne de ce nom, gêné d'admettre qu'il est bien trop ivre pour conduire, Renée avait fini par remettre ses clés entre les mains de Gerald Renquist.

Et si Renée n'avait pas voulu, *en fait*, donner à Gerald les clés de sa voiture ?

Et si elle avait eu de bien meilleures raisons qu'une simple ébriété ?

En y repensant, était-elle réellement ivre ?

Son ivresse aurait-elle été elle aussi une tromperie ?

Supposons qu'il se soit agi d'une question de vie ou de mort – non qu'elle ne conduise pas en état d'ivresse, mais qu'elle ne conduise pas du tout ?

Et si Gerald était parfaitement au courant de cet état de choses ?

Et s'il se *trompait* en croyant être au courant ?

Renée et Gerald étaient-ils morts à cause de ces fameuses clés ? Ou malgré elles ?

C'était Bowditch qui les avait, en tout cas, maintenant. Alors, où était passée la voiture ?

Les événements de la nuit où Renée était morte se réalignèrent autour de cette question. La seule pensée qu'il y eût autre chose qu'un geste de courtoisie banal derrière l'échange des clés éclairait toute une série de détails d'une lumière différente. Par exemple, maintenant que je savais que Renée avait envisagé de solliciter l'aide de John Plenty, avant de changer d'avis et de relâcher la prise qu'elle avait ferrée – puisque, enfin, lui y voyait clair –, et avant de se laisser aller à l'ivresse d'un trop-plein d'alcool – ou d'un semblant d'ivresse – pour prendre un semblant de décision valable... À la lumière de ce moment, il apparaissait que les raisons qui l'avaient poussée à se rendre à ce vernissage devaient aller bien au-delà du simple désir de revoir deux nus commandés par son mari et peints par un de ses anciens amants ; deux nus qui, en temps normal, étaient, en tout état de cause, accrochés aux murs de sa propre maison ; et un ancien amant qu'elle n'avait pas revu depuis qu'elle avait rompu leur liaison.

Je m'assis sur un segment de chaîne d'ancre humide pour réfléchir à tout ça.

Cinquante mètres plus à l'ouest, un énorme rouleau cracha une copieuse colonne d'embruns avant de se briser et de repartir.

Le héron de nuit prit son essor sur un coassement et repartit en vol plané comme il était venu.

Je repris la direction de mon camion.

À deux heures du matin, je traversai le parking situé derrière la galerie Renquist. Seules deux ou trois voitures parsemaient les deux rangs parallèles d'emplacements vides qui flanquaient un parterre de géraniums sur la longueur du bloc. Par un hasard démographique extraordinaire pour ce quartier, il n'y avait pas l'ombre d'une BMW en vue.

O.K. Simple vérification.

On avait retrouvé Gerald près de Candlestick Point, à peu près aussi loin qu'il était possible de Steiner et Greenwich sans quitter la ville proprement dite. Mais on n'avait pas vu la moindre trace de la BMW de Renée. Bowditch était en possession des clés depuis le matin qui avait suivi la mort de Renée.

Avait-on tué Gerald pour des clés de voiture qu'il n'avait plus en sa possession ?

Ou l'avait-on tué pour une voiture qui n'était pas en sa possession ?

Je pris au sud sur Steiner en direction de Union.

Si les flics avaient retrouvé la Béème, celle-ci serait en train de se languir à la fourrière sur la 11e et Mission. Des bergers allemands la gardaient à l'œil. Clarence Ing l'aurait déjà certainement passée à l'aspirateur, en quête de poils pubiens et de boutons de chemise. Et, bien sûr, Bowditch m'en aurait parlé.

Je tournai plein est sur Union, parcourus un bloc, et virai au sud sur Fillmore.

Les flics avaient découvert mon numéro de téléphone dans la main de Renée et ils m'avaient coincé aussi sec. Le lendemain matin, ils avaient interrogé Gerald Renquist pour vérifier qu'il m'avait bien vu quitter le vernissage en compagnie de Renée, et, incidemment, pour lui demander les clés de la voiture de cette dernière. Des clés que Gerald s'était empressé de remettre. Pourquoi aurait-il refusé ? Que pouvait-il bien faire d'autre ? – mais la question n'était pas là. La question était : qu'avait-il déjà fait ? Ou, détail plus important peut-être, que n'avait-il *pas* fait ?

Était-il concevable qu'il n'ait pu accomplir la tâche qu'il était censé accomplir parce que le temps lui avait manqué ? Si oui, est-ce qu'il s'en était trouvé empêché parce que Renée lui avait joué un sale tour ?

Et si (a) la remise initiale de clés avait été complètement bidon. Et si (b) d'une manière ou d'une autre, Gerald était censé récupérer lesdites clés parce que (c) il était indispensable de faire quelque chose à la voiture mais (d) qu'il n'avait pu retrouver la BMW parce que (e) Renée avait menti sur l'endroit où elle l'avait garée, de sorte que (f) Gerald, incapable d'accomplir sa mission, (g) s'était fait tuer, (h) exactement comme Renée.

Et donc, quand Gerald avait déclaré à Bowditch qu'il ne savait pas où se trouvait la voiture, il ne mentait en rien. Cependant, il avait dû faire preuve d'un sacré sang-froid pour ne pas afficher la trouille qui lui dévorait le ventre.

Je m'abandonnai avec délices à mon scénario paranoïaque que j'enjolivais sans effort aucun.

Dès le début, Gerald avait eu l'intention de se procurer ces clés, et que Renée ait apprécié ou non pouvait se justifier dans un sens comme dans l'autre. Mais plus j'y réfléchissais, plus il me paraissait probable, avec ou sans l'aval de Renée, que cette fameuse remise ait été prévue dans le script.

Peut-être que Gerald arrondissait ses fins de mois en récupérant les bagnoles impayées ?

Ça, c'est une idée, Danny.

Je traversai Filbert, et, à mi-chemin de Greenwich, je tombai sur l'embranchement avec Pixley, la limite sud du parking. Je tournai et longeai jusqu'à son extrémité le parc de stationnement de la galerie, soit un bloc. Rien.

Je fis demi-tour en pleine voie et repris Pixley en sens inverse, en y regardant à deux fois. La rue continue sur deux blocs supplémentaires au-delà de Fillmore, plein est, et je continuai donc moi aussi. Toujours rien. Rien, c'est-à-dire pas moins de huit BMW, reflet certainement plus exact de la population du quartier ; et rien, c'est-à-dire tout le temps du monde pour m'assurer qu'aucune de ces Béèmes n'était celle que je cherchais.

Lorsque la paranoïa croit qu'elle touche au but, elle se met à bourdonner comme un vieux poste de radio. Bourdonnant donc avec conviction, je quadrillai une zone définie par la galerie Renquist en son milieu. Je repris Pixley jusqu'à la galerie de peinture, tournai à droite sur Steiner, parcourus un bloc en passant Union jusqu'à Greenwich, virai à droite, remontai Fillmore jusqu'à Filbert, de nouveau à droite en laissant Steiner jusqu'à Pierce, droite, jusqu'à Filbert et, un bloc plus loin, retour sur Steiner, virage à droite sur Steiner direction Green en franchissant Union, de nouveau à gauche... Mon déguisement était parfait : je ressemblais exactement au résident du quartier jouant de malchance à son retour au bercail, et absolument incapable de trouver une place de stationnement. L'apparence, c'est tout.

Quarante-cinq minutes plus tard, je descendais Laguna à trois blocs à l'est de Fillmore et passais l'embranchement avec Harris Place.

Sur la carte, Harris Place ressemble à une extension discontinue de Pixley, en direction de l'est. Pixley s'arrête côté ouest de Webster Street, et ne continue pas jusqu'à Laguna. Un bloc à l'est, côté opposé de Laguna, se situe le lieu nommé Harris Place, soit un cul-de-sac sur un demi-bloc.

Et là, contre le trottoir nord, à trois voitures de distance de Laguna, entre deux entrées de garage, sur un emplacement parfaitement autorisé, attendait une BMW noire flambant neuve aux vitres teintées.

Un petit autocollant rectangulaire, en lettres noires sur fond bleu, s'affichait au beau milieu de son pare-chocs arrière.

Regardez-moi quand
Je vous rentre dedans.

Peut-être était-ce Renée qui l'avait garée là. Ou peut-être que non.

Peut-être était-ce Gerald qui l'avait garée là. Peut-être pas.

Gerald et Renée étaient morts.

Personne ne savait où se trouvait cette voiture. Sauf moi.

29

Dans le simple but de me rappeler que je n'étais pas au bout de mes peines, je me garai dans l'allée à voitures directement face à la Béème, collant le pare-chocs arrière de la camionnette à son pare-chocs avant. La BMW se mit à hurler au viol.

Ces voitures ont la particularité de posséder une alarme au moins aussi casse-pieds que celle des Mercedes. À l'entendre, on aurait cru une opération chirurgicale de la colonne vertébrale, à la scie circulaire, et sans anesthésiant. Les phares pulsaient avec des couinements régulés comme si la Béème se faisait tatouer des péchés inconvenants sur ses chairs laquées au moyen des aiguilles mécaniques de *La Colonie pénitentiaire*[1]. Quel comportement réactionnaire. Moi, je voulais seulement m'y introduire. Un voleur aurait pu se trouver atteint dans sa dignité.

Uniquement parce que quelque BMW est en train de se faire carotter, un quartier entier est obligé de souffrir de nécrose auditive. Sans parler du fait que, ainsi dérangé en plein sommeil, chaque compagnon béèmiste se colle un oreiller sur la tête et attend que

1. Référence à la machine qui tatoue les condamnés à mort dans l'œuvre de Kafka.

le bruit disparaisse. Personne n'allait appeler la police. Tous pour personne et personne pour tous.

Sans mentionner non plus le fait que je me serais trouvé sacrément bien embarrassé d'être le seul individu à avoir, de mémoire d'homme, été surpris en flagrant délit de vol de voiture par effraction simplement parce que l'alarme du véhicule se serait déclenchée.

Je quittai mon emplacement de parking et ressortis de Harris Place en marche arrière jusqu'au coin de Laguna. Puis j'attendis, perdu dans mes réflexions.

Après soixante secondes, la BMW mit un terme à sa petite crise et reprit sa position, repos/présentez armes.

Non loin de là, sur Lombard Street, se trouve un stand de beignets ouvert la nuit. Vous achetez une boîte de beignets et une thermos, et ils vous remplissent la thermos de café bilieux, gratuitement. Et vous pourriez à très juste titre vous demander pourquoi quiconque irait pousser le vice jusqu'à s'offrir une tasse de kawa ordinaire à San Francisco, cité dont la structure moléculaire exige, espacés de quarante angström ou à peu près, des bars à espressos proposant des cafés d'une virulence suffisante pour secouer le client au niveau quantique, sans même parler de tous les tigres de l'insomnie qu'il libère. La réponse est : dans la mesure où ils sont capables de vous faire payer leur carburant à fusées trois ou quatre dollars la tasse, les établissements spécialisés dans l'espresso ne sont pas obligés de rester ouverts toute la nuit. En revanche, si vous vendez des beignets glacés au chocolat à la douzaine pour un dollar, vous êtes contraints de travailler vingt-quatre heures sur vingt-quatre. C'est la loi. C'est ça, l'aiguillon du capitalisme.

Trois quarts d'heure plus tard, je me garais à nouveau devant le studio de John Plenty. Il était cinq heures du matin, et le jour ne donnait aucun signe de vouloir se lever.

Deux bouteilles trois quarts de whisky représentent une belle quantité de gnôle, et il était dans mes intentions de cogner avec force à la porte pour attirer l'attention de John. Mais à mon premier coup de poing, la porte s'ouvrit en grand.

On n'avait pas mis le verrou. On ne l'avait même pas fermée.

Mais les gonds grincèrent, cependant.

Je me dis que John avait dû évacuer suffisamment de sa mélancolie pour avoir appelé une de ses nombreuses petites amies et invité l'élue d'un soir à venir l'aider à chasser son coup de blues. Il avait donc dû laisser la porte ouverte pendant qu'il s'offrait des injections de camphre et un bain glacé pour recouvrer un semblant de sobriété. Simple, non ?

Non.

Il y avait eu une belle bagarre. À l'issue de la bagarre, une fouille en règle. Et les dégâts étaient considérables.

Il serait difficile de déterminer ce que John avait perdu dans la fouille ; mais ce qu'il avait perdu dans la bagarre était en revanche évident.

Il gisait à l'endroit où il était tombé, le corps pour moitié encore dans le fauteuil où je l'avais vu pour la dernière fois, l'autre moitié au sol. Le sang sur ses phalanges luisait de reflets humides dans la lumière chiche. Cela, et une mèche de cheveux serrée dans son poing gauche allaient donner à Clarence Ing de quoi se frotter les mains.

John Plenty était de ces types qui avaient voulu aller se battre au Viêt-Nam. D'une manière qui n'était pas sans rappeler d'autres gamins en d'autres temps, il croyait qu'il serait bon à la guerre. Il s'était porté volontaire pour les Marines parce que son père en avait été un. Puis il s'était porté volontaire pour les missions risquées, et pendant un moment, s'était spécialisé comme éclaireur à l'intérieur des lignes ennemies. Il avait fait sauter des trucs, tué du monde, vu beaucoup d'hommes mourir. Pour John, la politique était une chose qui se passait ailleurs. Ce que les gradés appelaient devoir, John aussi l'appelait devoir. Il avait suivi son chemin au mieux de ses capacités, qui étaient considérables.

Au milieu de sa seconde période de service, les choses avaient changé. La raison ? Pour une part, toute la publicité venue des États-Unis, où les manifestations contre la guerre avaient fini par faire la une, commençait à faire son chemin insidieux parmi les troupes. Les types qui revenaient de permission commencèrent à suggérer à leurs copains qu'ils pourraient peut-être bien retourner ailleurs qu'au pays, quand leur moment serait venu. Marijuana et héroïne ne tardèrent pas à faire leur apparition en des lieux que personne, ou presque, ne jugeait adaptés à la circonstance – comme les postes de sentinelles enterrés, par exemple. Les hommes cessèrent de se soucier de ce qui leur arrivait, à eux comme à ceux qui les entouraient.

John se mit à beaucoup dessiner. Des portraits rapides, pris sur le vif, d'amis, de villageois, de tanks calcinés, de bâtiments en ruines, mais surtout des gens. Gamins et femmes, vieux et vieilles, soldats et civils. Il fit un grand nombre de portraits de prisonniers. S'il entendait dire que quelqu'un qu'il avait croqué s'était fait tuer, il revenait en arrière dans son carnet d'esquisses et inscrivait une seconde date au bas du portrait. Une date accompagnée d'une croix. Les croix avaient commencé simplement, rien que deux traits. Mais au terme de sa période de service, les croix étaient devenues beaucoup plus élaborées : des croix de Malte aux empattements exagérés, ainsi qu'il les avait vues sur les Stukas et les Folkerwulfs des bandes dessinées de son enfance ; des croix celtiques avec leur cercle, dessinées avec soin pour recréer l'illusion de la pierre patinée par le temps.

Un jour, John dessinait une bleusaille qu'il avait convaincue de poser pour lui. Les sujets assis, auxquels il faisait prendre la pose, étaient une chose relativement nouvelle. Le gamin voulait envoyer son portrait à sa famille. Ils avaient fait quelques tentatives, mais John ne parvenait pas à obtenir ce qu'il voulait. Le gamin ne trouvait pas à redire à la corvée, une heure à rester immobile dans la jungle, parce que, bon Dieu, il était, de toutes les façons, défoncé. Le talent de John était devenu célèbre dans le régiment. Ses croquis décoraient le mess, où la bière était pour lui gratis. Il avait publié quelques dessins dans *Stars and Stripes*.

Les deux hommes avaient fini par trouver une pose et un dessin qu'ils aimaient bien tous les deux. Encore une ou deux séances, et ce serait terminé. En fait, ainsi que John, complètement ivre, me l'avait un jour raconté, le portrait proprement dit était fini. Il en était à pinailler sur le fond de feuillage en arrière-plan, lui apportant les dernières touches, et sa concentration était telle qu'il n'entendit pas arriver l'obus. Qui tomba néanmoins en évaporant le sujet de son dessin. Effaçant le gamin comme d'un coup de gomme. En plein dans le mille.

La détonation souleva simplement John du sol pour le redéposer quelques mètres plus loin, sonné, temporairement sourd. Le sang coulait de ses oreilles, il était désorienté, le treillis un peu déchiré, et inconscient, mais sinon, il n'avait pas une égratignure.

Lorsqu'il fut finalement évacué sur l'arrière, il était conscient et dessinait. Quelqu'un avait ajouté son carnet à esquisses au reste de son barda. Il avait laissé tomber le portrait et le fond de feuillage, et s'attaquait à la croix.

Une fois nettoyé, il ne présentait aucune blessure. Tout le monde savait qui il était et donc il n'avait eu aucun mal à conserver son calepin. Comme il n'avait rien d'une urgence médicale, John traînait ses guêtres dans les lignes arrière, en demandant si quelqu'un connaissait la date. La plupart de ceux auxquels il posait la question connaissaient effectivement la réponse et la lui donnaient, mais il ne parvenait pas à se résoudre à l'inscrire à côté de la croix. Dès que son fusain touchait le papier, son cerveau cessait de fonctionner. Il ne se rappelait plus rien. Lorsqu'il reprenait ses esprits, il ne savait qu'une chose : le moment était venu d'inscrire la seconde date à côté de la croix du gamin. Aussi ajoutait-il quelques touches à la croix et demandait au suivant qui croisait son chemin la date du jour. Et le cycle reprenait.

Après une semaine ou deux, il se calma. On lui donna des tranquillisants et on le garda dans le service psychiatrique un moment, jusqu'au jour où un type vint lui annoncer de se préparer à rejoindre à nouveau le front : il devint violent et essaya de tuer le messager. Un nouveau lieutenant lui expédia un nouveau type pour le lui dire. Tout le monde savait ce qu'il en serait. Et ce fut donc dans la prison militaire de Fayetteville que John en apprit suffisamment sur la peinture pour faire des portraits à l'huile ; en même temps que, détail important, suffisamment de l'art de la serrurerie pour être capable d'ouvrir n'importe quelle voiture, une BMW par exemple.

Ça me faisait une belle jambe dans la situation présente.

Il avait encaissé autant qu'il avait distribué – plus, je suppose, si on ajoute qu'il s'était fait tuer. Le visage et le crâne portaient de nombreuses marques d'écorchures. Sa chemise était en lambeaux, il lui manquait une chaussure, il avait reçu une balle dans la jambe gauche, mais c'était une balle dans la poitrine qui l'avait tué. La balistique révélerait s'il s'agissait du même projectile qui lui avait transpercé la paume de la main droite.

Nous en étions donc à combien, maintenant ? Renée, le Vendeur de Bagnoles, Gerald Renquist – cela faisait trois. John Plenty, quatre.

Et je n'étais même pas certain de savoir pourquoi.

Et les deux journalistes de télé ? Ou le type non identifié de Sea Cliff ? Cela en faisait sept.

Et je n'en savais toujours pas plus quant aux raisons.

J'étais là, debout, au-dessus du corps de John Plenty, en me disant que je devrais tourner les talons et aller me faire ce salopard de Cajun. Lui et son coursier dingue de la gâchette. Je ne pouvais pas être sûr qu'il s'agissait bien d'eux, naturellement ; c'est juste que c'étaient les seuls minables à m'avoir tiré dessus ces temps derniers. Ça, plus le fait que l'atelier de John était transformé en foutoir. Ceux qui l'avaient fouillé n'y étaient pas allés de main morte. Et John avait été sauvagement passé à tabac avant d'être maladroitement abattu. Ecstasy et le Cajun me paraissaient des suspects plausibles. J'avais eu l'occasion de voir leur maladresse et leur stupidité de près.

Et pourtant cette conclusion ne me plaisait pas. Ces mecs m'avaient paru rien moins que professionnels. Et, de toute manière, restait en suspens la question de leur employeur. Qui serait allé engager des briseurs de jambe ramollis du bulbe en donnant en même temps son aval à un désastre aussi brutal ? Ce n'était rien de plus que de minables hommes de main, et ils avaient déjà bien du mal à tirer leur épingle du jeu face à certaines des personnes qu'on leur désignait pour qu'ils s'en occupent. Le meurtre impliquait des tas de problèmes. Il attirait l'attention. Sur des questions aussi délicates, un professionnel envoie d'autres professionnels, des gens pleins de talent. Alors qui pouvait bien envoyer des clowns faire un travail de guérilla ?

Un autre clown ?

À peine deux heures auparavant, je me serais retrouvé ici en compagnie de John. À nous deux réunis, John et moi, nous aurions certainement pu nous faire le Cajun et Ecstasy, avec ou sans armes ; à voir l'état des lieux, John, ivre, avait failli se les faire à lui seul.

Peut-être avaient-ils attendu que je parte ?

Le fauteuil dans lequel il s'était installé était renversé cul par-dessus tête, comme la table tout à côté. Des douilles de balles jonchaient le sol. On voyait une flaque de whisky par terre.

Ils l'avaient pris par surprise, ou avaient tout au moins essayé, mais il était difficile de juger. Car l'atelier était pratiquement détruit dans son intégralité, soit une surface de près de cent cinquante mètres carrés. Apparemment, ils lui étaient tombés dessus alors qu'il était quasiment dans les vapes sur son fauteuil, le dos tourné à la porte d'entrée – qu'il n'avait très vraisemblablement même pas pris la peine de fermer et de verrouiller.

Néanmoins, ivre mort avec des souvenirs de jungle vieux de trois décennies, les instincts lui ayant permis de survivre à deux tours de service au Viêt-Nam avaient dû alerter John. Ici et là, je marchais sur les débris d'une bouteille de whisky. J'en aperçus le col au pied du grand chevalet. J'y insérai la tige d'une brosse et la soulevai. Sur une dizaine de centimètres, des éclats en zigzags partaient en éventail du col comme une éclaboussure de verre. Leurs bords étaient assombris de sang.

Dans les ombres silencieuses que jetait la lumière du loft, un scénario se mit en place. Sous l'effet de la peur et de la rage, retrouvant ses instincts de combattant après des années de maîtrise et – on ne le saurait peut-être jamais – non sans plaisir, John Plenty se serait dressé par pur réflexe pour affronter ses agresseurs, ennemi formidable, tuant de droite et de gauche.

Seul un adversaire inhabituel aurait pu résister sans complice à la furie de John. En toute logique, ils avaient dû être deux, voire trois ou quatre. Affalé qu'il était dans son fauteuil, la bouteille se trouvait peut-être déjà dans sa main. Remontant en arc de cercle quand il s'était dressé, sur au moins cent quatre-vingts degrés pour atteindre une vitesse très respectable en bout de trajectoire, la bouteille avait frappé quelque chose et explosé. Une tête ? Une épaule ? Un canon d'arme à feu ?

Mais les choses n'en étaient pas restées là. John s'était servi du col de verre fracassé avant de tomber au tapis. La bouteille à la main, sa réaction avait forcé les intrus à se défendre. Un coup avait directement touché à la viande. Quelque part, ce soir, il y avait un cercle, de cinq centimètres de diamètre, que le col en dents de scie avait dessiné en fourrageant les chairs comme une vrille, pareil à une clé dans une serrure de mort. Des débris de viande accompagnaient le sang sur les pointes acérées. Celui qui avait reçu cette blessure serait marqué à vie. Voilà une chose à étudier pour un bon anthropologue en médecine légale comme Clarence Ing. Clarence allait recréer la scène avec une précision remarquable. Clarence était un type qui se démenait beaucoup dans l'exercice de ses fonctions ces temps derniers.

Le hurlement avait dû être impressionnant. Et John l'aurait reconnu pour ce qu'il était – s'il l'avait entendu, à vrai dire, dans sa furie d'adrénaline : un succès. Ce qui ne l'aurait encouragé qu'à se battre plus fort encore.

Le meurtre de John ne faisait pas partie du plan, cependant, et, à cet égard, c'est lui qui avait remporté le combat. Ils avaient été obligés de le tuer avant de pouvoir entamer leur fouille. Peut-être, encore une fois, avaient-ils tué sans obtenir ce qu'ils cherchaient.

Il ne faisait aucun doute que la vitesse de réaction de John avait précipité sa propre mort. On pouvait espérer que ses instincts s'étaient ajoutés de façon exponentielle au fardeau du Cajun. Le fait de savoir qu'il avait accompli cet exploit s'était peut-être transmis au sourire encore visible, même maintenant, figé sur son visage. Peut-être savait-il, en laissant la mort le prendre, qu'au moins un des méchants était salement blessé.

Le grand chevalet, disposé originellement à la gauche de l'endroit où John et moi étions assis, était resté debout, bien qu'on l'ait fait pivoter sur ses roulettes. Sur le sol, tout à côté, je trouvai un chargeur pour le .25, plein de balles. Je remis en place le fauteuil renversé et vis la boîte de cartouches, aplatie et vide. Douilles, tubes de peinture écrasés, vêtements, pages d'esquisses et verre brisé jonchaient le sol. Je laissais moi aussi plein de signes de mon passage. Il y aurait des empreintes de pied dans le sang, des fibres dans le whisky, des empreintes de doigts un peu partout. Clarence ferait le tri. Mais lorsque Bowditch finirait par remettre la main sur moi, cela ne ferait plus de différence. À ce moment-là, les choses seraient réglées, d'une manière ou d'une autre.

Sous le fauteuil qui était resté à sa place, celui dans lequel je m'étais installé quand j'étais venu en visite, je trouvai le pistolet de tir sur cible. Son chargeur était vide. Je l'échangeai contre le plein et fis monter une balle dans le canon. Ce n'était pas à proprement parler un pétard de gros calibre, mais les gros pétards sont pour ceux qui ne savent pas tirer. J'enfonçai l'arme dans ma ceinture. Appelez-moi simplet, mais je me sentais déjà mieux. Puis je refis le tour du propriétaire, de toute autre façon.

Ils avaient tout arraché. Dans le loft, armoire et commode avaient été vidés de tous leurs vêtements, le matelas tailladé, le sommier retourné. La collection de CD de John était par terre et l'écran de sa télé fracassé. Ils avaient arraché le rideau de la douche et le porte-savon du mur. Le couvercle de la cuvette des toilettes gisait, réduit en morceaux. Les quelques cloisons de Placo avaient été défoncées à coups de pied.

Au rez-de-chaussée, la lumière du réfrigérateur pillé montrait clairement qu'ils étaient allés jusqu'à arracher le siphon de l'évier dans la cuisine. Des produits ménagers et des détergents étaient renversés par terre. Le panneau arrière du four à micro-ondes avait été enlevé. Deux plaques de gril se trouvaient au sol devant la porte ouverte du four de cuisson. Pots d'épices et de mayonnaise comme restes enveloppés d'aluminium avaient été ouverts et balancés sur le billot de boucher qui faisait office de plan de travail. Tous les tiroirs pendaient en équilibre, le sol était couvert d'argenterie et de vaisselle brisée. Mais le sang ne manquait pas, non plus. Un individu avec cinq centimètres de viande entaillée avait rajouté beaucoup d'hémoglobine à son boulot.

Dans l'atelier proprement dit, ils avaient passé en revue tous les cartons à dessin, outils, peintures, projecteurs de diapos et aussi livres, dont le nombre était imposant. Les coussins avaient été tailladés, ainsi que les sièges et même la roue de secours à l'arrière de l'Explorer de John.

S'ils avaient réussi à le garder en vie, peut-être que John aurait dit à ses visiteurs où chercher.

Peut-être pas.

Les lèvres de John se retroussaient sur ses dents.

Nan, semblait ricaner le rictus, ils n'ont pas obtenu ce qu'ils étaient venus chercher. Et en plus ils ne sont pas repartis intacts. Pas mal pour un ivrogne dissolu entre deux âges, hein, Danny ?

Hein ?

Hein Danny... ?

30

Le *Rummy Nation* avait beau être amarré à peine à vingt blocs du studio de John Plenty, c'était un monde qui n'était pas de ce monde. À six heures moins le quart du matin, le studio de John était plongé dans l'obscurité d'un flanc ouest de Potrero Hill. Mais les cinq maigres jetées du chantier naval de Mike faisaient face aux collines d'Oakland, à moins de vingt kilomètres de l'autre côté de la baie. Au-dessus de cet espace ininterrompu d'eau placide, les rayons du soleil à peine levé se reflétaient par intermittence sur un panneau de contreplaqué à la peinture pelée.

Une Coque Sale ?
Du Duvet disgracieux aux Miches ?
Appelez Mike
Et son Service de Nettoyage
Nous Plongeons
Nous Raclons
Nous Bon Marché
HÉLICES, COQUES, FUITES
REMORQUAGES, PIÈCES DÉTACHÉES, RÉPARATIONS
Appelez 1-800-WET-BUTT[1]
DEVIS AU PIF GRATOS !

1. Miches mouillées.

L'illustration montrait deux poissons qui observaient un plongeur en masque et tuba en train de piquer du doigt l'arrière-train d'une sirène surprise.

Mis sur cales et démontés, abandonnés à divers stades de restauration ou de réparation, démâtés, éventrés, troués, défoncés, en béton projeté sur armature acier ou en fibre de verre, ou tout bonnement en train de sombrer, il y avait à tout moment une vingtaine de bateaux chez Mike, certains pour une semaine, d'autres pour toujours. Des rallonges électriques jaunes et orange filaient le long des échelles et des échafaudages, et tramaient le bitume plein d'ornières. À chacun de leurs embouts femelles attendaient une ponceuse vibrante ou orbitale encrassée par le plomb, une perceuse électrique, un seau d'outils à main zébrés de peinture, et trois ou quatre bouteilles de bière à long col, vides, dont l'une avait été transformée en terrarium pour mégots de cigarettes.

Il était six heures du matin, mais Dave avait déjà démonté quelque chose sur une table en fer rouillé posée à l'ombre du berceau de la grue, et il fut heureux de voir les deux litres de café et la boîte de beignets.

– Argh.

Ce fut tout ce qu'il dit quand je les posai sur la table. Il sortit deux tasses dont il essuya le rebord d'un coin de son pan de chemise. Sans cérémonie, il vida le café de la thermos dans les deux tasses en prenant soin de laisser la place à une lichette de rhum ambré.

Nous sirotâmes notre breuvage. La carcasse de fer serrée entre les mâchoires de l'étau de soudeur portait encore sa peinture rouge vif toute récente.

– Putain de pompe à injection, dit Dave en pointant le doigt vers le soleil. Elle vient de ce truc là-bas.

Je mis la main en visière devant les yeux. Il y avait plusieurs « trucs » là-bas, qui dansaient sous la houle matinale. La plupart donnaient l'impression d'avoir l'usage, à tout le moins, d'une pompe à injection.

Dave dégagea un paquet de Camel et un briquet à gaz de la rainure à hauteur d'épaules d'un pneu de grue.

– Putain de machin, dit-il en avalant bruyamment une gorgée de son café.

– Pourquoi putain ?

– C'est une putain de relique. Y z'ont arrêté de les fabriquer en 1948.

J'examinai le machin.

– Tu le refais entièrement ?

Il acquiesça.

– Faut que je fabrique toutes les pièces à la main.

– Ça fait beaucoup de boulot pour un seul homme.

– Et un joli petit paquet de pépettes pour Dave, argh hargh hrgh.

– Pourquoi te donner tout ce mal ?

– La restauration. Faut être précis. Sinon, dit-il avec un geste du poignet de sa main cigarette, c'est pus un *concours d'élégance* *. Argh hargh hrgh.

Le bêlement emphysémateux du sifflet annonçant le changement d'équipe se mit à flotter à la surface des eaux depuis les cales sèches, où se trouvait encore le navire-hôpital. De minuscules bonshommes casqués de métal se tenaient sous la poupe, levant les yeux vers une demi-douzaine de chaînes de levage crochetées sous divers angles à l'une des énormes hélices hélicoïdales.

– Cette hélice doit bien faire trente mètres de diamètre, fis-je remarquer.

– À cette échelle, on appelle ça une vis, dit Dave en faisant un cercle avec les deux mains. Les hélices, c'est à peu près grand comme ça. Sauf quand tu parles d'avions. Ils l'auront sortie avant qu'on passe à la bière.

– Bien, dis-je, sans trop savoir combien de temps il faudrait attendre. Ils sortent toujours les hélices ?

Dave lâcha sa fumée de cigarette autour du beignet à la gelée qu'il mangeait.

– Uniquement quand elles se sont payé un récif.

– Il y a quelqu'un qui a mené ce truc sur un récif ?

– Un ex-capitaine, confirma Dave. Argh hargh hrgh.

– L'arbre est tordu ?

De l'endroit où nous nous tenions, l'arbre en question ressemblait à un bloc cylindrique d'acier massif de sept mètres de diamètre.

– Logiquement, oui. Ils te l'ont fourré dans le cul de l'ex-capitaine.

Son rire se désintégra en une quinte de toux.

Nous regardâmes les ouvriers du chantier qui surveillaient les manœuvres des chaînes de levage. Au bout d'un moment, j'étais fin prêt pour la bière. Dave glissa la main sous le couvercle d'une glacière en polystyrène posée sous l'établi de soudage, et la ressortit avec une bouteille à long col tout embuée. Quand il dévissa la capsule, une volute de brume se leva de l'embouchure de la bouteille comme un serpent de son panier.

Au goût, c'était bien meilleur que le café. Après quelques gorgées, le soleil se leva au-dessus des collines de Piedmont et j'attaquai le sujet :

– T'as déjà court-circuité une alarme de BMW ?

Sans hésiter une seconde, il demanda :

– Montée d'usine ?

– Je ne sais pas. Elles ne sortent pas toutes de l'usine de montage déjà équipées d'alarmes ?

– D'habitude, si. Quel modèle ?

– Presque neuve. En fait – je claquai des doigts – tu as vu la voiture. C'est la même que celle qui débarquait sur le Pier 70.

– Une 365i fin des années quatre-vingt-dix. L'alarme, hein ?

Il réfléchit un instant.

– Tu tiens vraiment à y entrer, dans la bagnole ?

– Qu'est-ce que tu veux dire ?

– Ça te pose un problème si on fait bobo à la tire ?

– Pas du tout. Je veux juste qu'elle ne se mette pas à geindre pendant que je la passerai à la fouille.

Dave s'occupa de ses oignons.

– Où est-elle ?

Je décrivis Harris Place.

– T'as besoin de la désosser ?

– Je ne sais pas. Je ne sais même pas ce que je cherche.

– Cette allée, ça me paraît pas le bon endroit pour savoir.

– Même le quartier n'est pas très bon pour ça.

– Donc faudrait que tu bouges d'abord la voiture.

– Ça ne me dérange pas.

Dave pointa un pouce par-dessus son épaule.

– Le chantier naval dispose de plein d'air pur, de soleil, d'outils, de bière fraîche...

Il tapota le flanc tout élimé de l'énorme pneu.

– ... et même d'une grue.

Il se mit à tousser.

– Il y a toujours des gens qui travaillent sur leur voiture par ici.

– Ouais ? Et tu crois que Mike veut vraiment une bagnole volée sur son chantier ?

Dave trouva ça très drôle. Il chassa mes scrupules d'un revers de la main et réussit à dire que nous pourrions toujours rapporter la voiture une fois que nous en aurions fini avec elle, avant que son rire ne se change en quinte de toux. Les deux mains en appui sur l'établi, la tasse de café dans l'une et la cigarette dans l'autre, il se racla la gorge à deux ou trois reprises, chaque récurage plus profond que le précédent. On aurait cru qu'il était en train de tirer une chaîne de son logement, un mètre d'abord, puis un mètre cinquante, puis enfin deux mètres. Finalement, il rassembla le tout et éjecta un bol de mucosités de format allongé à peu près de la taille d'une poignée de petit tournevis, d'un bleu-vert de pierre d'azur veiné de part en part de filets colorés café. Nous suivîmes des yeux la chose qui pirouetta pardessus l'établi avant de retomber en arc de cercle en bordure de la baie, cinq mètres sous la rampe du ponton de la grue, où elle se mit à danser au rythme des tourbillons d'une houle gentillette en train de mourir entre les piles. À l'instant précis où notre fascination s'était dissipée, un poisson effilé couleur olivâtre se lança droit vers le ciel et, crevant la surface de l'océan, se cambra d'un côté, puis du côté opposé, avant de retomber en claquant l'eau et de disparaître, en emportant avec lui l'expectoration.

Je regardai disparaître les clapotements, puis me tournai vers Dave.

Ses yeux brillaient.

– Argh hargh hrgh, je l'aime, cette foutue grande salée. T'as jamais le temps de t'ennuyer.

Il montra l'endroit où il avait vu son mollard pour la dernière fois.

– Et c'est pourquoi je ne m'y baigne jamais non plus.

– Jamais ?

Il fit la grimace.

– Tiens.

Il farfouilla parmi les outils et les pièces disposés sur l'établi métallique, et en sortit une pince à ressort d'environ vingt centimètres de long.

– C'est quoi, ça ?

– C'est une pince crocodile de deux cents ampères.

– Oui, et alors ?

– Alors, regarde un peu.

Se servant des deux mains, il serra et ouvrit la pince, révélant ainsi une pointe métallique à l'intérieur d'une des mâchoires. On aurait dit une dent de travers.

– Tu sais à quoi ça sert ?

– On dirait que cette pointe est capable de transpercer tout ce que tu pinces. Un doigt, par exemple.

– C'est exact. Et si tu collais la pince sur un câble électrique ?

– Pareil.

Il libéra une main, les deux mâchoires se refermèrent avec un claquement sec, et il indiqua une des poignées.

– Et s'il y avait un fil électrique – juste ici ?

– Tu pourrais faire passer le jus dans le câble percé, ou tu pourrais en tirer.

– Exact, encore une fois. C'est un mec qui bosse dans le cinéma qui me l'a donné. On appelle ça un chef électricien.

– Où est-ce que tu peux bien tomber sur un chef électricien ?

Il agita la pince.

– Ils sont tout le temps en train de tourner des films par ici. Les directeurs artistiques pensent que tout c't'endroit ressemble à un vrai chantier naval, argh hargh hrgh.

Il leva un doigt de didacticien.

– Je fais toujours copain-copain avec les bricolos de service. Ils ont toujours des tas de matériel génial.

– Comme des pinces crocodiles de deux cents ampères ?

– Ils s'en servent pour chourer de l'électricité ni vu ni connu. Ça demande une sacrée quantité de jus pour alimenter tous leurs projos. Si tu banches un ventilo à ouragan dans une prise murale de quinze ampères, le fusible claque aussitôt. Donc le chef électricien va chercher le jus en amont, entre les fusibles et le poteau, tu comprends. Ça laisse aussi le compteur de côté. Comme ça, ils ont tous les ampères qu'ils désirent. Bon Dieu, mais je les ai vus illuminer tout le terrain ici grâce à une seule de ces pinces. Des machines à espresso, les caravanes des maquilleurs, tout. Et en plus c'est gratos.

– O.K., dis-je lentement. Maintenant que nous savons à quoi sert cette chose, à quoi va-t-elle servir ?

Les yeux de Dave scintillèrent.

– Où est-ce que t'as dit qu'elle était la Béème, déjà ?

Une demi-heure plus tard, Dave arrêtait son Jimmy[1] en parallèle dans l'allée à voitures devant la BMW noire, sans la toucher. Puis il déposa un cône orange dans la rue derrière la Béème, et un autre devant son camion.

– Ça m'a l'air très officiel, tout ça, remarquai-je.

– C'est une question d'assurance, répondit Dave.

Une fenêtre à double guillotine s'ouvrit à quelques dizaines de centimètres au-dessus de la cabine.

– Hé, m'sieur, dit une voix de femme. C'est une allée privée.

Nous relevâmes la tête. Une femme en survêt mode iridescent, serrant un téléphone sans fil dans la main, nous lança un regard noir. Elle devait apparemment être assise sur quelque chose.

– Propriété privée, répéta-t-elle, en pointant le doigt au sol. Vous ne savez pas lire ?

1. Surnom donné aux camions GMC.

Un panneau était cloué à la porte du garage.

Ne PENSEZ même pas à vous garer ici.

– Excusez-nous, m'dame, dis-je en montrant la BMW. Ma voiture refuse de démarrer. Ce mec va essayer de lui donner un coup de chargeur. Si ça ne marche pas, il va la remorquer chez le concessionnaire. C'est la troisième fois depuis que je l'ai achetée, j'aimerais ajouter. Si elle était payée, ils refuseraient même de répondre à mes coups de fil. Une vraie saleté.

Elle plissa les yeux devant le foutoir sur le plateau du camion de Dave.

– Et elle est pas donnée, apparemment, dit-elle d'un air dubitatif.

– Cinq cents par mois, répondis-je. C'est la seule raison pour laquelle ils acceptent de me la réparer.

– C'est dégoûtant, sympathisa-t-elle.

– Ouais, concédai-je, du ton le plus lugubre possible. D'un côté comme de l'autre, nous n'en aurons que pour quelques minutes.

– Je suis à la retraite, dit-elle. Ça vous gêne si je regarde ?

Je coulai un regard vers Dave. Il avait délové un des câbles du poste de soudage et le tirait sur le trottoir jusqu'à la portière du conducteur.

– Le public, ça s'apprécie tout le temps, dit-il en s'allongeant près de la voiture. C'est les gens qui font tourner le monde, je dis toujours, ajouta-t-il en s'adressant au bas de caisse sous le siège passager.

– J'ai jamais eu droit qu'à ça, dis-je. Me joindre au club.

– Quoi ? dit-elle d'un air absent.

– En simple spectateur, répétai-je en me demandant si elle avait jamais démarré une voiture en la branchant sur une autre batterie.

Je m'imaginais que son mari décédé et elle avaient été propriétaires d'un service de dépannage et de remorquage pendant trente-cinq ans. Il faut dire que c'était le genre de boulot qui ne se faisait pas ordinairement à l'aide d'un poste de soudage. Mais pour l'instant, elle paraissait se contenter d'observer sans vouloir critiquer.

Ayant connecté le câble de masse au métal nu sous la portière du conducteur, Dave retourna au camion chercher le câble de phase. Il dévissa la pince à électrodes et vissa à la place la poignée en cuivre de la pince crocodile équipée de sa pique. Tout en sifflotant, il déroula suffisamment de câble du montant supérieur du camion et passa par l'allée pour rejoindre la portière passager de la BMW, dans un angle mort par rapport à la dame à sa fenêtre.

– Où va-t-il ? demanda-t-elle en se penchant de quelques centimètres à sa fenêtre.

– Je ne sais pas, ma belle dame. Au Triple-A, on m'a dit que c'était lui le meilleur. On m'a dit aussi que c'était un marrant.

– Oh, dit-elle, intéressée. Ils ont maintenant des Services de Remorquage avec comiques ? Comme les Écoles de conduite avec comiques [1] ?

– Argh hargh hrgh, dit Dave sous la voiture.

Allongé le nez par terre sur la chaussée, Dave fourra une main en aveugle sous l'aile avant de la Béème, juste sous le volant, en jurant allègrement.

1. Les infractions au code de route sont comptabilisées par un certain nombre de points sur le permis. Afin de les récupérer avant qu'ils y soient inscrits, vous pouvez choisir de suivre, contre 125 dollars, huit heures de conduite civique, en une ou plusieurs fois. Ces cours sont d'un ennui mortel. Ainsi sont nées les Écoles de conduite comiques, au cours desquelles des comédiens, acteurs au chômage, clowns, distraient le public pour rendre les cours plus attrayants.

La femme à sa fenêtre le regardait comme elle aurait regardé la télé.

Dans pratiquement toutes les voitures, un câble connecte la batterie au moteur du démarreur. Dave trouva celui de la BMW et referma sur lui les mâchoires crantées de la pince crocodile. De la poche de poitrine de sa salopette, il sortit un petit serre-joint à vis, qu'il se mit à visser sur la pince jusqu'à ce que la pique d'acier pénètre complètement dans le câble. Il replaça le serre-joint dans la poche de sa salopette, se releva, s'épousseta et retourna à l'arrière de son camion, à nouveau en sifflotant. Je faisais les cent pas, en essayant, autant que faire se pouvait, de prendre l'air impatient d'un propriétaire de BMW en panne.

– Dois-je vous faire part du rendez-vous qui m'attend chez mon agent de change ?

– Pas vraiment, sauf si vous voulez que je perde mes moyens, répondit Dave.

Je haussai les épaules en geste d'impuissance.

Au moment précis où Dave se préparait à enfoncer le bouton de démarrage du poste de soudage, le téléphone de la femme sonna. Elle laissa sonner, comme si elle ne voulait pas se laisser distraire, avant de finalement répondre. De sa main libre, Dave lui fit signe en langage de sémaphore de fermer la fenêtre. La femme le vit clairement s'agiter, et tout aussi clairement, l'ignora. Dave inclina la tête de côté et releva les sourcils en direction du tuyau d'échappement sur le dessus du poste de soudage. La dame continua de l'ignorer. Il tira le starter et enfonça le démarreur, sans tourner la clé de contact. Le moteur fit un tour sans démarrer, et on sentit bientôt une odeur d'essence dans l'air. Il arrêta de faire tourner le moteur noyé.

– Jolie journée, dit-il.

– On voit bien que vous n'êtes pas propriétaire d'une BMW, rouspétai-je.

– C’est bien vrai, ça, confirma-t-il. Mais je possède deux bateaux.

Il repoussa le starter, tourna la clé de contact, et essaya le démarreur. Le moteur accrocha tout de suite, et son échappement cracha un épais panache de fumée bleu-noir directement dans la fenêtre ouverte. La femme poussa un hurlement et abaissa violemment la guillotine à l’aide de son téléphone sans fil.

– Qu’est-ce t’en dis ? hurla Dave par-dessus le grondement du moteur, la main posée sur le gros cadran de l’ampérage. Deux cents ? Deux cent vingt-cinq ? La dose complète ?

– Fais-lui la totale.

– Je me fais un peu de souci pour le réservoir d’essence.

– Quoi ?

– Le réservoir d’essence !

Je levai l’index en l’air et le fis tourner.

Dave haussa les épaules, positionna le bouton moleté jusqu’au maxi, soit deux cent quarante ampères, et embraya. Le compte-tours retomba à zéro mais le régulateur redonna bien vite des tours, bien au-delà du régime de ralenti, en fournissant de toute évidence une charge énorme.

– Attention ! Elle souffle ! hurla Dave.

L’alarme de la BMW jappa une fois en grimpant très vite en tessiture, franchit le mur du son, et cessa d’exister. Ce qui résonna comme quatre gamins cognant leur galet en essayant de marquer un but décisif dans un tournoi de hockey sur table se révéla être les verrous automatiques en train de danser la gigue, allant et venant dans leur logement de portières à un rythme de samba fantasque, jusqu’à ce que, eux aussi, s’immobilisent. Toutes les lampes de la voiture se mirent soudain en marche, à l’intérieur comme à l’extérieur du véhicule : clignotants, feux de position, antibrouillard, plafonnier, lecteur de cartes et phares. Elles brillèrent, brillèrent, brillèrent – c'est-à-dire qu'elles atteignirent à un éclat incroyable, une incandescence impossible, brûlant de tous leurs feux en dépit du plein soleil jusqu'à ce que, sous l'impulsion des centaines d'ampères que le poste de soudage envoyait dans tous les circuits du véhicule, la moindre ampoule, les puces électroniques, les moteurs pas-à-pas et les capteurs s'évaporent dans une grande bouffée d'atomes de cuivre, exactement comme un simple fusible en surcharge qui se trouvait coûter soixante-dix mille dollars.

Les tours moteur du poste à souder se mirent soudain à grimper, libérés de toute charge. Le régulateur s'enclencha et remit le compte-tours à un niveau de ralenti agréable. Le capuchon à l'extrémité du pot d'échappement claqua joyeusement, mission accomplie. Dave coupa le moteur.

Nous restâmes en position un instant, quelque peu sidérés et impressionnés par les nuages âcres de fumée bleuâtre se levant sur toute la longueur du capot de la Béème.

– Vise un peu les serrures, murmura Dave.

Nous nous approchâmes précautionneusement. À l'intérieur de l'habitacle, les verrous de fermeture montraient leurs tétons orange. Dave essaya la poignée extérieure de la portière passager. Quand elle s'ouvrit, aucune alarme ne résonna. Il referma la portière.

– Argh hargh hrgh.

Dave se penchait vers le bas de caisse sous le siège du conducteur pour détacher la pince crocodile quand la double guillotine racla les montants de la fenêtre.

– Ne quitte pas, Shirley. Jeune homme ?

La femme, sans se soucier de poser la main sur le micro de son combiné, toussota d'un air théâtral.

– Je vous ferais savoir que j'ai de l'asthme.

– J'ai bien essayé de vous avertir, ma belle dame, dit Dave en enroulant le câble de phase du poste à souder. Mais vous serez heureuse d'apprendre que ce moteur tourne exclusivement au diesel de soja. Un putain de carburant totalement biologique. Cette bouffée de fumée vous a pas fait plus de mal qu'une pipe d'opium.

Il passa le rouleau de câble sur la poutrelle horizontale côté passager du plateau du camion.

– C'est juste qu'on se marre pas autant.

– Il dit que c'est biologique, confia la femme au téléphone.

– Si j'avais le temps, j'en boirais bien une tasse rien que pour vous montrer, dit Dave par-dessus son épaule.

Tout en tirant violemment sur le câble de masse sous le siège du conducteur, il fit tout un cinéma en me tendant un énorme trousseau de clés et dit :

– Essayez-le donc, ce fils de pute récalcitrant.

La femme couvrit le micro de son téléphone de la main.

– Jeune homme, quel est le nom de votre compagnie ?

J'ouvris la portière et pris la place du conducteur. L'intérieur puait l'électronique frite. Je fis semblant d'engager une clé dans le contact et de la tourner.

– Rien, hurlai-je, alors même que Dave était debout tout à côté.

– Elle est morte ? s'écria-t-il.

– Complètement, hurlai-je en retour.

Il recula sur le trottoir en enroulant le câble de masse.

– Ouvrez le capot.

Je trouvai la poignée sous le tableau de bord et tirai.

– Jeune homme ! dit la femme.

Dave releva les yeux.

– Je suis pas jeune homme, dit-il d'un ton sévère.

La dame arrêta de tousser.

– Mais je ne suis pas encore assez vieux, ajouta-t-il, pour pas vouloir offrir une tasse de café à une dame. Et là je vous cause de queq'chose d'un peu plus costaud que le diesel de soja. Même si elle est trop malade pour fumer.

D'un geste inconscient, elle se toucha les cheveux.

– Eh bien.

– J'm'appelle Bob, dit Dave.

Une fois qu'il eut passé plusieurs boucles du câble autour de la poutrelle, il retourna à la BMW et souleva le capot.

– Wouaw ! dit-il avec un mouvement de recul. C'est pas exactement joli joli.

– Mais ça ne fait pas beaucoup de bruit, non plus, dis-je en contournant l'aile.

– On dirait que la batterie est morte, dit Dave. Argh hargh hrgh.

– Seigneur, dis-je en jetant un œil au désastre.

– Il peut plus t'aider maintenant, dit Dave, puis, haussant la voix : Il va falloir qu'on conduise cette saleté en centre ville.

– Nom de Dieu ! confirmai-je.

En l'espace de quelques minutes, l'avant de la BMW pendouillait, suspendu au treuil électrique du camion, son pare-chocs protégé du hayon par un pneu lisse. Je balançai les cônes en plastique dans le plateau et accompagnai le véhicule à pied, sans dire un mot, tandis que Dave reculait en marche arrière et sortait camion et BMW de l'allée, les doigts dans le nez, comme s'il avait fait ça toute sa vie. Une fois qu'il fut engagé sur Steiner, je montai avec lui. Il fit corner son avertisseur et salua du geste la dame à sa fenêtre.

– Je reviendrai pour le cocktail, s'écria-t-il.

La dame lui rendit son geste, sans grande conviction, et nous nous éloignâmes.

Quarante-cinq minutes plus tard, les deux véhicules étaient rangés dans le chantier naval à sept ou huit mètres de l'établi de Dave. Une benne à ordures longue de cinq mètres, dix bateaux et une clôture en lamelles de bois tressées presque opaque nous masquaient à la rue. Apparemment, il n'y avait personne aux alentours.

– Où est Mike ?

– Il sera là vers midi, dit Dave, s'il a pas trop la gueule de bois.

Nous ne prîmes même pas la peine de décrocher la BMW du treuil. Les sièges furent sortis, les tissus tailladés, et les restes jetés dans la benne. Le tapis de sol, arraché, direction la benne, lui aussi. Dave ôta la radio, le climatiseur, la boîte à gants, la console centrale. Nous inspectâmes le filtre à air, le dessous de la batterie explosée, l'arrière du tableau de bord frit. Dave, sous le véhicule, mit les doigts dans tous les creux du pont de transmission. Je sortis les grilles des quatre haut-parleurs dont je découpai les cônes. Dave s'attaqua aux panneaux intérieurs des portières qu'il dévissa. Il y avait une roue de secours dans le coffre. Je la sectionnai dans la longueur, glissai le bras dans les deux directions, et la jetai dans la benne. Suivit le tapis du coffre. Sous le tapis se trouvait un compartiment avec couvercle, que j'ouvris.

Et il était là.

– Hé.

Dave fit le tour de la voiture et vint à l'arrière, la sueur dégoulinant du bout de son nez.

– C'est là qu'on aurait dû regarder en premier.

On n'avait fait aucun effort pour le masquer aux regards, mais on s'était assuré que le boîtier en question reste intact et bien protégé. Il faisait trente-cinq centimètres de large, soixante de long et sept d'épaisseur, dans un genre de Lexan légèrement teinté, ou un type de matériau identique et très résistant. Les chants des flancs, épais d'un bon centimètre afin d'accepter un filetage, avaient été collés au fond à l'époxy ou au silicone. Des boulons Allen sur rondelles noires cloutaient à intervalles de huit centimètres le périmètre du couvercle. Une sorte de joint souple était compressé par lesdits boulons entre le dessous du couvercle et les rebords des quatre côtés. À l'arrière se trouvaient une étiquette affichant un code barres et deux autres portant des numéros de série ou d'inventaire. Sur les deux flancs du boîtier, on voyait trois affichettes identiques, en arabe, en grec et en anglais. Celle qui était rédigée en anglais disait :

Resserrer les fixations progressivement,
à l'aide d'une clé dynamométrique uniquement,
par crans de 1,2m-kilo, sans dépasser 12m-kilo.
Toujours replacer le joint avant le resserrage !

Le téton de ce qui ressemblait à une valve de pneu ressortait d'un côté du boîtier. Placé sur quatre pattes perpendiculairement à la tige de la valve et intégré à l'épaisseur de la boîte, un cadran circulaire à fond blanc avec démarcations en noir couvrait une échelle de deux cents quelque chose indiquée par la flèche finement effilée d'une aiguille.

– Cette boîte est étanche à l'air ?

– Elle est sous vide, dit Dave. Ce *mic*, là, c'est des microns.

Il tapota le cadran du bout d'un doigt. L'aiguille bougea d'un degré ou deux, sans plus.

– Tu utilises la valve pour aspirer l'air dans la boîte à l'aide d'une pompe à vide.

Le Lexan était teinté mais on voyait à l'intérieur. Dave donna un coup de chiffon au couvercle.

– Mais qu'est-ce que c'est que ça, bon Dieu ?

Ça ressemblait à une liasse de papier froissé, dont chaque feuillet était assez épais pour être peut-être du tissu. Le feuillet supérieur portait des insignes estampés, deux signatures, et de nombreux caractères grecs inscrits à l'encre, à la main, sur quelques lignes disposées symétriquement. Le grec est une langue que je ne lis pas. Mais il ne faisait aucun doute dans mon esprit que nous avions trouvé le *Codex de Syracuse*.

VIII

Copain copine

31

L'heure était assez matinale pour surprendre Tommy Wong au bercail, et je consultai donc l'annuaire. Pas de Tommy, pas de surprise.

À moitié endormie, Missy décrocha quand elle entendit ma voix dans son répondeur. Et bien que somnolant encore, elle refusa de me dire où Tommy habitait jusqu'à ce que je lui apprenne pourquoi je désirais le voir. Je lui dis que ce n'étaient pas ses oignons.

– Il faut qu'on parle, insista-t-elle.

Je capitulai. Je raccrochai en songeant : eh bien, autant en finir une bonne fois pour toutes.

Nous nous retrouvâmes dans un salon de thé russe, tout au bout de Clement Street, au pied de la Legion of Honor. J'arrivai le premier, commandai du café, pris une table dans le fond, et m'endormis. Je m'éveillai pour découvrir Missy me regardant de toute sa hauteur, comme d'habitude, mais avec sollicitude.

– Tu n'as pas l'air dans ton assiette.

Je n'étais effectivement pas dans mon assiette. Il y avait bien deux jours que je ne m'étais pas lavé ni rasé, pas plus que je n'avais dormi, ne prenant pour toute nourriture que du whisky, du café ou des beignets. Missy, en revanche, avait superbe allure. Jean parfaitement coupé, chemisier en soie sous une veste en lainage, foulard et béret. L'image même de la santé physique et mentale. Ce que je lui dis.

– Merci, répondit-elle. Je sais maintenant que quelque chose ne tourne pas Wong – je veux dire rond.

– Très drôle.

– Il n'y a rien de drôle chez Tommy. Il est architecte, tu te souviens ?

– Il est aussi assassin ?

– Qui est-ce qui essaie d'être drôle, maintenant ? dit-elle en s'asseyant. Mais qu'est-ce qui se passe, nom d'un chien ?

Je lui montrai trois doigts.

– Renée Knowles. Le mec dans l'entrepôt. Gerald Renquist.

– Oui ?

Je levai un quatrième doigt.

– Ajoute John Plenty à ta liste.

Missy pâlit suffisamment pour afficher au grand jour vingt mille dollars de chirurgie esthétique aussi nettement que s'ils s'étaient trouvés sur une carte. J'avais bien sûr été au courant de leur liaison – c'est moi qui avais encadré la foutue toile.

– Est-ce que le monde est si petit, dis-je, ou atteint-il simplement à une densité infinie ?

Elle me demanda d'une voix amorphe si je savais qui avait tué John Plenty, mais elle ne me regardait pas, pas plus qu'elle n'attendait une réponse. Je ne pris même pas la peine de répondre, d'ailleurs. Au bout d'un moment, elle dit :

– Ce sont les mêmes qui ont tué Gerald ?

– Nan, répondis-je sans la quitter des yeux. Ça doit être les mêmes qui ont tué Karen Silkwood[1].

1. Décédée dans un accident de voiture plus que suspect, elle se rendait à un rendez-vous avec deux journalistes pour leur remettre une liasse de documents prouvant que du plutonium disparaissait de l'usine d'Oklahoma où elle travaillait. Mort inexpliquée, liée au secret-défense : on dit que le plutonium était livré à Israël pour l'aider à mettre sur pied son programme nucléaire.

Elle détourna le regard.

– Le service est épouvantable, ici.

– Qu'est-ce qui t'arrive, Missy ? Finie, l'humeur baratineuse ? Nous établissions une liste de tous ceux qui s'étaient récemment fait tuer. Ne t'en fais pas, ajoutai-je en lui tapotant la main, la liste n'a pas besoin d'être exhaustive. Rappelons simplement les noms de tous ceux qui se sont fait assassiner au cours, disons, de ces deux ou trois dernières années.

Elle ôta sa main. Je luttai contre l'envie de m'en saisir et de la serrer jusqu'à ce qu'elle accepte de me donner le nom de son chirurgien esthétique.

– Tu es dans cette histoire depuis le tout début, Missy, depuis bien avant que je me retrouve entraîné là-dedans. Ça fait quoi, nous deux ? Quinze ans ? Et tout d'un coup, tu débarques sur le seuil de ma porte parce que mon nom dans les journaux t'a rappelé que tu te trouvais entre deux maris ?

Elle secoua la tête.

– Danny, tu...

– Ne me raconte pas de craques, réponds simplement à une question. Est-ce que Wong veut s'emparer du *Codex de Syracuse* au point de tuer des gens pour ça ?

J'avais rarement vu Missy la chique coupée, mais pour une fois, elle parut incapable de dire le moindre mot, moins encore de m'offrir un banal mensonge.

– Je sais que tu sais que je ne sais pas, chérie.

Je pinçai délicatement son menton remodelé entre pouce et majeur.

– Peut-être aimerais-tu entendre ça de la façon suivante – tu es prête ? C'est moi le suivant sur la liste. D'accord ? Moi, Danny Kestrel, ton compadre d'antan, le vieil encadreur de toiles. Quels que puissent être le ou les tueurs, s'ils n'en veulent pas à ma petite personne en cet instant, ce sera chose faite d'ici la fin de la journée. Bon Dieu, je suis le seul qui reste. Tôt ou tard, c'est ma cervelle qui va gicler sur cet établi moquetté sur lequel tu t'es un jour joyeusement perchée pour me regarder travailler. Je ne suis pas assez stupide pour croire que le fait de me faire descendre pourrait avoir une quelconque importance pour toi, Missy. Mais, chérie – je lui tapotai le bout du nez de mon index –, ne sois pas assez stupide de ton côté pour croire que cela n'a effectivement aucune importance à mes yeux à moi.

Elle chassa ma main d'une tape à l'instant où la serveuse apparaissait. Missy commanda une verveine – pour ses nerfs, dit-elle. Je demandai un autre café.

– L'adresse de Wong, Missy. Ensuite tu devrais rentrer chez toi et attendre les infos du soir. À quelle heure part-il au travail ? Et si tu ne le sais pas, épargne-moi ton numéro de sainte-nitouche.

Aussi, au lieu d'un simple mensonge, elle me servit comme à contrecœur une vérité simple.

– Il habite au bout de la Vingt-neuvième Avenue, juste au-delà de El Camino del Mar, à Sea Cliff.

– Sea Cliff ? C'est juste une coïncidence, non ?

– Je ne sais pas, Danny. C'est toi l'homme aux réponses, ce matin. C'est une grande villa couleur terre de Sienne, avec des portes, des volets, des moulures vert foncé. Tu ne peux pas la rater. Il part au travail six jours par semaine à huit heures et demie, aussi prévisible qu'un canard à ressort qu'on aurait remonté. Mais aujourd'hui, il se trouve que je sais qu'il restera chez lui.

– Merci. Et maintenant, dis-moi le pourquoi de tout ça.

Nos boissons firent leur apparition. Missy plongea le regard dans sa verveine sans la goûter, perdue dans ses pensées. Une horloge murale affichait neuf heures quarante-cinq. Je demandai un scone à la fille, pour éponger un peu l'acidité. Une lichette du rhum de Dave aurait également fait l'affaire. Je voulais de nouveau avoir chaud. Je voulais m'offrir la relecture de tout Tchekhov. Je voulais être fourmilier employé par un exterminateur de parasites en Bolivie.

À dix heures moins cinq, Missy se fit loquace.

– Toute l'histoire remonte à mon deuxième mari, que tu as connu.

– Ouais, je me souviens de lui. Carnes. Il m'avait paru très bien.

– Dispense-toi de juger. Kevin avait des tas de problèmes.

– Et son épouse était du nombre.

– Il ne s'est jamais remarié, dit-elle avec un filet de sourire. Nous nous sommes bien amusés, mais Kevin n'a pas tenu le coup. D'abord, il vivait dans l'ombre de son père, et il ne s'est jamais remis d'avoir hérité de vingt millions de dollars quand il a eu vingt et un ans. Le spectre de toute cette fortune l'a hanté pendant ses années de jeunesse.

– Seigneur, dis-je en secouant la tête.

– Non, sérieusement. Il avait peur de se marier jusqu'à ce qu'il me rencontre. Il a connu des tas de femmes, naturellement. Mais avec, d'un côté, sa fortune, et de l'autre, disons, la *perméabilité* des contrats prénuptiaux qui laisse à un bon avocat la porte ouverte à des tas de possibilités, il n'avait jamais été capable de faire le pas et de s'engager. Cela mis à part, il se débrouillait bien avec l'argent. Malgré un train de vie dispendieux, il a fait fructifier son capital.

– Qui avait fructifié jusqu'à quel montant quand tu en as eu fini avec lui ? Ou nous serions-nous égarés du sujet ?

Elle haussa les épaules.

– Je n'ai pas été âpre au gain. Pas comme d'autres auraient pu l'être – ou le sont. J'ai obtenu une somme rondelette et voilà tout. Ça s'est passé presque amicalement. Et malgré le divorce, Kevin s'est retrouvée avec encore plus d'argent qu'au départ.

– Plus de vingt millions de dollars ?

Elle fit signe que oui.

– Et toi, si je puis me permettre ?

Elle sourit d'un air piteux.

– Je me suis retrouvée avec une somme rondelette et plus de mari.

– Là, je retrouve notre Missy. Toujours égalitariste à tous crins. Toujours un point de vue équilibré. Tu veux en venir où ?

– Je veux en venir au fait que Kevin s'est très bien débrouillé avec les cartes que Dieu lui a distribuées.

– D'abord, c'est Kevin. Ensuite, c'est Dieu. Il y a combien de personnages dans cette histoire ?

– L'histoire que tu veux entendre, dit Missy d'un ton égal, est la suivante. As-tu une idée de la manière dont Kevin a accru sa fortune ?

Je n'en avais pas la moindre. Kevin était encore un de ces individus dont on voyait le nom dans la rubrique mondanités quand il se trouvait en ville. Toujours en smoking, toujours une ingénue à son bras, toujours juste de passage entre Londres et Sydney, ou Hong Kong et Paris.

– Je n'ai aucune idée de ce qu'il fait. En fait, j'ai toujours pensé qu'il ne travaillait pas du tout. Aussi, pour quelque raison dont je ne me souviens pas, j'ai l'impression qu'il est gay. Est-ce qu'il vit à New York ?

– À Bangkok, en ce moment. Et il n'est pas gay, soit dit en passant. C'est moi qui ai déclaré ça dans une interview à l'époque où j'étais furieuse contre lui. Et depuis ce jour, on pourrait croire que c'est devenu parole d'Évangile.

– Encore plus stupide que de renverser ton verre.

– Je te demande pardon ?

D'un geste, je lui signifiai que cela n'avait aucune importance.

– Tu m'expliquais comment Kevin a augmenté sa fortune.

– Est-ce que tu as conscience qu'il existe quelque chose qui s'appelle le culte des célébrités ?

– Et ça va nous mener jusqu'à quel niveau de sordide, tout ça ?

– Il existe des gens, persista-t-elle, qui entretiennent des mausolées. Habituellement, les mausolées se trouvent à leur domicile, mais il arrive parfois qu'une collection devienne tellement étendue que les collectionneurs sont obligés d'y consacrer un bâtiment entier, qu'ils emplissent alors de choses pertinentes relatives à l'objet de leur adoration. Je suis sûre que même toi, Danny, tu as remarqué que les babioles d'Elvis Presley, par exemple, connaissent une énorme popularité. Graceland est un temple national. Affiches et photographies sont très recherchées. Mais il existe quelqu'un en ce bas monde qui possède cette petite guitare Gibson noire qu'on voit habituellement dans les bras d'Elvis sur ces photos, et ce quelqu'un a payé beaucoup de bon argent pour l'avoir. Même de petites choses peuvent atteindre des prix considérables. Voyons. Prenons un objet relativement ésotérique comme, disons, un prospectus publicitaire pour la toute première apparition d'Elvis dans un programme radiophonique appelé *Louisiana Hayride* ? Ça vaut une jolie somme. Les costumes de scène, les petits poulets très explicites rédigés de sa main, une ordonnance pour des analgésiques tachée de larmes, la facture de vente de sa Cadillac blindée, même la Cadillac... Tu piges ?

– Pourquoi me racontes-tu tout ça ?

– Kevin, qui avait toujours voulu réussir bien au-delà des si faibles espérances que son père avait placées en lui, a engagé une grosse partie de son héritage sur le marché des babioles, des objets éphémères ayant appartenu à des célébrités. Mais il ne s'est pas contenté d'aller simplement acquérir quelques vieux disques. Il s'est mis en quête de collectionneurs respectables et leur a acheté des discographies intégrales. Il savait marchander pour les obtenir, ces objets, et il était assez intelligent pour les stocker et les oublier une fois achetés. Deux, trois, cinq ans plus tard, il les revendait dix à quinze fois le prix qu'il les avait payés. C'est ce qu'on appelle un excellent taux de rapport.

« Très vite, il s'est engagé à fond dans son commerce. Il a établi un inventaire plutôt substantiel de tous ces trucs. Pendant un moment, il s'est intéressé aux instruments de musique, en particulier aux guitares électriques, mais il s'est vite aperçu que c'était un marché terriblement fluctuant avec des prix inflationnistes. Donc il s'en est dégagé. Mais malgré cela, il faisait toujours du bénéfice.

Missy sirota sa verveine.

– Il avait du capital au départ, et ça l'a aidé. Mais il l'a utilisé pour faire des choses intelligentes. Dans l'univers des babioles éphémères des stars, le liquide immédiatement disponible peut faire une incroyable différence. Partout où nous allions, les gens débarquaient pour offrir à Kevin des pièces de choix. Des objets pour connaisseurs. Et il ne lui a pas fallu longtemps pour se dégager de la pop music et s'intéresser à des trucs vraiment cabalistiques.

– Je détecte un fil pertinent – enfin.

– Voyons. Il existe des trucs en très forte demande qui sont relativement obscurs. Par exemple, que dirais-tu d'une des coques hydrodynamiques à déplacement de Bob Simmons ?

– Les toutes premières planches de surf ?
– Taillées à la main en 1948.
– Il en existe encore ?
– Une ou deux.
– Elles valent cher ?
Elle leva la main au-dessus de la table et l'agita de bâbord à tribord.
– Pas vraiment une fortune, quoi ?
– Non, mais ce n'est pas non plus négligeable. Et ensuite, voyons voir. Peut-être as-tu entendu parler de la vedette de cinéma qui a tout récemment payé une coquette somme pour un article intitulé « l'Imperméable de Jack Kerouac » ?
– Non.
– Tu devais être occupé à lire Proust sur un astéroïde à l'époque. Et le metteur en scène de cinéma qui a payé vingt-cinq mille dollars pour l'un des trois traîneaux Rosebud utilisés dans *Citizen Kane* ?
– Ça a fait la une.
– Et la carcasse accidentée de la Porsche de James Dean ?
– Là-dessus, je suis un peu dans le vague. Mais... c'est vrai ?
– Et que dirais-tu de... – Missy se mit à jouer avec sa cuillère à thé – la chaussure de John Lennon ?
– Je te demande pardon ?
– Quand John Lennon a été tué, énonça-t-elle, une de ses chaussures s'est détachée.
Des chaussures sans pieds, j'en avais vu un nombre incalculable. Mon visage dut rester impassible.
– Elle porte une tache de sang, ajouta Missy.
– Vraiment, dis-je avec froideur. Et tu as vu cet... article sinistre ?
Elle ne répondit pas.
– D'accord. Pour revenir je suppose plus dans le sujet, à combien est-elle partie ?

Elle haussa les épaules.

– La règle établie veut qu'on double son prix pour l'acheteur suivant, sinon on ne vend pas.

Elle afficha un sourire innocent.

– Mais avec certains de ces articles, chéri, il n'y a pas de limite. Le ciel, peut-être. Et encore.

– À t'entendre, on croirait qu'il n'y a pas de limites non plus à la dépravation. Le ciel, peut-être ? Chérie.

– Tout dépend de la manière dont tu regardes la chose.

– Et tu la regardes comment, toi ?

– Je la regarde – je la regardais – comme l'entreprise lucrative et extraordinairement prospère de mon brillant époux.

– Et lui, il voyait ça comment ?

– De la même façon.

– Il n'avait aucune attache sentimentale à l'égard des articles de son inventaire ?

– Aucune.

– Et les clients, eux ?

– Pour certains, c'étaient uniquement des affaires, au sens strict du terme. D'autres étaient ce que Kevin appelait des *utilisateurs ultimes*.

– Ils achetaient pour en profiter.

Elle acquiesça.

– Prends l'exemple du mec qui a acheté la baignoire de Jim Morrison.

– Redis-moi ça ?

– La baignoire de Jim Morrison.

– Jim Morrison ? Nous voilà de retour au rock and roll. Tu veux parler du Jim Morrison dont la carrière avec les Doors n'a duré que trois ans ?

– Quatre, rectifia-t-elle. C'est bien lui. Tu sais très certainement, Danny, que Jim Morrison est mort dans sa baignoire à Paris ?

Je hochai vaguement la tête.

– Pour quelque fichue raison, je sais qu'il est enterré au Père Lachaise.

– Tu vois? dit-elle en pointant sa cuillère au centre de mon front. La conscience de la célébrité parvient à pénétrer jusqu'aux *recoins les plus obscurs.*

Elle sourit.

– Enfin, dans la plupart. Je n'arrive pas à croire que tu n'aies pas entendu parler de l'imper de Jack Kerouac. C'est tellement littéraire. En tout cas, je peux te l'assurer, grâce à cette baignoire, son utilisateur ultime du moment se sent très *spécial*, Danny.

– Tant qu'il ne me cherche pas de crosses, il peut se sentir aussi spécial qu'il veut.

– Oh, Danny. Tu ne comprends donc pas? Les gens feraient n'importe quoi pour être dans la mouvance et l'excitation. C'est un truc identitaire. Ils...

– Arrête tes conneries. La baignoire de Jim Morrison me fait autant d'effet qu'une réduction d'impôts des Républicains. Mais nom de Dieu, elle est sortie d'où, cette baignoire, de toutes les façons? Y a-t-il une chance sur dix mille pour que ce soit véritablement la baignoire dans laquelle Jim Morrison est mort?

– Eh bien, elle est venue de Paris, naturellement. Ainsi qu'il peut ou pas t'en souvenir, mon ami si cruellement privé de culture, qu'il ait eu une overdose, qu'il se soit noyé ou qu'il ait été assassiné par Lee Harvey Oswald, tout le monde est d'accord sur le fait que Jim Morrison est décédé dans la baignoire de son hôtel. Kevin achetait son haschisch à un mec – uniquement pour sa consommation personnelle, tu comprends – qui, dans un bar algérien de Montmartre, a rencontré un autre mec qui connaissait le plombier qu'on avait engagé pour refaire la déco de la salle de bains de la suite, *tout de suite**, afin qu'elle puisse être louée à nouveau, moins l'opprobre.

– Apparemment, ils ne pouvaient pas faire moins. Je veux dire, soustraire l'opprobre.

– Cela dénote un manque évident d'imagination, si tu veux mon avis. Cet opprobre particulier se lit comme une infamie. Et l'infamie est monnayable sur le marché. Celle-ci est statique, et tu peux te faire de l'argent sur l'infamie statique parce qu'elle tient parfaitement dans une jolie petite boîte qui ne fait pas peur aux gens, justement à cause de son absence de potentiel dynamique. C'est-à-dire qu'ils peuvent la fixer de tous leurs yeux autant qu'ils le veulent parce qu'elle ne va pas les mordre pour se défendre.

Je la regardai.

– C'est une promesse ?

– Exactement, comme qui dirait, le même genre de petits frissons que les gens reçoivent avec leurs gamins chez Madame Tussaud, au musée de cire, quand ils contemplent Edward Teach[1] ou Jack l'Éventreur ou Gilles de Rais ou Andrew Lloyd Webber[2]...

– O.K., O.K., la baignoire est une infamie statique, je suis convaincu.

– Dès que l'enquête de police a été terminée, le plombier a fait un échange et sorti la baignoire en douce, la nuit. Il l'a rapportée dans son camion jusqu'à son atelier perdu dans une quelconque *banlieue** et elle n'en a pas bougé pendant dix ans.

– Serais-tu sur le point de me dire que toi et ton ex-époux avez partagé une expérience personnelle avec, ou dans, cette baignoire inutile et sans valeur ?

– Le temps a manqué, sourit-elle. Quant à inutile et sans valeur ? Lorsque Kevin lui en a donné cinquante mille francs, convaincs-toi s'il te plaît que

1. Plus connu sous le nom de Barbe Noire le pirate.
2. Compositeur célèbre de comédies musicales sans génie, toujours du même tonneau, mièvres et prévisibles.

notre plombier a eu confirmation que son opinion n'était pas erronée, et que sa baignoire était loin d'être inutile et sans valeur.

– Cinquante mille francs ? dis-je d'un air incrédule.

– À l'époque, le dollar faisait environ cinq francs, dit-elle fièrement.

– Dix mille dollars ?

Je fus obligé de siffler.

– Et Kevin est parvenu à la revendre deux fois ce prix-là ?

Missy se recula.

– Tu commences à apprendre, Danny, mais tu es bien en dessous de la réalité. Kevin l'a vendue cinquante mille dollars *trois mois plus tard*.

Je clignai des paupières.

– Je me suis trompé de commerce.

– Naturellement que tu t'es trompé, chéri. Il n'a même pas eu à la soulever. Le plombier a été heureux de se faire deux mille francs supplémentaires pour la mettre en caisse et l'expédier en Amérique.

– Elle était assurée ?

Missy sourit et hocha la tête.

– N'en doute pas un instant.

– Mais comment le client pouvait-il être sûr et certain que c'était bien la baignoire dans laquelle Jim Morrison était mort ?

– C'est là toute la beauté de ce – comment appellerais-tu ça – racket ?

– Absolument que j'appellerais ça un racket. Mais toi tu appellerais ça avaler la pilule.

– Effectivement. Nous disposions d'une lettre et d'un reçu du plombier, bien sûr. Mais au moment de la tragédie, des photos de cette baignoire sont apparues dans les journaux du monde entier. Les médias peuvent être aussi fertiles que stériles, je suis bien placée pour le savoir. Lorsque les circonstances s'y prêtent, c'est comme de disposer de ta boîte de publicité personnelle – sauf qu'elle ne te coûte pas un centime.

– Même topo, je suppose, avec la chaussure de John Lennon.

Elle fit signe que oui.

– Excellentes photographies. Sous tous les angles. Rien n'a été laissé de côté.

– Et l'imperméable de Kerouac. Il existe indiscutablement un cliché de Kerouac avec l'imper sur le dos, non ?

– Oh, exactement. Ce qui nous amène à un point important : il s'agit d'une photographie très spéciale, prise par Allen Ginsberg.

– J'aurais pu deviner. Ce qui ne rend l'imperméable que plus précieux, ce qui rend la photographie plus précieuse, ensuite l'imper, ensuite la photo à nouveau...

– Tu commences à bien comprendre, Danny. On appelle ça des articles par association, qui se nourrissent l'un l'autre comme par un système de feedback.

– Chacun des articles valide la valeur surgonflée de l'autre.

– Les collectionneurs de livres adorent avoir un ouvrage signé par son célèbre auteur, dit-elle en opinant. Mais ce qu'ils apprécient par-dessus tout, c'est un livre dédicacé par son célèbre auteur à quelque autre célèbre auteur. Ou à un peintre célèbre ou à un musicien célèbre ou à la dame de la noblesse ruinée qui a tiré sur l'Empereur.

– Toujours dans l'espoir d'une Restauration, hein, Missy ?

– Quelque chose comme ça, ma chenille bolchevique.

– Donc certains articles continuent tout bonnement à devenir de plus en plus précieux.

– En termes de taux de rapport, sourit-elle tendrement, c'est mieux qu'un réfrigérateur rempli jusqu'à la gueule de lingots.

L'expression de Missy changea.

– Ce qui nous amène à un autre point.

Elle tendit la main vers son sac.

– Jette un œil.

Elle fit glisser une enveloppe sur la table. 21 × 29, papier kraft, fermeture par agrafe sur œilleton riveté, l'enveloppe ne portait pas d'adresse, de timbres, de taches de vin, et pas le moindre signe qu'elle contenait de petits morceaux de bois recyclés maison[1]. Elle était inoffensive. À l'intérieur se trouvait une unique photo.

Je l'étudiai un instant. Quand je relevai les yeux, Missy m'observait.

À ses côtés, Ecstasy et le Cajun m'observaient aux aussi. Les mains croisées devant eux, ils ressemblaient à deux séraphins mal rasés à la braguette ouverte formant un proscenium pour leur urbaine Marie-Madeleine. Ils s'étaient matérialisés, sortis du décor du salon de thé, comme deux hologrammes de vermine préhistorique géante, aussi silencieusement qu'une image balancée par un projecteur caché dans la salle obscure de votre miteux ciné-club local.

Cette fois, ils étaient armés. Tous les deux.

Missy tapota la photo et dit :

– Où est-ce, Danny ?

1. Référence à Ted Kaczynski, dit Unabomber, qui fabriquait les bombes qu'il expédiait par la poste à partir de bouts de bois de récupération.

32

– Salut, les petits. Alors on s'est égarés sur le chemin de la frontière ?

Les petits ne répondirent pas. Je n'étais cependant pas mécontent de les voir. Je regrettais simplement de ne disposer d'aucune arme pour leur tirer dessus. Peut-être pourrais-je obtenir de l'un d'eux qu'il fasse un saut vite fait jusqu'au camion et me rapporte le pistolet de John ? Le problème avec les armes à feu, c'est qu'elles ne sont jamais là quand on a besoin d'elles. Elles sont là uniquement quand ce sont les autres qui ont besoin d'elles.

Le Cajun en portait une, probablement pour se rassurer à cause des brûlures rougeâtres de *gumbo* qu'il portait au côté gauche du visage. Ecstasy avait beaucoup travaillé sur la présentation. Son pistolet n'attendait plus cette fois dans la poche de son blouson, qui présentait, à mi-chemin de la fermeture à glissière, un orifice suspect comme si une balle en était sortie : son arme avait maintenant pris ses quartiers dans les hauteurs de sa manche gauche avec une sorte de système à ressort. L'astuce avait probablement paru convaincante dans la vidéo du mode d'emploi, mais la manche d'Ecstasy faisait un gros renflement comme un serpent qui viendrait d'avaler un rat.

– Hé, Missy, où es-tu allée dénicher ces deux grands héros de BD ? Au magasin de jouets ?

La mémoire du Cajun marchait plein pot, aussi resta-t-il respectueux. Mais Ecstasy, n'ayant pas recouvré sa *politesse** de dernier maillon dans la chaîne alimentaire, essaya de bluffer.

– Le dernier mec qui a joué avec moi... commença-t-il.

– Ta gueule, claqua sèchement la voix du Cajun.

– C'est exact, dis-je. Le silence et l'introspection pourraient peut-être vous sortir de cette situation. Dans la mesure où ni l'un ni l'autre vous ne m'avez l'air plus entaillés que d'habitude, puis-je présumer que vous avez gardé le museau propre ?

C'était vrai. Aucun des deux hommes n'avait croisé récemment l'extrémité opérationnelle d'une bouteille cassée. Ma déception fit naître chez Ecstasy un sentiment de perplexité presque aussi intense que chez moi.

– Putain, mais d'quoi qu'y cause ?

Missy voulut mettre son grain de sel.

– Arrête, lui dis-je. Nous pouvons nous épargner beaucoup de tracas si tout un chacun veut bien me dire où il se trouvait à deux heures trente cette nuit. Individuellement, collectivement – cela ne fait aucune différence. Si le récit se tient, nous n'aurons nul besoin de nous mettre en boule les uns contre les autres.

Ecstasy plissa le front comme s'il était incapable de se souvenir des événements vieux de cinq minutes. Le Cajun sourit d'un air rêveur, comme s'il ne pouvait se souvenir d'autre chose. Missy, agacée, dit :

– Ce sont eux qui sont censés te poser les questions.

– Ils sont bien trop occupés à se faire tuer pour poser des questions.

– Ouais, dit Ecstasy, le front toujours plissé.

– Et donc maintenant il y a un quatrième mec de mort, sur les hauteurs de Potrero Hill, leur dis-je.

– Putain, mais c'est où, Potrero Hill ?

Ayant très certainement appris dans la page éditoriale de son journal favori à camoufler l'incertitude par la belligérance, Ecstasy releva la bosse dans son blouson. On aurait dit le bras d'une catapulte. Un des premiers sens de *catapulte* était *brandir*. L'étymologie me fait souvent sourire. Et mon sourire, celui de l'individu qui n'en fait qu'à sa tête, fit gronder Ecstasy qui montra les dents.

Mais le Cajun n'était pas bête et porter le chapeau n'était pas dans son style. Il immobilisa la main d'Ecstasy et dit :

– À deux heures trente cette nuit, je m'avance lingualement parlant dans mon tour du monde, un léchage en règle sur la personne d'une dame à l'hôtel Cherbourg, sur Eddy et Taylor, chambre 605, à l'étage en façade. Aux environs de huit heures trente, la michetonneuse s'apprête à se défiler parce que toute la poudre est partie, quand je reçois un coup de fil qui me dit de rejoindre les fins fonds de Clement Street jusqu'ici, jusqu'à ce rade. La somme totale de mes connaissances se résume à : avec un peu de blé, je refais sonner la timbale. Tu veux lui parler, à la fille ? Tu peux. Mais c'est pas la même rigolade que de discuter avec Einstein, et en plus, elle a le nez qui coule mais *tout* le temps.

Il désigna Ecstasy du pouce et roula un œil vers Missy.

– Quand à ces deux-là, je suis sûr que je sais pas.

– Merci, mon ami, c'est plus que nous avions besoin de savoir. Et vous ?

Ecstasy se débarrassa de la main du Cajun, et lissa la manche sur son arme comme s'il avait l'espoir de résorber une poussée cancéreuse par simple massage.

– Non pas que je pense un instant que vous vous lanceriez seul à moitié préparé, ajoutai-je. Si on ne vous en a pas donné l'ordre.

– Vas-y, accouche-lui de ta soirée sordide, le pressa le Cajun.

Ecstasy prit la mouche.

– Je suis en train de m'offrir un moment d'intimité avec mon équipe de football dans ma chambre d'hôtel, pas très loin de lui, dans le même couloir.

Un muscle de sa joue tressauta à l'adresse du Cajun.

– Même rade, même étage, autre chambre. À cause que les cloisons sont si minces, je regarde les 'Niners remporter le Superbowl avec des écouteurs sur les oreilles, au moins jusqu'à ce que j'aie bouffé un tiers de ma boulette de speed. Je n'ai pas réussi à dormir.

– Putain, qu'est-ce tu racontes, dit le Cajun. Y t'en reste ?

– Des clous, oui, bâilla Ecstasy. Et après ça, c'est déjà temps d'aller au boulot. Y a peut-être une heure de ça.

Mon regard passa de l'un à l'autre.

– Un rade de bas étage sur Eddy et Taylor avec des magnétoscopes dans les chambres ? Ils sont comment ? Soudés aux radiateurs ?

Ecstasy prit une attitude pugnace.

– J'ai toujours mon magnétoscope avec moi.

Il forma un rectangle de ses deux mains.

– Écran haute résolution, écouteurs stéréo sur jack, on enfile la cassette tout en bas. On l'a chouré la dernière...

– Qui a gagné ? demanda soudain le Cajun.

– Hein ? Mais ces foutus 'Niners, évidemment.

– Encore une fois ? T'adores pas ça quand ça arrive ?

Ecstasy haussa les épaules.

– C'est ça qu'y a de chouette avec la vidéo. En plus, après le match, y a une bonne heure de taillage de pipes sur la bande.

– Vous savez, dis-je, je pense que vous êtes sortis de l'auberge.

Ecstasy ne sembla plus très sûr de rien.

– Quelle auberge ? dit-il, front soucieux, en pleine réflexion. On n'est pas sortis d'une auberge. C'est toi qui es pas sorti, ajouta-t-il d'un air renfrogné.

– Qui ? Moi ? Pour quelle raison ?

Impatiente de participer à la conversation, Missy tapota la photographie.

– Pour celle-là.

Je regardai d'abord le cliché, ensuite Missy.

– Qu'est-ce que tu vas faire, Missy ? Me faire réduire en poudre ? En purée ? Ici même, devant ce samovar ? Comme le mec de Potrero Hill ?

Missy cligna des paupières.

– Qui est-ce qui s'est fait réduire en poudre ? voulut savoir Ecstasy. Elle est où, la colline de Potrero ?

– On n'a fait réduire personne en poudre, dit le Cajun.

– Y a que notre poudre personnelle, insista Ecstasy, y a qu'elle qui se fait réduire quand on consomme. Et y reste plus rien.

Ils se tournèrent vers Missy dont le visage s'était vidé de ses couleurs.

– Est-ce que c'est la vérité, mademoiselle James ? Y a quelqu'un d'autre qui travaille pour vous ?

Ça ne lui arrivait pas souvent, mais Missy se trouva le bec cloué, incapable de trouver ses mots. Mais elle réfléchissait dur. Ça se voyait.

– Missy, dis-je.

Elle secoua la tête, d'un air distant.

Missy avait toujours été une de ces personnes fortunées, pas aussi rares qu'on pourrait le souhaiter ou le croire, qui ne doutent jamais de leur place dans le monde. Pas un instant elle n'avait remis en question les soupirants, les maris, les automobiles avec chauffeur, les restaurants et les hôtels, les multiples maisons, les loges au stade de football, les séjours de trois mois en Europe – sauf si, naturellement, elle estimait que l'un ou l'autre de ces éléments était déficient ou d'un niveau non acceptable.

Mais en cet instant, cependant, c'était son jugement qu'elle remettait en question. Ce n'était pas trop tôt. J'étais parti de l'hypothèse que c'était sa passion aveugle pour Renée qui avait conduit John Plenty à sa perte. Mais il était visible que Missy elle aussi avait sa place dans l'équation. Avec pour seule différence que, même morte, Renée Knowles en savait plus sur ce qui était arrivé à John Plenty que Missy n'en saurait jamais. Missy venait brutalement de se rendre compte que, tout comme Renée, cette histoire la dépassait. Elle n'était pas de taille. Quelque chose échappait visiblement à tout contrôle.

Pourquoi lui avait-il fallu tout ce temps ? Si le récit de la foutue baignoire de Jim Morrison était vrai, Kevin Carnes n'avait-il donc pas eu assez de jugeote pour porter une arme sur lui quand, au beau milieu de la nuit, il avait accompagné un inconnu jusqu'aux faubourgs de Paris avec cinquante mille francs en poche ? Avait-il caché l'arme à Missy ? S'était-il montré suffisamment stupide pour l'emmener et faire la balade avec lui ? Ou tout cela n'était-il qu'une galéjade dont seule leur veine mutuelle de débiles mentaux leur avait permis de se sortir sans problèmes ?

En tout cas, autour de la table, au fond du petit café russe de Clement Street, ce matin-là, personne n'avait été confronté aux tessons en dents de scie d'une bouteille brisée pendant qu'il tuait John Plenty. À en juger par son studio démoli, John s'était révélé un dur de dur jusqu'à sa fin amère. Vu sous cet angle, peut-être étions-nous tous les quatre dépassés par les événements ?

Les réflexions de Missy se lurent dans ses yeux. Elle était hors jeu. Elle voulait que quelqu'un lui dise ce qu'elle devait faire.

– Dis à ces mecs de se casser, lui annonçai-je.

Le Cajun relâcha sa mâchoire crispée un peu trop vite, songeai-je, pour un mec qui cherchait à se défiler d'une inculpation pour meurtre. Mais il était prêt à se défiler.

Missy hésita.

– Pour l'amour du ciel, Missy, paie à ces deux clowns ce que tu leur dois, avec un bon pourboire à la clé, et tu t'en débarrasses.

Elle me regarda.

– *Chop chop*, ajoutai-je, nous avons un rendez-vous.

Elle les regarda. Ils l'observèrent en retour de manière synchrone, comme deux chiens attendant leurs biscuits.

– C'est terminé, dis-je patiemment. Il y a des gens qui se font tuer. Et ces mecs ne sont pas à la hauteur.

Ecstasy et le Cajun ne firent même pas mine d'être offusqués. Missy abandonna. Elle sortit un portefeuille en chevreau de son sac à main et décompta cinq billets de cent dollars. Le Cajun prit l'argent et le recompta. Ecstasy le regarda faire et remua des pieds sur place.

– J'ai eu un petit entretien avec mon ami le lieutenant Bowditch, me pris-je à penser à haute voix. À la criminelle... ? Sauf que, laissez-moi réfléchir, ça devait être hier après-midi, juste avant ma petite sieste. Il a mentionné que son labo avait réussi à récupérer quelques traces d'empreintes dans le grand incendie du Pier 70. « Pellucide. » C'est comme ça qu'ils les a appelées, je crois, « des empreintes pellucides ». Il m'a paru très satisfait du travail du labo, et le gros ordinateur qu'ils ont là-bas – vous savez ? – lui aussi était très heureux. Bowditch avait l'espoir d'interroger des suspects dès le lendemain. Peut-être devrais-je faire remarquer, à vous deux tout particulièrement, que demain, c'est aujourd'hui ?

Ecstasy se mit à fulminer.

– Y peut pas nous coller cette merde sur le dos. C'est toi qui as...

– Ferme donc ta grande gueule, bordel, lui conseilla le Cajun avec bienveillance, tout en plaquant deux billets de cent sur la poitrine de son collègue. Compte et estime-toi heureux.

Ecstasy compta – un, deux – et sourit d'un air endormi.

Le Cajun le poussa d'une bourrade vers Clement Street.

– Essayez de ne pas revenir avant mardi gras, leur criai-je.

Ecstasy ouvrait la porte quand il se retourna et souleva le paquet à mon adresse. Le Cajun le poussa dans la rue.

– À qui appartenait le Humvee ? demandai-je alors que la porte se refermait derrière eux.

– À Tommy, répondit Missy, toujours ailleurs. La voiture était tellement ringarde qu'il s'est dit que jamais au grand jamais personne n'irait croire qu'elle était à lui.

La serveuse réapparut pour nous demander si nous voulions l'addition avec un regard inquiet vers la rue. Nous lui demandâmes de nous resservir et elle repartit, déçue.

J'examinai la photographie. Le grain était marqué, c'était du noir et blanc, peut-être bien une copie à partir d'un autre cliché.

– Où est-ce qu'une fille peut arriver à se dénicher deux, à l'origine trois, imbéciles pareils déjà tout faits ?

Missy se mâchonna la lèvre.

– Qu'est-ce qui t'arrive, chérie ? Le Prozac ne fait plus son effet ?

Elle essaya de sourire.

– Je crains qu'il ne fasse plus son effet depuis un temps certain, Danny.

– Je l'aurais parié. Ainsi donc les porteurs de valoche viennent de chez Tommy, aussi ?

– Tommy, aussi, confirma-t-elle.

– La situation n'a vraiment plus rien de drôle. Tu t'es acoquinée avec ce Wong, mais elle va jusqu'où, votre affection mutuelle ?

– Je n'en suis plus sûre, répondit-elle en secouant la tête.

– Est-ce qu'il sait que nous nous trouvons ici ?

Elle ne dit mot.

– Bordel de merde, dis-je en jetant un œil vers la porte. Est-ce que ces deux mecs... ?

– Non, dit-elle. Ils n'ont pas la moindre idée de ce qui se passe. Tommy m'a mise en contact avec eux par l'intermédiaire de l'un de ses contremaîtres. Et il n'a plus jamais entendu parler d'eux.

– Pour une raison que je ne m'explique pas, je ne le crois pas.

– Cette partie relative à l'hôtel du Tenderloin était vraie, se dépêcha-t-elle d'expliquer, d'une voix qui commençait à chevroter. J'ai contacté Emil par téléphone juste après que tu m'as appelée.

– Emil ? Le Cajun s'appelle Emil ?

– Oui.

– Quand as-tu appelé Tommy ?

– Après avoir appelé Emil.

– Qu'est-ce que tu lui as raconté ?

– Que j'allais te retrouver, et que tu posais des questions sur lui.

– Nom de Dieu, dis-je en assénant un coup de poing sur la table.

– Tout va bien, monsieur ?

Le visage consterné de la serveuse apparut à un coin du comptoir du café.

– Tout baigne, grommelai-je. Apportez-nous l'addition.

– Ne t'en fais pas, dit Missy à mi-voix. Il m'attend.

– Chez lui ?

– Oui.

– Pour que tu fasses quoi ?

– Que je t'amène à lui.

Je la regardai.

– Et c'est ce que tu allais faire ?

Elle tourna vers moi des yeux implorants.

– Il n'y a qu'une seule chose qui l'intéresse dans...

– *D'accord*, dis-je. A-t-il dit quoi que ce soit de bizarre ? Du genre, il ne sera fait de mal à personne. N'as-tu donc pas entendu la première chose que je t'aie dite ? John Plenty a été assassiné. Et ceci – je poignardai la photographie du doigt – est la raison pour laquelle on l'a tué. Tu sais quoi ?

– Ah... répondit Missy d'une voix tremblante. Quoi ?

– Il ne l'avait pas, voilà. Il ne savait même pas ce que c'était. Exactement comme moi. Je ne savais pas ce que c'était jusqu'à ce que Bowditch fasse son apparition avec cette véritable histoire de fous qu'il a soutirée à ce sergent si savant. C'est quoi, son nom, à cette fille ?

– Maysle, dit Missy d'un air pitoyable. Elle est célèbre.

– Le sergent Maysle est célèbre. Pour quelle raison ?

– Pour sa traduction du *Codex de Syracuse*, répondit Missy quelque peu surprise. On en a publié de larges extraits en attendant sa publication chez Bollingen.

– *Quoi ?*

– Je ne mens pas, gémit-elle. Je t'en prie, tu dois me croire.

– Jamais. Calme-toi. Nous allons finir par dénouer l'écheveau, d'une façon ou d'une autre. En laissant de côté le fait que cette brillante lettrée est sergent des services de police de San Francisco et qu'elle a été exilée à Park Station parce qu'elle a eu les tripes de porter plainte pour harcèlement sexuel contre son chef, petit détail qui apparemment ne semble pas avoir mis le moindre bâton dans les roues de l'édition Bollingen de sa traduction du *Codex de Syracuse* – comment se fait-il, nom d'un chien, que tu sois au courant de tout cela ? Et de toute évidence, tu es au courant depuis le tout début, alors même que tu te trouvais au lit avec moi à écouter Bowditch expliquer tout ce que tu savais depuis belle lurette. Et pourquoi, nom d'un chien, Tommy Wong se soucie-t-il assez de cette chose pour se l'approprier en acceptant de faire tuer des gens ?

– C'est quelqu'un d'autre, le tueur, déclara catégoriquement Missy. Tommy ne ferait pas de mal à une mouche.

– Alors ça, c'est le bouquet. Il te met en contact avec un triumvirat de seconde zone, des gros bras, des casseurs de guibolles et Dieu seul sait quoi d'autre, nom d'un chien, qui se baladent l'arme au poing et qui kidnappent les citoyens honnêtes, et tu continues à penser que Tommy Wong ne ferait pas de mal à une mouche ? La véritable question est : comment se débrouille-t-il pour obtenir de ces mecs qu'ils ne fassent *pas* de mal aux gens ?

– Pas Tommy, dit-elle avec obstination. C'est un collectionneur et un gentleman, et c'est tout.

– Et il collectionne quoi ?

Elle désigna la photo d'une avancée du menton.

– Il a jadis été propriétaire de ça.

– Il a été propriétaire de ça, jadis ?

D'une pichenette, je fis glisser la photo sur la table.

– Bien. Peut-être que maintenant, tu vas me dire de quoi il s'agit, nom de Dieu ?

Son regard passa de la photo à moi, puis revint à la photo et se reposa finalement sur son encadreur préféré. L'étonnement qui s'y lisait était sincère.

– Tu ne sais vraiment pas ?

Je secouai la tête.

– Non, dis-je, vraiment pas.

– C'est un gros plan d'un grenat.

Ce qui me fit hausser un sourcil.

– C'est la pierre, déclara-t-elle, de la Bague de Théodose.

33

– C'est la meilleure.

Je pris la photographie et l'examinai avec un intérêt renouvelé.

Missy m'observait avec beaucoup d'attention. Maintenant que la discussion portait sur un de ses sujets favoris, elle avait repris un peu de son assurance.

– Danny, est-ce que tu me dis la vérité ? Est-ce que c'est vrai que tu ne sais rien de rien de tout ça ? Vraiment vraiment vraiment ?

Je laissai tomber la photo sur la table.

– Je n'ai jamais vu cette bague de ma vie. Je suis dans le noir absolu.

Je me radossai à ma chaise.

– Et qui sait, Missy ? Si tu me laisses ici, dans le noir absolu, il se pourrait tout bonnement que je mûrisse, ainsi que l'a écrit un jour le poète Philip Whalen, comme une tomate ou un fou furieux.

Elle fit la moue.

– Laissé dans le noir absolu, remarqua-t-elle d'un air piteux, tu pourrais peut-être voir tes trois vingtaines plus dix[1].

1. Dans la Bible, la durée de vie à laquelle un homme peut aspirer.

– Tu ne suis pas la logique des événements contemporains. Laissées dans le noir absolu, mes trois vingtaines plus dix sont contre-indiquées. Et non seulement ça, dis-je en tapotant la photo, mais tout le monde s'accorde à dire que ce foutu codex a disparu après l'incendie de Mill Valley, alors que personne en fait ne l'y a réellement vu. Entre-temps, Miss Météo a collectionné les bijoux. Est-ce que cette bague faisait partie de sa collection ? Est-ce que c'est cette bague qui a été la cause de tous ces massacres depuis le début ?

– D'accord, d'accord, soupira-t-elle.

Elle souleva le cliché et le plaça perpendiculairement à la table, le contempla un moment, puis le laissa retomber.

– Le *Codex de Syracuse* a disparu de la Bibliothèque nationale depuis quelque chose comme cent soixante ans.

– Depuis 1830.

– Ça, c'est une certitude. Mais le marché de l'art parallèle est au courant de sa réapparition depuis au moins cinquante ans. Depuis qu'il a disparu d'une villa sur la côte grecque pendant la Seconde Guerre mondiale.

– Un musée grec ?

– Est-ce que j'ai dit qu'il s'agissait d'un musée ?

– Mais je croyais que le mec de la télé...

– Ken Haypeak.

– Exact. Seigneur, quel nom.

Missy haussa les épaules.

– C'était son nom de scène. Que ça ne te pose pas de problème.

– Les journalistes d'info ont des noms de scène ?

– Danny, sourit Missy, mon pauvre chou, il est un fait que tu habites un monde d'une étroitesse tout à fait unique en son genre.

– Si les journalistes d'information ont maintenant des noms de scène, répétai-je stupidement, il n'y a donc plus rien de sacré ?

– Certainement pas les infos, fit remarquer Missy.

– Toujours est-il que je croyais qu'il avait volé...

– Acheté, corrigea Missy.

– Acheté, puis volé, le codex à Gerald Renquist. Où Gerald l'a-t-il obtenu ?

– Ce n'est que de la sémantique. Oublie Haypeak. Toute cette histoire est vraie, mais c'est aussi un miroir aux alouettes.

– Un miroir aux alouettes ? Ce mec et sa petite amie se font brûler vifs dans son...

– Écoute-moi. On a montré à Haypeak le codex dans un musée *privé*. Pas un musée municipal, pas un musée national, mais un musée privé. Il appartenait à une collection privée.

– Tu veux dire comme le Getty ? Le Guggenheim ? Quelle différence... ?

– Non, non, Danny. Une collection privée. Une collection spéciale. Une collection qui n'est ouverte à personne, encore moins au public. Une collection qui est la propriété d'un individu, dans le but spécifique de satisfaire cet individu.

– Et donc non ouverte aux règlements, aux inspections, aux impôts ?

Elle opina du chef.

– Et donc non sujette aux *protections légales* ?

– C'est exact.

– Ce qui revient à dire que pirates, voleurs et collectionneurs peu regardants sur les moyens s'achetaient et se revendaient le *Codex de Syracuse* les uns aux autres...

– Et ça ne s'est pas passé qu'une seule fois.

– Tu veux dire depuis le vol originel ? Celui de la Bibliothèque nationale ?

– Il y a même des questions qui se posent sur l'authenticité de l'acquisition de la Bibliothèque nationale. Mais au moins cet achat-là a été public.

– D'une façon ou d'une autre, le codex est un objet de recel depuis cent soixante ans.

– Exactement.

Je ramassai la photographie.

– Et qu'est-ce que toi, tu viens faire dans toute cette histoire, Missy ?

– Je savais que tu allais poser la question.

– Et comment diable en sais-tu autant sur le sujet ?

– Celle-là aussi.

Une réponse se fit jour dans ma petite cervelle.

– Est-ce que Kevin a été un jour propriétaire de ce codex ?

– Il a failli, dit-elle d'un air mélancolique.

– Failli ?

– Quelqu'un a renchéri sur lui.

– Qui ça ?

– Le mec de Bagdad, je pense.

– Et ça se passait quand ? Il y a dix ou douze ans ?

Elle haussa les épaules.

– J'étais encore mariée à Kevin.

– Quinze ou vingt ?

– Danny, je t'en prie.

– Ceci ne concerne pas ton âge, précisai-je avec agacement, mais c'est presque aussi important.

– Je suis heureuse que cela soit entendu. Une fois que Kevin devenait connu sur un marché particulier, il recevait toutes sortes de propositions. Chacune menait toujours à une autre.

– Combien pour le codex ?

Elle fit la moue.

– Kevin a laissé tomber à sept millions et demi.

– De francs ?

Elle m'offrit un sourire délicatement indulgent.

– De dollars. Les enchères étaient internationales. Il avait été convenu d'avance que la transaction se ferait en dollars américains. Et en liquide.

– En liquide ? Seigneur !

– Sept millions et demi, c'était au-dessus de notre budget. Pour te dire la vérité, tant qu'il s'est agi de choses aussi stupides que des chaussures et des baignoires, Kevin a toujours trouvé l'aventure drôle. Il pensait que les gens méritaient de se faire tondre : s'ils voulaient dépenser leur argent de cette manière, alors, tant pis pour eux. Exactement comme s'il avait été propriétaire d'un cercle de jeu ou quelque chose de ce genre. Il était toujours bien informé, et il ne faisait pas de sentiment. Un excellent homme d'affaires dans une entreprise complètement bizarroïde. Avec le *Codex de Syracuse*, c'était différent.

– Pour quelle raison ?

– Il y en a plusieurs. Un : la somme à engager était trop importante. Deux : l'éventail des gens mêlés à l'affaire allait du comique au personnage louche, et sans juste milieu. Les aristocrates et les excentriques, les collectionneurs vivant en reclus et les magnats de l'info à la réussite scandaleuse qui collectionnent les souvenirs de rock and roll se sont d'une certaine façon transformés en trafiquants de cocaïne, marchands d'armes, politiciens du tiers-monde avec du sang plein les mains, escrocs en crédits immobiliers – des gens douteux, vulgaires, belliqueux. Ils avaient des tonnes d'argent et uniquement du liquide.

Elle frissonna.

– Beurk. Ça nous a déplu soudain, à tous les deux. Qui plus est, les recherches de Kevin l'avaient rendu nerveux quant à – eh bien, lui appelait ça le *karma* du codex.

– Karma, fis-je remarquer, c'est le mot sanscrit pour *acte* ou *action*.

– Oui ? dit Missy. Eh bien, en remontant jusqu'à Théodose, un certain nombre de personnes associées au codex sont mortes de manière inconvenante ou prématurée, ou les deux à la fois. Il existe toute une histoire apocryphe... Mais ce n'était pas la vraie raison. La vraie raison, c'est que le *Codex de Syracuse* était tellement dans l'illégalité, nom de Dieu, c'était une somme de malhonnêtetés tellement absolue, ainsi que Kevin aimait à dire quand les enjeux n'atteignaient pas ces hauteurs : du vol qualifié à l'échelle internationale du début jusqu'à la fin, sans oublier la contrebande et l'évasion fiscale, qu'il ne voyait pas pourquoi nous voudrions y prendre part de quelque façon que ce soit.

– Alors pourquoi vous en êtes-vous mêlés ?

Elle ignora ma question.

– Finalement, il n'a plus eu à se tromper sur la voie à suivre. Nous avions des amis très proches. Elle était née riche. Lui était un célèbre avocat spécialisé dans les affaires de drogue et il s'était fait une réputation en défendant gratuitement les envapés des années soixante. Après leur mariage, ils ont démarré une famille, et en dépit de l'argent de son épouse, lui a éprouvé le besoin de gagner sa vie. Dans la mesure où les lois sur la drogue étaient sa spécialité, il a commencé à accepter des clients qui avaient les moyens de payer. Au départ il s'est agi de LSD, trafiquants et chimistes bien en vue. Ensuite sont venus les fourgueurs de cocaïne, d'abord les mules à came, ensuite les fournisseurs, et finalement les gros poids lourds du syndicat. Au bout du compte, il s'est retrouvé au tribunal à défendre des pontes des stupéfiants dont il savait pertinemment qu'ils avaient tué des gens, ou qu'ils en avaient donné l'ordre, ou les deux. Des individus vraiment puissants, et vraiment dangereux. Ils le payaient des centaines de milliers de dollars pour qu'il leur évite la prison, et il y parvenait. Il était très doué à ce petit jeu. Mais il en est aussi arrivé à les mépriser, et finalement, c'est lui-même qu'il a détesté plus que tout le reste. Et sa vie tout entière a été remise en question. Tu vois ce que je veux dire ?

– Je vois ce que tu veux dire concernant ton ami l'avocat, mais ce qui m'échappe, c'est le lien entre tout ça et le codex.

– Un jour cet avocat a décidé qu'il en avait assez. Il s'est peu à peu dégagé du métier et a pris sa retraite. Il a tout laissé tomber. Pour déménager avec femme et enfants à Tahoe. Où il a conçu et construit une maison. Presque deux ans plus tard, un de ses anciens clients a débarqué chez lui. Un gros trafiquant d'héroïne. Une ordure de la plus belle eau. La DEA l'avait coincé en beauté : possession et transport de stupéfiants, vente de centaines de kilos d'héroïne, meurtres sur contrat, évasion fiscale, la totale. Il avait besoin de l'aide d'un expert. Notre ami l'avocat a refusé sa proposition. Le mec a dit : hé, ta maison, c'est moi qui te l'ai payée. L'avocat a répondu : oui, c'est vrai, et je l'ai gagné, mon argent. Mais j'ai pris ma retraite. C'est fini. Je ne peux pas vous aider. Le mec a répondu qu'il comprenait. Ils se sont serré la main. Le mec s'est trouvé un autre avocat. Lequel a fait ce qu'il a pu mais le méchant a été condamné à vingt-cinq ans de pénitencier, sans possibilité de conditionnelle. Environ un an après sa condamnation, notre ami et sa femme ont disparu de la surface de la terre.

– Sans laisser de traces ?

– Pas la moindre.

– Et je parie qu'une fois sous les verrous, le vieux client s'est mis à broyer du noir.

– C'est l'opinion généralement acceptée.

– Je crois que faire de l'argent, ce n'est pas vraiment la partie de plaisir qu'on veut bien prétendre.

– Pour ce qui est du codex, Kevin et moi étions littéralement tiraillés. Nous en avons discuté les possibilités. Sans fin. Un instant, on se disait : allez, c'est notre dernier grand coup, on le fait et on quitte la partie. D'un autre côté, nous avions beaucoup d'argent et, à ce stade, le père de Kevin était décédé, et Kev n'avait plus rien à prouver et plus personne à qui le prouver. Il avait pratiquement doublé la fortune que son grand-père lui avait laissée en fidéicommis, et son père avait été le témoin d'au moins deux tiers de cet accroissement avant qu'Alzheimer ne le rattrape : ensuite, il n'a plus été capable de voir la différence. Kevin est resté dans la course jusqu'à ce qu'il double son héritage, pour que ça fasse un chiffre rond. C'était un but personnel qu'il s'était fixé – même si, son objectif atteint, le vieux était décédé. N'y pense plus. J'ai essayé. Toujours est-il que bon, d'accord, ça, c'était une affaire de réglée. Il avait fait la preuve de sa virilité. Alors pourquoi se mettre dans tous ses états pour un truc pareil ?

– Parce que ce n'était pas une question d'argent, répondis-je.

Elle balaya mon explication du geste.

– Finalement, nous avons eu une toute dernière journée pour y réfléchir. Et nous n'avons pas réussi à nous décider. Des occasions comme celle-là ne se présentent pas tous les jours – bon Dieu, ça ne se présente même pas une fois dans ta vie. Le *Codex de Syracuse* est un trophée qui n'a pas de prix. Mais d'une certaine façon très élémentaire et très karma, le codex était aussi presque trop invraisemblable pour qu'on y touche. C'était un objet qui n'était pas d'un pays, mais du monde entier, il appartenait à l'humanité. Aucun individu ne devait pouvoir justifier d'un droit de propriété sur lui. Et si c'était vrai, alors nous n'avions pas à nous mêler de cette histoire et essayer de nous l'approprier pour en tirer profit.

– Admirable, dis-je. Alors pourquoi ne pas l'acheter et en faire don à la Bibliothèque nationale pour ainsi défendre son droit à la propriété envers et contre tous ?

Missy me regarda.

– C'est très beau comme sentiment, remarqua-t-elle, pour un mec qui ne possède même pas un Lalique pour pisser.

– Ne me trouvant pas ainsi encombré d'un objet aussi délicat, j'ai largement le temps de me consacrer à des réflexions absconses.

– C'est une idée qui nous a traversé la tête, dit-elle d'un air guindé, mais le prix était raide.

– Alors qu'est-ce qui vous a poussé à participer aux enchères malgré tout ? Sept millions et demi de dollars ? Seigneur ! J'ai bien du mal à simplement prononcer cette somme.

– Cela représente beaucoup d'argent, confirma-t-elle. Mais ce qui nous a fait changer d'avis, c'est que nous avons entendu parler de la bague.

– La bague, dis-je stupidement.

Elle tapota la photo d'un ongle verni.

– Tu te rappelles l'histoire ?

– Il y a eu deux bagues...

– Non, il y en a eu trois. Il y avait la paire que Manar avait fait fabriquer...

– Manar, Manar...

– Le père ? Le père de Théodose ?

– C'est le père de Théodose qui, à l'origine, a passé commande des deux bagues. Exact. Au mec qui vivait aux Indes.

– Très bien. Il en a fait fabriquer une pour Théodora, et une pour lui.

– Et finalement, la bague de Manar est revenue à Théodose.

– Exact. Et qu'est-ce que Théodose a fait ?

– Ah, oui. Il a fait fabriquer une imitation de la bague, la troisième bague, celle qu'il a emportée à Constantinople.

– Te souviens-tu de quoi elle était faite ?

– Bon Dieu, mais je ne me souviens même pas en quoi les deux premières avaient été fabriquées. J'étais au lit, je souffrais d'hypothermie quand j'ai entendu cette histoire, tu te rappelles ?

– Les pierres des deux premières étaient des améthystes. La pierre de la troisième était un grenat. Toutes les trois étaient taillées en forme convexe, en *cabochon* – de petits globes. Le mot vient du vieux français qui signifie tête ou chou. La tête de chou, ça te convient, non, Danny ? Tu as toujours aimé l'étymologie.

Je lui servis un sourire en lame de couteau.

– Toutes les trois avaient été fabriquées par le même joaillier et les trois montures étaient identiques, deux en or, et la dernière en bronze.

– O.K., ça, c'est clair. Oui, et alors ?

– Alors que nous étions à réfléchir sur la vente aux enchères du codex, la troisième bague est apparue sur le marché, Danny. La bague en grenat.

Je me trouvai complètement interloqué.

– Quelqu'un a retrouvé la vraie bague ? Garanti ?

– Garanti. Le motif en avait été retrouvé dans des archives aux Indes, y compris, écoute-moi ça, le dessin original du joaillier, signé de sa main, et contresigné par l'acheteur en personne, Manar. Et la signature portait également une date lunaire du calendrier védique, en plus.

– Ce foutu dessin doit valoir une véritable fortune.

Elle secoua la tête.

– Tu vois, ça commence à venir. Danny.

– Je ne le crois pas.

– Nous non plus, nous ne l'avons pas cru. Mais...

Elle tapota un ongle sur l'enveloppe en kraft.

– Nous avons reçu une photo.

– Ces foutues photos – est-ce que c'était celle que tu as là ?

– Non, bien sûr que non. Une photo différente.

– Alors où... ?

– Elle venait d'un monsieur-dix-pour-cent, un dénicheur que nous ne connaissions que de réputation. Il était pratiquement certain que la bague était authentique.

Je secouai la tête.

– Et maintenant, quoi ?

– Kevin, lui, et lui seul, a eu l'occasion d'acheter la bague – avant qu'elle ne soit mise sur le marché. Au plus offrant.

– Au plus offrant ? Tu veux dire au grand jour ?

– Non. Je te parle là du plus offrant sur le marché parallèle.

– Et comment justifies-tu ce traitement préférentiel ?

– Deux raisons. La première, c'est la réputation de Kevin, honnêteté et règlement en liquide.

– Deux considérations d'importance primordiale, sans aucun doute. Et la seconde ?

– La bague était, dirons-nous, *fraîche*.

– Fraîche ?

– D'une fraîcheur extrême, confirma-t-elle d'un hochement de tête.

– Du genre, la bague en grenat était livrée marinée dans le sang frais dans un pot à mayonnaise ?

Elle fit la grimace.

– Disons simplement qu'elle était d'une fraîcheur telle que son précédent propriétaire croyait qu'il la possédait toujours.

Je fus obligé de sourire.

– Ça, c'est de la fraîcheur, ou je ne m'y connais pas.

Elle acquiesça.

– Nous nous trouvions à Paris à ce moment-là. Le codex, entre-temps, a fait un passage on ne peut plus bref par Marseille. Et le timing était tel que nous étions obligés d'enchérir sur le codex avant de pouvoir tenter d'acheter la bague. Les intrigues et les manœuvres qui entouraient la vente de la bague étaient compliquées. Il y avait des intermédiaires dans différents pays. Avec deux ou trois langues différentes à la clé.

– Donc vous avez décidé de vous attaquer au codex.

– Nous avons décidé de nous attaquer aux deux.

– Aux deux ?

Elle fit signe que oui.

– Le Grand Coup, présumai-je. Celui qui fait sauter la banque.

– Tout s'est passé en l'espace de deux jours. Nous n'avons pas fermé l'œil. Nous avions décidé de garder l'achat de la bague en suspens pendant que nous nous occupions du codex. Si nous n'obtenions pas le codex, il nous resterait toujours la bague. Maintenant que le codex avait refait surface, de façon très relative cependant, la bague allait valoir des millions. Si nous pouvions mettre la main sur les deux... Bon. Encore aujourd'hui, la simple pensée de posséder à la fois la bague et le *Codex de Syracuse* dépasse tout le Prozac de la terre.

– Je pense que je commence à entrevoir un semblant de compréhension de la sensation que tu décris.

– Il me faut un instant pour reprendre mes esprits, dit-elle en sirotant sa verveine, avant de faire la grimace. Mais c'est froid.

– Allez, continue. Nous savons déjà que vous n'avez pas gagné les enchères.

Elle hocha distraitement la tête.

– Nous disposions d'une ligne directe entre notre hôtel à Paris et le centre des enchères, à Marseille. Naturellement, toutes ces procédures étaient exclusivement réservées à une élite.

– Une élite ? Tu veux parler d'une ménagerie de truands de classe mondiale.

– Sans aucun doute. En tout cas, nous disposions d'un budget. Si nous voulions posséder à la fois la bague et le codex, notre prix pour le codex ne pouvait excéder sept millions et demi. Ç'a été une journée que je n'oublierai jamais. Une bouteille de champagne sur glace attendait à côté du téléphone. Kevin ne devait l'ouvrir qu'à l'issue des enchères car il voulait garder la tête froide. Immédiatement, les sommes engagées ont dépassé tout ce à quoi nous nous attendions. Tu sais, dit-elle en guise de parenthèse, c'est tout bonnement sidérant de voir combien il y a d'argent dans le monde.

– Mets un bémol.

– Tu ne me crois pas, soupira-t-elle. La plupart des gens ne le croient pas. Toujours est-il que lorsque les enchères se sont terminées, *nous* ne le croyions pas non plus. Le prix de départ était de cinq millions – cinq millions ! Les enchères étaient d'un demi-million à chaque fois, avec un maximum de trente secondes entre deux enchères. Et ça a monté, monté, monté. En moins de trois minutes, nous nous sommes retrouvés hors course. Trois minutes !

– Tu me fends le cœur ! Qui a remporté le gros lot ?

– Oh, Danny, ne sois pas aussi cruel ! Est-ce que tu ne peux pas, au moins, te mettre dans l'esprit de cette chasse ?

– Le temps nous manque.

– Nous étions là, assis, reprit-elle avec un air complètement défait, avec le téléphone entre nous deux, à contempler la bouteille de champagne à mesure que les offres augmentaient. Quand finalement, ça s'est arrêté.

– Combien ?

– Je te l'ai dit. Dix millions.

Je secouai la tête, incrédule.

– Dix millions de dollars pour une tranche de veau ?

– Pour être précis, il s'agit de parchemin.

– Oh. Est-ce que vous avez quand même sablé le champagne ?

– Quoi ? cilla Missy. C'est drôle que tu dises ça. Oui, confirma-t-elle, une expression étrange sur le visage. Nous l'avons bue le lendemain.

– Vous avez attendu d'avoir acheté la bague ?

Elle secoua la tête sans conviction.

– Au départ, nous avons pensé que ce serait exactement ce que nous ferions. « Oh, bon, a dit Kevin une fois les enchères closes, nous allons nous contenter d'acheter la bague. Nous dépenserons sacrément moins d'argent et le bénéfice sera bien supérieur. » J'ai naturellement été obligée d'être d'accord. Mais ce soir-là, nous sommes allés nous coucher avec un sentiment de malaise.

– Pourquoi ?

– C'est difficile à expliquer. Il y avait une raison rationnelle à ça, due simplement au fait que la bague de grenat était une antiquité encore plus illégale que le *Codex de Syracuse*, ne serait-ce que parce qu'elle avait été volée plus récemment. Nous connaissions l'histoire du codex, plus ou moins. Mais de la bague, nous ne savions que deux choses : qu'elle était dûment authentifiée et authentiquement disponible.

« La part irrationnelle de la chose, c’est que nous partagions un sentiment de malaise sur cette affaire de bague. La perte du codex nous paraissait un signe évident que nous devions oublier Théodose complètement, une bonne fois pour toutes. Mais ce n’était qu’un sentiment. Kevin l’a mis de côté et il a passé son coup de fil pour dire que nous étions toujours intéressés. Ensuite, nous nous sommes attaqués au plus difficile. Nous avons attendu.

– Dans votre suite d’hôtel quatre étoiles au beau milieu de Paris, vous avez donc attendu.

– Au cœur du VIe, puis-je me permettre de te faire remarquer, dit-elle pour qu’il n’y ait pas d’ambiguïté. Mais l’attente, c’est l’attente, tu sais. Finalement, c’est la police qui a mis un terme à tout cela, en même temps qu’à nos douces illusions.

– La police ?

– L’après-midi du lendemain, cinq ou six flics français ont fait leur apparition dans notre suite. Et des nouvelles à nous apprendre, ils en avaient, je peux te l’assurer. On avait retrouvé notre associé en « joaillerie » assassiné, de manière plutôt spectaculaire. « Un règlement de comptes sémaphorique », pour reprendre les termes de l’inspecteur français qui a été très désagréable. En d’autres termes, le meurtre du bonhomme devait servir d’avertissement. On lui avait vidé tout le sang qu’il avait dans le corps. Une empreinte de pouce, le seul doigt qui lui restait, avait révélé son identité à la police. Le seul autre indice significatif trouvé auprès du cadavre était un carré de papier rayé – tu sais, du genre cahier d’écolier qu’utilisent les enfants français ? L’inspecteur nous l’a montré.

Elle frissonna.

– S’y trouvaient inscrits le nom de Kevin, l’adresse de l’hôtel et le numéro de la suite.

– Tout ceci commence à ressembler aux circonstances qui entourent l'affaire de Pacific Heights, remarquai-je d'un air songeur.

Missy acquiesça.

– Kevin a été magnifique. Il a déclaré que l'individu assassiné était de toute évidence un truand et que, n'eût été son passage de vie à trépas fort à propos, peut-être que c'était notre heure à nous qui serait arrivée de manière indue. Puisse Dieu lui pardonner d'avoir ainsi parlé des morts, poursuivit Missy, même s'il s'est toutefois abstenu de se signer en disant ces paroles. Il a convaincu la police qu'il sautait aux yeux que ce mort infâme nous avait pris pour cible et qu'il se préparait à nous cambrioler, nous kidnapper ou pis encore. Il a refusé de considérer les choses sous un autre angle. Il n'existait pas d'autre explication possible. Il est un fait qu'à notre grand désespoir, il s'est avéré que le bonhomme en question avait un casier de proportions considérables pour ces mêmes activités – cambriolage, vol qualifié, tentative de meurtre, et que sais-je encore – mais absolument rien, dois-je ajouter, concernant, disons, la contrebande ou le recel d'objets volés. Et donc, complètement sous le charme de l'opulence de notre suite et d'un verre d'excellent cognac, sans oublier un petit coup de pouce du directeur de l'hôtel, un ami personnel, qui a arrondi les angles et s'est porté garant de notre impeccable réputation, l'inspecteur français a pris toutes dispositions pour nous mettre dans le train pour Londres qui devait partir avant minuit ce même jour. En nous plaçant cependant sous bonne escorte, je dois dire. Le contrôleur a eu la gentillesse de nous trouver un seau de glace, et oui, pour répondre à ta question, nous avons terminé la bouteille de champagne juste comme nous arrivions à Calais. Notre escorte a elle aussi eu droit à un verre. Nous l'avons littéralement noyée sous les remerciements. Kevin et moi n'étions qu'un couple de dilettantes, et nous avions conscience d'avoir échappé à une situation des plus désagréables.

Elle repoussa sa tasse de verveine sur le côté.

– Et donc, depuis ce jour, Kevin n'a plus jamais traficoté dans les antiquités, les souvenirs de personnalités, ou autres. Et pendant seize ou dix-sept ans, je n'ai plus jamais accordé au *Codex de Syracuse* ni à la Bague de Théodose la plus petite pensée.

Elle me lança un regard implorant.

– Tu dois me croire.

– J'ai toujours adoré tes histoires, Missy, qu'elles soient vraies ou fausses. Est-ce que tu voudrais me convaincre que ce à quoi nous sommes confrontés aujourd'hui n'est que du réchauffé, du *déjà-vu**, et que c'est en train de se reproduire ?

– Oui. Non. Je veux dire, pas exactement.

– Et qu'est-ce qui a changé ?

Une nouvelle fois, elle glissa un ongle sous le rebord de la photographie qu'elle releva de manière à me la faire voir.

– L'année dernière, Tommy Wong est venu me faire une proposition.

Elle laissa retomber la photo, à l'endroit.

– Il m'a annoncé que Renée Knowles avait localisé *Le Codex de Syracuse*.

– Renée avait retrouvé *Le Codex de Syracuse* ? Notre Renée ? Où ça ? Comment ?

Elle secoua la tête.

– Aucune importance. Ce qui était important, c'est qu'elle l'avait en sa possession.

– Et puis ?

– Et puis Tommy a posé la bague en grenat de Théodose sur la paume de cette même main.

34

– Missy, il est onze heures trente.

Missy fit pivoter un bracelet en diamants scintillants à son poignet et y jeta un œil.

– Effectivement.

– Tu crois que tu pourrais accélérer le mouvement ?

Elle sourit d'un air très satisfait.

– Le mouvement ne se remonte pas. Cette montre est atomique.

Je soupirai.

– Wong a disparu.

– Ne t'en fais donc pas. Vu ce qu'il croit que je vais lui apporter, il attendra.

– Et puis-je savoir, exactement, ce qu'il croit que tu vas lui apporter ?

– Toi, répondit-elle avec un sourire tendre.

– Missy, comment as-tu pu me faire une chose pareille ? Et je me dépêche d'ajouter, quelle que puisse être la chose que tu sois en train de faire.

– Oh, allons, Danny. Nous savons que tu as la bague.

J'en restai ébaubi.

– La bague ? éclatai-je de rire. La Bague de Théodose ? C'est *moi* qui ai la bague ?

– Naturellement.

– Tu viens juste de me dire que c'était Tommy Wong qui l'avait.

– Il l'avait. C'est bien du passé.

– Qu'est-ce qui est arrivé ?

Elle haussa les épaules.

– Elle lui a échappé.

– Elle lui a *échappé* ? Qu'est-ce qu'elle a donc fait ? Elle a hélé un taxi ?

– Aucune importance. Parce qu'elle n'est pas allée loin.

– D'accord. Nous allons mettre les détails de côté pendant que tu me feras la leçon sur le brin qui est le mien dans cette tresse d'avarice. Dis-moi, à qui l'ai-je volée ?

– Petit imbécile. Tu l'as volée à Renée, répondit-elle en me tapotant la main. Après avoir tué la petite.

– Ce n'est pas drôle, Missy. Je croyais que ton intuition t'avait convaincue que je n'avais pas tué Renée.

– Ça, c'était avant que je ne découvre qu'elle a été la dernière personne à avoir eu la bague en sa possession.

– Et qui t'a dit cela ?

– Tommy. Il a toujours su où se trouvait la bague.

– C'est peut-être lui qui a tué Renée.

– Lui dit que c'est toi l'assassin de Renée.

– Lumineuse idée. Et que dirais-tu de : Renée m'a donné la bague pour qu'elle soit en sécurité entre mes mains, et ensuite, c'est *toi* qui l'as tuée.

– Danny, dit-elle en prenant la mouche, ne sois pas ridicule.

– À *toi* de ne pas être ridicule, Missy. Je n'avais jamais entendu parler de cette foutue bague avant que Bowditch n'arrive avec sa cassette, plus d'une semaine après la mort de Renée. Tu étais là, tu te souviens ? Même à ce moment-là, je ne disposais d'aucun moyen pour savoir que la bague avait été repérée quelque part en ce bas monde après quinze siècles de silence. Bowditch n'en a certainement pas fait état. Je n'apprends les choses de ce genre que lorsque les gens comme lui, ou toi, se décident à m'en parler. Et tout ce temps je me disais que tout ce tohu-bohu ne concernait que le *Codex de Syracuse*. À quel niveau de stupidité puis-je tomber, dis-moi ?

– Oh, Danny, ne sois donc pas aussi dur avec toi-même.

Je tournai les mains, paumes vers le ciel.

– Si c'est mon destin que d'être ridicule...

– Une fois que ta beauté a disparu, dit-elle d'une voix lointaine, c'est à peu près tout ce que tu peux espérer.

– Alors il est certain que j'ai commencé jeune.

– Ce n'est pas si mal, chéri. Peut-être pourrais-tu faire les infos du soir. Ton travail est de ficher la trouille aux gens, pas de les distraire.

Je touchai une de ses alliances.

– Quel est le mari qui t'a donné celle-là ?

– Mon premier.

– Ça doit être le chirurgien orthopédiste, non ?

– Il était capable de faire n'importe quoi avec ses mains, soupira-t-elle. C'est comme ça qu'il m'a séduite. Il faisait des tours de cartes, il jouait du saxophone – il fabriquait même ses propres chaussures. Et chacune avait des orteils individualisés, dit-elle en agitant les doigts de sa main libre. Comme celles de Bugatti ?

– C'est la chose la plus singulière que tu m'aies jamais dite sur un de tes maris.

– Ce n'est qu'après l'avoir épousé que je me suis aperçue qu'il faisait effectivement tout, *absolument tout*, avec ces mains-là.

Elle frissonna et détourna la tête.

– Je ne veux pas en parler.

– Suffit ! Écoute-moi. Son alliance, tu la portes toujours.

Elle posa la main bien à plat sur la table, afin de mieux admirer la bague.

– Je ne supporte pas d'aller chez le prêteur sur gages.

– Missy, tu n'as même jamais mis le pied de ta vie dans une échoppe de prêteur sur gages.

– Bien sûr que non. Est-ce qu'ils sont aussi affreux qu'on le prétend ?

– La question est : est-ce que cette bague signifie encore quelque chose pour toi ?

– C'est un diamant. Naturellement qu'elle signifie quelque chose.

– Il n'a pas voulu la récupérer après le divorce ?

– Il m'a *suppliée* de la garder.

– Pour que tu ne l'oublies pas ?

Elle m'offrit une petite grimace.

– Tout ce dont je me souviens, ce sont ces mains toujours affairées.

Le sourire lui revint.

– Et cet endroit à Ketchum[1]. Ça, c'était bien. Et il avait un ami qui...

– Missy, regarde-moi.

Elle se détourna.

– Pourquoi ?

– Je te jure sur ta première alliance, qui signifie tant à tes yeux, que je n'ai jamais posé le regard sur la bague en grenat.

Elle reporta son regard sur moi.

– On l'appelle la Bague de Théodose.

– C'est logique. Mais je ne l'ai jamais vue, je ne l'ai jamais touchée, je ne l'ai jamais sentie, ni palpée, et je n'en avais même jamais entendu parler

1. Ville de l'Idaho, très à la mode aujourd'hui, où Hemingway s'est suicidé.

jusqu'à la conférence du sergent Maysle l'autre jour. De façon peut-être plus pertinente, je m'en fiche comme de l'an quarante. Tout ce qui me préoccupe en cet instant, c'est de mettre la main sur celui ou celle qui a tué John Plenty. Ensuite j'aimerais m'offrir une bonne nuit de sommeil. Est-ce que je me suis bien fait comprendre ?

– Si tu l'avais vue, cette bague, dit-elle, tu sentirais les choses différemment.

Je secouai la tête.

– La plupart des gens ne sont pas branchés pour être des cumulards juste attirés par l'appât du gain – pas comme toi, en tout cas. Est-ce que tu peux comprendre ça ?

– En un mot ? Non.

– Permets-moi d'essayer un autre biais. La bague au grenat est une copie. Qu'est-ce qu'elle pourrait bien valoir, dis-moi ?

– C'est une bague magnifique. Un bijou de légende. La valeur associative à elle seule est inestimable. La bague vaut une fortune, et tu es un imbécile.

– Théodose a été tué à cause de cette bague. Est-ce que ça s'est arrêté là ?

– Oui, elle l'a tué. À Anchialos, exactement entre Sozopolis et Mesembria.

Elle eut un sourire très tendre et retira sa main.

– Ali a été très précis.

– Tu la connais bien cette histoire.

– En long, en large et en travers. Dans un sens et puis l'autre. Sous toutes les coutures, et dans le noir, comme mon mari et ses propres...

Elle s'interrompit.

– Mains, lui proposai-je.

Elle frissonna.

– Je ne te parle que du premier de mes chers et tendres.

– Qu'est-ce qui rend donc cette copie si fascinante ?

Elle s'adressa à ses doigts comme pour un décompte.

– Elle est associée à une histoire immortelle. Elle atténue la responsabilité échue à Théodora dans le meurtre de son fils.

– Qu'est-ce que tu racontes ? Elle allait tuer ce gamin de toute façon.

– Danny, expliqua patiemment Missy. Il y a des apologistes de *tout le monde* et de *n'importe qui.*

Elle leva un troisième doigt.

– Ensuite il y a le *Codex de Syracuse*. Les deux articles sont complémentaires. Chacun corrobore l'autre. Chacun a disparu et a refait surface de temps à autre, de par le monde, donc tu as le romanesque en plus. En outre, comme le codex – Missy comptait maintenant son index une seconde fois –, la bague a une valeur historique indéniable. Dois-je poursuivre ?

Elle poursuivit.

– Il s'avère que le joaillier de Madras est connu et qu'on collectionne ses œuvres. C'est ainsi d'ailleurs que ses croquis ont refait surface.

– Bowditch ne se souvenait pas de son nom.

– Ramahandras, répondit-elle vivement.

Je la regardai.

– Danny, il a des gens qui recherchent ce genre de choses.

– Combien vaut la bague ?

Elle haussa les épaules, exaspérée.

– Kevin aurait su comment en tirer un bon prix.

– Un million ?

– Ne te comporte donc pas de façon aussi stupide ! s'écria-t-elle, avant d'ajouter, plus calmement cette fois : La stupidité ne te sied guère.

– Dix millions ?

Elle me détailla d'un œil de maquignon.

– Avec ou sans le codex ?

– J'ai mal à la tête, soupirai-je.

– Danny, tu es exaspérant. Tu te souviens du prix auquel, je te l'ai dit à l'instant, Kevin et moi avons été obligés d'arrêter les enchères pour le codex ?

– Sept millions et demi.

– C'est exact. Il s'est vendu à dix millions, et c'était il y a dix-sept ans. Alors maintenant, réfléchis. Qu'est-ce qui te paraît un bon prix ?

– Le prix que le marché pourra supporter, répétai-je comme un perroquet, mort d'ennui.

– Voilà, je le retrouve, mon Danny. Si ces articles se trouvaient au Texas, et si le Texas se trouvait en enfer, ce serait quand même les deux choses les plus brûlantes qui puissent se trouver. Rajoutes-y le mois d'août. Les musées les veulent. Les collectionneurs...

– Bowditch les veut, lui rappelai-je. Des gens armés les veulent. Laisse tomber. Des citoyens sont morts. Des frontières ont été franchies. Des impôts n'ont pas été payés. Des institutions ont été pillées. Il doit y avoir des flics, des agents, des truands sous contrat, des chasseurs de primes, des monsieur-dix-pour-cent totalement sans morale qui courent le monde à la recherche de la bague et du codex. Disons que Tommy et toi, vous mettez la main dessus. Qu'est-ce qu'il faut en faire ? La chose la plus sûre serait de les garder. La seule porte de sortie serait peut-être des honoraires pour les avoir dénichés ou une récompense d'une compagnie d'assurances, laquelle serait susceptible de vous protéger. Mais ces deux objets n'ont jamais été assurés, je me trompe ?

L'idée m'arrêta.

– C'est ça que Renée a vu, me dépêchai-je de conclure. C'est à cause de ça qu'elle s'est intéressée à la chose. Exact ? Pas d'assurance. Et donc pas de police ni de justice ?

– Mais bien sûr, Danny, concéda Missy avec sarcasme, ça, et aussi dix millions de dollars.

– Et c'est quoi qui a causé la mort de Renée ? Le codex ou la bague ? Est-ce que tu le sais ? Est-ce que tu t'en soucies ?

– De qui ? De Renée Knowles ?

Elle fit la moue, incrédule.

– Et de quoi d'autre faudrait-il se soucier ?

Je n'entendis aucune réponse à cette question.

– Missy, murmurai-je. Ce n'est pas toi qui l'as...

Elle se redressa fièrement.

– Danny Kestrel, comment oses-tu suggérer... ?

Elle détourna la tête, et revenant sur moi, elle me gifla.

– Certainement pas !

Depuis tout le temps que je connaissais Missy, je l'avais rarement surprise à être sérieuse. Jamais elle ne m'avait paru à même de se trouver une bonne raison d'être concernée ou dérangée par quelque chose, comme, par exemple, la destruction de Beyrouth. Et d'une certaine façon, elle m'avait toujours, et sans difficulté, je dois l'avouer, attiré dans les rets de ses railleries. Mais en cet instant, elle faisait montre d'une gravité que je ne lui avais encore jamais vue. Furieuse, elle me dit d'un ton peu amène :

– Danny, il y a une chose qui t'échappe, une chose *fondamentale*.

– Vraiment ? dis-je.

Je passai un doigt sur ma joue, l'examinai et le lui montrai.

– Et qu'est-ce qui m'échappe ?

Elle repoussa ma main.

– Renée était la seule à s'intéresser au *Codex de Syracuse*, à la Bague de Théodose ou à Dieu sait quoi d'autre uniquement pour l'argent. Le reste d'entre nous se préoccupe de la *signification* de ces objets.

– Oh, dis-je. Je croyais que nous allions parler de meurtre. Mais bon, d'accord, discutons culture. Ou, pour reprendre tes termes, de la signification de ces objets. Et c'est quoi, leur fameuse signification, nom de Dieu ? Dix millions ? Vingt millions ? Pour quelqu'un quelque part, c'est exactement toute la *signification* qu'ils ont.

Missy refusa d'accepter l'argument.

– L'argent est secondaire. Considère un peu les gens impliqués dans ce foutoir.

Elle reprit ses doigts pour un nouveau décompte.

– Il y a Théodora en personne...

– Théodora est morte et enterrée depuis seize siècles !

Missy insista.

– La longévité fait une énorme différence, Danny. Compare Théodora à, disons, je ne sais pas, Marilyn Monroe. Pense à la bague comme à une lettre d'amour de Marilyn à Jack Kennedy. Alors est-ce que tu comprends ?

Elle réfléchit un instant.

– As-tu écouté la radio ce matin ?

« Ce matin » me renvoya au loft obscur de John Plenty. L'espace d'un instant, je sentis l'odeur de whisky et de poudre de balles, et je vis la lumière jouer sur le verre brisé et cette foutue godasse.

– Non, répondis-je doucement. Je n'ai pas écouté la radio ce matin.

– Un mec a annoncé qu'il avait en sa possession l'exemplaire du *White Album* des Beatles que John Lennon avait signé à John David Chapman, deux minutes avant que Chapman l'assassine.

– Oh, non, dis-je en geignant. Je vais parler. Je vais tout avouer. Je ferai tout ce que tu voudras.

Simplement ne m'assène plus ta culture pop dans la figure, ni les gens qui sont morts pour ses péchés, ni ceux qui s'en nourrissent à n'en plus pouvoir.

– Un million et demi, Danny.

– Missy, je t'en prie. Tu me rends malade.

– Je cherche une analogie que tu sois à même de comprendre. Essaie de prendre en compte les choses qui peuvent te paraître à toi insignifiantes mais qui pour d'autres sont comme le sang de la vie. Imagine : Marilyn Monroe et John Lennon, et même John F. Kennedy, trente-cinquième président des Etats-Unis, à cent ans d'ici, pourraient très bien être complètement oubliés. D'ici deux à trois siècles, sans même parler de quinze, il est plus que concevable que les États-Unis eux-mêmes soient oubliés ; et si, véritablement, il reste encore âme qui vive pour pouvoir oublier. Et s'il y a encore des gens en ce bas monde, quelle est la chose dont ils pourraient éventuellement se souvenir nous concernant ?

– L'invention de la télévision ? suggérai-je immédiatement.

Elle m'offrit un sourire plein de compassion.

– *Le Codex de Syracuse* et la Bague de Théodose représentent bien plus que la simple culture de l'air du temps, Danny. Ils sont l'Histoire. Ce sont des objets d'une histoire hors du temps. En tant que tels, ils ont donné naissance à des récits apocryphes. Presque tout le reste a disparu. C'est vrai que ces deux objets ont une valeur inestimable. Et tu as parfaitement le droit de croire que, à ce stade, en tant que réalités marchandes, ils sont pratiquement hors de tout prix. J'ose dire que si tu devais essayer de faire don de la bague à un musée, par exemple, tu t'apercevrais que les directeurs du musée en question et les compagnies d'assurances – sans même parler du gouvernement actuel de la Turquie – trouveraient le moyen de te ruiner dans l'affaire. À tout le moins, ils te sucreraient ta commission jusqu'à n'en laisser pratiquement rien. Tu en dépenserais la majeure partie en avocats pour te défendre d'accusations détaillant avec éloquence la manière dont tu as volé la bague après dix années passées en viols, rapines et pillages, des années que tu aurais totalement oubliées à cause du syndrome de personnalités multiples dont tu souffres mais auquel tu serais parvenu à échapper grâce à tes penchants marqués pour le déguisement transsexuel, et ce musée ainsi que sa compagnie d'assurances auraient joint leurs forces pour te faire mettre à l'ombre afin que les rues soient plus sûres, et ce dans un esprit de coopération civique sans précédent dans les annales de l'achat de colifichets byzantins pour la collectivité. *Et cætera ad nauseum*. Est-ce que tu entends ce que je dis, ou pas ?

– Ce que tu es en train de me raconter, c'est que, dans la mesure où une institution de dépôt légitime et légale essaierait de me baiser dans les grandes largeurs en s'appropriant une antiquité aussi inestimable que la Bague de Théodose, je devrais tout bonnement me contenter de te la donner, parce que toi, tu sais quoi en faire. Exact ?

– Quelle absolue perspicacité de ta part, Danny Kestrel !

– Je n'en suis que plus flatté de compter au nombre des membres de ton cercle choisi, tu peux en être sûre. Mais ta foutue bague, je ne l'ai pas, Missy. Aujourd'hui, c'est la première fois que j'entends dire qu'elle a survécu. D'accord ? Et maintenant ?

Sans hésitation, elle dit :

– Maintenant, tu racontes cette histoire à Tommy Wong.

35

En dépit de tous ses boniments, dont, au-delà du penchant pour la duperie qui était chez elle une seconde nature, je commençais à entrevoir le danger potentiel, le récit de Missy contenait un élément que j'avais raté jusque-là, à savoir que parmi les gens impliqués dans cette matrice de voleurs, seuls quelques-uns se souciaient véritablement de l'argent. J'en fus ébranlé. Si les cannibales se présentaient à la fête parce qu'ils avaient faim, pour quelle raison les fanatiques s'y trouvaient-ils également ?

Renée jouait sur tous les tableaux ; avare, ses talents de vamp étaient sa meilleure arme ; prête à sacrifier presque tout pour arriver la première ; accumulant fortune contre mauvaise fortune, armes contre adversité, succès contre pauvreté, petits coups misanthropes contre la réticence du monde à reconnaître son existence. Ambitieuse au point d'en être sociopathe, elle poursuivait une vision de la réussite que nul autre ne comprenait, une vision qu'elle avait emportée dans la tombe, si le terme de vision est approprié. Elle avait tout sacrifié, y compris sa vie, à la poursuite de ce qui n'avait peut-être été rien d'autre qu'une chimère impossible à trouver.

Et Théodora elle-même ? Elle avait tout, et elle s'était retrouvée emportée par un « cancer » à un âge relativement tendre, peut-être avant la cinquantaine. Oui, regardez Théodora. Elle avait tout...

Renée n'était pas stupide. Tout comme Missy, elle connaissait probablement l'histoire de Théodora aussi bien que le sergent Maysle. En avait-elle retiré quelque chose ? Renée avait-elle découvert en Théodora un modèle auquel confronter la mesure de ses propres aspirations ? Avec, pour jalon sur sa route, la possession, par exemple, du *Codex de Syracuse* ? Ou de la Bague de Théodose ? Ou des deux ?

Pareille à un serpent qu'on croit hologramme jusqu'à ce qu'il morde, une théorie s'était formée dans mon esprit, comme dans une nuit noire, sans même que j'en prenne conscience. Renée en était arrivée à s'identifier à Théodora, la prostituée orpheline qui, par des efforts farouches et inlassables, était parvenue à se constituer un empire entier. Elle avait vendu son corps à qui en voulait. Elle avait torturé et tué des dizaines, des centaines d'individus. Elle avait organisé le meurtre de son fils unique. Et tout ça pour quoi ? Il est vrai qu'elle avait été l'instigatrice de grandes œuvres. Il est vrai que, tout despote qu'elle ait pu être, on voyait en elle un despote qui avait réussi, et que ce même succès justifiait les mesures extrêmes nécessaires pour lui garantir son règne – « pas d'alternative entre ruine et trône ». Plusieurs écrivains la considéraient comme la première des féministes.

Mais tout ça pour quoi ? Pour que, malgré la présence de ses quatre mille serviteurs, malgré les aumônes qu'elle distribuait à foison de tous côtés, malgré ses dons aux temples, aux écoles, aux orphelinats, un cancer pût, comme le dit Homère, lui dénouer les jarrets, et lui faire revêtir la chemise de galets ?

L'idée n'était pas mauvaise, pour une solitaire paranoïaque. Mais elle semblait trop sentimentale pour quelqu'un comme Renée Knowles. Théodora, qui l'avait vécue, aurait sans nul doute accepté sa mort précoce comme la prochaine face à apparaître une fois le dé lancé, et elle aurait préféré l'endurer, alitée dans l'honneur et la parure d'un empire, plutôt que d'attendre sa fin prochaine sans même qu'un dé en marquât la venue dans une cahute près de la décharge de la ville. Renée aurait éprouvé la même chose. Elle serait morte seule, à Pacific Heights, parmi les collections qu'elles s'était constituées à son image comme seuls objets de référence, pendant qu'allaient et venaient les racoleuses de son époux, plutôt que de dodeliner de la tête parmi les tulipes et les petits-enfants sur le perron de son ranch de cow-boy.

Donc il y avait anguille sous roche. Autre point important. Renée avait découvert quelque chose qui l'avait conduite à violer tous les principes acquis, à jeter aux orties tous les outils grâce auxquels elle s'était hissée jusqu'à un monde rempli de pièges, un monde de liaisons vagues, de duplicités non écrites, de règlements secrets en liquide exclusivement. Dans un monde où elle n'avait comme valeur que sa parole, et où la valeur de sa parole se limitait au dernier marché qu'elle avait mené à bien, Renée avait trahi quelqu'un, et ce quelqu'un lui en avait voulu suffisamment de cette trahison pour la tuer.

Renée avait commis une erreur de jugement. Elle était allée au-delà de ses limites.

Qu'est-ce qui avait ainsi obscurci son jugement ? La valeur du codex était certainement très suffisante pour avoir encouragé nombre de gens à la tuer afin de s'en emparer, si c'était bien là la raison pour laquelle on l'avait éliminée. Mais si c'était le cas, le tueur, une fois son acte commis, était reparti les mains vides. Jusqu'ici, à l'évidence, ça se tenait. Mais pourquoi Renée avait-elle manqué à sa parole ? Envers qui ? Et pourquoi, suite à cela, John Plenty avait-il été tué ? Il est vrai qu'ils s'étaient parlé la nuit de la mort de Renée. J'avais assisté à leur bref échange. Et j'avais cru John lorsqu'il m'avait expliqué que Renée savait qu'elle avait des ennuis, qu'elle avait été tentée de l'appeler à l'aide, avant de changer d'avis. Il s'était même flatté d'avoir été l'objet de la seule et unique bonne action de Renée dans toute son existence. Mais John était mort malgré tout. Pourquoi ? Est-ce que dix millions de dollars étaient le prix du pourquoi ? Dix millions...

Renée n'avait pas à l'évidence une telle somme d'argent à sa disposition. Le codex était bien trop précieux, bien trop brûlant et bien trop cher pour que Renée fût à même de se charger de la transaction et de la mener seule. Alors que faisait-elle dans tout ce micmac ? Travaillait-elle sur commission ? Et pourquoi pas ? S'il fallait en croire Tommy Wong, pratiquement toute commission sur un montant de dix millions de dollars représenterait beaucoup plus que tout ce que Renée avait pu soutirer jusque-là. Mais qui lui aurait accordé une telle confiance ?

Alors que penser de ceci : Renée était une *mule*. Elle transportait.

Ça me plaisait bien comme idée.

Renée Knowles n'avait jamais été partie prenante de l'affaire. C'était impossible, dans la mesure où elle n'avait, économiquement parlant, aucun répondant. Ce qui signifiait qu'elle travaillait pour quelqu'un. Mais qui ? Gerald Renquist ? Il est sûr que lui était dans le coup. Mais la somme d'argent requise pour entrer dans la partie l'avait lui aussi exclu de l'affaire. Et sa mère avec lui.

Ce qui, une fois de plus, ne laissait que Tommy Wong. Et j'apprenais maintenant que Wong avait été effectivement propriétaire de la Bague de Théodose – pas à Bagdad ou à Paris ou au pôle Sud, mais à San Francisco, et ce, très récemment.

S'il fallait en croire Missy, Wong avait décidé que c'était moi qui avais la bague. S'il en était convaincu, ce ne pouvait être que pour une seule et bonne raison : il croyait que je l'avais obtenue de Renée, juste avant le meurtre de celle-ci. Mais tout ce que j'avais récupéré, c'était le *Codex de Syracuse*.

Pourquoi cela ne collait-il pas ? Est-ce que Dave et moi avions raté la bague dans la BMW ? Pousser l'hypothèse aussi loin, était-ce même concevable ? Renée Knowles était-elle devenue la première femme, en quinze siècles, à s'être trouvée simultanément en possession de la Bague de Théodose et du *Codex de Syracuse* ?

Cette éventualité avait pu sembler aux yeux de Renée tellement impressionnante qu'elle avait dû y voir un impératif historique, d'une gravité suffisante pour tournebouler le jugement de quiconque, bien plus qu'une simple occasion que le hasard lui offrait de saisir. Et c'est peut-être bien là que résidait la réponse. Cette solution pouvait bien expliquer pourquoi Renée avait dévié de la route sacrée de son ambition, trahissant tous ses contacts, sans même parler de sa vie qu'elle mettait dans la balance. La possession de ces deux antiquités inestimables aurait donné à sa réussite une ampleur dépassant tout ce qu'une petite fille aurait jamais pu imaginer, chevauchant à contrecœur son Pégase sans ailes pour rentrer au bercail dans la lumière glacée d'un après-midi d'automne. L'ascension au pouvoir de Théodora, en résonance avec son propre succès, avait dû, chez Renée, rendre plus doux encore son sentiment de victoire anticipé.

Renée n'avait pas été capable de résister à un jeu qui, tout bonnement, était suicidaire. Il avait en outre coûté la vie à quelques autres personnes.

Il aurait été intéressant d'entendre ce que Tommy Wong avait à dire sur le sujet.

Mais...

L'allée à voitures était circulaire, les jardins méticuleusement entretenus, la résidence, comme son terrain de bonne taille, l'image même d'un goût très sûr. Un miroitement de soleil jaillit de l'océan Pacifique sur un sentier ombragé le long de la maison, apportant avec lui le goût frais de l'air froid de la mer. Les mouettes tournoyaient dans les courants ascendants d'air chaud qui s'élevaient de la falaise au-dessus de China Beach. Un couple de bouvreuils papotaient sur le chapeau de la cheminée. La porte d'entrée était ouverte comme s'il se déroulait une fête dans les jardins sur l'arrière de la maison, comme si notre arrivée était attendue.

Ecstasy gisait en travers du seuil de ladite porte, vautré sans guère d'élégance, ensanglanté et mort, la tête percée de trous flambant neufs, sur l'avant et l'arrière.

Missy se prit les pieds dans le cadavre, recula pour faire le point sur le destin d'Ecstasy, et s'évanouit.

Ecstasy avait reçu ses remèdes définitifs alors qu'il les fuyait très précisément. La balle l'avait touché dans le dos, au sommet de la colonne vertébrale. L'orifice de sortie du projectile devait donc se situer sur l'avant de sa personne. Je le retournai. Son petit automatique calibre .25 était resté fourré dans la manche de son blouson, sans avoir servi. La crête sagittale au-dessus de l'œil droit avait volé en morceaux.

Je l'enjambai et entrai dans la maison silencieuse.

Sur les dalles de marbre du vestibule de l'entrée gisait le Cajun, au pied d'un escalier circulaire en teck. Un bras ressortait entre le pilastre et un balustre, formant un angle qui n'avait rien de naturel. Sous sa main, le tamagotchi pépiait faiblement. Le cadavre du Cajun affichait lui aussi deux orifices supplémentaires tout à fait personnels, proches l'un de l'autre, dans la poitrine. Un automatique calibre .32 gisait à ses pieds. Il l'avait sorti de sa poche, mais il n'était pas parvenu à faire feu.

Hormis les bouffées insidieuses de cordite brûlée, c'était une bien belle maison avec beaucoup de lambris, des peintures, des moulures de corniche dorées, des draperies somptueuses et des tapis orientaux. À hauteur de la première volée de marches de l'escalier, des volutes de fumée montaient lentement dans la lumière qui pénétrait à l'oblique par une immense fenêtre faisant face au nord. On devait probablement voir jusqu'à Bolinas de là-haut.

Une porte dans le mur ouest du vestibule ouvrait sur une élégante bibliothèque. C'est là que je découvris Tommy Wong, et il ne lisait pas. Tommy Wong ne lirait plus jamais. Quelqu'un avait vidé tout son sang dans une poubelle.

Après l'avoir attaché à un fauteuil, on lui avait tranché un poignet. Comme il ne parlait pas, on lui avait tranché le second. Ou peut-être lui avait-on tranché le second après qu'il eut parlé.

Difficile à dire. Clarence Ing expliquerait la procédure suivie. Mais cela ne ferait plus jamais la moindre différence pour Tommy.

Narcissique et délicate de façon ostentatoire, Missy aurait très probablement pu trouver la grandeur et la force d'âme nécessaires pour assister jusqu'au bout à une vidéo de ses propres opérations de chirurgie esthétique. Mais un trou dans la tête d'un autre qu'elle ? Direct dans les pommes, comme au signal. Je l'étalai, tout alanguie dans sa tenue haute couture, sur trois chaises dans la salle à manger dont la porte principale ouvrait sur le côté gauche du vestibule, à l'opposé de la bibliothèque. Je refermai la porte d'entrée, par souci des convenances, et retournai examiner Tommy Wong.

La blessure de l'un des poignets s'était vidée dans une poubelle en caoutchouc, l'autre dans un saladier à punch en cristal. Parce qu'elle était plus grande, la poubelle avait limité les dégâts, mais comme elle contenait une quantité de sang supérieure, il semblait logique d'imaginer qu'elle avait servi de premier réceptacle à être mis en service. La serviette de bain étalée sur les genoux de Wong était détrempée. Tous ces détails me paraissaient d'une méticulosité grotesque. On aurait donc voulu torturer le gars sans salir ses tapis ?

On avait assis Wong dans un fauteuil à haut dossier et à barreaux multiples, très semblable au mobilier dessiné par Rennie Mackintosh[1], sauf que s'y adjoignaient deux accoudoirs auxquels les avant-bras de Wong étaient sanglés, paumes en l'air. L'incision du poignet droit avait été juste assez profonde pour sectionner les veines, sans plus. La seconde, au poignet gauche, avait tranché jusqu'à l'os.

Chaque manche de la chemise et de la veste avait été fendue jusqu'au coude pour dégager les chairs. Un bras était noué d'une cravate, l'autre d'une ceinture, deux articles pris sur la tenue immaculée de Wong – chemise jaune pâle impeccablement repassée et costume beige foncé sur des mocassins en cuir souple. Bras et torse étaient sanglés au dossier de la chaise par une longue écharpe rouge brodée de motifs en fil doré empruntée à un vénérable kimono en soie ornant le mur au-dessus du manteau de la

1. Charles Rennie Mackintosh (1868-1928) : architecte et décorateur écossais qui fut le leader, à l'époque de l'Art nouveau, d'une école dite « de Glasgow ».

cheminée. Wong était assis le dos à l'âtre, et toute cette mise en scène semblait avoir eu pour fonction de permettre à quelqu'un de s'installer dans le canapé d'en face et de contempler les souffrances de sa victime en sirotant un verre de chardonnay bien frais.

Je passais la scène en revue quand l'idée me traversa l'esprit, sans raison particulière, que les deux bouvreuils que j'avais remarqués à l'extérieur avaient dû se percher sur le chapeau du conduit de cette même cheminée.

La bouteille de vin avait été disposée à côté d'un verre à moitié vide sur une table basse adjacente à une extrémité du canapé. Entre verre et bouteille, se trouvait un tire-bouchon au corps en bois fileté. Le bouchon, simplement empalé sur la tige d'acier en hélicoïde, était toujours humide. Un seul verre avait été servi, et le vin n'avait pas été entièrement consommé. Des perles de condensation embuaient encore le verre et la bouteille. Il semblait incroyable de penser que l'auteur du forfait ait pu ne pas porter de gants.

La large écharpe du kimono s'était sans doute trouvée là fort à propos : la pression qui en résultait était juste suffisante pour ne pas priver les bras de leur circulation naturelle, sans toutefois que l'objet de contention vînt gâcher le spectacle.

Sauf à penser que les auteurs de cet acte avaient peut-être incité Tommy Wong à émettre une préférence quant à une mort rapide ou lente, les émotions ordinairement humaines n'avaient pas pu trouver leur place dans ce scénario. Quelqu'un avait siroté son verre de vin pendant que la vie se vidait du corps de Wong en coulées épaisses. Le rouge brillant dans le saladier s'harmonisait de manière déconcertante avec l'écarlate du kimono et de sa ceinture, sur le fond des tonalités plus assourdies de la pièce.

À l'entour de la scène s'élevait une bibliothèque réellement impressionnante, et, parmi ses nombreux volumes, je discernai vite une section aux titres évocateurs : *Theodora : Portait in a Byzantine Lanscape; Theodora, Empress of Byzantium; Justinian and Theodora;* et *Theodora and the Emperor*[1]. Haendel, apparemment, avait composé un oratorio, *Theodora*, dont il existait un très ancien feuillet, avec quelques notes au crayon du chef d'orchestre et divers enregistrements. Chose inhabituelle, sinon inattendue, la bibliothèque apparemment n'était constituée que de premières éditions. La section réservée aux ouvrages sur l'Empire romain post-chrétien était vaste et substantielle. On y trouvait une très vieille édition en plusieurs volumes de l'*Histoire du déclin et de la chute de l'Empire romain*, de Gibbon, une édition de luxe de *A Bibliography of Edward Gibbon's Library*[2], une collection de ses lettres, son *History of Christianity*[3], et une édition originale de son *Autobiographie*, ainsi qu'une collection de ses premières œuvres en français. Procope avait lui aussi droit à sa section. Les multiples volumes de son *Histoire*, ainsi que diverses éditions et traductions de son *Histoire secrète*, y compris un fac-similé de l'original, Anekdwta, et son inventaire servile des grands ouvrages publics de Justinien, *Traité des Édifices*. Peut-être était-ce justement cette œuvre de vieillesse de Procope, atypique et d'un ennui des plus mortels, qui avait, par inadvertance, initié Tommy Wong, architecte, au culte de Théodora ?

1. Successivement : *Théodora : Portrait dans un paysage byzantin. Théodora, Impératrice de Byzance. Justinien et Théodora. Théodora et l'Empereur.*
2. *Bibliographie de la bibliothèque d'Edward Gibbon.*
3. *Histoire de la Chrétienté.*

La pièce n'avait pas grand-chose d'autre à offrir, sinon des décennies de lecture, et il n'y avait apparemment pas de *cabochon* en grenat à l'horizon. Le bureau de Wong était impeccable. Rien n'y traînait. Une lampe à abat-jour Prairie[1] et un téléphone ; un ensemble de stylos en or ; un bloc-notes vierge, dont chaque feuillet portait le logo cramoisi du Pachinko Hotel Group ; et une sculpture en grès vitrifié de deux carpes entrelacées, l'une nageant vers son centre et l'autre s'en éloignant.

J'examinai la sculpture, sans doute une représentation allégorique du taï chi du yin et du yang. Le masculin et le féminin, l'actif et le passif, une force se dissipe tandis que son contraire se vivifie, un poisson arrive tandis que l'autre s'en repart, comme la vie nourrissant la mort et vice versa. Je me retournai vers le corps de Tommy Wong, troussé et sanglé dans une chaise de collection, le dos tourné à sa cheminée habillée de pierre, tout à côté d'une grande corbeille en laiton vieille de deux siècles où s'entassait du prosopis odoriférant. Un poisson se vivifiait de sa toute-puissance en sirotant un excellent chardonnay ; goutte écarlate après goutte écarlate, un autre avait cessé d'exister.

Le bar intégré au mur présentait des carafes en cristal taillé de cognac et de bourbon, un évier avec robinets en or, un assortiment de verres, une bouteille de Old Overholt. Des bouteilles d'eau minérale, de bière Kirin et un flacon de raifort occupaient un petit réfrigérateur sous le comptoir, ainsi qu'une autre bouteille de chardonnay. Je ne trouvai pas de soucoupe en or garnie d'une bague en grenat.

1. Dessinée par Frank Lloyd Wright. Un exemplaire en a été adjugé chez Christie's, tout récemment, pour 1,9 million de dollars.

À l'âge de soixante ans, Wong avait le teint trop clair pour avoir été un buveur impénitent, sa corpulence trop légère, son corps trop bien entretenu. Lorsque je l'avais rencontré, il m'était apparu en excellente santé. Le récit qu'il m'avait fait de la petite escroquerie de Renée sur la malle chinoise avait pu être vrai, mais il avait déclaré ce jour-là que la boisson et les affaires n'allaient pas ensemble. Mais maintenant, bien sûr, tout ce qu'il avait pu me dire devait être réévalué, ou totalement écarté. D'un côté, dans la mesure où il faisait beaucoup d'affaires, on pouvait émettre l'hypothèse qu'il n'avait guère le temps de boire. Mais il avait fait état d'une prédilection marquée pour le Manhattan au whisky de seigle, et il y avait bien là une bouteille de Old Overholt, ainsi que du vermouth et du bitter. On pouvait au moins en conclure que Wong avait été un hôte qui savait recevoir.

Jusqu'à sa toute dernière heure.

36

Il y avait bien trente ans que je n'avais entendu parler d'une situation comme celle que j'avais devant les yeux. Avec un poignet sectionné, Wong disposait peut-être d'une demi-heure de discussion sérieuse, s'il parvenait à surmonter le choc. Habituellement, la simple vue d'un couteau ou d'un rasoir suffit à obtenir l'information, si information il y a. D'un côté comme de l'autre, rares étaient les hommes à pouvoir encaisser un tel traitement.

Le verre à moitié vide me rappela quelque chose. J'allai jusqu'à la bibliothèque et en sortis une copie moderne en livre de poche du chef-d'œuvre de Gibbon. Sa table des matières comprenait *Portrait d'une impératrice*, le passage sur Théodora que nous avait lu Bowditch.

> Mais le reproche de cruauté, si répugnant comparé à ses vices plus tendres, a laissé une tache indélébile sur la mémoire de Théodora. Les nombreux espions à son service observaient et rapportaient jalousement le moindre acte, la plus petite parole, le dernier regard qui étaient autant d'injures à leur royale maîtresse. Celui ou celle qui se voyait accusé se retrouvait jeté dans les prisons privées de la reine, inaccessibles aux enquêtes de la justice ; et la rumeur voulait que les

supplices du chevalet ou du fouet eussent été infligés en la présence d'un tyran féminin insensible aux voix de la prière ou de la pitié. Certaines parmi ces victimes infortunées périrent en de profonds donjons insalubres ; pendant que d'autres étaient autorisées, après la perte de leurs membres, de leur raison, de leur fortune, à paraître aux yeux du monde comme les monuments vivants de la vengeance de Théodora...

Des gouttelettes continuaient à tomber des accoudoirs du fauteuil, « insensibles aux voix de la prière ou de la pitié ». Je replaçai le volume sur son étagère. Tommy avait peut-être prié. Mais s'était-il donné la peine de supplier qu'on lui laisse la vie sauve ?

Car, assurément, il devait connaître son assaillant. Un chemin de destruction menait en droite ligne jusqu'à lui, mais on ne voyait ici aucun signe de lutte. Ses soldats ineptes avaient été défaits, leurs blessures infligées avec une précision extrême. Et si, qui plus est, Wong n'avait pas entendu les coups de feu ? Peut-être Ecstasy et le Cajun étaient-ils apparus seulement après la mort de Wong, et non pas pour interrompre la séance d'inquisition ? La chose paraissait très vraisemblable. Effrayé par la certitude d'aller à l'échec, Ecstasy avait été incapable de faire autre chose que d'essayer d'échapper à sa destinée, pendant que le Cajun, au moins, avait tenté d'en changer le cours. Et si, en fait, Wong attendait la venue des premiers arrivants qui, ponctuels à leur rendez-vous avec lui, avaient calmement ordonné qu'il fût torturé jusqu'à ce que mort s'ensuive ?

Wong en personne avait pu travailler pour celui ou celle qui l'avait tué. Et si, ayant d'une manière ou d'une autre échoué dans son entreprise, il en avait payé le prix ultime mis en œuvre de manière aussi méticuleuse ?

Ou avait-il connu cette fin sordide en gardant par-devers lui quelque renseignement d'importance vitale ? S'il n'avait pas sauvé sa peau, au moins avait-il tenté de contrecarrer le plan d'un autre ?

Ecstasy et le Cajun avaient également échoué. Wong avait échoué. Wong et – qui d'autre ? Renée, Gerald, John...

Et Missy. Missy elle aussi avait échoué.

Je repassai la porte de la bibliothèque au pas de course. À mi-chemin du vestibule, j'aperçus l'intérieur de la salle à manger avec les trois chaises, inoccupées.

Je me penchai pour ramasser l'arme du Cajun quand je me rendis compte que la porte d'entrée était ouverte.

Je ne pris même pas la peine de saisir le pistolet. J'allai jusqu'à l'entrée, enjambai la dépouille d'Ecstasy, et jetai un œil au-dehors.

La Jaguar n'était plus là. Je maudis le silence du moteur de cette voiture, et me maudis ensuite pour avoir laissé Missy s'échapper.

Elle avait dû comprendre le danger. Pas étonnant qu'elle soit tombée dans les pommes. À son réveil, elle avait pris la poudre d'escampette. Si la vue d'une mort violente la remuait à ce point, la prise de conscience de son propre trépas avait dû complètement effacer les effets du Prozac.

Je regardai le corps d'Ecstasy gisant à mes pieds et essayai de réfléchir. Je n'avais pas fait grand-chose de bien ces derniers temps, mais j'étais considérablement agacé à l'idée que Missy pût estimer courir une bien meilleure chance seule qu'en ma compagnie.

Ma Missy. Mon amie de la haute. Pratiquement, la seule et unique personne de ma connaissance qui eût la bourse bien garnie, et il apparaissait maintenant qu'elle envisageait avec le plus grand sérieux d'aller embrasser la banale destinée d'une criminelle de bas étage.

Notre amitié semblait s'être résolue en quantité monnayable. Elle m'avait mis au rebut. En pigeon qu'elle était, elle s'était laissée à nouveau aspirer dans la spirale du codex et de la bague, ce qui, au vu de son expérience parisienne d'antan, paraissait à tout le moins une décision de mauvais augure.

Les yeux morts d'Ecstasy m'offraient leur aval.

Considérant les manières dont divers joueurs dans la partie, des rapaces tels que Wong, Renée Knowles et Gerald Renquist, étaient passés à la caisse ces temps derniers, où cela laissait-il Missy ?

Qui restait-il ?

Le mari de Renée se fichait complètement des antiquités. La seule chose qui le tenait, c'était les racoleuses et l'équipe de football locale. Mais même si cela intéressait Knowles, un magnat de la savonnette de motel tel que lui aurait bien du mal à aligner les liquidités nécessaires pour jouer en Ligue Codex – n'est-ce pas ?

Je n'arrivais pas à accepter Knowles comme joueur dans la partie qui s'était engagée. La demande de savonnettes à un coup ne pouvait assurément pas suffire pour lui permettre une antiquité à dix millions de dollars, sans parler de deux. Il valait quelques millions, maxi. Prostituées à mille dollars, scotch pur malt et matches de football de l'après-midi sans avoir à passer à la pointeuse, c'était l'idée qu'il devait se faire d'une vie de rêve. Même s'il les valait, les dix millions, même s'il parvenait à trouver l'ouverture pour un achat légal et non violent, il ne mangerait pas de ce pain-là. D'une façon ou d'une autre, séparément ou ensemble, le *Codex de Syracuse* et la Bague de Théodose étaient bien au-delà de ses moyens. Ce type n'était pas branché cupidité insigne à l'image des joueurs de la

Ligue Codex. Sectionner deux poignets ? Non. Pas Knowles. Et de loin.

Je fis les cent pas entre les deux cadavres d'Ecstasy et du Cajun en me parlant à moi-même. Une petite voix dans ma tête sauta sur l'occasion pour me rappeler que, cupide ou non, c'était maintenant *moi* qui étais le possesseur du *Codex de Syracuse*. Et Dieu sait que ç'avait été facile ! Tout ce que j'avais eu à faire s'était limité à devenir sujet de copulation, me faire kidnapper, matraquer, tirer dessus, tomber en hypothermie, interroger, et à perdre mes illusions. La partie la plus difficile avait été de passer tout mon temps en compagnie de gens qui ne s'intéressaient qu'à l'argent. Mais puisque c'était la seule catégorie d'individus à croiser ma route ces derniers temps, peut-être avais-je appris quelque chose à leur contact, par osmose ? Après le codex, quelle pouvait bien être la difficulté de dénicher et d'empocher une bague ? Pourquoi ne pas essayer la totale et risquer le tout pour le tout ? Peut-être me suffirait-il de faire don d'un peu de mon sang dans une poubelle en caoutchouc, et j'aurais l'honneur et l'avantage de me retrouver nez à nez avec une fortune qui me regarderait de ses petites dents pointues ?

Mais je n'avais jamais été de ceux qui visaient à accomplir de si grandes choses. Tout ce dont j'avais jamais rêvé se limitait à des jungles humides sans fin ou de larges planches d'érable, vierges encore de toute sculpture. Une fortune au-delà de tous mes rêves ? Pourquoi ? Mes rêves n'étaient que de modestes monologues sur mes divers traumatismes. Je n'avais pas besoin d'argent pour les jouer. Ils étaient financés par le gouvernement.

Achète-toi une belle série de gouges et de rifloirs, disait la petite voix, et consacre le restant de ton existence à tailler des bâtons de berger pour le pape, pour la Plus Grande Gloire de Dieu. Seigneur, répondis-je d'un air dégoûté, est-ce que j'aurais le droit de conserver mes chaussures aux pieds ? Mais la petite voix insistait. Toute la loupe d'érable que tu voudras – penses-y. Tu pourrais inciser des maximes latines en spirale le long du fût. Tu piges ? Le fût ? Avec une telle quantité d'argent, contrai-je en pleins tourments, et sans le moindre amusement, je pourrais probablement aller à Stanford et me faire inciser le latin directement sur mon ADN. Ou sur tes roubignolles, répliqua la petite voix. Comme l'a dit Picasso, l'art vient des couilles. Pourquoi ne pas s'arrêter là également ?

Finalement apparut une pensée cohérente sinon glaçante : que je comprenne ou non ses mobiles, qu'elle les comprenne ou non elle-même, Missy pouvait difficilement prétendre ne pas savoir où elle mettait le pied. Enfin, si, elle le pouvait, mais personne ne la croirait. Et certainement pas les flics.

Mais Dave, dans l'affaire ? Même en cet instant, ce vieux salopard travaillait sur le chantier naval en tournant le dos à la rue, aussi ignorant qu'un pneu à plat. Quand ils débarqueraient pour s'emparer de lui, il n'aurait pas une chance. Il avait dû planquer le *Codex de Syracuse* quelque part pas trop loin. Je n'étais pas sûr de savoir où. Je n'étais même pas sûr de savoir s'il avait pris la peine de bien le cacher. Mais à cette minute, néanmoins, la somme de la récompense devait s'afficher en chiffres de feu sur le détecteur à codex de quelque dénicheur prêt à tout mettre à feu et à sang. Pas n'importe quel dénicheur, remarquez, mais ce même individu qui battait la ville en laissant les gens se vider de leur hémoglobine, en leur tirant dessus, en les brûlant, sans même parler de l'étripage de certains et du sectionnement des poignets d'autres, et tout cela pour une mince liasse de parchemin. Ce dénicheur-là ne se laissait arrêter par rien, moins encore par la bienséance, moins encore par l'innocence, l'âge, la civilisation, une libération de l'armée avec les honneurs, ou une haleine de diesel dans sa quête de ce graal en parchemin. C'est moi qui avais mêlé Dave à cette histoire. Est-ce que j'allais aussi le faire tuer ?

Ho, Danny, mon coco, parla la petite voix, voyant son ouverture, celle qu'elle attendait depuis toujours, c'est bien toi qui as collé Dave dans cette affaire. Tout comme c'est toi qui y as entraîné John Plenty. Tout comme...

Hé, l'interrompis-je. John Plenty s'est fourré là-dedans tout seul. Il était amoureux de Renée bien avant que je débarque avec mes gros sabots. Tu te souviens ?

Cesse donc de te leurrer toi-même, répondit la voix. Renée lui a lâché le grappin. Tu te rappelles ? C'est John qui l'a dit. C'est *toi* qu'ils ont suivi pour arriver à *lui*. Ce niveau-là de parano, tu peux peut-être l'accepter, non ?

John avait eu une liaison avec elle.

Lui avait eu une liaison ? Mais elle se servait de lui.

Pour quel motif ?

Qui sait ? Le transbordement ?

L'idée m'arrêta sur place.

Je revins vers le cadavre du Cajun. Le tamagotchi semblait à court de jus. Il gisait sur le tapis, sans plus de pépiements, ni de chiffres sur son écran vide. Exit Zou-Zou. Le Cajun n'était pas immobile quand il avait vu arriver ses deux balles. Ecstasy l'avait peut-être vu dégainer son arme et essayer de se donner une chance. Résultat ? Son compte avait été vite réglé par deux projectiles bien groupés, lâchés suffisamment vite pour ne laisser entendre qu'une détonation, et avec une précision telle qu'ils avaient touché leur cible à cinq centimètres d'intervalle. Pas de trous visibles dans les murs, pas de balles égarées apparemment gâchées. La justesse mortelle du tir n'avait pas échappé à Ecstasy qui avait aussitôt cherché la sortie. C'est en courant que son destin s'était scellé. Une troisième balle, excellente elle aussi.

Transbordement...

C'est là-dedans, débile, me tança la petite voix. Récupération de données... Des caisses d'emballage pour le transport, tu n'en fabriques pas souvent, pas vrai ? Souviens-toi.

Je me souvenais. Lorsque j'avais encadré les nus de Renée Knowles pour John, il m'avait demandé de lui rajouter la caisse pour le transport. L'emballage des œuvres d'art est une activité particulière ; je lui avais proposé le numéro de téléphone d'une entreprise spécialisée. « Oh, ouais, avait-il répondu, Girly fait tout le temps appel à eux. » « Oh, alors, elle n'est pas dans le... » John s'était vite repris en ajoutant : « Rends-moi juste un service, Danny, et construis-moi cette caisse. C'est quoi, le problème ? »

Je ne sais pas, me dis-je en moi-même, en contemplant la chemise hawaïenne détrempée par le sang du Cajun. C'est quoi, le problème ?

À l'époque, j'avait dit : « Bien sûr, John, je vais te concocter quelque chose. Mais il ne me reste plus que ce contreplaqué sur noyau en bois de pommier, et il est cher, il coûte dix fois plus que le bois qu'on utilise pour les caisses. » « Hé, avait répondu John, adresse-moi ta facture. »

Avant d'ajouter : « Habituellement, on convient que tu prévoies un espace suffisant pour le matériau d'emballage ». « La procédure m'est familière, avais-je répondu. Suffisamment pour que je m'en dispense. » John avait ignoré ma réponse et suggéré, d'une voix un peu crispée qui, rétrospectivement, avait dû être l'expression de son agacement devant son incapacité à bien mentir : « Que dirais-tu de fabriquer deux espaces pour deux tableaux au lieu d'un seul ? » « Très bien, mêmes dimensions ? »

Et c'est là que John avait fait la grimace. « Non », avait-il dit d'un air songeur. Du gousset de son jean, il avait sorti un morceau de papier plié. Partant du châssis théorique, il avait fait ses calculs à l'envers et commencé, d'un air penaud... « Je ne l'ai pas encore encadrée ? » avais-je demandé, perplexe. « Non, avait-il dit avec une grimace, tu ne l'as pas encadrée ». « Tu as un nouvel encadreur ? » avais-je attaqué. « Non, ne t'en fais pas pour ça, s'était-il dépêché de répondre. Réserve simplement un espace suffisant pour accepter un quarante sur soixante-quinze. » « Y compris le matériau d'isolation ? » avais-je demandé. « Oui. » La peinture précédente que j'avais encadrée pour lui occupait un volume de dix sur soixante-quinze sur cent trente ; en y ajoutant la protection en mousse, elle aurait exigé un emballage de dix à douze sur quatre-vingt-dix sur cent quarante-cinq. Je le lui avais fait remarquer. « Oh, avait répondu John dédaigneusement, ce ne sera peut-être qu'un simple dessin. Tu pourrais me faire ça pour vendredi ? » Vendredi n'était qu'à deux jours de là. Et c'est sur ce sujet que la conversation avait tourné.

En mon for intérieur, je pensais : et dire que depuis des mois, John utilisait les services d'un autre petit encadreur. Et je me battais la coulpe pour en savoir les raisons. N'était-il plus satisfait de mon travail ?

Eh bien, John était bien resté fidèle au même petit encadreur, la question ne se posait pas. Depuis le tout début jusqu'à la fin.

Une fois que vous avez identifié un pigeon de confiance, pourquoi en changer ?

J'avais fini par la voir, la « peinture » de John, à l'arrière de la BMW de Renée. Il n'avait pas eu à la peindre de sa main car elle existait depuis quinze siècles. Son caisson en Lexan mesurait environ sept et demi sur trente-cinq sur soixante. Rajoutez à cela l'emballage de protection habituel – sept centimètres et demi de Sonex autour d'un plastique à bulles autour d'une enveloppe de plastique scellé à chaud – et vous tombez pile poil sur les exigences de John. Ne lui restait plus qu'à trouver un ou deux outils pour percer le caisson et y installer la valve à vide.

Les dents de Renée auraient convenu à la perfection.

Ainsi donc, John Plenty, lui aussi, s'était fait aspirer par le tourbillon vorace du *Codex de Syracuse*. Je ne l'avais jamais considéré comme un ami proche, mais quelle autre raison aurait-il pu trouver de me rouler dans la farine ? Un peu comme Missy, railla la petite voix, sauf que Missy n'avait pas été Marine. Vu nos états de service sous les drapeaux, John et moi avions été collègues, si l'on peut dire. Frères en expérience. Mais dans ces limites, il avait toujours protégé son moi artistique par de hauts murs dans une forteresse spéciale ; à laquelle moi, simple petit artisan, n'aurais jamais accès. C'était un morceau de son puzzle personnel qui ne pourrait plus jamais trouver d'explication.

Il t'a pris pour un ballot, déclara froidement la petite voix. Remets en question tout ce qu'il t'a jamais dit.

Pour l'amour de Renée, décidai-je, John avait, à un moment donné, d'une façon ou d'une autre, fait entrer en fraude le *Codex de Syracuse* quelque part et pour quelqu'un.

La façon ou l'autre, nous la connaissons maintenant. Danny Kestrel avait fabriqué la caisse d'emballage. Le brave petit. Ouaf. Il lui avait fallu deux ans pour comprendre ce simple détail.

La petite voix continua à m'empoisonner l'existence. « Elle, avait dit John. Elle n'avait pas besoin... » De quoi ? John parlait bien de Renée, exact ? Renée n'avait pas « besoin » de mettre Girly dans la confidence ni dans cette transaction, et encore moins l'entreprise d'emballage d'œuvres d'art dont Girly utilisait les services. Est-ce que c'était ça ? John était venu me voir directement. Il ne s'agissait que de cet emballage. Une simple et unique caisse. J'avais justement une toile encadrée, là, dans mon atelier, qui attendait. Pourquoi ne pas y rajouter aussi la caisse ? Et donner l'argent à ce bon vieux Danny. Et qu'est-ce que ça pouvait faire que le contreplaqué coûte plus cher ? La différence représente une somme dérisoire. Sans parler du fait que ses fabricants habituels auraient très certainement refusé de lui faire sa caisse pour vendredi...

Tu t'égares, Danny, dit la petite voix. Tu veux devenir parano ?

Je regardai alentour. En me plaçant sur le seuil de la bibliothèque, j'avais les trois cadavres dans mon champ de vision.

Qui, moi ? Moi, parano ?

Pour le simple plaisir d'avoir le dernier mot et d'emporter la discussion, la petite voix persista : et si ce pronom *elle* ne s'était pas référé à Renée ? Ni à Missy ? Ni à toute autre *elle* que tu aies rencontrée récemment ?

IX

Escrocs, eau de mer et poivrot

37

La chaleur du soleil offrait un contraste brutal avec la bibliothèque fraîche et resserrée que j'avais laissée derrière moi, tandis que je rejoignais à pas pesants mon camion, à vingt blocs de distance de la résidence de Tommy Wong. Ses rayons agressaient mes globes oculaires comme autant de grains de sable balayés par les vents. Ils se frayaient un chemin au travers des fentes de mes paupières ainsi qu'ils le feraient dans les fissures d'une vieille maison pour aller s'accumuler dans les coins moisis formés par les plaques et les clous dévorés par la pourriture sèche ; petits andains de poudre sans signification, s'ajoutant et se soustrayant à eux-mêmes, minuscules transactions inoffensives auxquelles le bon ou le mauvais gagnaient si peu...

Tout était si simple naguère.

La prescience d'un destin funeste et imminent m'incitait à me hâter le long de ces blocs aujourd'hui piétonniers. Le jour des humains restait en suspens pendant que la surface de la planète tournait en contrebas. L'heure du déjeuner était venue et avait passé, le courrier allait arriver, les feuilletons télévisés à rallonge allaient se manifester et se dévider jusqu'à la déliquescence, en même temps qu'un quelconque vendeur de téléachat ou un match de base-ball, peut-être même un chèque de paie arriverait-il avant la nuit, et, finalement, tout se terminerait par deux ou trois meurtres.

Ne restait plus en jeu qu'un nombre limité de participants. S'il me fallait attirer l'attention de Bowditch sur eux, il pourrait bien sans autre forme de procès me coller le garrot autour du cou. À moi. Mais j'avais maintenant une chose à régler et le temps manquait pour aller voir Bowditch. J'étais sûr et certain que Missy se dirigeait droit vers l'abîme. Bien qu'ayant usé de moi comme d'un pion contre des forces que je venais seulement d'entrevoir sans même les reconnaître pour impressionnantes, et, en tout cas, pour des raisons bien à elle que, l'appât du gain mis à part, je ne comprenais pas totalement, Missy était toujours mon amie. Elle avait commis une erreur en s'enfuyant, mais il ne faisait aucun doute qu'elle s'apprêtait à en commettre une bien plus grosse encore. Moi, je marchais alors que Missy, elle, roulait droit vers le cœur du problème. Les précautions n'étaient plus de mise pour personne. Le prétexte d'un comportement civilisé, aussi précaire fût-il, s'était évaporé. Il y avait un moment que les gens se faisaient tuer pour le *Codex de Syracuse* et la Bague de Théodose, mais pour le moment, le mouvement s'était accéléré. Une ou plusieurs personnes en étaient arrivées à la conclusion qu'elles étaient encore suffisamment invisibles pour emporter le gros lot et quitter la ville, le pays, très vraisemblablement l'hémisphère, avant que la police ne les rattrape, aussi quelques vies de plus ou de moins étaient de peu d'importance. La seule et unique raison pour laquelle elles avaient un tant soit peu compté se résumait au simple fait qu'il existait des lois gouvernant les interactions entre clients et fournisseurs. Si vous signiez des contrats et que vous les honoriez, si vous rédigiez des chèques et qu'ils n'étaient pas en bois, si vous promettiez de livrer des marchandises et que vous le faisiez, la loi vous protégeait. Dans le cas contraire, la loi protégeait votre client. Mais si clients et fournisseurs passaient leur temps à s'entretuer, qu'est-ce que le corps d'un citoyen honnête et respectueux peut bien faire ?

Rester allongé là, s'il est cadavre.

Le soleil illuminait les avenues comme un rêve de promoteur immobilier, propre, lumineux, sans une once de brouillard. Depuis Clement Street, on apercevait la pointe art déco de la tour sud du Golden Gate Bridge, et elle donnait l'impression d'être placée juste au-delà des toits du bloc suivant, à portée de main, alors qu'elle était encore à trois bons kilomètres. Les parents poussaient leurs poussettes dont les ombrelles visaient à protéger le tégument clair de leur copie conforme de la brutalité d'un soleil devenu si proche à cause des émissions polluantes du 4 × 4 sport de leurs propres parents. Un léger parfum de poulet à l'ail flottait dans le vent d'ouest de l'après-midi. L'ouïe de ventilation murale d'un pressing agressait les passants des relents confinés du tétrachlorure de carbone et du polyester brûlé...

Il était une heure passée lorsque j'arrivai à la 35e sur Anza. Le camion démarra. Le calibre .25 de John Plenty se trouvait toujours sous le siège. J'avais dans l'idée qu'une décharge de cet instrument par la vitre de mon camion aurait toutes ses chances de toucher quelqu'un s'intéressant au *Codex de Syracuse* – mais ce serait trop facile. Comme le type que le cheval vient de jeter de sa selle, je choisis de remonter la Vingt-cinquième Avenue. À El Camino Del Mar, je pris à droite sur Lincoln Boulevard, et partis plein pot vers la Marina.

Je n'avais droit qu'à une chance. Ensuite Bowditch serait le bienvenu pour saisir la sienne. Mais d'abord, c'est à Missy que je la devais.

Je sais que cela paraît stupide. On pourrait penser que, Missy étant le genre de personne qui n'a jamais connu de problème digne de ce nom, ce serait justement quelqu'un avec qui je ne saurais m'accorder. Ce n'est pas que ma sympathie s'exerce exclusivement à l'égard des disjonctées tragiques. C'est juste que les gens comme Missy prennent très peu de choses véritablement au sérieux, et ces choses sont, à mes yeux, des plus étranges. Renée avait considéré les individus de l'espèce de Missy comme autant de cibles potentielles, comme la chair à nourrir ses ambitions, indignes d'aucune autre considération supplémentaire – à ses yeux, ce n'étaient certainement pas des individus. Mais Renée n'avait que faire des individus. Elle s'aliénait tout le monde et trahissait n'importe qui, depuis le plus parfait inconnu jusqu'à celui qui partageait son intimité, comme en témoignaient la première Mme Knowles et le cow-boy qui simplement l'aimait : elle était passée aux actes, sans l'ombre d'une hésitation. La seule exception au long catalogue cohérent de ses agissements avait été John Plenty. Il se peut qu'elle l'ait aimé. Mais dans le contexte de son interaction avec lui, l'exception s'était révélée n'être qu'une aberration momentanée. Elle en avait usé et abusé jusqu'à ce qu'il ne lui soit plus utile, et elle l'avait laissé tomber. Ce n'est qu'au tout dernier moment, à la galerie Renquist, confrontée à une situation sans issue, qu'elle avait fait une exception. La seule raison pour laquelle, à ce stade, elle eût entraîné John Plenty dans l'affaire eût été qu'elle ne voulait pas mourir seule.

Renée savait qu'on la surveillait ce soir-là à la galerie Renquist. Celui ou celle qui l'avait dans le collimateur devait savoir, ainsi que je l'avais si récemment découvert, que John Plenty s'était trouvé, à un moment au moins, mêlé aux desseins de

Renée visant à s'emparer du codex et de la bague. Renée s'était rendu compte, juste à temps en ce qui concernait John, que si elle devait lui demander son aide, elle ne ferait que sceller son destin en même temps que le sien. Et voilà. John avait quitté ce bas monde, pauvre gourde, en pensant que Renée avait, enfin, eu un bon geste.

C'est un parfait inconnu qui avait sorti Renée de sa panade – temporairement, s'entend. Ma présence inattendue lui avait fait gagner un peu de temps. Ce temps avait-il été suffisant ? À l'évidence, non.

En ce qui concernait Renée, je n'étais qu'un inconnu qui tombait fort à propos. Bien disposé, de sexe masculin, le pion parfait. Le reste de cette nuit-là – impressions physiques sur la musculature, bosselures sur le fuselage neuronal, soupirs en souvenir – restait encore comme autant d'empreintes de doigts sur l'aluminium. Le temps et la météo les effaceraient.

Missy. Eh bien, c'est difficile à expliquer. Bien sûr qu'elle m'avait lâché pour courir sa chance et s'approprier ce qu'elle percevait comme le gros lot ultime. Mais elle ne s'était pas montrée disposée à me faire tuer dans l'affaire – pas encore, en tout cas.

Comme je l'ai dit, la chose est difficile à expliquer...

Non, ce n'est pas vrai. J'avais le sentiment que Missy était sur le point de se faire tuer. Aussi, avant d'appeler Bowditch pour lui montrer l'atelier de John Plenty que personne n'avait vraisemblablement encore découvert, et avec force explications, tirer mon épingle du jeu, puis lui montrer la maison de Tommy Wong et, toujours avec force explications, tirer mon épingle de ce jeu-là, je me dis que je tenterais bien l'aventure de tirer le lard de Missy du feu avant qu'il ne grésille. À la suite de quoi elle y repenserait comme à une liposuccion karmique et me remercierait.

Beaucoup plus tard, lorsque que les choses se seraient refroidies, Missy et moi pourrions revendre le codex pour sept ou huit millions de dollars et partager les bénéfices.

Voyez ? Je crois qu'on appelle ça l'intérêt personnel qui a vu la lumière.

Je me garai tout à côté du bureau du directeur du port, dans la marina Green, sur le dernier bloc de Scott Street. Il y a là trois cabines téléphoniques. Un coup de fil rapide aux Renseignements me donna l'adresse dont j'avais besoin. Un autre coup de fil à Bowditch lui donnerait quelque chose à faire. Comme d'habitude, j'eu droit à sa boîte vocale. Je laissai les deux adresses, celles de Plenty et de Wong, et raccrochai.

La Jaguar verte était rangée devant une bouche à incendie sur Jackson et Steiner, au coin nord-est de Alta Plaza, un parc couvrant quatre blocs en plein cœur de Pacific Heights. Il n'y avait pas plus d'une heure que la voiture se trouvait là, mais elle avait déjà un P.-V. sous l'essuie-glace côté conducteur. Ce qui représente une amende de deux cent cinquante dollars à San Francisco. C'est ça, le prix à payer quand on fait des affaires.

La maison qui donnait sur Jackson était fichtrement imposante. Celui qui avait conçu la chose avait renoncé au style victorien. Cette bâtisse occupait en volume et hauteur tout ce qui était autorisé à cet endroit, s'étalant dans tous les coins et recoins que chicanes et différends juridiques pouvaient lui permettre. Un garage à trois portes, une entrée de service, une terrasse en caillebotis plantée d'arbres, des bougainvillées dégorgeant d'un portique plein sud, des pignons, une tourelle, des paratonnerres, des treillis, des haies topiaires, des cyprès forcés en tortillons pointus pareils à une vrille, une antenne satellite – elle donnait néanmoins l'apparence d'une habitation prévue pour une seule famille.

La porte d'entrée devait être réservée pour les grandes occasions, et ceux qui étaient au courant des pratiques de la maisonnée utilisaient certainement une porte latérale. Mais de quel côté ? Et quelle porte de quel côté ? En plein dilemme devant ce nouveau tour du sens des convenances – n'étais-je pas, pour une fois, en visite officielle ? –, je m'avançai d'un pas martial jusqu'à la porte principale et sonnai. Un type l'ouvrit et je lui collai l'extrémité fonctionnelle du pistolet de tir de John Plenty calibre .25 dans une narine en le faisant retourner d'où il venait.

Je refermai la porte derrière moi d'un coup de pied. Nous étions seuls dans un vaste vestibule, du genre de ceux qui acceptent deux poussettes, huit ou neuf manteaux, plusieurs paires de bottes en caoutchouc, avec encore suffisamment de place pour l'horloge comtoise de grand-père et un porte-parapluies. Mais le portier valait son pesant de picaillons, cependant. L'arme ne semblait pas l'effaroucher le moins du monde. Il gardait les mains bien en vue et se déplaçait lentement, aussi froid qu'un glaçon ne craignant pas les échauffourées. Il arborait un gilet en cachemire brodé, afghan ou guatémaltèque, dont les boutons étaient des dents de requin noires. Sur le gilet, un harnais d'épaule en cuir empêchait la crosse d'un automatique de la taille d'un pavé de glisser de son aisselle. Il portait un pantalon en lainage et des sandales Birkenstock, je ne plaisante pas, et la moustache qui lui barrait la figure le faisait ressembler à Meher Baba [1], sauf que

1. Merwan Sheriar Irani (1894-1969) : mystique indien, conseiller spirituel de Ghandi, célèbre en Amérique pour s'être opposé à l'usage du LSD et autres drogues comme moyens d'accéder à de nouvelles dimensions spirituelles.

sa peau affichait deux cent mille kilomètres au compteur et que ladite moustache avait tout le mal du monde à masquer la balafre qui traversait sa joue depuis la patte au-dessus de son oreille gauche jusqu'à sa pomme d'Adam. Si ce mec était maître d'hôtel, alors moi, j'étais Junipero Serra[1].

Et pourtant, j'étais heureux de faire sa connaissance. C'était donc lui, le maître d'hôtel de taille à se colleter avec John Plenty, à incendier des voitures, et à faire saigner les gens jusqu'à ce que mort s'ensuive. C'était donc lui, j'en étais sûr, le maître d'hôtel capable d'écraser les deux piliers de bistrot encore collés au tapis dans la résidence de Tommy Wong.

– Dis-moi, mon gars, dis-je en le faisant reculer dans la pièce. N'aurais-je pas eu l'occasion de voir les résultats de tes talents en ville tout récemment ?

Moustache ne voulut pas répondre. Ça existe, les gens modestes. Je regardai derrière lui. Personne à l'horizon.

J'essayai à nouveau.

– C'est quoi, comme calibre, ton canon ?

Il ne me quitta pas des yeux, sans plus. Finalement, je l'avais, ma confrontation avec un professionnel.

– Il a tiré, aujourd'hui ? Trois ou quatre fois ?

Ses yeux noirs ne me renvoyaient que mon propre reflet.

– Où est la femme à la Jaguar ?

La cicatrice blafarde de Moustache se mit à tressauter comme animée d'une vie autonome, pareille à un poil sur l'objectif d'un projecteur. Le reste de sa personne resta immobile.

– Qu'est-ce que tu attends ?

1. Moine franciscain qui a établi les premières missions catholiques en Californie.

Je fis pivoter mon pistolet jusqu'à placer la crosse parallèle au sol, de manière à lui récurer l'intérieur de la narine du guidon de mon arme.

– Le bulletin météo ?

Il me laissa le cogner entre les deux yeux, une fois, rien que pour me montrer qu'il était à même d'encaisser. Puis, comme je reculais le bras pour lui asséner un second coup, il s'empara de mon pistolet.

Je sais comment la chose s'est passée. Le mec était rapide et il me rendait quinze ans – d'accord ?

S'ensuivit une échauffourée, strictement pour la forme, inutile d'en débattre, et je lui fis mal, bien moins qu'il ne me fit mal. Très semblable à la manière dont un chien domestique, un loup ou un coyote, n'en parlons même pas, s'en ira dénicher le poney aveugle au milieu du troupeau, ce mec semblait savoir instinctivement que j'étais blessé aux jambes. Il me décocha un coup de pied arrière parfaitement chassé pour toucher la blessure par balle que je portais au mollet, une vraie révélation. J'eus droit ensuite, sur tout mon individu, à une tabassée en règle, et quand il en eut terminé, je saignais de nouveau des deux jambes. Lui se retrouva avec une narine bousillée et, je dois malheureusement le reconnaître, les deux armes.

Moustache était incontestablement bien entraîné. Il me fit mal afin de se rendre maître de la situation, mais il ne me tua pas. Je ne perdis même pas conscience. Après ce préambule d'une tendresse insigne, sans autre forme de procès, il me fit l'honneur d'une visite du sous-sol.

Comme la maison était située sur la face nord de Pacific Heights, son sous-sol n'avait rien de comparable avec votre sous-sol. Il offrait une vue splendide : Golden Gate Bridge, Sausalito, Belvedere, Angel Island, Alcatraz, une partie du Richmond Bridge, et une longue section de Berkeley l'ensoleillée, jusqu'à ses limites nord à El Cerrito, soit à une bonne vingtaine de kilomètres de distance. Je commençais tout juste à admirer le panorama que Moustache m'en priva en m'asseyant de force dans un fauteuil qui lui tournait le dos. Le fauteuil en question était en teck ciré, très massif, avec larges accoudoirs et dossier droit. Moustache tira de lourdes tentures sur les fenêtres, plongeant la pièce dans l'obscurité. Apparurent quelques flammes de bougies ici et là, et la salle commença à s'emplir des relents de tourbe moite d'encens et d'huile de lampe mêlés. Un verrou claqua dans son logement. Une porte grinça sur ses gonds. S'ensuivirent des murmures, un bruissement de tissu, des crissements de pas. Odeurs et bruits assourdis, s'ils n'étaient pas sans évoquer une sacristie juste avant la communion, donnaient l'impression d'être éloignés de toute idée de salut.

Du sol au plafond, les murs, hormis à l'emplacement des fenêtres aux lourdes tentures, étaient garnis d'étagères chargées de colifichets et de babioles diverses. Des fauteuils capitonnés, des tables encombrées de piles de livres s'éparpillaient un peu partout, mais la pièce de mobilier remarquable occupait le centre d'un tapis qui me faisait exactement face sous un dais drapé de textile tissé de fils d'or et d'argent. Un aigle sculpté et peint serrait entre ses griffes un des deux globes en or au sommet des barreaux de son haut dossier.

Eh bien, eh bien, me dis-je. Un trône dans une démocratie.

Moustache ajusta brutalement la position de mon fauteuil afin de l'aligner dans l'axe du trône. Dans un bruissement de tissu et une odeur de liège moisi, au rythme d'une chorégraphie pour arthritiques rhumatoïdes, Mme Renquist apparut à nos yeux.

Aucune surprise à cet état de fait : nous étions dans sa maison. Et pourtant, si je n'avais pas su tout ce que je savais, je ne l'aurais peut-être pas reconnue.

Girly Renquist s'avança sous un amas de tissus mauves d'une raideur et d'un poids tels qu'ils pendaient sur elle comme le drapé d'une sculpture en pierre. Elle était chaussée de pantoufles dorées. Un collier à étages multiples brillant de mille joyaux drapait lui aussi son ample poitrail. Des pendentifs assortis descendaient de ses lobes d'oreilles pratiquement jusqu'aux épaules. Ses yeux n'avaient pas l'air très nets, et je compris au bout d'un instant que leurs pupilles étaient réduites à la taille d'une tête d'épingle, en pleine myosis : au milieu de ce visage impassible, ils brillaient comme deux petites lumières dans un meuble hi-fi placé à bonne distance.

Parce que ma lèvre inférieure avait commencé à gagner en ampleur à l'entour de la fissure que Moustache lui avait infligée, mon *Renquist* résonna plutôt comme *Mwrenquiss*. La dame ignora mon salut et prit possession de son siège.

Après un temps de silence, je dis :

– Je suppose que vous attendez que je vous déballe quelque chose ?

Lentement, elle daigna remarquer ma présence.

– Que diriez-vous de vous faire conduire par Moustache jusqu'à Coit Tower ? suggérai-je. Exactement à mi-chemin du sommet de l'escalier Filbert et du panneau de stationnement interdit, il y a une grosse merde de chien. Agenouillez-vous et faites-en vos...

Le maître d'hôtel m'offrit un coup de crosse au-dessus de l'oreille – une crosse bien plus lourde, à vrai dire, que celle du .25 de John, bien plus lourde que celle d'Ecstasy. Comme sonnerie de cloche, elle sonna très bien, je vous remercie.

Mme Renquist mit les doigts en triangle sous ses mentons et considéra ma petite personne. Le terme de « considération » n'est pas exactement celui qui convient. Elle donnait l'impression d'avoir inondé une fourmilière d'essence avant d'y coller une allumette ; et elle s'installait pour jouir du brasier.

Avant que mes oreilles cessent de tinter, d'une voix chargée de toute la lassitude du monde, elle me dit :

– Mais que vous arrive-t-il donc, Danny ?

Je secouai la tête comme si un nuage de mouches avait décidé d'en faire le siège.

– Qu'auriez-vous bien à offrir qui pourrait nous intéresser à ce point ? D'où vous vient cette certitude ?

Elle examina le dos d'une main, qu'elle gratta, en faisant tinter une copieuse masse de bracelets.

– Croyez-vous réellement savoir quelque chose que nous ignorerions ?

Mon rire tout en modestie permit à ma lèvre enflée de venir frissonner contre mes dents.

– Bien au contraire. Je suis tout à fait sûr que vous en savez beaucoup plus que moi, madame Renquist. Je suis le seul type de toute cette ville à propos duquel vous pouvez être certaine qu'il ne sache quasiment rien. Un récipient vide de la plus belle eau. Personne n'a jamais attiré votre attention sur le fait que votre pluriel de majesté vous fait paraître aussi prétentieuse que Richard Nixon ?

Elle rayonna comme un soleil.

– La flatterie, Danny, vous conduira moins loin encore que vos protestations d'innocence tellement naturelles.

– Je le constate, lui concédai-je, la tête prise de vertige, essayant toujours de me débarrasser des cloches qui me tintaient dans les oreilles. Mais très exactement, où voulons-nous en venir ?

– Allons, allons, Daniel. Il ne s'agit pas de où, mais de *quoi*. Ce à quoi nous essayons d'aboutir, expliqua-t-elle avec un soupir laborieux. Pourriez-vous, je vous prie, nous dispenser de ces préliminaires fastidieux ? Ne pouvons-nous pas nous mettre d'accord sur le fait que vous connaissez la nature de ce que nous cherchons, et l'endroit où le trouver ?

Je secouai la tête.

– Pourquoi pas ? Mais cela ne vous servira pas à grand-chose. Parce que, ainsi que je m'efforce de l'expliquer à qui veut bien m'entendre, c'est-à-dire personne, je ne sais rien à rien de ce qui se passe, et je n'en ai jamais rien su.

Son sourire s'évanouit et sa main gauche lâcha une petite pichenette en l'air. Moustache me claqua l'autre côté du crâne.

Sa main n'avait pas pris plus de trente centimètres d'élan, mais je vis des étoiles, et les cloches redoublèrent d'intensité.

– Seigneur, marmonnai-je, en me bavant sur le menton. Ce mec est doué. Où est-ce que vous l'avez trouvé ?

Pas de réponse, ni de réaction.

– Bagdad, par quelque hasard insigne ?

Girly Renquist plissa le front, l'air soucieux.

– Danny, quel grand potentiel d'intuition que le vôtre ! Vous avez pratiquement deviné juste. En réalité, il est kurde. Naturellement, le Kurdistan est à des lieues de Bagdad ; mais il est vrai que vous avez presque mis dans le mille. Peut-être vos pas vous ont-ils conduit là-bas ? Peut-être en connaissez-vous les habitants ?

En dépit de son point d'interrogation, sa question n'en était pas une, on aurait dit de ces banalités qui s'échangent à l'heure du cocktail. Je l'ignorai.

Imbécile que j'étais. Elle bougea la main. J'eus droit à un coup.

– C'était une question, fit-elle remarquer.

– Non, répondis-je. Je ne me suis jamais approché du Kurdistan, pas plus que d'un saladier de yaourt de chèvre.

Elle sourit.

– C'est une bonne chose que Attik ne puisse vous comprendre. S'il le pouvait, il pourrait décider de vous frapper... de son propre ressort, gloussa-t-elle. En autonome. Les Kurdes s'intéressent de très près à l'autonomie.

– Pourquoi ?

– Vous l'insultez.

– Moi ? Insulter Attik ? Comment ? Depuis quand la mouche insulte-t-elle le baudet ?

Attik frappa à nouveau.

Ce qui coulait de l'oreille la plus proche de Attik n'était pas du liquide de transmission, mais j'essayai néanmoins de rire.

– Oh, bon sang, madame Renquist, il va falloir que vous limitiez les leçons d'anglais de Attik avant qu'il ne fasse du mal à quelqu'un.

Peut-être mécontente à l'annonce de cette révélation, au demeurant des plus discrètes, Mme Renquist se renfonça au creux des coussins sur son trône en affichant un air quelque peu sinistre.

– C'était lui, le mec, n'est-ce pas ?

– Vraiment, monsieur Kestrel, commença-t-elle. Si vous insistez...

– ... Ce clown d'Attik ici présent...

– Attends ! ordonna-t-elle, en prévenant un coup supplémentaire.

– ... C'est lui dont vous vous êtes servie pour rouler dans la farine le mec des infos à la télé ? demandai-je en secouant la tête comme un chien qui s'ébroue. Je n'arrive pas à me souvenir de son foutu nom. Mais ce n'était pas Gerald. Ou Gerald se trouvait-il effectivement là-bas, lui aussi ?

Elle se contenta de m'observer avec attention.

Les remontées de bile m'épaississaient la diction.

– C'est Attik, sous vos ordres, qui a procédé à la fausse vente à Haypeak pendant la guerre du Golfe. Pas votre fils.

Girly ne dit rien.

– Je me trompe ?

De la pénombre sur le flanc de son trône, elle sortit une clochette en laiton.

Je n'en avais pas terminé.

– Est-ce que Attik a également tué Gerald, madame Renquist, quand celui-ci a bousillé l'échange avec Renée ?

Des deux mains elle se saisit de la clochette, un doigt dans la corolle, et m'observa.

– Est-ce qu'il était forcé de tuer la fille-météo ? Je ne me souviens pas de son nom...

– Carrington, dit-elle doucement. Qui a dit que c'était lui qui l'avait tuée ?

– C'est moi. Un témoin imprévu ? Lui a-t-on donné l'ordre de la descendre, ou s'agissait-il d'une décision *autonome* ?

Relâchant sa prise sur le corps de la clochette, elle laissa celle-ci pendouiller mollement à sa main, tenue par son manche en bois aux sculptures complexes, sans me quitter des yeux ce faisant. Puis elle tourna le poignet, d'un geste d'une infinie délicatesse, jusqu'à ce que la clochette émît un tintement des plus discrets, à croire qu'elle essayait de voir à quel degré de légèreté le son pouvait atteindre.

Immédiatement, une porte à la gauche du trône s'ouvrit, laissant apparaître une silhouette encapuchonnée. Mme Renquist agita deux doigts languides dans ma direction. Tête baissée, la silhouette s'approcha. Accompagnée d'un nuage de patchouli.

S'agenouillant à côté du fauteuil, la créature aligna très délicatement mon avant-bras le long de l'accoudoir, paume en l'air. Je résistai. Lorsque le bas de la paume de Attik atterrit juste au-dessus de mon oreille, la silhouette releva les yeux, et je pus constater que le visage encapuchonné avait été hideusement défiguré.

La coagulation n'avait pas encore fait son œuvre. Circulaire et récente, la plaie laissait suppurer sa lymphe sous une couche luisante d'onguent. À l'évidence, joue et crête sagittale avaient été entaillées jusqu'à l'os. On aurait dit un récif exposé par la marée basse.

– Voici Teddy, dit Mme Renquist. Récemment, Teddy a été le sujet d'une très vicieuse attaque.

– Un tesson de bouteille, apparemment.

– Oui, répondit Mme Renquist d'un air songeur. Que maniait un de vos amis. Vous entendez, Teddy ? ajouta-t-elle comme si elle s'adressait à un enfant. L'homme à la bouteille aimait beaucoup l'homme assis dans ce fauteuil. Ils étaient comme deux frères.

Tout à son ouvrage, Teddy, une nouvelle fois, m'offrit une vue imprenable sur la caldeira de son œil. Un rictus hideux fit remonter une commissure de ses lèvres, en laissant retomber l'autre.

– Les nerfs ont été endommagés, expliqua Mme Renquist. Les symptômes sont... regrettables.

– Ouais, dis-je avec un large sourire à l'adresse de Teddy. Apparemment, John a bien touché au but, pas de problème.

Le rictus de Teddy s'effaça, son visage se mit à tressauter de tics, et il sangla la lanière méchamment.

– En ingrat qu'il était, John Plenty nous a volés, dit Mme Renquist. Ce n'était encore qu'un rien du tout lorsque nous l'avons arraché à cette infâme taupinière de studios d'artistes vivant en communauté dans les chantiers navals de Hunter's Point. Il étudiait en secret le corps humain tout en barbouillant d'énormes toiles abstraites dépourvues de sens pour le public – et d'ailleurs ce public n'existait pas. Un coup d'œil à ses corps humains et nous l'avons qualifié de fieffé imbécile. Il gâchait son talent à faire le surréaliste et l'expressionniste, cette prétendue peinture intellectuelle. Foutaises. Sur un coup d'audace, nous lui avons offert dix mille dollars pour un portrait, bien plus d'argent qu'il n'en avait jamais vu. Il a peint la toile en un mois. Un chef-d'œuvre. Immédiatement, il a pu disposer de son propre atelier, d'argent à la banque, de toutes les femmes qu'il pouvait... peindre. Pour arriver au bout du compte à valoir soixante-quinze mille dollars la toile.

Elle ricana de dégoût.

– Aujourd'hui, si nous n'avions pas été là, John Plenty serait occupé à peindre avec les doigts dans quelque quartier d'hôpital pour anciens combattants.

– Et il serait aussi probablement encore en vie, fis-je remarquer.

– C'est de bon argent qu'il s'agit, rugit-elle. Dont six à huit mille dollars, ajouta-t-elle avec un rictus suffisant, vous reviennent au titre de l'un de vos misérables petits cadres.

– En ce cas, dis-je, John a dû doubler mes prix en vous revendant sa toile.

Mme Renquist lâcha un sifflement et se tut.

Ayant sanglé mon avant-bras droit à l'accoudoir du fauteuil au moyen de deux attaches solides en velcro épais, Teddy se mit en devoir de s'attaquer au bras gauche. Malgré tout le soin pris à ne pas boucher le champ de vision de Mme Renquist, et en dépit de sa blessure, Teddy travaillait sans heurts. Faites donc une chose un nombre suffisant de fois, et vous finirez par devenir bon.

Mme Renquist dit avec mépris :

– John Plenty disposait de la galerie la plus réputée de toute cette ville – la galerie Renquist –, d'argent sur son compte en banque, et d'une absence totale de préoccupations. Quand il a fallu qu'il aille se fourvoyer avec cette... cette...

– Clocharde, suggérai-je. Ou roulure de ruisseau.

– Roulure de ruisseau, répéta-t-elle, comme pour s'essayer à la répétition de l'expression. Nous trouvons l'invective insuffisante, mais elle n'en dévoile pas moins une portion suffisante du sommet de l'iceberg. En bel imbécile qu'il était, John est tombé amoureux de cette chose, ce qui l'a rendu encore plus facile à tromper. Renée l'a convaincu de *tenter* de nous tromper.

Des deux mains elle se saisit soudain de la clochette, qui n'en put mais en tintant comme si on l'étranglait.

– Nous tromper, nous, son mentor, marmonna-t-elle.

Mes deux bras maintenant bien sanglés, Teddy trottina sur les tapis et disparut dans la pénombre derrière le trône. Il se déplaçait comme en apesanteur, aussi lourd qu'un sac en plastique vide aplati contre une bordure de trottoir par la brise.

– Sa reine ? m'enquis-je doucement.

Elle opina son assentiment du chef, d'un geste impérial.

– John Plenty, Renée Knowles, Tommy Wong – ils ont tous défié leur impératrice ? murmurai-je, d'une voix si étouffée que je ne fus pas certain qu'elle l'eût entendue.

Teddy refit son apparition, chargé de deux saladiers à punch en cristal et de trois serviettes couleur bourgogne. Il en plaça une sur le plancher sous chacun des accoudoirs, et sur chacune d'elles, posa un saladier. La troisième serviette, il l'étendit sur mes genoux, en prenant grand soin d'en glisser les rebords sous mes cuisses.

Les yeux de Mme Renquist n'étaient pas totalement de retour de l'endroit où elle se les était expédiés.

– Ils nous ont défiés, dit-elle simplement.

38

L'outil en deux parties, à quarante-cinq degrés l'une de l'autre, répondait parfaitement à son office : fonctionnel et vicieux. Le simple fait d'ôter une vis séparait le manche en deux dans le sens de la longueur afin de pouvoir y placer une lame bleue amovible qui n'était rien d'autre qu'un rasoir à deux tranchants de forme effilée. Teddy se mit à en jouer comme s'il s'échauffait avant une partie de jet de canif. Les doigts bien à plat, paume vers le sol, il plaça le couteau sur le dos de sa main droite, qu'il enleva prestement de sous la lame exposée, afin de rattraper l'instrument au vol pendant sa chute, paume toujours vers le sol. Sans même s'interrompre, sans heurts, il le balança alors dans son dos, par-dessus l'épaule gauche, et s'en saisit à nouveau par le manche, à l'aide de sa main gauche. Un faux mouvement, et l'entaille qui en résulterait serait méchante. Peut-être pas autant que la blessure qu'il portait déjà au visage, mais méchante, néanmoins.

– Quel talent, dis-je. On dirait que tu vois même à travers tes croûtes.

Les dents pourries de Teddy, jaunies par la nicotine, transformèrent sa grimace de balafré en cliché aux rayons X d'une tête de piranha.

Sa prouesse étalée à la face du monde, restait à savoir ce que serait la mienne, encore à venir. Il sortit un tournevis court et se mit en devoir de changer la lame. Exit la vieille, ensanglantée et ébréchée, en place la nouvelle, qui luisait comme un alliage concocté à partir des mille violets des violettes d'Afrique. Il laissa tomber la lame usagée dans un saladier ; elle se mit à glisser dans la courbure de verre pour remonter sur le flanc opposé, avant de glisser derechef dans le fond, pareille à une araignée prise au piège.

– Un couteau de poseur de moquette, fit remarquer Mme Renquist en ouvrant un étui à cigarettes métallique. C'est Teddy qui a attiré notre attention sur cet objet. C'est effectivement un outil que nous avons trouvé supérieur à tous les autres.

Elle choisit une cigarette qu'elle fit glisser sur toute sa longueur sous ses narines.

– Teddy a fait le moquetteur dans le temps.

Le sieur Teddy releva les yeux sur moi. Il s'écoulerait un laps de temps certain avant que ses yeux tristes s'accoutument à sa nouvelle difformité.

– Tu as sombré bien bas par rapport à tes fonctions ouvrières, mon gars, fis-je remarquer avec sévérité.

Teddy avança la mâchoire inférieure, brûlant de colère.

Mme Renquist sourit par-dessus sa cigarette.

– Cet instrument tranche la moquette la plus dure en une seule passe, mais les poseurs de moquette s'entaillent aussi souvent par erreur une main, ou la cuisse. C'est la raison pour laquelle ils donnent affectueusement à ce traître, mais efficace, compagnon de leurs entreprises le nom de *Bloody Mary*, Mary la Sanglante.

Elle toucha une flamme de bougie avec une extrémité de sa cigarette.

– Non sans quelque déférence, avons-nous pu remarquer. Impressionnés qu'ils sont par cet objet, un peu comme on se référerait à un serpent à sonnette devenu animal de compagnie.

– On pourrait penser que des individualités aussi exotiques auraient déniché quelque chose d'un peu plus fétichiste.

– Oh, mais nous avons essayé toutes sortes de babioles. Attik, par exemple, porte toujours sur lui un petit yatagan. Un adorable couteau. Vous l'a-t-il montré ?

– C'est le nom de cette chose ? Non. Tout ce qu'il m'a montré, c'est son *yubiwaza*.

Mme Renquist sourit.

– On s'en sert traditionnellement pour castrer les béliers.

Elle fit la moue et aspira la fumée en excès autour de son visage.

– Le problème, dit-elle en retenant son souffle, c'est que la plupart des lames perdent leur fil bien trop rapidement, à cause du parage des chairs.

Le parage. J'avais bien entendu.

Elle exhala bruyamment.

– Il est surprenant de constater à quel point la chair humaine est résistante. Demandez à un chirurgien. Et aussi le papier. On ne croirait pas que le découpage des chairs ou du papier puisse émousser un tranchant, mais c'est pourtant le cas.

En dépit des odeurs omniprésentes de patchouli et d'encens, celle que dégageait sa cigarette arriva jusqu'à moi, et je reconnus les relents distincts de tabac mêlé à l'héroïne brune en boulette. Très semblable en cela au dîneur chinois qui s'enfourne vite fait bien fait trois ou quatre portions de nourriture dans la bouche avant de se mettre à mâcher, Mme Renquist tira sèchement à trois ou quatre reprises sur sa cigarette, avalant la fumée dans les profondeurs de ses poumons, avant de retenir longuement sa respiration. Lorsqu'elle exhala, ce qui restait de fumée fut bien chiche.

Teddy resserra la vis sur la Bloody Mary.

– Le problème, poursuivit brutalement Mme Renquist, c'est que nous étions sans cesse contraints de réaffûter la lame. Chaque fois que se manifestait le besoin de faire appel à ses services, il nous fallait assister au cérémonial de l'aiguisage. C'était Attik qui insistait sur le fait que le couteau se devait d'être préparé *in situ*. Ce qui ralentissait les choses. Avec néanmoins pour côté positif l'effet négatif de l'opération sur l'hécatombe.

L'hécatombe. J'avais bien entendu.

– Si le sujet, fût-il il ou elle, naturellement, ne s'est pas déjà évanoui. L'affûtage préalable du couteau ne peut pas être pris en compte. Attik est d'avis que le simple repos, même dans l'étui, émousse la lame. L'affûtage, par ailleurs, est fastidieux. Attik commence toujours par une pierre à gros grain, en se servant non pas d'huile mais de sa propre salive, et il poursuit son ouvrage sur une pierre fine seulement quand le bon moment est venu.

Je crus percevoir de profondes analogies entre ce qu'Attik et moi faisions pour gagner notre pain, frères en affûtage, mais je tins ma langue.

– Dans la mesure où nos modestes hécatombes devaient assister au cérémonial, s'adjoignait au processus une valeur psychologique liée à sa nature même. Mais l'un dans l'autre, nous avons trouvé que la chose prenait beaucoup de temps et, franchement – elle eut un sourire en lame de couteau –, qu'elle était peu pratique. Donc.

Son sourire s'agita de tics et s'effondra quand elle changea lourdement de position sur son trône.

– Nous avons opté pour le compromis de la Bloody Mary. Le changement de lame s'apparente de suffisamment près aux rituels ancestraux de l'étiquette pour satisfaire le sens de la tradition si fort chez Attik, et il est suffisamment rapide pour satisfaire notre besoin d'efficacité. Teddy aime beaucoup procéder à cette opération, il trouve un plaisir certain au vissage et au dévissage. Et jusqu'ici, les clients de Bloody Mary ne se sont pas plaints.

L'humour régalien fit naître un sourire d'idiot du village sur le visage dévasté du sycophante de Madame.

– Vous nous ferez savoir, monsieur Kestrel, si vous vous trouvez, en quelque point délicat, incommodé ?

Teddy présenta le couteau, poignée en avant, sur le dos du poignet, pour que Attik l'inspecte. Celui-ci prit l'objet et, tournant la lame à contre-jour de la faible lumière, en éprouva le tranchant du pouce avant de s'en raser quelques poils sur le dos de la main.

– Madame Renquist, pépiai-je. Suis-je autorisé à parler ?

Comme si j'avais interrompu une rêverie, elle laissa filer un instant avant de répondre, en n'affichant qu'un léger soupçon d'agacement.

– Oui, monsieur Kestrel ?

– Avant que nous... commencions... n'aimeriez-vous pas être mise au courant pour la bague ?

– La bague, monsieur Kestrel ? demanda-t-elle en penchant la tête de côté. Quelle bague ?

– Mais la Bague de Théodose, naturellement.

Mon regard passa de Teddy à Attik. Ce dernier se servait de la lame pour dégager un minuscule copeau de cuticule de l'ongle du pouce.

– La bague au grenat, répondis-je en revenant sur elle. N'est-ce donc pas la bague, le centre de toute cette affaire ?

Elle se caressa les mentons du dos d'un index.

– L'est-elle, monsieur Kestrel ?

– Eh bien, que diable d'autre... Je veux dire par là que des tas de gens se sont fait tuer ces derniers temps. J'ai donc simplement présumé que...

– Ah ha ha, dit-elle en me tançant d'un doigt.

– Qu'est-ce... ?

– Les gens se font tuer quand ils désobéissent à leur reine, dit-elle comme si elle faisait la morale à un enfant.

– Êtes-vous... ma Reine ?

Pour la première fois depuis mon arrivée, une expression de déplaisir vrai envahit les traits de Mme Renquist. Elle ne me regardait pas quand cela se produisit. Mais il apparut qu'un spasme soudain de remontée gastrique l'avait poignardée par tout le corps au départ des intestins, dérangeant de fait une importante occasion sur le plan social. Un désagrément qui allait – qui devait – passer.

– Monsieur Kestrel...

Elle fit une pause comme pour maîtriser son impatience.

– Vous ne possédez pas la bague, monsieur Kestrel. Vous n'avez jamais été en possession de la bague.

Ils avaient dû tuer Tommy Wong pour s'en emparer. Une carte pour rien. Tant pis. Pour autant que je sache, ils s'étaient également débarrassés de Missy. Que sa voiture fût devant la maison n'expliquait rien, en fait. Peut-être s'était-elle garée devant la bouche à incendie face au domicile de Girly Renquist uniquement pour prendre un taxi jusqu'au centre ville. Peut-être était-elle occupée à faire les boutiques alors même que je me préparais à mourir. Peut-être que l'emplacement qu'occupait sa Jaguar n'était qu'une coïncidence. Mais s'ils ne se décidaient pas à aborder le sujet de Missy, moi non plus. Ce qui me laissait quoi ? Je ne parvenais pas à trouver de porte de sortie. Le codex tout particulièrement me paraissait une carte injouable. À l'instant où je la mettrais sur table, Dave était un homme mort. Et le faire tuer serait une bien piètre manière de payer ma dette parce qu'il m'avait sauvé la vie. Que je livre ou non le codex, j'allais de toutes les façons me retrouver bien mort, toute dernière victime d'une longue concaténation d'existences détruites.

Bien, me dis-je. Peut-être que Dave trouvera le moyen de transformer la chose en carburant diesel, suffisamment en tout cas pour conduire *Rummy Nation* au Mexique.

– Vous savez, dit une voix, ce n'est pas parce que Danny ne vous prend pas au sérieux qu'il a envie de mourir.

Et c'est *maintenant* qu'elle débarque.

– Yee-hah ! lâchai-je en rugissant, de manière tellement soudaine que Teddy sauta sur place. Si l'humour a suffi pour l'offensive du Têt, il suffira pour Byzance. Antiques enfoirés de la terre nouvellement réinventés, riez, pleurez, nous allons tous canner... !

Attik coupa court à ma diatribe par un direct en massue sur le sommet de mon crâne, son coup le plus sévère jusque-là. Le fait de me comporter en givré de première avait pu emmêler les pinceaux du Cajun, mais ce n'était guère qu'un pissenlit sous la dent du grand désherbeur de cette opération.

– Vous voyez ? insista Missy. En outre, ainsi que vous l'avez fait personnellement remarquer, Danny n'a pas la moindre idée de l'endroit où se trouve la bague.

– Je bluffais, dit tranquillement Mme Renquist, lorsque vous m'avez interrompue.

Debout dans les mêmes ombres qui avaient engendré l'infâme Teddy, paisiblement mais avec obstination, Missy réitéra sa demande :

– Avec tout le respect qui vous est dû, Votre Grâce, cette bague, Danny ne l'a même jamais vue.

Sa Grâce ne parut pas particulièrement dérangée par l'insistance de Missy. Bien au contraire, il apparut que les deux femmes, non seulement se connaissaient, mais qu'elles se connaissaient bien.

– Et, ajouta Missy, puisqu'il ne vous est d'aucune utilité, puis-je vous supplier de m'accorder la faveur d'épargner sa vie ?

J'en restai bouche bée. Attik alla même jusqu'à grogner. Teddy fit la moue, il était déçu.

– Expliquez-vous, ordonna Mme Renquist, qui ne me quittait pas des yeux.

Jamais je n'aurais cru Missy capable d'un semblant de servilité. Elle sortit néanmoins de l'ombre en affichant tous les signes apparents de l'obséquiosité. Cet ersatz de salle du trône, de toute évidence, ne lui était pas inconnu, mais elle en paraissait toute tremblante ; comme si, dialectiquement parlant, elle venait faire offre de services sur la glace mince d'un lac gelé. Une glace ténue, un lac byzantin. Une glace qui non seulement se fissurait alors même qu'elle s'y engageait, mais qui n'était constituée que de fissures, plus périlleuses les unes que les autres.

– C'est Tommy Wong qui a la bague, dit Missy.

Mme Renquist ne sourit pas à cette révélation. Mais elle parut tirer quelque satisfaction à pouvoir répondre :

– Non, mon enfant. Il ne l'a pas.

Missy, faillis-je dire, mais qu'est-ce que tu fais ? C'est *elle* qui a la bague.

– Avez-vous parlé à Tommy depuis hier ?

Teddy ne parvint pas à se refuser un petit ricanement.

– Silence ! beugla Son Impératrice, en nous faisant tous sursauter.

Teddy n'hésita pas et tomba aussitôt à genoux, baissant la tête jusqu'au tapis au pied du dais. L'ourlet de sa djellaba tremblait.

– Il est un fait que je me suis entretenue avec Tommy depuis hier, répondit Mme Renquist d'une voix égale. Ce matin, très exactement. Il n'avait pas... – elle se corrigea – il ne l'a plus.

Missy regarda alentour, puis revint sur Mme Renquist.

– Qu'est-il arrivé à Tommy ?

Personne ne répondit. Pour quelque raison inconnue, Mme Renquist continuait à ne pas me quitter des yeux.

Je ne connaissais pas le jeu que Missy jouait. Je ne connaissais même pas la planète sur laquelle elle le jouait. Et alors que j'étais plus qu'enclin à accorder à Girly Renquist le bénéfice de la démence, j'étais très circonspect quand à la ruse insidieuse qui accompagne si souvent la folie. Avant que Girly pût donc tirer quelque conclusion dangereuse, je me risquai à une révélation brutale.

– Tommy est mort, Missy.

Missy sursauta, comme choquée par la nouvelle, de toute évidence. Avant que j'aie pu ajouter que j'avais vu le corps de Wong à peine deux heures auparavant, Attik m'asséna sur le côté du crâne une monstrueuse mandale, son meilleur coup jusque-là, avec un transfert d'inertie tellement absolu qu'une vertèbre craqua dans mon cou en me remplissant les yeux d'étoiles. Je faillis perdre conscience, et m'étranglai en recrachant ma bile sur la serviette que j'avais sur les genoux.

– C'est absolument dégoûtant, dit Mme Renquist. Teddy !

Teddy se remit debout comme un ressort et s'affaira à disposer une serviette toute propre sur mes cuisses avec une familiarité ricaneuse dénuée de la moindre aménité. J'avais la tête remplie des crissements de freins pneumatiques et de paons en train de s'accoupler. De la manière dont je voyais les choses, Teddy avait toutes les intentions du monde de m'émasculer, mais il aurait dû savoir qu'on ne fait pas de mouvements brusques dans les parages immédiats d'un ancien combattant totalement désorienté. Je relevai un tibia dans son entre-deux et le fis basculer en arrière. Il toucha le tapis en s'agrippant les testicules à deux mains. Sa tête ripa contre un coin du dais qui rafraîchit la blessure qu'il avait au visage, et il poussa un hurlement de souffrance.

Je me raclai la gorge et lui balançai un peu de bile.

– Ça, c'est pour John Plenty, espèce de connard mutilé.

Avant qu'Attik ne me fracasse la tête, ce qu'il se préparait incontestablement à faire, Teddy se rallia à sa cause et, avec un miaulement de chat ébouillanté, me fracassa un des saladiers en cristal sur les genoux.

Ce fut maintenant au tour de Missy et de Mme Renquist de pousser leur hurlement, et je dois, de mon côté, avoir également émis une sorte de rugissement. Je crochetai la pointe d'une chaussure derrière la tête de Teddy, et mis le talon de l'autre en rotation en plein dans la plaie qu'il portait au visage, comme si l'orbite de son œil était un mégot de cigare encore fumant. Teddy ne prit pas la chose en silence. Mais Mme Renquist dut hurler plus fort encore car Attik, l'oreille branchée sur la longueur d'onde des ordres de Madame, délivra alors une châtaigne redoutable, non plus à l'arrière de mon petit crâne, mais à celui de Teddy, à l'aide de la crosse de son lourd pistolet. Bonne nuit, Teddy ! Pareil au poignet qui soulève d'un coup sec et délove sept mètres de corde au sol, la crosse de l'arme de Attik envoya une onde stationnaire à travers tout le torse de Teddy. Qui s'étala le long du tapis pour un long somme, en soufflant des bulles sanguinolentes par son nez fracturé comme un hot-dog en surchauffe.

Les carottes discordantes de Teddy maintenant définitivement cuites, nous prîmes tous une petite pause.

À l'exception de Missy. Pas bête, la mouche : elle remit son grain de sel sans perdre une seconde.

– Si Tommy Wong est mort, dit-elle au travers de ses larmes et de ses dents serrées, alors je sais où elle est, cette foutue bague.

Mme Renquist, qui avait re-dirigé son regard de dégoût de Teddy sur moi, le posa maintenant sur Missy avec une expression songeuse et intéressée.

– Continuez, ma chère, l'encouragea-t-elle, avec une indulgence presque plaisante. Nous attendons.

– Savez-vous où se trouve le corps de Tommy? demanda Missy d'une voix tremblante.

Mme Renquist glissa un œil à Attik, qui acquiesça très visiblement.

– Oui, nous le savons.

Elle y réfléchit comme après coup, et ajouta :

– Ou nous le savions.

Très bien, Missy, songeai-je.

– Vous le savez toujours, annonçai-je, bien que, ajoutai-je d'un ton aussi lourd de présage que la prudence m'y autorisait, l'inspecteur Bowditch soit à même de le découvrir à tout instant.

Je regardai Missy.

– Ce n'est qu'une question de minutes, mais l'identité du cadavre retrouvé au Pier 70 aura conduit Bowditch au contremaître de chantier de Tommy.

– Le Pier 70? demanda Mme Renquist en se tournant vers Missy.

Cette dernière, apparemment prise au dépourvu par cette information, se tourna vers Girly :

– Nous n'avons pas de temps à perdre, dit-elle en inspirant brutalement. J'ai une requête à faire, Votre Grâce.

Sa Grâce reprit un maintien altier.

– Ce n'est pas grand-chose, se dépêcha d'ajouter Missy. Une question de justice, simplement.

Nous savions tous en quoi consistait sa requête. Ou nous pensions le savoir. Mais Mme Renquist voulait que Missy l'exprime à haute et intelligible voix.

Missy se lança bille en tête.

– J'ai l'intention de vous dire où se trouve la bague, dans tous les cas de figure. Cela, vous le savez. Mais Danny...

Elle regarda dans ma direction, paupières pudiquement baissées, pareille à l'écolière avouant un béguin devant tous les élèves de l'école, et, je dus le reconnaître, elle me parut très convaincante.

– Danny est... un ami très spécial. Par le passé, comme vous le savez, il a fait de l'excellent travail, pour vous comme pour moi. J'ai été très proche de lui ces temps derniers, et j'ai très longuement discuté avec lui de la situation qui nous occupe. Je peux vous assurer qu'il ne sait quasiment rien. Il se retrouve dans la circonstance présente par le plus grand des hasards. Si Gerald n'avait pas fait paniquer Renée afin qu'elle...

– Nous ne prononçons pas le nom de cet opportuniste traître et interlope, dit sèchement Mme Renquist.

Au lieu de faire remarquer que mère et fils étaient du même tonneau, et que le nom de Gerald résonnait exactement comme un éclat du même porphyre, en digne fils de maman qu'il était, Missy opina brusquement du chef pour manifester son assentiment, et se dépêcha de poursuivre.

– Oui, bien sûr. Mais même maintenant, je vous l'assure, il ne sait toujours rien. Notre propre stupidité – je vous en prie, permettez-moi d'en terminer – lui a permis de commettre erreur après erreur jusqu'à ce que, de fourvoiements en faux pas, au bout du compte, il arrive jusqu'ici. Il n'est venu, comme il l'imaginait, que pour me sauver. Pourquoi devrait-il payer pour les fautes que nous avons nous-mêmes commises ? Si Tommy n'avait pas envoyé ces trois idiots à ses trousses...

– Oui... dit Mme Renquist d'une voix songeuse. Ils nous ont empoisonné la vie. Totalement incompétents.

– Je suis d'accord, dit humblement Missy. Mais il était très difficile de comprendre ce qu'il fallait faire, avec Tommy qui venait se mêler de tout à chaque étape de...

– Oui, oui, l'interrompit impatiemment Mme Renquist.

Remarquant que sa cigarette s'était éteinte, elle en présenta l'extrémité calcinée à la flamme de la bougie.

– Votre Grâce, dit Missy comme si elle prenait son courage à deux mains, si vous pouviez voir clairement votre intérêt et libérer mon ami, je vous donne toutes assurances, comme à l'habitude, qu'il... saura se tenir.

Des assurances ? Comme à l'habitude ? J'aurais peut-être pu y ajouter une ristourne sur quelques cadres éventuels, mais pour une fois, je préférai la fermer.

Le silence tomba sur la pièce pendant que Mme Renquist fumait. Puis, d'une voix maternante dont le lait aurait viré à l'aigre, elle déclara :

– Daniel, comprenez-vous bien que Marissa garantit votre existence de sa propre vie ? Comprenez-vous bien que vous êtes dans la même position, et que vous garantissez la sienne de la vôtre ? Comprenez-vous bien que ces garanties mutuelles ne sont rien de moins que *des fiançailles de sang* ?

Je dois avoir marqué un temps d'hésitation. Il est certain que me restait encore dans la gorge le goût du sang. Au bout du compte, cependant, je n'aurais pu répondre avec plus de déférence révérencieuse que si je m'étais adressé à Hera [1] en personne. Que pouvais-je faire d'autre ? Lui opposer un refus, à cette pauvre femme ?

– Je le comprends, dis-je de ma voix la plus solennelle.

La Renquist tira trois taffes rapides sur sa cigarette et se réinstalla dans son trône.

– Accordé, annonça-t-elle d'une voix pincée, sans exhaler ne fût-ce qu'une volute de fumée.

Après un nouveau temps de silence, durant lequel elle parut apprécier le simple fait d'être consciente comme un exploit d'équilibre instable mais réel, délicatement, elle écrasa la cigarette à moitié fumée dans la gueule d'un cendrier en or dont je remarquai enfin la forme : une Chimère rugissant en silence.

– Et maintenant, mon enfant, dit-elle en replaçant la cigarette à moitié fumée dans l'étui métallique. Où se trouve notre bague ?

Missy parla du ton de voix le plus neutre que je lui eusse jamais connu, comme si elle récitait une leçon apprise par cœur.

– Gerald avait conclu un pacte, non pas avec Renée, mais avec Tommy. Si l'un ou l'autre des deux hommes se voyait capturé ou gravement compromis, si l'un ou l'autre se trouvait dans l'incapacité absolue de mettre la bague en sûreté, ils devaient...

1. Déesse du mariage et de la maternité chez les Grecs, Junon chez les Romains.

Missy hésita, et la neutralité impersonnelle de sa voix se mit à vaciller.

– Ils devaient... chacun... vous savez... l'avaler.

Un silence, complet, absolu, remplit la pièce.

– Tommy s'entraînait.

Silence.

– Avaler, récupérer. Avaler, récupérer. Avaler...

Silence.

Missy ajouta, d'une toute petite voix :

– Maintenant, vous savez où... – c'est tout juste si elle parvint à terminer sa phrase – où... chercher.

Mme Renquist regarda Attik. Pareils à deux portails jumeaux dans un désert d'obsidienne, les yeux de Attik ne révélèrent rien.

Personne ne se tourna dans ma direction. Pourquoi l'auraient-ils fait ? Comme d'habitude, je n'avais aucune idée du sujet de leur conversation.

– C'est vrai, dit Mme Renquist en pleine réflexion, que Tommy affichait une expression plutôt étrange pendant qu'Attik... l'interrogeait. Mais, ma douce, nous pensions qu'il avait passé un accord avec cette... *créature*.

– Gerald...

Mme Renquist jeta à Missy un œil furieux, mais Missy redressa le menton et poursuivit.

– Gerald était bien dans le coup, mais jamais il n'a eu la bague entre les mains. Et Renée non plus. À aucun moment. Tommy voulait très certainement le codex, comme vous le savez. Mais il a toujours gardé la bague à portée de main.

Vu l'attention que le meurtre de Gerald Renquist obtenait de la part de sa propre mère, Missy aurait tout aussi bien pu discuter des interruptions intempestives du port COM dans Windows 95. L'information n'intéressait tout bonnement en rien Girly. La seule chose dont la mère de Gerald Renquist voulait se préoccuper était la bague de Tommy Wong.

– Il a observé la Bloody Mary avec une étrange fascination, dit-elle, toujours perdue dans ses pensées. Nous avions effectivement remarqué ce détail sur le moment, sans y prêter une attention particulière. Tommy buvait un verre de vin lorsque nous avons fait une entrée disons spectaculaire. Il était un peu tôt pour boire du vin. Même du vin blanc. Nous ne nous étonnons pas...

De quoi faut-il s'étonner ? me dis-je en contemplant l'un de mes poignets. C'était une chose pâle, mouchetée de taches de rousseur, traversée latéralement par trois plis à l'endroit où la peau faisait charnière entre poignet et avant-bras, sous-tendue par une veine principale et deux autres parallèles à la première mais de moindre importance. Pensez à une arrivée en avion à Burbank par une chaude nuit d'automne. Juste au-delà des lumières balisant la piste, au-delà des faubourgs scintillants qui remontent en pente vers les chaînes côtières se détachant en silhouettes, tout flamboie, aussi rouge que les feux des enfers sous leurs propres fumées. Qui n'irait pas regarder ? C'est la fin du monde, et c'est fascinant.

Pris entre les deux mâchoires du dilemme, il est possible que Tommy eût été en état de concentration intense, observant de près ses poignets en train de se faire sectionner, afin de s'interdire métaboliquement, pour ainsi dire, l'éventualité de dégueuler la Bague de Théodose dans les mains mêmes de ses ennemis. Si c'était le cas, une telle force d'âme mettrait Tommy au rang des plus grands guerriers de l'avarice.

Comme si elle lisait dans mon esprit, Mme Renquist remarqua avec attention :

– Plutôt froid comme client, vous ne trouvez pas ?

Puis, après quelques instants de silence, elle ajouta :

– Il va falloir que nous allions voir par nous-mêmes.

– Oh, dit Missy d'une toute petite voix, ne pouvons-nous pas rester ici pour regarder la télévision ?

Mme Renquist l'ignora.

– Sortez la voiture.

Sans un mot, mais de deux coups de sa Bloody Mary, Attik me libéra. Plein de sollicitude, il m'aida à enjamber le foutoir en capilotade gémissant qu'était Teddy. Débris et échardes du saladier fracassé craquèrent sous mes semelles.

Je dispose de peu de critères pour être juge en la matière, mais « la voiture », une Bentley immaculée, avait l'air flambant neuf. Ces choses-là ne coûtent-elles pas un quart de million de dollars ? À une patère près de la porte du garage, Attik se saisit d'une veste en tweed à l'allure respectable. Cintrée dans le dos, avec ses boutons et ses coudières en cuir, la veste lui donnait l'air de ces gentilshommes campagnards que l'on voit dans les salles de bal des hôtels, et qui évaluent d'un œil de maquignon les veuves timides. La veste était également taillée de manière à laisser place à un pistolet sous l'aisselle, une arme israélienne à douze coups.

Missy s'installa à l'arrière en compagnie de Mme Renquist. Je m'assis devant avec Attik. Nous prîmes Steiner pour descendre le versant nord de Pacific Heights en direction de Lombard. Lorsque nous longeâmes la galerie, Mme Renquist ne daigna pas lui accorder le moindre regard. Attik prit ensuite Doyle Drive et sortit sur le Presidio. La voiture était absolument silencieuse. La journée, magnifique. Un lourd soleil d'après-midi filtrait avec grâce au travers des eucalyptus du Presidio, mouchetant le capot de la Bentley comme un rêve d'épileptique. Après le patchouli de la chambre de mort aux lourdes tentures, le plein air était bien agréable. Je dus lutter contre une envie pressante de bondir hors du véhicule, uniquement lorsque Attik laissa descendre la vitesse en dessous de soixante.

– J'aurais fait ça différemment, le grondai-je comme il s'engageait plein ouest sur California Street. Vous pouvez quitter Doyle et vous engager dans le Presidio – juste avant l'aire de repos du péage, d'accord ? De là, vous pouvez soit virer au nord, devant la statue de Strauss en passant sous l'aire de repos ; ou bien vous pouvez tourner plein sud en sortant du parking et revenir sous Doyle. D'une façon comme de l'autre, vous vous retrouvez à longer le haut de Baker Beach sur Lincoln et vous ressortez en plein sur la Vingt-cinquième Avenue et El Camino del Mar, sans même trois panneaux de stop sur tout le trajet. Vous comprenez ?

Comme de bien entendu, Attik m'ignora et garda le silence autant que son propre itinéraire, et nous arrivâmes bien assez vite au domicile de Tommy Wong. La villa avait le même aspect que quelques heures auparavant. L'allée à voitures circulaire était vide, et, dans le jardin paysagé, pas une feuille qui ne fût à sa place. En gravissant les marches, nous trouvâmes la porte d'entrée encore entrouverte.

Bowditch n'avait donc pas consulté ses messages.

Libérant le bouton de sa veste, Attik entra tandis que nous attendions sur le perron abrité. Les deux bouvreuils avaient transféré leur conversation du chapeau de la cheminée à une ligne électrique qui courait en bordure de la propriété. L'espace d'une minute encore, la journée resta belle.

Attik réapparut et nous invita à entrer dans la maison.

Il avait déplacé Ecstasy jusqu'au mur près de la porte de salle à manger. Ecstasy avait l'air un peu raide, incapable de se décontracter pleinement dans sa nouvelle position. Dans la mesure où il ne gênait pas le passage, le Cajun était resté à sa place, au pied de l'escalier. Le vestibule était suffisamment silencieux pour qu'on y entendît les mouches voler.

Missy se déroba devant la porte de la bibliothèque.

– Pourriez-vous je vous prie m'excuser ? Je...

À l'entendre, cela ressemblait fort à quelque chose qu'elle eût mieux fait de taire, et mon cœur eut un raté. Mais tout entière à sa ferveur passionnée, Mme Renquist laissa totalement passer le fait que Missy n'était pas censée savoir le genre d'horreur qui nous attendait derrière la porte, et elle prit Missy fermement par le bras.

– Courage, mon enfant.

Tommy Wong était toujours sanglé à son fauteuil, et il était toujours mort. Ses lèvres avaient commencé à se retrousser légèrement, et son sourire laissait entrevoir un peu de gencive. Son teint exsangue avait la couleur gris mouillé d'un béton en train de sécher. Ses yeux, ouverts en demi-fentes, luisaient encore, vivants, semblait-il. Sa chevelure était impeccablement coiffée, pas une mèche de travers.

Attik n'hésita pas. Il sortit sa Bloody Mary, libéra les poignets du mort, sectionna la ceinture rouge, et fit rouler le cadavre au sol. Ce fut par un exercice de pure force brutale, accompagné de quelques bruits inhabituels, de ceux que l'on entend à ces moments où le temps se suspend dans une salle de cinéma, qu'Attik parvint à redresser suffisamment le cadavre pour le placer en position horizontale sur le dos.

– Votre Grâce, murmura Missy, avec un bien faible claquement des lèvres. Je ne pense pas que je...

– Chut, très chère, dit Mme Renquist. Tout sera vu et connu en moins de temps qu'il n'en faut pour le dire.

Que la Bloody Mary d'Attik fût aiguisée, tout le monde en convint. La lame ouvrit Tommy Wong en deux passes, de l'abdomen au sternum et de l'appendice à la glande pituitaire, tranchant aussi facilement au travers des parois de l'estomac que s'il n'y avait là guère plus de substance que le lin de sa chemise ; comme si la dépouille de Tommy Wong elle-même n'était plus rien d'autre qu'une facture de la compagnie d'électricité.

Il ne restait à ce stade pratiquement plus de sang dans le cadavre. En dépit de quoi Missy se mit à inhaler l'air à petites bouffées courtes et haletantes.

Attik s'en alla fouiller l'estomac de Tommy Wong d'une main, en fixant ce faisant, comme si la chose prêtait à réflexion, le kimono sur le manteau de la cheminée.

Missy gémit.

Attik grogna et retira sa main, maintenant gansée des torons de gluten luisants d'une céréale de petit déjeuner célèbre.

Missy tira à l'écart la poubelle en plastique qui contenait déjà la moitié du volume corporel sanguin de Tommy Wong, se mit à genoux, et vomit bruyamment.

Attik essuya le trophée sur la chemise de Tommy Wong et le montra à sa maîtresse. Mme Renquist se para d'une paire de lunettes de lecture oblongues afin d'inspecter l'objet de plus près.

– Bonté divine, dit-elle d'un ton approbateur. Enfin. La Bague de Théodose.

39

– Ce qu'il y a de bien avec les bijoux, c'est qu'une femme peut les porter et traverser un poste de douanes partout dans le monde en quasi-impunité.

Missy sourit et se toucha les cheveux d'un air satisfait.

– En particulier si elle est belle.

Nous avancions péniblement sur la Vingt-cinquième Avenue en direction de Geary Street, où nous aurions une petite chance de trouver un taxi.

– C'est la troisième fois que je fais le voyage à pied, sur cette foutue rue, grommelai-je. Il va falloir que je me trouve un short en Élastis et un podomètre à me coller sur le mollet.

Tout autour de nous, les gens normaux vaquaient à leurs corvées de la soirée. Des couples poussaient des poussettes vers l'épicerie, des chiens traînaient leur maître vers le jardin public. Un type au bras drapé par sa cravate en vol nous croisa, une mallette dans une main et un bouquet dans l'autre.

– Tant qu'il ne s'agit pas du *Star of India*[1], ajouta Missy.

– Ouais, répondis-je d'une voix apathique. Le *Star of India*.

1. Le plus gros saphir du monde, l'Étoile des Indes.

La conversation, à vrai dire, ne m'intéressait pas. La dernière fois qu'une heure de bon sommeil avait croisé ma route remontait à mon petit séjour sous la jetée de Pier 70. Le sang suintait au travers de mon jean sous mes genoux, une de mes oreilles saignait, mes deux oreilles tintaient de carillons divers, et j'avais un mal de crâne taillé pour Raskolnikov. Quelque part en chemin, je m'étais ébréché une dent. Néanmoins j'étais toujours en vie, et ce simple détail ressemblait à un exploit. La soirée était superbe. Les derniers rayons du couchant venaient araser les bancs de brouillard sous un angle des plus faibles, épais, tangibles, nappant le monde d'une pureté autonome.

Autonome...

Je laissai oisivement ma main frôler une haie taillée au carré.

– Comment se situe la Bague de Théodose en comparaison des autres pierres vraiment grosses ?

– Modestement. D'un autre côté, pratiquement personne ne l'a vue, donc elle est légendaire.

Nous marchions dans un silence pensif. Lorsque Missy reprit la parole, je levai les yeux pour constater que nous nous trouvions au milieu d'un carrefour où je ne me rappelai pas être entré. Une voiture était arrêtée à quelques centimètres du passage clouté. Quand le conducteur croisa mon regard, il secoua la tête devant notre inconscience.

– Il y a bien longtemps que Girly court après cette bague, disait Missy.

– Peut-être la mérite-t-elle.

– Dieu vienne en aide à ceux qui ne sont pas de cet avis.

– Je ne pense pas qu'il en reste beaucoup à ce stade.

– Oh, me corrigea Missy, il y a toujours quelqu'un.

– Il suffit d'une mégalomane et de deux gorilles pour faire la guerre, c'est vrai.

– C'est quoi, une mégalomane ? Redis-le-moi.

– Une psychopathe entraînée par des illusions de richesse, de pouvoir, de domination. Si, d'une façon ou d'une autre, elle parvient à imposer lesdites illusions à d'autres individus, on lui attribue le titre d'impératrice. En tout état de cause, une sociopathe.

– Tu as fait des recherches, estima Missy.

– Elle peut également être obsédée par le grandiose. La Bague de Théodose est-elle grandiose ?

– Une fois que la rumeur se sera propagée sur ce qui s'est passé à San Francisco, la Bague de Théodose va pouvoir jouer dans la cour des grandes. Elle sera grandiose aux yeux de tous.

– Je dirais que c'est une question de temps. Et plutôt plus vite que plus tard.

Elle se tourna vers moi.

– Et qui peut prévoir une chose pareille ?

Je m'arrêtai de marcher.

– Bowditch, Missy. Tu te souviens de l'inspecteur Bowditch ? Il travaille à la Criminelle des services de police de San Francisco, et il ne va pas disparaître comme par enchantement. Il est très vraisemblable que ce sera la prochaine personne que nous rencontrerons sur notre route, toi et moi. Lorsque la presse se mettra à poser des questions sur l'éruption de meurtres qui a récemment entaché la haute société de San Francisco, il faudra qu'il ait des réponses à fournir. Ensuite, nous en verrons, du grandiose.

– Je l'avais oublié.

– Selon toute vraisemblance. En tout cas, Bowditch, lui, ne t'aura pas oubliée.

Un taxi apparut et Missy le héla. Le chauffeur ralentit, nous reluqua de la tête aux pieds, et reprit de la vitesse.

– Je lui ferai sauter sa plaque, à celui-là, déclara Missy.

– Il est probablement en retard pour son atelier de poésie.

– Si seulement j'avais mon portable.

– Bonne idée. Tu pourrais nous faire livrer une pizza pendant que nous attendons le taxi.

Elle claqua des doigts.

– Quand la pizza arrivera, nous nous emparerons du véhicule de livraison.

– Tu sais que quatre scientifiques sur cinq refusent de s'en servir.

– De quoi ? Des pizzas ?

– Non. Des portables.

– Comment peuvent-ils être aussi rétifs au progrès ?

– Téléphone ici, dis-je en me tapotant la tête. Satellite là-bas, ajoutai-je en indiquant le ciel. Si les micro-ondes font faire des bulles au fromage des pizzas, imagine un peu ce qu'elles font à ton cerveau.

– Le téléphone cellulaire est la plus grande invention depuis le soutien-gorge à armature, insista Missy avec obstination. Ils ne le laisseraient pas nous faire du mal.

Mon doigt revint de ma tempe taché de sang.

– Je ferai en sorte que tu sois enterrée avec le tien.

– Ce n'est pas drôle.

– Pendant les années de grande peste, on attachait une clochette au petit orteil de ceux qu'on enterrait à la hâte. Pense à la chose comme à un progrès.

– C'est bien moins que pas drôle du tout.

J'essuyai le sang sur mon jean.

– Missy, qu'est-ce qui te tracasse ? La mort, ça te faisait rire dans le temps.

Elle afficha une stupéfaction pleine et entière.

– Je perds un coup à un million de dollars, et tu te demandes ce qui me *tracasse* ?

– Missy, dis-je doucement, tu n'as pas besoin d'un million de dollars.

– Tu sais bien peu de choses.

– J'en sais beaucoup, au contraire. Tu as de l'argent qui te tombe de huit directions à la fois, ç'a toujours été, et ce sera toujours. Qu'est-ce que c'est, un minable million de dollars ?

Elle se mordit la lèvre.

– Je n'ai jamais rien fait, tu sais. Rien de substantiel, je veux dire.

C'était absolument vrai, mais je n'en dis rien.

– J'ai voyagé, bien sûr. Je siège à des conseils d'administration de musées. J'ai mangé des huîtres avec des hommes d'État et des pâtes avec des divas de l'opéra. J'ai couché avec tous les milliardaires vraiment dignes d'intérêt sur les deux côtes...

– Et tu en as épousé trois ou quatre. C'est ta vie. Faut t'y faire. Quant au reste d'entre nous, lâche-nous un peu, tu veux ?

– Je refuse de m'y faire, répondit-elle avec mauvaise humeur. Je refuse obstinément. J'ai passé dix-huit années à courir pour mener cette affaire à bien, je ne vais pas la lâcher maintenant.

– Missy, tu es folle ? Nous avons eu la chance de sortir de là-bas entiers et vivants. En fait, quand tu auras terminé de t'apitoyer sur ton sort, tu voudrais bien, si ce n'est pas trop te demander, m'expliquer comment tu as fait pour nous tirer des griffes de Girly en un seul morceau ? Ce mec avec son couteau de poseur de moquette n'a rien d'un plaisantin. Autre chose encore. Je ne veux pas t'entendre te lamenter sur la vie qui te passe à côté comme s'il s'agissait d'une sorte de taxi. C'est la mort qui vient de me passer à côté, pas la vie.

– Est-ce que ce n'était pas John Lennon, m'annonça Missy d'un air pensif, qui disait que la mort n'est rien d'autre que de sortir d'un taxi pour monter dans un autre ?

– Va donc dire ça à sa chaussure gauche.

– Ne sois pas stupide.

– Parle pour toi-même.

– C'est exactement celle pour laquelle je parle.

– Écoute, lui déclarai-je avec une certaine énergie, personnellement, je suis très heureux de me retrouver sur le plancher des vaches, taxi ou pas taxi, et j'ai la ferme intention d'y rester. Quelles que soient les idées que tu as en tête, tu ne me comptes pas parmi les partants. *Out*. Viré. Terminé. Kaput. Allons jusqu'à Clement ou Geary, où tu veux, trouvons-nous un tacot, un bus ou un rickshaw, toi, tu vas ton chemin, et moi, je rentre à la maison. Je vais appliquer un bain à ma crasse, de l'aloe vera à mes blessures, de l'ibuprofène à mon dos, de la glace à mon crâne, et du whisky à mon âme. Ensuite, je descends chez Original Joe et je me déguste le chateaubriand le plus épais de toute la bâtisse, bleu, à mains nues. Après cela – ce qui me fait penser...

Je me mis à tapoter mes poches d'un geste hésitant.

– Est-ce que tu as de l'argent ?

– Rien de comparable avec ce que je vais avoir, répondit-elle sans me quitter des yeux.

– Très bien. Parce que je... Qu'est-ce que tu veux dire ?

– Je suis heureuse d'entendre que tu laisses tomber toute cette affaire, Danny.

– Et pas toi ? Tu as l'intention de continuer toutes ces conneries ? Tu veux encore assister au spectacle d'un mec qui va se faire étriper pendant que tu dégueuleras tripes et boyaux dans une poubelle pleine de sang ? Vas-y. Prends le premier taxi que tu verras, qu'il te conduise au prochain crime que tu trouveras. Moi, je rentre à pied.

– Ça ne se passera pas aussi facilement que ça, Danny.

– Regarde-moi, j'aime la difficulté. Je ramperai sur le ventre jusqu'à Folsom Street s'il le faut.

Elle ne me quittait toujours pas des yeux.

– Quoi ? Qu'est-ce qui ne se passera pas aussi facilement ? demandai-je avec circonspection.

– Tu m'en dois une, dit-elle doucement.

– Je t'en *dois* une ? Une quoi ?

– Une faveur.

– Une faveur ? *Moi*, je *te* dois une *faveur* ?

Nous étions arrivés à un nouveau croisement. Les rais de soleil tombaient à l'oblique sur la rue perpendiculaire, d'ouest en est, baignant le visage de Missy retendu par le bistouri du chirurgien. Son teint ressemblait à une émulsion irradiante. Elle était fatiguée, et les années s'y lisaient. Son maquillage normal – trop, toujours trop, trop méthodiquement appliqué, comme une tentative infantile de contrecarrer les appétits caustiques du temps, qu'elle craignait plus que tout, une crainte si forte qu'elle l'autorisait à entretenir son illusion, à savoir que tout son argent pourrait, qui sait, l'aider à l'éviter – ce maquillage, donc, faisait défaut. Ses coûteuses opérations de chirurgie esthétique s'étalaient à l'évidence sous ce soleil qui dévoilait tout. Mais la fatigue n'avait pas de place dans sa voix.

– Daniel Kestrel, comme tu oublies vite. Ne te trouvais-tu pas sanglé dans un fauteuil il y a à peine deux heures encore, en suspens, attendant que ta force de vie se vide goutte à goutte dans un saladier à punch comme un mauvais cognac ?

– Un mauvais cognac ? dis-je en cillant. Missy, je n'ai pas entendu dans ta bouche de comparaison aussi colorée et originale depuis le jour où ton premier époux s'est fait surprendre en pleine orgie en compagnie de...

– Ne change pas de sujet, claqua-t-elle. Ai-je ou non intercédé en ta faveur ?

– Et pourquoi très exactement, nom de Dieu, penses-tu que je me sois fourvoyé dans ce sac de nœuds en tout premier lieu ? C'est bien pour te sauver les miches que je suis allé chez Renquist.

Je lui poignardai l'épaule d'un doigt.

– Tes miches, à toi, pas à moi.

– Je t'en remercie, je t'assure. Mais une fois que tu t'es trouvé sanglé dans ce fauteuil, cependant, tes mobiles chevaleresques se sont révélés plus discutables, n'est-il pas vrai ?

– Discutables ? bredouillai-je. Mes mobiles chevaleresques, pour reprendre ton expression, n'avaient pour autre justification que l'affection profonde et très personnelle que j'éprouve pour ton misérable *cul* blanc classieux...

Sortie de nulle part, une vieille femme apparut en me secouant un parapluie à la figure.

– Quand est-ce que vous comprendrez, vous, les sans-abri, que vous ne pouvez pas vous permettre de vous disputer entre vous comme ça ? Il faut que vous vous serriez les coudes. En outre, vous formez un couple très mignon.

Missy battit le rappel des restes de sa *hauteur** compassée bien étiolée et déclara :

– Sans-abri ? Madame, je vous ferais savoir que je suis propriétaire de cinq maisons sur trois continents.

La femme me regarda.

– Oh, bon sang, dit-elle.

– Je vais m'occuper d'elle, lui assurai-je en prenant Missy par le bras. À l'arrivée de l'hiver, elle se met toujours à divaguer. Elle a peur du froid. Est-ce que vous auriez un peu de monnaie ?

– Souvenez-vous, dit la femme en me tendant un billet de vingt. Vous devez vous serrer les coudes.

– San Francisco, dis-je fièrement tandis que la dame s'éloignait à petits pas pressés. Si nous ne prenons pas soin les uns des autres, qui le fera, bordel ?

– Exactement.

Missy tendit la main vers le billet, mais je fus plus rapide qu'elle et je l'empochai. Elle se dégagea.

– Je t'ai sauvé la vie, oui ou non ?

Je capitulai.

– Absolument, Missy. Oui, tu m'as sauvé la vie. Je t'en serai éternellement reconnaissant. En dette à jamais. Sans ton intervention, je serais Hécatombe 57. Tu veux que je te porte tes livres jusqu'à l'école ?

– Non, répondit-elle immédiatement. Je veux que tu me remettes le *Codex de Syracuse*.

Je la contemplai d'un air ahuri.

– Et on dira que tu ne me dois plus rien, ajouta-t-elle tendrement. Et ta bienfaitrice a raison. Nous ne devons pas nous quereller comme nous le faisons. Et il en sera ainsi, parce qu'après que tu m'auras donné le codex, nous ne nous reverrons plus jamais.

– Plus de dette, répétai-je. Terminé.

– Fini. Viré. Terminé. Kaput.

– Mais... Resterons-nous toujours amis ?

Elle m'offrit un grand sourire.

– Ça, tu peux y compter. Les paris sont ouverts.

40

Un demi-bloc plus loin, je lui demandai comment elle savait.

– Simple, répondit Missy. Tu n'en as plus jamais rien dit depuis le jour où tu en as entendu parler.

– Depuis que Bowditch nous a passé la cassette de la conférence de Maysle ?

– Tout à fait exact.

– Toi, en revanche, tu étais au courant depuis le début.

– Et moi, en revanche, je n'ai pas cessé d'en parler.

– Mais tu en sais bien plus que ça. Tu sais par exemple que Renée Knowles et Sa Grâce la Renquist étaient de mèche pour s'empalmer à la fois la Bague de Théodose et le *Codex de Syracuse*.

Elle secoua la tête.

– Renée travaillait pour Tommy. Je travaillais pour Girly.

– Travaillais ?

– Le temps est au passé, dit-elle en hochant la tête.

– Oh, dis-je, sceptique, tu es morte, toi aussi ?

– Girly ne voulait que la bague, Danny. Elle est allée trop loin, mais maintenant, elle l'a. Il y a eu de nombreux morts dans l'affaire, dont son propre fils.

À ce propos, Girly voit la chose comme une sorte de fait historique inéluctable, et une fois que tu es complètement dans l'univers de toutes ces existences passées, il n'y a plus de limites. À la manière dont je vois les choses maintenant, Girly va vivre heureuse et contente avec sa bague et elle va fiche le camp de cette ville avant que ton ami Bowditch ne la rattrape.

– Une bague depuis si longtemps égarée...

– Tu veux essayer de comprendre, Danny ? Alors ne t'en remets pas à la raison logique. Repense à l'histoire de Théodora. Tu n'es pas obligé de lire tous les livres – bien que je sache que le sujet te branchait totalement pendant que tu dégelais.

– Oui, dis-je avec un sourire. Le bain chaud de l'Histoire.

– Un condensé de Gibbon conviendra parfaitement. On peut y retrouver toutes les actions de Girly – telles qu'elle les comprend, en tout état de cause. Quiconque se mettait en travers de son chemin, quiconque lui était déloyal, quiconque commettait une erreur se voyait immédiatement éliminé par Théodora, sans autre forme de procès. Girly fait de même. C'est toute la logique dont tu as besoin. Il faut aussi que tu réajustes la valeur du trophée à la baisse, depuis l'Empire romain jusqu'à un simple objet d'antiquité. Quand le fils de Théodora a débarqué, elle l'a en somme tué sur-le-champ. Quelle importance s'il a réussi à tirer sur la ficelle pendant quelques jours ? Quant à Gerald, il a eu droit à des études à Stanford pendant les fabuleuses années soixante, et il a vécu une vie riche et pleine. C'est seulement *ensuite* que Girly l'a tué. Mais pour elle, ça revient au même.

– Mais pour quelle raison ? Quel empire menaçait-il ?

– Fais donc un peu de place à la roue de la viande[1] et aux mutations de l'histoire, tu veux bien ? Il menaçait l'héritage de la vie passée de Girly. Le codex était accessoire. Girly s'en fichait. Pour elle, le codex était simplement un moyen d'arriver à la bague, qui est la véritable synecdoque de son âme – ou quelque chose comme ça. Le codex n'était rien d'autre qu'un sous-produit apocryphe de sa carrière, ni plus ni moins pertinent pour sa progression que la première édition de Gibbon. Ou de Procope, d'ailleurs. Son dossier de presse à elle, si je puis dire. Gerald avait parfaitement le droit de s'intéresser au codex. Mais dès l'instant où il a voulu s'emparer de la bague, il trahissait sa mère. Elle s'en est immédiatement aperçue, naturellement. En fait, elle prétend que l'histoire et son astrologue l'avaient prévenue par avance.

– Mais Gerald n'a jamais eu la bague.

Missy secoua la tête.

– Difficile de rendre Girly responsable de cet état de choses, et ce n'est pas faute d'avoir essayé. Au fond, Girly a épinglé le bon mec pour la mauvaise raison. Le fin mot de tout cela, c'est que Gerald jouait sur bien plus de tableaux qu'elle ne l'imaginait. Non seulement ça, mais il était le *seul* dans toute l'affaire à jouer sur plusieurs tableaux.

– À t'entendre, on dirait que Girly était l'unique protagoniste à ne vouloir trahir personne.

– Tu sais quoi ? C'est tout à fait exact. Prends Renée, par exemple. Une fois qu'elle a obtenu le codex des mains de Girly, elle n'a plus eu aucune intention de le lâcher – comme tu le sais, ajouta-t-elle avec délicatesse.

1. Image bouddhiste de la vie et de ses cycles de réincarnation après la mort.

– Attends une minute : Girly échangeait le codex... via Renée... à Tommy... contre la bague... via... Gerald ?

– Très bien, Danny. Exactement. L'idée était de faire se rencontrer deux mignons plus ou moins innocents lors d'un événement inoffensif – le vernissage de John Plenty...

– Inoffensif ? dis-je d'un ton incrédule.

– Innocent ? dit-elle à son tour avec la même incrédulité, avant d'éclater de rire. Et de procéder à l'échange. Un point, c'est tout. Mais Tommy n'avait pas la moindre confiance en Girly, et il avait raison.

– Savait-il qu'elle avait déjà tué par le passé ?

Missy balaya l'argument.

– Girly avait le codex, et ce simple fait l'a emporté sur toutes les réticences de Tommy.

– Est-ce que Tommy avait obtenu la bague de manière légale ?

Nouveau balayage. Argument non valide.

– Il l'a payée, si c'est ce que tu veux savoir.

– Ce n'est pas ce que je voulais dire.

Missy haussa les épaules avec impatience.

– Alors, qu'est-ce qui s'est passé, nom de Dieu ? Qu'est-ce qui a mal tourné ?

– En tout premier lieu, Tommy n'aurait jamais dû essayer de faire affaire avec Girly. Ce qui était arrivé à ce couple à Mill Valley aurait dû lui mettre la puce à l'oreille. Quand on traite avec Girly et Attik, tout le monde se retrouve toujours dépassé par les événements.

– Cela me paraît une évidence. Alors pour quelle raison a-t-il essayé de traiter avec elle malgré tout ?

– Girly savait qu'il était en possession de la bague, et elle menaçait de laisser filtrer l'information. Si le reste du monde s'apercevait que Tommy avait la bague, le reste du monde pourrait l'obliger à la céder.

– Mais lui aussi disposait de moyens de pression similaires, non ?

– Il avait le cœur trop tendre pour les utiliser. En outre, Tommy avait parfaitement raison. Une fois que tout le monde serait engagé sur cette voie, il savait que tout le monde en sortirait perdant.

– Une impasse totale.

– Pas tout à fait. Girly a dit à Tommy que s'il la baisait et qu'elle n'obtenait pas la bague, quoi qu'il arrive, Attik le tuerait. Mot pour mot, c'est ce qu'elle a dit, du ton le plus plaisant qu'on ait jamais entendu, lors d'un déjeuner dans un restaurant très cher.

Je cessai de contempler le croisement suivant que j'avais dans mon champ de vision et coulai le regard par-dessus les toits des voitures garées le long du trottoir opposé, jusqu'à ce que je voie le profil de Missy.

– Tu étais là. Tu as déjeuné avec eux.

Elle refusa de croiser mes yeux.

– J'étais là.

Un des mystérieux liens qui m'amarraient encore à Missy céda gentiment prise.

– Que s'est-il passé ensuite ?

– Tommy a paniqué et il a réengagé ces trois tarés venus de je ne sais où, dans une dernière tentative pathétique de se protéger de Girly. Ça s'est transformé ensuite en tentative pathétique d'intimidation à ton endroit pour que tu remettes le codex.

– Que je ne possédais même pas, fis-je remarquer.

– Pas encore, en tout cas, fit-elle remarquer à son tour.

Je fronçai le sourcil.

– Réengagé, as-tu dit ?

Elle éluda la question.

– Alors que s'est-il passé à la galerie ? demandai-je.

– C'est difficile à dire. La meilleure hypothèse, c'est que Renée a vu Attik quand elle est entrée. Mais elle a eu des soupçons. Tu sais, elle n'était pas très ivre, ajouta-t-elle avec un sourire.

– Elle voulait juste vivre, répondis-je doucement.

Missy me corrigea sans ménagement.

– Elle voulait juste vivre avec le *Codex de Syracuse*.

– Si je comprends bien, rien n'a marché comme prévu, n'est-ce pas ?

– Non. Gerald de son côté avait ses idées bien à lui sur les événements. Mais, tu vois, nous pensons...

– Nous ?

– Nous pensions, rectifia-t-elle, que Gerald et Renée avaient toutes les intentions du monde de s'emparer à la fois de la bague et du codex, et de se carapater sans rien demander à quiconque, pour ainsi dire. Mais les choses ont tourné au vinaigre.

Je hochai la tête d'un air sinistre.

– Les choses ont tourné au vinaigre.

– Ce soir-là, Gerald s'est rendu chez Tommy pour obtenir la bague. Tommy s'est dérobé. Il n'avait aucune confiance en Girly, et Gerald n'est pas parvenu à le convaincre de se fier à elle rien que pour cette fois, ce fameux soir.

– Entre-temps, Renée se trouvait à Jackson Street pour récupérer le codex.

Missy fit signe que oui.

– Gerald a été obligé de revenir au vernissage les mains vides, avec l'intention de dire à Renée de faire demi-tour et de rapporter le codex à Girly. Mais Renée a été prise d'une peur bleue avant de pouvoir s'entretenir avec Gerald.

– Tu as dit qu'elle avait vu Attik.

– O.K., bon, d'accord, elle a peut-être vu Attik. Tu savais qu'il travaillait aux cuisines ce soir-là ?

Je dus en rester bouche bée. Missy sourit.

– Veste et pantalon blancs. Toujours est-il que Renée s'est pris quelques verres histoire de passer le temps.

– Peut-être a-t-elle bu ces verres pour se calmer les nerfs, parce qu'elle avait déjà fait gripper la machine en allant cacher sa voiture.

– Ce qui n'était au départ, je suppose, qu'une simple précaution, est devenu le pivot du désastre qui s'est ensuivi. En tout cas, les liens déjà bien ténus qui la liaient à Gerald se sont complètement dissous dès l'instant où elle a compris qu'il n'avait pas la bague. Pris de panique, Gerald a néanmoins insisté pour qu'elle lui remette les clés de sa voiture. Avec, pour argument, que Tommy ne remettrait la bague qu'une fois en possession du codex, et qu'on pouvait lui faire confiance.

– Ce qui laissait Renée complètement acculée dans ses retranchements.

– Une position intenable. Elle ne pouvait pas remettre le codex et retourner auprès de Girly les mains vides. Il est probable qu'elle ne pouvait même pas se présenter devant Girly avec le codex mais sans la bague. Et ce que Gerald et elle voulaient, en fait, c'était se tailler vite fait avec les deux objets.

– Quel joli tableau. Ainsi donc la dame s'est trouvé un chevalier servant, et elle a laissé le bébé à Gerald, pour qu'il dépatouille le foutoir tout seul.

– Oui, acquiesça Missy. C'est ce que tout le monde a cru. Mais il y avait un problème.

– Non, dis-je. Un problème ? Comme, par exemple, le codex se trouvait dans la voiture de Renée, mais c'était Gerald qui en avait les clés.

Missy ne tint pas compte de mon argument.

– Tu ne crois pas qu'elle en avait un double à la maison ?

– Euh, dis-je, moi, je n'ai pas de double à la maison.

– Tu te souviendras, n'est-ce pas, dit tendrement Missy, que dans la cuisine, Renée a soudainement avalé un verre de champagne.

Je fronçai le sourcil.

– Ou était-ce du chardonnay ?

J'acquiesçai d'un lent hochement de tête. Peut-être avais-je la bouche ouverte. Lent ou rapide, mon hochement de tête dut lui paraître bien stupide.

Missy poursuivit avec grande attention.

– Le verre de vin avalé cul sec a été signalé comme il se devait. À l'écoute du rapport, Girly en a conclu...

– Elle en a conclu que Renée avait avalé la bague, conclus-je à mon tour.

– Tu n'aurais pu la convaincre du contraire. Dès cet instant, le destin de Renée était scellé.

– Dégueulasse. Cette bague, elle ne l'a même jamais eue entre les mains.

Missy haussa les épaules.

– Pas d'erreur sur la personne, mais pour la mauvaise raison.

– Mais, protestai-je, c'était Tommy qui...

– Oh, concéda Missy pour la forme. Tommy souffrait mille morts devant le tour malheureux qu'avaient pris les événements.

– Je n'en doute pas un instant, dis-je avec amertume. Mais il n'avait toujours pas le codex.

– Il n'avait toujours pas le codex. Gerald, dans ses petits souliers, a poursuivi sa mascarade avec les clés de voiture. Tommy avait manqué à sa parole, et pour couronner le tout, ton arrivée a très vraisemblablement fait perdre à Gerald les derniers moyens qui lui restaient. Il était censé déposer la bague dans le sac à main de Renée en en retirant les clés. S'il n'avait pas suivi le plan à la lettre, il aurait très probablement sauvé sa peau, et celle de Renée en même temps. Au lieu de quoi il s'est emparé des clés. Et donc Girly a cru que l'échange avait eu lieu, et que les intentions de Renée étaient rien moins qu'honnêtes.

– Gerald a-t-il même jamais su où Renée avait garé sa voiture ?

– Cela ne changeait rien.

– Attik a obéi à ses instructions et il a suivi Renée.

Missy fit signe que oui de la tête.

– Et quand elle a été dans l'incapacité de produire la bague...

Missy ne dit rien.

Je secouai la tête.

– Pourquoi ne m'a-t-il pas tué, moi aussi ?

– Il essayait de faire ça discrètement.

Je lui éclatai de rire à la figure.

– Et peu de temps après, il a rattrapé Gerald. Discrètement, bien sûr.

Missy fit de la main un geste circulaire rapide. Tout ça, c'est du passé, disait le geste.

– L'inspecteur Bowditch t'avait mis le grappin dessus avant que Girly ait pu t'envoyer Attik, Danny. Tu lui as échappé de justesse. Lorsque tu as finalement regagné tes pénates après ton séjour au poste, Girly avait pratiquement compris la manière dont les choses s'étaient passées, et elle savait dès lors que tu étais bien le charmant *naïf* que tu as toujours été.

Je secouai la tête.

– Quel putain de foutoir.

Ne restaient plus que quelques blocs pour arriver à Clement Street, où nous aurions des chances de trouver un moyen de locomotion.

– Et Djector, dans tout ça ? Il me paraît le genre de mec tout à fait capable de mentir, de tricher, de voler, voire même de tuer, pour obtenir ce qu'il veut.

Elle posa le regard sur moi avant de détourner la tête.

– C'est justement de ça que nous voulions te convaincre.

– C'est ce que vous... ?

– J'essayais de te protéger, Danny. Tu comprends, Girly voulait t'éliminer sans autre forme de procès.

– M'éliminer ?

– Mais j'ai dit non, Danny est un garçon intelligent. Contentons-nous de brouiller les pistes, un tout petit peu, au moins en ce qui nous concerne. Peut-être dénichera-t-il quelque chose ? Et regarde un peu ce qui est arrivé, sourit-elle. Je suis tellement fière de toi, Danny.

– Djector n'a jamais eu sa place dans le tableau ?

– En fait, si, mais uniquement jusqu'à l'année dernière. Quand il a vu le tour violent que prenaient les événements, il a laissé tomber. Exactement comme Kevin Carnes. Ils ont fait preuve d'intelligence. Ou, ajouta-t-elle, de lâcheté. Toujours est-il que Manny s'est retiré de la partie.

– Je suppose que « lâcheté » n'est qu'une question de point de vue. Le tien, lui fis-je remarquer d'un ton acide.

Missy fit la grimace.

– Je n'ai pas découragé Tommy Wong.

– Le cas de Wong me semble aller de soi, notai-je avec amertume. Toutes choses étant égales, et moins que transcendantes, préférerais-tu mourir d'une entaille à tes poignets ou d'une éviscération ?

Elle me gratifia d'une nouvelle grimace.

– Je n'ai nullement l'intention de mourir. En aucun cas.

41

Devant nous s'étirait California Street, qui, sans conteste possible, paraissait déserte. Ce qui me convenait très bien. J'avais encore des tas de questions en réserve.

– Est-ce que tout cela n'a été en fin de compte qu'une resucée du fiasco de Mill Valley ?

– Tommy Wong désirait le codex avec assez d'acharnement pour vouloir l'échanger contre la bague, oui. À cet effet, il a rendu visite à Moira Carrington à Mill Valley. Tu te souviens combien elle s'intéressait aux bijoux ?

J'acquiesçai, avant de dire presque aussi vite :

– Attends une minute. *Moira Carrington* avait en sa possession la Bague de Théodose ?

– Je t'explique tout ça à l'envers. Alors ne me bouscule pas.

Elle m'offrit un petit sourire.

– Son appétit de bijoux était digne d'un rapace, c'est vrai. Mais il n'était pas aveugle.

– Tommy était accompagné ? Pour la conduite et, euh, quelques petites autres choses ?

– Tommy était accompagné de Gerald. Pour la conduite et quelques petites autres choses.

– Dieu tout-puissant. Et dire qu'ils paraissaient tellement bien élevés, ces deux hommes.

– Ils étaient bien élevés. Lorsque Tommy et Gerald ont rendu visite à Miss Carrington à Mill Valley, Haypeak n'était pas encore revenu d'Irak. Ce qui ne signifie pas que Moira ne voulait pas garder la bague. Elle avait la ferme intention de la conserver. Mais Gerald et Tommy ont tenté de la raisonner. Quand elle a résisté, ils ont sifflé leurs chiens de garde, le Cajun et ses deux imbéciles de potes.

– C'était la première fois qu'il les engageait, compris-je.

– Mais Moira Carrington n'avait rien d'un Danny Kestrel.

Missy me serra l'avant-bras d'un geste plein d'affection.

– Elle n'avait rien d'une Renée Knowles non plus. Tout ce que ces gorilles au petit pied ont eu à faire...

– Des gorilles au petit pied ? m'exclamai-je.

Je compris soudainement, dans le même instant, que si j'avais toujours considéré l'argot vaguement noir de Missy comme une simple affectation, j'avais eu faux sur toute la ligne.

– Tout ce qu'ils ont eu à faire s'est limité à entrer dans le salon de la belle, et le marché était pratiquement conclu. Tommy lui a fait une offre très raisonnable – il la remboursait de son investissement initial, qu'il doublait, soit vingt mille dollars au total. Moira avait tellement la trouille qu'il a été obligé de s'y reprendre à deux fois pour lui expliquer. Une fois qu'elle a eu compris quelle gracieuse porte de sortie Tommy lui offrait, elle s'est précipitée. En toute gratitude, elle s'y est précipitée. Et tu sais quoi ?

– Euh... Quoi ?

– Haypeak n'en a jamais eu vent.

– Tu plaisantes.

– Elle ne lui a jamais rien dit. Encore une occasion ratée, qui plus est. Car l'expérience de Moira aurait peut-être permis à Haypeak d'apprendre une chose ou deux sur la manière convenable de se comporter. La manière dont elle avait flirté avec le marché noir aurait facilement pu lui briser sa carrière, sans même parler du fait qu'elle avait risqué sa peau. À l'instant où ces cinq givrés ont disparu de son horizon, Moira Carrington s'est juré de ne plus toucher à la contrebande de bijoux, et elle n'a jamais soufflé mot à quiconque de sa petite incartade dans le monde de l'aventure. Je parierais qu'elle n'a plus fermé l'œil.

Missy s'arrêta de marcher.

– Haypeak, en revanche... Danny, me demanda-t-elle d'un air dubitatif, puis-je opérer un changement de pronom ?

Moi aussi, j'arrêtai de marcher.

– Je te demande pardon ?

– Oui, dit-elle avec détermination. Je te dois bien ça.

Elle se remit à marcher et me prit le bras sans pour autant croiser mon regard. J'avais un goût d'effroi dans la bouche. On aurait dit le goût du sang.

– Nous avons utilisé Carrington de la même manière que nous avons utilisé Haypeak, annonça Missy.

– *Nous*, répétai-je à voix basse.

C'était bien l'effroi, le goût que j'avais en bouche. Le goût de l'inévitable.

– Elle se trouvait dans un hôtel chicos de Londres, elle attendait que Haypeak sorte de Bagdad. Moira Carrington est tombée dans le panneau de l'héritière ruinée comme le baromètre à l'annonce de l'ouragan.

Une arnaque ?

– Missy... ?

– Ne m'interromps pas. J'ai été bonne, tu sais.

Je m'arrêtai pour une nouvelle évaluation.

– En tant qu'héritière ruinée ?

– Absolument impeccable.

– Je veux bien prendre les paris.

– Allons, dit-elle en me tirant par le bras. Je suis sortie de cette chambre d'hôtel plus riche de dix mille dollars – tout le liquide que Moira avait sur elle – et d'une poignée de main. Je lui ai promis de lui en repayer quinze mille – soit quinze pour cent d'intérêt – sous un an. Accessoirement, Moira Carrington obtenait la Bague de Théodose.

– Mais où diable l'as-tu trouvée, cette bague ? bredouillai-je. Moira savait-elle de quoi il s'agissait ?

– Elle a prétendu que non, dit Missy avec un énorme sourire. Elle allait naturellement m'arnaquer jusqu'au trognon.

– Est-ce que tu es en train de me dire que tu leur as joué le même coup d'escroque à tous les deux ?

Missy acquiesça avec enthousiasme. Elle en riait presque.

– N'as-tu pas pensé un instant qu'il était pour le moins bizarre, sans même parler de coïncidence, de tomber sur deux rapaces de cette engeance – je veux parler de Carrington et de Haypeak – aussi semblables dans le même nid ? N'as-tu pas pensé un seul instant qu'il puisse s'agir de flics ou de mouchards ou qu'ils soient trop stupides pour faire usage de... quelque instrument ?

– Bien au contraire, chéri. J'ai pensé que deux rapaces dans le même nid, pour reprendre l'image si originale que tu as employée, était la chose la plus naturelle qui soit. Regarde un peu Kevin et moi. Regarde Girly et Gerald. Quant à la stupidité...

Elle embrassa du geste le monde entier.

– L'avarice éclipse tout le reste, dit-elle en éclatant d'un rire franc, même l'appât du gain.

– Très bien, acquiesçai-je, médusé, très bien. Mais pourquoi tous ces subterfuges ?

– Tu veux une réponse simple ? Tommy et Djector brûlaient tellement de posséder le codex qu'ils en rougeoyaient dans le noir. Ils étaient à sa poursuite depuis des années, à travers toute l'Europe, et essayaient de mettre un gros coup sur pied ensemble. Toute l'affaire de trafic d'antiquités de Renée, par exemple, servait de couverture à Tommy pour sa chasse au codex. Ne te méprends pas sur ce que je dis. Les souvenirs de vedettes de Kevin, les activités de Djector comme agent artistique, les objets que dénichait Renée, les ventes et les achats de livres rares de Tommy – tout cela était parfaitement légal. L'entreprise conjointe codex/bague, en revanche, était pleine de fausses pistes, de contacts fallacieux, de dépenses faramineuses. Nos alliances trouvaient un point d'accord avant de se désagréger aussi vite. Nous nous querellions, nous mettions au point des stratégies, nous laissions tomber, nous prenions des vacances, nous revenions. Nous nous sommes ruinés et nous avons laissé tomber, l'espace d'une, deux, trois années. Une piste possible s'évanouissait dans l'éther. Une autre attirait notre attention. L'un dans l'autre, nous étions tous bien trop extravagants, crédules, naïfs – honnêtes, même –, sans parler de nos tendances au défaitisme, à l'entourloupe sournoise, notre absence de professionnalisme, et nos finances fluctuantes. Nombre d'individus de mauvaise espèce savaient qui nous étions, et je ne te parle pas là des autorités.

« Et c'est alors que Tommy et Djector ont réussi à mettre la main sur la bague quelque part en Europe. Ceci se situant des années après la mort du mec qui nous avait contactés, Kevin et moi, à Paris. Il se trouve que j'étais à Londres à ce moment-là. J'étais plus que désireuse d'apporter mon aide à l'entreprise ; mais je n'allais pas me faire arrêter pour une chose aussi stupide que d'oublier de déclarer une antiquité volée à un agent des douanes de l'aéroport. Ce petit numéro que je t'ai servi ce matin, Tommy me plaçant la bague dans la main ? C'est vrai, mais je ne t'ai pas dit où il l'a fait. C'est arrivé à Londres.

Le regard de Missy se mit à briller à l'évocation de ce souvenir.

– Nous savions que nous serions relativement en sécurité lorsque nous aurions regagné le sol des États-Unis. Une fois sur notre territoire, nous réglerions les petits détails un peu épineux comme le droit de propriété, précisa-t-elle avec suffisance. Nous avions bien quelques idées plus ou moins disjonctées pour nous arranger sur une base de temps partagé, comme si la Bague de Théodose était un appart sur la Côte d'Azur.

Elle lâcha un rire sardonique.

– Tommy la porterait pendant un mois, ensuite viendrait mon tour, ensuite Manny...

– Pour la promener dans la maison, quoi, dis-je. Prendre son bain avec elle et que sais-je encore.

– Danny, quel rabat-joie tu fais. Nous avions trouvé le moyen de prendre possession de la bague et du codex, déclara-t-elle sans ambages. Mais la bague se trouvait en Angleterre, un pays qui ne plaisante pas avec les douanes, et le codex était en Irak, où, soudainement, une guerre s'était déclenchée.

– Comment avez-vous bien pu parvenir à vos fins ? demandai-je en essayant de ne pas trop forcer ma fascination.

– Nous y sommes très bien parvenus, je te remercie. Mais au bout du compte... Ç'a été, je crois, une question de géographie politique, ajouta-t-elle après réflexion. Parce que Girly et Gerald avaient réussi à mettre la main sur le codex, et que Tommy et Djector avaient réussi de leur côté à mettre la main sur la bague en Angleterre, nous nous retrouvions soudain avec deux coalitions alors qu'il n'en existait qu'une au départ. Comme si une chaîne de montagnes avait jailli de la terre pour nous séparer...

– En somme, vous vous êtes trouvés redéfinis par votre expérience, vos possessions, le climat du moment – vos récoltes, en quelque sorte.

– Oui, sourit-elle, ce sont nos récoltes qui nous ont définis. Entre-temps, la Carrington, aussi sincèrement amourachée qu'elle eût été de son petit ami, n'en avait pas oublié pour autant de prendre ses dispositions pour que son agent de publicité l'attende, à Heathrow, à l'arrivée de l'avion, avec quelques journalistes en remorque, de manière à pouvoir geindre et gémir en direct sur CNN.

– Les journalistes ont des agents de publicité ?

Missy secoua la tête.

– Il se trouve que Djector était justement de l'autre côté de la Manche, à Deauville, où il achetait un cheval. À l'époque, lui et Tommy songeaient très sérieusement à faire entrer la bague en fraude aux États-Unis en la fourrant dans l'arrière-train d'un poulain de quelques millions de dollars...

– Missy, l'interrompis-je, ta mythomanie dépasse ma crédulité.

Elle ne perdit pas la mesure.

– Il existe cependant à la DEA une propension bien connue, celle de passer aux rayons X les animaux importés au point de leur coller des cancers. Malgré ce détail, Tommy et moi étions prêts à courir le risque de faire passer la bague de Harwich à Deauville. Mais Djector, à une époque, s'était trouvé impliqué dans une affaire avec un individu qui lui avait fait part de la prédilection de Miss Carrington pour les joyaux. Manny se trouvait dans un bar d'hippodrome quand il a vu la journaliste à la télévision : elle descendait de l'avion à Londres. Il a compris qu'il avait trouvé le moyen de résoudre notre problème. Réfléchis, Danny.

– Oh, mais je ne fais que ça.

De toute évidence, Missy prenait plaisir à ce souvenir.

– J'ai pris contact avec elle à son hôtel et le reste a été facile. Résultat des courses ? Nous avions à notre disposition un réseau de télévision à l'échelle de la planète qui pistait pour nous nos deux pigeons. Tu peux imaginer ? C'était très amusant. Si nous voulions savoir où l'un ou l'autre se trouvait à un moment donné, tout ce qu'il nous suffisait de faire c'était d'allumer la télévision !

Elle éclata d'un rire comme je ne lui en avais encore jamais entendu : chaleureux... et digne d'un pirate.

– Naturellement, ajouta-t-elle, lorsqu'il a fallu en venir aux caisses livrées à Mill Valley, un de nos deux protagonistes du quart d'heure d'infos télé n'est pas tout à fait parvenu à saisir l'inexorable logique de la phase finale de la partie.

– La phase finale de la partie. Oui. Et donc, vous... avez procédé à un ajustement de l'image du monsieur.

– Il a fallu faire montre d'un peu de... finesse, dit-elle.

– Vol, incendie criminel, meurtre...

– Haypeak l'a bien cherché.

– Effectivement, vous n'avez pas manqué de finesse, je dirais.

– Si Tommy avait été sur place, les choses auraient peut-être tourné différemment. L'issue aurait certainement été différente. Il aurait tout bonnement été incapable de se résoudre à appuyer sur la détente.

– Ou d'obliger quelqu'un à le faire à sa place.

– Absolument.

– Alors que remonter le ressort juste ce qu'il faut...

Elle haussa les épaules.

– Le boulot, quoi. À chaque jour suffit sa peine, dis-je amèrement.

Missy n'eut pas un battement de cils.

– Carrington avait trouvé son maître en la personne de Tommy, et ça a marché. Le hasard a voulu que Haypeak, lui, tombe malheureusement sur Girly. Mais ce qui lui est arrivé, il l'a quand même bien cherché. Quant à la fille Carrington, c'est par un fâcheux concours de circonstances qu'elle s'est retrouvée sur les lieux quand l'associée de son petit ami a débarqué pour traiter leur affaire. Presque comme un signe du destin... D'un autre côté, même s'il a fallu très longtemps avant qu'on comprenne ce qui avait été réellement volé, pourquoi les deux journalistes avaient été tués, ou qui était l'auteur de ces meurtres, pas un instant il n'a été fait état de la bague. Question finesse, ça ne te suffit pas ?

– Tu as tout à fait raison. Je dois perdre tout sens de la perspective. Est-ce que tu es sûre qu'ils ne sont pas parvenus à y voir clair ? Les choses devaient-elles réellement aller aussi loin ?

Missy s'éclaicit la gorge.

– Girly considère que de telles explications ne sont pas dignes de son rang. En tout cas, Djector a été mis au courant – tout le monde a été au courant ; et c'est à ce moment-là qu'il s'est dégonflé. Mais tu sais quoi ?

– Quoi ?

– C'est aussi à ce moment-là que Gerald a décidé que sa mère avait pété les boulons.

Nous attendîmes le passage du feu au rouge. Un de ces scooters qui font le même bruit qu'une scie égoïne électrique apparut au coin de la rue et remonta sur la longueur du bloc, direction ouest sur California : c'était le seul et unique véhicule sur la chaussée.

– Laisse-moi réfléchir un peu à tout ça, Missy. Toi, personnellement, tu es à la poursuite du *Codex de Syracuse* et/ou de la Bague de Théodose depuis – depuis quand ? Depuis ton mariage avec Kevin Carnes ?

Elle acquiesça.

Une idée me frappa soudain.

– Est-ce que Kevin t'a quittée parce que... ?

– C'est moi qui ai quitté Kevin, rectifia-t-elle fermement.

– Bien sûr. D'accord. Et donc combien de personnes ont trouvé la mort depuis que tu t'es intéressée à ces deux objets ?

– Neuf, répondit-elle promptement, depuis que je me suis intéressée à ces objets.

– Cela comprend-il ton contact anonyme en France ?

– O.K., dit-elle avec un haussement d'épaules. Dix.

– Et lorsque tu auras mis tes petites mains glacées sur le codex, que comptes-tu en faire ? Où vas-tu aller ? Qui ou quoi va pouvoir empêcher que tu ne sois, toi aussi, tuée ?

– C'est simple, Danny. Je n'ai pas la moindre intention de le garder. Je vais le vendre pour un paquet de pognon. Une fois qu'il me sera passé entre les mains, je serai en sécurité.

– Sa Grâce, la Renquist, et Attik, Son Exécuteur des basses œuvres, ne te posent pas le moindre problème ?

– Bien au contraire. Alors même que nous bavardons, la police et d'autres entités du même ordre les forcent à abandonner le pays pour fuir en Afghanistan ou quelque autre lieu aussi éloigné. Entre-temps, rien ne saurait être plus sûr pour cette bonne Missy que six mois dans un faubourg anonyme d'Albuquerque ou de Tucson.

– Bonne vieille Missy. Ça fait tellement banal. Si peu remarquable. Tellement passe-partout. Tellement peu distingué. Tu vas aussi échanger ta Jaguar contre une Buick, je présume ?

– Bien sûr que non. Une peinture refaite à neuf devrait amplement suffire. Il faut toujours que tu en viennes à ce genre d'extrémités, Danny.

– Bowditch n'est pas un imbécile, Missy. Il va avoir vent de tout ça.

Pour la première fois depuis cinq blocs, le regard de Missy croisa le mien.

– Mais comment Bowditch aura-t-il vent de tout ça ?

Je haussai les épaules.

– L'ADN du dégueulis dans la poubelle de Tommy Wong ?

Son sourire ressembla à une lame.

– La seule manière pour lui de découvrir la vérité, c'est si tu le lui révèles. Et si tu lui dis quoi que ce soit, il pigera bien vite que le codex aura été à un moment donné en ta possession. Et que crois-tu qu'il pensera de tout ça ? Et toi, que crois-tu que tu penseras ? Tu crois que tu aimeras ça ?

Je fis la moue.

– Pour l'amour du ciel, dit Missy. Taxi !

Elle descendit du trottoir pour se mettre directement sur la trajectoire d'un taxi.

Pour éviter de la tuer, le chauffeur écrasa ses freins et le taxi s'immobilisa en couinant des quatre pneus dans un nuage de fumées âcres tourbillonnant dans le sillage des roues. Le conducteur se pencha à sa vitre et dit :

– En temps normal, je ne prends pas les givrés, putain de bordel de nom de Dieu !

– C’est vrai que mon ami est un malade mental, dit Missy en ouvrant la portière arrière. Mais il se défoule seulement sur sa propre personne en lisant de la poésie et autres. Allez, monte, dit-elle gentiment.

– Ah ouais ? dit le taxi en baissant son drapeau. J’écris de la poésie.

– Clay et Scott, indiqua Missy au chauffeur.

J’aurais très certainement pu aller jusqu’à invoquer les noms de quelques poètes, pour savoir où je mettais les pieds. Mais Missy posa une main péremptoire sur mon avant-bras, et la course se déroula en silence.

Le taxi fit un demi-tour en pleine voie et prit plein est sur California jusqu’à Divisadero, où il obliqua vers le nord. En chemin, le crépuscule qui allait s’obscurcissant l’encouragea à allumer ses lanternes. Il tourna à l’est sur Clay et s’arrêta à Scott un bloc plus loin.

– Donne-moi le billet de vingt, dit Missy, avant d’ajouter : La monnaie, s’il vous plaît, lorsque je le tendis par-dessus le siège.

Je sortis et me dégourdis les jambes, exercice tout à fait désagréable : à les voir, et à entendre leurs craquements, elles me faisaient l’effet d’être incomplètement caramélisées. Elles en avaient aussi l’allure.

Nous entamâmes la montée de la colline de Alta Plaza, en diagonale vers son coin nord-est, où la Jaguar de Missy attendait devant la bouche à incendie.

– Puis-je te poser une question ?

– Bien sûr.

– Il semblerait que nous soyons sur le point d’emprunter ton véhicule incroyablement tape-à-l’œil pour deux fuyards. Pourquoi ?

– Il y a de l’argent et une carte de crédit cachés sous le miroir de courtoisie du pare-soleil passager.

Dans le coffre se trouve un ordinateur avec fax et e-mail, sans parler de ma base de données des personnalités prioritaires de la bonne société, un téléphone cellulaire, et une valise au contenu mûrement réfléchi.

– Oh.

La moitié sud de Alta Plaza dressait son flanc abrupt devant nos yeux. Deux courts de tennis et un terrain de jeux occupent une terrasse juste en contrebas du sommet de la colline. Depuis la crête en surplomb, on aperçoit la majeure partie de la baie de San Francisco. Au loin, sur la mer, le soleil s'était couché. Un crépuscule aux nuances subtiles au-dessus de quelques rares nuages couleur mandarine disparaissait doucement, passant d'un bleu de bleuet à un violet bleu marine, juste au-dessus de nos têtes. Une nouvelle lune apparut aux confins les plus clairs de ce bleu, accompagnée par Vénus. Depuis le centre de la baie nous arrivaient les clignements du phare rotatif au sommet d'Alcatraz, une fois toutes les douze secondes.

La beauté du lieu se prêtait parfaitement à une méditation sur le crime. Nous fîmes une halte près d'une cabine téléphonique pour reprendre notre souffle. L'air s'était considérablement rafraîchi. C'était l'heure du dîner, et une circulation des plus légères persistait encore dans ce quartier résidentiel. Une école privée, de l'autre côté de Scott, était sombre et désertée. En dessous de nous trônait l'immense résidence de Girly Renquist, plongée dans une totale obscurité.

– Pas une lumière, fis-je remarquer.

– Il y a longtemps qu'elle est partie, dit Missy.

– Alors, pourquoi toutes ces précautions ?

Missy se tourna vers moi dans la pénombre.

– J'ai réussi à nous conduire jusqu'ici, non ?

Je devais lui concéder ce point.

– Danny ?
– Quoi ?
– Est-ce que tu vas respecter ta part de notre marché ?
– Si tu le dis.
Je lui montrai la cabine téléphonique.
– Tu ne préférerais pas téléphoner à Bowditch ?
Elle ignora ma proposition.
– Tu as promis.
– J'ai promis.
Elle posa la main sur ma joue, avec tendresse, me sembla-t-il, même si deux ou trois jours de chaume lui raclèrent la paume.
– Réglo-réglo ?
J'acquiesçai.
– Tu ne me reverras plus, dit-elle doucement.
Je ne savais que lui répondre. Missy avait commencé à me taper sur le système du jour où j'avais fait sa connaissance, j'avais oublié le décompte des années. Peut-être étais-je seulement en train de me rendre compte que j'avais pris pour argent comptant le fait qu'elle serait toujours dans les parages, que tout son cinéma viendrait distraire ma sénilité même si en réalité je ne la voyais jamais, même si je me contentais d'avoir de ses nouvelles dans la rubrique des potins mondains. Quels qu'aient pu être mes sentiments, je ne bougeai pas lorsqu'elle m'embrassa, un baiser pas tout à fait fraternel, mais pas tout à fait libertin non plus. C'était un baiser de Missy, une femme que je n'avais jamais comprise. Peut-être était-ce justement là que résidait son charme.
Elle ne prit même pas la peine d'enlever les trois P.-V. à deux cent cinquante dollars qui voletaient sous un essuie-glace. Le moteur de la Jaguar était tellement silencieux qu'il était difficile de savoir s'il tournait ou non. La voiture obéit aux ordres de

Missy, et nous fûmes emportés de par la ville, une dernière fois.

Il n'y avait plus personne au chantier naval. Les phares de la Jaguar accrochèrent des mâts posés de guingois sur des chevaux de frise, les coques de bateaux en cale sèche, des tas de gréements et de poutrelles, un baril rouillé débordant de boîtes d'huile vides et de cadavres de bouteilles de bière. Missy se rangea sous le panneau, capot dirigé vers la sortie. Nous nous frayâmes un chemin avec précaution dans les ombres pour finir par tomber, au détour du gigantesque pneu aux énormes cannelures de la grue de levage, sur Dave, là où je l'avais laissé. Deux projecteurs au capuchon en fer-blanc éclairaient de tout leur éclat l'établi métallique, où les gros haut-parleurs incorporés d'une radio maculée de peinture jouaient en sourdine un air de jazz au milieu des outils. Une boîte de bière Olympia attendait sur une des cannelures, à côté d'un paquet de Camel et d'un briquet à gaz.

Il ne nous entendit pas approcher. Des années passées en salle des machines lui avaient démoli l'ouïe, et comme il en avait presque terminé de réinstaller sa pompe à injection, sa concentration était maximale.

Le carter pendait sous un angle bizarre dans l'étau de l'établi, repeint de frais en rouge vif, avec son nouvel équipement.

Dave se retourna pour choisir une clé Allen au manche en T dans une boîte qui en était pleine, et il nous repéra par-dessus ses demi-lunes. Il ne manqua pas de remarquer mon état, ni la personne qui m'accompagnait. Mais il sortit sa clé et l'enficha dans une tête de boulon.

– 'Soir, dit-il. On s'offre une petite balade nocturne ?

De l'autre côté de l'anse de la baie, sous les lumières du chantier naval lointain, un panache de vapeur sortant d'un tuyau à forte pression décapait la coque du navire-hôpital en cale sèche. Le bourdonnement régulier d'un moteur de portique dérivait à la surface des eaux. Une mite tournoyait et faisait vaciller la lumière d'une des lampes au-dessus de l'établi.

– Dave, dis-je. L'heure est venue de remettre au jour le *Codex de Syracuse*.

42

Nous rejoignîmes le *Rummy Nation* en dinghy. Dave mit le moteur en marche. À trois cents tours-minute, le diesel asthmatique se mit à cogner comme une sonnette pneumatique sur un élevage de fourmis sous cloche de verre. Le bateau quitta son mouillage en cahotant mais avec détermination, et passa largement à l'écart des bouées entourant l'épave coulée de son frère jumeau. Missy n'avait pas plutôt pris possession du transat dans le poste de pilotage étriqué qu'elle se mit à éternuer désespérément, sa crise encore amplifiée par les traces de moisissure qui remontaient de l'escalier. Avec sollicitude, Dave lui tendit sa bouteille. Elle avala une gorgée de rhum, et ses éternuements ne firent que redoubler.

Dave se mit à rire et sortit un chiffon huileux de couleur rose.

– Oh, Seigneur ! dit Missy, qui s'y moucha néanmoins avec beaucoup de délicatesse.

Les yeux de Dave brillaient. Quand il prenait la mer, ne serait-ce que pour deux ou trois milles sur la baie, son ton bourru revenait, et avec lui, sa satisfaction. En dessinant un large cercle autour du mur-ponton le plus à l'est du chantier naval, le *Rummy Nation* n'était qu'une coquille de noix au pied du gigantisme industriel de cet univers d'acier, échafaudages, portiques de levage, projecteurs halogènes, câbles, chaînes et conduites de vapeur pleines de fuites.

– La houle monte, dit Dave en plissant les yeux pour percer les ténèbres. On pourrait bien avoir un avant-goût d'hiver dans un jour ou trois.

Il manœuvra la barre de manière à attaquer de front une vague luisante venant trancher la paisible mais trompeuse étendue d'eau étale. L'étrave toucha la vague avec un petit claquement sonore avant de retomber dans le creux qui suivait. Une bouteille d'éther en aérosol dégringola sur les trois marches de l'escalier pour aller rejoindre en contrebas divers objets en train de se trouver de nouveaux rangements. Un peu d'eau salée s'écoula sur le pont avant, se scindant en deux devant le poste de pilotage, et reprit sa course vers la poupe avec une énergie surprenante. Missy couina et releva les pieds. Nous roulâmes au-dessus de la houle et au-delà, l'eau chassant à flots par les sabords de décharge.

Vingt minutes plus tard, peut-être à quinze cents mètres à l'est et au sud de la cale sèche, Dave mit le *Rummy Nation* au point mort à côté d'une bouée marquant un chenal. La bouée avait jadis affiché un numéro, mais il y avait longtemps que la corrosion avait effacé la peinture.

Dave se saisit de la gaffe de deux mètres cinquante dans le dinghy et crocheta la chaîne d'amarrage de la bouée, afin d'ajuster la position de son bateau. Puis il s'en alla à la pêche sous la bouée jusqu'à ce qu'il accroche une boucle de nylon jaune qu'il remonta à bord. Il passa trois tours du câble sur le tambour du treuil et engagea le solénoïde de la pointe de son mocassin. Le moteur électrique se mit à bourdonner, tandis que la ligne de nylon remontait pour retomber par-dessus le treuil dans une cuvette galvanisée au pied du bossoir. En arrivant à bord, ladite ligne dégueulait un petit panache d'eau salée tangent à la bordure du tambour.

Heureux, Dave marmonnait tout seul dans sa barbe, tirant satisfaction du bon fonctionnement du chaos mécanique qui emplissait son existence. Le désarmement efficace de l'alarme de la BMW, la restauration méthodique d'une antiquité de pompe à injection, le démarrage sans même un coup d'éther de son diesel au souffle asthmatique de métronome, l'enclenchement sans heurt de son treuil – toutes ces choses facilitaient le passage des heures de sommeil agité autorisées à l'alcoolique, et illuminaient ses matinées.

Missy frissonna et se recroquevilla sur elle-même devant l'air froid de la mer. Je décrochai du dossier du transat une veste en flanelle molletonnée que je drapai autour de ses épaules. Elle m'en remercia d'un air absent. Ses yeux brillaient dans le noir, totalement absorbés dans la contemplation de la surface des eaux, où la ligne jaune disparaissait au milieu d'un disque sombre de cercles concentriques. Dave ralentit le treuil, tirant d'une main la ligne entrante dans sa cuvette et, de l'autre, stabilisant la ligne sortante jusqu'à ce qu'elle se tende sous le poids d'un objet qui ne reposait plus sur le fond. L'eau commença à former des rouleaux à la surface, poussée par le casier à crabes qui remontait.

– Je me demandais, Missy, si, en fait, tu l'avais déjà eue devant les yeux, la chose ?

Elle répondit, sans réfléchir :

– Oui. Je l'ai vue quand...

Elle s'interrompit.

– Tu l'as vue à Mill Valley, dis-je paisiblement.

Elle ne quittait pas des yeux la ligne du casier.

– Nous avons passé un marché, Danny.

Auparavant, j'aurais peut-être pu la gronder gentiment. Mais je ne me sentais pas d'humeur gentille, j'avais mal au cœur. Nous étions à bord d'un petit bateau ; le roulis ainsi que les relents de moisi, de diesel, de poisson pourrissant pourraient donner la nausée à n'importe qui. Mais nous aurions escompté remonter quelque créature mucilagineuse aux dents acérées avec antennes luminescentes et nageoires pareilles à des cimeterres que je n'aurais pu manifester d'inquiétude plus vive. Je savais qu'après cette nuit, je ne reverrais plus jamais Missy. Mais en cet instant, je me demandais bien pourquoi j'avais même pris la peine de la fréquenter.

Le casier creva la surface, et le treuil s'arrêta. Dave hésita suffisamment pour permettre au casier à crabes de vider la majeure partie de son eau dans la baie, puis, adroitement, il fit pivoter le bossoir jusqu'à ce qu'il puisse en dévider une quantité suffisante de ligne pour déposer le colis sur le pont.

Le casier atterrit avec un bruit métallique. Missy se releva brusquement, un mince panache de son haleine visible sur le fond sombre du poste de pilotage.

– C'est quoi, ça ? demanda-t-elle.

– Une chaîne, répondit Dave. Sinon, ça flotte.

Il s'agenouilla au-dessus du casier pour défaire deux ou trois nœuds impénétrables à son embouchure, qui, au cours de son séjour au fond de la baie, ne s'était jamais ouverte à ses proies habituelles. De la même façon, pour empêcher tout prédateur humain d'aller en braconner le contenu, il n'avait pas été marqué par sa propre bouée.

Le treillis du piège s'ouvrit pour révéler le premier de quatre ou cinq sacs-poubelles épais en polyéthylène noir, scellés à l'aide d'adhésif en fibre de verre. Dave sortit son couteau à parer de sa gaine de ceinture et, soigneusement, détailla les sacs en filets, couche après couche. Le moment était tout à fait étrange. En suivant les mouvements de la lame, je ne pus que me rappeler le dernier filet dont j'avais assisté au levage.

– C'est le codex lui-même, dis-je, qui nous a donné l'idée quand nous l'avons caché.

– Raconte, dit Missy, indifférente à tout sauf à la progression de Dave dans ses œuvres.

– C'est bien ce que je fais. Dave a planqué ton trésor après ma dernière visite. Je n'ai jamais su où il l'avait caché. Ça ressemble un peu à la manière dont Ali a procédé en servant de masque à Théodose, tu ne crois pas ? Ali a gardé la bague pendant que le jeune garçon allait rendre visite à sa mère, si tu te rappelles...

– Je me rappelle parfaitement, dit Missy, morte d'ennui et impatiente.

Dave sectionna le dernier sac. Son contenu refléta une esquille de lumière.

Je haussai les épaules.

– Tu joues toujours les cartes qu'on t'a distribuées.

Dave planta le couteau dans le bois du pont et l'abandonna tout tremblotant.

– Argh, rit-il doucement, avant de soulever la boîte.

La tige de la valve de mise sous vide s'emmêla un instant dans le treillis du casier à crabes, et il maintint le casier contre le pont pendant que je le dégageais. Lorsque je me redressai, Dave me tendit la boîte. Je la tournai de manière à l'offrir à Missy, face sur le dessus.

– À toi de jouer, ma chérie.

La veste en flanelle tomba sur le pont quand elle s'en saisit. Un instant, Missy scruta la boîte, d'un regard de myope, puis la page de garde plus ou moins visible au travers du couvercle translucide malgré la lumière chiche. Puis elle se rassit dans son transat, à croire qu'elle avait un coup de faiblesse, n'en croyant pas ses yeux et serrant la boîte contre sa poitrine comme si c'était son enfant.

– Le *Codex de Syracuse*, murmura-t-elle.

Le *Rummy Nation* cogna contre la bouée de marquage. Dave se saisit de la gaffe pour nous en écarter.

– Et maintenant quoi ?

– Ça regarde Missy.

Elle caressait le boîtier de plastique comme s'il s'agissait d'un meuble délicat. Ses lèvres bougeaient comme si elle récitait un texte. Peut-être connaissait-elle le codex par cœur. Le diesel toussotait trente fois à la minute. C'était un des sujets d'étude de Dave : quel nombre minimum de tours-minute le Hicks était-il capable d'encaisser en continuant à fonctionner ?

– On va où, Missy ? Que dirais-tu de Jackson Square ? dis-je en lui montrant le côté opposé de la baie. Tu pourrais prendre un taxi jusqu'à l'aéroport d'Oakland.

Elle releva les yeux brusquement, comme surprise de nous voir là, mais ne dit rien. Elle avait l'air acculée, à croire que tout ce qu'elle désirait au monde était une autre minute encore pour pouvoir savourer son triomphe.

– Je n'aurais jamais cru voir Missy James la chique coupée à ce point-là, dis-je. Tu veux rejoindre ta voiture ?

Elle acquiesça d'un air distant.

– Oui, répondit-elle d'une voix douce. S'il te plaît, accompagne-moi à ma voiture.

Dave reposa la gaffe le long de la cabine de pilotage, mit la transmission en prise, et vira de bord. Le modeste esquif, claquant et tremblant de toutes ses membrures, se mit en route. Dave augmenta légèrement les gaz. Le dinghy se plaça dans le sillage, pareil à un poulain suivant sa jument. La bouée de marquage du chenal commença à diminuer comme si c'était elle qui se déplaçait, avant de disparaître bien vite dans l'obscurité.

En dépit de tous les bruits d'un petit bateau avançant au moteur, le silence qui régnait parmi ses passagers était palpable. Missy lançait des regards brefs et inattendus vers la grève de San Francisco, vers la baie sud, vers les lumières d'Oakland. Dave et moi avions l'œil rivé droit devant, pris que nous étions l'un et l'autre dans la nasse de nos propres réflexions.

Finalement, nous contournâmes l'extrémité de la cale sèche, nous dirigeant en milieu de chenal entre ses pontons extérieurs et l'épave du *Stripéd-Ass Bass*. Dave me montra la masse impressionnante du navire-hôpital. Bien qu'à une bonne centaine de mètres par bâbord, nous avions l'impression que sa poupe était directement au-dessus de nous.

– Faudrait pas qu'une mangrove birmane dégringole de l'écubier quand ils vont libérer la chaîne d'ancre, argh hargh hrg. Ça t'écrabouille une barcasse comme une putain de tique.

Écubiers et autres dangers écartés, bien sur nos arrières, nous nous approchâmes du chantier de construction navale.

– Va jusqu'au quai, suggérai-je.

Dave acquiesça. Il pourrait s'ancrer plus au large et revenir en dinghy pendant que je m'assurerais que Missy reparte sans danger, ou il pourrait attendre. D'un côté comme de l'autre, lui et moi allions alors pouvoir nous mettre à boire tout ce que nous pourrions trouver, la malédiction de cette foutue boîte en plastique et de ses poursuivants fanatiques disparue à jamais de nos existences.

– N'oublie pas de t'arrêter chez ton garagiste de quartier pour une remise à vide tous les dix mille kilomètres, dis-je à Missy quand Dave mit au point mort. Faut garder les atomes en stase pure parfaitement séparés des petits charançons de la putréfaction.

Elle ne daigna ni sourire ni parler. Elle ne tourna même pas la tête. Elle avait les yeux rivés au quai comme s'il s'agissait d'une plaque tectonique à la dérive qui n'en finissait pas de venir à notre rencontre.

Dave laissa la proue filer doucement jusqu'au flanc de la pile la plus avancée. Il sortit de la cabine de pilotage et laissa tomber adroitement la boucle tressée de l'amarre sur une bitte boulonnée au coin du quai de débarquement. L'autre extrémité du filin était déjà fixée à un taquet à tribord de la poupe du *Rummy Nation*. Le petit esquif continua sa lente dérive jusqu'à l'accostage. L'amarre perdit de son ballant et on l'entendit se mettre en tension.

– Tu es déjà partie, n'est-ce pas? dis-je tranquillement.

Aurais-je été l'inconnu essayant de la draguer à un arrêt d'autobus que Missy n'aurait pu m'ignorer plus justement. Elle n'avait plus besoin de mes services. Mais lorsqu'elle posa le pied sur le plat-bord côté quai, prête à débarquer, elle dit :

– Au revoir, Danny.

Ils attendaient dans les ombres et firent soudain leur apparition, comme à un signal. La poupe était amarrée. La proue s'était quasiment immobilisée. Dave se dirigea vers l'avant et se plia en deux à côté du poste de pilotage pour ramasser la gaffe sous son pied. Une voix dit :

– Belle arrivée, mon prince. Le filin de proue, si tu le veux bien.

Le moment choisi pour signal était presque idéal. Si Dave s'était trouvé sur la proue, si la proue avait été amarrée, si Missy était descendue sur le quai, alors le timing aurait été parfait. La vie n'est qu'une question de timing, fils, disait toujours le sergent instructeur pendant les classes en vous enfonçant la pointe de sa trique dans le bide.

Je n'avais encore jamais entendu la voix de Teddy; il avait une sorte d'accent londonien. Sans hésiter un instant, avec une adresse certaine pour un vieux poivrot, Dave balança la gaffe droit sur lui.

Teddy, un pied en équilibre sur le plat-bord avant, se préparait précisément à monter à bord, en image presque inversée de Missy. Il dut se laisser retomber en arrière sur le quai pour éviter d'être empalé par la gaffe.

Laquelle accomplit son office, et plus encore. Filant sous le nez de Teddy comme un serpent d'aluminium totalement délové pour son attaque, la gaffe contraria la visée d'Attik. Dix ou douze mètres en arrière de Teddy, dans la pénombre d'une pile de dinghys de location attachés à l'envers à la plate-forme du quai, Attik n'eut que le temps de tirer une balle sur Dave avant d'écarter la gaffe de sa trajectoire d'un coup du canon de son pistolet.

Le gros automatique israélien résonna brutalement sur les eaux, comme si quelqu'un venait d'asséner un coup de masse de trois livres au flanc d'une benne à ordures. La balle à tête creuse fit littéralement exploser tout le coin du toit à l'avant de la cabine de pilotage, bien au-dessus de la tête de Dave qui, en lançant la gaffe, avait perdu l'équilibre et dégringolé fesses en arrière dans l'étroite section de pont séparant la cabine du plat-bord tribord.

– Fais attention où tu tires! beugla une voix féminine substantielle, un contralto digne d'une diva qui voit toute sa *raison d'être** momentanément à sa portée.

Et d'un geste totalement hors de proportion avec l'ordre d'une impératrice, Mme Renquist agrippa le bras armé d'Attik. La deuxième balle de l'assassin passa cinq centimètres à peine au-dessus de la tête de l'infortuné Teddy toujours étalé à plat ventre, et creusa derrière lui un profond sillon dans les planches du quai, avant que les esquilles de bois ne giclent en gerbe pour venir éclabousser la pile enduite de créosote qui ancrait l'extrémité du ponton flottant, juste devant moi.

Dans la mesure où la fusillade avait commencé, et ne connaissant de la conduite d'un bateau que ce que j'en avais observé au cours de l'heure écoulée, d'un coup de pied, je chassai le levier de vitesse en position de ce que j'estimais être la marche arrière, avant de me jeter de tout mon long vers l'amarre arrière. Le petit moteur eut du mal à prendre des tours mais continua néanmoins son teuf-teuf, et peu à peu, l'hélice commença sans conteste à baratter.

En battant en retraite, Missy était déjà tombée en arrière dans le bateau, derrière la cabine, et avait malheureusement atterri sur la cuvette où se lovait la ligne du casier à crabes. Le choc fut brutal. Elle perdit un instant son précieux boîtier en plastique, qui dégringola avec fracas sur le pont. De la main gauche, je récupérai le couteau et en cassai la pointe qui resta fichée dans le pont avant de rouler sur moi-même, par-dessus le boîtier et au-delà, afin de sectionner l'amarre. Le mouvement me parut durer une éternité, exposés que nous étions tous au barrage d'artillerie susceptible de nous tomber dessus.

Dave, sentant que son bateau se remettait en mouvement de son propre chef, se redressa bien droit à côté de la cabine. Ce faisant, il nous servit de bouclier, à Missy et à moi, mais offrit enfin à Attik la cible que celui-ci attendait. Le gros pistolet gronda une troisième fois et la balle grosse comme un dé à coudre expédia Dave deux mètres en arrière. Il tomba par-dessus Missy et atterrit sur moi.

À l'impact, la lame du couteau que je tenais toujours m'entailla la peau entre pouce et index de la main droite. L'attache, maintenant scindée en deux, était restée entière suffisamment longtemps pour permettre à la proue toujours libre d'entamer un virement de bord à l'inverse des aiguilles d'une montre autour de son seul point fixe, la poupe amarrée, et le bateau tout entier s'en vint glisser devant l'extrémité du ponton, en chaloupant de l'arrière, pour se placer de travers face au large. S'il continuait ainsi à donner de la bande, il ne tarderait pas à offrir son flanc à Attik et nous placer tous dans sa ligne de feu, son hélice s'emmêlant probablement au passage dans l'attache du dinghy. Effectivement, celui-ci tournait à bâbord dans le sens des aiguilles, pivotant autour de la poupe du *Rummy Nation* à laquelle il était toujours fixé, comme si celle-ci n'avait pas bougé de place.

– Enfoiré, gargouilla Dave, d'icthyphallique...

Je collai ma bouche à son oreille et dis :

– Est-ce qu'il y a une arme dans la cabine ?

– Fomenteur d'inceste à bite de poisson, s'étrangla-t-il, à peine audible. Emmanchédefouteurdemerdeàlabiteenaiguille...

– Une arme, insistai-je, pour ne m'entendre répondre qu'un argh hargh rgh d'introspection perplexe, qui ne présageait rien de bon pour Dave.

Je donnai un coup de pied à la manette des gaz et roulai de l'autre côté pour sectionner l'amarre du dinghy. L'attache se libéra doucement de son taquet à gouge pour retomber sur le pont arrière, à l'opposé du quai.

La fusillade reprit. Une seconde me suffit probablement pour reconnaître la musique d'une arme totalement différente de celle du pistolet israélien, mais elle me parut durer une éternité. En revanche, le plomb qui s'échangeait ne semblait pas arriver jusqu'à bord. Puis Teddy hurla comme j'avais déjà pu entendre des hommes hurler, et il mourut.

– Nom de Dieu de fils de pute, s'écria un homme.

La nouvelle arme gronda comme un canon, bien plus bruyamment que le pistolet israélien.

– Vous avez tué mon épouse !

Une femme hurla.

Le pistolet israélien aboya.

– Enfoiré de bouffeur de yogourt !

Le gros calibre lâcha quatre salves. Des chevrotines de plomb tintèrent parmi les barques en bois, les ferrures galvanisées, les mâts en aluminium, et roulèrent à la surface du quai comme autant de minuscules billes de roulement. Mais leur cible ne parut jamais être le *Rummy Nation*.

Soudainement, toutes les armes se turent.

Un filet de sang coulait à une commissure des lèvres de Dave. Il paraissait noir dans l'obscurité.

– Argh, lâcha-t-il dans un souffle presque imperceptible.

– Continue à rigoler, lui répondis-je d'une voix sifflante en jetant un œil par-dessus le plat-bord.

La fumée des balles dérivait à la surface du quai. Les deux lampes qui veillaient sur l'établi de Dave brillaient comme les épicentres d'une toile de lumière tramée. De l'endroit où Teddy gisait, un de ses bras se tordait dans ma ligne de visée. Teddy n'était plus un facteur pertinent. Derrière la pile de dinghys se tenait une discussion animée au contenu indéchiffrable. Chose incongrue, les voix résonnaient de tonalités raisonnables, bien que tendues. Puis trois volées de chevrotine claquèrent sur le tas de barques entassées à l'envers. Des échardes de bois tourbillonnèrent en l'air avant de retomber en tintant à la surface du quai puis dans l'eau. Quelqu'un tirait depuis l'établi de Dave, où j'aperçus un homme aligner un fusil à pompe au canon posé en appui parmi les outils et tout le bazar. Une boîte de cartouches, au couvercle battant sous la brise, était installée de guingois sur le carter de pompe repeint en rouge.

– Kramer ! s'écria Mme Renquist depuis les ombres. Il faut qu'on parle !

Kramer Knowles ?

Des chevrotines double zéro arrachèrent des échardes de quinze centimètres aux membrures des barques. Knowles pompait ses cartouches d'une main experte, sans jamais dévier de sa cible.

– C'en est fini de causer, espèce de salope traîtresse !

Il fit pleuvoir un nuage de chevrotines sur le quai et les barques jusqu'à vider son arme.

Tout ce temps, Mme Renquist hurla et ses hululements hystériques se perdaient presque dans le tintamarre de la fusillade. Mais ils étaient sonores et suffisamment éloquents pour suggérer qu'un barrage de coups de feu prolongé serait susceptible de la rendre complètement folle – ou plus folle encore, devrait-on dire.

– Qu'est-ce qui t'arrive, espèce de pute de mes deux ? hurla à son tour Knowles, en insérant calmement ses cartouches dans la culasse fumante. On ne t'a jamais tiré dessus ?

Les cartouches en place, il en lâcha trois sans même viser. Les barques, en tout cas, ne flotteraient plus jamais.

Je m'extirpai de sous le corps de Dave et me mis à ramper vers la barre, en emportant le couteau. À cet instant, le pistolet israélien se mit à rugir au-dessus et derrière la pile de barques. Mais Attik ne visait rien de précis, abrité derrière la grue de levage, et son tir manquait de précision. Des étincelles ricochaient tout autour des outils et des pièces métalliques entassées sur l'établi de Dave. À l'impact sur les pneus de la grue, des débris de caoutchouc volèrent dans la figure de Knowles. Qui, d'une roulade, s'écarta de l'établi, le fusil collé à la poitrine, à la manière d'un Marine bien entraîné. Les deux coups suivants qu'il lâcha vers le ciel firent voler les deux lampes en éclats, plongeant le quai dans les ténèbres.

La barre était à tribord toute. Je la fis pivoter complètement sur bâbord et mis les gaz. Le *Rummy Nation* s'était dégagé de son accostage et sa poupe essayait de se placer à la perpendiculaire du quai. Livré à lui-même, il aurait pu revenir et contourner l'extrémité du quai pour virer de l'autre côté. J'avais dans l'idée de redresser la barre suffisamment pour qu'il continue à reculer plein est aussi loin que possible du quai, jusqu'à arriver, qui sait, à Sacramento, en le maintenant autant que faire se pouvait comme bouclier entre nos petites personnes et la fusillade. J'étais déjà bien engagé dans la manœuvre, la proue maintenant à quarante ou cinquante mètres de l'extrémité du quai, lorsque je me rendis compte que, ce faisant, j'exposais complètement la position de Missy.

Malgré sa blessure après sa chute dans la cuvette, Missy était parvenue à faire le tour de la cabine en rampant et elle était tombée par bâbord dans le dinghy, en emportant avec elle le codex. Au milieu de toute cette fusillade, derrière la cabine et à moitié enfoui sous Dave, je n'en avais rien remarqué.

Glissant doucement en état de choc, accroupie au fond du dinghy, totalement impuissante, Missy allait très vite ne plus rien sentir ni même pouvoir marcher. Désorientée, étourdie, elle serrait néanmoins toujours contre elle son *Codex de Syracuse*. Jusqu'à ce que je corrige la barre, elle avait réussi à se maintenir en se raccrochant d'une main à bâbord du *Rummy Nation*, se servant du bateau comme d'un abri contre les coups de feu.

À cause de mon geste, elle se retrouva tout à fait par inadvertance complètement exposée. Elle lâcha prise et se mit à dériver sur l'arrière, à moins de vingt mètres de l'extrémité du quai. Elle faisait une cible parfaite. Elle regarda dans notre direction, puis revint sur le quai, et finit par placer l'inestimable trophée entre sa personne et les armes sur le rivage, exactement comme un bouclier. Ce dut être une des décisions les plus difficiles de toute son existence. De ses bras passés au-dessus du codex, de toute évidence souffrant mille maux, elle plongea un aviron dans l'eau sur le flanc du dinghy. Elle n'aurait pu manier son instrument avec plus de maladresse si elle avait été manchote. L'aviron ne réussit qu'à faire jaillir quelques petites éclaboussures inutiles de la surface de la baie.

Bien qu'elle fût elle aussi assiégée, Mme Renquist remarqua la chose et se mit à hurler comme un chien qui se ferait lentement écraser sous les roues d'une voiture. Attik, sans nul doute secoué, plus vraisemblablement intrépide, en fait téméraire, loyal en tout état de cause, abandonna sa position, et ce faisant, toute prudence. Il jaillit comme un diable de sa boîte et bondit sur la pile de barques, puis, de là, sur le ponton flottant. Plié en deux, il se mit à courir en tirant par-dessus l'épaule en direction de Knowles. Qui se dressa de toute sa hauteur et riposta, en hurlant des obscénités comme si celles-ci le mettaient à l'épreuve des balles. Des étincelles ricochaient en tous sens, mais il n'en tenait aucun compte. Ses chevrotines arrachaient des esquilles au plancher de bois devant et derrière Attik, en tintant sur les pièces métalliques. Des fleurs de sang sombre commencèrent à s'épanouir sur la belle veste en tweed. Knowles tirait sans discontinuer, en s'assurant que chaque coup porte : le fusil avait un chargeur de sept cartouches, multipliées par neuf chevrotines par cartouche. En arrivant sur le corps de Teddy, Attik détourna un bref instant son pistolet de Knowles, alors même que les billes de plomb déchiquetaient visiblement le tweed de sa veste.

Et Knowles se retrouva à court de munitions. Dans le silence soudain, malgré les soixante ou soixante-dix mètres qui nous séparaient, je crus distinctement entendre le cliquetis métallique du chien venant percuter la chambre vide. La chose était bien évidemment impossible. La cheminée du diesel cognait et grondait à quelques dizaines de centimètres au-dessus de ma tête. Mais je vis Knowles regarder alentour, un instant désorienté. Puis son œil accrocha la boîte de cartouches à moins d'un mètre derrière lui.

Attik, en revanche, le regard noir, contemplait Missy en contrebas, pareil à quelque divinité brûlant de fureur. Mortellement blessé, son corps se tordit au-delà de sa rotation logique sous l'impact d'une douzaine de chevrotines. Le sang coulait aux commissures de ses lèvres.

– Danny ! hurla Missy. Danny !

Alors même qu'il s'affaissait, Attik leva son pistolet de tueur et le vida, balle après balle, directement sur Missy James battant l'air d'un aviron dérisoire à peine à quarante mètres de lui. Avant que Attik ne s'effondre nez en avant sur le quai, les corps de l'homme et de la femme étaient déjà cadavres.

Avec moi comme spectateur. Je ne pouvais rien faire d'autre.

La moitié des balles la touchèrent de plein fouet. À l'impact, les balles à charge creuse champignonnent, élargissant leur orifice d'entrée jusqu'à atteindre au diamètre de la poignée d'une queue de billard. Elles causèrent à Missy de terribles dommages, qui lui furent fatals. Infligeant, de la même manière, des dégâts irrémédiables au *Codex de Syracuse*. Un certain nombre de balles touchèrent le boîtier avant de toucher Missy, de sorte que le visage de celle-ci, et son teint si précieusement entretenu à grand prix, eurent à souffrir non seulement des impacts de fragments de plomb brûlant, mais aussi d'un bombardement d'éclats de plastique, auquel s'ajouta la subtile abrasion d'atomes de papyrus.

Le petit dinghy eut également droit à sa dose de balles. Une seule sous la ligne de flottaison aurait pu suffire, mais il y en eut plusieurs. Morte, ne serrant plus contre son sein que des éclats de l'objet de ses aspirations ultimes, Missy, accompagnée du dinghy et du *Codex de Syracuse*, sombrèrent dans la baie. Ne restèrent à flotter à la surface des eaux que divers débris, dans un sillage d'encre et de sang, filaments en voie de dissipation d'un rêve qui s'était révélé, finalement, rien moins qu'immortel.

43

Le *Rummy Nation* repartit en arrière toute à travers le périmètre de bouées droit sur le grand mât de l'épave du *Stripéd-Ass Bass*. L'hélice se mit à battre au milieu de tout ce qui se trouvait sous la surface, et ses pales s'emmêlèrent dans un hauban submergé, juste au-dessus d'un espar, avant de s'arrêter. Avec un claquement de mécanique malade de sa transmission et un dernier crachat asthmatique du cylindre, le petit diesel mourut.

Dans les profondeurs de sa conscience vacillante, Dave comprit que quelque chose ne tournait plus rond. Ses lèvres s'agitèrent faiblement. Le reste de son corps resta parfaitement immobile.

Nous flottions comme un gros bouchon. Une soixantaine de mètres d'élément liquide nous séparaient de l'accostage. On n'entendait que les clapotis de l'eau. À cause des lampes à mercure accrochées au-dessus du navire-hôpital, la visibilité jusqu'à notre cible n'était pas mauvaise. Le silence était tel que je pensai un instant que le travail s'était arrêté dans la cale sèche. Peut-être avions-nous un public ? Peut-être que les spectateurs allaient appeler à l'aide ? Peut-être pensaient-ils que nous jouions à tourner un film plutôt qu'à faire échange de balles ?

En me penchant par-dessus la poupe pour me convaincre que notre situation était bien désespérée, j'entendis des voix. Je me retournai et vis Knowles devant la pile de barques saccagées. Je ne parvenais pas à distinguer ses paroles, mais j'entendis nettement deux petites explosions, comme des pétards à dix sous. Knowles lâcha un rugissement et fit feu, le fusil à pompe à la hanche. Silence. Knowles fit monter une cartouche dans la chambre. Il abaissa le canon de son arme. Il fit feu à nouveau. Puis il s'affaissa lentement, à genoux.

Je jetai un œil vers l'est en direction des tourelles du chantier naval, à deux cents mètres de là. La vapeur se levait devant les projecteurs placés au sommet d'un des portiques de levage, soixante-dix mètres au-dessus des eaux. Les treuils bourdonnèrent, s'arrêtèrent, bourdonnèrent à nouveau. Un chargement d'IPN se déposa sur un pont métallique ; la seconde qui suivit, j'entendis le fracas. Apparemment, la cale sèche poursuivait le travail comme à l'accoutumée. Était-il possible que personne là-bas n'ait remarqué toute la fusillade qui venait de se dérouler ?

Je jetai un œil au-dessus du lambrissage de la cabine, à travers le pare-brise.

Knowles chancelait d'une démarche incertaine sur le ponton flottant. Il avançait plié en deux comme pour se protéger d'un vent soufflant des hauteurs. Sous ses pas aussi peu assurés que ceux d'un marin d'eau douce, les charnières entre chaque section du ponton grinçaient. Les câbles sous tension qui amarraient la structure flottante couinèrent en se tendant plus encore sous un effet de houle, et il faillit tomber. Une drisse se mit à battre en rythme contre un mât en aluminium puis ses claquements cessèrent.

Knowles contourna le corps de Teddy et arriva sur Attik, gisant sur le ponton, une jambe dans l'eau. Il fourragea dans l'un des yeux d'Attik du canon de son fusil. Mais le cadavre, en cadavre qu'il était, ne s'en trouva guère dérangé.

Knowles se tourna alors vers ce qui restait de Missy.

Le dinghy troué s'était dégonflé et avait rétréci comme une peau de chagrin sous sa dépouille, laissant apparaître une masse de débris affligeante. La houle avait commencé à éparpiller les morceaux, grands et petits, de Missy James et du *Codex de Syracuse*, parmi un jerrycan, une glacière en polystyrène, plusieurs bouteilles de bière et une botte en caoutchouc retournée.

Knowles avait certainement dû prévoir la traîtrise de se voir servi en pâture aux médias. Mais tout entier à sa seule vengeance, il ne s'était pas laissé distraire de son but par les feux collatéraux de la gloire et de la célébrité. Il inspectait le désastre avec l'œil du maître. Vacillant sur ses pieds, le fusil au creux du coude, avec la nonchalance d'un chasseur de canards ivre, il ne se souciait pas le moins du monde des débris détrempés et irrécupérables du codex explosé en mille morceaux. Certains surnageaient encore en miroitant faiblement dans la lumière incertaine. D'autres, à peine visibles, flottaient en équilibre instable, pris en sandwich entre la viscosité de la surface et la pression sans ambiguïté des profondeurs. D'autres encore, ayant succombé à l'inévitable, chaloupaient à quelques dizaines de centimètres, voire de mètres, sous les eaux, se balançant d'un côté puis de l'autre, mais inéluctablement vers le bas. Tous finiraient par trouver le chemin du fond de la baie, où ils feraient retraite, à jamais inaccessibles, illisibles, et sans valeur aucune.

Knowles n'en avait rien à cirer du *Codex de Syracuse*. Ni en cet instant ni jamais.

Il retomba à genoux une fois encore. Ce changement de posture le prit à moitié par surprise. La crosse de son fusil cogna le ponton quand il se servit de son arme comme d'un étai pour se redresser.

Il regarda en direction du tas de dinghys. Leur surface, cible infortunée d'une fusillade aussi intense, offrait maintenant un nombre substantiel d'éclats tout frais et de trous béants. S'il restait parmi eux un esquif encore capable de prendre la mer, il ne pouvait se trouver que dans le bas de la pile amarrée. Knowles était gravement blessé. Les petits coups de pétard que j'avais entendus étaient sortis de la gueule du pistolet de tir de John Plenty, qu'Attik avait confié à Mme Renquist. Lorsque Knowles s'était penché sur elle, l'Impératrice avait tiré deux balles qui, toutes deux, lui avaient transpercé l'abdomen. C'est ensuite qu'il l'avait tuée. Mais pas pour cette raison.

Knowles posa la crosse du fusil en appui sur le ponton et inclina le canon à environ trente degrés. Il lâcha une cartouche dans la direction du *Rummy Nation* en riant. L'instant d'après, les chevrotines dégringolaient sur le toit de la cabine et dans l'eau autour du bateau, sans faire le moindre dégât.

À proprement parler, il ne nous prenait pas pour cible. Nous flottions bien au-delà de portée d'un fusil, même à canon long. Knowles le savait. Nous le savions. Je tirai néanmoins Dave dans l'ombre de la cabine de pilotage. Les lèvres de la plaie de Dave s'infléchissaient au creux de la blessure, ce qui signifiait qu'il respirait encore.

– Ils ont tué ma femme ! hurla faiblement Knowles.

Il eut un peu de mal à manœuvrer la pompe, mais lorsque ce fut fait, il lâcha un nouveau coup dans notre direction.

Rien hormis un direct droit dans l'œil ne pouvait nous faire de mal à cette distance. Une chevrotine fissura l'une des deux vitres de la cabine de pilotage sans la traverser. Des billes de plomb ricochèrent sur le toit, tintèrent à l'impact avec la cheminée, cliquetèrent sur le pont avant et la cuvette galvanisée à l'arrière, faisant naître de petites éruptions en tombant dans l'eau.

– Ils ont tué ma Renée !

Sa souffrance se répercuta en échos à la surface des eaux qui nous séparaient.

Avec maladresse, il manœuvra à nouveau la pompe en lançant sur sa droite un regard exaspéré, comme un chasseur qui braconnerait la nuit à la torche, là où le corps de Missy flottait parmi les débris du codex. Ayant perdu son épouse, sans parler de sa santé, peut-être avait-il l'intention de faire exploser le monde en compensation.

Ce ne serait que justice.

Il épaula son fusil vers le *Rummy Nation*, chancela, et s'affaissa sur le flanc gauche.

Précédé par un couinement de Larsen, un mégaphone se mit à cracher.

– C'est la Brigade tactique des forces de police de San Francisco qui vous parle, dit une voix calme. Jetez vos armes et mettez les mains sur la tête. Je répète...

La voix amplifiée de Bowditch était aussi terne et mesurée qu'un écho d'interphone dans le parc à voitures d'un concessionnaire d'occasions signifiant à quelque vendeur de décrocher la ligne quatre.

Des éclats de projecteur se mirent à danser sur le ponton.

– Jetez votre arme, Knowles, aboya la voix électronique, agacée, lasse, inéluctable. Ils sont tous morts. Vous avez gagné. Les mains sur la tête, face aux projecteurs.

Knowles ne répondit pas. Je voyais sa main bouger sans grand effet autour de la détente du fusil. Mais il finit par lever son arme.

Une balle de carabine, une seule, claqua. Un petit geyser d'échardes jaillit des planches à moins de trente centimètres de l'épaule de Knowles.

– Celle-là vous est passée au-dessus de la proue, monsieur, dit le mégaphone. C'est un avertissement.

Le bateau tournait. D'étranges bruits me parvenaient depuis l'arrière, où l'enchevêtrement de gouvernail, d'hélice et de gréement de grand mât résistait au mouvement. Dave gisait sur le pont entre la barre et la cloison avant de la cabine, recroquevillé en position fœtale. Il respirait en faisant des bulles, et une écume noirâtre tachait sa barbe. Je jetai un œil par-dessus le plat-bord.

– Knowles ! m'écriai-je. Ils sont tous morts. Laissez tomber ! Bowditch ! Il est touché ! Halte au feu !

Silence. Knowles ne répondit pas. Un silence surnaturel de chambre d'écho descendit sur nous, avant que, petit à petit, l'air de la nuit redevienne habité par la tension des amarres, le craquement des charnières, les drisses claquant sur leur mât, l'eau clapotant contre les coques et les piles.

Trois officiers de police en uniforme, se couvrant tour à tour, pliés en deux, à petits pas pressés, s'approchèrent des trois formes affalées en tas sur la longueur du quai. L'un s'arrêta auprès du premier cadavre. Un second auprès du deuxième. Le troisième policier était une femme. Elle s'arrêta devant Knowles et chassa d'un coup de pied le fusil qui quitta la main de Knowles et tomba à l'eau. Puis elle s'agenouilla et chercha le pouls à la gorge. Elle redressa alors prudemment la tête et leva les yeux vers le *Rummy Nation* : je reconnus le sergent Maysle. Elle s'écarta lentement de Knowles, le tenant toujours en joue de son arme de service, et parla dans un microphone agrafé à son épaule. Un couinement de réponse lui revint.

Knowles était mort ou agonisant. Le sergent Maysle continua à le tenir en ligne de mire en serrant son arme à deux mains. Mais ce n'est plus lui qu'elle regardait. Ni moi.

Le sergent Maysle contemplait les restes flottants du *Codex de Syracuse*, se soulevant pour mieux retomber, doucement, au rythme d'une vague de passage.

X

Héritage byzantin

44

Bowditch tirait une gueule digne de Moby Dick quand il finit par mettre la main sur moi.

Il y avait des tas de choses à expliquer. La disparition de la BMW de Renée, pour n'en citer qu'une, tout à fait mineure. Mais on ne pouvait guère que discuter du problème, car officiellement, personne n'avait retrouvé le véhicule. Abandonnée sur China Basin, la voiture s'était vite vue allégée de ses ailes et de ses portières, des capots de moteur et de coffre, de son moteur, de sa transmission, de son différentiel... En dépit de toutes les pièces manquantes et d'un système électrique transformé en friture, cela restait malgré tout une BMW flambant neuve, et donc quelqu'un avait également emporté le châssis. On ne retrouva jamais rien.

Clarence Ing, lui, trouva la Bague de Théodose. Elle se trouvait à la morgue, à l'annulaire de Girly Renquist.

Néanmoins, Bowditch m'avait déjà mis sous cadre, prêt à me suspendre au mur. Les preuves étaient insuffisantes pour m'inculper de vol de voiture ; et je fus capable de soutenir avec cohérence que je n'avais vu la bague qu'à une seule occasion, chez Tommy Wong. Mais Bowditch était convaincu qu'une accusation de recel d'objet volé – le *Codex de Syracuse* – m'irait comme un gant. Naturellement, je ne manquai pas une occasion de lui rappeler qu'à la lumière de douze ou quatorze meurtres, il ne s'agissait là que d'un délit tout à fait mineur. Et puis, une fois encore, Clarence Ing mit son grain de sel en offrant ses conseils judicieux. Il avait trouvé une unique perle en or enchâssée dans deux grammes de crotte de chien à l'intérieur de l'une des étranges ventouses sous les semelles des baskets de Teddy. Cette minuscule perle faisait parfaitement pendant aux exemplaires restants dans la boucle d'oreille manquante de Renée Knowles, celle qui avait été retrouvée dans le tapis du vestibule d'entrée de son domicile. Cette pièce à conviction était quasiment la touche finale qui concluait l'enquête sur son assassinat.

Comme si de rien n'était, Bowditch poussa le bouchon un cran plus loin et inculpa Dave de complicité. Ce fut en lisant le détail du mandat, à propos, que j'appris que le véritable nom de Dave était Absalom D. Peptol.

Dave n'en avait pas plus à foutre de Bowditch que du mandat. Il était simplement heureux d'être encore en vie. Quatre mois durant, il resta à l'hôpital, avec l'énorme trou que lui avait laissé la balle dans le corps, endurant allègrement les complications qui s'ensuivirent. Les chirurgiens lui ôtèrent la majeure partie d'un poumon ainsi que la vésicule biliaire, en lui enjoignant formellement de mettre un terme à de nouvelles dégradations de son organisme par l'alcool et les cigarettes. En fourrageant ses intérieurs, cependant, ces mêmes médecins durent reconnaître que le foie de Dave restait pour la science un miracle inconnu à ce jour. Ils le recousirent et régulièrement l'exhibaient à des spécialistes et des étudiants comme une curiosité médicale.

Entre-temps, je finis de sculpter le cadre d'érable et d'eucalyptus rouge pour Michelle Canton, en empochant par la même occasion quelque argent dont l'absence se faisait cruellement sentir. Je reçus d'autres commandes, et le temps passa.

Mais Bowditch continuait obstinément à tirer la tronche à propos du codex. Je refusai de lui dire quoi que ce soit et, bien vite, une obstruction à la justice vint s'ajouter au recel d'objet volé. En dépit du fait que c'était moi qui l'avais tuyauté sur les meurtres de John Plenty et de Tommy Wong, sans parler de ceux d'Ecstasy et du Cajun, soit un total grandiose de deux scènes de crime et de quatre macchabées qui lui permit de passer aux infos, il continua à me harceler. Aussi, lorsque j'eus terminé la sculpture de mon cadre, je fus obligé d'utiliser l'argent pour engager un avocat. Un type avec une cahute en bardeaux face à la prison municipale prit mon argent, me dit de ne pas m'en faire, et cessa de répondre à mes appels.

Au milieu de tout cela, qui prit quand même deux mois, sur une inspiration soudaine, je décidai d'inviter le sergent Maysle à dîner. Bowditch avait un faible pour elle. J'avais dans l'idée de voir si elle ne voudrait pas lui glisser un mot en ma faveur, essayer de lui faire diminuer la pression. Sans même préciser que le sergent Maysle était une jeune femme intelligente et belle, et que nous pourrions discuter de la chose au cours de deux dîners, si elle le désirait.

Je pouvais toujours courir. À ce stade, la traduction avec commentaire – intitulée, fort à propos, *Le Codex de Syracuse* – du sergent Maysle avait été publiée. Dans le contexte des événements spectaculaires dont San Francisco avait été le siège, la publicité qui s'ensuivit permit au sergent Maysle de prendre un congé illimité sans solde. Grâce à la qualité de son ouvrage, elle put voyager à travers tous les États-Unis et l'Europe, et, bien sûr, l'histoire fit sensation en Turquie. Plus jamais elle n'eut à travailler comme flic. Le Smithsonian l'engagea pour rédiger le catalogue d'accompagnement d'une exposition de première importance sur les antiquités byzantines, avec, comme pièce de choix, la Bague de Théodose, dont le musée s'était trouvé curateur légal en attendant que fût réglée la question de sa provenance, sujet épineux aux innombrables arcanes. Une histoire, elle aussi, dont Maysle tira une série d'articles, et, finalement, un livre. L'exposition fit un tel bruit qu'elle est peut-être encore en train de circuler. Un an après que Dave eut quitté l'hôpital, un après-midi, j'ouvris l'*Examiner* où je pus lire que le brave sergent Maysle venait de gagner une « bourse d'excellence » de trois cent cinquante mille dollars offerte par une organisation philanthropique hautement respectée. L'article avait été torché dans une telle hâte qu'on l'avait accompagné de la photo de la jeune femme le jour de la remise des diplômes à l'académie de police. La photo suivante que je vis d'elle apparut dans *National Geographic*. Elle avait changé de coiffure et ne portait plus son uniforme de flic. Elle donnait une conférence sur les mosaïques byzantines encore visibles de nos jours dans les églises de S. Vitale et S. Apollinare Nuove à Ravenne, et qui illustrent, entre autres, Justinien, Théodora, et, croit-on, le patron de Procope, Bélisaire. L'article racontait par le détail comment la vente de ses livres et sa bourse « d'excellence » avaient permis au Dr. Maysle de créer la *Cabochon Research Foundation*, dont le siège se trouvait à Paris, et pour laquelle elle était « profondément reconnaissante ». Seuls les vieux de la vieille des forces de police de San Francisco l'appelleraient encore sergent. Mais il y avait bien longtemps que le Dr. Maysle n'était pas revenue à San Francisco.

Avant cela, environ trois mois après l'extravagante fantasmagorie dans le chantier naval de Mike, Clarence Ing reçut quelques résultats d'analyses de laboratoire. Comme il avait oublié d'être un imbécile, il les avait demandées sur une intuition, et, une fois encore, Clarence Ing obtint des résultats. Ces tests déterminaient, sans l'ombre du moindre doute, que le *Codex de Syracuse* était un faux.

Trois jours plus tard, au cours d'une entrevue au bureau du procureur, Bowditch eut une attaque.

Il atterrit dans le même hôpital que Dave. Aile différente, bâtiment différent, même institution. Je passai dire bonjour pour trouver un homme qui n'avait plus rien du bouledogue sur le retour mais toujours pugnace que j'avais connu. En l'espace d'un mois, il avait perdu quinze kilos et vieilli de dix ans. Son teint avait viré, passant de rubicond à cendreux. Cinq machines le gardaient en vie. Je fus tellement choqué par ces changements que je pus à peine parler. Mme Bowditch, dame gentille et attentive, elle-même en mauvaise santé, se rongeait les sangs, et resta assise à côté du lit tout le temps de ma visite. Elle refusa de nous laisser discuter de problèmes relatifs au métier, et encore moins des résultats de labo de Clarence Ing. Ne restait plus comme sujet de conversation que l'obstruction pulmonaire chronique de Bowditch, dont personne ne voulait parler, et la visite qui avait démarré maladroitement devint vite inutile. Après tout, ce mec, je le connaissais à peine. Il était visible que ma venue le gênait, mais en fait, il semblait tout à fait perplexe quant aux raisons de cette gêne, ce qui, à son tour, ne laissa pas de me déconcerter. Je m'étais habitué à son harcèlement. Dans le couloir, à l'extérieur de la chambre, Mme Bowditch m'expliqua que son mari devait se vider la tête de toutes ces histoires pour aller mieux : une manière de l'aider serait pour moi de ne plus revenir. Je ne lui jetai pas la pierre.

Sans la persistance de Bowditch, l'enquête partit à vau-l'eau. Personne ne se souciait d'un faux codex, et donc je n'eus plus à m'en faire pour l'inculpation de recel. Des experts déclarèrent que son écriture était grossière, d'après ce qu'ils avaient pu en lire. Le principal indice restait le papier, fait main, qui permit aux enquêteurs de remonter jusqu'à un certain Fabriano, vénérable fabricant italien dont les experts furent capables d'estimer l'âge, vingt-cinq ans ou moins. Dans la mesure où ce genre de matériau s'achetait partout dans le monde, il était difficile d'établir autre chose que son type et son âge. Clarence Ing eut moins de chance avec l'encre, dans la mesure où il en restait trop peu à avoir survécu à l'immersion dans l'eau salée pour être analysée. Le fait que la page de garde à l'intérieur du boîtier en plastique fût la seule à porter des traces d'écriture n'aida en rien. Ledit boîtier n'était même pas en Lexan mais en vulgaire plexiglas, fabriqué à la tonne et distribué dans le monde entier, aussi la piste s'arrêtait-elle là. Petite consolation, ce détail précis expliquait pourquoi le plastique n'avait pas arrêté ou au moins dévié les balles d'Attik. Même la valve de mise sous vide était fausse. Récupérée au fond de la baie par un plongeur, elle se révéla avoir été piquée sur une banale pompe à vélo.

Toutes les pistes devinrent complètement froides. Il n'existait aucun élément pour prouver dans un sens ou dans l'autre que le codex que tout le monde avait pourchassé eût jamais été authentique. Et le doute remontait jusqu'à la transaction clandestine en Irak. Et s'il n'avait jamais été authentique, il allait de soi que beaucoup de monde était mort pour rien. Ce fut un jour faste pour la presse.

– « Au moins dix morts », cita Dave un jour dans l'édition dominicale du *Chronicle*.

C'était le sous-titre d'un article qui s'accompagnait de citations du livre du Dr. Maysle, et de la photo de la dame.

– Et tout ça pour quoi ?

Dave pouvait maintenant s'asseoir dans son lit, et il était devenu très habile à contrarier le personnel de l'hôpital. Déposant le journal de côté, il sortit devant mes yeux une pinte de rhum de sous son oreiller.

– D'ailleurs, ça fait quatorze, non ? Si Bowditch passait l'arme à gauche, ça ferait quinze.

– Et si toi, tu cannais, ça en ferait seize.

Son rire se désintégra en une toux profonde qui n'en finissait pas.

– Seigneur, dit-il quand il put à nouveau parler. Je veux une cigarette.

Je déclinai son offre d'une gorgée de rhum.

– Il a eu son bon de sortie hier, dis-je.

– Il va reprendre le boulot ?

Je secouai la tête.

– Il est en fauteuil roulant. Une année de soins, m'a dit sa femme, et peut-être qu'il réussira à marcher avec une canne.

– C'est dégueulasse, dit Dave avec chaleur.

Il s'offrait une seconde gorgée de sa pinte de rhum quand apparut un infirmier.

– Nom de Dieu, *monsieur* Peptol, le gronda-t-il. Nous essayons de vous faire sortir par la porte d'entrée en position verticale, et pas horizontalement par la porte de derrière. Donnez-moi cette bouteille. Immédiatement.

Il tendit la main.

– Allez, donnez, donnez.

D'un cœur joyeux, Dave la lui remit, en demandant, de sa voix la plus raisonnable :

– Comment escomptez-vous que mon état s'améliore sans mon médicament ?

L'infirmier retourna la bouteille au-dessus du lavabo. C'est tout juste s'il s'en échappa quelques gouttes.

– L'idée, c'est de ne *plus* avoir recours aux médicaments, dit-il en jetant la bouteille dans la poubelle. En particulier les médicaments *auto*administrés.

Il se mit à redonner du moelleux à l'oreiller de Dave, fit un peu de rangement, et lut ce qu'affichait un appareil en forme de pistolet dont il enfonça la pointe dans l'oreille de Dave.

– Ça vous secoue un bonhomme, dit Dave en se soumettant sagement à l'examen, d'apprendre qu'un mec comme Bowditch franchit le seuil de sa retraite en fauteuil roulant.

– Son épouse m'a dit qu'ils avaient un petit ranch au sud-est du mont Lassen, tout à côté du parc national. Quelques chevaux, une centaine de fruitiers, un hamac tiré sous la véranda, une télésatellite...

Dave fit la grimace. Je haussai les épaules.

– Ils n'attendent que ça. Il y a bien longtemps déjà que Bowditch avait compris que la seule manière pour lui de pouvoir s'offrir une retraite, ce serait avec une prime d'invalidité quelconque pour arrondir sa pension et sa Sécurité sociale. Il ne savait pas comment arriver à ça sans se faire tirer dessus.

– Une attaque à un million de dollars, dit Dave. Dans le cadre du boulot.

– Elle le vaut, jusqu'au dernier centime. Il n'a pas été obligé d'arrêter une balle.

– Alors qu'est-ce que ça fait s'il ne peut plus marcher ? demanda Dave pour la forme.

J'étais assis dos à la porte.

– Le mec est parti ?

Dave acquiesça.

Je lui glissai une pinte toute neuve.

Nous avons débarqué avec la marée hier matin.

Il s'est écoulé presque un an depuis notre dernier séjour à Puerto Angel. L'aéroport a été reconstruit depuis l'ouragan, ils l'ont même amélioré pendant qu'ils y étaient, de sorte que les gringos sont maintenant plus nombreux que lors de notre dernière visite, sans compter que c'est la saison des croisières et que le port est bourré de bateaux. Mais un marchand d'équipements se souvint de Dave et nous trouva un mouillage privé en location pour deux semaines.

Dave me dit bien sûr que j'aurais dû voir cet endroit il y a trente ou quarante ans. Il dit la même chose de toute l'Amérique du Sud et de l'Amérique centrale. Mais il est vrai qu'il y a trente-cinq ans, il venait dans la région récupérer une centaine de balles de marijuana à la fois dans un petit village juste au nord d'ici, à même leur ponton-tortue, au beau milieu de la ville. Une balle, c'était cinquante kilos de came. Un ponton-tortue, c'étaient des tortues de mer vivantes retournées sur le dos et laissées à mourir au soleil. Cette partie-là n'a pas changé. Les Mexicains continuent à faire une soupe et une lotion bronzante très appréciée à partir des tortues de mer.

Dave ne cessait pas de naviguer tant qu'il n'avait pas rapporté ses cent balles à Juneau, où un mec qui revendait aux équipes travaillant sur les pipelines lui achetait jusqu'à son dernier kilo contre argent comptant. L'herbe était légale en Alaska, tu comprends, et bla bla bla. Alors où est passé tout cet argent aujourd'hui, Dave ? demande immanquablement quelqu'un. Et immanquablement Dave éclate de rire avec la troupe, un rire qui vient du cœur.

Aujourd'hui, on peut acheter quatre mille litres de carburant diesel propre à Puerto Angel. On peut aussi s'offrir autre chose à boire que du pulque ou de la tequila. On y trouve toutes les provisions de bord dont on a besoin, fraîches, en boîtes, ou surgelées. On y trouve du vernis marin, des poignées de winch, des tuyaux, des courroies, des filtres, des attaches, des sonars à détecter les poissons, des appareils à dessaler l'eau de mer – et cet équipement, qui a toujours la faveur de Dave, est de première qualité. Il y a une librairie avec une grande section de livres en anglais, même si nous lisons maintenant l'espagnol presque aussi bien que nous le parlons. On trouve aussi de l'assouplissant pour le linge, des piles, des journaux français – il existe même un cybercafé ; sans parler d'un bon tabouret de bar sous un parasol en bordure de piscine, où Dave peut commander un vrai Bombay-tonic avec de la glace faite à partir d'eau distillée.

Consuela est descendue à terre avec Dave, aujourd'hui, me laissant à mon banc sous l'auvent du pont arrière. Je prends toujours beaucoup de plaisir à la sculpture du bois, et l'idée d'aller boire dans les bars du front de mer ou de faire mes courses au *mercado* ne m'intéresse guère. Demain il se pourrait que j'aille à terre pour aller rendre visite à un fabricant de cercueils dont j'ai fait la connaissance il y a deux ou trois voyages de ça. C'est une affaire de famille, vieille de quatre ou cinq générations, et ils font vraiment du très beau travail.

Le sud du Mexique, l'Amérique centrale et l'Amérique du Sud, et même la haute mer me procurent tout le bois que je pourrai jamais trouver le temps de sculpter. Petites planches rabotées à la main, rondins grossièrement sciés, morceaux de vieux meubles, et tout le reste, de toutes les variétés que vous voudriez nommer, il y a de quoi travailler. J'ai pour plusieurs années de planches empilées à sécher – pour autant que l'air marin les laisse sécher ; elles s'entassent sous les escaliers avant et arrière, et aussi à quelques autres endroits.

Héritage byzantin est une goélette à deux mâts de la Baltique, cent sept pieds à la ligne de flottaison, avec une vaste cabine de pilotage par le milieu du navire et une autre à l'arrière. Tout entière construite en sapin de Norvège, avec relativement peu de teck et de pièces en laiton, elle offre des tas d'aménagements et d'équipements intéressants collectés au cours d'un siècle de voyages sur les mers. Nous sommes les cinquièmes propriétaires, et il y a, dans le salon, une étagère en rondins tachés de sel qui remontent au jour de son lancement à Öberstaadt au Danemark en 1893.

Elle a été remise en état à deux reprises. La première en 1943, au Chili, et ensuite il y a deux ans, à notre demande, sur la côte caraïbe du Nicaragua. Chaque fois que nous lui faisons passer le canal de Panama, ou que nous entrons dans un port, les gens la prennent en photo. C'est vraiment un fier navire. Toujours prête à prendre la mer, notre goélette a accepté avec sérénité le moteur diesel Cummings à quatre cylindres que Dave a déniché à Key West. Ce foutu moteur est resté près d'une année entière sur le pont avant, sous une bâche, enduit d'une couche épaisse de graisse marine, jusqu'à ce que Dave ait rassemblé l'équivalent de plusieurs caisses de pièces diverses nécessaires à sa remise à neuf. Puis nous avons laissé le bateau en cale sèche à Copañahual.

Deux années sans véritable projet d'envergure avaient suffi à Dave. À Cancún, il s'était acoquiné avec Gwen, une ménagère de Floride en cavale qui fuyait son médecin de mari, s'il fallait l'en croire, et il avait oublié le nouveau diesel pendant un moment. La dame avait du caractère. Un jour, d'un coup d'aviron, elle avait étalé Dave pour le compte, non sans qu'il le mérite, et il était passé par-dessus bord alors que nous filions six nœuds. Nous avions réussi sans trop savoir comment à le remonter à bord, et il avait adoré cette petite aventure. Mais à Zihuatenejo, Gwen rencontra un capitaine chargé d'amener les bateaux de ses clients au port de leur choix : celui dont il avait justement la charge offrait une aire d'atterrissage pour hélicoptère et une piscine, sans parler de l'électricité, d'une machine à laver, d'un séchoir et d'eau chaude, et Gwen disparut en moins de temps qu'il n'en faut pour le dire. Après s'être payé une biture d'un mois, suffisante pour dire bon débarras mais pas tout à fait assez longue pour qu'il cesse de se morfondre, Dave se lança dans la modernisation de la goélette.

Elle est de belle taille, aussi sommes-nous mouillés à l'extrémité d'un long ponton. Quelques personnes de passage viennent bien y jeter un coup d'œil, mais elles nous fichent pour l'essentiel une paix royale. Je travaille en ce moment sur un cadre pour une grande photographie du bateau que j'enverrai à la famille de Consuela. C'est le premier cadre que j'ai fait depuis San Francisco. Les Mexicains ont le goût du tarabiscotage, aussi je prends mon temps et je m'amuse bien. Le motif en est une raie manta. Jamais vous n'avez vu de raies manta comme celles qui se trouvent au large de la côte ouest du Mexique. Elles sont aussi grandes que des Volkswagen, c'est vous dire qu'elles sont impressionnantes, mais je ne les ai plus jamais regardées tout à fait du même œil depuis que je sais que *manta*, en espagnol, signifie couverture. Il y a aussi une pieuvre dans le cadre. Ses tentacules embrassent le dessus et un flanc, et s'emmêlent tendrement à l'entour d'une sirène qui a le visage de Consuela.

En cet instant précis, une petite bouffée d'air marin vient d'emporter quelques copeaux de bois par-dessus bord. Je les regarde avec oisiveté qui se dispersent dans les vagues, et je me rappelle les morceaux de plastique et de papier flottant à la surface de la baie, cette nuit-là, à San Francisco. Il me semble que des années se sont écoulées depuis, alors qu'il n'y en a eu que six. Ou peut-être sept.

Le deuxième mari de Missy, Kevin Carnes, assista aux funérailles de son ex-épouse. Je me présentai à lui à la fin de la cérémonie. Il semblait être tout ce que Missy m'en avait dit : honnête, modeste, et intelligent. Au sujet de Kevin, et peut-être de lui seul, elle n'avait pas menti. Elle aurait dû rester avec cet homme. Je pris son numéro de téléphone.

Kevin avait bien sûr suivi toute l'affaire dans les journaux. Lorsque finalement je l'appelai, plus de deux ans après l'enterrement de Missy, il se souvint de moi, et fut très intéressé par ce que j'avais à vendre.

Kevin Carnes paya cinq millions de dollars pour l'authentique *Codex de Syracuse*. Juste au cas où il aurait pu se révéler taillé du même bois que Missy ou Girly ou dix ou douze autres individus décédés, je refusai de laisser Dave assister à la transaction, et n'appris jamais à Kevin son implication dans l'affaire. Sans Dave, il est sûr qu'il n'y aurait pas eu de transaction. Mais il avait été sérieusement blessé, et c'était plus que suffisant. Il pouvait à peine travailler. Avec tout l'alcool qu'il avait ingéré et les dégâts infligés à son organisme par la balle d'Attik, les médecins lui avaient appris qu'il devait s'attendre à une espérance de vie raccourcie. Je n'allais pas le laisser tomber dans un piège en ma compagnie, et c'est bien ainsi que les choses se passèrent, mais vous auriez dû voir Dave le soir où je quittai le chantier avec l'authentique codex sous le bras. On aurait dit un chien regardant par-dessus sa clôture le mec qui ouvre les boîtes de Canigou monter dans une navette d'aéroport, les sacs à la main.

D'un autre côté, Dave aurait dû me voir suer à grosses gouttes lorsque je montai en solitaire dans l'ascenseur réservé à l'appartement privé sur le toit de l'hôtel Argent. C'est bien ce nom-là. Je ne plaisante pas. Il est situé sur la Troisième entre Market et Mission.

Que moi, et le *Codex de Syracuse*. L'ascenseur s'ouvrit directement dans le salon de l'appartement, et je n'avais pas plutôt franchi ses portes que deux gorilles me faisaient subir une fouille en règle. Ils trouvèrent immédiatement le petit pistolet et le confisquèrent. Ç'aurait pu être la fin. Pas du tout. Bien au contraire. Pas une seule marque d'irrespect de leur part. Ils ne me soulagèrent même pas du codex, que j'avais enveloppé comme un gros cadeau de Noël, dans un papier rouge et vert couvert de rennes et de traîneaux, avec un gros nœud écarlate à quatorze boucles, et une enveloppe calligraphiée à la main enfermant une carte de vœux à puce électronique offrant les Andrews Sisters en train de chanter *Frosty The Snowman*. Que voulez-vous, c'était ce moment-là de l'année. Tout au contraire, ils me soulagèrent d'eux-mêmes : ils se contentèrent de purement et simplement disparaître. Et je me retrouvai sur un canapé en soie avec, dans une main, un ballon d'armagnac, et, dans l'autre, un cigare cubain, à contempler une des vues de San Francisco les plus fichtrement spectaculaires qu'il m'ait été donné de contempler. Kevin emporta le *Codex de Syracuse* dans une autre pièce où quelqu'un attendait pour l'authentification. La chose prit un moment, mais le temps passa plutôt agréablement. Finalement, les deux gorilles réapparurent, chargés de deux bagages assortis, un gros sac polochon et une valise en cuir de porc tanné couleur de teck huilé. Lorsqu'ils eurent déposé leurs colis pour s'en repartir aussi vite, Kevin suggéra que je jette un œil à l'intérieur.

Avez-vous jamais vu cinquante mille billets de cent dollars ? Chéri, ainsi qu'aurait pu répondre Missy telle qu'en elle-même, bien sûr que non.

Cinq millions en billets de cent, cela représente une pile de huit mètres de haut. Les billets s'entassent comme les dossiers d'Edgar Hoover sur la Mafia, ou les dossiers de la Mafia sur Edgar Hoover, ou peut-être les deux. Ils s'entassent, épais, volumineux, complets et inéluctables, formidables et incontestables. C'est impressionnant.

Lorsque je fus satisfait du spectacle, je refermai valise et sac, que je laissai posés où ils étaient, entre moi et le panorama, les pieds en appui sur le plus haut des deux bagages. Kevin me demanda si je désirais un second armagnac. Je désirais effectivement. Il offrit à mon examen l'étiquette d'une bouteille flambant neuve. Je refusai d'un geste en disant que je ne comprendrais pas de toute façon ce que j'avais devant les yeux. Il ouvrit la bouteille et en versa une quantité très raisonnable dans un nouveau verre, un verre à pied, petit, ainsi qu'il convenait, m'apprit-il, et il en huma le bouquet avant de me le tendre.

Je levai le petit verre dans sa direction.

– Ne jamais se laisser abattre.

Kevin Carnes me regarda d'un œil perplexe, avant de dire :

– Un instant, s'il vous plaît.

Il alla jusqu'au buffet d'où il sortit un second verre, juste compagnon de celui que je tenais en main, et se versa un peu d'armagnac.

– Ne jamais se laisser abattre, répéta-t-il, en touchant délicatement mon verre avec le sien.

Nous bûmes une gorgée. Le goût était magnifique. Nous nous installâmes sur le canapé pour admirer le panorama. Nous étions en plein centre ville, à dix minutes à pied du Ferry Building. Mais de son appartement, la vue portait au-delà de San Bruno Mountain, bien plus loin que les limites sud de la ville.

J'indiquai les valises sur le parquet devant nous.

– J'aurais dû prendre un diable.

Kevin m'offrit un sourire affable.

– Vous trouverez bien quelque chose.

Nous reprîmes notre contemplation du panorama. On pouvait pratiquement compter les hublots éclairés des jets qui faisaient la queue pour leur approche finale, à quelque trente kilomètres au-dessus de la baie.

Je manifestai une curiosité toute mineure.

– Kevin, lui demandai-je. Connaissiez-vous Renée Knowles ?

– Pardon ? répondit Kevin, en interrompant ses propres réflexions.

Mais avant que j'aie pu répéter la question, il y répondit.

– Non, dit-il. Je ne l'ai jamais rencontrée.

Table

Achevé d'imprimer en septembre 2009
par Novoprint (Barcelone)

Dépôt légal : septembre 2009

Imprimé en Espagne